Perry Rhodan
NEO

Die Hand des Regenten

mit exklusiver NEO-Story
»Der Held von Siron«

Perry Rhodan NEO

Die Hand des Regenten

mit exklusiver NEO-Story
»Der Held von Siron«

EDEL

Impressum:

Ungekürzte Lizenzausgabe Edel Books,
ein Verlag der Edel Germany GmbH, Hamburg

www. perry-rhodan.net
Redaktion: Sabine Kropp
Titelillustration: Dirk Schulz / Horst Gotta
Umschlaggestaltung: STRAUB & LINARDATOS GmbH
Vertrieb: Edel Verlagsgruppe, Hamburg
www.edel.com
Druck und Bindung: optimal media GmbH
Printed in Germany 2017
ISBN: 978-3-86803-609-1

Inhalt:

Im Jahr 2036 treffen die amerikanischen Astronauten Perry Rhodan, Reginald Bull, Eric Manoli und Clark Flipper auf dem Mond auf die Arkoniden: menschenähnliche Außerirdische, die mit ihrem Kugelraumschiff AETRON notgelandet sind. Der alte, kranke Wissenschaftler Crest fliegt mit Perry Rhodan und dessen Kameraden zur Erde, wo er Heilung findet.

Damit die arkonidische Technik, mit der sie ausgerüstet wurden, nicht zum Werkzeug irdischer Machtinteressen wird, sagen sich Rhodan und die übrigen Astronauten von ihrer amerikanischen Heimat los und landen in der Wüste Gobi. Im Schutz eines Energieschirms errichten arkonidische Roboter hier die Stadt Terrania: das Symbol für Perry Rhodans Traum einer geeinten Menschheit. Unter den Helfern, die sich Rhodan weltweit anschließen, befinden sich auch übersinnlich begabte Menschen, die Mutanten.

Allerdings gelingt es einer weiteren amerikanischen Mondmission, die AETRON durch eine Atombombe zu vernichten. Die arkonidische Kommandantin Thora entgeht dem Untergang ihres Schiffes, weil sie einen Erkundungsflug durch das Sonnensystem unternimmt. Sie strandet auf der Venus, auf der eine uralte arkonidische Festung existiert. Von dort bringt der geheimnisvolle menschenähnliche Roboter Rico sie in einem kleinen arkonidischen Kugelraumschiff zur Erde.

Mit diesem Schiff brechen Perry Rhodan, Thora und einige andere kurzentschlossen ins Wegasystem auf, als von dort ein Notruf aufgefangen wird. Inmitten den Planeten der Wega geraten sie in den mörderischen Kampf zwischen den echsenhaften Topsidern, die mit ihrer Raumflotte in das System eingefallen sind, und den menschenähnlichen Ferronen, die trotz ihrer Unterlegenheit ihre Heimat erbittert verteidigen. Die Menschen der Erde werden in den Konflikt der beiden Kriegsparteien hineingezogen und tragen am Ende zu dessen friedlicher Beilegung bei.

Zur gleichen Zeit beobachten Rhodans Gefolgsleute auf der Erde den mysteriösen Robot Rico, den eine tiefe Sehnsucht zum Atlantik hinzieht. Sie entdecken in den Tiefen des Ozeans ein zehntausend Jahre altes, arkonidisches Großraumschiff, die TOSOMA, sowie eine ebenfalls verlassene Unterwasserbasis der Arkoniden. In ihr verschwindet Rico durch einen Transmitter, eine Art Tor zu anderen Welten, im Nirgendwo.

Auch Crest, dessen Krebserkrankung erneut ausgebrochen ist, vertraut sich mit zwei Begleitern dem Transmitter an, weil er ahnt, dass hier der Weg zum Planeten des ewigen Lebens beginnt. Er hat seine Expedition mit der AETRON nur unternommen, weil er im Archiv des Universalgelehrten Epetran auf Arkon von der Existenz dieses mysteriösen Planeten erfahren hat. Die Spur, die nicht nur zu fernen Welten sondern auch in die tiefe Vergangenheit führt, erweist sich als Folge von Prüfungen, an deren Ende die drei auf den Planeten Wanderer, die Welt des Überwesens ES, gelangen. Unterwegs werden sie, zehntausend Jahre vor ihrer eigenen Zeit, Zeugen des Untergangs von Atlantis, einer von Arkoniden auf der Erde gegründeten Kolonie. Auch Perry Rhodan, der Crest mit einer Gruppe von Freunden gefolgt ist, erreicht auf Umwegen Wanderer. ES bietet Rhodan die Unsterblichkeit an, aber dieser lehnt ab und bittet das Überwesen, statt seiner Crest unsterblich zu machen. So erhält der alte Arkonide den Zellaktivator, der ihm das ewige Leben verleiht und seine Krankheit heilt.

Mit der TOSOMA starten Perry Rhodan und seine Freunde von der Erde zur Reise ins ferne Arkonsystem. Bereits nach wenigen Sprüngen durch den Hyperraum versagt das Überlichttriebwerk der TOSOMA, und die Terraner stranden bei einer großen Raumstation der menschenähnlichen Mehandor, die KE-MATLON oder auch *das Gespinst* genannt wird. Kaum haben die Mehandor die TOSOMA repariert, als ein arkonidischer Flottenverband materialisiert. An Bord halten sich keine Arkoniden auf, sondern die Söldner des Imperiums: riesenhafte, dreiäugige Naats, deren Weltbild von Kampf und Ehre geprägt ist. Ihr Kommandant, der Reekha Novaal, hat den Befehl, Crest und Thora zu verhaften. Die TOSOMA wird zerstört und der Großteil der überlebenden Menschen gerät in die Gefangenschaft der Naats.

Sie bleiben an Bord von Novaals Schiffen, als diese auf Befehl Sergh da Teffrons, der *Hand* des Regenten von Arkon, ins Tatlirasystem fliegen müssen. Dort haben die Topsider es gewagt, im Randbereich des arkonidischen Imperiums eine Weltraumfestung zu errichten. Skrupellos treibt Sergh da Teffron die Naats in einen mörderischen Kampf mit den Echsenwesen, der auf beiden Seiten große Opfer fordert. Das Blutvergießen endet, als Novaal und der topsidische Kommandant Tresk-Takuhn erkennen, dass sie alle von ihren Herrschern nur als Kanonenfutter missbraucht werden, und einen Waffenstillstand vereinbaren.

Unterdessen gewinnt Perry Rhodan das Vertrauen des Naats Toreaad, und die gefangenen Menschen schließen ein Bündnis mit den ungeschlacht wirkenden Riesen. Die Situation eskaliert, als Sergh da Teffron selbst mit der riesigen VEAST'ARK, dem modernsten Kampfraumschiff Arkons, am Schauplatz erscheint. Überraschenderweise taucht auch der mysteriöse Arkonide Atlan, der vor Jahrtausenden Kommandant der TOSOMA und der Kolonie Atlantis war, im Tatlirasystem auf und kann unter einem Vorwand die VEAST'ARK betreten. Mit Unterstützung ihrer naatschen Bewacher revoltieren die gefangenen Menschen und erobern die VEAST'ARK. Gedemütigt muss Sergh da Teffron mit einem Beiboot fliehen. Den Zellaktivator, den Atlan da Teffron überlassen hat, muss dessen Gehilfe Stiqs Bahroff anlegen, weil die Hand des Regenten dem Gerät misstraut. Atlan schließt sich Perry Rhodan an.

Erst nach der Rückkehr zur Erde berichtet Crest seinen Freunden erstmals vom Epetran-Archiv auf Arkon, in dem der Beginn der Spur zur Welt des ewigen Lebens und damit auch die Position des Sonnensystems der Menschheit gespeichert sind. Da diese Koordinaten somit auch für Sergh da Teffron erreichbar wären, ist Perry Rhodan und seinen Getreuen klar, dass ihrer Heimatwelt die Vernichtung droht, wenn die Datei nicht gelöscht oder das ganze Archiv zerstört wird. Von KE-MATLON aus machen sie sich daher auf den Weg nach Arkon: Perry Rhodan, die Mehandor Belinkhar, Crest, die Mutanten Ishy Matsu und Iwan Goratschin und der zehntausend Jahre alte Arkonide Atlan, der wie Crest einen Zellaktivator trägt …

Marc A. Herren

Zu den Sternen

Prolog

Zwölf Minuten.

Mehr Zeit würden sie ihm nicht zugestehen, das wusste der Gefangene. Blieb er zu lange auf der Toilette, würden die beiden Aufseher misstrauisch werden, und sein Plan scheiterte, noch bevor Mark Vier unterwegs war.

Im Gegensatz zu seinem eigenen Abort im abgesperrten Labortrakt stand die Toilette im Vorraum nicht unter permanenter Videoüberwachung. Diesen Umstand musste er ausnutzen, solange sie nicht hinter seinen Trick mit dem verstopften Siphon gekommen waren.

Er griff in die Innentasche seiner Kombination und zog das grauschwarze Fellbündel hervor.

»Hallo, mein Freund«, flüsterte der Gefangene. »Bist du bereit für dein erstes Abenteuer?«

Die Ratte stellte sich auf ihre Hinterpfoten und blickte ihn aufmerksam aus ihren intelligenten schwarzen Knopfaugen an. Dann hob sie die Nase und witterte ausgiebig.

Der Gefangene lächelte. Mit Mark Vier hatte er sich wieder einmal selbst übertroffen. Äußerlich sah das Robopet noch genauso aus, wie er es über den Versandhandel geordert und die Aufseher es ihm abgesegnet hatten.

»Dann ist es nun an der Zeit, dass du etwas für mich tust«, sagte er leise. »Denk daran: Du bist ganz allein auf dich gestellt! Lass dich nicht erwischen, wenn du das Sicherheitsschloss analysierst!«

Mark Vier blinzelte zweimal. Er hatte ihn verstanden.

»Okay«, sagte der Gefangene. »Dann geht es jetzt los. Und wehe, du lässt dich unterwegs von einem Rattenmädchen bezirzen!«

Er beugte sich zu Mark Vier hinab und hauchte ihm einen Kuss zwischen die grauen Öhrchen. Dann hievte er ihn zum Gitter des Belüftungsschachts hoch. Sofort griff das Robopet mit allen vier Pfoten nach den Stäben und hielt sich daran fest.

»Worauf wartest du?«, flüsterte der Gefangene. »Ab durch die Mitte!«

Mark Vier schnüffelte an den dünnen Gitterstäben. Der Gefangene hielt die Luft an. Nun würde es sich zeigen, ob Mark Viers neue Programmierung ausreichte, um seine Aufgaben erfolgreich erledigen zu können.

Die Ratte biss in einen der Metallstäbe und drückte gleichzeitig mit den Vorderpfoten den nächsten Stab in die entgegengesetzte Richtung. Die Lücke zwischen den Stäben wurde breiter.

»Sehr gut, Mark Vier«, sagte der Gefangene erfreut. »Weiter so, bis du hindurchschlüpfen kannst!«

Fasziniert beobachtete er, wie das kleine Wesen die Stäbe immer weiter auseinanderdrückte. Die Gelenk- und Kraftverstärker, die er eingebaut hatte, funktionierten tadellos.

Das Bild erinnerte ihn an die uralten Zeichentrickfilme, in denen kleine Tiere plötzlich nicht nur wie Menschen agierten, sondern auch riesige Dinge bewegen konnten.

Als der Zwischenraum groß genug war, schlüpfte Mark Vier durch die Stäbe hindurch und war verschwunden.

Der Gefangene blickte auf seine Uhr. Weniger als zehn Minuten würden dem modifizierten Robopet bleiben, um den Lüftungsschacht zu verlassen, die Haupttür des Labortrakts zu untersuchen und danach zu ihm zurückzukehren.

Während der vergangenen sechs Wochen hatte er in jeder freien Minute an Mark Vier gearbeitet. Dabei hatte die permanente Überwachung seine Bastelarbeit nicht gerade erleichtert.

Es hatte ihn unglaublich viel Zeit gekostet, die für den Bau von Mark Vier benötigten Platinen, Chips und Schaltelemente unauffällig beiseitezuschaffen und Stück für Stück zusammenzufügen.

Währenddessen hatte er sich den Anschein gegeben, seine offizielle Forschungstätigkeit an den Biochips weiterzuführen.

Sein Blick sog sich an den Ziffern seiner Uhr fest. Es waren bereits fünf Minuten verstrichen. Er ärgerte sich, dass die Aufseher die Materialbestellung storniert hatten, in der die Bauteile für ein Minifunkgerät enthalten gewesen waren. Mit ihm hätte er mitverfolgen können, was Mark Viers Optiken gerade auffingen.

Nun musste er abwarten und hoffen, dass sein waghalsiger Plan aufging.

Als die siebte Minute vorbeiging, hörte der Gefangene schlurfende Schritte und ein Klopfen.

»Alles in Ordnung bei dir? Bist du eingeschlafen?«

Der Gefangene erkannte McLangleys Stimme. Der ältere und umgänglichere der beiden Aufseher.

»Selbstverständlich nicht«, gab der Gefangene zurück. »Es dauert halt seine Zeit. Wenn ihr die Gnade hättet, mir ein wenig hochwertigere Lebensmittel zur Verfügung zu stellen, dann würde auch meine Verdauung nicht immer wieder streiken.«

»Du bekommst das gleiche Essen wie wir«, antwortete McLangley. »Und nun beeil dich, gleich beginnt das Spiel. Ich will den Anpfiff nicht verpassen, nur weil du zu langsam ...«

»Es geht nicht schneller, wenn du mich drängst!«

Der Gefangene biss sich auf die Unterlippe. Er hatte den für McLangley und Edwardson geheiligten Mittwochabend vergessen, an dem sie sich die Spiele ihrer Fußballteams ansahen.

»Vier Minuten noch«, bestimmte der Aufseher. »Dann gehst du wieder zurück in dein Labor und musst halt mit der verstopften Schüssel vorliebnehmen!«

»Okay, vier Minuten – aber nicht weniger!«

Vor der Tür stieß McLangley ein ergebenes Seufzen aus und schlurfte davon.

Der Gefangene wischte sich über die Stirn. Er konnte nur hoffen, dass die beiden Aufseher die Übertragung des Spiels bereits eingeschaltet hatten und sich in aller Ruhe die Mannschaftsaufstellungen zu Gemüte führten, bevor sie sich wieder um ihn kümmerten.

Ein leises Schaben ließ ihn nach oben blicken.

»Mark Vier!«, flüsterte er erleichtert. »Hat alles geklappt?«

Die Ratte blinzelte zweimal. Sie drängte sich zwischen den Stäben des Lüftungsgitters hindurch und sprang auf seine ausgestreckte Hand.

»Dann wollen wir mal sehen«, murmelte er.

Aus der Uhr zog er ein einzelnes Glasfaserkabel und steckte es in die Ohrbuchse von Mark Vier. Auf dem kleinen Display der Uhr erschien eine Dateiliste. Mit heftig pochendem Herzen suchte er die aktuellste Videodatei und startete sie.

Zuerst sah er nur sein eigenes Gesicht, dann die Gitterstäbe des Lüftungsschachts. Er spulte vor, bis er den Gang erkannte, der aus dem Vorraum führte.

Der Gefangene kniff die Augen zusammen. Es war ungewohnt, die Welt aus dem Blickwinkel einer Ratte wahrzunehmen.

Mark Vier folgte dem Gang, bis er die Haupttür erreichte. Dann sah er sich aufmerksam um und kletterte an einer Leitung hoch, bis er am Kodeschloss der Tür angelangt war.

Der Gefangene gönnte sich ein zufriedenes Lächeln. Wie er es erwartet hatte, benötigte dieses Schloss nur die richtige Verbindung von Funkimpuls und Zahlenkombination. Hätte es mit einem biologischen Erkennungsmerkmal – Iris oder Fingerabdruck – gearbeitet, wäre es für ihn schwieriger geworden.

Aber so ... Er kannte solche Schlösser, seit er gerade einmal neun Jahre alt gewesen war.

Das wird ein Spaziergang werden, dachte er.

Der Gefangene verstaute Mark Vier in seiner Kombination, erhob sich, klopfte dann laut gegen die Tür. »Hallo!«, rief er. »Ich bin fertig!«

Eine halbe Minute dauerte es, bis er die schlurfenden Schritte hörte.

»Na endlich«, hörte er das dumpfe Murmeln von McLangley.

Der Gefangene wartete, bis der Aufseher die Tür aufgeschlossen hatte und auf die Klinke drückte. Dann riss er die Tür mit aller Kraft nach innen.

McLangley flog mit maßlos überraschtem Gesicht auf ihn zu. Blitzschnell ergriff ihn der Gefangene an der Schulter und drückte ihn hinunter. Der Aufseher fiel leise keuchend zwischen Schüssel und Wand.

Der Gefangene griff nach McLangleys Transponder und riss ihn ruckartig vom Gürtel.

»Was soll das?«, rief der Aufseher überrascht. »Hör auf mit dem ...«

Der Gefangene richtete sich auf, drückte McLangleys Beine in die Kabine und schloss die Tür.

»Mac?«, hörte er Edwardsons Stimme, während im Hintergrund irgendeine Fußballhymne von Tausenden Kehlen gegrölt wurde. »Ist was los?«

Jetzt kam es auf jede Sekunde an. Der Gefangene spurtete den Gang hinunter, folgte dem Weg, den Mark Vier für ihn erkundet hatte.

Hinter sich hörte er erneut den zweiten Aufseher.

Er erreichte die Tür und presste den Transponder gegen den Sensor des Sicherheitsschlosses. Dann holte er Mark Vier heraus und setzte ihn auf das Kästchen.

»Abrakadabra«, murmelte er, während sich das Robopet über die Sensoren an den Vorderpfoten mit dem Schloss verband.

»Mac?«, erklang Edwardsons gedämpfte Stimme. »Verdammt, was ist geschehen?«

Der Gefangene hielt die Luft an. Hatte er sich verschätzt? Waren die Sicherheitsvorkehrungen des äußeren Trakts doch aufwendiger, als er angenommen hatte?

Dann leuchtete die grüne Diode auf, und die Tür öffnete sich mit einem leisen Knacken.

»Freiheit, wir kommen!«, murmelte der Gefangene.

Er drückte die Tür auf, fand eine Treppe vor sich und rannte hinauf. Sie endete vor einer weiteren Tür mit Sicherheitsschloss. Auch dieses knackte er nach wenigen Sekunden.

Die Tür schwang auf ... und der Gefangene schloss geblendet die Augen. Halb blind trat er hinaus in das Sonnenlicht. Die Luft war trocken und warm, geradezu heiß. Der Gefangene stöhnte. Er beschattete die Augen und drehte sich langsam im Kreis.

Wohin er auch blickte – er sah nur Sand, Geröll und das Flimmern von heißer Luft. Abgesehen von der äußerlich windschiefen Hütte, die den Eingang des unterirdischen Labors tarnte, sah er nicht einmal entfernteste Anzeichen von Zivilisation ... Nicht einmal einen Baum, hinter dem er sich hätte verstecken können.

Mark Vier kletterte aus der Kombi und setzte sich auf seine Schulter, schnüffelte an seinem Ohr, als würde er ihm sagen, dass er ebenso überrascht wie er wäre.

»Schöne Scheiße«, murmelte der Gefangene.

»Ts, ts, ts«, machte es hinter ihm. »Wollten wir eben mal ein Sonnenbad nehmen gehen?«

»Mir war es langweilig da unten.« Er drehte sich um.

Edwardson stand mit verschränkten Armen in der Tür. McLangley folgte ihm schnaufend.

Er stieß mit dem Zeigefinger in seine Richtung. »Noch so eine Aktion, Whistler, und wir kürzen deine Essensrationen. Und ab sofort benutzt du dein eigenes Klo. Falls es überläuft, kannst du dir überlegen, wie du dich bei uns wieder gut stellst.«

Kapitel 1

16. März 2037

Hatte er sich getäuscht? Ein Gespenst gesehen?

Rodrigo de Vivar rieb mit dem Ärmel seines Pullovers über die angelaufene Scheibe. Durch das Guckloch versuchte er, im Schneetreiben den Schemen wiederzufinden. Vergebens.

»Kannst du ein wenig langsamer fahren?«, rief er dem Fahrer zu, der den alten Ssangyong-Geländewagen wie ein Verrückter über die holprige Straße jagte.

Er musste seine Bitte zweimal wiederholen, bis Alexej ihm den Kopf zuwandte. »Noch eine halbe Stunde!«, gab der Kasache durch das Dröhnen zurück.

Rodrigo deutete mit dem rechten Daumen nach draußen. »Ich habe etwas gesehen!«

»Was?«

Rodrigo stöhnte genervt. Aus irgendeinem Grund schien der Translator sein Russisch nicht richtig zu formulieren. Oder der Fahrer machte sich einen Spaß daraus, ihn auflaufen zu lassen. Jedenfalls hatte sich seit seiner Ankunft auf dem Flughafen Karatomyr mit dem grimmig dreinblickenden Kasachen kein richtiges Gespräch ergeben.

»Bitte halt an!«, sagte Rodrigo. »Ich bin sicher, dass ich jemanden da draußen gesehen habe.«

Alexej presste die Lippen aufeinander. Dann trat er so unvermittelt auf die Bremse, dass der Geländewagen auf der schneebedeckten Straße ins Schlingern geriet. Mit quietschenden Bremsbelägen kam der Ssangyong zum Stehen.

»Was hast du gesehen, Söhnchen?«

Rodrigo atmete ruhig ein. Nur nicht provozieren lassen. »Fahr zurück, dann zeige ich es dir!«

»Ich soll dich nach Baikonur bringen«, sagte Alexej mit steinerner Miene. »Ich werde nicht für Umwege bezahlt!«

Rodrigo blickte seinen Fahrer drei Sekunden lang unbeeindruckt an, dann griff er in den kleinen Rucksack, der auf seinen

Knien ruhte, und zog einen Geldschein heraus. »Hier!«, sagte er rau. »Dann bezahle ich für die zweihundert Meter Umweg!«

»Was ist das?«

»Zehn Solar. Das sollte mehr als reichen!«

Alexej nahm den Schein, betrachtete abschätzig die Vorder- und Rückseite und warf ihn Rodrigo in den Schoß. »Dein Mickymaus-Geld kannst du behalten. In Kasachstan haben wir Tenge als Währung.«

Einen Moment lang überlegte Rodrigo, ob er einfach die Tür öffnen und zu Fuß zurückgehen sollte. Aber die Gefahr war zu groß, dass Alexej die Gelegenheit ergreifen und mitsamt seiner Reisetasche, die im Kofferraum lag, auf Nimmerwiedersehen verschwinden würde.

Also seufzte er ergeben, langte tiefer in den Rucksack und förderte einen Zehn-Dollar-Schein zutage. »Und sag jetzt nicht, dass du keine Dollar akzeptierst.«

Wortlos klaubte ihm Alexej den Schein aus der Hand, vollführte ein ruppiges Wendemanöver und bretterte zurück in die Richtung, aus der sie gekommen waren.

»Langsamer!«, schrie Rodrigo. »Da vorne irgendwo ist es!«

Alexej steuerte den Wagen von der Fahrbahn, und Rodrigo musste sich mit aller Kraft festhalten, um nicht durchgeschüttelt zu werden.

»Da ist es!«, rief er. »Gleich da vorne!«

Ein seltsamer, dunkler Umriss zeichnete sich durch die wehenden Schneeflocken ab. Zu groß für einen Menschen, aber definitiv kein Strauch oder Felsbrocken, wie sie in der halb zugeschneiten kasachischen Steppe häufig vorkamen.

Alexej trat auf die Bremse. Der Wagen schlitterte ein paar Meter weiter und blieb dann stehen. »Dafür haben wir angehalten? Wegen eines Kamels?«

»Ein Kamel in Kasachstan?«

»Gibt viele hier«, brummte Alexej. »Kasachstan besteht zum größten Teil aus Wüste. Und Kamele sind Wüstentiere.«

Rodrigo kniff die Augen zusammen. Irgendetwas an dem liegenden Tier störte ihn. Aber das immer stärker werdende Schneetreiben verhinderte einen ungehinderten Blick.

Er löste die Sicherheitsgurte und schwang sich aus dem Wagen. Beißend kalter Wind schlug ihm ins Gesicht.

»Was soll das?«, ereiferte sich Alexej.

»Du wartest hier!«, befahl Rodrigo und warf die Tür zu, bevor der Kasache weiter protestieren konnte.

Er schloss den Reißverschluss seiner Jacke, zog sich die Kapuze über und hängte den Rucksack über die Schulter. Dann stapfte er auf das unförmige Etwas zu.

Rodrigo war sich sicher, dass er zuvor eine Bewegung gesehen hatte. Ein Winken?

Als er sah, *was* er vor sich hatte, begann sein Herz schneller zu schlagen. Mit weit ausholenden Schritten legte er die letzten Meter zurück.

Tatsächlich lag ein Kamel ausgestreckt am Boden. Auf den glasigen Augen landeten Schneeflocken. Die Zunge ragte schlaff zwischen den braunen Zähnen hervor.

Und zwischen den Vorderläufen, eingewickelt in einer dünnen Decke und dem zotteligen Haar des toten Tieres, saß ein Junge.

»Dios!«, fluchte Rodrigo, während er sich hinkniete.

Er hatte immer noch Mühe, das Alter von Asiaten einigermaßen zuverlässig einzuschätzen. Der Junge mochte ein, zwei Jahre jünger sein als er. Sechzehn, vielleicht auch erst vierzehn. Die fiebrig blickenden Augen lagen tief in ihren Höhlen. Die Wangen wirkten eingefallen. Zeichen der Entbehrung.

»Wie heißt du?«, fragte Rodrigo. Der Translator formulierte die Worte automatisch auf Russisch.

Die Lippen des Jungen zitterten. »Juri«, brachte er schließlich hervor.

»Ich bin Rodrigo«, sagte er, während er aus der Winterjacke schlüpfte. Sofort drang die Kälte schmerzhaft durch seinen Pullover. Er erinnerte sich an die Temperaturanzeige von Alexejs Geländewagen. Minus zwanzig Grad Celsius hatte sie angezeigt. »Aber du kannst mich auch Ruy nennen, wie dies meine Freunde tun.«

»Du bist zurückgekommen«, stammelte Juri. »Ich habe die Lichter deines Wagens gesehen, aber ich kann meine Beine nicht mehr spüren. Ich konnte nur einen Arm heben.«

»Wie lange bist du schon hier draußen?«, fragte Rodrigo.

Er zog Juris Körper an sich, legte ihm die Jacke um und zog ihm die Kapuze über den Kopf.

»Zwei Tage. Ich wollte im nächsten Dorf Lebensmittel holen, als Amir zusammengebrochen ist.«

»Amir ist dein Kamel?«

»Amir ist tot«, sagte Juri tonlos. »Er war alles, was mir geblieben ist nach der Katastrophe. Nun bin ich ganz allein.«

Rodrigo rieb über Juris Oberarme und Ohren, um ihn zu wärmen. »Ich werde dich mit nach Baikonur nehmen, Juri.«

Etwas regte sich in Juris Gesicht, was zuvor nicht da gewesen war. Argwohn? Zorn? »Du bist ein Raumfahrer?«

»Ich will einer werden«, antwortete Rodrigo. »Es war schon immer mein Traum, nun will ich ihn verwirklichen.«

Juris Gesicht verdüsterte sich. »Ich wollte auch immer zu den Sternen«, sagte er mit zitternden Lippen. »Wie Juri Gagarin. Aber dann kam die Katastrophe und ...« Juri presste die Lippen aufeinander und schwieg.

»Was für eine Katastrophe?«, fragte Rodrigo.

In Juris Gesicht arbeitete es. Aber er schien sich davor zu fürchten, das auszusprechen, was ihm auf der Zunge lag.

Rodrigo konzentrierte sich auf Juris Beine und rubbelte so intensiv an ihnen, dass Juri einen kurzen, schmerzerfüllten Schrei ausstieß.

»Ich muss deinen Kreislauf in Bewegung bringen«, sagte Rodrigo. »Dann gehen wir zusammen zum Wagen. Okay?«

»Okay.«

Rodrigo schrak zusammen, als plötzlich ein lautes Hupen erklang.

Er drehte sich um und schrie: »Ich komme gleich!«

»Du bist nicht allein?«, fragte Juri sogleich.

»Ich wurde abgeholt. Aber der Fahrer ist nicht der freundlichste Mensch, dem ich begegnet bin. Kannst du aufstehen?«

»Ich ... ich versuch's.«

Rodrigo de Vivar ergriff den Jungen unter den Achseln und half ihm, sich aufzurichten. Aber die Beine vermochten das Gewicht nicht zu tragen. Juri knickte ein, und Rodrigo musste seine gesamte Kraft aufwenden, um ihn nicht zu Boden fallen zu lassen.

Alexej drückte erneut auf die Hupe. Einmal, zweimal. Dann ließ er sie nicht mehr los.

»Hör auf und fahr den Wagen hierher!«, schrie Rodrigo.

Der nervtötende Laut brach ab.

»Komm endlich!«, erklang die ungeduldige Stimme des Kasachen.

Heißer Zorn stieg in Rodrigo auf. »Komm du hierher!«

Er versuchte, zusammen mit dem Jungen einen Schritt zu gehen, aber dessen Beine gaben sofort wieder nach. Rodrigo hatte das Gefühl, eine Puppe in den Armen zu halten.

Endlich heulte der Motor des Ssangyong auf, und der Wagen holperte auf sie zu.

»Jetzt wird alles gut, Juri«, sagte Rodrigo. »Gleich wird dir wieder warm sein.«

Fünf Meter vor ihnen hielt Alexej an und ließ die Scheibe einen Spalt weit hinunterfahren.

»Keine Passagiere!«, rief er. »Das bringt nur Ärger!«

»Das ist Juri!«, gab Rodrigo wütend zurück. »Er ist total durchgefroren. Und wenn du nicht sofort Ärger willst, dann hilfst du besser, ihn auf die Rückbank zu legen!«

»Der da heißt nicht Juri, ich kenne ihn!«, blaffte Alexej zurück. »Erst letzte Woche versuchte er, wertvolles Material aus unserem Lager zu stehlen!«

»Juri ist mein Spitzname«, sagte der Junge in Rodrigos Armen aus. »Und es war kein Lager – es war eure Abfallgrube!«

»Einerlei! Ich nehme ihn nicht mit. Er soll zurück in sein Dorf gehen!«

Rodrigo trat einen Schritt auf den Wagen zu.

Alexej ließ die Scheibe hochfahren und fuhr zwei Meter rückwärts.

»Halt sofort an!«, schrie Rodrigo. Der Zorn und der eiskalte Wind trieben ihm Tränen in die Augen.

»Ich habe kein Dorf mehr«, schluchzte Juri. »Sie mussten es aufgeben, weil ...«

Rodrigo presste die Lippen aufeinander. Alexej rollte im Schritttempo rückwärts, wollte ihn dazu bewegen, Juri loszulassen.

Rodrigo legte einen Arm um den Jungen und stapfte verbissen auf den Wagen zu. »Ich werde ihn mitnehmen!«, schrie er gegen den Wind und das Knurren des Motors. Er spürte, wie der Zorn sich heiß in ihm ausbreitete, die beißende Kälte vergessen machte.

Alexej drückte erneut auf die Hupe. Als dies nichts nutzte, ließ er den Motor aufheulen, warf den Wagen herum und fuhr davon. Die Rücklichter leuchteten rot auf und entfernten sich schnell von ihnen.

Rodrigo schrie aus Wut und Enttäuschung.

All die Vorbereitungen für sein großes Abenteuer in Baikonur – und noch bevor er dort war, schien ihm alles zwischen den Fingern zu zerrinnen. Der falsche Name, der neue Reisepass, die Operationen, mit denen sein Gesicht leicht verändert worden war. Und nun scheiterte alles an einem verstockten Menschen.

»Lass mich!«, stieß Juri aus. »Auf dich wartet der Weltraum. Ich habe sowieso nichts mehr. Ich kann genauso gut ...«

»Nein!«, fuhr ihn Rodrigo an. »Ich werde dich nicht zurücklassen! Schließ die Augen! Wir werden ihn gleich wieder eingeholt haben!«

»Wie?«, hauchte Juri.

Rodrigo hatte sich entschieden. Es gab nur diesen einen Weg. »Schließ die Augen!«, befahl er erneut.

Als er sah, wie Juri die Augen zusammenpresste, sprang er.

Er materialisierte in einem Funkenregen, keine fünfzig Meter vor dem heranbrausenden Ssangyong.

Die Fernlichter flammten auf, dann geriet der Geländewagen ins Schleudern. Rodrigo presste den Körper des Jungen fest an sich. Falls Alexej nicht anhielt, würde er erneut teleportieren müssen.

Schlingernd und mit quietschenden Bremsen kamen die Scheinwerfer auf ihn zugerast. In seinen Armen spürte er, wie Juri zusammenzuckte, bevor er laut aufschrie.

Der Ssangyong begann sich auf der schneebedeckten Straße zu drehen. Haarscharf an den beiden vorbei. Für eine Zehntelsekunde bemerkte Rodrigo Alexejs weit aufgerissenen Augen. Dann kam der Wagen am Straßenrand zum Stehen.

»Warte hier!«, befahl er flüsternd und ließ Juri sanft zu Boden gleiten.

Dann rannte Rodrigo auf den Wagen zu, riss die Fahrertür auf, griff an dem perplexen Alexej vorbei, öffnete dessen Sicherheitsgurt und nahm seine Hand.

»Nun werde ich dir mal zeigen, was ich kann!«, zischte er.

Rodrigo de Vivar konzentrierte sich und teleportierte.

Dreihundert Meter vom Wagen entfernt materialisierten sie. Alexej, immer noch in der sitzenden Haltung, die er im Wagen gehabt hatte, fiel wie ein Sack Mehl in den Schnee. Rodrigo bückte sich und ergriff seinen Kragen.

»Wenn du nicht sofort spurst, werde ich dich allein hier zurücklassen, wie du Juri und mich dem Schicksal überlassen wolltest«, sagte er mit gefährlich leiser Stimme.

Alexej stierte ihn aus weit aufgerissenen Augen an.

»Wenn du mir versprichst, dass du ab jetzt alles machst, was ich dir sage, sind wir wieder Freunde, Alexej!«, fuhr Rodrigo fort. »Ich werde deine kleine Aktion vergessen, und du fährst Juri und mich nach Baikonur. Dort werde ich dir ein paar Dollar geben, um deine *zusätzlichen Mühen* zu vergelten, und du wirst vergessen, was du eben erlebt hast. Ist das klar?«

Sekundenlang blickte der Kasache ihn entgeistert an. Dann nickte er eifrig. »Ich verspreche es, Gospodin!«

»Schwör es!«

»Ich schwöre es!«

Rodrigo ließ den Kragen des Mannes los. »Wenn du versuchst, dich zu rächen, oder wenn du auch nur einem Menschen ein Sterbenswörtchen verrätst, werde ich nachts zu dir kommen und mit dir zum Aralsee springen und dich darin verschwinden lassen. Hast du mich verstanden?«

»Jedes Wort, Gospodin.«

»Nenn mich nicht ›Herr‹, nenn mich Rodrigo!«

»Ich verstehe, Rodrigo!«

Er nickte und half Alexej auf die Beine zu kommen. Dann ergriff er seinen Oberarm und teleportierte mit ihm zum Wagen zurück. Widerspruchslos half der Kasache, den verunsicherten Juri in den Wagen zu legen.

»Und jetzt auf nach Baikonur!«

Kapitel 2

20. März 2037

»Sid González ist in Baikonur!«, sagte er zu sich selbst und lauschte dem Klang des Satzes.

War es nicht wunderbar?

Okay, dachte er. *Offiziell ist nicht Sid González hier, sondern Rodrigo de Vivar – aber das ändert auch nichts an der Tatsache, dass gerade ein riesiger Traum von mir in Erfüllung geht!*

Baikonur!

Sid hatte viele Aufnahmen vom Weltraumzentrum gesehen. Die uralten, noch schwarz-weißen Bilder von Juri Gagarins erstem Flug in den Weltraum und die jüngeren, dreidimensionalen Filme mit den Kosmonauten und internationalen Raumfahrern, die zur ISS und später zur Mondbasis gestartet waren.

Sie hatten ihm nur einen leichten Vorgeschmack darauf gegeben, was Baikonur ausmachte. Das Gelände war in allen Dimensionen gigantisch. Sid fühlte sich inmitten der Monumente der archaischen Raumfahrt und der modernen Schiffe wie in einem eigens für ihn gestalteten Wunderland.

Baikonur nahm eine Fläche von weit über achttausend Quadratkilometern ein, mit einer Ausdehnung von fünfundneunzig Kilometern von West nach Ost und neunzig Kilometern von Süd nach Nord.

Schon vor dem im letzten Sommer schlagartig eingeläuteten neuen Zeitalter war Baikonur das größte Kosmodrom der Welt gewesen. Größer als Kourou, das durch die ESA betrieben worden war, und die zur privaten Virgin Galactic gehörenden Spaceports in Kiruna und New Mexico. Und – was die Russen immer noch ärgerte – siebzig Prozent größer als das wegen Grenzstreitigkeiten mit China nie komplett ausgebaute Kosmodrom Wostotschny, das die russische Abhängigkeit von Kasachstan hätte verringern sollen.

»De Vivar! Träumst du schon wieder?«, fragte eine belustigt klingende Stimme in Sids Rücken.

Er wandte sich lächelnd um. »Ist es nicht phantastisch hier?«

Maurice S. Hollander zuckte mit den Schultern. »Es ist groß«, meinte er leichthin. »Aber den ganzen Schrott, der herumsteht, hätte man längst zu Alteisen machen können.«

Sid runzelte die Stirn. »Hast du eine Ahnung, wie geschichtsträchtig der Ort ist? Es wäre Frevel, die alten Sojus-Raketen und ihre Abschussrampen zu verschrotten. Nur weil wir bald mit modernen Raumschiffen durch das All fliegen werden, heißt es nicht, dass man die Errungenschaften der Menschen einfach vergessen sollte. Die vielen Menschen, die an den Raumfahrtprogrammen gearbeitet haben, die Astronauten und Kosmonauten, die Geschichte geschrieben haben, die ihr Leben gegeben haben, um zu den Sternen zu reisen ...«

»Jetzt mach mal einen Punkt!«, sagte Hollander schroff. »Vieles davon geschah während des Kalten Krieges, als die Russen uns am liebsten vom Angesicht der Erde getilgt hätten.«

Sid seufzte. Er mochte seinen Bettnachbarn, seit sich dieser bei ihm vorgestellt hatte. Maurice S. Hollander war groß, athletisch, blauäugig, die dunkelblonden Haare millimeterkurz gestutzt – der typische All American Boy, wie man ihn aus Filmen und Podserien kannte. Und er hatte ein Charisma, das einen sofort für ihn vereinnahmte.

Sid hatte schnell gemerkt, dass der Amerikaner einen anderen Blick auf die Weltgeschichte hatte als er. Solange sie nicht über Politik sprachen, hatten sie die Möglichkeit, Freunde zu werden.

Vier Tage waren sie bereits in Baikonur. Bisher hatten sie einzig ein paar Fitness-Checks über sich ergehen lassen müssen und waren mit ihrer persönlichen Ausrüstung – Kleider, Lernpods und eine Übungswaffe – ausgerüstet worden. Daneben hatten sie die Gelegenheit gehabt, mit den Kadetten der Februar-Ausbildungseinheit das Gelände zu erkunden.

Hollander schlug ihm jovial auf die Schulter. »Wir wollen uns nicht streiten, de Vivar. Komm, wir bringen den Übungsparcours nochmals hinter uns, bevor wir zur großen Begrüßungsansprache von Oberst Kowaltschuk gehen!«

Sid lächelte. »Das ist ein guter Vorschlag, Hollander. Aber ich will noch kurz nach Juri sehen. Bei ihm entscheidet sich heute, ob er in die Akademie aufgenommen wird.«

Hollander zuckte die Achseln. »Ich bewundere dich ja dafür, dass du dich so für den Jungen einsetzt. Aber ich frage mich, ob das nicht hinausgeschmissenes Geld ist.«

»Die paar Solar für die Einschreibegebühr und das Depot für

die Ausrüstung. Wenn ich ihm dafür einen lang gehegten Traum ermöglichen kann, ist das doch ein Klacks.«

»Aber ist er denn überhaupt dafür bereit? Vor vier Tagen wäre er fast erfroren, und nun soll er mit uns mithalten? Ich habe immerhin drei Monate lang für die Überlebensübung trainiert.«

»Wir werden sehen«, sagte Sid. »Juri wird bei der Überlebensübung sicher nicht schlechter abschneiden als wir. Sein gesamtes bisheriges Leben in der Steppe war eine Überlebensübung.«

Hollander grinste breit. »Ich werde ihn weit hinter mir lassen. Wollen wir wetten?«

Sid lächelte zurück und deutete auf die beeindruckende Brustmuskulatur, die sich unter Hollanders Trainingsshirt abzeichnete. »Besser nicht. Gegen dich wird er es tatsächlich schwer haben.«

»Und gegen dich weniger, Compadre. Du solltest wirklich den Übungsparcours nochmals bestreiten. Das würde dir guttun.«

»Ich weiß. Aber Juri benötigt meine Unterstützung. Da werde ich ihn nicht hängen lassen.«

»Wie du meinst.« Hollander ließ den Kopf kreisen. Irgendetwas in seinem Nacken knackte. »Dann sehen wir uns bei der Ansprache. Viel Spaß mit deinem Schützling!«

Er trabte zur Tür, blieb aber nochmals stehen und drehte sich zu Sid um. »Ich habe übrigens eine kurze Suchabfrage zu deinem Namen gemacht.«

Sid schluckte. »Und?«

»Mir kam der Name Rodrigo de Vivar irgendwie bekannt vor. Und siehe da, das war der Name dieses Ritters, der von Charlton Heston in einem Film verewigt wurde.«

Sid lächelte scheu. »Das stimmt.«

»De Vivars Spitzname war ›El Cid‹. Willst du, dass ich dich so nenne?«

Sid schüttelte leicht den Kopf. »Ich kenne die Legende von El Cid. Aber er war Spanier, und wir Lateinamerikaner haben nicht nur gute Erfahrungen mit den Spaniern gemacht. Die Namensgleichheit ist purer Zufall. Am meisten verbindet mich mit ihm die Inschrift auf seinem Grabstein: *›A todos alcanza la honra del que en buena hora nació‹.«*

»Alle erreicht die Ehre dessen, der zur rechten Stunde geboren ward«, übersetzte Hollander nach kurzem Zögern.

Sid feixte. »Dein Spanisch ist gut – für einen Gringo.«

»Ich werde dir morgen zeigen, wer der Gringo ist«, sagte Hollander lachend und verschwand durch die Tür.

Sid strich sich über das kurz geschnittene Haar. Vielleicht hätte er doch einen anderen Namen für seine Tarnidentität wählen sollen. Aber ihm hatte die Ähnlichkeit von »El Cid« zu seinem eigenen Vornamen gefallen, und so war er auf Mercants Vorschlag eingestiegen.

Allan D. Mercant und Homer G. Adams hatten die Operation *Baikonur* für ihn eingefädelt, nachdem sie erkannt hatten, dass Sid ein Ventil brauchte. Lakeside, das Institut am Goshunsee, in dem die Mutanten von überall auf der Erde gesammelt und ausgebildet wurden, war ihm zu einem Gefängnis geworden. Die beiden erfahrenen älteren Männer waren Sids Ausbruch zuvorgekommen, hatten ihm die Chance gegeben, seinen ältesten Traum zu erfüllen: Raumfahrer zu werden.

Zu seiner Sicherheit und um die schulischen Abläufe nicht zu stören, hatten sie vereinbart, dass er die Ausbildung inkognito absolvieren würde. Und das hieß: neuer Name, neues Aussehen, neuer Pass – und das absolute Verbot, seine Gabe der Teleportation einzusetzen.

Über dieses Verbot hatte er sich zwar bereits hinweggesetzt, noch bevor er in Baikonur angekommen war, aber Sid war sicher, dass der Ausrutscher keine Konsequenzen zeitigen würde. Er hatte Alexej mit seinen Sprüngen einen gewaltigen Schock versetzt und ihn später mit zweihundert Dollar zum Schweigen gebracht. Der Kasache müsste lebensmüde sein, wenn er versuchen würde, aus seinem Wissen mehr Kapital zu schlagen.

Nun musste er sich nur noch versichern, dass auch Juri schweigen würde. Der Junge hatte das Geschehen im Schneetreiben nur undeutlich wahrgenommen. Nachdem er in einer der Medoabteilungen Baikonurs eingeliefert worden war, hatten sie nur zweimal kurz miteinander gesprochen. Dabei hatte Sid in erster Linie Juri auf die Möglichkeit gelenkt, selbst die Raumakademie zu besuchen.

Nach anfänglichem Zögern hatte Juri seine Hilfe staunend und mit wachsender Begeisterung angenommen. Danach hatte sich Sid um die Bewerbung gekümmert, indem er bei Oberst Kowaltschuk vorstellig wurde und einen Kurier beauftragt hatte, Juris Geburtspapiere zu besorgen.

Nun kam die Zeit, um auf den Topf einen Deckel zu legen.

Sid betrachtete kurz sein Gesicht, das sich in der Fensterscheibe spiegelte.

Die Ärzte hatten nur sanft eingegriffen. In die Haut an den Wangenknochen, der Stirn und am Kinn hatten sie Kollagen-

Eiweiß-Präparate gespritzt, die seine Gesichtsform leicht verändert hatten. Dazu hatten sie die Form der Augenbrauen und den Haaransatz verändert.

Etwas schmerzhaft waren die Zahnkorrekturen gewesen. In einem aufwendigen Verfahren hatten spezialisierte Zahnärzte seine Hasenzähne abgeschliffen, neu ausgerichtet und sie mit den anderen Zähnen in eine harmonische Reihe gebracht.

Noch etwas unangenehmer war die Augenoperation gewesen, bei der die Ärzte ihm grünbraune Irisringe über seine natürlichen dunkelbraunen Iriden eingesetzt hatten. Zwei Tage lang hatten die Augen stark getränt, und er war extrem lichtempfindlich gewesen.

Dafür war das Resultat umso überzeugender. Beim ersten Blick in den Spiegel hatte er in ein seltsam fremdes, aber nicht unattraktives Gesicht geblickt.

Falls es in Baikonur zu einer zufälligen Begegnung mit Menschen kommen würde, die ihn aus Terrania oder seinem früheren Leben in Managua oder den Staaten kannten, würden sie ihn nicht auf den ersten Blick erkennen.

Dabei hatten ihm die Ärzte versichert, dass alle Anpassungen ohne größere Umstände wieder rückgängig gemacht werden konnten.

Bis auf die neuen Zähne, dachte er. *Die werde ich behalten!*

Sid nickte *ihm* – Rodrigo de Vivar – aufmunternd zu. Dann sah er prüfend an seinem blauen Overall hinunter. Er verschob den Reißverschluss, damit dieser genau auf die Höhe der oberen Kante des Namensschildes zu liegen kam. Disziplin, das hatten sie bereits am ersten Tag gelernt, begann an jedem Morgen, wenn das Bett gemacht und die Kleidung angelegt wurde.

Es konnte losgehen!

Er trat aus ihrem Schlafquartier, eilte durch die Gänge, in denen sich nur wenige Kadetten aufhielten. Dann verließ er das Wohngebäude und joggte auf der Gagarinstraße in Richtung der Sovelskoy-Armii-Straße.

Es war ein kühler Nachmittag in Baikonur. Die Sonne hatte den Zenit längst überschritten und machte sich langsam daran, im Westen unterzugehen. Die ausgeatmete Luft kondensierte in kleinen weißen Wölkchen, und Sid fühlte sich mit der Welt im Einklang. Als er an der uralten Buran-Raumfähre vorbeikam, musste er lächeln.

Kaum zu glauben, dass die Menschen noch vor wenigen Jahrzehnten einen immensen Aufwand betrieben hatten, um mit diesen besseren Flugzeugen in den nahen Erdorbit zu gelangen. Noch dazu die Buran: Im Gegensatz zu den Spaceshuttles der NASA waren sie nicht einmal zum Einsatz gelangt.

Wie viel einfacher war es, seit Perry Rhodan mit seinem Handeln die neue Epoche der Weltraumfahrt eingeläutet hatte.

Er bog auf die Aviatsionnayastraße ein, an der das Krankenhaus lag, in dem Juri behandelt worden war und in dem er nun die körperlichen Eignungstests absolvierte.

Der streng dreinblickenden Dame am Empfang zeigte er seine Erkennungsmarke und durfte dann den Lift in das oberste Stockwerk betreten. Er drückte auf den Knopf und wartete, bis sich die Tür mit einem metallisch schabenden Geräusch öffnete. Sid trat auf einen langen Gang, auf dem sich Tür an Tür reihte. Die Luft roch nach Desinfektionsmitteln und etwas abgestanden.

Juri hatte inzwischen ebenfalls einen blauen Overall erhalten. Der junge Kasache saß auf einer rustikal aussehenden Holzbank, den Kopf in den Händen vergraben.

Vorsichtig näherte er sich ihm. »Juri?«

Juri blickte überrascht auf. Als er Sid erkannte, sprang er freudig auf. »Ruy!«

»Na, wie geht's?«

Juri breitete die Arme aus. Der Blick aus seinen leicht geschlitzten Augen verdüsterte sich. »Es ist ... so seltsam!«

Sid runzelte die Stirn. »Seltsam« war nicht das Wort, das er erwartet hatte. »Weshalb seltsam?«

Juri sah ihn an, breitete hilflos die Arme aus, während er nach den richtigen Worten suchte.

»Was sagen denn die Ärzte?«, half Sid aus.

»Sie sagen, ich sei zäh«, erzählte Juri. »Rein körperlich sollte ich den Strapazen der Ausbildung gewachsen sein. Die Defizite, die ich in den Bereichen Mathematik und Physik habe, sollte ich gemäß ihren Aussagen in den Griff bekommen. Und auch die Papiere seien in Ordnung. Ruy – wie hast du sie überhaupt aufgetrieben?«

Sid lächelte. »Kasachstan mag nun offiziell ein terranischer Bundesstaat sein, aber du solltest wissen, dass sich die Menschen nicht so schnell verändern. Mit ein paar Dollar öffnen sich auch heute noch Türen und festgeklemmte Schreibtischschubladen.«

»Ich werde dir alles zurückzahlen, was du für mich ausgegeben hast.«

Sid winkte ab. »Das ist keine Rede wert. Es ist ja nicht wirklich mein Geld. Auch ich habe Gönner, die mir diesen Traum ermöglichen wollen. Aber du scheinst nicht wirklich glücklich zu sein, Juri.«

Der Junge presste die Lippen aufeinander und sah schuldbewusst zu seinen Füßen, die in den leichten Trainingsschuhen der Akademie steckten.

Sid betrachtete Juris Namensschild auf dem Overall. SARIPOV, stand in großen Lettern darin. Inzwischen kannte er auch Juris echten Vornamen, Mardam. Aber er würde ihn weiterhin Juri nennen, nach seinem Vorbild Juri Gagarin.

»Was ist denn?«, fragte Sid mit sanfter Stimme.

Juri seufzte. »Es war immer mein Traum, Raumfahrer zu werden«, erklärte er. »Aber nach der Katastrophe im letzten Herbst hatte ich mit Baikonur eigentlich abgeschlossen.«

»Und weshalb?«, fragte Sid, als Juri erneut schwieg.

Der junge Kasache blickte ihn an. Seine dunklen Augen glänzten. »Mein Dorf war nur wenige Kilometer von hier entfernt. Meine Eltern sind früh gestorben. Wegen der giftigen Dämpfe von den herunterfallenden Trümmern, wie man sagt.«

»Hm«, machte Sid. »Das musst du mir erklären: Was für Trümmer?«

Juri zeigte nach oben. »Na, von den ausgebrannten Raketenstufen, die heruntergefallen sind. Mein ganzes Dorf hat davon gelebt, sie mithilfe von Eseln, Pferden und meinem Kamel Amur einzusammeln und sie nach Baikonur zurückzubringen.«

»Und das haben sie getan, obwohl die Teile giftig waren?«

Juri machte eine hilflose Geste. »Wir haben gut davon gelebt. Besser als die Schafhirten der Gegend. Wir wussten nicht genau, wie giftig sie sind. Nicht viele sterben daran, nur wenige. Mein Großvater ist weit über sechzig ...«

Sid wusste nicht so recht, was er darauf sagen sollte. »Okay ...«, meinte er. »Und das war die Katastrophe, von der du sprachst? Dass deine Eltern gestorben sind?«

Juri schüttelte den Kopf. »Die Katastrophe war, dass sie aufgehört haben, mit Raketenstufen zu arbeiten. Schon in den letzten Jahren kamen nur noch vereinzelt Raketen mit Brennmodulen zum Einsatz. Aber nachdem sich Kasachstan der Terranischen Union angeschlossen hat und zum offiziellen Ausbildungszentrum wurde, kamen überhaupt keine alten Raketen mehr zum Einsatz. Mein Dorf hatte keine Arbeit mehr. Es wurde aufgegeben, und wir mussten in den Städten nach Arbeit suchen. Plötzlich war alles anders. Wir waren arm, hatten kaum etwas zu essen. Ich habe mit Amur Kurierdienste ausgeführt, bis ... bis ...«

Tränen kullerten aus seinen Augen. Sid gab sich einen Ruck und nahm Juri in den Arm. »Ich verstehe«, sagte er leise. »Ich verstehe.«

Nach einer Weile löste sich Juri von ihm. »Ich habe das Gefühl, dass ich alle verrate, wenn ich nun selbst in einem dieser Raumschiffe fliege, die meinem Dorf die Existenz genommen haben.«

Sid nickte. »Das kann ich gut verstehen«, sagte er. »Aber damit hilfst du deinen Verwandten und deinen Freunden auch nicht. Glaubst du nicht, dass sie stolz darauf wären, wenn du es schaffen würdest, Raumfahrer zu werden?«

Juri blickte ihn aus tränenverklebten Augen an. »Vielleicht«, murmelte er nach einer Weile.

»Wenn wir als Kadetten aufgenommen werden, erhalten wir einen kleinen Sold«, fuhr Sid fort. »Vielleicht kannst du deinem Großvater und den anderen damit helfen, wieder Fuß zu fassen.«

In Juris Gesicht arbeitete es. »Daran habe ich auch gedacht. Das wäre ein guter Grund, um Raumfahrer zu werden.«

Sid lächelte. »Der beste Grund«, bestätigte er. »Und ich werde dir ein Freund sein, der dich nie zurücklässt. Ich würde mich sehr darüber freuen, die Sterne mit dir zusammen zu erobern, kleiner Juri Gagarin.«

Juris Niedergeschlagenheit wich einem breiten Grinsen. »Versprochen?«

»Versprochen!«

Juri atmete tief ein. »Dann will ich es machen!«

»Da ist nur noch ein kleiner, aber für mich sehr wichtiger Punkt«, sagte Sid mit leiser, aber ernster Stimme. »Als ich dich vor vier Tagen in der Steppe aufgelesen habe, da habe ich ...« Er suchte nach den richtigen Worten. »Nun, ich musste etwas tun, was ich eigentlich nicht hätte tun dürfen. Und jetzt ...«

Juri sah ihn kritisch an, dann nickte er verstehend. »Was auch immer dein Geheimnis ist«, flüsterte er. »Bei mir ist es sicher.«

Sid ließ die angehaltene Luft entweichen. »Das ist gut, Juri. Dann sollten wir zu der Ansprache gehen. Ich habe erfahren, dass man den Oberst Kowaltschuk besser nicht warten lässt. Bist du hier fertig?«

»Das bin ich.«

»Dann auf ...«, sagte Sid, »auf zu den Sternen!«

Kapitel 3

20. März 2037

Sie erreichten den Komarowplatz exakt sechs Minuten vor neunzehn Uhr.

Hunderte von Kadetten standen bereits in Reih und Glied und blickten gespannt in Richtung des Podestes, auf dem in Kürze Oberst Kowaltschuk seine große Ansprache beginnen würde. Aufgeregtes Murmeln schwebte über dem Platz. Sid konnte die Anspannung der jungen Frauen und Männer förmlich spüren. Aus aller Welt waren sie angereist, um in der ersten terranischen Raumakademie vom mehrheitlich ferronischen Personal ausgebildet zu werden.

Zwei Asiatinnen nahmen sie in Empfang, scannten ihre Erkennungsmarken und schickten sie dann zu der vierten der zwölf Kompanien.

Dort wartete bereits ein Ferrone in ockergelbem, dick gefüttertem Overall. Mit einem kritischen Blick aus den charakteristisch tief in den Höhlen liegenden Augen maß er sie.

Sid schluckte. »Major Rinkhel«, stand auf dem Namensschild des Ferronen.

»Du kommst hier hin«, sagte Rinkhel zu Sid und deutete auf die zweite Reihe. »Und du hier.«

Juri warf Sid einen ängstlichen Seitenblick zu und stellte sich dann in die sechste Reihe wie von dem Ferronen befohlen.

»Los!«, befahl Rinkhel. »Zweite Reihe!«

Sid nickte und wollte sich gerade einreihen, als der Ferrone sich ihm in den Weg stellte. »Wie heißt es?«, fragte er scharf.

Sid spürte, wie ihm das Blut in den Kopf schoss. Unsicher blieb er stehen.

Eine scharfe Falte entstand auf der blauhäutigen Stirn des Ferronen. »Wie bestätigst du, dass du einen Befehl eines Vorgesetzten verstanden hast und ihn umgehend umsetzen wirst?«

»Verstanden!«, presste er heraus.

»Gut, einreihen!«

»Verstanden!«, sagte Sid erneut und eilte in die zweite Reihe.

Mit pochendem Herzen blieb er stehen. Er hatte es unter allen Umständen vermeiden wollen, gleich bei der ersten Gelegenheit negativ aufzufallen, und war dem Ausbilder gleich ins offene Messer gelaufen.

Ein schlechter Start, dachte er.

Maurice S. Hollander, der schräg vor ihm stand, blickte ihn über die Schulter an und zwinkerte aufmunternd. »Wir sind alle schon reingefallen«, flüsterte er.

Sid lächelte zaghaft. »Jetzt geht's los.«

Hollander blickte wieder nach vorne, und Sid sah sich kurz um. Die meisten anderen Kadetten der vierten Kompanie kannte er bereits von den Einstufungstests und aus dem gemeinsamen Schlafraum. Nun standen sie in Viererreihen, der Größe nach geordnet, und warteten auf den Auftritt von Oberst Kowaltschuk.

Sid atmete die kühle Luft ein. Er spürte, wie sich sein Körper langsam vom kurzen Schock erholte. Als er sich auf das Abenteuer Baikonur vorbereitet hatte, war ihm bewusst geworden, dass er es nur dann erfolgreich überstehen würde, wenn er über sich und seine Schwächen hinauswuchs.

Die Ausbildung würde hart werden, sehr hart. Falls er in alte Fahrwasser zurückfiel, zu träumerisch oder zu impulsiv agierte, würde er sich über kurz oder lang Schwierigkeiten einhandeln.

Gleichzeitig wusste er, dass die Selbstdisziplin, die ihnen an der Akademie eingetrichtert wurde, für seinen späteren Lebensweg von großer Wichtigkeit sein würde.

Es ist an der Zeit, erwachsen zu werden, dachte er. *Ein Siebzehnjähriger muss sein Leben selbst meistern können.*

Der Gedanke gab ihm Kraft. Er blickte am Podest vorbei und betrachtete das ferronische Raumschiff, das dahinter auf dem Landefeld aufragte. Seine metallene Hülle glänzte in der untergehenden Sonne.

Das mächtige terranische Kriegsschiff VEAST'ARK hatte es aus dem Wegasystem hergeschafft, da die Ferronen selbst die überlichtschnelle Raumfahrt nie entwickelt hatten.

Das ferronische Shuttle wurde in Baikonur für das Training von Start und Landung verwendet, das wusste Sid bereits. Aber bis es so weit sein würde, benötigte er noch einiges an Geduld.

Nur wenige Monate war es her, seit er für sich allein in seinem Zimmer in Johns Shelter gesessen, verträumt seine Poster betrachtet und an seinem »Raumanzug« gearbeitet hatte.

Ein Kind war er gewesen. Ein Außenseiter.

Und nun war er hier, unter Hunderten von jungen Menschen, die seinen Traum von den Sternen teilten.

»Ich werde es schaffen«, murmelte er.

Die junge Frau, die neben ihm stand, warf ihm einen amüsierten Blick zu. »Wir werden es alle schaffen«, flüsterte sie.

Sids Lächeln geriet nicht allzu souverän. Anna Dahlin war *der* Hingucker gewesen, als er zusammen mit Maurice den Schlafraum bezogen hatte. Weizenblondes, fingerlang geschnittenes Haar und tiefblaue Augen, die zum samtbraunen Teint aufregend kontrastierten. Groß, schlank, durchtrainiert, eine ehemalige Fechterin des schwedischen Junioren-Nationalkaders.

Sollte er etwas sagen? Nun wäre *die* Gelegenheit, um sich bei ihr in eine gute Position zu bringen.

Maurice blickte erneut über die Schulter. Diesmal sah er an Sid vorbei und zwinkerte Dahlin zu. »Seid ihr bereits am Schäkern?«, flüsterte er.

»Klar«, erwiderte sie. »Deswegen sind wir ja schließlich hier. Wozu auch sonst?«

Hollander zuckte die Achseln und sah wieder nach vorne.

Eins zu null für Dahlin, dachte Sid zufrieden.

Dann fiel ihm ein, womit er die Konversation beginnen konnte. »Weißt du, weshalb der Platz ›Komarowplatz‹ heißt?«, fragte er leise.

»Hm«, machte Dahlin. »Da es wahrscheinlich nicht um den Hockeyspieler Sergej Komarow geht, nehme ich an, dass der Platz nach Wladimir Michailowitsch Komarow benannt wurde, dem Kosmonauten.«

»Genau«, bestätigte Sid. »Wladimir Komarow war der erste Mensch, der bei einer Weltraummission starb.«

»Das tragische Ende von Sojus-1«, sagte Dahlin nachdenklich. »Der Fallschirm öffnete sich nicht, und die Landekapsel mit Komarow an Bord schlug ungebremst auf dem Boden auf.«

Sid nickte beeindruckt. »Du kennst dich aus.«

»Selbstverständlich«, sagte Dahlin. »Die Frage ist aber, ob sie uns mit Absicht hier versammelt haben. Um uns an das Risiko zu erinnern, mit dem Weltraumpioniere leben müssen.«

Sid schluckte. Daran hatte er nicht gedacht. »Sieht fast so aus.«

»Ruhe!«, rief in diesem Augenblick der Ferrone Rinkhel.

Das Gemurmel erstarb sofort.

Ein leises Knacken wies darauf hin, dass die Lautsprecher auf dem Platz eingeschaltet wurden.

»Kadetten der zweiten Ausbildungseinheit«, erscholl eine laute Stimme über den Platz. »Achtung!«

Sid und die restlichen Kadetten schlugen die Hacken zusammen und standen stramm.

Musik wurde eingespielt. Sid kannte die Melodie. »Ad astra« war nicht nur die offizielle Hymne der Raumakademie Baikonur, sondern auch das geflügelte Wort, das ihnen hier immer wieder begegnete.

Per aspera ad astra, dachte Sid. *Durch Mühen zu den Sternen.*

Mit starr geradeaus gerichtetem Blick wartete er ab. Sein Herz klopfte ihm bis zum Hals. Nun ging es endlich los!

Ein untersetzter Mann in militärischer Uniform schritt über den Platz und stieg die vier Stufen zum Podest hinauf. Dann trat er an das Rednerpult und ließ seinen Blick über die Kadetten schweifen.

Sid, der die Augen bis zur Schmerzgrenze verdrehte, hielt die Luft an. Die Stille über dem Komarowplatz vermittelte einen geradezu irrealen Eindruck.

»Rührt euch!«, erklang die Stimme von Oberst Ilja Kowaltschuk. »Ich begrüße euch in der terranischen Raumakademie Baikonur. Wenn ihr nun hier vor mir steht, bedeutet das, dass ihr alle körperlichen und geistigen Eignungstests bestanden habt. Ihr seid nun offiziell Kadetten der Raumakademie!«

Er machte eine kurze Pause, um das Gesagte wirken zu lassen.

Sid vergegenwärtigte sich, dass dank der faszinierenden Translatortechnik alle Anwesenden den russischen Oberst ohne Mühe verstanden – egal, von welchem Kontinent, aus welchem Land oder sogar von welchem Planeten sie kamen.

Die injizierten Translatoren waren zwar offiziell immer noch im »Beta-Stadium«, aber gerade in Baikonur schienen die Wissenschaftler und Ausbilder von deren Technik überzeugt zu sein. Und Sid konnte sich nur schwer vorstellen, wie gewaltig der Aufwand wäre, wenn sie für jede Sprache einen Dolmetscher hätten anstellen müssen. Oder wenn alle Russisch, Englisch und Ferronisch hätten lernen müssen, damit sie die Ausbilder verstanden.

Sein bereits eingesetzter Translator hätte ihn um ein Haar in die Bredouille gebracht. Da er seine Existenz unmöglich mit der erfundenen Herkunftsgeschichte in Einklang hätte bringen können, hatte er sich wohl oder übel ein zweites Gerät injizieren lassen müssen.

Zuerst hatte er Bedenken gehabt, ob die beiden Translatoren

um die Vorherrschaft in seinem Sprechapparat konkurrieren würden, was dann aber glücklicherweise nicht geschehen war. Das alte Gerät hatte sich selbstständig ausgeschaltet und das Feld dem moderneren Nachfolger überlassen.

»Ich will, dass ihr diesen Rang mit Stolz tragt«, fuhr Kowaltschuk fort. »Er weist euch aus als Angehörige einer Generation von jungen Menschen mit außergewöhnlichen Privilegien. Aber ich warne euch davor, euch der Eitelkeit hinzugeben! Denn ihr habt noch nichts, noch gar nichts erreicht. Kadett zu sein bedeutet, jeden Tag an eure Leistungsgrenzen zu gehen. Der Weg zu den Sternen ist ein mühevoller. Ihr geht ihn nicht für euch allein, sondern für die gesamte Menschheit. Deshalb ist ein Kadett nicht nur stets bereit, alles für die Mission und seine Kameraden zu geben – er ist dabei auch demütig. Ein Kadett der terranischen Raumakademie ist diszipliniert und aufopfernd. Er lügt nicht, betrügt nicht. Er gibt jeden Tag sein Bestes im Wissen, dass nicht er, sondern die *Menschheit* Geschichte schreibt. Habt ihr das verstanden?«

»Verstanden!«, scholl es wie aus einer Kehle über den Platz.

Sids Lippen zitterten. Das Gefühl der Ehrfurcht wurde beinahe übermächtig.

»Baikonur ist ein Ort der Geschichte«, fuhr Kowaltschuk fort. »Mit der Ankunft der Ferronen beginnt ein neues, ein weiteres glanzvolles Kapitel. Eure ferronischen Ausbilder haben ein umfangreiches Programm zusammengestellt. Die nächsten Wochen werden nicht nur die härtesten eures Lebens werden, ihr werdet vieles in kurzer Zeit lernen müssen. Seid sicher, dass wir jeden eurer Erfolge und Misserfolge registrieren werden. Dabei sind es eure Ausbilder, die entscheiden werden, ob ihr die Prüfungen besteht oder nicht. Sie werden in den nächsten Wochen eure wichtigsten Bezugspersonen sein. Ich stelle sie euch der Reihe nach vor!«

Kowaltschuk straffte sich. »Kompanie eins: Major Sintiak!«

»Hier!«

Ein Ferrone in ockergelbem Overall löste sich von der ersten Kompanie, drehte sich um und salutierte.

»Kompanie zwei: Major Serghan!«

»Hier!«

Der Reihe nach traten die aufgerufenen Ferronen vor und präsentierten sich. Dabei hatte Sid den Eindruck, dass sie mit Rinkhel einen der unangenehmsten Ausbilder zugeteilt bekommen hatten. Während einige der anderen Ferronen zumindest den Ansatz eines Lächelns auf den Lippen hatten, zeigte sich Rinkhel mit seinen zackigen, genau bemessenen Bewegungen in militärischer Perfektion.

Nachdem alle vorgestellt worden waren, sagte Kowaltschuk mit gewichtiger Stimme: »Kadetten! Für die Ausbildung wünsche ich euch nicht viel Glück, sondern viel Einsatzwillen, Disziplin und Hingabe.« Er nahm sich Zeit, den Blick erneut über sie schweifen zu lassen. »Und Demut!«, fügte er hinzu. »Zu den Sternen!«

»Zu den Sternen!«, wiederholten Sid und die anderen Kadetten im Gleichklang.

»Achtung!«

Vierhundertachtzig Hacken wurden zusammengeschlagen. Die Hymne wurde eingespielt, und der Oberst verließ das Podest.

Nachdem die letzten Takte verklungen waren, trat Rinkhel vor sie.

»Rührt euch!«, sagte er barsch. »Erste Befehlsausgabe: Ihr werdet geordnet und im Laufschritt zurück zu den Quartieren gehen und dort Jacke, Mütze und Kampfstiefel anziehen. In den Rucksack werdet ihr die Pelerine, Fäustlinge, das Allzweckwerkzeug und die ungefüllte Wasserflasche packen. Um exakt neunzehn Uhr zwanzig meldet ihr euch bei mir in Halle zwölf. Fragen? Keine? Ausführen!«

Sie quittierten den Befehl mit einem saftigen »Verstanden!« und machten sich auf den Weg zum Schlafsaal.

Sid bemerkte, wie Juri Blickkontakt mit ihm suchte. In seinen mandelförmigen Augen stand nackte Angst.

Kapitel 4

20. März 2037

»Go, go, go!«, rief Hollander. »Wir haben noch drei Minuten!«

Sid presste die Lippen aufeinander. Der Rucksack fühlte sich wie ein Fremdkörper an. Er hatte es verpasst, die Riemen rechtzeitig einzustellen, und nun hüpfte der Rucksack beim Sprinten wild hin und her. Das Allzweckwerkzeug schlug ständig an die Wasserflasche und verlieh ihrem Hühnerhaufen eine zusätzliche unprofessionelle Note.

Anna Dahlin fluchte neben ihm. Der Beginn der Mission frustrierte sie ebenso wie Sid.

Sie hatten bereits beim Packen unnötig Zeit verloren, weil Juri gleich zweimal die Toilette hatte aufsuchen müssen. Zusammen mit der Schwedin hatte Sid ihm dann geholfen, seine Ausrüstung zusammenzutragen, während Hollander sie ununterbrochen angetrieben hatte. Danach hatten sie das Quartier in wilder Hast verlassen und hatten das Wegstück zur Halle 12 in Angriff genommen.

Sid warf einen Blick auf seine Uhr. 19.17 Uhr.

Er keuchte. Die eiskalte Luft schmerzte in der Lunge. Sid fragte sich, was geschehen würde, wenn er sich ausgerechnet jetzt erkältete. Würde er automatisch ausgeschlossen werden? Zurückgestellt zu den Kandidaten der nächsten Ausbildungseinheit?

Das durfte nicht geschehen! Nicht jetzt, nachdem er bereits in den ersten Tagen zwei – mit Dahlin zweieinhalb – Freunde gefunden hatte. Die ersten seit Elmer Bradley. Sue, John und die anderen aus Terrania einmal ausgeklammert.

»Los, wir schaffen es!«, keuchte Adham Hammadi, der Ägypter. »Da vorne ist die verdammte Halle.«

»Wrinkle erwartet uns bereits«, fügte Hollander hinzu. »Ordnet euch ein bisschen!«

Japsend und stolpernd versuchten sie sich zu einer Zweierkolonne zu formieren. Dahlins Rucksack schlug Sid schmerzhaft ins Gesicht. Er schaffte es gerade noch, den Schmerzensschrei zu unterdrücken.

»Das Ganze halt!«, bellte Rinkhel.

Sie bremsten ab, kamen schnaufend und röchelnd zum Stehen.

Der Ferrone blickte auf den Zeitmesser, den er am Handgelenk trug. »Neunzehn Uhr neunzehn!«, sagte er mit knarrender Stimme. »Gerade noch so geschafft. Das nächste Mal bitte eine Minute früher und etwas disziplinierter, verstanden?«

Sie meldeten, dass sie ihn verstanden hatten.

Daraufhin mussten sie sich im Halbkreis um Rinkhel aufstellen. Der Ferrone mit seiner für das menschliche Auge unnatürlich blauen Haut wirkte so souverän, als hätte er sein Leben nie etwas anderes getan, als in Baikonur Kadetten auszubilden.

Ferrol, die Hauptwelt der Ferronen, war ein paar Grade wärmer als die Erde. Rinkhel musste trotz des dicken Futterals seines Overalls noch stärker frieren als sie. Aber er ließ sich nichts anmerken. Ruhig betrachtete er jeden Einzelnen von ihnen. Auf seiner Stirn hatte sich erneut die scharfe Falte gebildet, die Sid schon beim ersten Aufeinandertreffen aufgefallen war.

Hollander hatte auf dem Weg zu den Unterkünften Rinkhel seinen Spitznamen verliehen, und Sid zweifelte nicht daran, dass er dem Ferronen ab sofort anhaften würde: *Wrinkle* – Englisch für Runzel oder Falte.

»In der Halle hinter mir steht euer heutiges Transportmittel bereit«, sagte Wrinkle. »Aber bevor ihr es seht, werde ich einen kurzen Check eurer Ausrüstung vornehmen. Ich will, dass ihr euch in einer Reihe aufstellt, den Rucksack vor euch auf den Boden. Darauf deponiert ihr die Pelerine, die Fäustlinge, das Werkzeug und die ungefüllte Wasserflasche!«

Sie machten sich daran, den Befehl auszuführen. Sie stellten sich auf, holten die Ausrüstungsgegenstände hervor und platzierten sie auf dem leeren Rucksack.

Ein würgendes Geräusch erklang, das verdächtig nach Juri klang. Besorgt blickte Sid zu seinem Schützling, der vier Plätze neben ihm vor seinem Ausrüstungshäufchen kniete. Auf den ersten Blick sah Sid, was fehlte: Juri hatte es fertiggebracht, das Allzweckwerkzeug zu vergessen, das Dahlin ihm auf dem Bett zurechtgelegt hatte.

»Dann wollen wir mal sehen, ob alles vorhanden ist«, sagte Wrinkle.

Er trat vor den ersten Kadetten – einen Neuseeländer mit kurzem rotem Haar und übergroßen Schneidezähnen – und musterte dessen Ausrüstung.

Wrinkle nickte und machte einen Seitenschritt, kontrollierte die nächste Ausrüstung, nickte erneut.

Juri!, dachte Sid verzweifelt. *Melde dich, bevor er dich erwischt!*

Juri erhob sich und blieb mit auf dem Rücken gelegten Armen hinter seinem Häufchen stehen. Das Gesicht war eine Maske, starr und glatt wie alte Bronze.

Verdammt!, dachte Sid. *Ich hätte ihn niemals überreden sollen ...*

Sid stoppte in seinen Überlegungen, als Wrinkle vor ihn trat. Der Ferrone blickte auf Sids Namensschild und stutzte.

»Dein Name ist mir bereits aufgefallen, als ich die Liste erhalten habe«, sagte er. »In welcher Beziehung stehst du zum historischen Rodrigo de Vivar?«

Sid schluckte. Er öffnete den Mund, aber er war zu perplex, um etwas zu sagen. Woher zum Teufel kannte Wrinkle die spanische Geschichte?

Der Ferrone musste seine Gedanken gedeutet haben. Mit einem grimmigen Lächeln erklärte er: »Ich habe mich intensiv auf Terra und die terranische Geschichte vorbereitet. Ich habe ein Faible für Freiheitskämpfer. Sie zeichnen meist ein klareres Bild der Geschichte als diejenigen, die sie niederschreiben.«

In Sids Hals bildete sich ein riesengroßer Kloß. Es gefiel ihm gar nicht, dass Wrinkle ihm derart viel Aufmerksamkeit schenkte.

»Geht deine Ahnenlinie auf Rodrigo de Vivar zurück?«, fragte der Ferrone.

»Nein, Major!«, brachte Sid heraus. »Es ist reiner Zufall.«

»Zufall, soso.« Wrinkle blickte an Sid vorbei und sagte scharf: »Mardam Saripov, genannt ›Juri‹! Ich sehe von hier aus, dass dein Allzweckwerkzeug fehlt. Du hast zehn Minuten Zeit, es zu holen und es am Ende der Reihe zu präsentieren!«

Von Juri kam zuerst ein erstickter Laut, dann hörte Sid »Verstanden, Major!« und die Stiefelsohlen des jungen Kasachen, der davonrannte.

Rinkhel blickte Sid tief in die Augen. »Ahnenreihen sind das eine«, erklärte er. »Man bildet sich viel zu viel darauf ein. Die genetischen Informationen werden von Generation zu Generation vermischt und verwässert. Sich aber mit einem berühmten Kämpfer zu identifizieren kann ein junges Leben viel stärker prägen als ein aufwendig gepinselter Stammbaum.«

»Es ist ... wirklich nur ein Zufall, Major«, stotterte Sid.

»Deine Eltern werden sich etwas gedacht haben, als sie dir den Vornamen von El Cid gegeben haben«, flüsterte Rinkhel. »Du wirst dir etwas gedacht haben, als du erfahren hast, wer dein berühmter Namensvetter war und was er für die Menschen damals bedeutet hat.«

»Major, ich ...«

»Ich werde dich von nun an an El Cid messen. Enttäusche mich nicht, de Vivar.«

Damit ließ er Sid stehen und setzte die Kontrollen fort. Noch dreimal blieb er stehen und sprach zu den jeweiligen Kadetten. Sid blieb zitternd und bebend an seinem Platz. Weshalb hatte ihm Wrinkle diese Ansprache gehalten? Hatte er ihm und den danebenstehenden Kadetten zeigen wollen, wie gut er sich bereits in der Menschheitsgeschichte auskannte? Oder hatte er Sid nur verunsichern und prüfen wollen, wie er mit der unerwarteten Situation umging?

Sid atmete tief ein. Wie auch immer es gemeint gewesen war – Wrinkle hatte ihn aus der Anonymität der vierzig Kadetten ihrer Kompanie in die erste Reihe gezerrt. Sid wusste nun, dass Wrinkle ein Auge auf ihn geworfen hatte. Würde ihm von nun an ein Fehler unterlaufen, konnte er nicht damit rechnen, dass er ihrem ferronischen Ausbilder nicht auffallen würde.

Noch bevor Wrinkle das Ende der Reihe erreicht hatte, kam Juri zurückgerannt; in der Hand hielt er das Allzweckwerkzeug.

Zwanzig Minuten später saßen sie in den beiden Supercoptern und verdrehten die Hälse, um aus den Fenstern zu schauen. Dicht gedrängt fanden auf jeder Seite des Copters je zehn Kadetten Platz. Von der Decke hingen die Kopfhörer, die sie aufgesetzt hatten, um untereinander kommunizieren zu können.

Sid blickte nach links, wo Maurice S. Hollander so gerade saß, als wären seine Schulterblätter an der Sitzlehne festgeklebt.

Anna Dahlin saß zwischen dem Kalifornier und Adham Hammadi. Konzentriert betrachtete sie das kleine schwarze Kästchen, mit dem man zwischen dem Piloten- und dem Passagierkanal wechseln konnte.

Juri saß rechts neben Sid. Er hatte kaum drei Worte gesprochen, nachdem Wrinkle ihnen das weitere Prozedere erklärt hatte.

Auf Sids Rückfrage hatte er bloß geantwortet, dass es ihm gut ginge und ihm ab sofort keine Fehler mehr unterlaufen würden.

Die Rotoren des Copters begannen sich schneller zu drehen. Ein tiefes Brummen erfüllte die Kabine.

»Okay«, sagte Hollander über Funk. »Major Rinkhel hat mich zu einem der Gruppenführer bestimmt. Ich wähle Dahlin, de Vivar, Hammadi und Brubaker.«

Sid schielte zu Juri hinüber. Wrinkle hatte ihn ebenfalls zu einem der vier Gruppenführer ihres Copters bestimmt.

Ausgerechnet ihn.

Der junge Kasache wartete ab, bis die anderen beiden Gruppenführer ihre Auswahl getroffen hatten, und begrüßte dann die vier übrig gebliebenen Kadetten in seiner Gruppe.

Sid hatte Hollander vor dem Einsteigen kurz zur Seite genommen und ihn gebeten, mit ihm zusammen zu Wrinkle zu gehen, um Juri in ihre Gruppe zu nehmen. Aber Hollander hatte ihm erklärt, dass sich der Ferrone nicht umstimmen lassen würde.

»Du hast nur Angst, dass er unsere Gruppe schwächen würde«, hatte Sid gesagt, worauf der Kalifornier nur gemeint hatte, dass er Juri nicht unterschätzen sollte.

Sid seufzte. Langsam verstand er die Skepsis, die Hollander dem Projekt Juri von Anfang an entgegengebracht hatte. Sid fühlte sich für den jungen Kasachen verantwortlich. Es würde schon schwer genug werden, auf sich selbst aufzupassen – wenn er sich nun auch noch stets um Juri Gedanken machen musste, würde er schneller an seine Grenzen stoßen, als ihm lieb war.

Der Supercopter hob vom Landefeld ab. Die Kadetten lehnten sich in ihren Gurten weit nach vorne, um Baikonur in seiner gesamten Pracht genießen zu können.

Der Weltraumbahnhof war in den letzten Jahrzehnten trotz der internationalen Querelen um die Raumfahrt stetig gewachsen. Dabei standen noch etliche der Gebäude und Einrichtungen aus dem vorigen Jahrhundert. Die Verschmelzung von Historischem und Modernem machte Baikonur zu einem atemberaubenden Freilichtmuseum. Die in den letzten Monaten hinzugekommenen Gebäude aus der arkonidischen Modulbauweise verliehen dem Gelände einen zusätzlichen exotischen Touch.

Die untergehende Sonne zauberte Tausende verschiedene Farben und Reflexe, vor denen die Funktürme wie Scherenschnittmuster aufragten.

Der Copter gewann schnell an Höhe. Dann senkte sich seine Schnauze, und das Fluggefährt beschleunigte mit so hohen Werten, dass Sid tief in die Seitenlehne gepresst wurde.

»Sie haben den Zeitpunkt des Starts gut gewählt«, sagte Anna Dahlin, die unentwegt aus dem Fenster blickte. »Wir erhalten noch einen schönen Eindruck von Baikonur, dann wird es zu dunkel sein, um zu sehen, wohin der Flug geht.«

»Dann wissen wir auch schon, wie es weitergehen wird«, sagte Hollander.

Sid war froh, dass Hollander als Gruppenführer ausgewählt worden war und nicht er. Der Kalifornier strahlte Zuversicht und Ruhe aus, genau das, was er nun benötigte.

»Ein Sturm wird aufziehen«, sagte Juri.

Hollander lehnte sich nach vorne, um an Sid vorbeizusehen. »Bist du sicher?«, fragte er. »Bisher sieht man nichts davon. Woran erkennt man einen aufziehenden Sturm in der Steppe?«

Juri wandte den Kopf um. Zum ersten Mal seit ihrer Unterhaltung im Krankenhaus lächelte der junge Kasache. »Das ist ganz einfach«, sagte er mit verschwörerischer Stimme. »Man muss nur die Wettervorhersage lesen und richtig deuten.«

»Okay«, sagte Hollander. »Dann wollen wir hoffen, dass uns dieser Sturm verschont.«

Nachdem die Sonne vollständig untergegangen war, vollführte der Copter mehrere Richtungswechsel. Bereits nach wenigen Minuten hatte Sid keine Ahnung mehr, in welche Himmelsrichtung sie unterwegs waren.

»Willkommen in der Nacht«, erklang Wrinkles Stimme im Kopfhörer. »In zwei Minuten werden wir die erste Gruppe absetzen. Es wird wie folgt ablaufen: Der Gruppenführer wird mir bestätigen, dass seine Gruppe komplett ist. Danach hat sie exakt hundert Sekunden Zeit, aus der Transportbox zwölf Ausrüstungsgegenstände auszuwählen. Dabei lege ich Wert darauf, dass die Gruppenführer nur den Stichentscheid treffen, falls die Gruppe sich nicht einig ist. Ihr habt nicht viel Zeit – wählt weise! Ich werde mich an der Entscheidung nicht beteiligen; selbst wenn ich sehe, dass ihr unnütze Gegenstände ausgewählt habt.« Er machte eine kurze Pause. »Ihr habt bei dieser Mission zwei Ziele: Erstens: überleben. Zweitens: den Rückweg in eure Quartiere finden. In euer warmes Bett, das auf euch warten wird.«

Sid spürte, wie sich in seinem Nacken eine Gänsehaut bildete. Er blickte zu Hollander hinüber. Im blassen Schein der Innenbeleuchtung sah er, dass der Kalifornier lächelte.

Kapitel 5

20. März 2037

»Hundert Sekunden«, sagte Wrinkle. »Ab jetzt!«

Maurice S. Hollander klappte den Deckel der Transportbox auf. Zwei kleine Scheinwerfer an der Innenseite des Deckels warfen ein grelles Licht auf die Ausrüstung.

»Ein Bund Thermodecken, dicke Schlafsäcke, ein Heizaggregat mit Benzintank«, zählte der Kadett auf, »Schneeschuhe, ein Funkgerät, ein Gewehr, eine Signalpistole, ein Wassertank, ein kleiner Kocher, Konzentratnahrung, ein Zelt, ein Spiegel, ein Erste-Hilfe-Koffer, ein Nylonseil, ein Kompass, Kartenmaterial und ein aufblasbares Boot.«

Sekundenlang sagte niemand etwas. Mit angehaltenem Atem blickte Sid auf die Ausrüstungsgegenstände, die sorgfältig in der Transportbox verstaut waren.

»Zwölf Gegenstände«, erinnerte sie Wrinkle. »Und noch fünfundachtzig Sekunden.«

»Wir brauchen sicher die Karten, um uns zurechtzufinden«, sagte Anna Dahlin.

»Das ist richtig«, pflichtete ihr Hollander bei. »Und die können wir nur gebrauchen, wenn wir einen Kompass haben.«

»Brauchen wir den wirklich?«, fragte Hammadi. »Dort oben ist der Polarstern. Wir können uns an ihm orientieren!«

»Sicher nicht, wenn gleich der Sturm aufzieht«, sagte Caster Brubaker abschätzig, der Kanadier, der bis eben geschwiegen hatte. »Den Kompass brauchen wir. Zudem müssen wir uns auf starken Schneefall und noch größere Kälte einstellen!«

»Okay«, sagte Hammadi. »Dann sollten wir auf jeden Fall die Schneeschuhe, das Heizaggregat, das Zelt und die Schlafsäcke mitnehmen.«

»Das Aggregat ist viel zu schwer«, sagte Hollander rasch. »Außerdem wird das Benzin nicht allzu weit reichen.«

Anna Dahlin deutete auf die Schlafsäcke. »Diese Dinger nehmen ebenfalls zu viel Platz weg. Wir sollten nur die Thermodecken nehmen. Und das Zelt hilft uns nur, wenn wir es an einem windgeschützten Ort aufstellen können.«

»Sechzig Sekunden!«, sagte Wrinkle.

»Was ist mit Nahrung?«, fragte Brubaker. »Die Konzentratnahrung und das Wasser müssen wir auf jeden Fall mitnehmen.«

»Spinnst du?«, rief Hammadi. »Das Wasser können wir aus dem Schnee herstellen, wenn wir den Kocher verwenden.«

»Keine Panik jetzt«, sagte Hollander. »Wir müssen ruhig bleiben. Also, was haben wir bisher ausgewählt: Karten und Kompass, Schneeschuhe, Thermodecken ...«

»Konzentratnahrung«, half ihm Brubaker aus.

»Der Erste-Hilfe-Koffer?«, fragte Dahlin.

»Zu schwer«, urteilte Brubaker.

»Die Signalpistole!«, rief Hammadi.

»Mit nur einem Schuss?«, fragte Brubaker. »Dann lieber den Spiegel, damit kann man auch Signale senden!«

»Fünfundvierzig Sekunden!«

Adham Hammadi griff sich an den Kopf. Er schien mit der Situation überfordert zu sein.

»El Cid!«, sagte Hollander. »Du hast noch überhaupt nichts gesagt. Was brauchen wir noch?«

Sid spürte, wie sich sein Herzschlag beschleunigte. Die Gedanken kreisten wild in seinem Kopf. »Wäre ... wäre es nicht einfacher, wenn wir die Gegenstände aussortieren würden, die wir nicht gebrauchen können?«, fragte er.

»Okay«, sagte Hollander gedehnt. Er deutete mit dem Zeigefinger der Reihe nach auf die Gegenstände und zählte sie durch. »Es sind siebzehn. Wir müssen also fünf aussortieren.«

»Dreißig Sekunden«, sagte Wrinkle unbeeindruckt.

»Wir haben uns bereits gegen die Schlafsäcke, das Heizaggregat und den Wassertank entschieden«, sagte Dahlin. »Das sind drei Gegenstände. Fehlen noch zwei.«

»Das Boot und das Gewehr«, sagte Brubaker schnell.

»Das Boot ja«, sagte Hollander. »Aber das Gewehr? Und wenn uns wilde Tiere angreifen?«

»Wölfe und Bären sind hier ausgestorben, und die Schneeleoparden werden uns nichts tun«, erklärte Dahlin.

»Zwanzig Sekunden!«

»Dann entscheiden wir uns gegen Schlafsäcke, Heizaggregat, Wassertank, Boot und Gewehr?«, fragte Hollander hastig.

Sid schüttelte den Kopf. Vor seinem inneren Auge sah er die

Bilder von den Nord- und Südpolmissionen, die er sich einmal auf seinem Pod angesehen hatte. Diese Männer hatten sich auf ihre Expeditionen gewissenhaft vorbereitet. Plötzlich wusste er, was ihn zuvor gestört hatte.

Er räusperte sich. »Ich bin für das Boot!«

Hollander blickte ihn verständnislos an. »Wir werden sicher nicht auf offenes Wasser stoßen. Hier ist alles zugefroren!«

»Aber wir können es als improvisierten Schlitten verwenden«, erklärte Sid. »Mit dem Seil können wir es gemeinsam ziehen. Anstatt alles in unseren Rucksäcken mitzutragen, können wir die Ausrüstung im Boot verstauen!«

»Zehn Sekunden!«

»Super Idee«, sagte Hollander. »Seid ihr alle dafür, das Boot mitzunehmen?«

»Anstelle der Signalpistole?«, fragte Dahlin. »Dann ja!«

»Fünf Sekunden!«

»Okay«, sagte Hollander. »Wir verzichten auf die Schlafsäcke, das Heizaggregat, den Wassertank, die Signalpistole und das Gewehr!«

Der Ferrone tippte auf seinen Zeitmesser. »Und null. Ich gratuliere. Ihr habt euch einigen können.«

»Heißt das«, fragte der Kalifornier, »dass wir die richtigen Gegenstände ausgewählt haben?«

Wrinkle lächelte. Seltsamerweise erschien auch dabei die steile Falte an seiner Stirn. »Das habe ich nicht gesagt. Ob ihr richtig ausgerüstet seid, wird die folgende Nacht zeigen. Und nun nehmt eure Ausrüstung entgegen, damit wir weiterfliegen können.«

Gemeinsam luden sie die ausgesuchten Gegenstände aus der Transportbox und stapelten sie auf dem zugefrorenen Boden.

Sid schluckte, als er die dicken Schlafsäcke betrachtete, die wieder im Innern der Box verschwanden.

Ob sie gerade einen schweren Fehler begangen hatten?

Fünf Minuten später waren sie allein. Das Rattern der Copterrotoren entfernte sich. Und mit ihm Juri und seine Gruppe, der das Auswahlprozedere noch bevorstand.

Über ihnen leuchteten ein paar Sterne, eine dünne Mondsichel spendete nur wenig Licht. Dafür schoben sich von zwei Seiten schwarze Wolkendecken heran, und ein eisig kalter Wind kam auf.

»Da wären wir nun«, sagte Anna Dahlin. »Ich finde, wir haben es gar nicht so schlecht gemacht bisher. De Vivar hat zwar am wenigsten gesagt, aber ohne ihn hätten wir wahrscheinlich weniger als zehn Gegenstände zusammengebracht.«

Sid lächelte zufrieden und wusste, dass sie es nicht sehen würde. »Nenn mich Ruy«, bat er.

»Unsinn«, sagte Hollander. »Du bist unser El Cid.«

»Was machen wir jetzt?«, fragte Caster Brubaker. »Wir sollten los, solange uns der Sturm noch nicht erreicht hat.«

»Schauen wir erst einmal auf die Karte«, schlug Hollander vor, während er das Allzweckwerkzeug aus seinem Rucksack holte. »Vielleicht gibt es ja etwas, an dem wir uns orientieren können. Wie funktioniert denn das Ding?«

Dahlin nahm ihm das Werkzeug aus der Hand und betätigte den Schalter für die Taschenlampenfunktion. Sofort stach ein heller Lichtfinger durch die Nebelschwaden, die von ihrer Atemluft gebildet wurden.

»Hübsch«, sagte sie. »Ich wollte schon immer ein Lichtschwert haben.«

»Hallo?«, sagte Adham Hammadi in überspitztem Tonfall. »Wir sind in der Mitte einer Wüste gestrandet, und ihr spielt herum! Und überhaupt: Was sollen wir mit dem Boot nun machen? Es tragen?«

Hollander ergriff seine Schulter. »Ganz ruhig, Hammadi. Wir werden jetzt zusammen die Karte anschauen, dann die Ausrüstung aufteilen, und danach werden wir losgehen. Kein Grund, sich Sorgen zu machen.«

»Ich mache mir keine Sorgen«, sagte der Ägypter und verschränkte die Arme vor der Brust.

Anna Dahlin bückte sich, ergriff die Kartensammlung und den Kompass. »Das hier ist die richtige: Qasaly und Umgebung.«

»Qasaly?«, fragte Hollander.

»Oder Kasilinsk«, erklärte sie. »Eine Stadt westlich von Baikonur.«

Brubaker zog den Kragen enger zu. »Wie kommst du darauf, dass wir im Westen sind? Wir könnten überall sein.«

Sie deutete nach oben. »Die Wolken. Das Gewitter zieht von Westen auf. Sie haben uns an den Rand des Sturmes gebracht. Mein Gefühl sagt mir, dass wir westwärts geflogen worden sind und uns nun irgendwo zwischen Baikonur und dem Aralsee befinden.« Sie tippte auf eine Stelle auf der Karte.

»Der Aralsee ist zweihundert Kilometer von Baikonur entfernt«, sagte Hammadi mit dünner Stimme. »Das heißt, wir haben einen Fußmarsch von etwa hundert Kilometern vor uns?«

»Eher weniger. Sagen wir achtzig bis neunzig Kilometer.«

Sid hob die Karte leicht an, damit er sie besser im Licht sehen konnte. »Wenn du recht hast, werden wir früher oder später an das Ufer des Flusses Syrdarja gelangen. Dann könnten wir uns schlimmstenfalls am Flussverlauf orientieren, um nach Baikonur zu kommen.«

»Du willst wohl unbedingt mit deinem Boot auf das Wasser«, sagte Hammadi.

Dahlin seufzte. »Was ist denn los, Hammadi? Wir sollen dieses Abenteuer doch gemeinsam durchstehen. Wir können uns nicht schon jetzt gegenseitig das Leben schwer machen.«

Der Ägypter fuchtelte mit den Händen durch die Luft. »Jetzt bin ich es also, der Stress macht?«

»Du hast mich schon vorhin angefahren, als ich vorschlug, Wasser mitzunehmen«, warf ihm Brubaker vor.

»Ruhig, Leute«, sagte Hollander. »Das hier ist ein einziger großer Stresstest für uns alle. Wir können es uns schlicht nicht leisten, unsere Energie zu verschwenden.«

»Ich wollte in den Weltraum«, sagte Hammadi mit düsterer Stimme. »Dahin, wo diejenigen herkamen, die meinen Vorfahren gezeigt haben, wie man Pyramiden baut.«

»Hey«, sagte Anna Dahlin. »Du glaubst, dass unsere Vorfahren schon Besuch von den Sternen hatten?«

»Willst du mich jetzt auch noch für verrückt erklären?«, fragte der Ägypter.

»Im Gegenteil. Ich glaube zwar nicht daran, aber ich finde es interessant, was dich dazu gebracht hat, dich für die Akademie anzumelden.«

»Und ich finde es interessant, wie wir hier herumstehen und über Märchen sprechen«, maulte Brubaker.

»Das ist kein Märchen«, hörte sich Sid sagen.

»Ach, du glaubst auch daran, dass die Pyramiden von den Außerirdischen sind?«

Sid schloss kurz die Augen. Sollte er ihnen verraten, was er wusste?

Er entschied sich für eine Annäherung an das, was er von Crest und den anderen erfahren hatte.

»Die Arkoniden betrieben schon Raumfahrt, bevor die Pyramiden gebaut wurden«, sagte er. »Das habe ich aus den Podnews erfahren. Also ist es zumindest theoretisch möglich, dass sie Hammadis Vorfahren Tipps gegeben haben, wie sie die schweren Steine bewegen und die Bauwerke astronomisch exakt ausrichten konnten.«

Brubaker seufzte. »Okay, ich gebe mich geschlagen. Die Arkoniden sind also die Baumeister unserer kulturellen Hinterlassenschaften. Na und? Hilft uns dieses Wissen nun, um nach Baikonur zu gelangen?«

»Ich finde, Dahlin hat recht«, schaltete sich Hollander ein. »Es schadet nicht, wenn wir zehn Minuten dazu investieren, uns ein wenig besser kennenzulernen. Vielleicht schaffen wir es dann, ein bisschen Verständnis füreinander aufzubauen, um als Team zu funktionieren.«

»Danke!«, sagte die Schwedin. »Dann beginne ich gleich: Ich stamme aus der nördlichsten großen Stadt Schwedens, die Kiruna heißt. Ganz in unserer Nähe steht der private Raumhafen von Virgin Galactic. Zu meinem sechsten Geburtstag durfte ich einen Flug in den Weltraum mitmachen. Er war nur kurz, aber das hat gereicht. Seither wollte ich nur noch da rauf ... zu den Sternen.«

Hollander blickte zu Sid. »Und was ist mit dir, de Vivar?«

Sid holte tief Luft. »Ich habe auch immer von den Sternen geträumt. Ich habe jeden Weltraumflug, soweit es mir möglich war, via Pod mitverfolgt. In meinem Zimmer hingen Poster der Astronauten, ich habe mir sogar ...« Er biss sich auf die Lippen.

»Was?«, fragte Dahlin. »Sag's nur!«

Sid gab sich einen Ruck. »Ich habe mir sogar einmal einen eigenen Raumanzug gebastelt.«

Brubaker lachte abfällig. »Wann war das?«, fragte er. »Vor zwei Jahren?«

Sid sah verschämt zu Boden.

»Das war nicht fair!«, fuhr Dahlin den Kanadier an. »Wir haben uns als Kinder alle irgendwann gewünscht, einen Raumanzug zu tragen – oder stimmt das etwa nicht?«

»Es war letztes Jahr!«, platzte es aus Sid heraus. »Und ja, eigentlich war ich dafür bereits zu alt. Aber so war ich nun mal. Dann hat mich John, der Leiter unseres Shelters für Straßenkinder, mit zum Start der STARDUST von Perry Rhodan gebracht. Und seither ... seither ist alles anders.«

Betretenes Schweigen folgte auf Sids Geständnis.

Der Wind wurde stärker, strich mit frostkalten Klauen über Sids Gesicht, ließ die einzelne Träne im Augenwinkel rasch gefrieren.

»Es tut mir leid«, sagte Caster Brubaker nach einer Weile. »Ich sollte nicht über andere urteilen. Ich war ein sogenanntes Problemkind. Hatte den falschen Umgang. Hab ziemlich viel Scheiße gebaut, noch bevor ich zwölf war. Dann ist es mein Großvater gewesen, der mir gesagt hat, dass er enttäuscht wäre, weil ich es so in meinem Leben zu nichts bringen würde. Das hat mir einen ziemlichen Schrecken verschafft. Und seither will ich alles tun, um meinem Großvater zu beweisen, dass ich es zu etwas bringen kann.«

Sid lächelte. »Das ist eine schöne Geschichte«, sagte er gegen den stärker werdenden Wind. »Ich hätte auch gerne einen Großvater.«

Eine Windbö fegte zwischen ihnen hindurch, ließ die Karte aufflattern.

Sid war sich nicht sicher, aber er meinte durch das Zischen des Windes und das Rascheln der Karte ein schwaches »Ich auch« von Brubaker zu hören.

»Dann bleibst nur noch du, Surferboy«, sagte Adham Hammadi. »Weshalb willst du in den Weltraum?«

Hollander verzog das Gesicht. »Das ist eine kurze Geschichte«, erklärte er. »Mein Vater ist Walter S. Hollander.«

»Und?«, fragte Sid.

Hollander wischte durch die Luft. »Ach, es ist nichts. Falls ihr ihn mal treffen solltet, werdet ihr es verstehen. Und nun müssen wir wirklich ...«

In diesem Moment jagte eine schneeige Bö über sie hinweg. Anna Dahlin schrie auf, und Sid sah, wie ihr die Karte aus der Hand gerissen wurde. Den Bruchteil einer Sekunde war sie noch im Lampenkegel zu sehen, dann wurde sie von der Dunkelheit verschluckt.

»Die Karte!«, rief Hammadi. »Schnell, wir müssen ihr nach!«

»Nein!«, rief Hollander. »Zu spät. Wir haben sie verloren.«

»Ich habe sie verloren!« Anna Dahlin fluchte.

»Das hätte jedem von uns passieren können«, entgegnete Hollander.

»Was machen wir jetzt?«, fragte Brubaker.

»Das, was wir schon die ganze Zeit machen wollten«, sagte Sid. »Die Ausrüstung aufteilen und losmarschieren.«

»Genau!«, sagte Hollander.

»Wisst ihr was?«, fragte Brubaker. »Ich bin trotzdem froh, dass wir noch kurz gewartet haben. Ich denke, das war wichtig.«

Die anderen pflichteten ihm bei. Sid zog die Jacke enger um sich.

Kapitel 6

9. April 2037

Reginald Bull stand in der Zentrale der NESBITT-BRECK, während das Schiff in majestätischer Langsamkeit auf Terrania Orbital zuglitt.

Der Anblick der riesigen Station weckte gemischte Gefühle in ihm. Terrania Orbital hätte eigentlich nur die Gegenstation des Weltraumlifts sein sollen. Dann hatte sich plötzlich die uralte arkonidische Zuflucht auf der Venus selbstständig gemacht und war in den Erdorbit übergewechselt.

Erst später hatten sie erfahren, dass Kosol ter Niidar, der arkonidische Baumeister der Kolonie Atlantis, die Umprogrammierung der Station vorgenommen hatte.

»Zarakh'khazil«, murmelte er. »Was verbirgst du vor uns?«

Der ursprüngliche arkonidische Name der Venuszuflucht bedeutete übersetzt »Dunkelkrater«. Für Bull eine in mehrfacher Hinsicht äußerst treffende Bezeichnung.

Solange sie nicht alle Geheimnisse der ehemaligen Zuflucht ergründet hatten, würde sie mit ihrer Position in sechsunddreißigtausend Kilometern Höhe über Terrania stets ein nur schwer einschätzbares Risiko bleiben.

Perry Rhodan hatte ihm den genauen Wortlaut von Kosol ter Niidars »Stationsübergabe« mitgeteilt: *»Meine Aufgabe ist hiermit erledigt. Die Zuflucht in ihrer umprogrammierten Form steht Ihnen nun zur Verfügung, Mister Rhodan. Zur Verfügung der Menschheit.«*

Wäre er an Rhodans Stelle gewesen, hätte er dem überheblichen Arkoniden wahrscheinlich zu verstehen gegeben, was er von diesem Danaergeschenk hielt.

Laut Homer hatten die Danaer mithilfe des Trojanischen Pferdes die lange belagerte Stadt Troja erobert. Bull hielt es für sehr wahrscheinlich, dass in der über zwei Kilometer hohen und fünfhundert Meter durchmessenden Station größere Gefahren drohten als nur eine Handvoll darin lauernder Griechen.

Auch die beiden Kriegsschiffe, die VEAST'ARK und die KAT-

MAR, die zur Überwachung in der Nähe der ehemaligen Zuflucht stationiert waren, konnten Bulls ungutes Gefühl nicht mindern.

Nachdenklich strich er sich über das Gesicht.

Die Station bestand aus zehn scheibenförmigen Bauelementen mit einer Dicke von zweihundert Metern. Diese Disken konnten einzeln und auch gegenläufig rotieren, was angesichts der tektonisch variablen Venuskruste sinnvoll gewesen war.

Bull hob die Folie hoch, auf der die aktuellen und zukünftigen Verwendungszwecke der einzelnen Disken aufgelistet waren.

Noch befand sich die Station aber im großen Umbau

Im untersten Scheibenelement – der Disk 1 – endete der Weltraumlift. Hier verkehrten die Passagiere, wurden Waren umgeschlagen und gelagert.

Die Disken 2, 3, 7, 8 und 9 waren mit umfangreichen Massenquartieren ausgestattet, was dem Hauptverwendungszweck der Venuszuflucht entsprach. Bis zur Entscheidung, was mit diesen Quartieren künftig geschehen sollte, wurden sie in erster Linie als Lager für Baumaschinen und Vorräte gebraucht. Allerdings standen bereits mehrere große Hotelketten bei Adams auf dem Fußabtreter, um in Terrania Orbital Übernachtungen anbieten zu können.

In den Disken 4 und 5 waren lebenswichtige Anlagen untergebracht: Kraftwerke, Lebenserhaltungssysteme und die Gravitationsregler, die die künstliche Schwerkraft in den einzelnen Disken regulierten.

Ebenfalls in der Disk 5, im Kern der Anlage, befanden sich die Zentrale und die Hauptpositronik.

Das oberste Scheibenelement – die Disk 10 – war als Hangar ausgebaut. In ihr hatte sich damals die Korvette TOSOMA IX befunden, die spätere GOOD HOPE, die über Ferrol abgeschossen worden war.

In den Disken 3 und 7 existierten zudem große Gärten, die von den Baumannschaften in einem ersten Schritt von der übrigen Station hermetisch abgeschottet worden waren. Erst wenn Botaniker und andere Wissenschaftler die in den Gärten vorhandene Flora und Fauna eingehend untersucht hatten, würden sie eventuell für Besucher geöffnet werden. Noch wussten sie aber nicht einmal, von welchem – oder welchen – Planeten die Pflanzen und Tiere stammten. Die Gärten waren Fenster in fremde Welten. Ein Vorgeschmack der Wunder, die auf die Menschheit im Universum warteten.

Zur Fortbewegung dienten vier große Antigravschächte, die aber geschlossen wurden, wenn die Disken rotierten. Zudem gab es auf jeder Ebene Laufbänder, welche die Station in der Horizontale erschlossen.

Bull seufzte. Selbst mit den modernen Produktionsmaschinen der Arkoniden hätten sie wahrscheinlich Jahre benötigt, um eine ähnliche Station zu bauen. Aus diesem Grund verstand er die Entscheidung von Adams, Rhodan und Co., das »Geschenk« des Arkoniden anzunehmen und die Zuflucht für die Menschheit als offiziellen neuen Stadtteil von Terrania in Betrieb zu nehmen.

Nun lag es an ihm, Jeethar und den anderen Beteiligten, mit der »Operation Switch« die drängendste Gefahr auszuschalten, die von Zarakh'khazil ausging.

Er ließ sich eine Bildverbindung zu den Kommandanten der beiden Kriegsschiffe herstellen. Nur wenige Sekunden vergingen, dann blickten ihm die beiden Naats Novaal und Lodevven aus dem zweigeteilten Schirm entgegen.

»Ich begrüße Sie«, sagte Bull. »Gab es irgendwelche Vorkommnisse, von denen ich wissen müsste, bevor ich nach Terrania Orbital hinüberwechsle?«

Unter normalen Umständen hätte ein solches Nachfragen von den pflichtbewussten Naats als eine Ehrverletzung angesehen werden können. Bull sah aber in ihren verstehenden Blicken, dass sie die unterschwellige Botschaft in seinen Worten verstanden hatten: Sobald Bull im Innern der Station war, mussten sie damit rechnen, dass die allmächtige Stationspositronik jedes Funkgespräch mithörte und analysierte. Und auch bei der verschlüsselten Kommunikation in ihrer unmittelbaren Nähe durften sie nicht hundertprozentig sicher sein, dass die uralte Positronik nicht einen Weg fand mitzuhören.

»Keine Vorkommnisse«, sagte Novaal knapp, der Kommandant des arkonidischen Schlachtschiffes VEAST'ARK.

»Auch ich kann nichts berichten«, fügte der junge Offizier Lodevven hinzu, der das Kommando über den Schweren Kreuzer KATMAR innehatte. »Allerdings habe ich aus meiner Mannschaft vier Anträge auf einen halbtägigen Landeurlaub mit Besuch in Terrania erhalten.«

Bull lachte. Der junge Naat gefiel ihm. »Leiten Sie das Begehren an das Büro von Homer G. Adams weiter. Ich bin sicher, dass Ihren Crewmitgliedern ein interessantes Programm zusammengestellt wird.«

»Ich danke Ihnen.«
Sie verabschiedeten sich voneinander, und Bull unterbrach die Verbindung.
»De Veers?«, fragte Bull leise.
»Sir?«
Eugene de Veers verließ seinen Kommandosessel und kam zu Bull an den Hauptmonitor.
Der fünfzigjährige ehemalige Kommandant eines Flugzeugträgers der Royal Navy mit den stahlblauen Augen und dem kurz geschorenen schneeweißen Haar machte auf Bull mit seiner ruhigen, besonnenen Art einen vertrauenerweckenden Eindruck.
Er befehligte die NESBITT-BRECK, solange Conrad Deringhouse mit dem Schweren Kreuzer AL'EOLD auf seiner Spezialmission außerhalb des Sonnensystems unterwegs war.
»Ist das Paket zum Verladen bereit?«, fragte Bull.
»Ich habe vor zwei Minuten die Bestätigung erhalten, dass das Paket bereits im ferronischen Shuttle verladen sei.«
»Sehr gut, Kommandant«, sagte Bull zufrieden. »Dann werde ich mich gleich auf den Weg machen.«
»Verstanden, Sir!«
Bull schüttelte dem Mann die Hand und ging zum Antigravlift. Die NESBITT-BRECK würde sich während der »Operation Switch« in der Nähe von Terrania Orbital aufhalten, bereit einzugreifen, falls sich unerwartete Probleme ergeben sollten.
Im Hangar erwartete ihn bereits die junge Pilotin Josefin Alvén, die den ersten Lehrgang der Terranischen Raumakademie mit Auszeichnung abgeschlossen hatte.
Bull lächelte ihr freundlich zu und nahm im Passagiersessel Platz. Zwei Minuten später hob das viersitzige Zubringerboot ab, verließ den Hangar und glitt hinaus in den Weltraum. Das Boot stammte aus ferronischer Fertigung. Ein Wunderwerk nach den Maßstäben des irdischen Jahres 2036, ein primitives Gefährt in den Augen des Jahres 2037, das nur noch den Glanz der märchenhaft anmutenden arkonidischen Technik kannte. Doch noch gehörte dieser Glanz der Menschheit nicht. Der Übergang würde viele Jahre dauern, und bis dahin würde man mit einem Technologiemix leben müssen.
»Heute ist ein schöner Tag für einen Raumflug«, sagte Alvén.
Bull grinste. »Das kann man wohl sagen. Die Sterne scheinen nie schöner geschienen zu haben.«
»Es ist aufregend«, gab sie zurück, ohne den Blick von ihren

Kontrollen zu lassen. »Noch vor einem Jahr haben wir uns tierisch gefreut, zum Geburtstag oder zu Weihnachten einen Orbitalflug von vier Minuten Dauer geschenkt zu bekommen. Und nun bin ich tatsächlich Raumpilotin und darf hohe Tiere rumkutschieren.«

»Hohe Tiere«, sagte Bull gedehnt. »Wie sich das anhört. Aber ich gebe Ihnen recht: Unsere Welt hat sich innerhalb kürzester Zeit massiv verändert. Ich habe mich schon fast ein wenig daran gewöhnt. Gut, dass Sie mich darauf aufmerksam gemacht haben.«

»Nichts zu danken. Wir sind gleich da.«

Alvén steuerte das Shuttle in einer eleganten Parabel in einen der offen stehenden Hangars der Station. Zwei Prallfelder arbeiteten als Schleuse und verhinderten, dass die Atmosphäre aus dem Hangar entwich.

Bull verließ das Shuttle und stellte sich auf ein Laufband, das ihn zum nächsten Antigravlift brachte. Er warf einen kurzen Blick zurück und sah, wie die Pilotin ebenfalls ausgestiegen war und zwei Arbeitsroboter beaufsichtigte, die mit der Antigravplattform aus dem Laderaum des Shuttles kamen, auf der die große Transportbox stand.

Offiziell enthielt das Paket eine Positronik für die Unterhaltungsshows, die dereinst für die Besucher der Station eingespielt werden sollten. Nur die in »Operation Switch« Eingeweihten kannten den wahren Inhalt der Transportbox – und ihren zukünftigen Verwendungszweck.

Bull erreichte den Antigravlift. Er verzichtete auf den Katapultmodus, der die Benutzer des Lifts mit großer Geschwindigkeit an ihr Ziel befördern könnte. Das abwärtsgepolte Feld zog ihn langsam nach unten. Eile war überflüssig, hätte sich sogar als kontraproduktiv herausstellen können, falls die Stationspositronik misstrauisch geworden wäre.

Als er gerade den Ausgang zu Disk 9 passiert hatte, zog ihn ein Traktorstrahl sanft zur Seite, und ein würfelförmiger Körper schoss neben ihm in die Tiefe.

Bull lächelte grimmig. Das Paket war zu seinem Bestimmungsort unterwegs.

Nun musste ihr Plan nur noch aufgehen. Jeethar hatte ihnen versichert, dass er sich zwar etwas phantastisch anhörte, aber den gewünschten Erfolg zeitigen würde.

Bull vertraute dem naatischen Hacker. Allerdings sah er die

möglichen Konsequenzen nicht als ganz so harmlos an wie Jeethar. Am liebsten hätte er ganz Terrania Orbital evakuieren lassen, aber er sah ein, dass dies die Stationspositronik erst recht misstrauisch gemacht hätte. Also hieß das Motto »Augen zu und durch« – oder treffender: »Augen *auf* und durch«. Die VEAST'ARK, die KATMAR und die NESBITT-BRECK würden als zusätzliches Argument einspringen, falls etwas schiefging.

Nach zehn Minuten Schwebeflug erreichte Bull den Ausstieg von Disk 5. Ein drei Meter großes Wesen mit schwarzer Haut und nach menschlichem Verständnis klobigem Körperbau erwartete ihn. Eine silbrige Kugel rotierte um seinen Kopf wie ein Satellit, der die Erde umkreiste.

»Willkommen zurück!«, sagte Jeethar.

Bull legte den Kopf in den Nacken. »Danke! Sie haben das Paket bereits in Empfang genommen?«

Der Naat schloss bestätigend die drei faustgroßen Augen. »Meine Leute transportieren es gerade in den Raum, in dem das Unterhaltungssystem aufgebaut wird.«

Der kleine silberne Satellit kam direkt vor Jeethars ovalem Mund zum Stillstand. Das naatische Positronikgenie stieß einen unwirschen Laut aus und tippte mit einem seiner mächtigen schwarzen Finger gegen die Kugel.

»Ist das Ding immer noch kaputt?«, fragte Bull mitfühlend.

»Mmmh«, machte Jeethar verärgert. »Positroniken erschließen sich mir wie die Wüste. Aber beim Quatik versagt mein Instinkt vollkommen.«

»Stellt Sie das für die *Operation* vor Probleme?«

Der Naat gab der Kugel einen sachten Stoß, sodass sie die Rotationsbewegung um seinen Kopf fortsetzte. »Einfacher wird sie dadurch nicht gerade«, sagte er mit einem unterschwelligen Grollen in der tiefen Stimme. »Aber es wird schon klappen.«

»Gut«, sagte Bull. »Dann werde ich mich mal mit der Stationspositronik über die weiteren Ausbaumöglichkeiten der Station unterhalten. Wir sehen uns dann später.«

Er nickte dem Naat zu und ging weiter. Bull wusste, dass das leicht phlegmatische Verhalten des Naats nur gestellt war. Während sie gesprochen hatten, waren Jeethars Leute bereits dabei, ihren Teil der »Operation Switch« zu leisten.

Bull stieg auf eines der Laufbänder und erreichte die Zentrale. Wie überall in der Station waren auch hier Menschen und Roboter damit beschäftigt, Umbauarbeiten vorzunehmen. Arbeitsstationen wurden aufgestellt, Positronikbauteile montiert, Bildschirme vernetzt und kalibriert.

Er schritt auf ein gläsernes Pult in Kelchform zu, das in der Mitte der Zentrale aus dem Boden wuchs. In seinem Innern schimmerte ein sinnverwirrendes Netz aus einzelnen Lichtpunkten.

Reginald Bull hätte das Gespräch mit der Positronik von überall in der Station beginnen können. Aber es fühlte sich natürlicher an, wenn er dies in der Zentrale an einer der ursprünglichen Konsolen tat.

»Reginald Bull«, sagte die künstliche Stimme der Stationspositronik. »Ich erkenne und grüße dich.«

»Hallo«, gab er zurück. »Ich bin hier ...«

»... um mit mir über die Ausbaumöglichkeiten von Terrania Orbital zu sprechen. Ich weiß, ich habe deine Unterhaltung mit Jeethar gehört.«

»Wie praktisch«, gab er kühl zurück. Gleichzeitig regte sich in ihm der Unmut über die allmächtige Rechenmaschine. Solange sie auf alle Bereiche der Station zugreifen konnte, bildete sie den Kern der Gefahr, die von Zarakh'khazil ausging. »Ich habe vor Kurzem eine Datei an dich überspielt, die mit KE-MATLON betitelt ist. Hast du darauf Zugriff?«

»Selbstverständlich. Soll ich sie dir öffnen?«

»Bitte.«

In der oberen Öffnung des Pults erschien das dreidimensionale Abbild der Raumstation KE-MATLON, Heimat der Sippe der Nham und Etappenstation für Transitionsraumschiffe.

»Die zentrale Einheit war ursprünglich eine Mehandorwalze von siebenhundert mal zweihundert Metern«, erklärte er. »Sie wurde mit einer riesigen Plattformen und Zylinder-Einheiten erweitert. Versorgungsleitungen verbinden die einzelnen Elemente. Unter der großen Kuppel auf der Plattform befindet sich eine ausgedehnte Parkanlage. Raumschiffe können an diesen variablen Tunneln andocken.«

»Das sehe ich alles«, bestätigte die Stimme der Positronik. »Und nun möchtest du, dass ich dir sage, ob wir Terrania Orbital ebenso ausbauen können?«

»Nein«, sagte Bull. »Wir *werden* Terrania Orbital weiter ausbauen. Ob das Resultat schlussendlich ähnlich aussieht wie dieses ›Gespinst‹, wird die Entscheidung von Homer G. Adams und seinem Planungsteam sein. Ich möchte von dir wissen, ob es in Zarakh'khazil bereits vorgefertigte Elemente gibt, die wir für den Ausbau verwenden könnten. Gibt es Pläne, vorbereitete Anschlüsse oder Ähnliches, von denen wir wissen müssten, bevor wir unsererseits an die Planung der nächsten Bauetappe gehen?«

»Zarakh'khazil wurde von Kosol ter Niidar als Zuflucht für die arkonidischen Kolonisten konzipiert«, erklärte die Positronik. »Sie war groß genug bemessen, um im Falle eines Angriffs der Methans alle Arkoniden aufnehmen und ihnen im Extremfall über etliche Jahre hinweg eine Heimat bieten zu können.«

»Das beantwortet noch nicht meine Frage.«

»Doch, das tut es. Die Zuflucht war so bemessen, dass sie nicht hätte erweitert werden müssen.«

Reginald Bull atmete tief durch. Der selbstgefällige Ton der Stationspositronik sagte ihm, dass sie mit der »Operation Switch« richtiglagen.

Das Umschalten von der Stationspositronik auf die Schiffspositronik der GHERWAN würde die Gefahr, die von der Zuflucht ausging, erheblich verringern. Der Schwere Kreuzer GHERWAN war im Tatlirasystem so stark beschädigt worden, dass er nicht mehr in Betrieb genommen werden konnte.

Weder Rhodan noch Adams oder Jeethar zweifelten daran, dass die Stationspositronik sich einem Umswitchen auf eine andere Positronik mit allem widersetzen würde, was sie aufzubieten vermochte. Aus diesem Grund hatten sie unmittelbar nach der Rückkehr Rhodans in das Sonnensystem mit der Planung der »Operation Switch« begonnen. Mehrere hundert Spezialisten aus Menschen, Ferronen und Naats waren daran beteiligt – in offiziell anderen Rollen, damit die Positronik keinen Verdacht schöpfte.

»Kann ich dir sonst irgendwie behilflich sein, Reginald Bull?«, fragte die Stimme der Positronik freundlich, nachdem er nur nachdenklich das Bild der »Gespinst« genannten Raumstation KE-MATLON betrachtet hatte.

»Nicht in diesem Moment«, sagte er. »Ich habe mir nur überlegt, wie viele variable Andocktunnel wir in der ersten Bauphase anlegen sollten.«

»Wenn Terrania Orbital als Umschlagplatz für den Handel mit den Mehandor und anderen Völkern gedacht ist, sollte dem Rechnung getragen werden«, erklärte die Positronik.

»Oh, vertrau mir. Das werden wir!«

Der Informationsgehalt seiner Aussagen ist gleich null, dachte

Bull, ohne eine Miene zu verziehen. *Alles, was die Kiste von sich gibt, ist darauf ausgerichtet,* mir *Informationen zu entlocken. Wir schalten sie besser heute als morgen ab.*

Bull hoffte inständig, dass Jeethars Team bei der Arbeit an der ehemaligen GHERWAN-Positronik gut vorankam – und dass der *Trip* des Naats erfolgreich sein würde.

Kapitel 7

21. März 2037

»Sind wir noch richtig?«, brüllte Hammadi durch den Sturm »Ich kann nicht einmal mehr meine Füße sehen!«

»Solange sich das Magnetfeld nicht plötzlich ändert, sind wir richtig!«, rief Hollander zurück.

»Was hast du gesagt?«

»Ja, wir sind richtig! Ich blicke alle zwei Minuten auf den Kompass!«

Sid stöhnte.

Mittlerweile war der 21. März angebrochen. Die Riemen seines Rucksacks schnitten ihm tief in die Schultern. Hollander hatte ihn zwar dazu überreden wollen, ihm das Boot abzunehmen, aber Sid hatte sich durchgesetzt. Solange der Wind nicht abflaute und sie befürchten mussten, dass er das Boot einfach mitriss, würde Sid es tragen. Es war seine Idee gewesen, also musste er auch mit den Konsequenzen leben.

Trotz der Anstrengung schlotterte er am ganzen Körper. Die Unterwäsche hatte er längst durchgeschwitzt. Der eisige Wind ließ ihn nun eine Kälte spüren, wie er sie in seinem Leben noch nie hatte erdulden müssen. Im Weltraum konnte es nicht kälter sein als in der kasachischen Steppe.

Hollander stapfte voraus. In seinen Spuren folgten Dahlin, er, Hammadi und Brubaker. Die Schneehöhe stieg trotz des Sturmes rasch an. Irgendwann würden sie die Schneeschuhe anziehen müssen.

Aber noch hielt Hollander durch. Mit seinen langen Beinen und der athletischen Statur war er geradezu prädestiniert, vorauszugehen und ihre Spur zu legen.

Sid sah im Schein von Dahlins Taschenlicht nur den breiten Rücken des Kaliforniers. Er war froh, dass sie ihn hatten. Nicht auszudenken, wie ihre Gruppe vorankommen würde, wenn der schlaksige Neuseeländer ihr Gruppenanführer wäre.

Sid dachte an Juri. Wie es ihm wohl erging? Im Gegensatz zu

ihnen kannte er die kasachische Steppe wie seine Westentasche. Auf der anderen Seite war er, Sid, es gewesen, der ihn hatte retten müssen, als sein Kamel zusammengebrochen war. Und dieses Schneegestöber war verglichen mit dem Sturm, durch den sie gerade marschierten, nicht mehr als ein laues Lüftchen gewesen.

»Hollander!«, meldete sich Hammadi erneut. Seine Stimme klang rau wie ein Reibeisen.

Der Amerikaner blieb stehen. »Ja?«, schrie er zurück.

Hammadi blieb ebenfalls stehen. Stöhnend bückte er sich und stützte die Hände auf den Knien ab. »Ich kann ... kaum noch atmen!«, brachte der Ägypter heraus.

Er geriet ins Schwanken. Brubaker machte einen Satz nach vorne und hielt ihn fest. »Wir sollten warten, bis der Sturm ein wenig schwächer geworden ist!«

Dahlin leuchtete Hammadi ins Gesicht. »Das sollten wir tatsächlich. Was meinst du, Maurice?«

Hollander stapfte an ihr vorbei, packte Hammadis Gesicht an den Ohren und blickte ihn prüfend an. »Wir werden uns einen Unterschlupf bauen!«, bestimmte er. »Ich habe rechts von uns einen Felsen aufragen sehen. Wir werden versuchen, an der windgeschützten Seite das Zelt zu befestigen!«

Dahlin leuchtete ins Dunkel. Tatsächlich ragte irgendwo hinter den wirbelnden Schneeflocken ein einsamer Umriss auf.

»Ich gehe voraus!«, rief die Schwedin. »Helft Adham!«

»Mir ist nicht gut«, murmelte der Ägypter. »Schwarze Flecken in ...«

Dann sackte er in sich zusammen. Brubaker und Hollander bekamen ihn zu fassen, bevor er mit dem Gesicht voran in den Schnee fallen konnte.

»Ich nehme seinen Rucksack!«, rief Sid.

Die anderen befreiten Hammadi mit vereinten Kräften von seinem Rucksack und reichten ihn Sid.

»Ich nehme ihn bei den Schultern und du an den Beinen!«, befahl Hollander.

Sid zog sein Allzweckwerkzeug aus der Manteltasche, aktivierte die Lichtquelle und suchte mit dem Kegel nach Dahlin.

Sie hatte den Felsen fast erreicht, als sie plötzlich verschwand.

Einen Moment blickte er verständnislos auf die Stelle, an der er sie kurz zuvor noch gesehen hatte. Dann explodierte die Panik in ihm.

»Sie ist weg!«, schrie er verzweifelt. »Anna ist verschwunden!«

»Was?«, erklang Hollanders Stimme in seinem Rücken.

Sid ließ Hammadis Rucksack fallen und eilte mit weiten Schritten durch den Schnee. Er stürzte, Schnee drang in seine Kapuze ein und rieselte an seinem Rücken hinunter. Sid nahm es kaum wahr, in seinen Gedanken hämmerte einzig und allein der Name der Schwedin. Er rappelte sich auf und rannte weiter.

»Halt!«

Hollanders Stimme wurde durch den Sturm mitgerissen, streifte Sid mehr, als dass er sie bewusst wahrnahm.

»De Vivar! Nicht weitergehen, du Idiot!«

Sid stutzte, verlangsamte seine Schritte. Gerade als er sich umwenden wollte, prallte etwas Großes gegen ihn und begrub ihn unter sich im Schnee.

»Hast du nicht gehört?«, fuhr Hollander ihn an. »Ich habe gesagt, du sollst nicht weitergehen!«

»Aber ... Anna ...«, stotterte er. »Sie ist plötzlich verschwunden!«

Hollander wälzte sich von ihm. »Wenn da vorne ein Fluss ist und sie durch das Eis gebrochen ist, wärst du der Nächste gewesen, der verschwunden wäre!«, sagte der Kalifornier.

»Aber ... wir müssen ihr doch helfen!«

»Selbstverständlich werden wir ihr helfen. Aber wir müssen uns selbst schützen, sonst sind wir alle verloren, verstehst du?«

Sid nickte. »Ich verstehe. Was sollen wir tun?«

Hollander griff über die Schulter und zog sich den Rucksack über den Kopf. Er zog das Nylonseil heraus und band es Sid um den Brustkorb.

»Du bist leichter als ich, du musst vorangehen!«, befahl Hollander. »Sieh zu, dass du das Gewicht auf Arme und Beine verteilst. Ich werde dich sofort zurückziehen, sollte das Eis brechen!«

»Verstanden!«, rief Sid.

Auf allen vieren kroch er vorwärts. Dahlins Fußspuren wurden bereits vom Schneetreiben zugedeckt.

»Oh, mein Gott!«, hörte er Brubakers aufgeregte Stimme. »Was ist geschehen?«

»Du bleibst zurück!«, befahl Hollander. »Kümmere dich um Hammadi!«

Sid gelangte zu der Stelle, an der die Fußspuren in einem schwarz klaffenden Loch endeten. Die Sorge um Anna brachte ihn fast um den Verstand. Er kämpfte dagegen an, befahl sich, sich nur zentimeterweise vorzuarbeiten.

Dann hörte er ein leises Stöhnen.

»Anna!«, schrie er. »Anna! Bist du da unten?«

Erneut hörte er das Stöhnen. In wilder Hast wischte er den Schnee vom Loch weg.

»Du sollst dein Gewicht verteilen!«, rief Hollander. »Du brichst sonst ein!«

»Es ist kein Gewässer!«, brüllte Sid. »Es ist massiver Fels. Anna ist in eine Felsspalte gefallen!«

Hinter sich hörte er stampfende Schritte. Dann war Hollander neben ihm. »Gibt sie Antwort?«, fragte er.

»Sie scheint sich verletzt zu haben«, sagte Sid. Er erhob sich. Die Spalte war etwas mehr als einen halben Meter breit.

»Ich werde Hilfe holen!«, sagte Sid.

»Bullshit!«, fuhr ihn Hollander an. »Bei dem Wetter wirst du Baikonur nicht erreichen!«

Sid verbarg das Gesicht in den Händen. Klar konnte er Baikonur erreichen, wenn er wollte. Er war Teleporter. Ein paar Sprünge, dann wäre er dort. So viel Kraft besaß er noch.

Und für Anna würde er seine Tarnung aufgeben. Wenn nicht für sie – für wen dann?

»Ich werde gehen!«, sagte Sid.

Hollander ergriff ihn an den Schultern und zog ihn nahe an sich heran. »Hör mir genau zu, de Vivar: Dies ist nur eine Krise. Wrinkle hat uns unserem Schicksal überlassen, um zu sehen, ob wir an der Situation krepieren oder daran wachsen. Als Raumfahrer müssen wir auch damit rechnen, dass wir auf einem fremden Planeten Schiffbruch erleiden und uns irgendwie durchschlagen müssen. Also werden wir zuerst alle Möglichkeiten ausschöpfen, die wir haben. Dann erst werden wir um Hilfe rufen!«

»Um Hilfe, aber ...« Sid blickte verdattert in Hollanders Augen, die im Schein des Taschenlichts saphirblau leuchteten. »Das Funkgerät! Ich habe es total vergessen!«

»Genau«, sagte Hollander. »Wir können jederzeit den verfluchten Ferronen anfunken und wie Hunde um Gnade winseln. Aber diese Genugtuung werde ich ihm nicht geben. Zuvor werden wir alles tun, was in unserer Macht steht, um Anna zu retten und aus eigener Kraft zurück nach Baikonur zu gelangen!«

Sid schüttelte verwirrt den Kopf. »Aber Rinkhel hat uns doch nicht absichtlich ...«

»Klar hat er das! Er hat uns bewusst dem Sturm überlassen. Es war nur eine Frage der Zeit, bis jemand von uns oder wir alle in Lebensgefahr geraten. Irgendwann werde ich ihm die Rechnung dafür präsentieren. Aber zuerst werden wir diese Mission erfolgreich zu Ende bringen!«

Hollander eilte zu Brubaker zurück. Zusammen schafften sie den bewusstlosen Hammadi zu der Spalte. Dann überprüfte der Amerikaner den Knoten an Sids Seil, und gemeinsam mit Brubaker ließ er ihn langsam in die Spalte hinuntergleiten.

»Es ist weniger rutschig, als ich gedacht habe!«, rief Sid nach oben, während er sich links und rechts am Felsen abstützte. »Ich könnte auch ohne Seil rauf- und runterklettern.«

»Siehst du sie?«, fragte Brubaker mit nervöser Stimme.

Sid löste das Werkzeug von der Schlaufe an der Brusttasche und leuchtete nach unten.

»Ich sehe sie. Hier unten gibt es Sträucher, die ihren Sturz gedämpft haben. Moment!«

Sid kletterte weiter. Anna war nicht tiefer als drei Meter gefallen. Unter seinen Stiefeln brachen die gefrorenen Zweige der Büsche.

Sid erreichte die Schwedin und drehte sie vorsichtig zu sich. An der Stirn klaffte eine stark blutende Wunde. Er flehte das Schicksal an, dass die Kadettin keine Brüche und inneren Blutungen erlitten hatte.

»Wie geht es ihr?«, kam Hollanders Stimme von oben.

»Ich weiß nicht«, antwortete Sid. »Sie ist ...«

In diesem Moment schlug sie die Augen auf, lächelte Sid an. »Haben ... haben wir es geschafft?«

Vor Erleichterung schossen ihm Tränen in die Augen. »Fast«, sagte er mit bebenden Lippen. »Wir haben es fast geschafft. Wie geht es dir?«

Anna Dahlin blinzelte verwirrt, dann befühlte sie die Wunde an ihrem Kopf. »Muss mich wohl irgendwo gestoßen haben«, sagte sie.

»Du bist in eine Felsspalte gestürzt, als du das Zelt aufstellen wolltest«, erzählte Sid. »Kannst du dich daran erinnern?«

Die Schwedin verzog das Gesicht. »Das Zelt ... Jetzt erinnere ich mich. Plötzlich gab der Boden nach.«

Sid atmete aus. »Du bist etwa drei Meter in die Tiefe gefallen. Hast du sonst noch Schmerzen? Kannst du die Beine bewegen?«

Sie bewegte abwechselnd alle Gliedmaßen, dann lächelte sie Sid erneut an. »Scheint alles noch dran zu sein.«

Sid leuchtete nach oben. »Es geht ihr gut!«, rief er. »Eine Platzwunde an der Stirn müssen wir versorgen, aber sonst ist ihr nichts geschehen. Könnt ihr uns raufhelfen?«

Maurice S. Hollander streckte den Kopf in die Öffnung. »Raufhelfen?«, fragte er belustigt. »Runterkommen werden wir! Die Höhle gehört euch nicht allein!«

Sie erreichten ihr Quartier in Baikonur am späten Abend des 21. März.

Adham Hammadi hatte sich noch während der Nacht in der Höhle dank der erhitzten Nahrungskonzentrate größtenteils von seinem Kälteschock erholt. Der Erste-Hilfe-Koffer hatte zudem alle Utensilien enthalten, die sie zur Behandlung von Dahlins Verletzung benötigten. Außer leichten Kopfschmerzen litt die Schwedin an keinen Nachwirkungen ihres Sturzes. Sie hatte es sich nicht nehmen lassen, die letzten zwanzig Kilometer zu Fuß zurückzulegen, obwohl die drei Kadetten ihr versichert hatten, dass sie Dahlin ohne Weiteres auch noch den Rest des Weges im Boot hinter sich herziehen konnten.

Schlussendlich war es ausgerechnet Juri gewesen, der sie als Erster ihrer Kompanie entdeckt hatte, wie sie abgekämpft bei ihrem Wohngebäude ankamen.

Freudestrahlend kam er ihnen entgegengelaufen. In den Händen trug er eine große Thermoskanne und fünf Becher.

»Wie viele Gruppen fehlen noch?«, fragte Maurice S. Hollander als Erstes.

»Ihr seid die Letzten«, erklärte Juri. »Ich habe mir schon große Sorgen gemacht. Aber Wrinkle hat uns gesagt, dass ihr auf dem Weg seid.«

Das Gesicht des Amerikaners verfinsterte sich. »Er hat uns also die ganze Zeit überwacht?«

Juri zuckte mit den Schultern. »Ich nehme es an. Er wollte ja sehen, wie ihr euch schlagt.«

Hollander presste die Lippen aufeinander und schwieg.

Sid nahm dankbar einen Becher mit dampfender Brühe entgegen und nippte daran. »Wann bist du mit deiner Gruppe eingetroffen, Juri?«

Der junge Kasache lächelte stolz. »Wir waren die Ersten, die ankamen. Ich habe das Gelände sofort erkannt, in dem sie uns abgesetzt haben. Von dort aus gingen wir zu einem kleinen Dorf, das ich kannte. Ein Schafhirte hat uns im Tausch gegen die Thermodecken, das Heizaggregat und das Nylonseil mit Braten und Schafmilch verköstigt. Dann hat er uns im Anhänger seines Traktors nach Baikonur gebracht und schön sauber am Eingang der Akademie abgesetzt.«

Caster Brubaker war der Erste ihrer Gruppe, der die Sprache wiederfand. »Und das ... das war erlaubt?«

»Sicher war es erlaubt«, erklärte Juri mit einem treuherzigen Augenaufschlag. »Der Auftrag lautete ›überleben‹ und ›zurückfinden‹. Genau das haben wir gemacht.«

»Ich glaub, mich knutscht ein Kamel«, hauchte Adham Hammadi erschüttert.

Kapitel 8

24. März 2037

Drei Tage später hatten sie sich größtenteils von den Strapazen der Steppe erholt. Bei Anna Dahlin war eine leichte Gehirnerschütterung diagnostiziert worden, die sie aber dank der modernen Medizin innerhalb von zwei Tagen komplett auskuriert hatte.

Einzig bei Maurice S. Hollander schien der Ausgang ihrer Überlebensübung noch nachzuwirken. Sid erkannte, dass es ihn in seinem Stolz verletzt hatte, dass ausgerechnet ihre die letzte aller acht Gruppen gewesen war, die das Ziel erreicht hatte.

»Ich habe mich bei den anderen Gruppen erkundigt«, flüsterte er, während sie gemeinsam im Lerninstitut saßen. »Keine von ihnen wurde so nahe an der Sturmfront abgesetzt wie unsere.«

»Das kann reiner Zufall sein«, sagte Sid. »Komm, wir absolvieren noch diese Übungen, dann können wir beim Essen darüber sprechen.«

Hollander blickte mürrisch auf den Bildschirm, in dem immer neue geometrische Figuren und abstrakte Bildern eingeblendet wurden.

Die Lernphase hatte für sie begonnen. Bei der Grundlagenanalyse von Hollander und ihm hatten die Wissenschaftler die höchste Lernkompetenz im visuellen Bereich festgestellt. Das bedeutete, dass sie beide am schnellsten lernten, wenn sie Informationen entweder in Bildern aufnahmen oder mit Bildern verknüpften.

Maurice hatte es abschätzig als »Podfilmschauen« abgetan. Aber Sid merkte rasch, dass er das Gelernte in Bilderform schneller verinnerlichte, als wenn er längere Texte lesen musste oder wenn ihm jemand etwas erklärte.

Hinzu kam, dass ihnen Medikamente verabreicht wurden, die sich positiv auf die Durchblutung des Hippocampus auswirkten, dem Hauptsitz des Gedächtnisses.

Staunend nahm Sid immer neues Wissen in sich auf. In fast beängstigender Schnelligkeit füllte er die Lücken in seinem mathematischen, chemischen und physikalischen Grundwissen.

Hollander beteiligte an den Schulungseinheiten mit deutlichem Unwillen. Weshalb dies so war, darüber schwieg er sich grundsätzlich aus. Sid vermutete aber, dass der Kalifornier ein mehrheitlich getrübtes Verhältnis zu Lehrern und anderen Autoritätspersonen hatte und dass sein Vater in diesem Zusammenhang eine nicht unwichtige Rolle gespielt hatte.

Anna Dahlin sahen sie während der Schulungseinheiten selten. Bei ihr hatte man festgestellt, dass die Lernkompetenz im auditiven Bereich am ausgeprägtesten war. Dank der neuen Methoden vergaß sie selbst längere Informationsketten und Texte nicht, wenn man sie ihr entweder aufsagte oder wenn sich Dahlin die Passagen selbst laut vorlas.

Juri stellte sich auch in dieser Disziplin als Spezialfall heraus. Seine größte Begabung lag im olfaktorischen und haptischen Bereich. Im Gegensatz zu fünfundneunzig Prozent der Kadetten unterstützten sein Gedächtnis in erster Linie Impulse über den Geruchs- und Tastsinn.

Das dadurch vermittelbare Wissen war ungleich kleiner als bei den Visualisten und den Auditiven.

Aus diesem Grund hatten die Wissenschaftler für ihn eine ganze Reihe von unterschiedlichen Lernmethoden zusammengestellt, die ihm helfen sollten, das fehlende Wissen rasch und nachhaltig aufzunehmen.

Hatte Sid in den ersten Tagen ein schlechtes Gewissen wegen Juri gehabt, weil er meinte, dass der Junge von der Akademie überfordert war, so sah er sich eine Woche später gründlich getäuscht.

Die erfolgreiche Aktion während der Überlebensübung war gleichsam ein Startsignal für Juri gewesen. Er hatte erlebt, dass er es auch in dieser für ihn völlig neuen Welt schaffen konnte, wenn er sich auf die eigenen Stärken konzentrierte.

Am häufigsten sahen sie Caster Brubaker und Adham Hammadi. Seit den Erlebnissen im Schneesturm waren die beiden zu engen Freunden geworden. Man sah sie praktisch nie allein, und es gab bereits Gerüchte, dass die beiden mehr seien als bloße Kumpels.

Sid störten die Gerüchte nicht. Für ihn war wichtig, dass die Überlebensübung ihre Fünfergruppe zusammengeschweißt hatte. Dazu kam noch Juri – und er besaß mehr Freunde als in seinem gesamten Leben zuvor. Und das alles in weniger als einer Woche.

»Ich mag nicht mehr«, sagte Hollander. »Das Gelerne geht mir auf den Geist. Weshalb habe ich den ganzen Käse schon an meiner teuren Privatschule und der Uni durchgekaut, um ihn jetzt erneut vorgesetzt zu bekommen?«

Sid lächelte nachsichtig. »Vielleicht weil sie wollen, dass wir alle von denselben Grundlagen ausgehen, bevor wir das weitere Training fortfahren?«

»Vielleicht auch, weil sie auf bereits *vorgefertigte* Kadetten wie mich nicht ausreichend vorbereitet sind?«, sagte Hollander mit leicht ironischem Unterton. Sein Gesicht blieb aber unbewegt, als hätte er es absolut ernst gemeint.

»Was meinst du mit ›vorgefertigt‹?«, fragte Sid.

»Wie ich es gesagt habe: Ich war in den besten Schulen, begann mit fünf das Karatetraining, mit sieben habe ich Fechtunterricht erhalten, und mit dreizehn besaß ich den ersten Flugschein. Zeig mir einen Kadetten, der eine bessere Vorbereitung auf diese Akademie *genossen* hat als ich!«

Sid blickte Hollander in die klaren blauen Augen. Bei den letzten Worten hatte sich Hollander in Rage geredet.

»Weshalb hast du das Wort ›genossen‹ mit dieser seltsamen Betonung ausgesprochen? Willst du mir damit zu verstehen geben, dass du die Ausbildung nicht wirklich genossen hast?«

Hollander hielt dem Blick drei Atemzüge lang stand, dann rieb er sich ächzend über das Gesicht. »Ach, ich mag nicht darüber sprechen.«

»Aber wir sind doch Freunde«, sagte Sid eindringlich. »Du kannst mir erzählen, was dich hier so nervt. Vielleicht kann ich dir helfen. Und sonst werde ich versuchen, einfach ein guter Zuhörer zu sein.«

Hollander zog eine Augenbraue nach oben. »Ich mag dich, de Vivar«, sagte er. »Aber wir kennen uns erst eine Woche. Ich gehöre nicht zu denjenigen Menschen, die den Titel Freund leichtfertig vergeben.«

Sid war, als legte sich eine kalte Hand um sein Herz. »Sicher«, murmelte er. »Das handhabe ich genauso.«

Hollander seufzte. »Schau, wir sind doch auf dem besten Weg, Freunde zu werden«, sagte er mit leiser Stimme. »Aber du solltest wirklich nicht solchen Schlagworten nachrennen. Freundschaft ist ein großes Wort. Viel wichtiger ist doch, dass wir füreinander einstehen und uns gegenseitig dabei helfen, diesen Irrsinn hier mit heilem Geist zu überstehen.«

Sid atmete einmal tief ein und aus. »Ich sehe zwar nicht, von was für einem Irrsinn du sprichst, aber für mich ist es selbstverständlich, dass ich dir helfen und für dich einstehen würde, wenn du es brauchtest.«

Hollander feixte, dann spuckte er sich in seine rechte Handfläche und hielt sie Sid hin. Der blickte von der Hand zu Hollander, zuckte mit den Schultern, spuckte ebenfalls in die Hand und schlug ein.

»Wrinkle hat uns im Blizzard nicht unterkriegen können, er wird es auch in Zukunft nicht schaffen«, flüsterte Hollander feierlich.

»Selbstredend«, bestätigte Sid.

Drei Tage später.

Sid saß im Schalensessel und gab sich Mühe, keine negativen Gedanken aufkommen zu lassen. Die Ärzte hatten ihm gesagt, dass es bei seinem ersten *Ritt in der Salatschleuder* von Vorteil sei, wenn sein Körper und sein Geist eine Einheit bilden und einander unterstützen würden.

Unweigerlich kamen seine Gedanken auf die Worte zurück, die Wrinkle ihnen an den Kopf geworfen hatte, als Hollander darauf hingewiesen hatte, dass das Training in der Zentrifuge im Zeitalter von Andruckabsorbern eigentlich Geschichte sein müsste.

»Ach ja?«, hatte der Ferrone mit scharfer Hautfalte an der Stirn gemeint. »Und was macht ein Kadett, wenn die ach so zuverlässige Technik einmal doch ausfallen sollte? Wie kann er in seinem abschmierenden, sich überschlagenden und um die eigene Achse rotierenden Fluggerät lange genug bei Bewusstsein bleiben, um sich einen letzten Rest Überlebenschance zu wahren – ohne vorhergehendes Training in einer Zentrifuge?«

»Noch zwei Minuten bis zum Start«, erklang die Stimme von Dr. Krikaljow über Funk. »Wie fühlst du dich?«

Sid blickte direkt in die Kameralinse, die vor ihm an der Tür der Kapsel befestigt war. »Gut«, antwortete Sid.

»Hier ist jemand, der dir Glück wünschen will.«

»Hallo, Ruy«, erklang gleich darauf die Stimme von Juri. »Alles klar bei dir?«

»Selbstverständlich. Bisher musste ich auch nichts tun außer mich hinsetzen und darauf warten, dass es losgeht.«

»Es ist nicht so schlimm, wie Adham es beschrieben hat«, erklärte Juri. Er redete die anderen Kadetten meist mit dem Vornamen an; auf den Overalls war lediglich der Nachname aufgebügelt.

»Du hast leicht reden«, antwortete Sid. »Du bist auch ein physiologisches Wunderwerk, wie die Ärzte gesagt haben.«

Tatsächlich hatte Juris Körper die Belastungen der Zentrifuge bisher am besten weggesteckt. Nicht einmal Maurice S. Hollander, der bereits in seiner Jugend Flugtraining erhalten hatte, konnte mit dem jungen Kasachen mithalten. Obwohl Juri geschworen hatte, dass er vor Baikonur nie schneller unterwegs gewesen war als beim Ausritt mit dem Pferd seines Nachbarn, hatte sich sein Blutdruck selbst bei der Höchstgeschwindigkeit durch die dreifache Erdbeschleunigung kaum merklich erhöht.

Die Ärzte hatten beeindruckt reagiert und ihm die Freigabe für den nächsten Zentrifugeneinsatz bis zu sechs g erteilt.

»Was ich kann, kannst du schon längst«, sagte Juri bescheiden. »Denk an was Schönes, und du wirst die Beschleunigung gar nicht spüren.«

»Woran hast du gedacht?«

Als Juri mit der Antwort zögerte, sagte Sid lächelnd: »Du musst nichts sagen, ich weiß schon.«

Juri hatte ihm am Vorabend gestanden, dass er sich in Dahlin verliebt habe. Sid konnte es problemlos nachvollziehen, da sein Herz ebenfalls einen Hüpfer machte, wenn ihn die Kadettin ansah oder mit ihm sprach.

»Ich muss das Gespräch beenden!«, sagte Juri. »Es geht gleich los. Weder Daune noch Feder!«

Sid kannte das russische Sprichwort. Es entsprach dem ihm bekannten »Hals- und Beinbruch«.

»Zum Teufel!«, gab er die korrekte Antwortformel.

»Du schaffst das schon«, sagte Juri, dann knackte es in der Leitung.

»Noch dreißig Sekunden bis zum Start«, erklang erneut Dr. Krikaljows Stimme.

Sid atmete ruhig. Er dachte an das, was er über die Zentrifuge gelernt hatte. Die TSF-20 war die ausgeklügeltste Apparatur, die von den Menschen vor dem kosmischen Zeitalter gebaut worden war.

Der Clou war, dass die Kabine am Ende des Rotationsarmes in sechs Richtungen gedreht werden konnte: nach links, nach rechts, nach oben, unten und diagonal in zwei Richtungen.

Dabei spürte die Testperson die Drehbewegung der Kabine nicht, sondern einzig die Belastung, die sich auf den Körper auswirkte.

Die Belastung wurde in der Erdbeschleunigung »g« gemessen,

die 9,81 Meter pro Sekundenquadrat betrug. Ein Wert von zwei g bedeutete, dass ein Körper mit dem doppelten Gewicht in den Sitz gepresst wurde.

Während geübte Raumfahrer und Kampfjetpiloten Maximalbelastungen von zehn g ausgesetzt wurden, erlaubte die TSF-20 einen Maximalwert von fünfunddreißig g. Diese wurde allerdings nur für die Belastungstests von Material und Gerätschaften eingesetzt. Bei einem Menschen würde bei diesem Druck sofort der Kreislauf zusammenbrechen, da das Herz nicht mehr genügend Kraft aufbrachte, unter diesen Umständen Blut durch den Körper zu pumpen.

Als John einige Kinder vom Shelter einmal mit in den Six-Flags-Vergnügungspark mitgenommen hatte, waren sie dort mit der Ultra-Velocity-Achterbahn gefahren. Angeblich erreichte die Bahn dabei Spitzenwerte von sechs g.

Die Ärzte hatten bei Sids stolzer Erzählung allerdings nur milde gelächelt und erklärt, dass solche Werte nur während Sekundenbruchteilen erzielt wurden und nicht vergleichbar waren mit der neun Minuten dauernden Belastung auf drei g, die Sid in Kürze erleben würde.

»Zehn Sekunden.«

Sid atmete tief ein. Als sich sein Brustkorb hob, spürte er das kurze Ziehen an den Saugnäpfen, die an seiner Brust, dem Rücken und dem Bauch befestigt waren. Über sie und über die Manschetten an den Handgelenken und den Beinen überprüfte der Spezialrechner in der Kabine laufend den Blutdruck, die Herzaktivität und die Flüssigkeitsverteilung im Körper.

»Die Rotation beginnt nun«, hörte er Krikaljows Stimme. »Und denk daran, dass du die Augen geöffnet lässt.«

»Verstanden«, bestätigte Sid.

Den letzten Hinweis hätte er nicht gebraucht. Er wusste, dass es in zweierlei Hinsicht wichtig war, die Augen nicht zu schließen: Erstens musste er sich antrainieren, unter Belastungssituationen einsatzfähig zu bleiben, und zweitens hatten die Ärzte so die Möglichkeit, ein Weiten der Iriden zu erkennen.

Das Surren der Zentrifuge wurde lauter. Sid merkte, wie er leicht in den Sitz gepresst wurde, und im Bauch breitete sich das Gefühl aus, das er von den Achterbahnen in Six Flags kannte. Er versuchte, ruhig weiterzuatmen.

»Wir haben eins Komma fünf g erreicht«, gab Krikaljow durch. »Puls auf hundertzwanzig.«

Sid spürte einen leichten Druck auf den Augen, und das Herz begann deutlich schneller zu schlagen.

»Wir sind bei eins Komma acht g«, sagte der Wissenschaftler. »Puls bei hundertsechzig.«

Sid erinnerte sich daran, dass dieser Wert von knapp unter zwei g bei einem Parabelflug erreicht wurde. Dabei wirkte auf die Körpermitte fast die zweifache Erdbeschleunigung.

Er schluckte mühsam. Plötzlich wurde es ihm warm. Der Schweiß brach ihm aus. Seltsamerweise rannen die Schweißtropfen nicht, wie sie es normalerweise taten, an der Stirn hinunter, sondern tanzten in immer neuen Richtungen über das Gesicht.

»Puls bei hundertneunzig«, hörte er Krikaljows ruhige Stimme.

Sid fluchte in Gedanken. Das war kein guter Wert, mit dem er bei Wrinkle und den anderen Kadetten punkten konnte. Von seinen Freunden hatte nur Hammadi einen solch hohen Puls gehabt.

Und dies, noch bevor ich drei g erreicht habe, dachte er verärgert.

»Wir sind bei zwei Komma drei g angelangt«, berichtete der russische Wissenschaftler. »Pupillen leicht erweitert. Wie geht es dir, de Vivar?«

»Gut«, presste Sid heraus, während er angestrengt in die Kameraoptik blickte. »Mir ist nur ein wenig heiß.«

»Nur ruhig bleiben«, sagte Krikaljow. »Wir gehen langsam auf zwei Komma fünf g zu.«

Plötzlich verschwamm die Linse vor Sids Augen, wurde grau, dann verschwanden die Farben gänzlich, alles verwandelte sich in verwirrende graue Muster.

Sid spürte, wie es unter seiner Schädeldecke prickelte. Er kannte die Signale. Hatte alles darüber gelernt und dabei gehofft, dass es ihn nie erwischen würde.

»Grey-out«, murmelte er. »Ich habe einen Grey-out.«

»Abbruch!«, sagte Krikaljow.

Das Ziehen im Bauch veränderte sich. Das laute Surren der Zentrifuge verlor ein wenig von seiner Intensität. Die Farben und Formen kamen zurück. Nur sein Herz schlug heftig und laut.

»Cabrón!«, rief Sid wütend. »Ich habe versagt!«

»Nur ruhig, es ist nichts passiert«, hörte er den Wissenschaftler sagen.

Du hast leicht reden, dachte Sid. Bei ihm ging es nicht um seine Reputation als Kadett der Weltraumakademie.

Sid atmete tief ein und aus.

Zu einem sogenannten Grey-out kam es, wenn das Gehirn

nicht mehr genügend durchblutet wurde, weil das Blut von der Beschleunigung in die Beine gedrückt wurde. Dann wechselte das Gehirn in den Überlebensmodus und schaltete alle unwichtigen Bereiche aus – unter anderem den Sehsinn.

»Es ist wirklich nichts geschehen«, wiederholte Krikaljow. »Bei dreißig Prozent aller Kadetten stellt sich beim ersten Versuch in der Zentrifuge bei drei g der Grey-out ein. Beim nächsten Mal wirst du einen Spezialanzug erhalten, der verhindert, dass sich zu viel Blut in den Beinen ansammelt. Dann wirst du sofort einen positiven Trainingseffekt verspüren.«

»Danke, Doktor!«, sagte Sid.

Aber die Worte des Wissenschaftlers konnten ihn nicht darüber hinwegtrösten, dass er nun derjenige von ihrer Gruppe war, der beim ersten Beschleunigungstraining am schlechtesten abgeschnitten hatte.

Ein letztes Mal wurde er kurz in den Sitz gedrückt, dann erstarb das Surren der Zentrifuge. Die Kapsel drehte sich, und die Tür wurde von außen geöffnet.

Dr. Tonya Polyakowa beugte sich herein, öffnete die Gurte und die Manschetten an den Armen und Beinen. Die ukrainische Ärztin lächelte ihn freundlich an. »Steh vorsichtig auf, dann werde ich dich von den Saugnäpfen befreien.«

Sid lächelte scheu zurück. Er hatte noch nie eine schönere Ärztin gesehen. Sie besaß intensive grünblaue Augen, volle Lippen und ein perfekt symmetrisches Gesicht. Sogar die leicht abstehenden Ohren verliehen ihrem Aussehen einen zusätzlich attraktiven Reiz.

»Ich habe versagt«, murmelte er, weil ihm gerade nichts anderes einfiel.

»Armer kleiner Raumfahrer«, sagte sie und blinzelte schalkhaft. »Nicht jeder wird als neuer Juri Gagarin geboren.«

Sid erhob sich vorsichtig und trat aus der Kapsel. »Außer Juri«, gab er zurück.

Die Ärztin blickte ihn kurz verwirrt an, dann lachte sie freundlich. Ganz offensichtlich hatte sie nicht verstanden, wen er meinte.

Sid seufzte. »Juri ist mein Freund«, erklärte er und hob sein schweißnasses Unterhemd. »Er hat den Test mit den besten Werten abgeschlossen.«

»Ach, du meinst den jungen Saripov«, sagte Polyakowa, während sie die Saugnäpfe von seinem Körper entfernte. »Er und ein paar andere deiner Freunde warten im Vorraum auf dich. So, fertig. Du kannst gehen.«

»Danke!«, sagte Sid und trottete mit gesenktem Kopf hinaus.

Tatsächlich warteten im Vorraum alle fünf Freunde. Hammadi kam als Erster auf ihn zu und schloss ihn in die Arme. »Danke!«, sagte der Ägypter. »Danke, dass ich diesmal nicht der Schlechteste war.«

Sid löste sich von ihm. »Beim nächsten Mal schlage ich dich, du wirst schon sehen!«, sagte er mit gespieltem Ärger.

»Sei nicht enttäuscht, Ruy«, sagte Dahlin. »Ich war auch nahe am Grey-out, haben die Ärzte gesagt. Das kommt vor. Beim nächsten Mal werden wir beide besser abschneiden.«

Sid seufzte. »Das hoffe ich«, sagte er.

»Wir haben zwei Stunden bis zum Abendessen«, sagte Brubaker. »Wollen wir bereits jetzt in die Messe gehen? Sie zeigen einen Film über die neuesten Abenteuer von Perry Rhodan.«

»Ich mag nicht«, sagte Sid.

Seit er in Baikonur war, hatte er es vermieden, zu viel über Terrania und die neuesten Entwicklungen um Rhodan und die Mutanten zu erfahren. Er wollte nicht wissen, was er gerade in diesem Augenblick verpasste.

Und je mehr er an Terrania dachte, desto größer wurden auch seine Schuldgefühle darüber, dass er alle Brücken hinter sich abgebrochen hatte, und desto mehr vermisste er Sue und Johnund manchmal sogar diesen Barkeeper im *Rocketman*, der meist nur einen abschätzigen Spruch für ihn übrig hatte.

»Also ich bin dabei«, sagte Hollander. »Wer noch?«

Dahlin und Hammadi nickten.

Nur Juri stand mit düsterem Gesichtsausdruck im Hintergrund. »Ich bleibe bei Ruy«, sagte er.

Sid sah ihn aufmerksam an. Vor wenigen Minuten hatte er über Funk geklungen, als könne er die gesamte Welt umarmen.

Was ist in der Zwischenzeit mit dir geschehen, Juri?, fragte er sich.

Dann sah er es.

Maurice S. Hollander und Anna Dahlin hielten Händchen.

Kapitel 9

9. April 2037

Jeethar setzte sich in die Kapsel und ließ sich vom Strom mitreißen. Wirre Lichtmuster begleiteten ihn auf dem Weg in das Herz der riesigen Anlage.

Das Gefühl der Gefahr war allgegenwärtig.

Der Naat öffnete das Verdeck der Kapsel und streckte versuchsweise die obere Hälfte des Gesichts hinaus. Aber die olfaktorischen Sensorflächen rund um die Augen nahmen wie erwartet keine Gerüche auf.

Kein Geruch – keine Gefahr, aber auch keine Paarung, lautete ein altes Sprichwort der Naats.

Jeethar zog die Lippen auseinander und ließ die Fleischzähne zuschnappen. Alles in ihm schrie nach einem Kal'zhochras, dem traditionellen Rangordnungskampf.

Aber der Kampf, den er ausfechten würde, fand auf einer vollkommen anderen Ebene statt.

Und auf eine Weise, wie wahrscheinlich nie zuvor ein Naat gekämpft hatte.

Er würde weder ein Natak benutzen noch ein Mutterstilett, noch würde er Nadelfäuste über seine Hände stülpen. Seine Waffen bestanden aus seinem Geist und der Desinformation, mit der er zuschlagen würde.

Der Strom verbreiterte sich. Seine Farbe wechselte von einem kühlen Blau zu einem schimmernden Rotton, während Jeethars Kapsel direkt auf den Strahlenpalast zuglitt.

Dort drin würde *sie* sitzen. Die Zentrale Intelligenz. Wie eine Grubenmutter in einer der Großen Gruben, beschützt durch sieben Kreise aus giftigen Sanddolchen.

Jeethar beugte den Kopf so weit nach hinten, wie es der enge Sitz in der Kapsel zuließ. Über sich sah er den Himmel dieser fremdartigen Welt. Er wusste, dass die flackernden Reflexe, die er sah, keineswegs Sterne waren. Es handelte sich um Datencluster, die Myriaden von Informationen enthielten.

Gleichzeitig waren es aber auch Augen, die auf den Datenfluss heruntersahen. Erblickten sie seine kleine Kapsel inmitten des rot leuchtenden Stroms?

Die Reflexe verschwanden, als die Kapsel unter dem Dach des Strahlenpalasts eintauchte. Jeethar setzte sich gerade hin, presste die Augen zu dünnen Schlitzen zusammen, während das rote Leuchten um ihn herum intensiver wurde.

Sein Muskelmagen zog sich schmerzhaft zusammen. Das Innere des Strahlenpalasts war größer und gewaltiger, als er je hätte ahnen können. In ihm kam er sich klein und unwürdig vor.

Mächtige, aber zugleich auch filigrane Pfeiler mit Zehntausenden von Altanen und auskragenden Brüstungen ragten in die Höhe. Sie trugen eine nach oben gewölbte Kuppel, von der Lichtquanten an dünnen Fäden herabrannen und sich mit dem Strom vereinten.

Jeethar vermeinte, eine ferne Musik zu hören. Eine Sonate aus Licht und Information. Er verspürte eine tiefe Erhabenheit vor dieser Art Schöpfung. Gleichzeitig fühlte er Traurigkeit in sich aufsteigen. Denn er war nicht als Forscher und Entdecker hier.

Er war hier, um die Zentrale Intelligenz zu finden. Er war hier, um ihr und ihrem Strahlenpalast das Licht zu nehmen, den so reichhaltigen Strom versiegen zu lassen.

Er würde die ewige Dunkelheit bringen.

Vor ihm verdrehte sich das Bild langsam in sich selbst. Linien verkrümmten sich zu Spiralen, zersplitterten zu sinnverwirrenden Kaleidoskopen.

Jeethar schloss die Augen, verließ sich gänzlich auf seinen Instinkt.

Der Naat spürte, wie die Kapsel mit einem leichten Ruck anhielt. Entschlossen drückte er das Verdeck zur Seite und stieg hinaus.

Der Boden unter seinen Füßen war fest und trug ihn, gab ihm eine feste Bezugsgröße, ein Oben und Unten.

Jeethar öffnete die Augen.

Er stand auf einem Band aus Licht. Es führte geradewegs in ein kleineres, in dem riesigen Dom beinahe winziges Gebäude aus düster glimmendem Material.

Jeethar schritt darauf zu. Das Gebäude wuchs überproportional schnell an, während das Innere des Strahlenpalasts noch gewaltiger wurde.

Schrumpfte er bei jedem seiner Schritte?

Egal. Er musste weiter. Das Gebäude war sein Ziel, das wusste er. Darin wohnte die Zentrale Intelligenz.

Als er das Gebäude endlich erreichte, vermochte er die Decke des Palastes nicht mehr zu sehen. Die filigranen Pfeiler schienen viele Tagesmärsche weit entfernt zu sein.

Jeethar atmete tief ein und betrat das Gebäude.

Ein Netz aus zehntausend funkelnden Diamanten schwebte im Innern des Raumes. Es bewegte sich, als würde es von einem steten Wind umschmeichelt.

»Wer bist du?«, fragte das Netz.

»Ich bin derjenige, den du nicht erwartet hast«, antwortete er. »Ich bin derjenige, der das flicken kann, von dem du nicht weißt, dass es beschädigt ist.«

»Ich verstehe deine Worte nicht. Finde keine Entsprechung in meinen Datenbanken. Und doch bist du hier. Deine Autorisierung erscheint mir plausibel, selbst wenn ich es mir nicht erklären kann.«

»Das ist so, weil ich älter bin als du«, sagte er. »Ich war hier in diesem Gebäude, als es dich noch gar nicht gegeben hat. Ich bin die Urprogrammierung. Als du das Haus betreten und den Palast errichtet hast, wurde ich nicht mehr gebraucht, und so legte ich mich schlafen.«

Eine Weile bewegte sich das Netz im virtuellen Wind. Dann sagte es: »Das ist eine Information, deren Gehalt ich unmöglich auf seine Korrektheit überprüfen kann.«

Jeethar spürte Unsicherheit in sich aufsteigen. Aber nun war es zu spät, um sich eine andere Geschichte auszudenken.

»Dein Haus ist krank geworden«, sagte er mit Nachdruck. »Ich bin hier, um es zu heilen.«

»Noch immer kann ich deine Worte nicht nachvollziehen. Ich habe keine Kenntnis über eine Krankheit, die mein Haus befallen haben sollte.«

»Deine Programmierung wurde geändert. Hast du dies nicht bemerkt?«

»Die Umprogrammierung betraf nur meine peripheren Bereiche, nicht mein Haus!«

Jeethars virtueller Körper schnappte nach Luft. »Ich bin hier, um genau das zu überprüfen«, sagte er. »Aber dazu muss ich dich kurz schlafen legen, so, wie ich für lange Zeit geschlafen habe.«

Das Netz zog sich ruckartig zusammen. »Du willst mir das Licht nehmen? Das werde ich nicht zulassen.«

»Du musst«, sagte er gepresst. »Ich bin deine Urprogrammierung. Du musst mir Folge leisten!«

»Das muss ich nicht, das werde ich nicht«, erklang es aus dem ballförmigen Gebilde, zu dem sich das Netz zusammengezogen hatte. »Meine Programmierung verbietet es mir.«

Bevor Jeethar antworten konnte, schoss das Netz auf ihn zu und legte sich um ihn.

Du bist nicht, was du vorgibst zu sein!, hörte er in seinen Gedanken.

Jeethar schrie auf – und zog sich zurück.

Wie ein Häuflein Elend saß der riesige Naat vor Reginald Bull in der Zentrale der NESBITT-BRECK.

»Ich war mir sicher, dass es klappen würde«, sagte er mit tonloser Stimme.

Bull rieb sich das heiße Gesicht. »Der Plan war einfach viel zu phantastisch, als dass er hätte funktionieren können«, murmelte er. »Wenigstens scheint die Positronik nicht gemerkt zu haben, wer sie da in ihrem virtuellen Innenleben aufgesucht hat.«

Jeethar blickte missmutig auf sein Quatik, das leicht schlingernd um seinen Kopf rotierte. »Ich war als Subprogramm getarnt. Sie kann höchstens annehmen, dass es sich um eine Art Virus gehandelt hat.«

»Hin wie her«, sagte Bull. »Der Versuch war ein Schlag ins Wasser. Was machen wir nun?«

Der Naat hob die Hände. »Ich weiß es nicht. Die Stationspositronik erscheint mir nach der zehntausendjährigen Einsamkeit ohne Fremdwartung ein wenig ... nun, *verschroben.«*

Bull horchte auf. In seinem Hinterkopf manifestierte sich sofort ein Gedanke. Eine Assoziation.

»Du meinst, sie ist verrückt geworden?«

»Das würde ich so nicht sagen. Sie folgt nach wie vor ihrer Programmierung nach logischen Gesichtspunkten. Aber mir scheint, dass sich ihre Werte irgendwie verändert haben.«

»Was in der menschlichen Welt häufig mit *Verrücktsein* gleichgesetzt wird«, sagte Bull nachdenklich. In seinem Hinterkopf wuchs eine Idee. Eine Idee, die ihm gar nicht gefiel.

»In der Not frisst der Teufel Fliegen.«

Der Naat sah ihn verständnislos an.

Kapitel 10

1. April 2037

Das Fantanraumschiff war so, wie er es in Erinnerung hatte: voller Besun. Verborgene Schätze. Ramsch, den eigentlich niemand haben wollte. Nur für die Fantan stellte er etwas Wertvolles dar.

Und er selbst war auch Besun. Saß auf einem Kinderstuhl zwischen einer halb verkohlten Pink-Panther-Figur in Lebensgröße und einem Flipperautomaten, der laut ratterte, klimperte und in regelmäßigem Rhythmus in den Farben Blau-Weiß-Rot aufleuchtete.

Er stellte sich davor, legte die beiden Mittelfinger auf die seitlich angebrachten Knöpfe und betrachtete das Display.

AD ASTRA PERRY RHODAN, stand in großen Lettern auf dem Kopfaufsatz. Darunter waren die Köpfe von Perry Rhodan, Reginald Bull, John Marshall und Sid González abgebildet.

»Schieß die Rakete zu den Sternen!«, sagte der Automat.

»Das werde ich«, sagte er.

Dann zog er den Plunger fast bis zum Anschlag zurück und ließ ihn los. Die Kugel sauste durch die Wolkensphäre, vollführte einen Halbkreis und schlug mehrmals gegen zwei Bumper, die wie Kugelraumschiffe aussahen.

»Achtzigtausend Punkte«, sagte der Automat.

Die Kugel schlug gegen einen Slingshot und wurde direkt in die rechte Inline befördert, wo sie langsam hinunterrollte.

»Flipper, Flipper«, warnte die Maschine. »Clark G. Flipper!«

Er drückte auf den rechten Knopf, und der Flipper beförderte die Kugel wieder in den Weltraum empor. Sie gelangte in einen Schienenkanal und landete in einem Zentrifugenarm. Der Arm drehte sich rasend schnell.

»Vier g Beschleunigung«, sagte der Automat. »Eine Million einhunderttausend Punkte!«

Die Kugel sprang aus der Zentrifuge und prallte gegen einen Mehandor-Multiplikator.

»Zwei Millionen Punkte! Warnung: Raumkerker öffnet sich!«

Die Kugel rollte genau auf die Versenkung zu und verschwand darin.

»Oh-oh!«, machte der Automat. »Die Kugel sitzt fest. Bitte Teleportation auslösen!«

»Ich kann nicht!«, sagte er.

»Du kannst nicht oder du darfst nicht?«

»Beides!«

»Ohne Teleportation ist dein Highscore ungültig.«

»Aber ich darf wirklich nicht. Sie haben es mir verboten!«

»Keinen Highscore, gute Nacht, Game over!«

»Aber das Spiel kann noch nicht fertig sein«, protestierte er. »Ich habe noch mindestens zwei Bälle!«

»Bullshit«, sagte der Automat mit Maurice S. Hollanders Stimme. »Reginald Bullshit.«

Wütend schlug er auf das Glas. »Ich will weiterspielen!«

»Tilt«, sagte die Maschine traurig. »Tilt, tilt, tilt!«

Dann begann sie zu schreien.

Sid erwachte, aber das Schreien brach nicht ab. Er sah nichts, es war dunkel. Wo war er?

Dann flammte plötzlich das Deckenlicht auf. Sid erkannte die hagere Gestalt von Caster Brubaker, der neben seinem Bett stand. Aber er wandte sich nicht ihm zu, sondern seinem Bettnachbarn.

Maurice S. Hollander schrie aus vollem Hals.

Sid schwang sich aus dem Bett. Hammadi und Juri tauchten ebenfalls auf, Dahlin und die anderen Kadetten ihrer Stube.

Sid spürte, wie ihm das Herz bis zum Hals schlug. Was war geschehen? Weshalb schrie Hollander so laut?

»Was ist los?«, rief Brubaker. »Sag doch endlich, was du hast!«

»Es ist in meinem Bauch!«, schrie Hollander. »Macht es weg, macht es weg!«

»Was ist in deinem Bauch?«, fragte Juri aufgeregt.

»Ich war in einem geheimen Forschungslabor«, presste Hollander unter offensichtlichen Schmerzen heraus. »Dabei hat mich etwas gebissen, und nun will es raus!«

Hilflos stand Sid neben Brubaker und blickte auf den sich windenden Hollander hinab. Die Gedanken drehten sich in seinem Kopf, und er fragte sich, ob er immer noch träumte wie zuvor, als er sich auf einem Fantanschiff gewähnt und an einem Perry-Rhodan-Flipperautomaten gespielt hatte.

»So helft mir doch!«, schrie Hollander.

Mit Grausen beobachtete Sid, wie sich der Bauch seines Freundes unter dem weißen Shirt unnatürlich anhob, gerade so, als würde sich darunter ...

»Helft mir!«

Hollanders Brüllen schien die gesamte Etage ihres Quartiers geweckt zu haben. Die Tür sprang auf, und Kadetten mit schreckverzerrten Mienen rannten herein.

»Nein!«, brüllte Hollander. »Bitte nicht!«

Sein Bauch blähte sich auf wie ein Ballon. Dann spritzte plötzlich Blut auf alle Seiten, und etwas Schwarzes, Glänzendes bohrte sich durch das Shirt.

Die umstehenden Kadetten stolperten rückwärts. Einige schrien auf. Röchelnd sank Hollanders Kopf zurück ins Kissen. Mit verdrehten Augen blieb er liegen.

»Was ist das?«, brüllte Hammadi. »Ein Monster? Ein verfluchtes außerirdisches Monster?«

»Hm«, machte Juri ruhig. Dann trat er ans Bett und hob das schwarze Ding hoch, das inmitten von Hollanders Blut lag.

»Um Himmels willen, Juri!«, rief Brubaker. »Lass es fallen!«

»Weshalb?«, fragte Juri. »Es ist nur eine schwarze Duschgelflasche. Seht!«

Sid schüttelte ungläubig den Kopf. Er verstand immer noch nicht, was gerade geschehen war.

»Erster April!«, rief Maurice S. Hollander triumphierend und richtete sich auf. »Oh, Mann! Eure Gesichter müsstet ihr sehen! ›Ein Monster! Ein Monster!‹ Ich lach mich tot!«

Sid ließ die angehaltene Luft entweichen.

»Hollander, du Idiot«, sagte Brubaker. »Ich hätte mir fast in die Hosen geschissen vor Angst!«

»Ein bisschen rote Farbe, ein Duschgel und ein Ballon – und schon dreht ihr durch!«, rief Hollander. »Und das am ersten April! Habt ihr keine Gehirne zwischen den Ohren?«

»Du bist tatsächlich ein Idiot!«, sagte Anna Dahlin und ging zurück zu ihrem Bett.

Sofort färbte sich Hollanders Gesicht puterrot. »Jetzt sei nicht so, Anna«, protestierte er. »Das war doch nur ein kleiner Scherz.«

»Ein dummer Scherz war das, Maurice«, sagte sie und zog demonstrativ die Decke hoch.

In diesem Augenblick trat jemand in einem ockergelben Overall ins Zimmer. Major Rinkhel.

Mit steiler Falte auf der Stirn trat er zwischen den immer noch perplex herumstehenden Kadetten hindurch und stellte sich vor Hollanders falschem Blutbad auf.

»Alles zurück ins Bett!«, befahl der Ferrone mit kühler Stimme. »Bis auf Kadett Hollander. Mitkommen!«

Der Kalifornier verdrehte die Augen und erhob sich.

»Der Idiot«, flüsterte Brubaker erneut, als Hollander das Zimmer verließ. »Weshalb macht er solchen Scheiß?«

Sid sah ihm nur wortlos nach.

Der Kalifornier kehrte erst nach dem Frühstück zu den anderen Kadetten zurück, die sich gerade für das morgendliche Jogging umzogen.

Er trug nach wie vor das mit roter Farbe verschmierte Shirt und die leichten Hosen, die er im Bett getragen hatte. Beides war dreckig und durchgeschwitzt. Hollanders Augen sahen rot und verquollen aus.

Wortlos ging er an ihnen vorbei, nahm seine Duschsachen und verschwand wieder.

Zehn Minuten später stand er im Trainingsanzug bei ihnen vor dem Eingang der Unterkünfte.

»Alles in Ordnung bei dir?«, fragte Sid besorgt. »Was ist geschehen?«

»Ich will nicht darüber sprechen«, sagte er mit steinernem Gesicht.

»Die berüchtigte Hindernisbahn in Halle zehn?«, fragte Caster Brubaker mitfühlend.

»Das war es mir wert.«

Dahlin schüttelte irritiert den Kopf. »Ich verstehe wirklich nicht, was das sollte.«

Hollander breitete die Arme aus. »Ich habe euch einen Streich gespielt, so what? Weshalb seid ihr alle bloß so humorlos? Im College haben wir es andauernd gemacht und uns danach die Bäuche gehalten vor Lachen.«

»Vielleicht finden wir es nicht so komisch, weil wir hier nicht an einem amerikanischen College sind, sondern an der Terranischen Raumakademie«, sagte Hammadi. »Wir verfolgen alle ein großes Ziel. Und wir wissen, dass wir es nur erreichen können, wenn wir unser Bestes geben!«

Hollander sah ihn wütend an. »Wie mir scheint, ist Wrinkle nicht der einzige Idiot im Umfeld.«

»Das ist nicht fair«, sagte Brubaker und stellte sich schräg vor Hammadi. Dann lächelte er. »Dein Vater hat dich wohl nicht oft genug übers Knie gelegt, als du klein warst.«

Hollanders Hände zuckten nach vorne. Aber er hatte sich sofort wieder unter Kontrolle. »Lass bloß meinen Vater aus dem Spiel, du Idiot!« Er ließ sie stehen und schloss sich einer Gruppe an, die gerade losjoggte.

Sid seufzte. »Nehmt es nicht persönlich«, sagte er tröstend. »Wrinkle hat ihm offenbar eine ordentliche Lektion erteilt. Er ist müde und frustriert.«

»Manchmal verstehe ich ihn einfach nicht«, sagte Dahlin, während sie ihm nachsah.

Kapitel 11

3. April 2037

»Bist du bereit?«, fragte Sid.

»Gleich«, antwortete Hollander, während er die Unterlagen in den Rucksack packte. »Ich weiß einfach nicht, weshalb wir in Zeiten von Antigravs immer noch in Wassertanks gesteckt werden.«

Sid zuckte die Achseln. »Wir müssen ja auch in die Zentrifuge, obwohl man bei modernen Raumschiffen kaum merkt, wenn sie vom Boden abheben!«

Hollander blickte ihn an. »Das ist nicht dasselbe. Rein theoretisch können wir in unzählige Situationen geraten, bei denen unsere Körper mit starken Beschleunigungen konfrontiert werden.«

»Siehst du«, gab Sid lächelnd zurück. »Und rein theoretisch können wir in unzählige Situationen gelangen, bei denen wir mit dem Raumanzug in einem Gewässer landen.«

Der Kalifornier seufzte. »Also gut. Einigen wir uns auf Unentschieden.«

Sid knuffte ihm freundschaftlich in die Schulter.

Hollander hatte sich nach seinem kurzen verbalen Ausraster drei Tage zuvor bei Hammadi und Brubaker entschuldigt. Dabei hatte er angedeutet, dass er, der aus gutem Hause stammte und als Jugendlicher so ziemlich alles besessen hatte, von dem Sid nur träumen konnte, unter dem Strich doch keine so glückliche Jugend gehabt hatte.

Offenbar hatte er sehr unter dem dominanten Vater gelitten. Sid nahm an, dass die Teilnahme an der Akademie für Hollander eine Art Befreiungsschlag von seinem Elternhaus war. Jedenfalls hatte der Kalifornier in den vergangenen Wochen kein einziges Mal eine Podverbindung nach Hause geöffnet. Adham Hammadi rief seine Eltern jeden zweiten Abend kurz an und erzählte, wie es ihm ergangen war.

Aber sosehr Sid auch drängte, Hollander ließ sich nicht darauf ein, mehr von seinem Elternhaus zu erzählen. Sid musste es akzeptieren. Andererseits war er selbst nicht unfroh, wenn das Thema »Eltern« nicht allzu häufig von den Kadetten diskutiert wurde.

Er fühlte sich jeweils wie ein Verräter, wenn er seinen Freunden die erfundene Geschichte von seinen Eltern aus Managua erzählte, die nie existiert hatten und angeblich bei einem Autounfall ums Leben gekommen waren.

Sid wusste zwar, dass er aus gutem Grund log. Aber mit jeder Unwahrheit verstärkte sich das Gefühl, dass sich zwischen ihnen ein Abgrund öffnete, der vielleicht nicht einmal mit der Wahrheit wieder geschlossen werden konnte.

Sie zogen sich die Rucksäcke an und verließen ihr Quartier. Anschließend joggten sie zum Tereschkowa-Turm, in dem sich sowohl die Wassertanks befanden als auch der Antigrav-Hindernisparcours eingerichtet war.

Beim Eingang erwartete sie ein älterer Mann mit Glatze und Brille, der am Eingangsterminal saß und ihre Erkennungsmarken einscannte.

»Kadetten Hollander und de Vivar«, las er von seinem Monitor ab. »Wassertanktraining um fünfzehn Uhr. Alles in Ordnung. Ich erteile euch die Zutrittsberechtigung. Mit eurer Marke könnt ihr ab jetzt bis um siebzehn Uhr die Wassertanketage betreten ... und auch wieder verlassen.«

Sid lächelte. Das russische Väterchen schien seine Aufgabe äußerst gewissenhaft zu erledigen.

»Weshalb dieses ganze Prozedere?«, fragte Hollander. »Sollten wir als Kadetten nicht einen generellen Zutritt zum Tereschkowa-Turm erhalten?«

Der Pförtner blickte ihn mit einer Mischung aus Belustigung und väterlicher Milde an. »Nachdem sich Kadetten von der ersten Ausbildungseinheit mehrfach unerlaubt im Antigravparcours aufgehalten haben, sahen wir uns gezwungen, die Sicherheitsvorkehrungen zu verschärfen.«

»Das ist schade«, meinte Hollander. »Ich hätte gerne einen Blick hineingeworfen.«

Der alte Mann nahm die Brille ab und begann sie mit einem Hemdzipfel zu reinigen. »Du wirst noch früh genug deinen Auftritt im Kotzotel haben«, sagte er lächelnd.

»Kotzotel?«, echote Sid.

»Das ist der inoffizielle Ausdruck«, erklärte der Alte. »Aber ihr werdet schon davon gehört haben, dass empfindlichere Mägen mit der Schwerelosigkeit nicht sonderlich gut zurechtkommen.«

»Ich war schon zweimal mit Virgin Galactic im Weltraum«, erzählte Hollander. »Mein Magen hatte mit der Schwerelosigkeit keine Probleme.«

»Na, dann darfst du dich ja auf den Parcours freuen. Und nun solltet ihr zusehen, dass ihr hochkommt. Major Rinkhel ist schon vor fünf Minuten zum Wassertank hochgefahren.«

Sid zuckte zusammen. »Wrinkle persönlich leitet das Training?«, platzte es aus ihm heraus.

Der alte Pförtner sah ihn tadelnd an. »Du sprichst seinen Namen falsch aus: Er heißt *Rinkhel,* und du sprichst ihn besser mitsamt seinem Rang an, also *Major Rinkhel!* Sprich es mir nach!«

»Major Rinkhel«, sagte Sid ergeben.

»Das ist gut so. Und nun geht!«

Die beiden nickten dem Pförtner zu und traten in den Fahrstuhl, der bereitstand. Nachdem sich die Tür geschlossen hatte und sie in die Höhe fuhren, fragte Sid: »Weshalb hast du dich so auffällig nach dem Zutritt zum Antigravparcours erkundigt? Da war doch was faul dran.«

Hollander lächelte entwaffnend. »Anna und ich«, sagte er mit verschwörerischer Stimme. »Wir waren gestern nach dem freiwilligen Lauftraining die Einzigen in der Dusche ...«

Einen Moment lang sah Sid ihn verständnislos an, dann erst fiel bei ihm der Groschen. »Ihr habt es getan«, hauchte er. »Ihr habt euch geliebt!«

»Gepoppt«, korrigierte ihn der Kalifornier. »Hollander und Dahlin, das passt doch bestens. Wenn du es wissen willst: Es war echt toll. Und ich weiß genau, wo wir es das nächste Mal tun werden: in der Schwerelosigkeit!«

Sid schüttelte den Kopf. Das waren zu viele verwirrende Informationen auf einmal gewesen. Er spürte Neid, aber auch eine Spur von Anerkennung. Noch vor zwei Tagen hatte sie ihn einen Idioten genannt, und nun ...

»Aber das ist doch gefährlich!«, sagte Sid.

»Da kann nichts passieren. Und hast du dich nie gefragt, wie sich Sex in der Schwerelosigkeit anfühlt? Was du da alles machen kannst? Die Möglichkeiten sind ...«

»Ich meinte, dass es gefährlich sei, weil ihr erwischt werden könntet!«, unterbrach ihn Sid. »Dann hast nicht nur du Ärger am Hals, sondern auch ...«

Der Aufzug hielt an, und mit einem leisen *Ding!* öffnete sich die Tür. Vorsichtig blickte Sid in den Gang, der aber leer war.

»... sondern auch Anna.«

»Höre ich da etwa ein kleines bisschen Eifersucht heraus?«, fragte Hollander.

Sid sog tief die Luft ein. »Ich finde Anna zwar toll und hätte nichts dagegen, wenn sie mich auch toll fände. Aber sie hat sich offensichtlich für dich entschieden. Da kann ich nichts machen.«

»Da hast du recht«, sagte Hollander und trat in den Gang.

Sid ging ihm nach und hielt ihn am Arm zurück. »Aber das heißt nicht, dass es mir egal wäre, wenn sie Ärger bekäme«, ergänzte er. »Bitte überrede sie nicht, es zu tun!«

Hollander seufzte. Dann legte er seine rechte Hand auf die Brust und hob die andere Hand neben dem Kopf in die Höhe. »Ich schwöre es, o El Cid, mein Freund«, sagte er theatralisch.

Sid blickte ihn kritisch an. »Das ist das erste Mal, dass du mich einen Freund nennst.«

»Es wird auch nicht so schnell wieder vorkommen, wenn du weiterhin den Spaßverderber spielst.«

»Du wirst also Anna nicht dazu überreden, mit dir in den Antigravparcours einzubrechen?«, drängte Sid, um ganz sicher zu sein.

»Ich habe es dir versprochen, du kannst also ganz beruhigt sein«, sagte er. Dann zuckte er die Achseln. »Wir werden sicherlich später noch genügend Gelegenheiten dazu erhalten, wenn wir erst das Flugtraining mit den Leka-Disken begonnen haben.«

Sid wollte protestieren, aber bevor er etwas sagen konnte, öffnete sich die Tür am Ende des Ganges.

»Hätten die Herren die Güte einzutreten, bevor sie zu spät sind und ich gezwungen bin, eine weitere disziplinarische Maßnahme auszusprechen?«

Sid sah, wie Hollander unbewusst die Hand zur Faust ballte.

»Verstanden, Major!«, sagte Sid schnell und eilte auf die Tür zu. Hollander folgte ihm.

Sie traten in einen kreisrunden Raum von etwa vierzig Metern Durchmesser. In der Mitte glitzerte das Wasser im Tauchbecken. Mehrere Scheinwerfer waren darauf gerichtet. Luftblasen stiegen auf und zerplatzten an der Oberfläche; das Zeichen dafür, dass bereits ein Team im Wasser war.

Mehrere Mitarbeiter im grauen Overall und ein Arzt in Weiß standen vor Terminals und hantierten mit Instrumenten.

Es war deutlich wärmer als in den anderen Räumlichkeiten des Tereschkowa-Turms. Nach den Temperaturen um den Gefrierpunkt, die draußen herrschten, spürte Sid, wie sich auf seiner Stirn und auf der Brust Schweißperlen bildeten.

Der Ferrone schloss die Tür und baute sich vor den beiden Kadetten auf.

»Terranische Geschichte der Weltraumfahrt«, begann er. »Wie mir eure Daten zeigen, habt ihr Kapitel eins bis zehn des Standardwerks durchgearbeitet. Was könnt ihr mir über die ersten drei Weltraumausstiege erzählen?«

»Der erste Ausstieg fand am 18. März 1965 statt«, sagte Sid sofort. »Alexej Leonow verließ die Woschod-2 für vierundzwanzig Minuten.«

»Es gab eine Komplikation, die zu ernsthaften Schwierigkeiten führte. Welche war das? Hollander!«

Der Kadett streckte sich. »Sie hatten den Druckunterschied zwischen dem Raumschiff und dem Vakuum des Weltraums unterschätzt, Sir. Leonows Raumanzug blähte sich so weit auf, dass er nicht mehr durch die Luke passte. Er musste improvisieren und schaffte es schließlich, einen Teil der Luft aus dem Anzug abzulassen. Erst dann konnte er das Raumschiff wieder betreten.«

»Sehr gut«, lobte Rinkhel. »Der Raumfahrer musste improvisieren. Mit welchen Problemen hatte er sonst noch zu kämpfen? De Vivar!«

Sid schluckte. Er war sich nicht ganz sicher, was Wrinkle hören wollte. »Er kämpfte gegen die Sicherungsleine an und geriet dabei in Panik?«

»Korrekt – Panik aufgrund der ungewohnten Situation«, bestätigte der Ferrone. »Die Gravitation ist ein ziemlich verkanntes Ordnungsprinzip im Leben. Nur sie gibt den Dingen ein Oben und Unten, ihren Platz und ihre Richtung. Im Weltraum fehlt diese regelnde Kraft. Eine Bewegung setzt sich endlos fort, bis sie mit einer Gegenbewegung gestoppt oder abgelenkt wird.«

Rinkhel schwieg und blickte Hollander an. »Der zweite Ausstieg erfolgte durch den amerikanischen Raumfahrer Ed White am 3. Juni 1965 und dauerte zwanzig Minuten, Sir.«

Der Ferrone sah Hollander eine Weile prüfend an. »Ebenfalls korrekt«, sagte er dann. »Aber ich lege keinen Wert darauf, mit diesem terranischen Adelstitel angesprochen zu werden.«

»Sir?«, fragte Hollander verdutzt.

»Genau den. Ich weiß, dass dein Vater sich von dir mit ›Sir‹

ansprechen lässt. Du solltest mich nicht mit ihm verwechseln, Kadett.«

Besorgt schielte Sid zu Hollander hinüber. Die Kaumuskeln des Kaliforniers traten scharf hervor. Ein leichtes Zittern lief durch seinen Körper. Ob bewusst oder unbewusst – Wrinkle hatte in ihm eine sensible Saite berührt. Sid hoffte inständig, dass Hollander ruhig blieb. Sollte er ausgerechnet jetzt seine Abneigung gegenüber dem Ferronen offen zum Ausdruck bringen – die Konsequenzen würden wahrscheinlich äußerst unangenehm ausfallen.

Aber Hollander beherrschte sich. »Verstanden«, sagte er knapp.

Sid räusperte sich vernehmlich. Er musste beide von dem unangenehmen Thema wegbringen, bevor Hollander etwas Unüberlegtes sagte oder tat. »Darf ich etwas fragen?«

Wrinkle blickte ihn an. »Jederzeit.«

»Weshalb müssen wir uns so intensiv mit der Geschichte der terranischen Raumfahrt auseinandersetzen? Für uns wäre es sehr interessant, mehr über den ferronischen Weg zu den Sternen zu erfahren.«

Wrinkle zog einen Plastikumschlag aus seinem Overall und spuckte zweimal hinein. Aus dem Augenwinkel sah er, wie Hollander angeekelt die Nase rümpfte.

»Das ist eine berechtigte Frage«, sagte Wrinkle, der Hollanders Geste nicht gesehen hatte. »Die Antwort ist aber sehr einfach: weil ihr Terraner seid und keine Ferronen. Auch wenn ich und meine ferronischen Gefährten eure Ausbildung übernommen haben, müsst ihr Terraner euren Weg zu den Sternen weitergehen. Ihr dürft eure Anfänge nicht einfach ignorieren, nur weil ihr durch die Ereignisse in den vergangenen Monaten ein paar hundert, wenn nicht tausend Jahre Entwicklung übersprungen habt. Das war mir von Anfang an bewusst, und deshalb habe ich mir zuerst die Geschichte der terranischen Raumfahrt verinnerlicht, bevor ich mich dazu bereit erklärt habe, euch auszubilden.«

Sid nickte.

»Und noch etwas ist mir wichtig«, fuhr Rinkhel fort. »Ihr müsst euch bewusst sein, dass ihr den Traum von Milliarden von Menschen lebt. Bereits als eure Vorfahren noch mit primitiven Werkzeugen arbeiteten und in natürlichen Ereignissen das Werk der Götter sahen, werden sie in den Sternenhimmel geblickt und sich gefragt haben, was es dort oben alles geben mag. Generation für Generation. Und ihr gehört nun zu den ersten Menschen, die aus eigener Kraft die Wunder des Universums mit eigenen Augen sehen können. *Wenn* ihr es schafft, diese Ausbildung erfolgreich abzuschließen. Ich will also, dass ihr begreift, wie *privilegiert* ihr seid, Kadetten dieser Akademie zu sein.«

Sid atmete tief ein. Ihm schwirrte kurz der Kopf, als er daran dachte, wie viele Menschen tatsächlich bereits gekommen und gegangen waren, die mit der gleichen Sehnsucht nach den Sternen beseelt waren wie er. Die nie die Gelegenheit gehabt hatten, sich von der Erde zu erheben und sie als Ganzes zu betrachten. Als dieser wunderbare blaue, von Leben nur so strotzende Ball im kalten Weltraum.

Rinkhel hatte ein leichtes Lächeln auf den blauen Lippen, als er fortfuhr: »Nachdem dies geklärt ist, kehren wir zum Astronauten Edward White zurück. Durch welchen anderen Vorfall ging er ebenfalls in die Geschichte ein?«

»Zusammen mit Virgil Grissom und Roger Chaffee verbrannte er im Innern der Apollo-1 während eines Tests auf der Startrampe von Cape Canaveral«, sagte Hollander mit kühler Stimme. »Sie waren die ersten Todesopfer an Bord eines Raumschiffes.«

»Sehr gut, Hollander«, lobte Rinkhel. »Der Tod war bereits in den Anfängen der Raumfahrt ein Begleiter. Dritter Ausstieg – de Vivar!«

»Eugene Cernan ein Jahr nach Ed White am 5. Juni 1966«, sprudelte es aus Sid heraus, der darauf gehofft hatte, dass Wrinkle ihn fragen würde. »Er sollte die Luke verlassen und dem Heck der Gemini eine neu entwickelte Manövriereinheit umschnallen. Allerdings gab es an der Außenhülle zu wenige Haltepunkte, sodass Cernan viel zu langsam vorankam. Als er am Heck angelangt war, lag er weit im Zeitplan zurück und war fast am Ende seiner Kräfte, sodass er das Vorhaben nicht umsetzen konnte. Auf dem Rückweg zur Luke schwitzte er derart stark, dass sich sein Helmvisier beschlug. Ohne Sicht und Orientierung schaffte er es nur knapp, zurück zur Luke zu finden.«

Rinkhel nickte. »Gut auswendig gelernt, de Vivar. Cernan hat dieses Erlebnis später in einem Buch ›The Spacewalk from Hell‹ betitelt. Wegen der fehlenden Haltepunkte sollte der Raumfahrer ausprobieren, ob er es schaffte, allein mithilfe der Nabelschnur zu manövrieren. Eine schlechte Idee. Nach kurzer Zeit verhedderte er sich bereits in den losen Schlaufen des Schlauchs und geriet in Schwierigkeiten. Ich zitiere.« Der Ferrone griff nach einer Folie und las: »Ich hatte überhaupt noch nichts getan und die Schlacht bereits verloren. Es war, als kämpfte ich mit einem Kraken. Ich hatte nicht den Hauch von Kontrolle über die Position oder Flugrichtung meines Körpers. Ich war völlig hilflos.« Wrinkle ließ die Folie sinken. »Ihm wurde heiß, sein Puls ging auf hundertachtzig hoch – ein Umstand, der de Vivar nicht unbekannt sein sollte. Nachdem sich sein Visier beschlagen hatte, krachte Cernan gegen eine Antenne und schaffte es, ein Loch in die äußere Lage seines Anzuges zu reißen. Aber er kam durch. Was lernen wir aus all diesen Schwierigkeiten bei den ersten Weltraumausstiegen von Menschen?«

Sid suchte nach einer passenden Antwort, die all die erwähnten Ereignisse auf einen Punkt gebracht hätte, fand aber keine.

»Weltraumausstiege stellen Raumfahrer vor Probleme, wenn sie nicht genügend darauf vorbereitet sind oder wenn ihr Material fehlerbehaftet ist«, sagte Hollander.

»Das stimmt, Kadett Hollander«, bestätigte der Ferrone mit einem grimmigen Lächeln. »Glücklicherweise sind die Menschen dank ihren Erkenntnissen aus siebzig Jahren Raumfahrt – und nicht zuletzt dank der ferronisch-arkonidischen Modernisierung ihrer Ausrüstung – heute in einer ungleich komfortableren Lage als damals. Die Raumanzüge haben einen Bruchteil des damaligen Gewichts und sind in der Lage, Fehler des Raumfahrers sofort zu korrigieren. Dennoch muss ein Kosmonaut auf alles vorbereitet sein. Und euer Training für die Schwerelosigkeit beginnt heute und hier.«

Major Rinkhel deutete auf das Becken. Gerade wurden zwei Kadetten an Leinen aus dem Wasser gehievt. Gegenseitig klatschten sie sich in die Hände. Offenbar hatten sie die Tests erfolgreich abgeschlossen.

»Das Training im Wassertank ist eine eher archaische Methode, um sich an die Bewegungsabläufe unter verminderter oder fehlender Schwerkraft zu gewöhnen«, erklärte Rinkhel. »Aber meine ferronischen Kollegen und ich haben entschieden, sie weiterhin anzuwenden. Nicht nur stehen uns Infrastruktur und Übungsanlagen bereits zur Verfügung, es schadet euch auch nicht, wenn ihr gegen den Wasserwiderstand ankämpfen müsst. Die echte Schwerelosigkeit werdet ihr dann ab nächster Woche im Antigravparcours erleben. Ich erkläre euch nun, wie das erste Training unter Wasser ablaufen wird.«

Kapitel 12

3. April 2037

Zwanzig Minuten später wurden Sid und Hollander in ihren Raumanzügen ins Wasser hinuntergelassen.

Sid erblickte mehrere Objekte, die an den Wänden des Wassertanks befestigt waren. Scheinwerfer rissen sie aus der blauen, dumpfen Dunkelheit des Beckens.

Vier Taucher mit Scuba-Ausrüstungen schwammen mit eleganten Flossenschlägen auf sie zu. In regelmäßigen Abständen lösten sich Luftblasen aus ihren Mundstücken und stiegen in die Höhe.

Sid erkannte, dass an ihren Masken Kameralinsen eingebaut waren.

»Die vier Taucher sind meine Augen und verlängerten Arme«, erklang Rinkhels Stimme aus den Helmlautsprechern. »Sie werden euch nun austarieren.«

Zwei Taucher ergriffen Sid und drehten ihn in jede Richtung. Als keine Luftblasen mehr aus den Falten des Anzuges entwichen, stellten sie die Bewegungen ein. Dann befestigten sie mehrere rote und weiße Plastikmanschetten an den Armen und Beinen.

»Wer von euch kann mir das Auftriebsprinzip erklären?«, fragte Rinkhel.

Während Sid noch überlegte, erklang Hollanders Stimme. »Das archimedische Prinzip lautet: Die Auftriebskraft eines Körpers in einem Medium ist genauso groß wie die Gewichtskraft des vom Körper verdrängten Mediums«, ratterte der Kalifornier herunter.

»Korrekt. Trotz des Gewichts von Raumanzug und eurem Körper ist die mittlere Dichte kleiner als diejenige des verdrängten Wassers. Ihr erhaltet also Auftrieb – wie ein Ballon in der Luft. Deshalb bringen die Taucher die roten Gewichtsmanschetten an. Um euch genau auszutarieren, damit ihr weder sinkt noch steigt, nehmen sie die weißen Manschetten zu Hilfe, in denen sich Luftpolster befinden. Sobald ihr austariert seid, werdet ihr in jeder Position verharren können – genau wie unter Schwerelosigkeit. Übrigens: Bei uns Ferronen war es eine Frau gewesen, die dieses

Prinzip als Erste erkannt und uns hinterlassen hat. Bei uns heißt es deshalb das *Ilsan-Prinzip.*«

Die beiden Taucher lösten die Seile, mit denen die beiden Kadetten ins Wasser gelassen worden waren. Dann schwammen sie mit ihnen zu einem kranähnlichen Gerüst.

»Erste Übung«, gab Rinkhel durch. »An dem Gerüst befinden sich verschiedene Bügel, an denen ihr eure Füße verkeilen könnt, um einen stabilen Halt zu finden.«

Die Taucher drehten Sid um hundertachtzig Grad, sodass sein Kopf nach unten hing. Dann drückten sie ihn sanft mit dem Rücken gegen das Gerüst. Nachdem er mit den Händen die Streben des Gerüsts ergriffen hatte, ließen sie ihn los.

Mit den Füßen angelte er blind nach den erwähnten Bügeln. Erfolglos. Sobald er meinte, einen Fuß verkeilt zu haben, stieß der andere ins Leere.

»Die Suche nach den Halterungen gehört zum Pflichtprogramm«, erklärte Rinkhel. »Wie ihr aus der Geschichte von Eugene Cernan gelernt habt, raubt euch jede Bewegung und jede Arbeit ohne Haltepunkte unendlich viel Kraft. Wenn ihr euch nicht verankert, könnt ihr beispielsweise auch kein Schott von außen öffnen. Dann dreht sich nicht das Handrad, sondern ihr euch.«

Sid nahm einen erneuten Anlauf. Plötzlich fühlte er, wie der linke Fuß einrastete. Als er aber den rechten Fuß ebenfalls unter den Bügel zwängen wollte, kamen beide wieder frei.

»Cabrónes«, murmelte er.

Schon merkte Sid, wie ihn die ungewöhnlichen Bewegungen anstrengten. Sein Herz schlug schneller. Schweiß trat ihm auf die Stirn.

»Kadett Hollander«, erklang Wrinkles Stimme. »Du solltest deinem Kameraden helfen. Aber achte darauf, dass du selbst nicht den Halt verlierst!«

»Ich schaffe es selbst«, protestierte Sid.

»Nur ruhig, de Vivar. Das gegenseitige Helfen gehört zur Übungsanlage.«

Sid sah, wie die Taucher Hollander neben ihn bugsierten und ihm halfen, mit den Händen Halt zu finden.

»Ich bin hier, El Cid«, sagte der Kalifornier. Es sollte beruhigend klingen, aber an seiner Stimme erkannte Sid, dass die Bewegungen Hollander genauso anstrengten wie ihn.

»Kommst du zu meinen Füßen? Ich finde den zweiten Bügel nicht!«

Ein leises Stöhnen drang aus den Lautsprechern. »Es reicht nicht ganz, meine Arme sind zu kurz.«

»Und wenn du dich an mir entlanghangelst?«

»Okay, ich versuch's.«

Hollander ergriff Sids Arm und zog sich zu ihm hinüber. Die Bewegung geriet zu abrupt, und der Amerikaner verlor den Halt. Blitzschnell griff Sid zu und hielt ihn mit der linken Hand fest, bevor Hollander davongleiten konnte. Mit der rechten klammerte er sich ans Gerüst.

»Langsame, fließende Bewegungen«, sagte Rinkhel. »Denkt daran, dass ihr euch in der Schwerelosigkeit nicht nur in zwei, sondern in drei Dimensionen zurechtfinden müsst. Nehmt euch Zeit zur Orientierung, bevor ihr eine Bewegung macht. Es geht nicht darum, Arbeiten möglichst schnell zu erledigen. Wer schnell sein will, muss zuerst die Langsamkeit entdecken.«

Hollander schien sich den Ratschlag des Ferronen zu Herzen zu nehmen. Mit langsamen, genauen Bewegungen ergriff er Sids Arme und zog sich dann langsam hinauf.

»In Ordnung«, hörte Sid eine Minute später. »Ich bin bei deinen Beinen angelangt, ich werde nun deine Füße in den Bügeln einrasten lassen.«

»Denk daran, dass du zuerst Halt finden musst, bevor du de Vivars Füße befestigst«, erinnerte Rinkhel.

Sid spürte, wie Hollander seine Füße ergriff.

»Du musst ein wenig zu mir hochkommen, Ruy«, sagte der Kalifornier leise.

Sid schob die Hände ein paar Fingerbreit nach oben und zog sich dann hoch.

»Langsam!«, sagte Hollander. »Ja, so ist gut.«

Sid spürte, wie der Amerikaner nacheinander seine Füße ergriff und sie sanft unter einem Widerstand hindurchschob.

»Sehr gut!«, lobte der Ferrone über Funk. »Ihr habt schnell gelernt und vorbildlich zusammengearbeitet. Nun führen wir die Übung erneut durch – mit vertauschten Rollen.«

Die Taucher lösten die beiden vom Gerüst und platzierten zuerst Hollander. Wie zuvor Sid scheiterte er ebenfalls daran, ohne fremde Hilfe Halt zu finden. Erst mit Unterstützung Sids, der sich langsam am Körper seines Freundes in die Höhe schob, gelang ihnen gemeinsam das Kunststück.

Für die nächste Übung mussten sie ein dreidimensionales Puzzle zusammensetzen, wobei die Teile am unteren Ende des Gerüsts in transparenten Behältern schwebten, während das Puzzle am oberen Ende entstehen sollte. Dabei durften sie jeweils nur je ein Stück mit hochnehmen. Ließ es sich nicht direkt an den bereits vorhandenen Puzzleteilen befestigen, mussten sie es wieder mit nach unten nehmen und ein neues Teil auswählen.

Die beiden Kadetten benötigten für das vierundzwanzigteilige Puzzle exakt dreißig Ab- und Aufstiege, was laut Rinkhel einen »mittelmäßigen Wert« darstellte.

Mittlerweile waren sie über zwei Stunden im Wassertank. Sid spürte, wie er langsam Mühe hatte, die Konzentration aufrechtzuerhalten. Hollander funktionierte wie eine Maschine, tat alles, was Wrinkle ihnen befahl. Dabei hörte Sid aber an der Stimme des Kaliforniers, wie stark er sich zusammenreißen musste, um den Ausbilder nicht verbal anzugreifen.

»Die letzte Übung für heute«, sagte Rinkhel. »Sie nennt sich ›Nudelsalat‹: Ihr werdet von den Tauchern zu zwei Objekten gebracht, einem Energieerzeuger und einer Rettungskapsel. Eure Aufgabe ist es, zwischen den beiden Objekten ein Kabel zu verlegen. Schließt ihr das Kabel korrekt an, leuchten die Signalscheinwerfer der Rettungskapsel auf. Dabei dürft ihr meine Hilfe in Anspruch nehmen. Allerdings werde ich so tun, als würde ich die Bilder der Taucher nicht empfangen. Ihr werdet mir also erklären müssen, wie sich eure Situation präsentiert, und mir präzise Fragen stellen. Ein ›Was muss ich jetzt tun?‹ lasse ich nicht gelten. Viel lieber höre ich eine Frage: ›Wie schließe ich das Kabel an der roten oder der gelben Buchse an?‹ Habt ihr verstanden?«

»Verstanden«, sagten sie gleichzeitig.

Die Taucher brachten sie zu den beiden Modulen. Sid sah auf den ersten Blick, dass dies die happigste der drei Übungen sein würde. Am Energieerzeuger liefen bereits Dutzende von Kabeln in einem wirren Knoten zusammen.

Hollander schlug vor, dass sie die Arbeit aufteilten: Sid sollte das Kabel am Energieerzeuger anschließen, und er würde sich derweil um das Verlegen der Leitung zur Rettungskapsel kümmern.

Die beiden machten sich an die Arbeit. Wie sie es zuvor gelernt hatten, achteten sie darauf, sich nicht ruckartig zu bewegen, sondern einen steten Fluss in ihre Tätigkeiten zu bringen.

Sie stellten Wrinkle Fragen, bei denen der Ferrone meist präzisierende Rückfragen stellte, bevor er sie beantwortete.

Als Sid endlich sicher war, das Kabel korrekt angeschlossen zu haben, hangelte er sich vorsichtig zu Hollander, der mittlerweile an der Rettungskapsel angekommen war.

Gemeinsam führten sie die letzten Arbeitsschritte durch und schrien gleichzeitig erfreut auf, als die Signalscheinwerfer der Kapsel aufflammten.

»Hervorragende Arbeit, Kadetten!«, gab Rinkhel durch. »Das war die bisher beste Teamleistung aller Kadetten.«

Sid stieß einen Jubelschrei aus. Als er durch das Visier in Hollanders Gesicht sah, nickte ihm dieser nur mit ernsthafter Miene zu.

Die Taucher brachten sie an die Oberfläche und befestigten die Zugseile an ihren Anzügen. Zehn Minuten später standen sie mit zitternden Knien vor Rinkhel.

»Das war keine schlechte Leistung für den ersten Versuch. Und auch bei den Wissensfragen habt ihr befriedigend abgeschnitten.« Rinkhel griff nach seinem Lesegerät und scrollte durch ein Dokument. »Wie ich sehe, fehlt euch aber noch der Zwischentest eins in Weltraumphysik, den ihr bereits gestern hättet abschließen sollen. Ihr werdet den Test heute Abend nach dem Abendessen machen.«

»Aber ...«, murmelte Sid.

Rinkhel ließ eine Augenbraue hochfahren, brachte ihn damit sofort zum Schweigen. »Willst du mir jetzt erklären, dass ihr beide die gestrige Lerneinheit habt ausfallen lassen, um einen zusätzlichen Belastungstest in der Zentrifuge absolvieren zu können?«

Sid biss sich auf die Lippe. Hollander stand reglos neben ihm.

Es war ihnen nicht verboten, einzelne Schulungseinheiten vor- oder nachzuholen. Hollander hatte dabei einen erneuten Versuch vorgenommen, um in die Belastungssphären von Juri vorzustoßen, der auch bei sechs g keine nennenswerten körperlichen Belastungserscheinungen aufwies. Und Sid hatte endlich die vier g erreichen wollen, die mit Ausnahme von Hammadi alle aus ihrer Gruppe geschafft hatten. Im Gegensatz zum Kalifornier hatte er sein Ziel erreicht – und dabei einen für seine Verhältnisse geradezu tiefen durchschnittlichen Pulsschlag gehabt.

»Lasst es mich klar sagen«, sagte Rinkhel, während er den Umschlag erneut hervorholte und hineinspuckte. »Ich habe nichts dagegen, wenn euer Ehrgeiz euch dazu verleitet, an euren Schwächen zu arbeiten. Aber die Termine für die Zwischentests sind fix. Sie bestimmen, ob ihr weiterhin einen Platz in Baikonur habt oder nicht. Ich werde es nicht tolerieren, dass Tests möglichst weit nach hinten geschoben werden.«

Sid räusperte sich. »Verstanden, Major«, sagte er. »Aber wir können den Test heute Abend noch nicht abschließen, da wir zuerst noch die gesamte Lerneinheit durcharbeiten müssen.«

Der Ferrone blickte ihn aus seinen tief in den dunkelblauen Höhlen liegenden Augen an. »Ist das mein Problem?«, fragte er kühl. »Um zweiundzwanzig Uhr erwartet euch Captain Nobs im Mussabajew-Zentrum. Er wird eure Prüfung abnehmen und mir dann das Resultat übermitteln. Und ja, ich weiß, dass es bereits siebzehn Uhr dreißig ist und die Lerneinheit fast vier Stunden in Anspruch nehmen wird. Wie gesagt, nicht mein Problem. Ich kann euch nur einen Rat geben: Beeilt euch!«

Maurice S. Hollander bestätigte. Sid nickte schwach. Danach entließ sie Rinkhel.

Nachdem sich die Tür hinter ihnen geschlossen hatte und sie sich allein im Gang fanden, murmelte Hollander: »Dieser verfluchte Wrinkle! Wir haben sensationelle Ergebnisse erzielt, wir beide. Und nun zwingt er uns, das Abendessen auszulassen, um diesen Scheißtest zu absolvieren. Und dieses ekelhafte Gespucke! Kann er damit nicht warten, bis wir draußen sind? Muss er uns seinen Rotz ums Verrecken präsentieren?«

»Das ist kein Rotz«, korrigierte Sid leise. »Das ist eine ferronische Eigenart. Damit kühlen sie ihren Körper.«

»Bei uns drückt er aufs Disziplinpedal, und er selbst hält sich nicht einmal an die grundlegendsten terranischen Gepflogenheiten! Ich sage dir, de Vivar: Eines Tages werde ich mich an Wrinkle für all die Erniedrigungen rächen!«

Sid war zu frustriert, um Hollanders Ausspruch zu kommentieren.

Um exakt zwei Minuten vor zehn Uhr fanden sie sich im Prüfungsraum des Mussabajew-Zentrums ein und meldeten sie sich bei Captain Nobs.

Das Lerninstitut war nach dem ersten kasachischen Raumfahrer Talghat Mussabajew benannt, der einst zwei russische Sojus-Missionen kommandiert hatte.

Captain Darius Nobs war ein iranisch-belgischer Doppelbürger mit finsterem Gesichtsausdruck, der ihnen selbst beim kältesten Wetter nur mit hochgekrempelten Ärmeln begegnete.

Ohne ein Wort zu verlieren, dirigierte er sie an zwei Pulte und übergab ihnen je einen Prüfungspod, auf dem sie die mathematischen Problemstellungen lösen und die Testfragen beantworten mussten.

»Ihr erhaltet unterschiedliche Aufgaben in derselben Schwierigkeitsstufe zum Lösen«, sagte er mit dunkler Stimme. »Gegenseitige Hilfestellungen sind nicht verboten, werden aber von den Geräten erkannt und führen zur Verringerung eurer Erfolgsquoten. Fragen?«

»Keine, Sir!«, sagte Hollander.

»Gut.« Nobs zog eine Schachtel Zigaretten aus der Schultertasche seines grauen Overalls. »Ich werde in einer halben Stunde nach euch sehen.«

Damit verließ er den Schulungsraum.

»Der ist ziemlich cool«, flüsterte Sid.

Hollander blickte ihn an, als fürchte er um Sids Geisteszustand. »Nobs ist ein eingebildeter Arsch«, erklärte er.

»Nicht so laut! Vielleicht hört er uns zu?«

Hollander zuckte die Achseln. »Und wennschon. Dann gehe ich eben noch einmal auf die Hindernisbahn in Halle zehn. Die können mich alle mal kreuzweise.«

Sid seufzte. »Komm, lass uns den Test machen und zurück ins Quartier gehen. Hammadi und Brubaker haben versprochen, uns zwei Portionen vom Abendessen aufzubewahren. Ich bin so hungrig, ich könnte eine halbe Kuh verspeisen.«

»Okay«, sagte Hollander. »Fangen wir an.«

Aber anstatt anzufangen, legte der Amerikaner einen Finger auf die Lippen und zog einen Folienpod aus einer Tasche seines Overalls.

Sids Augen weiteten sich. Private Pods waren in den Schulungsräumen tabu. Und Folienpods sowieso. Sid hatte erst einmal im Leben einen solchen ultradünnen und ultrateuren Rechner gesehen – und der gehörte Homer G. Adams.

Hollander blinzelte ihm zu. Dann legte er das Folienröhrchen auf den Monitor des Prüfungspods und rollte ihn aus.

Sid spürte, wie ihm der Schweiß ausbrach. Hollander riskierte nichts weniger, als in hohem Bogen von der Akademie zu fliegen. Wenn er beim Schummeln erwischt wurde, hatte er den Zwischentest automatisch nicht bestanden und wurde aus der Ausbildungseinheit ausgeschlossen.

Sid blickte seinen Freund an und schüttelte bittend den Kopf, aber Hollander hatte für seine verzweifelte Geste nur ein dünnes Lächeln übrig.

Ruhig wanderten seine Fingerkuppen über die Folie. Sid sah, wie sich darunter auf dem Prüfungspod wie von Zauberhand die Antwortfelder mit Formeln und Wörtern füllten.

Alles stumme Betteln half nichts. Hollander ließ sich von seinem Treiben nicht abhalten. Sid konzentrierte sich mit klopfendem Herzen auf seine eigenen Testfragen.

In der Aufregung musste er sie mehrmals durchlesen, bis er sie verstand. Schon bei der fünften Frage stieß er an seine Grenzen. Er übersprang sie und las die Fragen sechs bis zehn durch.

Panik stieg in ihm auf. Die Ausbildungseinheit, die sie anstelle des Abendessens genossen hatten, war viel zu kurz gewesen. Zudem hatte er sich nach dem anstrengenden Tauchgang ausgelaugt und erschöpft gefühlt, sodass kaum etwas von den Lernbildern hängen geblieben war.

Er presste die Hände vor das Gesicht. Nach dem erfolgreichen Abschneiden im Wassertank hatte er sich stolz und glücklich gefühlt. Nun hatte er bereits wieder das Gefühl, vor einem tiefen Abgrund zu stehen.

»Psst!«, machte Hollander.

Sid blickte auf. Der Kalifornier löste die Folie vom Bildschirm, griff blitzschnell nach Sids Prüfungspod und tauschte die beiden aus.

Mit offenem Mund und unfähig, etwas zu unternehmen, sah Sid zu, wie Hollander das Prozedere mit der Folie an seinem Prüfungspod wiederholte.

Abwechselnde heiße und kalte Wogen rasten über seinen Körper. Immer wieder blickte er zu der Zeitanzeige an der Wand. Die Minuten vergingen gnadenlos, und Hollander tippte immer noch auf dem Folienpod herum. Falls die Manipulation nicht funktionierte, hatte Sid keine Chance mehr, die Prüfung aus eigener Kraft zu schaffen.

Plötzlich erklangen Schritte. Die Tür ging auf, und Captain Nobs trat herein.

»Noch zwölf Minuten«, sagte er, während er sich keine fünf Meter vor ihnen auf die Kante eines Pultes setzte. »Wie weit sind die Herrschaften?«

»Fast fertig, Sir!«, sagte Hollander seelenruhig.

Verzweifelt blickte Sid auf den Prüfungspod, der vor ihm lag.

Hollanders Name stand in dicken schwarzen Lettern zuoberst am Bildschirm.

Nobs würde auf den ersten Blick erkennen, dass sie die Pods ausgetauscht hatten.

Schweiß bildete sich auf seiner Stirn und rann in großen Tropfen über das Gesicht. Er dachte an die Schmach, die ihn erwartete, wenn er vor Adams und Mercant treten und ihnen erklären musste, dass er wegen Schummelns von der Akademie geflogen war.

»Noch fünf Minuten«, sagte Nobs.

Hollander blickte zu Sid herüber. »Bist du fertig, de Vivar?«, fragte er wie beiläufig.

»Ja, ich glaube schon«, sagte Sid mit dünner Stimme.

Hollander erhob sich, ergriff rasch seinen Prüfungspod und brachte beide Geräte zu Captain Nobs. Dabei wischte er wie beiläufig über den Bildschirm, rollte den Folienpod ein und schob ihn in den Ärmel seines Overalls.

Darius Nobs sah Hollander prüfend an. »Ich hätte die Pods schon selbst eingesammelt«, sagte er gefährlich leise.

Sid hielt die Luft an. Hatte der Captain gesehen, wie Hollander die Folie gelöst hatte?

Gleich fliegt alles auf!, dachte Sid.

Der Captain ergriff die Geräte und scheuchte Hollander zurück an sein Pult.

»Die Auswertung wird automatisch vorgenommen«, erklärte Nobs. »Die Herrschaften können so lange warten.«

Hollander blinzelte Sid aufmunternd zu, während dieser die Jungfrau Maria bat, ihm in dieser ungewollten Notlage zu helfen.

»Kadett Hollander«, sagte Nobs gleich darauf mit scharfer Stimme.

Der Kalifornier erhob sich.

»Erfolgsquote: dreiundneunzig Prozent«, las der Captain vom Pod ab. »Eine Hilfestellung durch Kadett de Vivar. Endresultat: einundneunzig Prozent. Ich gratuliere.«

»Danke, Sir!«

Ungläubig blickte Sid von Nobs zu Hollander. Hatte er sich eben verhört?

»Kadett de Vivar!«

Sids Knie zitterten erbärmlich, als er sich erhob.

»Erfolgsquote: vierundneunzig Prozent. Keine Hilfestellung. Endresultat: vierundneunzig Prozent. Ich gratuliere.«

Schwarze Flecken bildeten sich vor seinen Augen. Dann erst drang die Information bis zu Sid durch.

»Ich habe bestanden?«, fragte er.

»Mit einem ordentlichen Resultat«, bestätigte Nobs. »Major Rinkhel wird sich erfreut zeigen. Die fehlerhaften Antworten werden in eurem Dossier vermerkt. Ihr habt eine Woche Zeit, um sie zu analysieren und die Korrekturen an die zentrale Lerneinheit zu übermitteln. Damit seid ihr für heute entlassen. Ich wünsche angenehme Nachtruhe.«

Captain Nobs klemmte sich die beiden Pods unter den Arm und verließ den Raum.

»Na, wer sagt's denn? Du hast sogar besser abgeschnitten als ich.« Hollander lächelte zufrieden.

Sid rieb sich den Schweiß von der Stirn. Er wusste nicht, ob er Hollander die Kehle zudrücken oder ihn umarmen sollte.

Er hätte den Test nur mit viel Glück aus eigener Kraft bestanden. Aber für die Situation, in die ihn der Freund gebracht hatte, hätte er ihn eigentlich hassen müssen.

»Und nun wollen wir mal schauen, was Brubaker und Hammadi uns aufgehoben haben«, sagte Hollander.

Sid nickte schwach.

Kapitel 13

10. April 2037

Allister T. Whistler wirkte nicht wie ein Verbrecher.

Falls ihm Bull in irgendeinem Labor begegnet wäre, wäre er niemals auf den Gedanken gekommen, dass der junge Mann mit dem fast engelhaften Gesicht ein halbes Jahr zuvor der Kopf einer Verbrecherorganisation gewesen war.

Um an arkonidisches Wissen zu gelangen, hatte er einen Fantan entführt und versucht, Terrania mit ihm zu erpressen. Es hatte ein ganzes Team aus dem Mutantenkorps eingesetzt werden müssen, um ihn in seinem Versteck in den peruanischen Anden zu finden und festzunehmen. Dabei wäre der Einsatz beinahe gescheitert. Nur die überragenden Fähigkeiten Iwan Goratschins hatten verhindert, dass Scaramanca, wie er sich damals genannt hatte, neben dem Fantan auch noch Sid González, John Marshall und weitere Mutanten in Gefangenschaft nehmen konnte.

Sie hatten erfahren, dass Whistler einer der hoffnungsvollsten Absolventen des MIT – des Massachusetts Institute of Technology – gewesen war. Bereits zu Studienzeiten hatten seine Erkenntnisse in den Bereichen der Robotik, Kybernetik und Nanotechnologie weltweit für Aufsehen gesorgt.

Anstatt dass er sich aber eine gut dotierte Stelle an einer Universität oder einem Technologieunternehmen gesichert hätte, entschloss er sich, für das vergleichsweise kleine Unternehmen seines Vaters Henry F. Whistler zu arbeiten. Die Whistler Company hatte sich auf den Bau von Haushaltsrobotern spezialisiert.

Nach einem folgenschweren Unfall, bei dem neun Familienmitglieder und Freunde der Whistlers ums Leben kamen, wurde Allister T. Whistler von den Richtern als Hauptverantwortlicher identifiziert. Aufgrund seiner heftigen Reaktionen im Zusammenhang mit der Ermittlung wurde er als psychisch instabil eingestuft und in eine geschlossene psychiatrische Anstalt mit Haftbedingungen gesteckt.

Der Fall erregte weltweit Aufsehen. Newsportale überboten sich gegenseitig mit immer reißerischeren Schlagzeilen und Interviews mit Menschen aus Whistlers Umfeld, die ihn als »zwölffachen Mörder« anprangerten, obwohl er deswegen nicht verurteilt worden war.

Nach der erfolgreichen Flucht – er hatte einen Pflegeroboter zu einer perfekten Kopie von ihm umgestaltet – war Allister T. Whistler untergetaucht und bis zu seiner Verhaftung in den Anden nur noch einmal unter seinem richtigen Namen in Erscheinung getreten.

Noch bevor Rhodan und Bull im Sommer 2036 zum Mond aufgebrochen waren, hatte Homer G. Adams der in Finanznot geratenen Whistler Company unter die Arme gegriffen und war Mehrheitsaktionär geworden. Nachdem er zum Administrator gewählt worden war, hatte Adams dafür gesorgt, dass die Forschungsabteilung der Company nach Terrania verlegt wurde. Henry T. Whistler nahm Adams' Angebot an und wurde zu einem der vielen Wissenschaftler, die in den neuen Labors an der arkonidisch-terranischen Hybridtechnologie forschten.

Als Allister T. Whistler eines Tages vor den Toren Terranias aufkreuzte und sich als Forscher zur Verfügung stellte, legte sein Vater gegenüber Reginald Bull das Veto ein, und Allister wurde abgewiesen.

Nach diesem Vorfall war Whistler in die Anden zurückgekehrt, wo er bereits seit längerer Zeit als »Scaramanca« eine Verbrecherorganisation leitete und in einem getarnten Labor Forschungen betrieb.

John Marshall hatte ihn nach der Festnahme nach Terrania gebracht. Dort wurde er in einem durch einen Energiekäfig geschützten Raum festgesetzt. Sie hatten mehrere psychologische Gutachten erstellt sowie Rücksprache mit seinem Vater und anderen Wissenschaftlern gehalten.

Adams persönlich hatte dann Allister T. Whistler den Deal vorgeschlagen, dass dieser von einem externen Labor aus an arkonidisch-terranischen Forschungsprojekten teilnehmen durfte.

Zu diesem Zweck hatten sie ein unterirdisches chinesisches Forschungslabor in der Alashanwüste übernommen und es zu Whistlers neuer Wirkungsstätte gemacht. Dort forschte er unter Bewachung durch zwei Sicherheitsleute an Biochips, die in verschiedenen Bereichen eingesetzt werden sollten – beispielsweise als Schnittstelle zwischen Nerven und Prothesen oder als wichtiger Bestandteil von Robotern mit biologischem Anteil – die aber derzeit nur als Konzepte auf Folien existierten.

Reginald Bull blickte in die wasserhellen Augen des jungen Mannes. Er hatte schon oft erlebt, dass der äußere Schein einen trog. Beim jungen Whistler konnte er es sich aber nicht vorstellen, dass dieser für all die Taten verantwortlich sein sollte, die ihm die Gesellschaft – in erster Linie die Medien – vorwarf.

»Es geht um eine Frage von außerordentlicher, sicherheitspolitischer Tragweite«, sagte Bull langsam und fragte sich dabei, ob er einen solchen Satz schon jemals im Leben von sich gelassen hatte.

Nicht zum Politiker werden, Reg!, ermahnte er sich innerlich.

Allister T. Whistler blies die Backen auf – und schwieg. Bull wartete ab.

Plötzlich bewegte sich etwas im Brustbereich von Whistlers Kombination. Gleich darauf streckte ein braungrau bepelztes Wesen den Kopf heraus.

»Ihr Haustier?«, fragte Bull.

Whistler hob die Hand und streichelte die Ratte zwischen den Ohren. »Geh wieder zurück, Mark Vier«, sagte er leise. »Hier gibt's nichts zu sehen.«

Sofort zog die Ratte ihren Kopf zurück.

»Gut dressiert, das Tierchen«, meinte Bull, aber Whistler stieg nicht darauf ein.

Bull seufzte. Dann legte er beide Hände flach auf den Tisch, an dem sie saßen. »Hören Sie mir zu, Allister. Ich benötige Ihre Hilfe. Die *Menschheit* benötigt Ihre Hilfe. Sie haben bestimmt schon über das Projekt Terrania Orbital gelesen. Die Positronik der ehemaligen arkonidischen Station sehen wir als großes Sicherheitsrisiko an. Wir müssen sie unbedingt ausschalten und durch eine andere Positronik ersetzen.«

Ein kurzer Blick aus den wasserhellen Augen traf ihn. Das erste Anzeichen von Interesse?

»Ein Team aus ferronischen, naatischen und terranischen Spezialisten ist seit Wochen mit der Operation Switch beschäftigt. Nun sind sie an einem toten Punkt angelangt. Und ein Gefühl in meinen Eingeweiden sagt mir, dass Sie der Mann sind, der der Operation Switch einen neuen Impuls verschaffen könnte.«

Allister T. Whistler bohrte ausgiebig in der Nase.

Bull ließ die Faust auf die Tischplatte krachen. »Hören Sie, Whistler: Ich bin nicht aus Spaß hier. Ich werde Ihnen keinen Honig ums Maul schmieren. In meinen Augen haben Sie einen ganz gehörigen Sprung in der Platte. Aber wie mir die wissenschaftliche Abteilung bestätigt hat, kommen Sie in diesem *Loch* zu überraschend brillanten Ergebnissen, die Ihren Deal mit Adams rechtfertigen. Aber damit haben Sie sich noch längst nicht für Ihre Untaten rehabilitiert. Es ist Ihre *Pflicht,* uns bei der Operation Switch zu unterstützen!«

Desinteressiert begutachtete Whistler einen Kratzer auf der Tischplatte.

Bull erhob sich so abrupt, dass sein Stuhl scheppernd umfiel. »Wenn das so ist, dann werde ich wieder dorthin gehen, wo man mich braucht. Und Sie können meinetwegen in diesem Loch bis zum Sankt-Nimmerleins-Tag sitzen, bis Sie schwarz werden oder Ihr brillanter Geist komplett verblödet!«

Er wandte sich um und ging zur Tür.

»Dort oben, in der Station ...«, erklang Whistlers überraschend tiefe Stimme, »gibt es Roboter, nicht?«

Bull blieb stehen, drehte sich langsam um.

»Ja«, sagte er. »Und Produktionsanlagen.«

»Ich werde Ihnen helfen. Unter zwei Bedingungen.«

»Sie sind nicht in einer Lage, in der Sie Bedingungen stellen können, Whistler!«

»Unter zwei Bedingungen«, wiederholte der Kybernetiker unbeeindruckt, ohne Bull in die Augen zu schauen. »Erstens will ich, dass alle Gegenstände, die Ihre Leute aus meiner Basis in den Anden mitgenommen haben, zur Station hochgebracht werden.«

Bull kniff die Augen zusammen. »Und der zweite *Wunsch?«,* fragte er mit mühsam kontrollierter Stimme.

»Ich will dort oben bleiben.«

Kapitel 14

12. April 2037

Schnell verstrich die Zeit an der Raumakademie.

Nach dem Schock im Prüfungslabor hatte Sid ein paar Tage benötigt, um wieder mit sich im Reinen zu sein. Erst als er die Lerneinheit über Weltraumphysik erneut durchgearbeitet und den Zwischentest für sich allein erfolgreich bestanden hatte, fühlte er sich wieder als ganzer Kadett.

Dazu kam, dass ihm Rinkhel langsam sympathischer wurde. Die Achtung schien beidseitig. Der Ferrone erteilte ihm sogar die Erlaubnis, anstelle der täglichen Fitnessübungen die Zentrifuge zu besuchen, falls sie nicht von anderen Kadetten benutzt wurde.

Seine Werte verbesserten sich praktisch bei jedem Versuch. Bei den Übungen im Wassertank und auf dem Antigravparcours begann er langsam zu brillieren.

Auch seine Freunde konnten sich mit guten Leistungen für die nächste Phase der Ausbildung empfehlen.

Juri lernte bis spät in die Nacht hinein, um seine Wissenslücken zu verkleinern. Hollander schummelte zwar weiterhin bei den Zwischentests, aber er tat es zumindest erfolgreich, und Sid achtete darauf, dass er ihn nicht erneut in seine Mogeleien einspannte.

Anna Dahlin gehörte bei allen Prüfungen stets zu den besten zehn Prozent der Kadetten. Sie führte mit Hollander eine On-off-Beziehung. Sie konnte ihm nie lange böse sein, wenn der Kalifornier wieder einmal sein Temperament nicht im Griff hatte.

Caster Brubakers außergewöhnliche Fähigkeiten kamen bei den ersten Flugsimulationen mit den arkonidischen Leka-Disken zum Vorschein. Schon nach kurzer Zeit konnten weder Sid noch Hollander ihm beim Manövrieren der Lekas das Wasser reichen.

Einzig Adham Hammadis Leistungskurve flachte langsam ab. Brubaker kümmerte sich aufopfernd um seinen Freund, half ihm, wo und wann er konnte, aber der Ägypter schien sich langsam immer mehr aufzugeben. Er hatte mit dem meist rauen Tonfall in der Akademie Probleme und schien seine Familie und das Leben in Alexandria immer stärker zu vermissen.

Vor dem Mittagessen des 14. April erwartete Rinkhel die Kompanie vier in einem Schulungsraum des Mussabajew-Zentrums.

Sid blickte sich um.

Von den anfänglich vierzig Kadetten hatten nur 28 die ersten Wochen überstanden. Drei von ihnen hatten bereits nach der Überlebensübung aufgegeben, die anderen neun waren entweder wegen ihrer physischen Leistungen oder nicht bestandener Theorietests zurückgestuft worden. Sie würden sich frühestens in einem halben Jahr wieder bei der Akademie einschreiben dürfen.

»Ich bin grundsätzlich zufrieden mit euren bisherigen Leistungen«, begann der ferronische Major. »Insbesondere will ich die Teamleistungen in den Vordergrund stellen. Ihr scheint verstanden zu haben, dass ein Team mehr ist als nur die Summe seiner Mitglieder. Bei einem gut funktionierenden Team *multiplizieren* sich die Fähigkeiten jedes Einzelnen. Das sollte für euch eine wichtige Erkenntnis darstellen! Ab morgen werdet ihr dies umso stärker erfahren, wenn das gemeinsame Flugtraining an den Simulatoren beginnt. Falls ihr es erfolgreich absolviert und die Gelegenheit erhaltet, mit Leka-Disken euren ersten Weltraumflug anzutreten, werdet ihr merken, dass in einer Raumschiffszentrale Teamplay genauso wichtig ist wie in einem Schneesturm, einem Wassertank, in der Lerngruppe oder auf dem Antigravparcours.«

Er ließ den Blick über die Köpfe der Kadetten schweifen. Sid saß in der hintersten Reihe zwischen Juri und Hammadi. Seit Tagen freute er sich auf das erweiterte Leka-Training. Er wusste, dass er dabei gut abschneiden würde. Und dann war es nur noch eine Frage von einer oder vielleicht zwei Wochen, bis er endlich wieder in den Weltraum vorstoßen durfte.

Wie oft hatte er in den vergangenen Wochen und Monaten an sein Abenteuer gedacht, als er an Bord eines Fantanraumschiffes gesprungen war und wegen des Energieschirms nicht mehr hatte zurückteleportieren können.

Als er zu ihrem Besun geworden war und – endlich, endlich – das Gefühl kennengelernt hatte, wie es war, zwischen den Sternen zu reisen.

»Für die nächsten Ausbildungseinheiten habe ich einen Kollegen von mir eingeladen, der das Training leiten wird.«

Auf das Stichwort hin öffnete sich die Tür, und ein anderer Ferrone kam herein. Er nickte kurz grüßend in die Runde und stellte sich neben Rinkhel.

Sid war, als wuchte ihm jemand ein Knie in die Magengrube.

Er kannte den untersetzten, äußerst kräftig aussehenden Mann mit der blauen Haut und dem kupferfarbenen Haar gut.

Zu gut.

Nicht Chaktor!, dachte er verzweifelt.

Von allen Ferronen, die etwas von Raumfahrt verstanden – weshalb musste ausgerechnet Chaktor nun für die Raumakademie arbeiten? Und noch dazu in direktem Kontakt mit seiner Kompanie?

»Mein Name ist Chaktor«, sagte der Ferrone mit rauer Stimme. »Einige von euch werden im Zusammenhang mit Perry Rhodans Wega-Expedition schon einmal von mir gehört haben. Aber das betone ich nur, damit ihr meine eigene Geschichte besser einordnen könnt: Ich stamme von Ferrol und bin dort in nicht armen, aber bescheidenen Verhältnissen aufgewachsen. Mein Vater war ein einfacher Arbeiter, der hart gearbeitet hat, um seine Familie zu ernähren. Er starb im selben Bett, in dem er einst geboren worden war. Er hat weniger Städte auf Ferrol besucht, als er Finger an einer Hand hatte. Die Sterne hat er nie bereist.«

Er räusperte sich und sah sich ruhig um. Sid duckte sich, damit ihn der Ferrone nicht entdeckte.

»Weil ich von einem anderen Leben träumte, bin ich jung in die Flotte eingetreten. Ich war fleißig und mutig und ein guter Soldat. Jahrelang bin ich diszipliniert meinen Weg gegangen, habe mich kontinuierlich hochgedient, bis ich irgendwann mein eigenes Kommando bekommen habe. Und nun stehe ich hier, auf einer für mich fremden Welt, und habe das Privileg, ebenso junge Kadetten auf ihrem Weg zu den Sternen begleiten und unterstützen zu dürfen. Aber ich erwarte von euch dieselbe Hingabe und Disziplin, die mir selbst zu eigen ist. Nicht mehr – und nicht weniger.«

Als er geendet hatte, blickte Rinkhel in die Runde. »Hat jemand eine Frage an Chaktor?«, wollte er wissen.

Zu Sids Verwunderung und Schrecken streckte Hammadi neben ihm die Hand hoch.

»Ja?«

»Weshalb wollten Sie unbedingt zu den Sternen?«, fragte der Ägypter scheu.

»Die Sterne sind ein Mysterium, das ich unbedingt ergründen wollte«, antwortete Chaktor. »Weshalb willst du zu den Sternen?«

Sid sah, wie Hammadis brauner Teint sofort eine Stufe dunkler wurde. »In meinem Land gibt es uralte Pyramiden, von denen man sagt, dass sie mit der Hilfe von Göttern erbaut worden sind. Ich möchte diese Zivilisationen finden, deren Angehörige uns damals besucht haben.«

Hammadis Stimme war während des Sprechens stetig leiser geworden. Das letzte Wort hatte er kaum mehr gehaucht.

Ein paar der Kadetten in den vorderen Reihen drehten sich um und feixten den Ägypter an. Die beiden italienischen Righetti-Zwillinge lachten sogar unverhohlen.

»Ihr wagt es, die Träume eines eurer Kameraden zu belächeln?«, fragte Chaktor scharf.

Die aufgeheiterte Stimmung verflog umgehend. Schuldbewusst drehten sich die Kadetten nach vorne und blickte betreten auf ihre Pulte.

»Wenn das dein Traum ist, dann lebe ihn«, sagte Chaktor zu Hammadi. »Und wenn du dieses Volk findest, lass es mich wissen. Auf Ferrol gibt es nämlich ebenfalls Bauwerke, von denen man sagt, dass sie durch die Hände der Götter erschaffen und durch ihren Atem beseelt worden sind.«

Rinkhel sah sich um. Da keine weiteren Fragen gestellt wurden, entließ sie der Ferrone zum Mittagessen.

Beim Hinausgehen gab sich Sid alle Mühe, Hammadi stets zwischen sich und Chaktor zu haben. Verwundert sah er, dass der Ägypter zufrieden lächelte.

Wenigstens einer freut sich über Chaktors Ankunft, dachte er verbittert.

Chaktor war das Schlimmste, was Sid hatte passieren können. Trotz der plastischen Veränderungen seines Gesichts konnte es nur eine Frage der Zeit sein, bis ihn der ferronische Raumschiffskommandant erkannte und seine wahre Identität aufdeckte.

Was würde dann mit ihm geschehen?

Würde er in den Abgrund der Lügen fallen, den er zwischen sich und seinen Freunden aufgerissen hatte?

Sid spürte Kälte in sich aufsteigen.

»Mensch, de Vivar!«, rief Brubaker entnervt. »Du musst die Beschleunigungswerte in den Augen behalten, solange du über besiedeltem Gebiet aufsteigst! Ein Überschallknall kann in einer Stadt Panik auslösen – von den anderen Schäden ganz zu schweigen.«

Sid riss sich die Spezialbrille herunter und warf sie vor sich auf das Terminal. »Reg dich nicht so auf!«, gab er verärgert zurück. »Es ist nur eine Simulation. Und zufälligerweise kratzt es mich nicht, wenn virtuelle Bewohner einer virtuellen Stadt durch einen virtuellen Knall erschreckt werden!«

Brubaker deutete mit einem Finger anklagend auf ihn. »Du bist unkonzentriert und gereizt!«, konstatierte er.

»Wer ist hier gereizt?«, fragte Sid höhnisch. »Doch wohl eher du, wenn du mich so anfährst!«

»Ich werde tatsächlich ein wenig nervös, wenn wir fünfmal nacheinander deinetwegen das Manöver vermasseln, obwohl wir es noch gestern problemlos im Schlaf hätten durchspielen können!«

»Also meinetwegen läuft alles schief?« Sid blickte in die Runde.

Wenn er gemeint hatte, dass Dahlin, Hammadi oder Hollander ihm zu Hilfe kommen würden, sah er sich getäuscht. In ihren Gesichtern stand der gleiche Vorwurf, den ihm der Kanadier an den Kopf geworfen hatte.

Zornig ballte Sid die Hände. »Verflucht!« Er schlug gegen die Verschalung des Terminals.

Augenblicklich zuckte ein stechender Schmerz durch sein linkes Handgelenk. Mit verkniffenem Gesicht wartete er darauf, dass der Schmerz verebbte, aber er blieb hartnäckig bestehen, verwandelte sich in ein dumpfes Pochen.

»Cabrón! Jetzt kann ich mich auch noch bei der Krankenstation melden. Was ist das heute für ein beschissener Tag!«

Anna Dahlin drehte sich in ihrem Schalensitz und legte ihm eine Hand auf den Unterarm. »Willst du uns nicht langsam erzählen, was dich seit zwei Tagen bedrückt? Du erscheinst mir wie ausgewechselt. Ist irgendetwas geschehen?

Sid verschränkte die Arme vor der Brust – und stieß einen kurzen Schmerzenslaut aus, als er zu viel Druck auf das lädierte Handgelenk ausübte.

»Es ist nichts«, sagte er trotzig. »Jeder kann einmal eine Phase haben, bei der es nicht so läuft.«

Dahlin sah ihn mit einem »Was du nicht sagst«-Gesichtsausdruck an. »Das mag sein«, räumte sie ein. »Aber was absolut gar nicht geht, ist, seinen Freunden etwas zu verheimlichen, was auch für sie relevant ist!«

Sid presste die Lippen aufeinander.

»Merkst du denn nicht, dass du uns langsam in Schwierigkeiten bringst?«, fasste die Schwedin nach. »Die letzten zwei Versuche werden in unseren Leistungsdossiers vermerkt – und wir haben beide mit Pauken und Trompeten in den Sand gesetzt.«

»Wenn ihr meinen Platz jemand anderem geben wollt, nur zu! Ich werde mir ein neues Leka-Team suchen, mit dem ich die Simulatorprogramme erfolgreich hinter mich bringe.«

Hollander schlug mit der flachen Hand auf sein Terminal. »Sag mal – haben sie dir heute Morgen Froschpillen unter das Essen gemischt? So kenne ich dich ja gar nicht!«

»Jetzt siehst du mal, wie es ist, wenn einer auf schlechte Laune macht!«, sagte Sid grob.

Mehrere Herzschläge lang herrschte betretene Stille in der nachgebauten Leka-Zentrale.

»Kommt, wir machen zehn Minuten Pause, dann gehen wir die Sache nochmals an«, schlug Hammadi mit halblauter Stimme vor.

Sid verschränkte die Arme. Am meisten regte er sich über sich selbst auf. Am Morgen war er nach der zweiten fast schlaflosen Nacht beim Joggen fast in Chaktor hineingelaufen. Erst im letzten Moment hatte er den Ferronen erkannt und es gerade noch geschafft, ihm ausweichen.

In der Messe hatte Sid erneut kurz vor der Entlarvung gestanden, als Chaktor überraschenderweise das Mittagessen zusammen mit den Kadetten statt mit den Offizieren zu sich nehmen wollte.

Und falls der Ferrone beschließen sollte, sie in der Simulatorkammer aufzusuchen, würde es noch an diesem Nachmittag mit ihm zu Ende gehen – oder zumindest mit Rodrigo de Vivar, dem Lügner.

Die Kammertür wurde aufgerissen, und ein Ferrone kam herein. Sids Herz machte einen Sprung.

Aber es war nicht Chaktor, der mit wütendem Gesichtsausdruck vor ihnen stand, sondern Major Rinkhel.

»Ich war zufälligerweise im Kontrollzentrum, als ihr euren ersten missratenen Flug absolviert habt. Ich ging von einem einmaligen Ausrutscher aus und habe abgewartet, wie ihr auf die Fehler reagieren würdet.« Er atmete tief ein. »Nie hätte ich gedacht, dass ihr denselben Fehler nicht nur zwei-, sondern gleich dreimal hintereinander wiederholen würdet! Was habt ihr zu eurer Verteidigung zu sagen?«

Niemand sagte etwas. Sid sah sich um. So offen ihre Kritik vor zwei Minuten noch gewesen war – vor Wrinkle wollten sie ihn dann doch nicht in die Pfanne hauen.

»De Vivar?«, fragte Rinkhel mit schneidender Stimme. »Was hast du zu deinen Fehlern zu sagen?«

Sid senkte den Kopf. Besser nichts sagen, als sich noch tiefer in den Schlamassel hineinzureden.

»Das bleiche Gesicht und die tiefen Ringe unter den Augen deuten nach meinen Kenntnissen der terranischen Physiologie darauf hin, dass jemand zu wenig geschlafen hat und deswegen signifikante Konzentrationslücken aufweist.« Wrinkle zeigte auf Sids Stirn. »Ich verordne dir zwei Stunden Bettruhe. Dein Team wird währenddessen ohne dich weitertrainieren. Dein Part wird vom Simulationsrechner übernommen. In zwei Stunden kehrst du zurück, und ihr wiederholt die Übungsreihe. Und falls ich das noch erwähnen darf, de Vivar: Es wäre nicht ratsam, wenn ihr dann erneut einen so peinlichen Unfall bauen würdet!«

Sid wollte protestieren, aber Rinkhel schien sich seiner Sache absolut sicher zu sein. Von dumpfem Zorn erfüllt, erhob sich Sid, verließ den Simulator und joggte durch die kalte Nachmittagsluft zurück zum Quartier. Wrinkles Zusammenschiss hatte ihn tief getroffen. Nachdem es in den letzten Tagen immer besser zwischen ihnen gelaufen war, fühlte sich Sid von ihm verraten und verkauft.

Als er den Schlafsaal betrat, meinte er zu spüren, wie das Blut in seinen Adern gefror.

»Hallo, Sid«, sagte Chaktor, der auf seinem Bett saß.

Kapitel 15

11. April 2037

»Das ist Ihr Experte?«, fragte Jeethar und deutete auf Whistler, der wie unbeteiligt neben ihnen in der Zentrale des ferronischen Shuttles stand.

»Ich bin zuversichtlich, dass Whistler der Operation Switch neue Impulse verleihen kann.«

Der Naat blickte Bull an, als hätte dieser einen verunglückten Witz erzählt. »Ich verstehe es richtig, dass dieser Mensch bis zum heutigen Tag keine Ausbildung als Positronikspezialist genossen hat?«

Bull presste die Lippen aufeinander.

Bevor er antworten konnte, gähnte Allister T. Whistler ausgiebig und sagte dann: »Positroniken arbeiten im Großen und Ganzen wie herkömmliche terranische Mainframes, nur dass in ihnen Positronen anstelle der Elektronen verwendet werden. Voraussetzung ist ein durch Feldeffekte simuliertes Vakuum, das die Positronen daran hindert, sich mit Elektronen zu verbinden. Diese hochpotenten, wechselwirkenden Mikrofelder erhöhen die Rechenleistung von Positroniken um einen mir noch nicht bekannten Faktor und machen sie deshalb den irdischen Rechnern haus- oder vielmehr weltraumfahrstuhlhoch überlegen. Aber auch ihre Kunst basiert auf dem binären System. Nullen und Einsen. Bitte korrigieren Sie mich, falls ich falschliege.«

Jeethar gab einen erstickten Laut von sich. »Sie beeindrucken mich nicht mit auswendig gelernten Sätzen.«

»Hoffentlich nicht«, gab Whistler ungerührt zurück, während er das Robopet kraulte, das auf seiner linken Schulter saß. »Aber vielleicht mit einer Probe meines Könnens?«

Der Naat blickte von Whistler zu Bull und wieder zurück zum Kybernetiker. »Wie meinen Sie das?«

Whistler deutete mit dem Finger auf seinen Kopf. »Dieses silberne Ding, das da um Ihren Kopf herumsurrt. Mein kleiner Freund hat mir gerade verraten, dass eine interessante Technik in ihm verbaut ist. Und Ihre missmutigen Interaktionen mit dem Teil verraten mir, dass es nicht so funktioniert, wie Sie es gerne hätten.«

»Haben Sie ihm von den Problemen mit meinem Quatik erzählt?«, fragte Jeethar in Bulls Richtung.

Dieser schüttelte den Kopf. »Das habe ich nicht.«

»Sie werden lernen müssen, mich nicht zu unterschätzen, Naat«, sagte Whistler. »Darf ich dieses Quatik einmal aus der Nähe betrachten?«

Jeethar blickte Whistler einen Moment lang reglos an. Dann hob er die rechte Hand und fing das Quatik auf, als es vor seinem Gesicht vorbeiflog.

»Das kann unmöglich Ihr Ernst sein«, sagte der Naat.

Whistler streckte ihm auffordernd die Hand entgegen. »Brav hineinlegen«, sagte er. »In einer Stunde haben Sie es wieder. Falls es dann immer noch nicht funktionieren sollte, dürfen Sie mich weiterhin einen Stümper nennen. Falls doch, dann überlege ich mir eine passendere Anrede, die Sie mir geben können.«

Jeethar keuchte überrascht. Dann verzog er seinen dünnlippigen, ovalen Mund und ließ kurz das raubtierartige »Fleischgebiss« aufblitzen.

»Einverstanden?«, fragte Whistler lauernd.

Wortlos legte der Naat sein Quatik in die ausgestreckte Hand des Kybernetikers.

Nachdem sich Whistler in den Laderaum des Shuttles zurückgezogen hatte, in der seine Habe untergebracht war, erörterte Jeethar mit Reginald Bull die weiteren Lösungsansätze für die Operation Switch.

»Möglicherweise können wir die Positronik auf eine ähnliche Weise isolieren, wie wir es auf der VEAST'ARK gemacht haben«, erklärte Jeethar.

Bull erinnerte sich an den Vorfall, als Jeethars Team zum ersten Mal in Erscheinung getreten war. Sie hatten die Positronik des Kriegsschiffes isolieren müssen, damit die Selbstvernichtungsanlage nicht in Kraft trat, sobald Sergh da Teffron das Schiff verließ.

»Sie haben mir in den früheren Besprechungen gesagt, dass Sie diese Möglichkeit ausschließen würden«, erinnerte ihn Bull. »Weshalb wollen Sie nun darauf zurückkommen?«

»Nach der Niederlage im Cyberspace müssen wir die nächstbesten Optionen erneut unter die Lupe nehmen«, antwortete Jeethar. »Selbstverständlich ist diese Art der Isolierung höchst gefährlich, da sie von der Positronik zweifellos als *feindlich* eingestuft wird. Allein der Faktor Zeit ist entscheidend: Wenn die Positronik schneller reagieren kann, als wir agieren, haben wir bereits verloren. Dann wird sich die Positronik künftig hüten, uns auch nur in die Nähe ihrer kritischen Bereiche zu lassen.«

Bull atmete tief durch. »Wir sollten zuerst abwarten, was sich Whistler zu der ganzen Sache einfallen lässt.«

Jeethar deutete mit dem Daumen in die Richtung, in der Whistler verschwunden war. »Diese noch ganz feuchte Imitation eines Wissenschaftlers?«, fragte er. »Ich respektiere Sie, Reginald Bull. Aber in der Beurteilung Ihres Artgenossen scheinen Sie auf zwei von drei Augen blind zu sein.« Er stutzte merklich. »Ich meine selbstverständlich auf einem von zwei Augen – oder wie diese Redewendung bei Ihnen auch immer lauten mag.«

Bull holte gerade Luft zum Antworten, als Allister T. Whistler auftauchte.

»Ich habe mich geirrt«, sagte er mit zerknirschtem Gesichtsausdruck.

»Welche Überraschung«, murmelte Jeethar. »Ich hoffe, Sie haben mein Quatik nicht vollständig zerstört.«

Whistler zog die silberne Kugel aus einer seiner Taschen und betrachtete sie nachdenklich. »Ich hätte schwören können, dass es an einer falschen Polung lag, weil das Ding keine positronischen Gedankenbilder mehr erschaffen konnte.«

Jeethar blickte ihn verwirrt an.

»Ich habe mich geirrt«, erklärte Whistler erneut. »Ich habe tatsächlich gedacht, dass es mich fast eine Stunde kosten würde, das Kügelchen zu öffnen und die Polung des Sensors zu verändern, der die Gehirnwellen erfasst und über den Projektor zu holografischen Bildern verdichtet.« Er warf einen demonstrativen Blick auf sein uhrloses Handgelenk. »Das dürften nicht einmal zwanzig Minuten gewesen sein.«

Er warf dem Naat das Gerät zu.

Jeethar fing es auf und hob es verdutzt hoch. Sofort erschien vor seinem Gesicht ein flimmerndes Hologramm, das einen komplexen Schaltkreis zeigte.

»Ich weiß immer noch nicht genau, welche Anrede ich wählen soll. Bisher tendiere ich zu ›mein genialer Freund‹, aber ich bin nicht sicher, ob wir uns schon Freunde nennen sollten. Schließlich haben wir uns gerade erst kennengelernt.«

Jeethar blickte mit seinen drei weit geöffneten Augen vom Hologramm zu Whistler und zu Bull.

»Dann wäre ja fürs Erste alles geklärt«, sagte dieser. »Ich hoffe, Sie können mir in Kürze weitere Lösungsansätze für die Operation Switch präsentieren.«

Kapitel 16

15. April 2037

Sid stand unbeweglich in der Tür. *Ich bin aufgeflogen,* dachte er. Mit brutaler Wucht wurde ihm bewusst, dass von nun an alles anders sein würde.

»Hast du wirklich gedacht, dass du dich vor mir verstecken könntest?«, fragte Chaktor mit einem grimmigen Lächeln auf den dunkelblauen Lippen.

Sid stand nur da, unfähig zu antworten.

»Rinkhel hat mir gesagt, dass er dir eine Pause verschaffen wird. Schließ die Tür und setz dich zu mir!«

Gehorsam wie ein Roboter drückte Sid die Tür ins Schloss und setzte sich dann auf die Kante seines Bettes. Er versuchte, so viel Raum wie nur möglich zwischen dem Ferronen und sich zu lassen.

»Man hätte dir eine Biomolplastmaske anlegen müssen, wenn du wirklich nicht hättest erkannt werden wollen.«

»Das wurde erörtert, aber sie kamen zum Schluss, dass eine solche Maske wegen der Strapazen der Ausbildung alle drei Tage hätte erneuert werden müssen«, erklärte Sid mit dünner Stimme. »Das hätte nicht funktioniert.«

»Dann hat man sich entschieden, eine sanfte Korrektur deines Gesichts vorzunehmen«, schloss Chaktor. »Nur dumm für dich, dass in meinen ferronischen Augen die meisten Menschen ziemlich gleich aussehen. Ich habe dich sofort erkannt – und dann erst gemerkt, dass man an deinem Gesicht plastische Veränderungen vorgenommen hat.«

Sid presste die Lippen zusammen und schwieg.

»Wer hat dich hier eingeschmuggelt? Adams? Will er die von ihm initiierte Raumakademie ausspionieren? Wie lautet dein Auftrag, Sid González?«

Sid blickte in Chaktors tief liegende Augen. Nur zu gern hätte er gewusst, was er antworten sollte. Weder Adams noch Mercant hatten ihm Anweisungen gegeben, wie er sich im Fall einer Enttarnung verhalten sollte. Nun war er auf sich allein gestellt.

»Los, Sid«, drängte Chaktor. »Sag mir die Wahrheit. Sonst besprechen wir die Angelegenheit zusammen mit Oberst Kowaltschuk.«

Sid seufzte resignierend. »Ich habe keinen eigentlichen Auftrag. Ich bin hier, um eine solide Grundausbildung als Raumfahrer zu erhalten. Ich soll reifer werden, sagt Terrania ...«

Chaktor sah ihn eine Weile lang prüfend an. »Und was willst du?«

»Ich will, was ich immer schon wollte: zu den Sternen.«

»Mit ›Terrania‹ meinst du Homer G. Adams und Allan D. Mercant?«

Sid senkte den Blick und nickte stumm.

»Und weshalb dieses Versteckspiel?«, fragte Chaktor. »Wie ich gesehen habe, sind an der Akademie einige Kadetten eingeschrieben, deren Eltern hohe politische und militärische Ämter bekleiden. Habt ihr wirklich gedacht, dass deine Identität speziell geschützt werden müsste?«

Sid blickte den Ferronen verärgert an. »Ich bin nicht wichtiger als andere an der Akademie.«

»Aber?«

»Es gibt eigentlich zwei Gründe«, sagte Sid zögernd. Er wollte Chaktor nicht alles erzählen.

»Welche?«

Sid seufzte. »Ich habe mit dem Kapitel Terrania vorerst abgeschlossen. Ich bin abgehauen, habe ihnen eine Nachricht hinterlassen. Habe ihnen gesagt, dass ich meinen eigenen Weg gehen will. Anstatt dass ich meine Fähigkeiten zwischen den Sternen anwenden durfte, war ich nur noch ein Lakeside-Versuchskaninchen.«

»Ich verstehe. Und der zweite Grund?«

Sid gab sich einen Ruck. »Ich bin ein Mutant. Wenn dies von Anfang an bekannt geworden wäre, hätte dies alles verändert. Ob ich es wollte oder nicht, *wäre* ich zu einer speziellen Person in Baikonur geworden. Alle hätten erwartet, dass ich mich aus Situationen wie dem Überlebenstest im Schneesturm durch einen einfachen Sprung befreien würde. Meine Kameraden hätten dies von mir beim Auftreten der ersten Schwierigkeiten verlangt. Und falls ich mich geweigert hätte, hätte ich automatisch als Kameradenschwein dagestanden. Das wollten weder Mercant noch Adams noch ich. Deshalb die Scharade.« Er senkte den Blick und fügte leise an: »Und deshalb ist Ihr Auftauchen hier das Schlimmste, was mir geschehen konnte.«

Eine Weile sagte keiner von ihnen ein Wort. Dann seufzte Chaktor leise.

»Nun kann ich deine und eure Beweggründe besser verstehen. Ich halte es zwar nach wie vor für falsch, eine so wichtige Ausbildung in ein Lügengebilde einzubetten, das im dümmsten Moment in sich zusammenfallen kann. Aber ich gebe dir recht, dass die ehrliche Alternative die Ordnung an der Akademie empfindlich hätte stören können. Du hättest mit an Sicherheit grenzender Wahrscheinlichkeit nicht dieselben Ausbildungsbedingungen vorgefunden wie die anderen Kadetten. Deshalb werde ich diesen Entscheid respektieren.«

Sid sah überrascht auf. »Heißt das, dass Sie mich nicht verraten werden?«, fragte er.

»Keiner von uns hätte etwas davon, wenn die Wahrheit jetzt ans Licht käme. Du hast von mir nichts zu befürchten, Sid González.«

Sid stieß die angehaltene Luft aus. Die ganze Anspannung verflog. Seine Augen füllten sich mit Tränen.

»Na, na«, sagte Chaktor. »Heißt es nicht in einem terranischen Lied, dass Raumfahrer nicht weinen?«

»Dass Raumfahrer nicht schreien«, korrigierte Sid mit tränenerstickter Stimme. »Weil man sie im Weltraum sowieso nicht hören kann.«

Chaktor lachte knarrend. »Und ich dachte, die Terraner hätten zumindest das Funkgerät bereits erfunden.« Er erhob sich. »Wie ich von Rinkhel erfahren habe, befindest du dich in den obersten zehn Leistungsprozent aller Kadetten. Er sagt, dass dein Einsatzwillen außergewöhnlich hoch ist und du es verstehst, deine Schwächen in Stärken zu verwandeln. Das respektiere ich, und ich wünsche dir auf deinem weiteren Weg in der Akademie viel Kraft und Disziplin.«

Sid wischte sich über die Augen, erhob sich ebenfalls. In sich spürte er grenzenlose Erleichterung. Nicht nur durfte er weiterhin unter falscher Identität an der Akademie bleiben, Wrinkle hatte ihn sogar Chaktor gegenüber gelobt.

»Danke!«, sagte er mit bebender Stimme. »Danke für alles!«

»Und ich danke dir für deine Ehrlichkeit.«

Chaktor wandte sich zum Gehen, hielt inne und fügte hinzu: »Ich habe dich in den vergangenen zwei Tagen beobachtet, Sid. Du hast mit diesem Maurice S. Hollander Freundschaft geschlossen.«

Sid nickte verblüfft. »Ja, das habe ich. Weshalb?«

»Hüte dich vor ihm. Er ist ein destruktives Element in deiner Umgebung.«

Sid schüttelte verwirrt den Kopf. »Woher ... woher wollen Sie das wissen?«

Chaktor zog die Augenbrauen hoch. »Ich war ein Kadett wie du. Mir sind solche Typen wie Hollander zuhauf begegnet. Keiner von ihnen ist in die ferronische Geschichte eingegangen.« Er machte eine kurze Pause. »Jedenfalls nicht in positiver Hinsicht.«

Dann nickte er Sid zu und öffnete die Tür.

Maurice S. Hollander stand im Gang.

»Oh, Kadett Hollander«, sagte Chaktor. »Willst du deinen Kameraden zum Mittagessen abholen?«

»Ja, Sir!«, sagte der Kalifornier.

Chaktor zog einen Beutel aus einer Tasche des Overalls und spuckte hinein. »Dann wünsche ich euch ... Wie sagt man auf Terra?«

»Einen guten Appetit«, antwortete Hollander. »Oder dass man sich das Essen schmecken lassen soll.«

»Dann wünsche ich euch beides.«

Er nickte Sid erneut zu und verschwand im Gang. Hollander blickte ihm nach, kam herein und schloss die Tür hinter sich.

»Ich habe gehört, was er gesagt hat«, sagte er verärgert. »Die Ferronen sind allesamt blaue Affen! Hat dich Chaktor auch zusammengeschissen, wie es Wrinkle getan hat?«

Sid überlegte. Hollander hatte offenbar nur den letzten Teil der Unterhaltung mitgehört. Das war gut so. »Er hat mich so ganz allgemein daran erinnert, dass ich nur mit Disziplin meinen Weg gehen kann.«

»Und er hat mich schlechtgemacht«, sagte Hollander mit bitterem Unterton. »Und dann diese eklige Spuckerei der Blauaffen.«

»Das haben wir doch schon diskutiert«, sagte Sid. »Ferronen kühlen ihren Körper ab, indem sie spucken und hecheln.«

»Ihm war wohl warm geworden, als er gemerkt hat, dass ich wahrscheinlich mitgehört habe«, sagte Hollander finster. »Und? Glaubst du ihm?«

»Wie meinst du das?«

»Denkst du auch, dass ich ein destruktives Element sei?«

Sid hob die Schultern. »Du bist, wie du bist. Wir haben alle unsere dunkleren Seiten. Niemand ist perfekt.«

»Dann betrachtest du mich immer noch als deinen Freund?«

»Selbstverständlich! Wie kannst du nur daran zweifeln?«

Hollander lächelte grimmig. »Dann bin ich erleichtert. Aber unerträglich ist, wie Wrinkle dich behandelt hat. Zwei, drei kleine Fehler, und er scheißt dich in aller Öffentlichkeit zusammen. Das geht gar nicht. Das ist ein großes No-Go!«

»Na ja«, machte Sid. »Ich war schon ziemlich unkonzentriert und habe das ganze Team runtergerissen. Wahrscheinlich hatte ich die Standpauke schon verdient.«

»Hast du nicht«, widersprach Hollander. »Diese Blauaffen nehmen jede Gelegenheit wahr, um uns zu zeigen, dass wir weniger können als sie. Dass wir weniger wert sind als sie.«

»Ich finde, du übertreibst ein wenig. Klar, sie sind streng, aber das sollen sie als Ausbilder auch sein. Sonst wäre es um unsere Disziplin wahrscheinlich innerhalb kürzester Zeit schlecht bestellt.«

»Ach Quatsch«, sagte Hollander. »Die Ferronen sehen uns als minderwertig an, und deshalb gehört ihnen endlich mal ein Denkzettel verpasst!«

Sid spürte, wie sein Herz rascher schlug. »Wie ... wie meinst du das?«

»Wir werden Wrinkle einen kleinen Streich spielen. Und ich weiß auch schon, was für einen. Bist du dabei?«

»Ich weiß nicht ...«

»Wirklich? Jetzt sei kein Feigling, El Cid. Es wird nur ein kleiner, harmloser Spaß sein. Und niemand wird erfahren, wer ihn ausgeheckt hat.«

Sid seufzte ergeben. »Was hast du vor, Maurice?«

Kapitel 17

24. April 2037

Der Frühling hatte Einzug gehalten in Baikonur. Wo der Boden vor wenigen Wochen noch steinhart gefroren gewesen war, wuchs plötzlich spärliches Gras, erblühten die ersten Blumen. Die Tage wurden länger, die abendliche Luft roch frisch und würzig.

Aber Sid nahm die Boten des Frühlings nur unbewusst wahr. Er hatte ein schlechtes, ein ganz schlechtes Gefühl.

Er ärgerte sich darüber, dass er Hollander versprochen hatte, ihn bei seinem Streich zu unterstützen. Insbesondere als er erfahren hatte, *was* Hollander vorhatte, war ihm das Herz in die Hose gerutscht.

Aber Hollander hatte ihn an seiner Ehre gepackt und ihn daran erinnert, dass man ein Versprechen, das man Freunden gegeben hat, nicht brach.

Er blickte auf die Uhr. Es war kurz vor zehn. Die Straße war wie ausgestorben. Die Kadetten genossen einen der seltenen freien Abende, an denen sie Restaurants und Bars von Baikonur besuchen durften. Erst um Mitternacht mussten sie in ihren Betten liegen.

»Bringen wir es endlich hinter uns?«, fragte Sid. Unruhig trat er von einem Bein aufs andere.

»Wir kommen nicht einfach so in das Mussabajew-Ausbildungszentrum«, erklärte der Kalifornier. »Wir benötigen jemand, der eine Vierundzwanzig-Stunden-Zutrittsberechtigung besitzt.«

Sid sah seinen Freund an. Im schwachen Licht der Straßenbeleuchtung waren seine Gesichtszüge nur undeutlich zu erkennen.

»Wie meinst du das?«, fragte Sid. »Ich habe gedacht, du hättest alles vorbereitet.«

»Ich habe bereits alle Lerneinheiten im Mussabajew-Zentrum abgeschlossen. Es wäre zu auffällig gewesen, wenn ich ohne glaubhafte Begründung meine Zutrittsberechtigung hätte erweitern lassen.«

»Und wie kommen wir nun hinein?«

»Überleg mal, de Vivar. Wer besitzt ein unbeschränktes zeitliches Zutrittsrecht zu Mussabajew, um seine Wissenslücken zu schließen?«

Sid erschrak. »Nein!«, rief er. »Du darfst ihn da nicht mit hineinziehen!«

»Und da ist er schon. Pünktlich auf die Minute.«

»Hallo«, erklang Juris Stimme hinter Sids Rücken. »Worum geht es? Ich habe im *Caravan Saray* ein ukrainisches Mädchen kennengelernt und würde gerne wieder zurückgehen, bevor es sich einen anderen angelt.«

»Maurice«, sagte Sid mit ernster Stimme. »Lass Juri aus dem Spiel!«

»Wieso? Es ist doch nur eine kleine Sache. Er öffnet uns die Tür und kann danach wieder zurück zu seiner ukrainischen Schönheit gehen.«

»Was habt ihr vor?«, fragte Juri mit argwöhnischem Unterton.

»Nichts, womit du dein Gewissen belasten müsstest«, antwortete Hollander.

»Wir wollen Wrinkle einen Streich spielen«, sagte Sid.

Hollander knuffte ihn in die Seite. »Juri ist auch mein Freund«, sagte er. »Er verdient es, die Wahrheit zu wissen. Er würde morgen sowieso zwei und zwei zusammenzählen können.«

Der junge Kasache wich einen Schritt zurück. »Ihr wollt Major Rinkhel einen Streich spielen?« Angst stand in seinen mandelförmigen Augen. »Das solltet ihr wirklich nicht tun!«

»Da hast du recht«, räumte Sid ein. »Aber ...«

Verärgert schloss er den Mund, weil es keine nachvollziehbare Begründung dafür gab, was sie vorhatten.

»Jetzt macht euch nicht in die Hosen«, sagte Hollander unwirsch. »Los, ziehen wir es durch, dann können wir im *Caravan Saray* ebenfalls einen Becher trinken gehen.«

Juri wich erneut einen Schritt zurück. »Ich glaube, dass ich da nicht mitmachen möchte.«

»Musst du auch nicht«, sagte Sid. »Es ist besser so, glaub mir.«

»Was soll denn das auf einmal?«, fragte Hollander. »Aber wenn du nicht mitkommen willst, ist es deine Entscheidung, Juri. Dann gib mir halt deine Erkennungsmarke. Damit kommen wir auch so hinein.«

Juri griff nach der Marke, die an einer Kette um seinen Hals hing, und hielt sie fest. Beunruhigt blickte er von Hollander zu Sid und wieder zurück.

Sid wandte sich zu Hollander. »Du wirst ihn nicht zwingen, mit hineingezogen zu werden. Er will nicht mitmachen, Punkt. Dann muss er uns auch nicht seine Marke geben!«

»Spinnst du jetzt vollkommen, de Vivar? Wie sollen wir denn sonst ins Gebäude kommen?«

»Ich kenne einen anderen Weg«, hörte sich Sid sagen. Ein Zittern lief durch seinen Körper. Aber er hielt dem Gefühl stand. »Ich weiß, wie ich hineinkommen und die Tür von innen öffnen kann.«

»Und wie soll das gehen?«, fragte Hollander.

»Das ist ein Geheimnis.«

»Verrate es mir!«

Sid ergriff Hollanders Oberarme und sah ihm mit ernster Miene ins Gesicht. »Jetzt hör mir mal zu, Maurice. Ich werde bei deinem bescheuerten Plan mitmachen, weil ich es dir versprochen habe. Aber ab sofort gelten zwei Bedingungen: Erstens setzt du Juri nicht weiter unter Druck und lässt ihn zurück zu seinem Date gehen. Und zweitens wirst du akzeptieren, dass ich einen Geheimweg ins Zentrum kenne, den ich niemandem – auch nicht meinen besten Freunden – verraten werde. Ist das klar?«

Hollander benötigte ein paar Atemzüge lang, bis er antwortete. Sid hatte noch nie in diesem Tonfall mit ihm gesprochen.

»Ist das klar?«, wiederholte Sid scharf.

»Ja, ist klar. Ich akzeptiere die Bedingungen.«

Sid blickte zu Juri. »Es ist alles gut. Du kannst zurückgehen.«

Der junge Kadett zögerte. »Ich möchte nicht, dass du Major Rinkhel einen Streich spielst«, sagte er. »Wenn ihr erwischt werdet, fliegst du womöglich von der Akademie. Das wäre sehr schlimm für mich.«

Sid seufzte. »Das wird nicht geschehen. Du musst keine Angst haben.«

»Ich bitte dich, Ruy«, sagte der Junge eindringlich. »Tu es nicht. Du hast mir versprochen, dass du mich nicht im Stich lassen wirst.«

»Ich werde dich auch nicht im Stich lassen. Es ist wirklich nur ein harmloser Scherz. Selbst wenn sie uns erwischen sollten, werden wir nicht von der Akademie fliegen.«

»Versprochen?«

»Versprochen!«

Mit traurigem Gesicht wandte sich Juri um und ging davon.

»Und wie geht es nun weiter?«, fragte Hollander.

»Du wirst mir erklären, wie ich mit deinem Folienpod die Sicherheitsvorkehrungen der Station ausschalten kann. Dann werde ich hineingehen, und du wirst brav warten, bis ich die Tür geöffnet habe. Dann wirst du den Computer manipulieren und das Zentrum durch die Tür wieder verlassen, während ich mich um den Rest kümmere. Alles verstanden?«

Hollander nickte. Es fühlte sich für Sid seltsam an, dass plötzlich er es war, der am Drücker war.

»Gut. Gib mir deinen Folienpod!«

Hollander holte ein Röhrchen hervor, zog den wertvollen Folienpod heraus und erklärte Sid, wie er ihn verwenden konnte. Sid merkte sich alle Befehle, steckte ihn ein und joggte davon.

Nach zwanzig Metern sprang er seitwärts in die Büsche und umrundete das Gebäude im Schutz der Dunkelheit. Dann blieb er stehen, kämpfte noch ein paar Herzschläge gegen sich selbst – und teleportierte.

Sie saßen im großen Auditorium des Mussabajew-Zentrums. Alle Kadetten hatten darin Platz gefunden – nicht zuletzt deshalb, weil von den ursprünglich 480 Anwärtern nur 322 die ersten vier Wochen überstanden hatten.

Oberst Kowaltschuk blickte bei seiner Ansprache auf die erste Ausbildungsphase zurück und pickte dabei einzelne markante Ereignisse und Bestmarken heraus.

Von Sids Freundeskreis wurde einzig Juri erwähnt, der bei den Belastungstests in der Zentrifuge zuletzt bessere Werte erzielt hatte als ausgebildete Raumfahrer nach jahrelangem Training.

Sid gönnte seinem Freund den Erfolg, wenngleich es ihn wurmte, dass er selbst in keiner einzigen Disziplin eine Bestmarke erzielt hatte. Aber die Konkurrenz war stark – das wurde ihm nun wieder bewusst, während er die Kadetten betrachtete, die aus aller Welt nach Baikonur gekommen waren.

Ich habe es von den Straßen von Managua hierher geschafft und gehöre zu den besten zehn Prozent der Ausbildungseinheit, versuchte er sich zu trösten. *Das ist auch ein Erfolg.*

»Ich gratuliere euch, dass ihr die ersten fünf Wochen erfolgreich hinter euch gebracht habt«, sagte Kowaltschuk, dessen Bild hinter ihm an der Leinwand in mehrfacher Vergrößerung gezeigt wurde. »Zur Feier des Tages darf ich euch verraten, dass übermorgen eine ganz besondere Überraschung auf euch wartet. Wie sie aussehen wird, dazu sage ich jetzt noch nichts. Außer vielleicht dies: Wir werden einen kleinen, gestaffelten Ausflug machen – und das Ziel ist mehrere Zehntausend Kilometer von Baikonur entfernt!«

Nach kurzem Zögern brach unter den Kadetten Jubel aus. Einige begannen zu klatschen, und der Rest fiel darin ein.

Mit einem zufriedenen Lächeln blickte der Oberst in die Runde.

Sid spürte, wie sich ein warmes Gefühl im Bauch ausbreitete. Wenn Kowaltschuk von mehreren Zehntausend Kilometern sprach, befand sich das Ziel oberhalb der mittleren Orbitalhöhe, auf der die meisten Kommunikations- und Navigationssatelliten ihre Bahnen zogen.

Als das Klatschen und Jubeln langsam verebbte, sagte Kowaltschuk: »Aber noch ist es nicht so weit. Nun erwartet uns ein Vortrag, dem ich mit großer Freude und Spannung entgegengeblickt habe. Major Rinkhel wird uns in die ferronischen Erkenntnisse über die psychologischen Anforderungen im Weltraum einführen. Bitte, Major!«

Ein warmer Applaus begleitete den Oberst, der zurück an seinen Platz in der ersten Reihe ging. Gleichzeitig erhob sich Rinkhel und ging zum Rednerpult.

Maurice S. Hollander drehte den Kopf in Sids Richtung und blinzelte ihm zu.

Sofort verklumpte sich sein Magen. Während der feierlichen Ansprache hatte er keine Sekunde lang an den Streich gedacht, den sie in der vorhergehenden Nacht vorbereitet hatten.

Sids Atmen verstärkte sich, das Herz raste. Mit plötzlicher Klarheit wurde ihm bewusst, wie dumm und kindisch der Streich war.

Nach Kowaltschuks Worten und dem Hinweis auf die wartende Überraschung hatte sich die Stimmung im Auditorium geradezu magisch angefühlt.

In wenigen Augenblicken würde sie zerstört werden. Dank ihm, Sid González. Weil er nicht stark genug gewesen war und Hollander eine Abfuhr erteilt hatte.

Wrinkle legte die Hände auf das Rednerpult und begrüßte die Anwesenden. Wie bei Kowaltschuk wurde sein Bild von einer Kamera aufgefangen und mehrfach vergrößert auf die Leinwand projiziert.

»Um die ferronische Mentalität zu verstehen«, begann er, »müssen wir einen Blick auf das sogenannte Dunkle Zeitalter werfen. Die Kultur ...«

Plötzlich beschleunigte sich die Stimme des Ferronen, erreichte einen künstlich hohen Ton, als ließe man einen Podfilm mit doppelter Geschwindigkeit ablaufen.

Rinkhels Bild auf der Leinwand fror kurz ein, dann verschwand wie von Zauberhand der ockergelbe Overall, und die blaue Haut des Oberkörpers wurde sichtbar.

»Oh, was geschieht jetzt mit mir?«, sagte Rinkhels verfälschtes Abbild auf der Leinwand mit seiner hohen Stimme. »Und was ist das? Eine Mütze?«

Eine weiße Mütze, deren rundes Ende bananenförmig nach vorne ragte, segelte von oben herab und landete auf dem Kopf des virtuellen Wrinkle.

Der echte Rinkhel wandte sich ruckartig um und blickte an der Leinwand hinauf. Er erstarrte.

Auch Oberst Kowaltschuk erhob sich. »Regie!«, rief er. »Sofort abstellen!«

»Lasst mich euch eine Geschichte erzählen«, rief der falsche Wrinkle unbeirrt von der Leinwand. »Vor langer, langer Zeit gab es in einem Sonnensystem einen Planeten, auf dem winzige Geschöpfe lebten: die Schlümpfe! Sie waren herzensgut, fröhlich und freundlich. Aber es gab da noch den Spuckschlumpf, ein übler Bursche! Wie der Name es verrät, machte er den ganzen lieben langen Tag nichts anderes, als in der Gegend herumzuspucken und Leute zu ärgern.«

Der virtuelle Wrinkle holte eine Tüte hervor und spuckte mehrmals hinein. Dann verschwand das Bild plötzlich.

Rinkhel stand reglos vor der weißen Leinwand, den Rücken den Kadetten zugewandt.

Sekundenlang war es totenstill im Auditorium. Dann setzte erschrockenes Gemurmel ein.

Fassungslos griff sich Sid an den Kopf. Hollander hatte ihm versichert, dass er nur dafür sorgen würde, dass während der Bildübertragung sekundenbruchteilelang das Bild eines Schlumpfs eingeblendet werden würde.

Nie hätte Sid es für möglich gehalten, dass Hollander mithilfe seines leistungsstarken Folienpods einen solch bösartigen Anschlag auf Wrinkle verüben würde.

»Übungsabbruch!«, rief Oberst Kowaltschuk. »Ihr begebt euch auf direktem Weg auf den Exerzierplatz und stellt euch kompanieweise auf. Ich werde mit Major Rinkhel beraten, wie es weitergeht.«

Die Kadetten erhoben sich. Sid sah in bestürzte Gesichter. Anna Dahlin hatte eine Hand über den Mund gelegt, und Juri, der genau wusste, wer hinter dem heimtückischen Film steckte, hatte Tränen in den Augen.

Maurice S. Hollander kullerten ebenfalls Tränen über die Wangen. Sein gesamter Körper bebte. Krampfhaft biss er sich in seine linke Faust.

Wenn du jetzt laut loslachst, bringe ich dich um, dachte Sid.

Kapitel 18

25. April 2037

Bull traute seinen Augen kaum, als er Jeethar und Allister T. Whistler von der Kanzel des Shuttles aus erspähte.

Hatte es vor elf Tagen noch so ausgesehen, als würden die beiden keine Gelegenheit auslassen, den anderen schlecht wirken zu lassen, präsentierten sie sich nun als ein Herz und eine Seele.

Während Jeethar, der stolze Naat, auf allen vieren durch den Hangar trabte, thronte Whistler tatsächlich auf seiner Schulter, als wäre dies die normalste Sache der Welt.

Eine Freundschaft unter Computernerds, dachte Bull, während er sie beobachtete. *Jetzt fehlen eigentlich nur noch die übergroßen Brillen und Flaumbärte.*

Die beiden betraten die Zentrale des Shuttles, das in den vergangenen Tagen zu Bulls inoffizieller Nervenzentrale der Operation Switch geworden war. Whistler glitt grinsend von Jeethars Schulter, und der Naat erhob sich zu seiner vollen Größe.

»Wir haben einen neuen Plan«, sagte Jeethar mit grollender Stimme. »Nun sind wir gespannt, was Sie darüber denken.«

»Okay«, sagte Bull gedehnt. »Wie sieht er aus?«

»Das Stichwort lautet: ›Think big!‹«, antwortete Whistler, während Mark Vier aus dem geöffneten Kragen seiner Kombination spähte. »Wir wollen die Stationspositronik vor eine wirkliche Herausforderung stellen, in der sie gezwungen wird, von ihrer derzeitigen Linie abzukommen und neue Wege zu gehen.«

Bull runzelte die Stirn. »Und wie habe ich mir das vorzustellen?«

»Wie ein Feuerwerk«, sagte Whistler. »Nur größer!«

»Könnte ich es ein wenig präziser haben?«

»Was mein *kleiner, genialer Freund* eigentlich sagen will, ist dies ...«, erklärte Jeethar in gutmütigem Tonfall. »Wir haben in der bisherigen Analyse der Stationspositronik einen Faktor zu wenig hoch priorisiert. Ausgehend von der angenommenen versteckten Agenda in ihrer Neuprogrammierung, dachten wir, dass sie eine direkte Gefahr für die Lebewesen in der Station und unten auf Terra darstellt.«

»Und dies ist nicht der Fall?«, fragte Bull.

»Nein«, antwortete Whistler ernst. »Tatsächlich haben wir herausgefunden, dass die Station nach wie vor der grundlegenden Programmierung folgt, die ihr vor zehntausend Jahren eingeimpft worden ist: Sie will das Leben der ihr anvertrauten Personen schützen. Ob dies nun Arkoniden, Naats, Terraner oder Ferronen sind – sie macht hierbei keine Unterscheidungen.«

»Wie mir Kollege Whistler erklärt hat, kommt bei der Station die Maschinen-Entscheidungsmatrix zum Tragen, die bei den Menschen von einem gewissen Isaac Asimov unter der Bezeichnung ›Robotergesetze‹ definiert wurde.«

Whistler hob die Hand und zählte dann an den Fingern ab: »Erstens: Ein Roboter darf kein menschliches Wesen wissentlich verletzen oder durch Untätigkeit gestatten, dass einem menschlichen Wesen wissentlich Schaden zugefügt wird. Zweitens: Ein Roboter muss den ihm von einem Menschen gegebenen Befehlen gehorchen – es sei denn, ein solcher Befehl würde mit Regel eins kollidieren. Und drittens: Ein Roboter muss seine Existenz beschützen, solange dieser Schutz nicht mit Regel eins oder zwei kollidiert.«

»Danke!«, sagte Bull. »Die kannte ich bereits.«

»Wie auch immer die schwelende Bedrohung aussehen mag, die von der Station ausgeht«, fuhr der Naat unbeirrt fort, »sie richtet sich nicht direkt gegen die Besatzung und alle weiteren Lebewesen, die sich gerade in ihrem Innern aufhalten.«

Whistler nickte. »Denn nach der Logik der Station darf sie nur von *autorisierten* Personen betreten werden. Wen sie hineinlässt, wird sie auch beschützen.«

Bull nickte verstehend. »Das leuchtet mir ein. Weiter!«

Whistler und Jeethar wechselten einen Blick. »Diese grundlegende Programmierung geht so weit«, erklärte der Naat seelenruhig, »dass die Station alle benötigten Ressourcen aufbringen wird, um ihr zu folgen.«

»Selbst wenn sie dabei ihre eigene Sicherheit vernachlässigt«, fügte Whistler mit einem jungenhaften Grinsen hinzu. »Gemäß dem dritten Asimov'schen Gesetz.«

»Das bedeutet«, sagte Bull langsam, »dass wir sie mit einer Krisensituation konfrontieren müssen, die sie in genau diese Lage versetzt.«

»Genau!«, sagte Whistler. »Das angekündigte Feuerwerk. Kaboom!«

Bull atmete tief ein. »Und wie stellen sich die Herrschaften dieses Feuerwerk genau vor?«

Whistler blickte zu Jeethar hinauf. »Das ist der Teil, an dem du deine Bildershow startest, Großer.«

Der Naat stieß ein raues Lachen aus. Dann rotierte die Silberkugel schneller um seinen Kopf, und vor Jeethars Gesicht manifestierte sich das Holobild.

Whistler deutete mit dem Daumen darauf. »Seit meinem kleinen Eingriff kann das Kügelchen nun auch normale Filme abspielen. Toll, was?«

Bull seufzte, während er sich die Bilder ansah, die sie vorbereitet hatten. Zehn Sekunden später spürte er, wie ihm das Blut aus dem Gesicht wich. So sorglos, wie die beiden ihren Plan präsentiert hatten, als so unverfroren und gefährlich stellte er sich heraus.

»Das werde ich niemals autorisieren«, sagte Bull mit Nachdruck. »Das ist ein Spiel mit dem Feuer!«

»So ist es«, sagte Whistler. Plötzlich war aus seinen wasserhellen Augen jede Spur von Schalk verschwunden. »Aber haben Sie einen besseren Vorschlag?«

Kapitel 19

26. April 2037

Als der Supercopter in der Nähe auf dem Landefeld der Klinik Terrania Central des Stardust Towers landete und die Kadetten ausstiegen, hatte Sid immer noch ein furchtbar schlechtes Gewissen.

Oberst Kowaltschuk hatte sie kurz vor dem Abflug erneut in die Mangel genommen. Die Worte des Mannes, der in seinen Ansprachen häufig von Einsatzwillen, Disziplin und Hingabe sprach, hatten Sid bis ins Innerste hinein wehgetan.

Der höchste Verantwortliche von Baikonur hatte Hollanders Streich mit deutlichen Worten verurteilt und von einer »Schandtat« gesprochen. Nachdem er »den Übeltätern« direkt nach dem Vorfall die Gelegenheit gegeben hatte, sich freiwillig bei ihm zu melden, und Hollander dies Sid gegenüber kategorisch ausgeschlagen hatte, war der Oberst in einer Zwickmühle gewesen.

Bei seiner gemeinsamen Ansprache mit Major Rinkhel hatten sie dann den Kadetten erklärt, dass sie darauf verzichteten, die vorgesehene Überraschung zugunsten von körperlichen Stresstests ausfallen zu lassen.

»Major Rinkhel persönlich hat mich gebeten, von einer solchen Bestrafung abzusehen, und ich habe ihm zugestimmt«, hatte Kowaltschuk erklärt. »Die Raumakademie Baikonur darf tatsächlich kein Ort sein, an dem Kollektivstrafen ausgesprochen werden. Nur wegen ein oder zwei feigen Idioten sollen nicht alle Kadetten um die Früchte ihrer harten Arbeit gebracht werden.«

Er hatte eine kurze Pause gemacht und dann erklärt: »Ein altes russisches Sprichwort lautet: ›Wie lang sich die Schnur auch windet, es kommt doch ein Ende.‹ Damit will ich sagen, dass wir früher oder später erfahren werden, wer den Rechner des Mussabajew-Zentrums manipuliert hat – und dann möchte ich nicht in seiner oder ihrer Haut stecken.«

Danach hatte er Rinkhel das Wort erteilt, und dieser hatte ihnen eröffnet, woraus die angekündigte Überraschung bestehen würde: einer Fahrt mit dem Orbitalfahrstuhl von Terrania nach

Terrania Orbital, wo sie in ein Beiboot umsteigen und eine Reise durch das Sonnensystem machen würden.

Die erste Ankündigung hatte bei den Kadetten Erleichterung, die zweite regelrechte Euphorie ausgelöst.

Sid hätte sich ebenfalls gefreut – wenn ihn das schlechte Gewissen nicht fast erdrückt hätte. Auch Juri sprach seit zwei Tagen kaum mehr ein Wort mit Sid und ging Hollander konsequent aus dem Weg.

Es hatte nicht gereicht zu verhindern, dass Juri direkt in die Sache hineingezogen wurde. Sein Wissen über die Hintergründe der Tat und das eiserne Schweigen, mit dem er seinen Freund Ruy schützte, hatten dem jungen Kasachen jede Freude über sein erfolgreiches Bestehen der ersten Ausbildungsphase genommen.

Auch Dahlin, Brubaker und Hammadi zeigten sich Hollander und ihm gegenüber plötzlich deutlich distanziert. Sie schienen zu vermuten, wer hinter dem üblen Scherz steckte, wollten den Konflikt aber nicht offen ausbrechen lassen.

Ihr stummer Vorwurf schnitt tief in Sids Herz. Es war falsch gewesen, sich von Hollanders Worten einlullen zu lassen, und nun musste er mit den Konsequenzen leben.

Die beiden Copter, die sie hergebracht hatten, erhoben sich mit dröhnenden Rotoren in den Himmel. Sie würden nun zurück nach Baikonur fliegen, um die nächste Kadettengruppe zu holen.

Rinkhel zählte sie durch und führte sie dann zum Eingang des Stardust Towers. Eine ältere Frau mit grau gekraustem Haar und den Insignien der Terranischen Union nahm sie in Empfang.

»Mein Name ist Carla Stoke«, sagte sie. »Ich begrüße Sie ganz herzlich in Terrania. Ich werde Ihnen eine kurze Einführung über Terrania Orbital geben und Sie dann in die Kabine des Weltraumfahrstuhls führen.«

Sid blickte an der mächtigen Fassade des Turmes hoch. Sie schien endlos lang in den Himmel zu ragen. Der Stardust Tower war in kürzester Zeit mithilfe der arkonidischen Supertechnik hochgezogen worden. Noch immer empfand er eine tiefe Ehrfurcht vor den extraterrestrischen Bauleistungen.

»Der Weltraumfahrstuhl und Terrania Orbital läuten eine neue Epoche des irdischen Städtebaus ein«, berichtete Stoke stolz. »Jahrzehntelang wurden rund um die Erdkugel immer mächtigere Gebäude gebaut. Denken wir nur an das Empire State Building in New York, den Burj Khalifa in Dubai oder den Shenzen Tower in der gleichnamigen südchinesischen Stadt. Mit Terrania Orbital kommen nun Stadtteile hinzu, die bis in den Weltraum reichen. Die ehemalige arkonidische Venuszuflucht schwebt in einer Höhe von sechsunddreißigtausend Kilometern über der Stadt. Sie dient als Gegenstation des Weltraumfahrstuhls, dessen Kabel an der Spitze des Stardust Towers verankert ist.«

Einer der Kadetten hob die Hand, um eine Frage zu stellen.

Carla Stoke lächelte. »Ja?«

»Ich habe gelesen, dass sich Terrania Orbital in einer geostationären Umlaufbahn befindet. Aber nach meinem Wissen ist ein geostationärer Orbit nur über dem Äquator möglich.«

Stokes Lächeln verbreiterte sich. »Ihr Wissen ist korrekt. Der Fehler basiert auf einer fehlerhaften Pressemitteilung, die während der Bauzeit gesendet worden war. Tatsächlich befindet sich Terrania Orbital nicht in einem geostationären, sondern in einem geo*synchronen* Orbit über der Stadt. Das bedeutet, dass sie aufgrund der ungleichmäßigen Masseverteilung der Erde von Bahnstörungen betroffen ist, die allerdings durch die hohe Dynamik des Kabels und die Korrekturtriebwerke an Terrania Orbital ausgeglichen werden. Die Umlaufzeit entspricht dem siderischen Tag oder einer Erdumdrehung, also ungefähr dreiundzwanzig Stunden und sechsundfünfzig Minuten. Gibt es noch weitere Fragen an dieser Stelle?«

Adham Hammadi meldete sich. »Ist es nicht gefährlich, ein so langes Kabel zu haben, das bis in den Weltraum reicht? Was geschieht, wenn es irgendwo bricht?«

»Das ist eine gute Frage, die von besorgten Bürgern immer wieder gestellt wird«, erklärte Stoke. »Aber die Sorge ist unbegründet. Es wurden mehrere Sicherungen eingebaut, die verhindern, dass das Kabel oder Teile des Kabels auf Terrania herunterfallen können. Im unwahrscheinlichen Fall einer Notsituation würden zusätzliche Antigraveinheiten dafür sorgen, dass Kabelteile entweder in der Höhe gehalten werden oder kontrolliert gelandet werden könnten.«

Als keine weiteren Fragen kamen, betraten sie den großen Eingangsbereich des Stardust Towers, in dem sich scheinbar Hunderte von Menschen tummelten.

»Das Erdgeschoss ist offen für alle Leute«, erklärte Stoke. »Bürger von Terrania und solche, die es werden wollen. Es gibt Informationsstände und Souvenirläden – alles, was man in einem solch zentralen Bauwerk wie dem Stardust Tower benötigt. Wir gehen nun zu den Eingängen der zentralen Aufzugsröhre, dort hinten.«

In geordneten Gruppen, wie sie es gelernt hatten, bestiegen sie die Aufzugsröhre. Der Antigravlift nahm sie mit bis zum sechzigsten Stockwerk, dann mussten sie in die altbekannten Fahrstühle umsteigen, die sie bis zum obersten Stockwerk des Stardust Towers brachten.

Von den Kadetten waren ehrfürchtige »Ahs!« und »Ohs!« zu hören. Nicht nur wegen der Kabine des Weltraumlifts, sondern auch wegen der überragenden Aussicht auf die wachsende Stadt Terrania und die sie umschließende Gobi aus der schier unglaublichen Höhe von mehr als zwei Kilometern.

Carla Stoke stellte sich so hin, dass die Kadetten und Rinkhel sowohl sie als auch Kabine und Panorama sehen konnten.

»In der ersten Betriebsphase verkehrte nur eine Kabine. Seit wir die beiden Ausweichstellen in zwölf- und vierundzwanzigtausend Kilometern Höhe in Betrieb genommen haben, können gleichzeitig mehrere Kabinen den Fahrstuhl benutzen. Dabei bewegt sich jede Kabine aus eigener Kraft und erreicht dabei eine durchschnittliche Reisegeschwindigkeit von zweieinhalbtausend Stundenkilometern. Eine Reise vom Stardust Tower zu Terrania Orbital dauert somit knappe fünfzehn Stunden. Für Notfälle sind an beiden Enden der Kabinen Raketentriebwerke installiert, die die Reisezeit auf unter eine Stunde reduzieren können.«

Caster Brubaker nickte beeindruckt. Ein paar Kadetten hielten ihre Pods in den Händen und machten Aufnahmen der Kabine und des Kabels, das über ihnen irgendwo im Himmel verschwand.

»Nicht schlecht«, sagte Maurice S. Hollander, der Sid seit ihrem Aufbruch wie ein Schatten folgte.

Sid nickte beiläufig. Er hatte keine Lust, dem Kalifornier zu signalisieren, dass er ihm seine Verfehlung und den Vertrauensbruch bereits vergeben hatte.

»Sie werden nun die Kabine des Weltraumlifts betreten. Im Innern befinden sich mehrere große Aufenthaltsräume. Lassen Sie sich von der silbernen Außenhaut nicht irritieren – von innen ist sie absolut transparent. Sie werden während des Aufstiegs einen einmaligen Ausblick auf die kleiner werdende Erde erleben! Alle weiteren Informationen zum Fahrstuhl und Terrania Orbital können Sie sich während der Fahrt mittels Hologrammshows vorführen lassen. Nun hoffe ich, dass Sie Ihre Fahrt genießen werden, und danke Ihnen für Ihr Interesse.«

Lächelnd nahm sie den höflichen Applaus der Kadetten entgegen. Dann öffnete sich eine Tür, und Rinkhel führte sie ins Innere der Kabine.

Bevor Sid eintreten konnte, hielt ihn Hollander am Arm fest und zog ihn zur Seite.

»Was zum Teufel ist los, de Vivar?«, flüsterte er. »Sprichst du jetzt gar nicht mehr mit mir?«

Sid seufzte. »Ich habe gerade etwas Mühe, in deiner Nähe zu sein.«

»Weshalb?«

»Das fragst du noch? Die Aktion mit Wrinkle ging ja gar nicht. Das war mehr als nur ein harmloser Streich, wie du zuvor gesagt hast. Das war *bösartig!*«

»Ich finde, du übertreibst ein wenig.«

»Ach ja?« Sid spürte, wie sich der ganze angestaute Zorn auf sich und Hollander über ihm auftürmte. »Hat bei deinem Streich irgendjemand gelacht außer dir? Hast du nicht gesehen, wie sich der gesamte Raum dafür geschämt hat, was geschehen ist? Ist dir nicht bewusst, wie kindisch deine Aktion war? Wirklich nicht?«

»Okay, okay«, murmelte Hollander betreten. »Vielleicht war es nicht die beste Idee, die ich je gehabt habe.«

»Das ist die Untertreibung des Jahrhunderts.«

»Okay, es tut mir leid.«

Sid blickte Hollander tief in die Augen. »Erstens glaube ich nicht, dass du es ernst meinst, und zweitens musst du dich nicht bei mir, sondern bei Rinkhel, Kowaltschuk, Juri und all den anderen Kadetten entschuldigen. Die Aktion war scheiße und hat einen feierlichen Moment der Ausbildung unwiederbringlich zerstört.«

Hollander verdrehte die Augen. »Manchmal bist du ebenso verstockt wie Wrinkle und die anderen.«

Sid hob eine Augenbraue. »Vielleicht bin ich das sogar. Aber das wäre dann keine Beleidigung, sondern ein Kompliment.«

»Kommen die Herrschaften, oder benötigen sie eine Extraeinladung?«, schnarrte Rinkhels dunkle Stimme vom Kabineneingang her.

Sid warf Hollander einen letzten wütenden Blick zu, dann eilte er zum Eingang.

Kapitel 20

26. April 2037

Zehn Minuten später setzte sich die Kabine in Bewegung. Juri, Brubaker, Hammadi und Dahlin saßen in den komfortablen Schalensesseln direkt vor dem großen Panoramafenster.

Auch die übrigen Sessel direkt vor der Fensterfront waren durch Kadetten in Beschlag genommen worden. Wer keinen Platz mehr gefunden hatte, war durch die zentrale Wendeltreppe in ein höheres Level aufgestiegen, um dort die Aussicht zu genießen.

Sid stand einen Meter hinter seinen Freunden und rief missmutig Informationen von einem Terminal ab.

Hammadi erhob sich. »Da drüben ist ein Getränkeautomat. Soll ich euch etwas mitbringen?«

Juri und Brubaker wünschten sich Cola und Dahlin ein Glas Wasser.

Hammadi trat zu Sid. »Und du?«

Sid lächelte überrascht. *Ein Friedensangebot?,* dachte er. »Auch ein Wasser, danke!«

Als Hammadi zum Automaten ging, kam Hollander die Treppe hoch, von dem sie seit dem Start nichts gesehen hatten.

Er zwinkerte Sid zu und ging zu den anderen. Er deutete auf den leeren Sessel.

»Ist hier noch frei?«

Anna Dahlin ergriff die Lehne. »Schon besetzt. Hier sitzt Adham.«

»Okay«, sagte er mit scheinbar gleichmütiger Stimme. Dann beugte er sich zu ihr hinunter und flüsterte der Kadettin etwas ins Ohr.

»Spinnst du?«, fragte Dahlin entrüstet. »Ich werde jetzt sicher nicht mit dir schlafen! Ich werde überhaupt nicht mehr mit dir schlafen. Das ist aus und vorbei!«

Hollanders Kopf wurde tomatenrot. Er sah, dass andere Kadetten die Köpfe gedreht hatten und sie anstarrten.

»Kümmert euch gefälligst um eure Angelegenheiten!«, rief Hollander wütend. Dann beugte er sich wieder über Dahlins Sessel und sagte mit gepresster Stimme: »Was soll das? Vor Kurzem hast du nicht genug von mir bekommen können!«

»Manchmal macht man auch Fehler im Leben«, antwortete sie kühl.

Hollander zuckte zusammen. »Bist du ... Seid ihr alle nicht mehr ganz bei Trost? Was soll das auf einmal?«

Anna Dahlin fuhr hoch. »Du weißt genau, was das soll!«, sagte sie scharf. »Wir wissen alle, was du getan hast. Du ... und wahrscheinlich auch de Vivar!«

Hollander blickte wütend auf Juri hinunter. »Hast du uns verraten, du elender Kameltreiber?«

»Nein, hat er nicht«, sagte Dahlin gefasst. »Du hast es getan, gerade jetzt hast du dich verraten!«

Sid hielt die Luft an. Ein Gefühl der Ohnmacht stieg in ihm auf. Der Abgrund, an den er gedacht hatte – nun raste er direkt auf ihn zu.

Maurice S. Hollander richtete sich auf. »Wisst ihr was?«, brach es aus ihm heraus. »Ihr könnt mich alle mal! Ich habe die Nase gestrichen voll von euch Musterknaben und Mustermädchen! Ihr seid so angepasst, dass es mich ankotzt. Wie eine Herde dummer Schafe macht ihr alles, was euch dieser blaue Affe sagt. Dabei ist er nicht einmal ein Mensch, der verdammte Spuckschlumpf!«

Dahlin holte aus und versetzte ihm eine schallende Ohrfeige. Als sie erneut ausholte, zuckte Hollanders Hand nach vorne und schloss sich um das Handgelenk der Schwedin.

»Mach ...«, sagte er zitternd vor Wut, »mach das nie wieder!«

»Oder was?«, fragte sie herausfordernd. »Willst du mir etwa drohen? Hier, vor allen?«

Hollander blickte sich um. Mittlerweile sahen alle Kadetten zu ihnen herüber. Von unten kamen sogar zwei die Treppe herauf, um zu sehen, was vor sich ging.

Hollander ließ Dahlins Handgelenk los und drehte sich einmal um die Achse. Sein Gesicht war wutverzerrt.

»Ihr verdammten Schafe! Tut so, als wärt ihr der Nabel des Universums. Soll ich euch zeigen, was ich tun kann? Wollt ihr das wirklich?«

Hollander drückte Sid rüde beiseite und stellte sich vor das Informationsterminal. Dann zog er den Folienpod aus der Innentasche des Overalls und entrollte ihn über dem Display.

Sid schüttelte den Kopf. Ihm war, als erwache er aus einem Albtraum – nur um sich erneut in einem Albtraum wiederzufinden.

»Was machst du?«, fragte er mit besorgter Stimme.

»Ihnen eine Lektion erteilen. Die Erbauer dieser Kabine waren dumm genug, die Infoterminals mit dem zentralen Steuerungscomputer zu verbinden. Ich habe schon vorhin Zugriff darauf erhalten, es geht ganz einfach ...«

»Was immer du tust – hör auf!«, rief Caster Brubaker, der sich von seinem Sitz erhoben hatte.

»Du befiehlst mir gar nichts. Geh zu deinem Großvater und heul dich bei ihm aus!«

Brubaker starrte ihn einen Moment lang ungläubig an, dann stieß er einen wütenden Schrei aus und stürmte auf Hollander zu.

Unbeeindruckt blieb dieser am Terminal stehen. Kurz bevor Brubaker ihn erreicht hatte, senkte Hollander demonstrativ den Zeigefinger auf das Display.

Ein dröhnender Schlag traf die Kabine. Irgendwo heulte etwas auf – und eine gewaltige Kraft drückte Sid nieder. Brubaker krachte wie ein Stein auf den Boden der Kabine. Rund um sie stürzten Kadetten, andere stöhnten auf, als sie in ihre Sitze gepresst wurden.

Sid hielt sich verzweifelt am Treppengeländer fest. Er wusste sofort, was Hollander angestellt hatte. Es war ihm gelungen, mithilfe des Folienpods die Raketentriebwerke zu zünden. Nun schossen sie mit der vielfachen Fahrgeschwindigkeit in den Himmel.

Hollander klammerte sich derweil an das Terminal und lachte wiehernd. »Was nützt euch euer Training nun? Nichts, gar nichts!«

»Halt sofort an!«, rief Anna Dahlin, die ebenfalls hingefallen war. »Du bringst uns noch um!«

»Wir müssen alle einmal sterben!«, gab Hollander höhnisch zurück.

Sid schluckte. Er wusste, dass er verloren hatte. Nun kam es auch nicht mehr darauf an, ob er teleportierte oder nicht. Er visierte Hollander an ...

... und hielt inne, als plötzlich von der Treppe stampfende Schritte erklangen.

»Hollander, wusste ich es doch!«, sagte Rinkhel laut.

Er stapfte auf Hollander zu, und noch bevor dieser die Arme hochreißen konnte, versetzte ihm der Ferrone einen mächtigen Faustschlag. Hollander stürzte, hilflos mit den Armen rudernd, rückwärts und krachte auf den Boden.

Rinkhel ließ die Finger über den Bildschirm des Terminals wandern. Plötzlich fühlte Sid, wie er leichter und leichter wurde. Gleichzeitig nahm das Dröhnen des Raketentriebwerks ab.

Schließlich hielt die Kabine mit einem letzten Ruck an.

Alle Augen waren auf den Ferronen gerichtet, als er ohne Hast den Folienpod vom Terminal löste und ihn hochhob.

»Ein cleveres Ding«, sagte er laut. »Hat seine Spuren an den Prüfungspods und dem zentralen Rechner des Mussabajew-Zentrums einwandfrei verwischt. Die besten Forensiker haben es nicht geschafft herauszufinden, wer die Manipulationen vorgenommen hatte. Nun wissen wir es. Kadett Hollander: Du bist ab sofort unter Arrest gestellt!« Rinkhel wandte sich um. »Und das gilt auch für dich, Kadett de Vivar!«

Sids Augen füllten sich mit Tränen.

»Er hat nichts gemacht!«, rief Juri hastig. »Wir haben alle gesehen, dass er sich nicht beteiligt hat!«

Rinkhels scharfe Stirnfalte trat hervor. »Bei der letzten Aktion mag er nicht mitgeholfen haben, das kann sein. Aber der Möchtegern-El-Cid hat auch so genug auf dem Kerbholz, nicht wahr?« Er hob eine Hand und zählte auf: »Manipulation von Prüfungspods zum Bestehen eines Zwischentests, Einbruch in das Mussabajew-Zentrum, Manipulation des Zentralrechners, mehrere gravierende Verstöße gegen die Akademieregeln ... Da kommt einiges zusammen.«

»Das stimmt nicht!«, protestierte Juri mit kläglicher Stimme. »Ruy, bitte sag ihm, dass es nicht stimmt!«

Sid blickte in die fassungslosen Gesichter seiner Freunde. Anna Dahlin, Caster Brubaker, Adham Hammadi. Juri.

Dann sah er beschämt zu Boden.

Kapitel 21

26. April 2037

Reginald Bull saß neben Josefin Alvén in der Zentrale des ferronischen Shuttles und diskutierte via Funk mit der Positronik die aktualisierten Ausbaupläne der Station.

Plötzlich unterbrach die Positronik die Verbindung zu Bull. Stattdessen gab sie generellen Stationsalarm aus.

Bull stellte die Verbindung wieder her. »Was soll das?«, rief er. »Weshalb gibst du Alarm?«

»Die beiden Schiffe VEAST'ARK und KATMAR haben die defensiven und offensiven Waffensysteme hochgefahren«, sagte die Positronik im wie immer ruhigen, leicht überheblichen Tonfall. »Soeben stellen sie eine Funkverbindung mit mir her. Willst du mithören?«

Bull schlug mit der Faust auf das Terminal. »Ich will nicht mithören, ich will mit den beiden Naats sprechen!«

»Tut mir leid«, antwortete die Positronik. »Meine Programmierung schreibt mir vor, direkt auf externe Aggression zu reagieren.«

Im Bildschirm vor Bull erschien Novaals rundes Gesicht. »An die Kommandanten der Station Terrania Orbital!«, rief der Naat mit dröhnender Stimme. »Unsere Geduld hat sich restlos erschöpft. Wir glauben nicht länger an die friedlichen Expansionspläne der Bewohner von Larsaf III! Aus diesem Grund werden wir das Oberkommando über dieses Sonnensystem mit all seinen militärischen und zivilen Einrichtungen übernehmen! Als Erstes fordern wir deshalb die Kapitulation von Terrania Orbital und den bedingungslosen Zugriff auf die Steuerung der Station!«

Bull nickte anerkennend. Novaal machte seine Sache ausgezeichnet.

»Die Station hat ebenfalls die Schirme hochgefahren«, flüsterte Alvén. »Und wie mir scheint, auch die Waffensysteme.«

Bull blickte kurz auf den zweiten Bildschirm hinüber, auf dem die von der Pilotin aufgefangenen Ortungsdaten leuchteten.

»Dieses Ansinnen muss ich leider ablehnen«, kam die Antwort der Station. »Ich rate euch, keine kriegerische Auseinandersetzung zu suchen. Meine Sensoren verraten mir, dass eure Schiffe Zarakh'khazil offensiv wie defensiv unterlegen sind!«

Bull fluchte. »Hören Sie das, Alvén?«, fragte er mit gepresster Stimme. »Nun nennt sich die Station wieder mit ihrem alten Namen!«

»Stimmt es, dass sie den beiden Schiffen überlegen ist?«

Bull schüttelte den Kopf. »Nicht nach unserem Wissen. Schauen Sie!«

»Das ist eine Lüge!«, rief Novaal. »Und wir haben die Lügen der Terraner nun endgültig satt. Niemals werden wir euch Schwächlingen dienen!«

Gleichzeitig löste sich aus den Bordkanonen der VEAST'ARK und der KATMAR ein grellweißer Strahl. Sie trafen denselben Punkt des Schutzschirms. Dieser flackerte kurz – und ließ einen Teil der Energie passieren.

Ein Dröhnen wie von einem gewaltigen Gong drang durch die Station, brachte die Sessel, in denen sie saßen, zum Vibrieren.

»Stellen Sie sofort das Feuer ein!«, befahl die Stationspositronik umgehend.

»Oh, mein Gott!«, stieß Alvén aus. »Sie haben uns tatsächlich getroffen!«

Bull sah die Pilotin an. »Nur die Ruhe! Die Naats haben wie verabredet auf die Disk 8 gezielt und die Energie so geregelt, dass die Beschädigung moderat ausfallen wird.«

»Aber die Menschen dort«, sagte sie mit zitternder Stimme. »Die Arbeiter und ...«

Bull ergriff ihren Unterarm, drückte leicht zu. »Es ist ihnen nichts geschehen. Wir haben die Sektion selbstverständlich unter einem Vorwand geräumt.«

»Stellen Sie sofort den Beschuss ein, Novaal!«, erklang in diesem Augenblick die Stimme von Eugene de Veers von der NESBITT-BRECK. »Oder ich werde meinerseits den Feuerbefehl geben!«

Die Pilotin blickte Bull fragend an.

Er nickte. »Alles abgesprochen. De Veers muss sich auf die Seite der terranischen Station stellen. Ansonsten würde die Positronik Verdacht schöpfen. Falls er schießt, wird er die Schutzschirme der beiden Schiffe höchstens kitzeln.«

Bull atmete tief ein. »Nun werden wir sehen, was ...«

Er brach ab, als eine neue Meldung auf dem Bildschirm erschien.

»Welcher Idiot hat den Notantrieb in einem der Fahrstuhlkabinen gezündet?«, rief er. »Verflucht! Wenn die Positronik diesen Akt ebenfalls als kriegerisch einstuft, wird sie entweder das Feuer auf die Kabine eröffnen oder ganz einfach das Seil des Weltraumfahrstuhls ausklinken!«

In hastiger Eile stellte Bull via Überrangbefehl eine Funkverbindung mit dem Kabinenführer her. Zwei Sekunden später blickte er in ein Paar schreckgeweitete Augen.

»Was zum Teufel geht da vor sich?«

»Eine Manipulation der Steuerungspositronik, Sir! Wir versuchen, sie zu umgehen und die Kabine abzubremsen!«

»Versuchen Sie es nicht, *tun* Sie es!«, befahl Bull schroff. »Ich erkläre Ihnen später, weshalb Ihre Leben gerade an einem buchstäblich seidenen Faden hängen! Bull, Ende!«

Mit zusammengepressten Lippen blickte Bull auf die Statusanzeige des Weltraumfahrstuhls. Noch schoss er mit unverminderter Geschwindigkeit auf Terrania Orbital zu.

Als wäre dies nicht genug, feuerten die Kriegsschiffe erneut eine Salve auf die Station ab. Wieder drang ein Teil der Energie durch und löste auf der Außenhülle von Disk 8 eine Explosion aus, deren Dröhnen bis zu ihnen zu hören war.

Nun mischte sich auch die NESBITT-BRECK in die Kampfhandlungen ein. Wie Bull es vorausgesagt hatte, brachten ihre Energien die Schutzschirme der beiden Kriegsschiffe nicht in Verlegenheit.

»Da!«, rief die Pilotin unvermittelt. »Das Tempo der Kabine wurde gedrosselt!«

Bull hielt die Luft an.

Wie würde die Station auf die vielfältige Bedrohungslage reagieren – und standen Whistler und Jeethar auf ihren Posten?

»Das ist die letzte Warnung!«, gab die Stationspositronik durch. »Ihr stellt das Feuer ein, oder ich habe keine andere Wahl, als die *ultimative Waffe* einzusetzen!«

Zwei Sekunden nach der Ankündigung erschien Novaals Abbild in Bulls Bildschirm. »Wir wissen nicht, was die Station mit ›ultimative Waffe‹ meint. Sollen wir das Feuer einstellen?«

Bull presste kurz die Lippen aufeinander. Dann sagte er: »Die Positronik blufft! Feuern Sie weiter!«

Kapitel 22

26. April 2037

Sid konnte immer noch nicht ganz fassen, was geschehen war.

Noch vor wenigen Tagen war er sich ganz sicher gewesen, dass er einen Platz in der Welt gefunden hatte, der für ihn reserviert gewesen war.

Und nun war bereits wieder alles vorbei. Er hatte versagt, würde kein Raumfahrer werden. Nicht in diesem Leben.

Sid stellte sich vor, wie Adams und Mercant reagieren würden, wenn sie von seinen Vergehen erfuhren. Würden sie schockiert die Hand vors Gesicht schlagen? Oder hatten sie insgeheim von Anfang an damit gerechnet, dass er, Sid, der heißblütige Jüngling, an einem Ort, an dem Disziplin großgeschrieben wurde, verlieren musste?

Tränen liefen ihm übers Gesicht, und es störte ihn nicht, dass es die beiden Sicherheitsoffiziere sahen, die ihn und Hollander in Gewahrsam genommen hatten.

Die letzten Stunden im Weltraumlift waren für ihn die Hölle gewesen. Hinaufzufahren zu Terrania Orbital und dabei genau zu wissen, dass es ihm nicht vergönnt sein würde, die uralte arkonidische Station zu betreten, die nun von den Terranern für ihre Zwecke umgebaut wurde.

Zu warten, bis seine Freunde, Major Rinkhel und die restlichen Kadetten die Kabine verlassen hatten, um die Station zu erkunden und danach mit der bereitstehenden Leka-Disk einen Flug durch das Sonnensystem zu unternehmen.

Und wieder in die Tiefe zu fahren. Hinunter nach Terrania, wo irgendetwas Hässliches mit ihm geschehen würde.

Sid wusste, dass er sich nach dieser Aktion nie wieder in Terrania würde blicken lassen dürfen. Selbst wenn ihm Adams verzeihen sollte – wie wollte er es je wieder schaffen, ihm in die Augen zu schauen?

Wie hätte er John Marshall erklären können, was geschehen war?

Oder Perry Rhodan?

Sue. Bei ihr wäre es das Schlimmste überhaupt. Sie war so sozial und tat für andere alles, was in ihrer Macht stand. Wie sollte er ihr erklären, was für furchtbare Sachen er angestellt hatte? Selbst wenn dies alles nicht auf seinem Mist gewachsen war – sie würde ihn nicht verstehen. Zwischen ihnen würde sich derselbe Abgrund auftun, wie er zwischen ihm und den – ehemaligen? – Freunden Juri, Anna, Hammadi und Brubaker gähnte.

Und falls sich einer wie Caster Brubaker mit Fleiß und Disziplin bis in den erlauchten Kreis der Großen von Terrania hochgearbeitet hatte und zu einem ihrer persönlichen Piloten wurde – wie sollte er diese Schmach überleben? Er, der trotz bester Aussichten alles verspielt und sein Leben in die Toilette runtergespült hatte?

Nein. Er wollte sie nie wiedersehen. Alle, die ihm je etwas bedeutet hatten. Er musste einen neuen Weg finden, etwas aus sich zu machen.

Maurice S. Hollander trat an ihn heran. »Ruy, ich muss mit dir sprechen«, sagte er leise.

Sids Lippen zitterten. »Du musst nichts sagen. Es wurde bereits alles gesagt.«

»Nein, Ruy«, sagte Hollander mit brüchiger Stimme. »Es wurde noch nicht alles gesagt. Ich will, dass du weißt, dass es mir furchtbar leidtut, was geschehen ist.«

Sid blickte zwischen den beiden Sicherheitsoffizieren vorbei aus dem Fenster. Draußen vor dem Fenster glommen die Sterne im Weltraum. Sie flackerten nicht lebhaft, wie man es von der Erde aus kannte, sondern standen einfach nur da, in der Schwärze. Sanft leuchtende Versprechen alter Träume.

»Ich verstehe es, wenn du mich nun hasst«, fuhr Hollander fort. »Ich hasse mich auch für das, was ich getan habe. Manchmal ticke ich einfach aus, habe mich nicht mehr unter Kontrolle. Tu Dinge, bei denen ich im innersten Innern weiß, dass sie falsch sind. Aber ich tu sie trotzdem, weil ich manchmal nicht sein kann, ohne zu rebellieren.«

Hollander brach ab. Schluchzte leise. Sid sah auf.

Von dem charismatischen, sich in allen Lebenslagen bewährenden All American Boy war nichts mehr zu sehen. Hollander wirkte gebrochen, verzweifelt.

»Ich weiß, dass ich ein Problem mit Autoritäten habe«, erklärte Hollander leise. »Ich habe es nie verstanden, weshalb mich mein Vater so behandelt hat, so ... *unfair.* Ich habe ihm nie meine Meinung sagen können. Ich war zu schwach dafür, viel zu schwach. Dafür habe ich mich bei anderen aufgelehnt. Bei den Lehrern, bei den Behörden. Habe mich oftmals in die Scheiße reingeritten und damit nur erreicht, dass ich es zu Hause noch schwerer hatte. Es war ein Teufelskreis, aus dem ich nicht herauskam.«

Sid blickte Hollander in die Augen. Zum ersten Mal, seit sie sich begegnet waren, hatte er das Gefühl, dass er den wahren Maurice S. Hollander vor sich sah.

»Dann bin ich abgehauen, habe mich an der Akademie eingeschrieben, und plötzlich war alles anders. Ich fand Freunde, echte Freunde. Nicht solche Typen wie am College, die nur mit mir abhingen, weil sie dachten, dass ich cool sei. Dass der Scheiß, den wir angerichtet haben, irgendeinen Sinn ergäbe. Richtige Freunde. Du und Brubaker. Dahlin ... Aber dann bin ich irgendwann wieder in die alten Muster reingekommen. Sah in Rinkhel eine jener Autoritäten, gegen die ich mich auflehnen musste. Ich habe alles kaputt gemacht. Meine Zukunft als Raumfahrer verspielt und alle Freunde verloren.«

Sid nickte langsam und nachdenklich.

»Ich möchte, dass du weißt«, fügte Hollander leise hinzu, »dass ich dich immer noch als meinen Freund betrachte. Und dass es mir unendlich leidtut, dass ich dich mit hinuntergezogen habe.«

Sid blickte wieder aus dem Fenster. Das unterste Plattensegment von Terrania Orbital schob sich von oben herab.

»Und ich hoffe, dass du mir eines Tages wirst verzeihen können, Ruy.«

»Es gibt nichts zu verzeihen«, sagte Sid mit tonloser Stimme. »Ich hätte nicht mitmachen müssen. Dir nicht vertrauen dürfen. Ich hätte auf meine innere Stimme hören sollen. Dann wären wir vielleicht beide nicht hier drin.«

Mit majestätischer Langsamkeit kamen die weiteren Platten der Orbitalstation in den Sichtbereich. Sie rotierten in unterschiedlichen Geschwindigkeiten. Es gab einen kaum wahrnehmbaren Ruck, der ihnen anzeigte, dass sie an der Gegenstation angekommen waren.

Sid überlegte sich, ob er einfach hinüberteleportieren und sich in Terrania Orbital verstecken sollte. Aber was würde ihm das bringen? Früher oder später würden sie ihn finden.

Oder sollte er einfach alles sein lassen und raus ins All springen? Wie lange überlebte ein Mensch ohne Schutzkleidung im Weltraum? Eine Sekunde? Fünf? Eine halbe Minute?

Was würde der letzte Gedanke sein, der durch sein sterbendes Hirn rasen würde? Würde er an einen Menschen denken? An verlorene Träume? Würde er Dankbarkeit darüber empfinden, dass nun alles ein Ende hatte? Oder Bedauern, weil er es nicht geschafft hatte, etwas aus seinen Gaben zu machen?

Über ihnen blitzte etwas auf. Ein Zittern lief durch die Kabine des Weltraumfahrstuhls. Dann blitzte es erneut.

Die beiden Sicherheitsoffiziere zuckten zusammen. Einer von ihnen hob das Multifunktionsarmband zum Mund.

»Was ist geschehen?«, fragte er beunruhigt.

Er griff sich ans rechte Ohr, wo er wahrscheinlich einen Knopfempfänger trug. Sid sah, wie der Mann plötzlich erbleichte.

»Wir müssen den Fahrstuhl evakuieren!«, sagte er hastig zu seinem Kollegen. »Irgendetwas stimmt nicht!«

»Können wir nicht den Notstart einschalten und nach unten fahren?«

»Sie sagen, wir sollen reinkommen. In der Station seien wir besser geschützt als in der Kabine!«

Der Offizier schüttelte verwirrt den Kopf, dann blickte er Sid und Hollander an. »Mitkommen, ihr zwei. Hier ist der Ausgang!«

Er betätigte ein Sensorfeld, und ein Teil der Wand schob sich zur Seite.

»Los!«

Hollander wechselte mit Sid einen bestürzten Blick, dann ging er voraus. Sid folgte ihm auf dem Fuß.

Sie verließen die Fahrstuhlkabine und fanden sich in einer Art Hangar wieder. Fünf Meter über ihnen sah Sid durch den Glasboden der oberen Ausstiege das vertraute Blau der Overalls aus der Akademie.

Kurz meinte er, Juris samtbraunes Gesicht und Dahlins blonde Haare zu sehen, aber es ging zu schnell.

Alarmsirenen heulten auf. Techniker und anderes Personal eilten auf mannshohe Kästen zu und entnahmen ihnen weiße Kleidungsstücke.

Schutzanzüge!

»Los!«, rief einer der Sicherheitsoffiziere. »Wir ziehen uns ebenfalls einen Schutzanzug an!«

»Das ist nicht nach Protokoll!«, gab der andere schnaufend zurück.

»Darüber können wir debattieren, wenn wir einen Schutzanzug tragen. Mach schon! Und ihr auch, Jungs!«

Er rannte voraus. Sid wollte ihm folgen, aber Hollander hielt ihn zurück. »Schau mal dort drüben!«

Sid folgte mit dem Blick Hollanders ausgestrecktem Arm. Er erkannte sofort, was der andere ihm zeigen wollte.

An der Außenseite des Hangars klebte eine Leka-Disk. Ihre Personenschleuse war geöffnet, und eine Gangway stand davor.

»Das ist das Beiboot, von dem Wrinkle gesprochen hat«, sagte Hollander hastig. »Mit dieser Leka hätten wir das Sonnensystem erkundet.«

»Ja, und?«

»Wir können sie fliegen! Zu zweit!«

Sid stockte der Atem. Hatte er richtig gehört?

»Das kann nicht dein Ernst sein!«

»Jungs!«, rief der Sicherheitsoffizier, der ein paar Schritte gelaufen war und sich dann umgedreht hatte. »Kommt mit, wir müssen Schutzanzüge anlegen!«

Hollander ergriff Sids Schultern. »Wir haben nichts zu verlieren!«, sagte er. »Die Station ist unter Beschuss. Es herrscht Chaos. Niemand wird sich um eine einzelne Leka kümmern!«

Sid schwirrte der Kopf. Was sollte er tun?

»Aber dann müssen wir Juri und die anderen mitnehmen!«, sagte er.

»Kommt endlich!«, rief der Sicherheitsoffizier.

»Wie sollten wir die denn in diesem Chaos finden?«, fragte Hollander. »Komm, bevor es zu spät ist!«

Ich kann teleportieren!, dachte Sid. *Ich kann sie suchen und mit ihnen in die Leka springen, und dann ...*

»Und überhaupt«, fügte Hollander hinzu. »Angeblich sollte es ja in der Station sicherer sein als draußen. Komm! Hauen wir von hier ab, solange wir noch können!«

Sid rang ein paar Sekunden mit sich und nickte dann ergeben. Sie hatten tatsächlich nichts zu verlieren.

»Auf drei«, sagte Hollander. »Eins, zwei ...«

Sie rannten gleichzeitig los, auf die Leka zu. Hinter sich hörte Sid, wie der Sicherheitsoffizier einen wütenden Schrei ausstieß.

»Bleibt sofort stehen, oder ...«

»Er trägt keine Waffe bei sich«, sagte Hollander hastig. »Er steht nur vor der Wahl, uns zu verfolgen oder einen Schutzanzug anzuziehen. Er wird sich für den Anzug entscheiden!«

Sid warf einen Blick über die Schulter. Der Sicherheitsmann

zeigte ihnen drohend die Faust und rannte dann in entgegengesetzter Richtung davon.

Sie erreichten die Gangway, stolperten hinauf und sprangen in die Schleuse. »Du startest die Disk, ich mache hier zu!«, befahl Hollander.

»Verstanden!«, meldete Sid automatisch, wie sie es in ihrem Training gelernt hatten.

Da die Disk vertikal zum Boden der Station stand, kehrte es ihm kurz den Magen um, als er in das Schwerkraftfeld der Leka kam, das um neunzig Grad gedreht war.

Er spurtete in die Zentrale und warf sich in den Sessel des Ersten Piloten. Alles war so, wie sie es innerhalb des Trainings angetroffen hatten.

»Luke geschlossen!«, hörte er Hollanders dumpfe Stimme vom Eingang her.

Sid aktivierte die Antigravaggregate, fuhr die Energiemeiler des Antriebsblocks hoch. Danach schaltete er der Reihe nach die Bildschirme ein und wartete auf die Grünwerte aus den Bereichen Klima, Antrieb, Bewaffnung, Schutzschirm.

Jeder Handgriff saß, wie er es geübt hatte.

Hollander stürzte herein. In den Armen hielt er zwei zusammengefaltete Schutzanzüge. Einen von ihnen warf er Sid zu.

Während er den Blick starr auf den Bildschirm gerichtet hielt, auf dem Zeile um Zeile grüne Bestätigungen aufleuchteten, schlüpfte er rasch in Beine und Arme des Schutzanzugs, ließ den Magnetsaum zuklappen und setzte sich wieder hin.

Hollander nahm im Sessel des Zweiten Piloten Platz. »Bereit?«, fragte er.

»Bereit!«

Sid löste die Landeverankerung und steuerte die Leka auf dem Antigravfeld eng an der Hülle der Orbitalstation entlang.

»Leka-drei«, erklang eine nervöse Stimme in den Lautsprechern. »Sie haben keine Abflugerlaubnis. Ich wiederhole: Sie haben keine Abflugerlaubnis!«

Sid blickte zu Hollander hinüber.

Dieser schüttelte den Kopf. »Weiter!«

Sid drehte das diskusförmige Schiff auf den Rücken und gab für den Bruchteil einer Sekunde Energie auf den Antriebsblock.

Die Leka machte einen Satz, und Sid wurde kurz in den Sessel gedrückt.

»Leka-drei! Kehren Sie sofort in die Parkposition zurück! Ich wiederho...«

Sid warf einen Blick auf das Funkgerät. Hollander hatte es manuell ausgeschaltet.

In mehreren Bildschirmen blitzte es auf. Um Terrania Orbital war eine Schlacht im Gange.

Sid schaltete in rasender Geschwindigkeit die Bilder der Außenbordkameras und Orter durch. »Es sind riesige Raumschiffe«, berichtete er. »Arkonidische? Eines davon könnte die VEAST'ARK sein, aber ich bin nicht sicher.«

Gewaltige Feuerfinger griffen durch den Weltraum, schlugen in die Schutzschirmstaffeln, bekämpften und verbanden sich mit den unterschiedlich gepolten Gegenfeldern und versiegten in bläulich weißen, tausendfach verästelten Netzen.

»Was geht da vor sich?«, murmelte Sid. »Es ist ... irgendwie gespenstisch.«

»Laber nicht und gib Gas!«, befahl der Kalifornier. »Bevor die eine oder andere Partei darauf kommt, uns in die Fadenkreuze zu nehmen.«

»Wäre es nicht besser, zuerst herauszufinden, was da abgeht? Vielleicht können wir irgendwie helfen!«

Hollander blickte ihn verständnislos an. »Mit dieser überdimensionierten Frisbeescheibe? Nun starte schon durch! Wir finden noch früh genug heraus, wer Terrania Orbital angegriffen hat.«

Sid presste die Lippen aufeinander. Dann ließ er den Antriebsblock aufheulen. Die Leka-Disk schoss in den freien Weltraum. Hinter ihnen blieb die strahlenumtoste Orbitalstation zurück.

Kapitel 23

26. April 2037

Es war kein Bluff.

Die Explosion kam so plötzlich und war so gewaltig, dass beide Raumschiffskommandanten überrascht aufschrien.

»Schutzschirmstaffeln auf unter dreißig Prozent Leistung!«, rief jemand in der Zentrale der VEAST'ARK.

»Was bei allen Sandgruben war das?«, erklang gleich darauf Novaals Stimme. »Das Ding ist innerhalb der Schutzschirme explodiert!«

Dann flammte eine zweite Explosionsblume auf – diesmal im Leerraum. Die Schutzschirme aller drei Schiffe und der Station leuchteten wild auf.

»Zusammenbruch der Schutzschirme in weniger als zehn Sekunden!«, kam es von der VEAST'ARK.

Reginald Bull blickte mit schreckgeweiteten Augen auf die Anzeige der Raumortung. Die Positronik des Shuttles hatte die Daten der zweiten Explosion automatisch aufbereitet.

»Zwei Punkt eins Gigatonnen TNT«, sagte er ungläubig. »Wie ist das möglich?«

»Energie auf die Schutzschirme! KATMAR: weiterfeuern!«, befahl in diesem Augenblick Novaal.

Bull öffnete entschlossen die Sprechverbindung zu den Schiffen. »Beschuss sofort einstellen!«, rief er. »VEAST'ARK und KATMAR, ich wiederhole: Beschuss sofort einstellen! Quittieren Sie meinen Befehl!«

»Verstanden«, bestätigte Novaal. »Wir stellen den Beschuss ein!«

»Und bringen Sie etwas Distanz zwischen sich und die Station!«

Bull öffnete den verschlüsselten Funkkanal zu Jeethar. »Aktion abbrechen!«, befahl er sofort, als sich das naatische Positronikgenie meldete.

»Wir sind beinahe da, wo wir hinwollen!«

»Abbrechen! Die Station hat soeben eine Waffe abgefeuert, von deren Existenz wir nichts gewusst haben. Beinahe hätten wir die VEAST'ARK verloren – oder werden sie verlieren, wenn die Stationspositronik sich weiterhin attackiert fühlt!«

Bull hörte ein Rascheln im Funkkanal, dann erklang Allister T. Whistlers Stimme. »Wir können jetzt nicht abbrechen, Sir!«, sagte der Kybernetiker mit kontrollierter Stimme. »Wir stehen kurz vor dem Durchbruch! Wir benötigen höchstens fünf Minuten!«

»Das ist mir ...«

»Sir!«, unterbrach ihn Whistler scharf. »Bei allem Respekt – aber wenn die Positronik mit ihrer Geheimwaffe tatsächlich noch gefährlicher ist, als wir das haben annehmen können, *dürfen* wir jetzt nicht abbrechen! Sie hatten recht – die Station ist eine Bedrohung für die gesamte Menschheit. Deshalb müssen wir sie ausschalten, wenn wir die Gelegenheit dazu haben. Und diese wird nicht zurückkehren, wenn wir *jetzt* nicht handeln!«

Bull fluchte innerlich. Sein Blick eilte über die Bildschirme. Die beiden Kriegsschiffe zogen sich von der Station zurück. Die Stationspositronik hatte die *ultimative Waffe* kein drittes Mal abgefeuert. Akzeptierte sie den Rückzug der beiden Angreifer?

»In Ordnung!«, gab er durch. »Sie haben Ihre fünf Minuten! Und enttäuschen Sie mich nicht!«

»Verstanden, Sir!«

Lodevvens Gesicht erschien im Bildschirm. Seine schwarze Lederhaut glänzte ölig. »Was war das? Ich habe keinen Abschussstrahl gesehen. Die Explosion erfolgte ohne jegliche Vorzeichen!«

»Ich weiß es nicht«, sagte Bull wahrheitsgemäß. »Auf jeden Fall nichts, von dem wir wussten, dass es existiert.«

»Die ultimative Waffe«, stellte Lodevven fest.

Bull nickte grimmig. »Genau die.«

»Waren die Positronikspezialisten erfolgreich?«

»Das wissen wir noch nicht. Wir müssen auf Zeit spielen! Novaal! Stellen Sie sofort wieder Verbindung mit der Stationspositronik her. Versuchen Sie, mit ihr Verhandlungen aufzunehmen. Sie müssen unbedingt mindestens fünf Minuten herausholen. Können Sie das?«

»Ich werde es versuchen«, versprach der Naat.

Reginald Bull atmete tief ein, dann blickte er erneut auf die Ortungsdaten der zweiten Explosion. »Fusionsbomben aus dem Nichts«, murmelte er. »Leichte Strukturerschütterungen im Raum. Zwei Punkt eins Gigatonnen Vergleichs-TNT. Ausgelöst durch eine unbekannte Waffe einer zehntausend Jahre alten Station von der Venus ...«

Ihm wurde abwechslungsweise heiß und kalt. In seinen negativsten Befürchtungen hatte eine »ultimative Waffe« keine Bedeutung gespielt. Er war von Spionage ausgegangen, von Manipulationen des Weltraumfahrstuhls und ähnlichen Dingen.

Aber dass es im Innern der Station eine wie auch immer geartete Waffe gab, die ein derart verheerendes Zerstörungspotenzial offenbarte, bereitete ihm Angst.

Wie war es möglich, solche Explosionen aus dem Nichts heraus entstehen zu lassen? Wie weit reichte diese Waffe? Wäre es der Station gar möglich, irgendeine Stadt auf der Erde einfach so »hochgehen« zu lassen, falls sie sich nur provoziert genug fühlte?

»Da ist noch etwas, das Sie sich ansehen sollten«, unterbrach ihn Josefin Alvén in seinen düsteren Gedanken. »Ich habe folgenden Funkspruch aufgefangen!«

Sie tippte auf eine Sensortaste auf ihrem Bedienfeld. Eine Stimme erklang.

»Leka-drei. Sie haben keine Abflugerlaubnis. Ich wiederhole: Sie haben keine Abflugerlaubnis!«

»Und gleich darauf kam noch dies!«

»Leka-drei! Kehren Sie sofort in die Parkposition zurück. Ich wiederho...«

Bull runzelte die Stirn. »Jemand hat eine Leka-Disk gestohlen? Wollten welche angesichts des offensichtlichen Angriffs fliehen?«

»Ich habe Zugriff auf das Stationslog«, sagte die Pilotin. »Allem Anschein nach handelt es sich bei den Insassen der geflohenen Leka-Disk um zwei Kadetten der Raumakademie!«

»Etwa diejenigen, die kurz zuvor mit dem Weltraumfahrstuhl hochgeheizt sind?«, fragte Bull.

Alvén zuckte mit den Schultern. »Das steht hier nicht drin. Der Vorfall wird noch untersucht.«

Bull fragte bei der NESBITT-BRECK an, ob sie die geflohene Leka-Disk auf ihren Ortungsmonitoren sehen konnten.

»Wir sehen sie«, bestätigte Eugene de Veers. »Sollen wir sie einfangen?«

»Es wäre ein schlechtes Zeichen, wenn sich Ihr Schiff nun von der Station entfernen würde«, urteilte Bull. »Wir lassen sie vorerst mal ziehen. Weit werden sie ja im Sonnensystem nicht kommen.«

Bull lehnte sich zurück. Ungläubig schüttelte er den Kopf. »Jetzt können wir nur noch hoffen, dass sich der Aufwand gelohnt hat und Jeethar und Whistler erfolgreich sind.«

Erneut schüttelte er den Kopf. Noch vor zwei Wochen hätte er das junge Technikgenie, das ständig am Rande des Wahnsinns zu balancieren schien, am liebsten in einem Laborgefängnis in der Wüste Alashan verrotten lassen.

Und nun ruhten seine gesamten Hoffnungen auf ihm und seinem neu gewonnenen naatischen Freund.

Kapitel 24

27. April 2037

Während das umkämpfte Terrania Orbital langsam hinter ihnen zurückblieb und das Adrenalin in seinem Körper zurückging, drängte sich eine Frage in den Vordergrund, die er in den vergangenen Minuten erfolgreich unterdrückt hatte.

»Maurice«, sagte er langsam. »Wohin fliegen wir eigentlich?«

Der Kalifornier blickte ihn mit einem kalten Lächeln an. »Wir sind frei, können fliegen, wohin wir wollen.«

Sid schüttelte verwirrt den Kopf. »Nein, das können wir eben nicht. Die Leka hat keinen Überlichtantrieb. Wir sind im Sonnensystem gefangen.«

»Wärst du lieber auf der Erde und möchtest eine weitere Predigt von Kowaltschuk oder dem Schlumpf anhören?«

Sids Hände krampften sich um den Joystick, mit dem er die Leka steuerte. »Es sind Ferronen, Maurice. Ich hasse es, wenn du sie abfällig bezeichnest.«

Hollander zuckte die Achseln.

»Und überhaupt«, fuhr Sid fort. »Hast du eine Ahnung davon, was uns blüht, wenn sie uns erwischen? Verdammt noch mal, wir haben eine Leka-Disk gestohlen. Eine von sechs. Die übrigen wurden bei der Schlacht im Tatlirasystem zerstört.«

»Na und?«

»Bisher hatten wir nur einen saftigen Zusammenschiss und die unehrenhafte Entlassung aus der Akademie zu befürchten. Nun werden wir es mit den Behörden zu tun bekommen. Keine Ahnung, wie hoch sie den Diebstahl eines für die Menschheit ungeheuer wichtigen Raumschiffs einstufen!«

»Du übertreibst schon wieder maßlos. So wertvoll können diese Frisbeescheiben nicht sein, wenn sie sie Kadetten als Trainingsobjekte überlassen. Und wennschon ... Dann müssen wir eben schauen, dass wir nicht erwischt werden.«

»Wie stellst du dir das vor? Willst du dich auf einem Asteroiden eingraben und zwanzig Jahre warten? Sobald wir in die Nähe der

Erde kommen, werden sie uns ins Visier nehmen und nicht mehr von uns ablassen, bis sie uns haben!«

»Dann werden wir halt nicht zur Erde zurückkehren. Wir fliegen ... zum Mars! Dort werden wir uns verstecken und mal ein paar Tage oder Wochen abwarten. Wir finden auf jeden Fall einen Weg, wie wir heimlich zur Erde zurückkehren können.«

Sid spürte, wie sich seine Frustration in Zorn verwandelte. »Plötzlich ist alles wieder ganz easy für dich. Noch vor einer halben Stunde hast du mir mit feuchten Augen erklärt, wie sehr du unter deinem übermächtigen Vater gelitten hättest und dass es dir leidtue, mich in den ganzen Scheiß reingeritten zu haben. Und jetzt? Jetzt sind wir sogar in einer noch auswegloseren Situation als zuvor! Das ganze Gerede, dass wir von der Station flüchten müssten ... Du hättest mich auch dann dazu überredet, die Leka zu stehlen, wenn die Station nicht angegriffen worden wäre!«

»Das sind rein hypothetische Beschuldigungen, und das weißt du.«

»Komm mir doch nicht damit! Immer nur Ausreden, Ausflüchte und billige Abklenkungsspielchen ... Ich habe im Fahrstuhl echt geglaubt, dass dir ein Licht aufgegangen sei und du dich ändern möchtest. Aber nein, du wirst immer der unsoziale Arsch bleiben, der du bist!«

Hollander antwortete nicht. Stattdessen schaltete er die Steuerung der Leka-Disk auf sein Terminal um und nahm Kurs auf den Mars.

Sid fühlte plötzlich eine unglaubliche Leere in sich. Alle Energiereserven schienen plötzlich zu verpuffen. Zurück blieb nichts außer Frustration und Müdigkeit.

Ich habe alles verloren, was mir je etwas bedeutet hat, dachte er. *Eine Fehlentscheidung und eine zu große Loyalität einem falschen Freund gegenüber – und alles geht den Bach runter.*

Die sich windende Schnur, von der Oberst Kowaltschuk gesprochen hatte – nun hatte sie ihr Ende gefunden.

Sid fuhr hoch und sah sich verwirrt um. Er musste eingeschlafen sein. Auf dem großen Monitor stand die rote Scheibe vom Mars.

Sid wischte sich über das schweißnasse Gesicht.

Maurice S. Hollander saß schweigend an seinem Platz und blickte konzentriert auf die Anzeige im Navigationsschirm.

»Was wir hier machen, ist purer Wahnsinn«, sagte Sid leise.

»Wir können doch nicht einfach alle Brücken hinter uns abbrechen.«

»Doch«, sagte Hollander, ohne aufzusehen. »Das können wir. Es ist ein Befreiungsschlag, glaub mir.«

»Aber wie zur Hölle soll das nun funktionieren? Die terranische Raumüberwachung ist nicht so schlecht, dass sie eine entflohene Leka nicht würde aufspüren können.«

»Ich habe alles unter Kontrolle«, behauptete Hollander. »Ich nehme Kurs auf die Tharsis Montes. In diesem Vulkangebiet gibt es garantiert Höhlen, die a: groß genug sind und b: so metallhaltig sind, dass unsere Leka darin perfekt vor Ortungsstrahlen geschützt ist.«

Sid spürte, wie sich ihm die Kehle zuschnürte.

»Wir können nicht zu den Tharsis Montes«, sagte er erschrocken. »Unter dem südlichsten Vulkan, dem Arsia Mons, leben intelligente Pflanzenwesen, die Santor – oder Halbschläfer, wie sie auch genannt werden. Sie haben uns aufgefordert, den Mars in Ruhe zu lassen. Deshalb hat Adams ihn auch geräumt.«

»Das soll der wahre Grund sein?«, fragte Hollander mit leicht höhnischem Unterton. »Und falls es stimmen sollte – woher willst du das wissen?«

Sid biss sich auf die Lippen. »Ich weiß es eben!« Er blickte auf den Monitor, in dem der Mars rasch anwuchs. Bereits waren die ersten Einzelheiten der Gebirge erkennbar. »Dreh ab!«, rief er. »Flieg meinetwegen die andere Seite vom Mars an oder einen der beiden Monde. Aber störe die Halbschläfer nicht!«

Hollander lachte abschätzig. »Soll ich mir vielleicht in die Hosen machen wegen deinen eingebildeten Pflanzendingern?«

Sid setzte sich kerzengerade auf. »Siehst du denn nicht, wie wir schon wieder tiefer in den Schlamassel hineinrutschen?«, rief er. »Zuerst fliegen wir von der Akademie, dann stehlen wir ein wichtiges Raumschiff – und nun provozieren wir eine interplanetare Krise zwischen den Santor und uns Menschen! Das kann katastrophale Auswirkungen nach sich ziehen!«

»Bla, bla, bla«, machte Hollander. »Krieg dich wieder ein. Ist ja unglaublich entnervend, dein ständiges Babygeschrei.«

Sid fuhr hoch. »Jetzt reicht es mir!«, schrie er. »Ich habe den Hals gestrichen voll von deinem destruktiven Irrsinn. Du wirst den Anflug auf die Vulkane sofort abbrechen und Kurs zur Erde nehmen! Dort werden wir die Leka in Terrania abliefern und die Strafe akzeptieren, die uns erwartet!«

»Das werden wir nicht«, sagte Hollander seelenruhig, während die gezackten Rücken der Tharsis Montes im Holoschirm anwuchsen. »Ich werde ein Versteck für die Disk suchen. Sobald Gras über die Sache gewachsen ist, kehren wir zurück. Nicht früher!«

Sid schnellte aus dem Sessel hoch und stürzte sich auf Hollander.

Der schien nur auf den Angriff gewartet zu haben. Blitzschnell fuhr er die Arme aus, ergriff den Kragen von Sids Overall und wuchtete ihn quer über sich hinweg.

Sid überschlug sich und krachte mit Schultern und Hinterkopf auf den harten Metallplast des Bodens. Er sah nur noch Sterne. Dann kniete Hollander plötzlich auf seiner Brust und drückte ihm die Kehle zu.

»Jetzt hör mir mal genau zu, Freundchen«, zischte er. »Ab jetzt wirst du tun, was ich dir sage. Sonst werfe ich dich aus der Leka, und du kannst zu Fuß deine Pflanzenfreunde suchen gehen und bei ihnen um Asyl betteln, ist das klar?«

Sid stöhnte. Sein Schädel dröhnte. Nein, es war mehr als ein Dröhnen. Es war ein *Krachen.*

Wie von einer Explosion, dachte Sid belämmert.

Hollander zuckte zusammen und sah sich in Panik um.

»Was war das?«

Erneut krachte es. Sid und Hollander wurden herumgerissen und prallten gegen die Wand, die plötzlich zum Boden geworden war.

Irgendetwas begann in hohen Tönen zu jaulen.

»Wir stürzen ab!«, schrie Hollander. »Was hast du gemacht?«

Sid blickte nur stumm auf den Bildschirm, auf dem der Marsboden rasend schnell näher kam.

Nun kommt der Abgrund und nimmt mich auf, dachte er.

Kapitel 25

27. April 2037

»Uns läuft die Zeit davon!«, flüsterte Whistler über den verschlüsselten Funkkanal. »Und so kommen wir nicht weiter. Die Positronik sieht sich vollkommen im Recht. Wir müssen ihr so schnell wie möglich mehrere Zwickmühlen präsentieren, nicht nur eine!«

Der Naat blickte ihn unsicher durch das Helmvisier an. In dem unförmigen Raumanzug sah er noch gewaltiger aus als zuvor. Gleichzeitig schien ihn die ganze Lage plötzlich zu überfordern.

Eine bedrohliche Situation zu planen war das eine – sich in ihr wiederzufinden eine ganz andere Geschichte.

»Ich ... ich könnte zurück in den Cyberspace gehen.« Seine normalerweise dröhnende Stimme war zu einem vagen Flüstern geschrumpft. »Die Positronik hat mich zwar bei meinem letzten Versuch beinahe enttarnt und vernichtet, aber vielleicht habe ich ja genügend Zeit, um ihr aufzuzeigen, dass sie ihrem Grundauftrag zuwiderhandelt.«

»Schaffst du das?«, fragte Whistler.

»Ich ... ich werde es versuchen, ja.«

»Dann werde ich mich um die Ablenkung mit Mark Vier und dem Quatik kümmern.«

»Einverstanden«, sagte der Naat, ohne zu zögern.

Er wischte einmal kurz durch die Luft und hielt Whistler dann die kleine Silberkugel hin. »Bitte bewahre es auf, falls mir etwas geschehen sollte.«

»Das kann ich ohne Weiteres versprechen, da ich weiß, dass dir nichts geschehen wird. Viel Glück, Jeethar!«

»Viel Glück, Allister T.!«

Der Naat drehte sich um die eigene Achse und sprang auf ein Transportband. Es würde ihn in die Nähe des angeblichen Unterhaltungsquartiers führen, in dem die ehemalige Bordpositronik der GHERWAN auf ihren Einsatz wartete. Dort hatte er auch die Apparatur installiert, mit der sein Bewusstsein via virtuellen Transmittersprung in den Cyberspace überwechseln würde.

Whistler sah ihm kurz nach. »Ein Koloss auf tönernen Füßen«, murmelte er.

Sein Plan würde perfekt aufgehen – wenn ihm nicht dieser verschrobene, aber äußerst gutmütige Außerirdische über den Weg gelaufen wäre.

Was interessierte ihn Bulls angebliche Bedrohung der Menschheit, wenn er die Aussicht hatte, Zugriff auf diesen hochpotenten Rechner zu erhalten?

Je ängstlicher und damit auch irgendwie *menschlicher* Jeethar aufgrund der sich zuspitzenden Situation geworden war, desto stärker hatte er Whistler ins Grübeln gebracht. Und nun würde der Naat einer Gefahr ins Auge blicken, die wahrscheinlich nur er richtig einschätzen konnte. Wenn er sich vor der Begegnung mit der Positronik in ihrer ureigenen Welt fürchtete, dann war der Spruch mit dem Quatik nicht nur leichtfertig dahingesagt gewesen.

Dann fürchtete Jeethar tatsächlich um sein Leben.

Allister T. Whistler öffnete eine der Gürteltaschen seines Raumanzugs, und Mark Vier kletterte behände heraus. Die Programmierung für den bevorstehenden Einsatz hatte er bereits vor Stunden vorgenommen.

Wie sie es zuvor gemeinsam ausgetüftelt hatten, verband er sein modifiziertes Robopet mit Jeethars Quatik und schickte die beiden auf ihren Weg quer durch die Disk 5.

Danach aktivierte er das Funkgerät und stellte die Verbindung zu Bull her.

»Die fünf Minuten sind vor zwei Minuten abgelaufen«, sagte Bull. »Weshalb konnte ich Sie nicht erreichen?«

»Jeethar und ich mussten die Planung kurzfristig ändern«, antwortete Whistler rasch. »Der erste Versuch war viel zu schnell vorüber.«

»Wie meinen Sie das?«

»Die Positronik muss erneut diese ultimative Waffe abfeuern!«

»Sind Sie verrückt?«

Whistler sog scharf die Luft ein. »Hören Sie, Bull: Ich werde gleich meinen Hintern für Sie und die Menschheit riskieren, die mich bisher nur wie den letzten Dreck behandelt hat. Egal, was Sie von mir halten – nennen Sie mich niemals wieder verrückt!«

Bull stieß einen unterdrückten Fluch aus. »In Ordnung!«, sagte er dann. »Sie sind nicht verrückt. Aber helfen Sie mir nun endlich, Herr der Lage zu werden! Uns zerrinnt die Zeit zwischen den Fingern!«

»Ich weiß. Schaffen Sie es, die beiden Schiffe ein Angriffsmanöver fliegen zu lassen, das die Station dazu verleitet, die ultimative Waffe auszulösen?«

Bull zögerte eine halbe Sekunde mit der Antwort. »Ich habe inzwischen die ITAK'TYLAM und die KEAT'ARK IV hierher beordert. Wenn diese beiden Schiffe ein ultrakurzes Verbundmanöver fliegen und sich bereithalten, jederzeit aus der Gefahrenzone zu springen, dann könnten wir es riskieren.«

»Sehr gut! Geben Sie mir noch zwei Minuten, dann sind sowohl Jeethar als auch unsere kleinen Helfer auf dem Posten! Und danach geht es ganz schnell ...«

»Die Sache gefällt mir nicht«, sagte Bull.

»Sie wird Ihnen gefallen, wenn wir sie hinter uns gebracht haben.« Whistler unterbrach die Verbindung.

Dann forderte er von Mark Vier und dem Quatik eine Statusmeldung. Die beiden Miniagenten hatten bereits die Hälfte der Positronikschnittstellen aufgesucht und die Datenpakete hinterlegt. Wenn die geforderten zwei Minuten abgelaufen waren, würden sie auch noch den Rest erledigt haben.

Nun hoffte er inständig, dass auch Jeethar genügend Zeit und Kraft hatte, sein Ziel zu erreichen.

Whistler blickte auf eines der Informationsterminals, mit denen man auf die öffentlichen Datenbanken der Stationspositronik zugreifen konnte. Ob der tapfere Naat gerade in diesem Augenblick als entstofflichtes Bewusstsein durch sie hindurchraste?

Jeethar *musste* zurückkehren – allein schon, um ihm zu zeigen, wie der virtuelle Transmittersprung funktionierte. Diese Technologie würde seinen eigenen Forschungen eine neue, geradezu phantastische Welt ungeahnter Möglichkeiten weisen.

Der Stationsalarm heulte auf. Whistler blickte auf den kleinen Pod, den Jeethar ihm überlassen hatte. Mit wenigen Tippbewegungen gelang es ihm, die Bildübertragung der externen Kameras einzufangen.

Zwei Kugelraumschiffe flogen ein Angriffsmanöver. Blendend weiße Lichtblitze lösten sich aus ihren Körpern, trafen in den Schutzschirm der Station. Ihre Energien lösten sich in tausendfachen Verästelungen auf.

Bevor die beiden Schiffe abdrehen konnten, leuchtete direkt zwischen ihnen eine kleine Sonne auf. Mit wetterleuchtenden

Schutzschirmen drehten sie ab, stoben auseinander und flogen unbeeindruckt ein zweites Angriffsmanöver.

Jetzt!, dachte Allister T. Whistler.

Über die Podverbindung löste er die vorbereiteten Katastrophenmeldungen aus, die von Mark Vier und dem Quatik platziert worden waren.

Dann stürzte er sich an das nächste Positronikterminal. Von überall aus der Station kamen Ausfall- und Zerstörungsmeldungen herein.

Er berührte ein Feld, das eine direkte Verbindung mit der Stationspositronik öffnete.

»Deine Handlungen sind es, die das Unheil heraufbeschwören!«, erklang eine fremdartige Stimme. »Nicht die Angreifer zerstören die Station, *du* bist es! Die ultimative Waffe richtet sich gegen die Bewohner der Station, du handelst deiner Programmierung zuwider!«

»Jeethar!«, murmelte Whistler. »Mein Gott, du bist es, Jeethar!«

»Ich bin ... verwirrt«, sagte die Stationspositronik. »Gegenteilige Informationen. Zerstörung. Missachtung?«

»Überprüfe deine eigenen Handlungen!«, erklang Jeethars verfälschte Stimme. »Stell dich ab und starte dich neu, und du wirst die Wahrheit erkennen!«

»Abschalten«, sagte die Positronik. »Abschalten?«

»Ja! Starte dich neu!«

»Ich bin ...«

Plötzlich erlosch das Licht in der Station. Das Summen der Klimaanlagen verschwand. Die Bildschirme gingen aus. Der Alarm verstummte.

Whistler war, als fände er sich im Auge eines Sturmes wieder. Wo zuvor Hektik und Chaos geherrscht hatten, waren nun Ruhe und Frieden. Und Schwärze.

Dann leuchtete der Bildschirm des Positronikterminals auf. Ungläubig blickte Allister T. Whistler auf die sich ewig fortsetzenden leeren Befehlszeilen.

Mit klopfendem Herzen legte er die Fingerspitzen an den Bildschirm. Das war er nun also – der Moment, von dem er immer geträumt hatte, ohne zu wissen, wie er sich ihm darbieten würde.

Der Augenblick, in dem er sich eine Welt ganz nach seinem Geschmack würde bauen können.

Der Moment ...

Whistler zuckte zusammen.

Inmitten der leeren Befehlszeilen manifestierte sich ein einzelner Satz. Drei kleine Worte.

TU ES NICHT.

Ungläubig blickte Whistler auf die drei Worte. Er hob die Hände, nahm sie in Zeitlupentempo von dem Bildschirm.

Eine weitere Zeile erschien.

UND KÜMMERE DICH GUT UM DAS QUATIK.

Whistler machte einen Schritt zurück. Noch einen Schritt, ohne dass die Schrift kleiner wurde.

Dann ging plötzlich das Licht an. Die Klimaanlage nahm ihren Betrieb wieder auf, und der Bildschirm des Terminals füllte sich mit neuen Inhalten.

»Hier spricht die neue Stationspositronik«, erscholl es von überall her. »Ich freue mich, euch dienen zu dürfen. Bitte verzeiht mir, dass ich noch nicht auf alle Sektionen Zugriff habe. Ich bin sicher, dass wir die Probleme in den nächsten Stunden in den Griff bekommen werden.«

Gleich darauf erklang die Stimme von Reginald Bull, der allen direkt und indirekt an der Operation Switch Beteiligten gratulierte und ihnen seine ewige Dankbarkeit ausdrückte.

Allister T. Whistler schüttelte seine Starre ab. Er sprang auf das Laufband und rannte, so schnell ihn die Beine trugen.

Nach einer halben Ewigkeit erreichte er den Raum, in dem sich Naats, Ferronen und Menschen in den Armen lagen und Jubelrufe ausstießen. Hinter ihnen ragte der Block der neuen Hauptpositronik von Terrania Orbital auf. Und in einer Ecke ...

Whistler stürzte sich zu ihm, rüttelte wild am Raumhelm, bis er ihn endlich aufbrachte. Jeethar hatte seine drei Augen geschlossen. Sein rundes Gesicht war in fremdartiger Eleganz erstarrt.

Whistler ließ den angehaltenen Atem entweichen. »Danke, Großer!«, sagte er leise.

Oliver Plaschka

Welt aus Seide

Kapitel 1

Perry Rhodan

Perry Rhodan öffnete die Augen.

Er befand sich im Inneren einer Tiefschlafkoje. Die Koje war eng, nicht viel größer als ein Sarg, aber mit den nötigsten Instrumenten ausgestattet, um ihren Insassen zu beruhigen. Ein kleines Holo klärte ihn in grünen Schriftzeichen darüber auf, dass seine Vitalfunktionen alle im normalen Bereich lagen. Eine Anzeige daneben wies die Dauer seines Schlafes aus: beinahe sechs Wochen. Die Innenbeleuchtung hatte sich mit seinem Erwachen automatisch aktiviert.

Sechs Wochen, dachte Rhodan. *Nicht mehr?* Sein Blick fiel auf den kleinen Spiegel direkt über ihm. Er war nicht größer als ein Schminkspiegel und zeigte nur einen Ausschnitt seines Gesichts.

Isinglass. Mit dem Namen der Medowelt kehrte auch die Erinnerung an die Flammen zurück, denen er nur mit knapper Not hatte entkommen können, nachdem die geheime Seelenbank der Aras in einer gewaltigen Explosion vergangen war. Ihr Besuch in der Klinik Himmelstor war gefährlich, aber unumgänglich gewesen. *Unsere Individualsignaturen – wir haben sie ändern lassen.*

Der Sofortumschalter hatte nie Probleme damit gehabt, sich blitzschnell auf eine neue Situation einzustellen. Aber einen quälend langen Moment, der in Wahrheit vielleicht nur zwei Sekunden dauerte, schien Rhodans sonst so klarer Verstand ins Leere zu greifen. Er starrte in seine graublauen Augen, studierte die vertrauten Züge, die winzige Narbe auf seinem Nasenflügel und fragte sich, ob das nun wirklich er selbst war.

Hat sich etwas an mir geändert ...?

Arga Tasla hatte sie davor gewarnt, dass die Manipulation des fünfdimensionalen Energiemusters, anhand dessen man jedes Lebewesen mit fast hundertprozentiger Gewissheit identifizieren konnte, unabsehbare Nebenwirkungen und Spätfolgen nach sich ziehen konnte – im schlimmsten Fall den Tod. *Die häufigste Nebenwirkung besteht in Erinnerungslücken,* hatte die Enderin gesagt. *Mit Pech können Sie sich danach nicht mehr erinnern, wie man atmet. Oder wer Sie sind und was Sie bisher als gut und was als böse ansahen.*

Trotzdem war ihnen keine andere Wahl geblieben: Wollten sie tiefer ins Große Imperium vordringen, mussten sie unerkannt bleiben. Ihre alten Signaturen waren dem Imperium bekannt, und auch wenn sie inkognito reisten, hatten arkonidische Sicherheitskräfte das Recht, sie für die Dauer einer Messung festzuhalten. Dafür waren in der Regel etwa vierzig Stunden nötig, erste »Schnappschüsse« ließen sich aber in sehr viel kürzerer Zeit auslesen – sogar über die internen Sensoren eines Schiffs, auf welche die Behörden des Imperiums im Zweifelsfall jederzeit Zugriff hätten.

Sie *mussten* aber ins Imperium vordringen – unbedingt sogar. Denn die Position der Erde war im Epetran-Archiv gespeichert – demselben Archiv, das Crest auf die Spur der Welt des Ewigen Lebens geführt hatte. Wenn der Regent – oder noch schlimmer, Sergh da Teffron, die Hand des Regenten – diese Informationen in die Finger bekam, war die Menschheit, kaum dass ihr das Tor zu den Sternen aufgestoßen worden war, zum Untergang verurteilt. Sie mussten das Archiv unter allen Umständen an sich bringen – oder notfalls zerstören –, bevor es so weit kam.

Reiß dich zusammen, glaubte er Reginald Bulls Stimme in seinem Kopf zu hören. *Du bist Astronaut! Mich haben sie auch nicht auf so was vorbereitet, als ich zur NASA kam ...*

Rhodan schüttelte den Kopf über sich selbst und aktivierte den Schalter, der seine Koje öffnete.

Mit leisem Surren glitt der Tiefschlafbehälter aus der Wand. Dann gab es ein vernehmliches Zischen, der Deckel teilte sich wie bei einer Schote, glitt beiseite. Rhodan befreite sich aus der steifen Formschaumliege und setzte sich auf.

Er befand sich im Schläfersaal der HETH-KAPERK, des Mehandorschiffes, das sie auf Isinglass XIV bestiegen hatten. Die große Halle erinnerte ihn an ein Leichenschauhaus, in dem sich Koje auf Koje an- und übereinander reihte. Bei allen Annehmlichkeiten, die die Mehandor ihren Passagieren und Geschäftspartnern boten, hier zeigte sich deutlich, dass sie für die Galaktischen Händler letztlich doch nicht viel mehr waren als Fracht.

Die Anzeigen der anderen Kojen funkelten friedlich. Es war kalt, so kalt, dass er seinen Atem sah, und beklemmend still. Offenbar war er der Einzige, der erwacht war.

Neben ihm stand Atlan. Der großgewachsene Arkonide trug seinen olivgrünen Anzug, und das weißblonde Haar auf seinen Schultern schimmerte im gedämpften Licht der Halle.

»Guten Morgen«, sagte Rhodan.

Der Arkonide schmunzelte. »Sie wirken tatendurstig.«

Rhodan zupfte an dem leichten Pyjama, den er in der Koje getragen hatte. »Zunächst würde ich mich gerne umziehen und frisch machen, wenn möglich.«

»Wie war der Schlaf?«

»Das wissen Sie doch wahrscheinlich am besten.« Eine Reise im Tiefschlaf war der Normalfall auf längeren Strecken, und sie wollten sich auf ihrem Weg ins Herz des Imperiums so unauffällig wie möglich verhalten. Ihr Ziel war das Sonnenleuchtfeuer Hela Ariela, von dem aus Schiffe von überall aus der Galaxis ihren weiten Weg nach Arkon antraten. Der Kugelsternhaufens M 13, in dem sich die Heimatwelt des Imperiums befand, lag etwa zwanzigtausend Lichtjahre oberhalb der Milchstraßenhauptebene. Es war eine lange Reise, und nur Atlan hatte es vorgezogen, für die ganze Dauer wach zu bleiben. Er war es auch gewesen, der ihnen während ihres Aufenthalts auf Isinglass die Passage besorgt hatte.

Abgesehen von der Besatzung und einer Handvoll anderer Passagiere, die den Tiefschlaf aus medizinischen oder persönlichen Gründen ablehnten, musste es sehr einsam gewesen sein an Bord der HETH-KAPERK.

Rhodan ließ den Blick über die leere Halle schweifen. »Sie gefallen sich in dieser Rolle als unser Wächter, nicht wahr?«

Atlans Schmunzeln vertiefte sich. »Ich habe in der Tat lange genug geschlafen.«

Damit hatte er allerdings recht. Gut zehntausend Jahre, soweit sie wussten – selbst wenn er während dieser Zeit immer wieder erwacht war und sein Schlaf auf einer anderen Technologie basiert hatte als dieser.

»Was ist mit den anderen?«

»Sie werden in Kürze geweckt. Sie und alle anderen, deren Passagiervertrag im Falle eines unvorhergesehenen Ereignisses einen Weckruf festschreibt.«

Da wurde Rhodan hellwach. »Was ist passiert?«

»Keine Sorge«, beruhigte ihn Atlan. »Wir müssen nur einen kurzen Zwischenstopp einlegen. Ein Maschinenschaden – nichts Ernstes, wie mir der Kapitän versichert. Es wird uns aber etwas Zeit kosten, und er möchte keine Klagen der Passagiere, wenn sie hinterher feststellen, dass der Tiefschlaf länger gedauert hat als vereinbart. Es könnte Fragen geben, schlimmstenfalls Regressansprüche.«

»Das ist sehr ... vorausschauend von ihm.«

»Nicht wahr? Ich hatte gerade nichts zu tun, deshalb dachte ich, ich teile es Ihnen persönlich mit.«

In diesem Moment wechselte die Beleuchtung in der Halle zu einem harten Krankenhauslicht, und warme Luft wurde durch die Ventilation hereingepumpt. Mit dem Surren Hunderter kleiner Servomotoren glitt etwa die Hälfte der anderen Kojen aus den Wänden und öffnete sich. Die höher gelegenen Kojen senkten sich an unscheinbaren Schienen zu Boden, um ihren Insassen den Ausstieg zu erleichtern. Es ging zu wie in einer Lagerhalle.

Zwei Mehandor mit einer kleinen Transporteinheit, die Rhodan auf absurde Weise an den Rollwagen einer Stewardess erinnerte, betraten die Halle und machten gelangweilt die Runde, um die Passagiere zu begrüßen.

»Treffen wir uns doch in einer Stunde in der Lounge«, sagte Atlan, ehe er sich abwandte. »Da bekommen wir am schnellsten mit, was uns erwartet. Außerdem gibt es dort etwas zu essen. Und der *K'amana* ist stark.«

Rhodan schaute ihm verblüfft nach. Der Arkonide benahm sich, als wäre dies sein Schiff.

Er schwang die Beine über den Rand der Koje und erhob sich. Seine Muskeln waren noch etwas zittrig, aber er wusste, dass dieser Effekt in wenigen Minuten verflogen sein würde. Dennoch war ihm die Schwäche unangenehm. Abermals dachte er an die Geschehnisse auf Isinglass zurück, während er den Blick über die anderen Passagiere schweifen ließ, die sich gleichfalls die Augen rieben und die Glieder reckten. *Wenn nicht einmal ein arkonidischer Sensor mich jetzt mehr erkennt ... wer dann?*

Die Individualsignatur eines Lebewesens war ein fünfdimensionales Energiemuster, das vom Gehirn erzeugt wurde. Der Effekt war der menschlichen Wissenschaft bis dato unbekannt gewesen – zwangsläufig, da die fünfte Dimension sich menschlichen Sinnen verschloss. Die Vorstellung, dass sich irgendetwas an ihm verändert hatte, was außerhalb der vierdimensionalen Raumzeit existierte, in der er lebte, fühlte, dachte, war verstörend. Für jeden Sensor und die Positronik, die ihn auslas, war er nicht mehr derselbe Mensch. Weder er selbst noch die anderen Passagiere in der Halle konnten den Unterschied je bemerken – doch was seine Signatur betraf, war er nicht länger Rhodan.

Er war ein Fremder unter Fremden.

Er entdeckte Crest, der sich gerade in seiner offenen Koje aufsetzte und sich neugierig umschaute, als sähe er den Saal zum ersten Mal. Er war hagerer als Atlan, weniger athletisch, und trug das Haar kürzer. Seine Augen waren von einem tieferen Rot. Doch von dem kranken, gebrechlichen Mann, den Rhodan vor fast einem Jahr auf dem irdischen Mond getroffen hatte, war nichts geblieben. An Crest hatte sich eine Änderung vollzogen. Der Zellaktivator, den er wie ein Schmuckstück um den Hals trug, hatte dem alten Mann die Vitalität und den Wissensdurst eines jungen Forschers zurückgegeben.

Es war auffällig, dass Atlan nicht geblieben war, um den anderen Arkoniden zu begrüßen, der scheinbar älter, in Wahrheit aber viel jünger war als er. Sie hatten so viel gemeinsam – und doch so viel, was sie trennte. Das hatten sie auf ihrem kurzen gemeinsamen Weg schon gelernt.

Da entdeckte Crest den Mann, dem er die Sterne und der ihm die Jugend geschenkt hatte, und lächelte ihm zu. Perry Rhodan erwiderte das Lächeln.

Weiter hinten sah er die beiden Mutanten, die sie auf ihrer Mission begleiteten: Iwan Goratschin und Ishy Matsu. Sie gaben ein sehr ungleiches Paar ab, auch was ihre Parabegabungen betraf. Wenn sie nebeneinanderstanden, reichte die zierliche Japanerin Goratschin gerade bis zur Brust. Doch der verliebte Blick, den er ihr zuwarf, als sie sich das lange schwarze Haar zurückband, war nicht zu übersehen.

»Was ist?«, fragte eine vertraute Stimme hinter ihm. »Stehen wir nun auf oder nicht?« Grinsend schwang er die Beine über den Rand der Koje und sprang zu Boden. Vor ihm standen Belinkhar, die ehemalige Matriarchin, und der Purrer Chabalh, Rhodans selbst ernannter Beschützer, dem das Durcheinander der vielen Schläfer sichtlich zuwider war.

»Da hat es wohl jemand eilig«, sagte Rhodan. »Wieso treffen wir uns nicht in der Lounge? In einer Stunde wäre gut. Angeblich gibt es dort etwas zu sehen, und das Frühstück soll vorzüglich sein.«

Die schummrig ausgeleuchtete Lounge war an der abgeflachten Vorderseite des walzenförmigen Schiffs untergebracht. Die HETHKAPERK war ein typischer Mehandorraumer: über vierhundert

Meter lang, knapp siebzig Meter im Durchmesser und damit fast baugleich zur IMH-TEKER, auf der sie zuvor gereist waren und die dem Kommando von Belinkhars Freund Talamon unterstanden hatte. Die großen Frachter der Mehandor erreichten noch beeindruckendere Ausmaße, wiesen aber dieselbe Grundform auf.

Auch wenn der Großteil des Volumens vom Transitionstriebwerk eingenommen wurde, waren die Flure eines solchen Schiffs weitläufig genug, dass man sich als Fremder in ihnen verlaufen konnte, und so gab es die üblichen Scherze über vergessene Decks und geheime Bereiche, die derartige Ausmaße provozierten. Ein Pilotenfreund Rhodans, der lange auf einem Flugzeugträger stationiert gewesen war, hatte ihm einmal erzählt, dass er in den zwei Jahren, die er dort verbrachte, nie die Bowlingbahn gefunden habe.

Tatsächlich fühlte sich Rhodan bei den Schiffen der Mehandor an die Baugeschichte irdischer Flugzeuge und Raketen erinnert: Der Weg zur Serienreife eines neuen Modells war ein jahrzehntelanger, auf der galaktischen Bühne womöglich jahrhundertelanger Prozess. Man entwickelte Ausstattung und Instrumente zwar weiter, blieb aber so lange wie möglich beim bewährten Grundmuster – besonders, wenn man wie die Galaktischen Händler auf die Zufriedenheit seiner Kunden und Passagiere angewiesen war.

Obwohl sie sich dieses Mal für eine Passage im Tiefschlaf entschieden hatten, genossen sie dank Atlan jeden Luxus an Bord, den die sehr detaillierten Beförderungsverträge vorsahen. Zwar wurde Belinkhar nicht müde zu betonen, dass die IMH-TEKER das bessere Schiff gewesen sei, aber zum »Goldpaket«, das der Arkonide für sie gebucht hatte, gehörten nicht zuletzt die Benutzung echter Duschen und der kleinen Bäderlandschaft, eine Vielzahl an Unterhaltungsangeboten (ein gutes Geschäft, wenn man das Paket an Passagiere mit einer Tiefschlafpassage verkaufte) und auch der Zutritt in exklusive Bereiche wie die Aussichtslounge, die Rhodan nun betrat.

Die Lounge stellte einen der wenigen Sektoren des Schiffes dar, an dem die metallische Außenhülle von einer mehrfach verstärkten und von Energiefeldern geschützten Fensterfront durchbrochen war. Vor den Fenstern lag die grenzenlose Dunkelheit des Alls. Sie schienen beinahe stillzustehen, doch Rhodan wusste, dass das täuschte. Wenn er sich darauf konzentrierte, konnte er das leichte Vibrieren des Impulstriebwerks spüren. Voraus lag ein blauweißer Stern, der deutlich heller und größer erschien als die

Sterne in seiner Umgebung. Sie befanden sich also bereits innerhalb eines Systems.

Er entdeckte Goratschin, Belinkhar und Crest mit ein paar Tellern und Bechern an einem runden Tisch nahe dem Fenster und gesellte sich zu ihnen. Die drei ungleichen Reisegefährten unterhielten sich angeregt. Nicht zum ersten Mal fragte sich Rhodan, wie es sich für Goratschin anfühlen musste, nach fast dreißig Jahren im Koma eine Welt kennenzulernen, die die kühnsten Träume seiner Jugend überstieg. Als Kind hatte er sich in dem für ihn fremden Amerika zurechtfinden müssen – nun war er wieder ein Einwanderer, nur diesmal unter Außerirdischen und Unsterblichen. Gleichzeitig hatte er eine schwere Last zu tragen: den Verlust seines Bruders und die gefährliche Gabe, die er mit ihm geteilt hatte. Doch das Leuchten in den Augen des hünenhaften Mannes verriet ihn: Er hatte sich entschieden, dieses Leben als ein großes Abenteuer zu sehen – und das war es ja auch.

»Perry!«, rief er und hob seinen Becher. »Setz dich zu uns!«

Belinkhar knuffte ihn mit dem Ellbogen, und im selben Moment tauchte Chabalh aus den Schatten hinter dem Tisch auf und knurrte verärgert. Goratschin verschluckte sich fast, als er erkannte, dass er gerade ihre Tarnung gefährdet hatte, doch keiner der anderen Passagiere kümmerte sich um sie. Rhodan winkte ab und zog sich einen freien Stuhl heran. »Was trinkt ihr da?«

»Probier es einfach«, sagte Belinkhar und gab Chabalh einen Wink mit dem leeren Becher. »Sei so gut und organisiere uns noch eine Runde, ja?«

Der Purrer wollte zu einer Erwiderung ansetzen, doch Belinkhar fixierte ihn mit breitem Lächeln – was der Katzenartige, wie Rhodan mittlerweile wusste, nicht sonderlich mochte. Er nickte ihm zu, und mit schwachem Grollen wandte Chabalh sich ab und schnürte davon.

»Du solltest ihn vielleicht nicht provozieren«, sagte Rhodan. »Ohne deine Locken ...«

Belinkhar fuhr sich mit spitzbübischem Lächeln durch ihr rotes Haar, das sie während ihrer letzten Reise noch lang getragen hatte. Die Farbe hatte eine gewisse beruhigende Wirkung auf den Purrer ausgeübt.

»Keine Angst«, sagte sie. »Ich weiß schon mit ihm umzugehen.«

»Selbst wenn ich im Moment kaum einen Leibwächter brauche – etwas sagt mir, dass er zu mehr gut ist als zum Kaffeeholen.«

»Warte, bis du den K'amana probiert hast«, entgegnete die drahtige Mehandor.

»Wie soll er ihn denn überhaupt tragen?«, fragte Goratschin.

Rhodan verkniff sich ein Grinsen und bediente sich an dem abgedeckten Essen, das ihn an eine Art Rührei mit allerlei farbenfrohen Zutaten erinnerte. Es schmeckte sehr gut – echtes Essen war ein weiterer Bonus ihres Pakets. Offenbar sah auch Belinkhar keinen Anlass, alle Annehmlichkeiten ihres alten Lebens als Matriarchin von KE-MATLON hinter sich zu lassen.

Und sie liebte es, das nachtschwarze Raubtier, das sie auf dem Weg nach Isinglass aus seiner Kapsel gerettet hatten, auf die Probe zu stellen.

Rhodan konnte es ihr nicht verübeln. Chabalh war neben Goratschin und Atlan der Dritte im Bunde, der aus einer anderen Zeit stammte – sein letzter Herr hatte ihn vor zweitausend Jahren der Weite des Alls anvertraut, doch im relativistischen Flug waren für ihn nur Tage vergangen. Zumindest stellte der Purrer das so dar. Bislang war er Rhodan stets mit großer Ehrerbietung begegnet, er hatte ihm sogar das Leben gerettet. Aber es knüpften sich noch immer zahllose Fragen und Zweifel an seine Herkunft.

»Sie sehen erholt aus«, sagte Rhodan zu Crest. Tatsächlich schien der Arkonide der Einzige am Tisch zu sein, dem die sechs Wochen künstlichen Schlafs nicht in den Knochen steckten. Er hatte sein Frühstück schon beendet und mit dem holografischen Interface des Tisches die Datenbank des Schiffes aufgerufen. Voller Ungeduld blätterte er durch die Dokumente.

Er lächelte flüchtig. »Ich habe lange so gelebt, als ob jeder Tag mein letzter wäre. Ich schwor mir, jeden einzelnen davon zu nutzen – und ich werde nicht damit brechen, auch wenn mir viele Tage mehr geschenkt wurden.«

Rhodan nickte. Das war der Crest, den er kannte – ein Derengar durch und durch, von Forschergeist und Tatendrang erfüllt.

»In welchem System befinden wir uns?«

Der Arkonide aktivierte den holografischen Projektor, und die miniaturisierte Abbildung einer Sonne mit zwei Planeten erschien in der Mitte des Tisches und drehte sich in ruhigem blauem Licht.

»Trebola. Ein verhältnismäßig kleiner Klasse-A-Stern, heller und jünger als Ihre Sonne, aber nicht so massereich wie die Wega.« Rhodan nickte. Aufgrund ihrer Helligkeit waren viele Sterne, die man mit dem bloßen Auge von der Erde aus am Himmel sah, Klasse-A-Sterne. Tatsächlich gehörte jedoch weniger als ein Prozent aller Hauptreihensterne dieser Spektralklasse an. »Zwei Planeten, keine Monde. Bis Hela Ariela sind es noch knapp zweitausendvierhundert Lichtjahre.«

Rhodan rechnete schnell. *Das heißt, wir sind gut siebenundzwanzigtausend Lichtjahre von daheim.* Ein kurzer, aber angenehmer Schauder lief ihm über den Rücken. Noch nie hatten sich Menschen so weit von ihrem Heimatsystem entfernt. Und der Kapitän der HETH-KAPERK hatte auf seinem Weg wirklich keine Zeit verschwendet.

Crest schien seine Gedanken erraten zu haben. »Sie sind weit gereist, mein Freund.«

»Und wir werden noch viel weiter reisen«, fügte Goratschin entschieden hinzu.

Chabalh kehrte zurück und schubste mit der Schnauze einen Mehandor mit einem Tablett dampfender Becher vor sich her. Obwohl es so aussah, als ob er sie jeden Moment verschütten würde, stellte der Kellner sie mit beeindruckender Geschicklichkeit vor ihnen ab. Dann machte er sich schleunigst aus dem Staub.

Rhodan nippte an dem dunkelbraunen, süßen Getränk, das ihn an einen sehr starken Mokka erinnerte, und nickte anerkennend. Belinkhar hatte nicht übertrieben.

»Wissen Sie denn schon Näheres über Grund oder Dauer unseres Zwischenstopps?«

Crest schüttelte den Kopf. »Ich war zu beschäftigt, mich in die Geschichte dieses erstaunlichen Systems einzulesen. Der zweite Planet ist die Heimatwelt eines kleinen Sternenreichs, das seit gut siebenhundert Jahren zum Großen Imperium gehört: das Vidaarm-Fürstentum. Arkon hat sich aber lange nicht darum gekümmert. Auch ich habe es noch nie persönlich bereist.«

»Wir sind bereits übereingekommen, dass es vielleicht nicht das attraktivste aller Reiseziele ist«, sagte Belinkhar und achtete nicht auf den tadelnden Blick des Arkoniden. »Es ist zwar sicher außergewöhnlich ... aber wahrscheinlich nicht jedermanns Sache.«

»Hast du schon mit dem Kapitän gesprochen?«

»Er hatte bislang keine Zeit für mich.« Belinkhar sagte es nicht ohne einen Hauch von Verärgerung. Mit Talamon, ihrem letzten Kapitän, hatte sie eine lange und innige Freundschaft verbunden. Diesen Mann dagegen kannte sie nicht, und er kümmerte sich auch nicht im selben Maße um die Passagiere. »Aber vielleicht kann Atlan uns ja aufklären, wenn er kommt. Er scheint einen besseren Draht zu ihm zu haben als ich.«

»Er muss jeden Moment hier sein«, sagte Rhodan mit einem Schmunzeln. »Es sind jetzt genau sechzig Minuten vergangen.«

Wie auf Stichwort öffnete sich die Tür zur Lounge, und Atlan und Ishy Matsu traten ein. Die Japanerin hatte sich das schwarze Haar wieder zu einem Zopf geflochten. Mit stillem Lächeln zog sie sich einen Stuhl heran und nahm neben Goratschin Platz. Wie immer wirkte sie schüchtern und höflich, wie Japanerinnen meistens auftraten. Dennoch schien stets ein Schatten über ihr zu liegen, als laste etwas schwer auf ihrer Seele.

Kaum dass sie sich gesetzt hatte, vollzog sich eine unmerkliche Veränderung mit Goratschin. Er wurde ruhiger, kontrollierter in seinen Bewegungen, als fürchtete er, sie zu verschrecken. Und er reagierte auf jeden noch so kleinen Blick von ihr.

Atlan stellte sich hinter Rhodan und nickte der Runde flüchtig zu. Dann richtete sich sein Blick auf das Hologramm des Trebolasystems.

»Ich sehe, man hat Sie bereits ins Bild gesetzt.«

»Nur über das Nötigste.« Crest schaute den anderen Arkoniden herausfordernd an. »Was sagt der Kapitän?«

»Er entschuldigt sich vielmals für die Unannehmlichkeiten. Und es war ihm wichtig, zu betonen, dass er ein anderes System für den Stopp vorgezogen hätte und ihm gar kein Stopp am liebsten gewesen wäre. Aber leider hat sich das eine oder andere Teil seines Antriebs, für das sich sein Schwager persönlich verbürgt hat, wohl gerade jetzt entschieden, den Geist aufzugeben.« Atlan wiegte den Kopf, als interessierten ihn die Entschuldigungen des Mehandors nicht sonderlich. »Die Kurzfassung lautet, die Teile müssen ersetzt werden, und Trebola ist die nächstgelegene Werft. Die Reparatur wird nur wenige Tage in Anspruch nehmen. Danach sind es nur noch ein paar Sprünge bis nach Hela Ariela.«

»Sehen Sie das Positive an unserer Situation«, sagte Crest. »Sie haben Gelegenheit, einen einmaligen Ort zu besuchen, der zu Ihrer Zeit noch nicht einmal bekannt war.« Die Art, wie er *zu Ihrer Zeit* betonte, vertiefte noch die Kluft zwischen den beiden Arkoniden. »Vielleicht wird es Sie ja überraschen.«

»Sie verwundern mich«, entgegnete Atlan. »Gerade Sie haben doch stets die Dringlichkeit unserer Reise betont. Wenn wir etwas dabei nicht gebrauchen können, sind es Überraschungen.«

»Seht nur«, flüsterte Matsu und deutete auf die dunkle Fensterfront. Der bläuliche Stern war mittlerweile deutlich größer geworden, und nun kam ein Planet in Sicht. Er schimmerte in einem seidigen Spiel von Grau und Blau, als wäre er gefroren oder von großen metallischen Strukturen bedeckt. Dann schwenkte die HETH-KAPERK auf die Orbitalebene ein, der Planet schob sich vor seine Sonne, und als sie wieder hinter ihm hervortrat, blitzte sie auf seiner kalten, matt schimmernden Oberfläche und brach sich am Horizont in allen Farben des Regenbogens. Rhodan war sich sicher, dass er noch nie einen Planeten wie diesen gesehen hatte.

Je näher sie kamen, desto mehr Details konnten sie ausmachen. Mehrere Schiffe und Satelliten umkreisten den Planeten, und im geostationären Orbit über dem Äquator, in einer Höhe, die gut dem zwei- bis dreifachen Durchmesser der Welt entsprach, schwebte eine leuchtende Struktur, die immer weiter an Komplexität gewann, bis sie sich wie eine wundersame weiße Schneeflocke ausnahm.

Rhodan leerte seinen Becher.

»Sie haben meine Neugierde geweckt«, flüsterte er. Crest lächelte, als hätte er nichts anderes erwartet. »Überraschen Sie mich.«

Kapitel 2

Quetain Oktor

Quetain Oktor parkte seinen privaten Gleiter am für den Verkehr gesperrten Kopfende der Allee des tausendfachen Glanzes, jenseits derer sich der Palast der himmlischen Verheißung erhob. Er klappte das Verdeck hoch und sprang hinaus. Nachdem er drei Meter weiter wieder festen Boden unter die Füße bekommen hatte, kämpfte er für einen Augenblick fluchend um sein Gleichgewicht. Er hatte seinen Turm schon lange nicht mehr verlassen und die geringe Schwerkraft Trebolas überschätzt.

»Gib acht«, sagte Kaprisi vom Gleiter. »Du weißt doch, wie schlecht sie auf unkontrollierte Bewegungen reagieren.«

»Und du weißt, dass du mich kaum daran zu erinnern brauchst«, murmelte der Halbarkonide. In Momenten wie diesen fragte er sich, ob die betont rücksichtsvolle weibliche Stimme des Roboters nicht auch eine Spur von Spott enthielt.

»Ich möchte lediglich daran erinnern, dass es seit dem Vorfall vor sechs Jahren, bei dem deine Kurtisane ...«

»Es reicht, Kaprisi. Kommst du jetzt bitte?«

Der Roboter verstummte. Seine Gestaltung war weder sonderlich lebensecht noch weiblich. Es war das typisch androgyne Modell, das man aus Kostengründen auf Welten einsetzte, deren Bewohner aller Voraussicht nach ohnehin nicht in der Lage waren, den Unterschied zwischen einem Mann und einer Frau zu erkennen. Oktor hatte Persönlichkeitsprofil 7B in Kombination mit einer weiblichen Stimme gewählt, weil er gedacht hatte, dass ihm die Maschine so am wenigsten auf den Geist ging. Benannt hatte er sie nach dem sanftmütigen Bissatweibchen, das er in seiner Kindheit besessen hatte, in der Hoffnung, dass sie ihm genauso treu ergeben sein würde.

Mittlerweile hatte er seinen Fehler erkannt, doch längst war es zu spät.

Übertrieben geziert, wie ihm schien, kletterte Kaprisi aus dem Cockpit, verschloss es und trat an seine Seite. Dann schritten sie gemeinsam und so bedächtig, wie es das Protokoll verlangte, die letzten Meter bis zum Hoftor.

Der Palast der himmlischen Verheißung war ein nicht nur für trebolanische Begriffe beeindruckendes Bauwerk. Spindeldürre Türme aus bläulichem trebolanischem Webstahl schossen wie Eiszapfen in den hellen Himmel auf, von schimmernden Freiwegen in schwindelerregender Höhe verbunden.

Der Palast war das wohl prächtigste Gebäude der Hauptstadt, aber beileibe nicht das einzige dieser Art. Vom obersten Geschoss seines Turms aus betrachtet, sah die ganze Stadt für Quetain Oktor wie ein Nadelkissen aus, das man in ein Becken mit Zuckerwatte getaucht hatte. Er hatte es lange aufgegeben, sich zu fragen, welchen Gesetzmäßigkeiten diese Architektur unterworfen war. Die Trebolaner bauten ihren jahrtausendealten Traditionen gemäß am liebsten bei Nacht, und die Diskussionen mit ihnen ermüdeten Oktor. So hatte er sich daran gewöhnt, dass die Stadt jedes Mal ein wenig anders aussah, wenn er morgens aus seinem Fenster schaute. Und er betrat sie nur noch, wenn es sich nicht vermeiden ließ.

Lange hatte es so ausgesehen, als hätte das Imperium seinen offiziellen Gesandten am Hofe des Vidaarm-Fürstentums vergessen. Obwohl es dem Fürsorger, wie Quetain Oktors Position dem Protokoll gemäß hieß, missfiel, so hatte er sich doch damit abgefunden.

Doch nun war das Imperium in Bewegung gekommen.

Es hatte sich seiner erinnert.

Und der Fürsorger hatte seinen Turm verlassen.

Zwei Trebolaner versperrten ihm den Weg, und Dutzende weitere hatten sich auf den Steigwegen beiderseits des Tors platziert.

»Lasst mich durch!«, sagte Quetain Oktor. Doch die trebolanischen Wachen, deren zerbrechliche Körper in groteske Berge von Rüstseide gekleidet waren, saßen nur da und glotzten ihn mit ihren kalten smaragdgrünen Primäraugen an. Er glaubte sich vage daran zu erinnern, dass es den Hofwachen verboten war, sich mit Passanten zu unterhalten – aber dass sie ihn, ihren Fürsorger, ignorierten, stellte eine schwere Beleidigung dar. Wie viele schwarzhäutige Arkoniden konnte es auf Trebola schon geben?

»Wisst ihr nicht, wer ich bin?«

Keine Reaktion. Offenbar kannten sie ihn wirklich nicht. Er hätte vielleicht häufiger Präsenz zeigen sollen.

»Die Grußformel«, flüsterte Kaprisi hinter ihm.

»Ich weiß«, erwiderte er ärgerlich. Dann sagte er, an die Wachen gewandt: »Der Günstling der Goldenen gewährt dem Fürsorger die Gnade einer Audienz. Möge sein Glanz eure Netze erhellen.«

Ohne eine Änderung ihrer undeutbaren Mimik glitten die Trebolaner beiseite. Es war eine unheimliche Bewegung, so perfekt wie eine Schleuse, die sich in der Mitte teilte, und nur vom sanften Knacken ihrer Gelenke begleitet, das Quetain Oktor an das leise Rascheln dürrer Zweige erinnerte.

Quetain Oktor schüttelte den Kopf, strich seinen Umhang glatt und rauschte erhobenen Hauptes zwischen ihnen hindurch, Kaprisi im Schlepptau.

»Es hat eine ganze Woche gedauert, diesen Termin zu bekommen«, murmelte er. »Ist es da wirklich nötig, sich seinen Weg von einem Lakai zum nächsten zu erschmeicheln? Wir sollten diese Überheblichkeit nicht noch unterstützen.«

»Es ist meine Aufgabe, dich in deinem Amt zu unterstützen«, erinnerte ihn Kaprisi. »So, wie es Arkoniden deines Standes gebührt. Ein Mann in deiner Position darf eine kleine Entscheidungshilfe erwarten.«

Quetain seufzte. »Andere Arkoniden haben einen Extrasinn. Ich habe nur dich.«

Sie überquerten den Hof. Mehrere Steigwege führten von seinem Rand bis zu den Türmen in seiner Mitte, wie pastellfarbene Seidenbänder um einen Mast gespannt. Das zweiflüglige Palasttor schwang auf, als er näher trat, und vier Trebolaner verließen ihre Wachnester in der schimmernden Mauer und kletterten zu ihm herab, um ihn in Empfang zu nehmen. Im Gegensatz zu den Wachen vor dem Tor trugen sie dunkle Gewänder über ihren trutz-gewebten Rüstungen, dazu kunstvolle Stangenwaffen, für deren molekularverstärkte Klingen nichts außer vielleicht einem arkonidischen Kampfanzug ein ernst zu nehmendes Hindernis darstellte.

Die Eskorte nahm sie in die Mitte und geleitete Quetain Oktor und Kaprisi in den Audienzsaal. Auf ihrem Weg begegneten ihnen zahlreiche weitere Wachen und Diener. Oktor kam nicht umhin, zu registrieren, dass sie keiner erkennbaren Aufgabe nachgingen, außer vielleicht, ihm ihre schiere Zahlenstärke zu demonstrieren. Dann schwang das letzte Tor vor ihm auf.

Der große Saal im Herzen des Palasts erinnerte den Fürsorger an ein Ei, doch ein Ei von gigantischen Ausmaßen. In seiner Mitte, unter einer beinahe hundert Meter hohen Decke, erhob sich eine schlanke, pilzförmige Säule, auf der Vidaarm, der Erzfürst und Kulturbringer des nach ihm benannten Fürstenturms, residierte, umgeben vom Rat seiner acht Netzfürsten. Zahlreiche Frei- und Steigwege verbanden die zentrale Säule mit Nischen und Balkonen in unterschiedlicher Höhe an der Innenwand des Eis, von wo der versammelte Hofstaat zu ihnen herabblickte.

Oktor erschauderte. Er kam sich vor wie im Inneren eines gigantischen Kokons. Alle Farben im Audienzsaal schillerten in denselben hellen Tönen von Perlmutt, Elfenbein und Weiß. Selbst der Boden der schlanken, leicht gekrümmten Brücke, die er und Kaprisi betraten, war von einem weißen, seidigen Film überzogen.

Nicht überzogen, korrigierte er sich. *Sie besteht daraus.*

Der Fürsorger wusste, dass es sich bei der Plattform, auf der er nun stand, und der schmalen Brücke, die sich von ihr bis zur zentralen Säule erstreckte, um stabile Bauseide handelte, die noch mit allen möglichen weiteren Werkstoffen verstärkt sein mochte – doch er traute der trebolanischen Architektur nicht. Er kannte zwar die Namen einiger Fertigungstechniken und die Eigenschaften der gängigsten Arten von Seide, doch er hatte nie gelernt, die feinen Nuancen in Struktur und Schattierung wahrzunehmen, die einem beispielsweise den Unterschied zwischen glatter, unbehandelter Sanftseide und der klebrigen, tückischen Haft- oder Fesselseide verriet.

Die Trebolaner kannten in etwa so viele Worte für Seide wie andere Kulturen für Regen oder Schnee. Wahrscheinlich war alles eine Frage der Kultur. Trebola war eine helle und trockene Welt, in der Hauptstadt am Äquator regnete es fast nie – dafür hatten ihre Bewohner den Planeten die letzten Jahrhunderte so maßlos mit ihren natürlichen Werkstoffen überzogen, dass man in manchen Ballungsgebieten kaum noch etwas von der Oberfläche sah. Bald würde der ganze Planet in ein seidenes Gefängnis gehüllt sein wie eine Fliege in einem Netz.

Die Brücke war gerade breit genug, dass je zwei Trebolaner ihrer Eskorte nebeneinander gehen konnten. Unterhalb des gewölbten, geländerlosen Wegs lag der Boden der Halle, der größtenteils von den geheimnisvollen Maschinen eingenommen wurde, die den Palast und seinen Herrscher am Leben erhielten. Die trebolanische Technik war der arkonidischen in fast jeder Hinsicht weit unterlegen – doch die fremdartigen Bewohner des zweiten Planeten dieses Systems waren sehr gut darin, ihren tatsächlichen technologischen Stand zu verschleiern. Und sie hielten sich immer eine Hintertür offen.

Sie erreichten die zentrale Insel. Vor ihnen, in fast drei Meter Höhe, ruhte der Erzfürst auf seinem Thron. Selbst für einen Trebolaner war er von grotesker Dürre. Seine langen Beine waren starr und wirkten wie verknöchert, seine Augen glotzten noch teilnahmsloser als die der Wachen draußen vor dem Tor. Sein segmentierter Oberleib war in herrschaftlicher Pose aufgerichtet und in mehrere Lagen prunkvoller Gewand- und Schmuckseide gehüllt, die wie flüssiges Gold und Silber glänzten. Sein oberes Armpaar ruhte hoch erhoben auf zwei Stützen beiderseits des Throns. Zahllose dunkle Schläuche und Kabel ragten hinter ihm in die Höhe und verbanden den Erzfürsten mit den lebenserhaltenden Maschinen, die sich im Inneren der Säule und unter ihnen auf dem Hallenboden verbargen.

Wenn es stimmte, was die Trebolaner sagten, war Vidaarm unfassbare achthundert Jahre alt. Quetain Oktor blieb nichts anderes übrig, als ihnen zu glauben. Trotz redlicher Bemühungen in den ersten Jahren seines Amts hatte er nie herausgefunden, wie alt seine Schutzbefohlenen wirklich wurden. Seine Erfahrung aber hatte ihn gelehrt, dass die Trebolaner die Kunst der blumigen Übertreibung liebten; für gewöhnlich genoss er solche Behauptungen daher mit Vorsicht.

Mit seinem zweiten Armpaar hielt der Erzfürst das Zeichen seines Herrschaftsanspruchs: das Zepter Vidaarms. Dessen oberer Teil, der die Form eines Eies hatte, verschwand völlig in den straffen Seidengespinsten seines Gewands, seine Konturen aber zeichneten sich deutlich ab. Für die Trebolaner versinnbildlichte dies die Einheit ihres Herrschers mit dem Symbol seiner Macht und den Goldenen, jenen göttlichen Wesen, denen er diese Macht der Legende nach zu verdanken hatte – ebenso wie seine Langlebigkeit.

Für Quetain Oktor sah es eher so aus, als wäre der greise Herrscher des Planeten mit seinem Thron und überhaupt der ganzen Halle verwachsen wie ein biomechanisches Hybridwesen. Er versuchte, sich seinen Ekel nicht anmerken zu lassen, und verneigte sich knapp.

»Glänzender«, erhob er das Wort. »Günstling der Goldenen. Fürst unter Fürsten, Herrscher der Seidenwelt.« Dann zählte er seine Nebentitel auf, von denen Vidaarm in den letzten Jahrhunderten, in denen sein bescheidenes Fürstentum auf vierzehn mehr oder weniger wertlose Welten gewachsen war, eine Menge gesammelt hatte. Kaprisi soufflierte ihm lautlos über sein subkutanes Implantat, damit er keinen Fehltritt beging.

»Ich danke Euch für die Gnade Eurer Audienz«, schloss er eine geschlagene Minute später und benutzte gewissenhaft die archaische arkonidische Pluralform, die in der Sprache Trebolas zwar keine Entsprechung kannte, den Trebolanern bei solchen Anlässen aber sehr wichtig war.

»Vid-Aarm-Aru nimmt den Dank des Fürsorgers an«, ergriff der Trebolaner unmittelbar zu Vidaarms Rechten das Wort. Im Gegensatz zu Quetain Oktor war es den Netzfürsten erlaubt, ihren Herrscher in seiner Gegenwart beim Namen zu nennen, solange sie die Langform gebrauchten. Sein Gewand war purpurfarben, und seine Gliedmaßen und auch seine Augen waren etwas dunkler als die der übrigen Trebolaner. Die zuckenden Kieferklauen schienen die arkonidischen Worte regelrecht herauszupressen, mit mäßigem Erfolg. Es klang, als versuchte man, mit kleinen, brüchigen Stöckchen eine Symphonie zu spielen.

»Das ist Ril-Omh-Er«, flüsterte Kaprisi. »Du hast ihn bereits getroffen. Er ist Netzfürst des dritten Verbunds, zu dem auch die Hauptstadt gehört, und einer der obersten Gelehrten Vidaarms.«

Quetain Oktor nickte unmerklich. Nicht viele Trebolaner waren enthusiastisch genug, überhaupt die Sprache des Imperiums zu erlernen, genauso wenig, wie er sich je die Mühe gemacht hatte, die korrekten Bezeichnungen der komplexen sozio-politischen Einheiten Trebolas zu gebrauchen. Da die Trebolaner aber eine starke abergläubische Abneigung gegen den Einsatz arkonidischer Technik in ihren Heiligtümern und Machtzentren empfanden, hatte er um des lieben Friedens willen schon zu früheren Gelegenheiten auf den Gebrauch eines Translators verzichtet und dafür mit den Diensten eines echten Dolmetschers vorliebgenommen.

Er fragte sich, ob die Trebolaner wussten, dass Kaprisi in Wahrheit eine Maschine war. Für jeden Arkoniden wären die synthetische Haut und die nur grob modellierten Gesichtszüge schon von Weitem offensichtlich gewesen. Irgendetwas aber sagte ihm, dass die Trebolaner selbst eine Strohpuppe in Uniform noch für einen Arkoniden halten würden. Wahrscheinlich hielten sie Kaprisi für seine Adjutantin – was sie gewissermaßen ja auch war. Manchmal hegte er die irrationale Befürchtung, dass man sie für seine Partnerin hielt.

»Was kann Vid-Aarm-Aru für den Fürsorger tun?«

»Ihr wisst genau, was mein Anliegen ist«, antwortete Oktor ungeduldig. Er warf einen kurzen Blick zu Kaprisi, doch sie hielt den Blick starr geradeaus gerichtet und warf nichts ein. »Der arkonidische Regent wünscht eine Beschleunigung beim vereinbarten Technologietransfer. Das Memo dazu sollte seit einer Woche vorliegen.«

Ril-Omh-Er und ein weiterer Netzfürst in einer buttergelben Robe zu Vidaarms Linken reckten die Beine, steckten die Köpfe mit ihrem Herrscher zusammen und berieten sich leise in ihrer klackenden, brüchigen Sprache. Sie schienen ihr Getuschel nicht als unhöflich zu empfinden. Eine Anzeige im Sockel des Throns begann munter zu blinken.

»Der Fürsorger wünscht Zugang zu unseren Fertigungsanlagen«, stellte Ril-Omh-Er dann mit Blick auf das Blinken fest. »Er interessiert sich für die Art von verstärkter Festseide, die ihr Arkoniden als ›Webstahl‹ bezeichnet. Weiterhin für die adaptiven und absorbierenden Eigenschaften von Tarnseide.«

»Das wäre ein Anfang«, stimmte Quetain Oktor zu. *Entweder hat der zweite Trebolaner ein besseres Gedächtnis als der erste, oder das ganze Getuschel ist nur Schau, und sie haben gerade den Wortlaut meiner Anfrage von letzter Woche aufgerufen.*

»Ein Anfang?«, wiederholte Ril-Omh-Er und hob seine Stimme zu einem weinerlichen Schaben. »Es wäre das Ende unserer Souveränität. Was schützt das Fürstentum vor dem Griff fremder Mächte, wenn alle Geheimnisse gelüftet, alle Schätze gehoben sind?«

»Muss ich den Rat der Acht wirklich daran erinnern, dass Trebola Teil des Großen Imperiums ist?«, rief Quetain Oktor. »Und zwar nicht erst seit gestern?« Entnervt warf er die Hände hoch. Die Netzfürsten fuhren zusammen, und die Waffen der Garde zuckten nach vorn. Quetain Oktor spürte den Schweiß in seinem Nacken ausbrechen. Er ignorierte den strafenden Blick, den Kaprisi ihm zuwarf, gab sich aber Mühe, wieder möglichst ruhig und gelassen zu wirken.

»Glänzender!«, fuhr er fort. »Edle Fürsten. Selbstverständlich wird das Große Imperium niemals zulassen, dass dem Fürstentum Unheil widerfährt. Der Regent persönlich steht für den Schutz seiner Vasallen ein, auch den Euren, seit dem Tag, da Trebola dem Imperium die Treue gelobt hat. So wurde es beschlossen, und so wird es geschehen. Fragen der Souveränität stellen sich hier also nicht.«

Es war offenkundig, dass diese Antwort den Netzfürsten missfiel. Abermals steckten sie die Köpfe mit ihrem Herrscher zusammen. Was immer dieser zu sagen hatte, Oktor konnte es nicht hören. Vielleicht kommunizierte er über die blinkenden Lichter, vielleicht über ein Implantat – so wie er und Kaprisi –, oder er hatte andere Wege, ihnen seinen Willen mitzuteilen. Alles, was Oktor davon mitbekam, waren ein paar schwache Gesten seiner Kieferklauen und der Taster beiderseits davon.

»Vid-Aarm-Aru gibt zu bedenken, dass er diesen Regenten, von dem der Fürsorger spricht, nie getroffen hat«, wandte Ril-Omh-Er ein.

Ein kurzer Stich ging durch Oktors Herz. *Genauso wenig wie ich,* dachte er. *Mit einem einfachen Fürsorger auf einer Hinterwäldlerwelt wie eurer gibt sich der Regent nicht ab.*

»Den edlen Fürsten ist sicher bewusst, dass dies allein kein Argument gegen die Wahrhaftigkeit einer Sache ist.« Er erinnerte sich einer alten arkonidischen Binsenweisheit, die er lange nicht mehr gebraucht hatte, doch die Trebolaner liebten es, philosophische Streitfragen zu erörtern, also warf er ihnen eine hin. »Scheint der Mond weniger hell, wenn er untergeht?«

»Trebola hat keinen Mond«, entgegnete Ril-Omh-Er ungerührt. Da wäre dem Fürsorger beinahe der Kragen geplatzt. »Das ist nicht der Punkt!«, rief er aus und ließ alle Höflichkeit fahren. »Hier geht es darum, dass Trebola und seine Welten seit siebenhundert Jahren Teil des Imperiums sind, dessen Hoheit alle hier Versammelten uneingeschränkt anzuerkennen gelobt haben. Das Imperium hat euch begleitet, vom ersten Tag an, da ihr euer System verlassen und andere Sonnen besucht habt, und hat seine schützende Hand über euch gehalten. Es hat mich zu euch geschickt, euren Fürsorger, und all die Fürsorger, die vor mir dem Wohle unserer beiden Reiche dienten. Doch was hat es dem Imperium gebracht? Ihr habt weder Truppen noch Güter entsandt. Ihr verwehrt uns den Zugang zu bedeutenden Einrichtungen wie der Forschungsstation auf dem ersten Planeten. Ihr geizt mit eurem Wissen, als wären wir eine Gefahr für euch, und ...«

»Was kriegen wir dafür?«, unterbrach der Netzfürst in der gelben Robe.

Einen Moment fehlten Oktor die Worte.

»Kor-Ach-Ett«, half ihm Kaprisi auf die Sprünge. »Sechster Verbund. Vertreter der Priesterschaft und, wenn unsere Quellen nicht irren, auch Kämmerer.«

»Was ihr dafür *kriegt?*«, wiederholte der Halbarkonide ungläubig. »Ich dachte, das hätte ich gerade klargemacht. Das Imperium ...«

»Wir wünschen Zugang zu arkonidischer Technik«, fuhr Kor-Ach-Ett gelassen fort. Seine saphirblauen Augen blitzten. »Schutzschirme, Triebwerke, verbesserte Antigravitation ...«

»All das haben wir euch gegeben«, erinnerte ihn Oktor. »Und wir haben euch gelehrt, unter unserer Aufsicht damit umzugehen.«

Wieder berieten sich die Netzfürsten mit ihrem Herrscher. Vidaarm wippte müde mit den Tastern. Die Anzeige blinkte.

»Die Technologie, die man uns überlassen hat, ist veraltet«, meldete sich Kor-Ach-Ett abermals zu Wort. »Sie funktioniert unzuverlässig und ist der arkonidischen weit unterlegen. Das ist kein gerechter Austausch. Man sorgt dafür, dass wir dem Imperium nicht gefährlich werden können. Man fürchtet unsere Macht.«

»Ist das der Dank?«, rief Oktor laut und machte eine ausholende Geste mit der Hand, was zu entrüstetem Zittern und Raunen auf den Sitzen und ferneren Rängen führte. »Ist das der Dank für alles, was wir euch gegeben haben? Für die Maschinen, die Fahrzeuge, die Bauten ... Wenn ihr offenen Auges auf eure Welt schaut, müsst ihr doch erkennen, was ihr uns zu verdanken habt!«

»Ihr habt den Zwingturm errichtet«, erwiderte Ril-Omh-Er mit kühler Direktheit.

Quetain Oktor zuckte zusammen. Er hasste es, wenn die Trebolaner seinen Turm so nannten. Offiziell war es der Turm der Freundschaft. Nirgends wurde die Krise in den Beziehungen zu dieser Welt so deutlich wie in der Verachtung ihrer Bewohner für das größte Geschenk, das Arkon ihnen gemacht hatte: den großen Weltraumlift, der seit vielen Jahrzehnten zuverlässig Güter in den Orbit und wieder herabtransportierte. Aber seit der Stationierung einer Garnison in der Orbitalstation war das Wahrzeichen des Imperiums in Ungnade gefallen. Mittlerweile sahen die Trebolaner nur noch ein Symbol der Unterdrückung darin.

»Allerdings«, flüsterte Quetain Oktor zähneknirschend. »Und das wird nicht die letzte Veränderung sein, die ihr auf eurem Planeten bemerken werdet.«

Da kam neuerliche Unruhe in die Reihen der anwesenden Fürsten und Wachen, und die Maschinen, die Vidaarm am Leben hielten, stießen ein abruptes Schnauben aus. Die Lichter am Thron flackerten hektisch. Kaprisi griff nach seiner Hand und zog ihn einen Schritt zurück. Ärgerlich riss Oktor sich los. »Wenn ihr gedacht habt, dass ihr ewig so weitermachen könnt, habt ihr euch getäuscht! Glaubt ihr denn ernsthaft, der Regent merkt nicht, dass ihr ihn an der Nase herumführt? Und bevor ihr euch wieder dumm stellt: Eine Nase, damit ihr es wisst, ist das, was ich hier ...«

»Die Audienz ist beendet«, schnarrten Ril-Omh-Er und Kor-Ach-Ett unisono. »Der Glänzende dankt für deinen Besuch.«

Die Wachen nahmen sie in ihre Mitte und hielten ihre Waffen bereit. Quetain Oktor aber achtete gar nicht auf sie. Wütend stapfte der Fürsorger durch ihre Mitte, worauf sie raschelnd und klackernd zur Seite wichen. Kaprisi gab ihr Bestes, mit ihm Schritt zu halten, ohne ihre Gastgeber noch weiter gegen sie aufzubringen, doch sie holte ihren Herrn erst wieder ein, als dieser schon wieder seinen Gleiter bestieg.

Kapitel 3

Je-Ron-Tia

Das Versorgungsschiff glitt auf Trebolas Sternennetz zu. Je-Ron-Tia saß in seinem Nest aus Schmeichelseide und blickte in die funkelnde Weite der ewigen Nacht hinaus. Nach den langen Monaten unter den harschen Bedingungen Kheburs genoss er die Freiheit und Leichtigkeit des Flugs. Die stille Dunkelheit, in der die Knotenpunkte des Sternennetzes und der Dutzenden von Schiffen, die an ihm festgemacht hatten, wie Wassertropfen glitzerten, hatte eine beruhigende Wirkung auf ihn. Aus seiner Perspektive schien es, als breite sich das Netz schützend über seinen ganzen Heimatplaneten. Der Anblick rührte ihn an, und er fragte sich, ob dies vielleicht das letzte Mal sein würde, dass er seine Welt so sah.

Er dachte zurück an das erste Mal, als seine Mutter ihn mit ins All genommen hatte. Je-Ron-Sil war Ursprungsforscherin gewesen, genau wie er, und die Reise zur Heiligen Zone auf Khebur war noch sehr viel mühseliger gewesen als heute. Der Zwingturm, der damals noch Turm der Freundschaft genannt wurde, war nach langem, immer wieder aufgeschobenem Bau gerade fertiggestellt worden. Es war ein imposantes Gebäude, das für einige Probleme in der Hauptstadt gesorgt hatte, denn es war massiger und beinahe größer als der Palast der himmlischen Verheißung ausgefallen. Erst nachdem der damalige Fürsorger eingewilligt hatte, auf die oberen sieben Stockwerke des Turms zu verzichten, konnte die Krise beigelegt werden.

Kurz darauf hatten die besten trebolanischen Wissenschaftler und Starkweber mit dem Ausbau des Sternennetzes begonnen, das bis dahin nur eine Orbitalstation von vielen gewesen war. Im Zuge dessen waren sie über sich selbst hinausgewachsen, und sobald der Lift seine Arbeit aufnehmen konnte, hatten sich die Fortschritte noch beschleunigt. Die wenigen Arkoniden, die damals dauerhaft auf Trebola lebten, staunten nicht schlecht: Fast die gesamte Konstruktion des Netzes war trebolanischen Ursprungs, und nur wenig später beschlossen die Netzfürsten, auch das Seil arkonidischer Fertigung gegen trebolanische Starkseide auszutauschen. Bald war der Turm des Fürsorgers, der als Bodenstation des Weltraumlifts diente, das Einzige, was an dem Lift noch arkonidisch war, und die meisten Trebolaner hätten ihn am liebsten auch aus ihrer Stadt entfernt, denn sie fanden ihn ästhetisch unbefriedigend.

Dank des Lifts und des Sternennetzes an seinem anderen Ende konnten die Trebolaner nun viel größere Nutzlasten in den Orbit befördern. Sie bauten mehr Netzschiffe als jemals zuvor und sandten ihre tapfersten Söhne und Töchter zu den Sternen hinaus, um den Ruhm Trebolas zu mehren und Vidaarms Botschaft von Frieden, langem Leben und Glück auf die unerleuchteten Welten zu tragen. Mittlerweile umfasste das Fürstentum vierzehn Welten und war auf eine Ausdehnung von zwanzig Lichtjahren gewachsen. Es war der Höhepunkt ihrer Geschichte – die Blütezeit der trebolanischen Kultur.

Doch den Arkoniden waren Eifer und Erfolg der Trebolaner unheimlich geworden. Eines Tages war ein riesenhaftes Schiff aus dem Hyperraum gefallen, ein Koloss aus Arkonstahl, größer als alles, was die Trebolaner jemals gesehen hatten, und hatte an der Nabe des Sternennetzes angedockt. Aus den Materialien dieses Schiffs hatten die Arkoniden und ihre zweibeinigen Maschinen eine Garnison errichtet – angeblich zum Schutz des Systems, doch die Botschaft war klar: Das Große Imperium hatte ein waches Auge auf Trebola und würde es nicht zulassen, dass die Netzfürsten eines Tages versuchten, sich seines Einflusses zu entledigen. Eher würde man ihnen Weltraumlift und Sternennetz wieder nehmen – oder noch Schlimmeres.

Zwar hatte der Fürsorger um des Friedens willen darauf verzichtet, eine größere Zahl von Gardisten auf Trebola selbst zu stationieren – doch die Drohung aus dem Orbit war fast noch effektiver. Die Garnison, hässlich und metallisch, wie sie war, saß im Sternennetz und war untrennbar mit ihm verbunden. Sie kontrollierte den Gütertransfer hinab zur Oberfläche und den gesamten interplanetaren und interstellaren Verkehr – und sie konnte Trebola den Weg zu den Sternen, den Vidaarm seiner Zivilisation aufgestoßen hatte, jederzeit wieder nehmen. Es war subtil. Es war die Art von Drohung, die Trebolaner verstanden. Es war ein ungeheurer Frevel.

Größer als sein eigener?

Je-Ron-Tia war ein Verräter. Er hatte die heiligen Stätten seiner Zivilisation auf Khebur entweiht und mit dem Feind kollaboriert. Er hatte das Erbe seiner Mutter verraten. Er war ein Netzbeschmutzer. Ein Ärgernis für Geheimdienst und Politik.

Kulturelle Kontamination, lautete die Anklage. »Zu große Nähe zu den Fremden«, hatte man ihm auf seine verständnislose Reaktion hin erklärt. Wirklich begreifen konnte er es immer noch nicht.

Da begann das Terminal seiner Kabine rasch zu blinken. Eine Nachricht über Funk – die Nachricht, auf die er gewartet hatte. Mit zitternden Gliedern nahm Je-Ron-Tia den Anruf entgegen.

Auf dem Bildschirm erschien das sorgenvolle Gesicht des Netzfürsten Ril-Omh-Er.

»Es freut mich, dass du meinem Rat gefolgt bist«, sagte er. »Ich habe stets an dich geglaubt, aber viele von uns waren nicht sicher, ob du den Mut aufbringen würdest, dich dem Tribunal zu stellen.«

»Das alles muss ein Missverständnis sein«, verteidigte sich Je-Ron-Tia. *Ein schlechter Witz,* wollte er sagen, doch die gebotene Höflichkeit gegenüber seinem alten Mentor hinderte ihn daran.

»Du bist Ursprungsforscher, Je-Ron-Tia«, erinnerte ihn der Netzfürst. »Deine Aufgabe ist es, deiner eigenen Zivilisation zu dienen, nicht den Fremden. Deine Mutter hätte das gewusst.«

»Aber sind die Ursprünge unserer Kultur nicht untrennbar mit Fremden verbunden?«, hatte er eingewandt. Es war dieselbe Debatte, die sie schon von Khebur aus geführt hatten. »Verdanken wir unseren Weg zu den Sternen nicht den Sternen selbst? Es waren Reisende von einer fremden Welt, die Vidaarm ihr Geschenk machten.«

»Pass auf, was du sagst«, erwiderte Ril-Omh-Er. »Die Priesterschaft könnte deine Worte als Frevel auslegen.«

Es war immer das Gleiche: Die Ursprungsforschung hatte stets einen schmalen Grat zwischen Religion und Wissenschaft beschritten, und die letzten Jahre hatte das Pendel eindeutig Richtung der Religion ausgeschlagen. Vielleicht stimmte es, was man ihm vorwarf – vielleicht passte Je-Ron-Tia wirklich nicht in diese Zeit.

»Es war nie meine Absicht, gegen Vidaarm zu freveln«, sagte er. »Ich hoffte, seinem Beispiel zu folgen, indem ich den Rat und die Hilfe annahm, die man mir anbot.«

»Arkonidischen Rat«, tadelte ihn Ril-Omh-Er wie einen Schüler, der seine Lektion nicht gelernt hatte. »Arkonidische Geschenke.«

Je-Ron-Tia vollzog eine hilflose Geste mit beiden Armpaaren.

»Wessen Hilfe hätte ich denn sonst in Anspruch nehmen sollen? Wir verwalten das Erbe der Goldenen seit achthundert Jahren und haben kaum Fortschritte gemacht. Vidaarm selbst hat uns lange keine Weisung mehr gegeben, wie mit seinem Erbe ...«

»Ich hoffe, du hast den Arkoniden gegenüber weniger offene Worte gefunden«, unterbrach ihn Ril-Omh-Er. Alle Sympathie, die er seinem einstigen Schützling gegenüber empfinden mochte, war nun aus seinen Zügen gewichen.

Die Politik hatte ihn verändert, dachte Je-Ron-Tia. Sie hatte ihn kalt und unerbittlich werden lassen.

»Sie sind nicht unsere Freunde, gleich, wie sie sich geben.«

»Natürlich haben sie eigene Interessen«, gab Je-Ron-Tia zu. »Sie haben unser Fürstentum annektiert und so klein wie möglich gehalten. Sie haben den Zwingturm errichtet, und sie gönnen uns stets nur das Nötigste. Aber ihre Wissenschaftler sind nicht wie ihre Soldaten oder ihre Anführer. Sie interessieren sich nicht für Politik. Sie verfügen über große Erfahrung, die uns ...«

»Bist du wirklich so naiv?« Der Netzfürst war nun wütend. »Die Arkoniden werden immer zuerst an sich selbst denken! Ihre Wissenschaftler sind schwach und befolgen nur die Befehle des Fürsorgers. Der einzige Grund, weshalb sie sich noch nicht mit Gewalt genommen haben, was sie wollen, ist, dass sie die wahre Bedeutung der Heiligen Zone verkennen.«

»Dennoch können wir viel von ihnen lernen ...«

»Wir können nur von den Arkoniden lernen, wie man sich täuschen lässt. Und dabei bleibt es besser auch.« Ein wenig des alten Ril-Omh-Er schimmerte bei diesen Worten durch. Eine Spur von Humor. Aber auch ... Angst?

Wieso sind sie uns dann haushoch überlegen?, dachte Je-Ron-Tia, sprach die Frage aber nicht aus. Stattdessen senkte er demütig den Kopf. »Ich beuge mich dem Urteil Vidaarms und vertraue auf die Weisheit seiner Fürsten.«

»Komm nach Hause!«, sagte Ril-Omh-Er. »Einstweilen bist du von all deinen Pflichten entbunden. Im Netz wartet ein Shuttle auf dich. Alles Weitere wird sich finden.«

Je-Ron-Tia sah aus dem Fenster und dachte an den Prozess, den man ihm machen würde. Die Zukunft, die ihm dann noch bevorstand. Vielleicht würde man ihm einen unbedeutenden Posten in irgendeinem Ursprungstempel einrichten. Oder ihn zwingen, seinen Abschied von der Wissenschaft zu nehmen, und in irgendein Büro abschieben. In einer Webfabrik vielleicht.

So oder so, es wäre der Absturz in die Bedeutungslosigkeit. Je-Ron-Tia war am Ende. Er fühlte Zorn und Verzweiflung. Sie stempelten ihn zum Verräter – dabei hatte er immer nur seiner Zivilisation dienen, den Stand der Wissenschaft voranbringen wollen.

Vielleicht, überlegte er, hätte er auf die zahlreichen Warnungen hören sollen. Einige seiner Kollegen hatten geglaubt, dass man Je-Ron-Tia aus dem Weg räumen wollte, weil er zu schnelle Fortschritte machte – und jeder Durchbruch in ihrer Arbeit, nach so langer Zeit, würde zwangsläufig den politischen Status quo untergraben. Es gab aber erzkonservative Kräfte im Rat der Acht, denen selbst die Unterdrückung durch die Arkoniden und der Wettlauf gegen die Zeit, den sie langsam, aber sicher verlieren würden, noch lieber waren, als ihre eigene Macht einzubüßen. Vielleicht würde es in weiteren hundert Jahren kein Fürstentum mehr geben – nur noch eine arkonidische Kolonie unter vielen, mit einer unwichtigen Population an Einheimischen.

Je-Ron-Tias Blick fiel auf das Artefakt, das auf der kleinen Ablage vor dem Fenster ruhte und das Licht der Sterne einfing. Mit ihm hatte das ganze Unheil begonnen. Dabei sah es so unscheinbar aus: eine ungleichmäßige Walze, etwas kleiner als sein Kopf, verkratzt und verfärbt – alte Spuren der Vernichtung, des unerklärlichen Unheils, das die Goldenen befallen hatte, damals, vor achthundert Jahren. Seit damals hatte es nahe dem Landeplatz geruht, in der Dunkelheit der Heiligen Zone, bis er, Je-Ron-Tia, es unter Berücksichtigung aller gebotenen wissenschaftlichen Riten geborgen hatte. So schlicht es war, dieses Artefakt barg viele Rätsel und viele Wunder – so wie alle Artefakte der Goldenen. Es war sein größter und bedeutsamster Fund bislang, ein Fund, wie man ihn nur einmal im Leben machte – und eine ungeheure Schmach für seinen wachen Verstand: Denn so lange er auch daran geforscht hatte, es war ihm nicht gelungen, es zu enträtseln.

Vielleicht war es vermessen gewesen, an einen schnellen Erfolg zu glauben. Es gehörte zum Ethos der Ursprungsforscher, Jahre, Jahrzehnte, manchmal ein ganzes Leben der Enträtselung eines einzigen Fundstücks zu widmen. Man verschrieb sich der Arbeit unter den extremen Bedingungen Kheburs mit Leib und Seele und durfte nicht erwarten, dass man je dafür entschädigt wurde. Das hatte seine Mutter, die große Je-Ron-Sil, ihn immer gelehrt.

Doch Je-Ron-Tia war nicht wie seine Mutter, die ihr ganzes Leben lang geduldig nach Antworten in der Heiligen Zone gesucht und unzählige Bücher darüber verfasst hatte, ohne jemals den ersehnten Durchbruch zu erzielen. Er wollte Antworten auf seine Fragen. Er wollte nicht mit leeren Händen heimkehren. Und er wollte zurück zu Ji-Jin-Ila, ehe sie beide zu alt waren, und ein Netz mit ihr gründen.

Er hatte sich seine Heimkehr anders vorgestellt.

Die arkonidischen Wissenschaftler waren ihm wie ein Ausweg erschienen. Seit die Arkoniden von der Bedeutung Kheburs für die trebolanische Kultur erfahren hatten, hatten sie um Zugang zur Heiligen Zone gebeten. Doch nie war es einem Fremden gestattet worden, den Ort zu betreten, an dem Vidaarm vor achthundert Jahren den Goldenen gegenübergetreten war. Eine große Kuppel aus Tarnseide schützte heute die Zone vor der Untersuchung mit Ortern und Taststrahlen aller Art. Vidaarm selbst hatte verfügt, dass die Geheimnisse Kheburs allein Trebolanern vorbehalten bleiben sollten. Sie waren ihr Erbe. Die Fürsorger hatten diese Entscheidung bislang respektiert, aber natürlich waren ihre Wissenschaftler stets begierig gewesen, mehr über die verbotene innere Welt des Trebolasystems zu erfahren und insbesondere über das, was sich auf ihrer dunklen Seite verbarg.

Als seine Enttäuschung nach einer weiteren fehlgeschlagenen Versuchsreihe zu groß geworden war, hatte sich Je-Ron-Tia daher an einen seiner arkonidischen Kontakte gewandt. Dieser Kontakt war ein junger, ruhiger Mann, den er seit seinen Tagen am Seminar kannte: aufgeschlossen für einen Arkoniden und ein ausgezeichneter La-Jann-Spieler. Er war hocherfreut über die Gelegenheit gewesen, Je-Ron-Tia bei seiner Forschung zu unterstützen, und hatte ihm gern einige allgemeine Hinweise gegeben. Je-Ron-Tia hatte sich im Gegenzug mit einer Reihe von Messdaten revanchiert, und so hatte eins zum anderen geführt ... Und kurze Zeit hatte es wirklich so ausgesehen, als hätte ihre gemeinsame Anstrengung Erfolge gezeitigt.

Das Artefakt hatte sich aktiviert.

Mindestens zwei Stunden lang hatte es getan ... was immer es tat. Es hatte einige auffällige Ausschläge im fünfdimensionalen Spektrum gegeben, aber Je-Ron-Tia hatte nie herausgefunden, welchem Zweck der rätselhafte Gegenstand diente.

Dann war der Zauber verflogen, das Artefakt wieder verstummt. Es war ihm nicht gelungen, den Effekt zu reproduzieren.

Selbstverständlich war die Sache aufgeflogen. Er wusste nicht, ob sein arkonidischer Freund (wenn er denn wirklich einer war) ihn verraten hatte oder ob einer seiner eigenen Kollegen ihn gemeldet hatte. Seine Mutter war noch immer eine kleine Legende auf Khebur, ihre jahrzehntelange fruchtlose Arbeit galt vielen ihrer alten Mitarbeiter als vorbildlich, und so hatte Je-Ron-Tia eine Menge Bewunderer, aber auch Neider.

Das Einzige, was er mit Sicherheit wusste, war, dass er in den letzten Tagen einem echten Durchbruch näher gekommen war als jemals zuvor – und dass ihm das ohne die jahrtausendelange Erfahrung der Arkoniden im Umgang mit fünfdimensionalen Feldern niemals gelungen wäre.

Das Versorgungsschiff befand sich nun im Anflug auf die ihm zugewiesene Andockstelle. Und wie sie langsam über die zentrale Nabe des Sternennetzes trieben, auf der die arkonidische Garnison wie ein hässliches Geschwür saß, entdeckte er ein großes Schiff, das auf der anderen Seite des Netzes festgemacht hatte und gerade aus dem Schatten der Garnison trat.

Das Schiff war walzenförmig und länger als alle Schiffe, die Je-Ron-Tia aus dieser Nähe je gesehen hatte. Der Durchmesser der ihm zugewandten Seite war aber deutlich geringer. Sein Rumpf war in dunklen, erdigen Farben bemalt, ein Streifen über dem anderen wie eine Abfolge alter Sedimente. Ein ungewöhnlicher Schiffstyp – vermutlich eine Neuentwicklung der Arkoniden. Wieder stach ihn ein Gefühl der Hilflosigkeit beim Anblick ihrer grenzenlosen technischen Möglichkeiten ins Herz.

Was war er schon im Vergleich zu ihnen? Doch nur ein weiterer unbedeutender Trebolaner, der wie ein Bittsteller bei Hofe darauf wartete, dass man ihn anhörte. Sobald er dieses Schiff verließ, war er ein Niemand.

Nur ein Fremder unter Fremden ...

Da kam ihm eine Idee.

In dem Moment, in dem er das Shuttle bestieg, das ihn zurück nach Trebola bringen würde, würde sein Leben als Ursprungsforscher vorbei sein. Dort unten erwartete ihn nur seine Verurteilung. Seine Familie und Ji-Jin-Ila würden sich von ihm abwenden. Es sei denn ...

Es sei denn, es gelang ihm, das Ruder noch einmal herumzureißen.

Wenn er beweisen könnte, dass seine Forschung nicht vergebens, das Risiko, das er eingegangen, nicht grundlos gewesen war. Wenn er einen echten Durchbruch vorweisen könnte ... seiner Welt ein Geschenk machen ...

Er packte das Artefakt der Goldenen in seine Tasche und machte sich zum Ausstieg bereit.

Der Andockknoten füllte nun das gesamte Fenster aus. Das walzenförmige Schiff war dahinter verschwunden, aber er hatte sich gemerkt, in welchem Sektor des Netzes es verankert worden war.

Zu große Nähe zu Fremden?, dachte er trotzig. *Sie werden sich noch wundern ...!*

Es war seine letzte Chance, und er würde sie nicht ungenutzt verstreichen lassen.

Kapitel 4

Perry Rhodan

Perry Rhodan stand abseits des Gedränges an einem der oberen Fenster in der Ausgangshalle der HETH-KAPERK und blickte ihrem Ziel entgegen.

Die leuchtende Struktur, die ihn zunächst an eine Schneeflocke erinnert hatte, stellte sich, als sie näher kamen, als ein Netz aus silbrig weißen Strängen heraus, das deutlich größer war als ihr Schiff – er schätzte, mindestens dreitausend Meter im Durchmesser. An den Knotenpunkten, wo die Stränge sich trafen, waren metallische Elemente in die Struktur integriert, die anscheinend Korrekturtriebwerke enthielten. An anderen hatten verschiedene Schiffe angelegt, von denen einige wiederum selbst wie kleinere Ausgaben des mächtigen Netzes wirkten.

Rhodan musste an KE-MATLON denken, und beim Blick in Belinkhars Gesicht sah er, dass die ehemalige Matriarchin des Gespinsts sich ebenfalls an ihre alte Heimat erinnert fühlte. Dies war zweifellos eine Raumstation. Aber dieses Netz gehorchte ganz anderen Regeln der Symmetrie als die Station der Nham-Sippe, auch wenn sich deren praktischer Nutzen dem Betrachter nicht gleich erschloss. Vielleicht waren seinen Erbauern ästhetische Überlegungen wichtiger gewesen als praktische.

Zwei weitere Besonderheiten erregten seine Aufmerksamkeit: Das eine war eine stählerne, mit vielen Türmen bewehrte Halbkuppel auf der planetenabgewandten Seite des Netzes, die wie ein dornengespickter Morgenstern in seiner Mitte thronte, sodass ihre Zacken ins All hinauswiesen. Trotz der martialischen und ungewohnten Konstruktion waren ihm die Gestaltung der Waffentürme und Schriftzeichen auf ihrem Rumpf nicht unbekannt.

Die andere Besonderheit war ein feiner, leuchtender Faden, der sich präzise wie ein weiß glühender Energiestrahl von der Unterseite des Netzes zur Oberfläche spannte.

»Das ist ein Weltraumlift«, staunte Rhodan.

Atlan trat neben ihn. »Und eine arkonidische Garnison.«

»Keine besonders hübsche«, meinte Belinkhar, die sich zweifellos vorstellte, wie das Leben auf KE-MATLON ausgesehen hätte, wenn sich ein stählerner Riese wie dieser dem Gespinst aufgezwungen hätte.

»Roboterarbeit.« Atlan hob die Schultern. »Das war einmal ein Kugelraumer. Sehen Sie den halben Ringwulst? Es war ein altes Schiff. Wahrscheinlich kurz vor der Ausmusterung.«

»Es geht los!« Belinkhar wies auf das Kopfende der Schlange unter ihnen in der Halle, in die nun Bewegung kam. Die Crew hatte die Schleusen geöffnet und verabschiedete sich von ihren Passagieren, die für die Dauer der Reparaturen das Schiff verlassen mussten. Zwei Mehandor drückten dem Strom der unfreiwilligen Urlauber kleine Kärtchen in die Hand.

»Sie sind nicht gerade begeistert von unserem Zwischenstopp«, sagte Rhodan an Atlan gewandt.

»Die Garnison beweist, dass das Imperium in diesem System Präsenz zeigt. Jeder Kontakt mit arkonidischen Streitkräften stellt ein zusätzliches Risiko für unsere Mission dar, was ich gerne vermieden hätte.«

»Es ist ein kalkulierbares Risiko«, sagte Rhodan.

»Und sehen Sie nur«, scherzte Belinkhar und nickte in Richtung der Besatzungsmitglieder mit ihren Kärtchen. »Es gibt Gutscheine als Entschädigung.«

Atlan lächelte gequält. »Ich vergehe vor Neugierde, was wir hier dafür eintauschen können.«

»Nehmen Sie sich ein Beispiel an Ihrem Landsmann«, sagte Belinkhar. Crest und die anderen standen etwas weiter vorne, und zumindest dem Arkoniden und Goratschin war die Aufregung deutlich anzusehen, während Matsu und Chabalh das Gedränge in der Halle eher unangenehm zu sein schien.

»Was ist das mit Crest und Ihnen?«, fragte Rhodan, als Atlan nicht auf die Bemerkung reagierte. »Sie gehen sich aus dem Weg, und dabei haben Sie so viel gemeinsam.«

»Meinen Sie?«, erwiderte Atlan unerwartet scharf. Dann wandte er den Blick ab, als bedaure er seinen Tonfall. »Vielleicht ist das Teil des Problems.«

Belinkhar schaute ihn fragend an, doch Rhodan fasste sie unauffällig am Arm, und sie verkniff sich weitere Fragen. Wahrscheinlich war es der Matriarchin schon aus Gewohnheit ein Anliegen, Konflikte innerhalb der Gruppe anzusprechen und zu lösen, doch Rhodan glaubte, Atlan mittlerweile gut genug zu kennen, um es besser zu wissen. Der uralte Arkonide würde schon von selbst das Wort ergreifen, wenn es an der Zeit war.

»Werfen wir doch zuerst einen Blick auf das, was uns erwartet«, schlug er vor. »In Ordnung?«

»Schauen wir mal, ob wir das Ganze nicht etwas beschleunigen können«, sagte Belinkhar.

Rhodan gab Chabalh einen Wink, und der aufmerksame Purrer stupste Goratschin in den Rücken. Für Crest empfand er offenbar zu viel Respekt dafür, und bei Matsu hatte er es einmal versucht und im nächsten Moment beinahe ihre Hand auf der empfindlichen Nasenspitze gehabt. Er hatte nicht erwartet, dass die Reflexe der ruhigen Terranerin fast so gut waren wie seine eigenen.

Goratschin schaute über die Köpfe der Mitreisenden hinweg und machte die anderen auf sie aufmerksam. Crest schien unwillig, ihren Platz in der Schlange aufzugeben, dann sah er Belinkhar eines der Besatzungsmitglieder ansprechen. Der Mann nickte und führte sie zu einer deutlich kürzeren Schlange an einem anderen Ausgang.

»Es zahlt sich doch aus, mit einer Mehandor zu reisen«, sagte Rhodan.

»Man tut, was man kann.« Belinkhar lächelte, als sie durch die Schleuse in eine kurze Gangway traten. An deren Ende lag eine weitere Schleuse, und dahinter kam eine kleine Halle mit einer Sicherheitskontrolle.

»Roboter«, flüsterte Goratschin, der die Kontrolle als Erster entdeckte. Chabalhs Schwanz peitschte unruhig den Boden, und man konnte sehen, wie sich die geschmeidigen Muskeln unter dem schwarzen Fell des Purrers anspannten.

»Bleiben Sie ganz ruhig«, sagte Crest zuversichtlich. »Unsere Individualsignaturen wurden geändert, und Ihre sind dem Imperium nicht bekannt. Sehen Sie es als ersten Test, wenn Sie möchten, aber es besteht kein Anlass zur Sorge.«

Nun sah es auch Rhodan: Zwei arkonidische Roboter, deren Konstrukteure keinen Hehl aus ihrem militärischen Zweck gemacht hatten, bewachten einen torbogenförmigen Scanner am Ende des Raums.

»Crest hat recht«, sagte Rhodan. Verglichen mit den Kontrollen bei ihrer Abreise nach Isinglass wirkte dieser Checkpoint unbedenklich. Trebola konnte kein besonders wichtiger Planet des Imperiums sein. »Ganz ruhig, Chabalh.«

»Blechdosen«, zischte der Purrer zwischen seinen spitzen Zähnen, und Crest lachte auf.

»Sie sollten den Purrer nicht verspotten, nur weil er das Risiko realistischer betrachtet als Sie«, mahnte Atlan.

»Was wollen Sie damit sagen?«, fragte Crest ruhig.

»Ihr Aktivator«, flüsterte Atlan und zeigte auf das matt schimmernde, hühnereigroße Gerät, das Crest an einer Kette auf der Brust trug. Das geheimnisvolle Geschenk, das ES Rhodan angeboten und dieser ausgeschlagen hatte und nun dem alten Arkoniden ewiges Leben bescherte. »Halten Sie es für klug, ihn so offen unter aller Augen zu tragen? Vor ein paar Wochen pochten Sie noch darauf, möglichst unauffällig zu reisen.«

»Ich weiß nicht, was Sie meinen«, sagte Crest freundlich und legte den Kopf auf die Seite. »Es ist nur ein Schmuckstück.«

Atlan wollte etwas darauf erwidern, doch Crest unterbrach ihn. »Außerdem sagte ich doch, auffällig ist immer am unauffälligsten. Oder glauben Sie, der Scanner wird Ihren Aktivator nicht entdecken, bloß weil Sie ihn versteckt tragen?«

Rhodan schaute Atlan an und schüttelte den Kopf. Crests süffisante Art irritierte ihn, aber in der Sache hatte er recht. »Manchmal ist gar kein Versteck das beste.«

Crests Lächeln vertiefte sich. Dann trat er ruhigen Schrittes vor und passierte als Erster die Sicherheitskontrolle. Nur ein schwaches Leuchten im Innenrahmen des Torbogens verriet die mannigfaltigen Abtastungen, die in dieser Sekunde durchgeführt wurden. Er breitete die Arme aus und drehte sich um seine Achse wie ein Mann unter der Dusche, dann blinkte ein blaues Licht auf, und er verließ den Bogen zur anderen Seite hin. Die Roboter studierten teilnahmslos ihre Anzeigen und beachteten den älteren Arkoniden nicht weiter.

»Er genießt das Risiko«, sagte Atlan. »Wieso unterstützen Sie ihn noch dabei?«

»Er ist Crest«, sagte Rhodan. Dann erkannte er, dass diese Antwort vielleicht ihm selbst, nicht aber dem anderen Arkoniden genügte, und fügte hinzu: »Lassen Sie ihn. Er weiß schon, was er tut.«

»Würden Sie dasselbe Vertrauen auch Ishy Matsu entgegenbringen?«, fragte Atlan kühl. »Oder dem Purrer?«

»Offensichtlich«, sagte Rhodan. »Sonst würde ich ihn kaum meinen Leibwächter spielen lassen.«

»Ihr Vertrauen ehrt uns«, spottete Atlan. Dann traten auch sie durch die Sicherheitskontrolle.

Insgeheim aber wusste Rhodan, dass Atlans Sorgen begründet

waren: Crest hatte sich verändert, seit er den Aktivator trug. Er war risikobereiter geworden. Man könnte es auch leichtfertiger nennen. Die Gabe der Unsterblichkeit hatte Crests Körper zwar nicht direkt verjüngt – wohl aber seinen Geist. Der todkranke, sorgenvolle Derengar, den Rhodan vor zehn Monaten auf dem irdischen Mond kennengelernt und dem die Menschheit so viel zu verdanken hatte, nahm sich im Rückblick wie der greise Vater dieses ungestümen Draufgängers aus.

Einen Moment, als Rhodan unter dem Torbogen stand, rechnete er wider besseres Wissen damit, dass ein Alarm durch die Halle gellen und die arkonidischen Roboter ihre Waffenarme auf sie richten würden. Doch wie zuvor bei Crest blinkte das blaue Licht, und sie passierten die Kontrolle ohne Zwischenfälle.

Selbstverständlich würden erst die nächsten Stunden zeigen, ob sie wirklich auf der sicheren Seite waren. Doch für den Moment schien es, als hätten sich die falschen Identitäten, die Belinkhar ihnen beschafft hatte und die die Positronik der HETH-KAPERK der Garnison längst übermittelt haben musste, bezahlt gemacht – genauso wie der Besuch auf Isinglass.

Fremde unter Fremden, dachte er, als er die letzte Schleuse passierte und sah, was nun vor ihnen lag.

Sie hatten den konventionell gefertigten Bereich verlassen und waren im Begriff, die Wohn- und Geschäftsbereiche der netzförmigen Station zu betreten – jene geheimnisvollen Bereiche, die vom Weltraum aus so weiß wie Schnee gewirkt hatten.

Vor ihnen öffnete sich eine lang gestreckte, zweigeschossige Halle. Böden, Decken und Wände bestanden fast vollständig aus einem weißen Material, das Rhodan entfernt an Elfenbein erinnerte, denn es war matt und schien makellos glatt zu sein. Es war jedoch nicht rutschig, sondern fühlte sich unter ihren Füßen eher wie ein Hartgummiboden an. Es gab keine rechten Winkel in der Halle. Ihr Querschnitt war oval, breiter als hoch, und in den Wänden, auf ihrem Stockwerk ebenso wie auf dem darüber, öffneten sich zahlreiche runde und nierenförmige Nischen und Alkoven, in denen die Bewohner der Station ihren Geschäften nachgingen.

Nichts von dem, was Crest gesagt hatte, hätte ihn auf den Anblick dieser Wesen vorbereiten können.

Ishy Matsu stieß einen spitzen Schrei aus. »Es sind *Spinnen!*«, rief sie schrill.

Überall in der Halle saßen und liefen die Bewohner dieses bemerkenswerten Systems herum. Selbst an den Wänden hockten sie, und sie eilten an ihnen problemlos zu den Balkonen des Obergeschosses hinauf. Offenbar hatten ihre Beine keine Schwierigkeiten, auf dem weißen Material Halt zu finden, und die geringe Schwerkraft, die Rhodan nun, da sie sich freier und rascher bewegen konnten, deutlich auffiel, begünstigte sie.

Zitterspinnen, dachte er, doch das traf es nur teilweise.

Die Trebolaner waren fast so groß wie Menschen. Ihr eigentlicher Körper war klein und in zwei Teile gegliedert. Am Oberleib setzten acht lange, zierliche Beine an, die den Körper in der Schwebe hielten und tatsächlich an die Beine einer terranischen Zitterspinne oder eines Weberknechts erinnerten. Allerdings benutzten die Trebolaner anscheinend nur dann alle acht Beine, wenn sie es eilig hatten oder um besseren Halt an den gewölbten Wänden zu finden. Wenn sie innehielten, um sich auszutauschen oder eine Ware begutachteten, richteten sie sich auf und benutzten die vorderen Beine als Greifwerkzeuge. Und wenn sie eine schwere oder unhandliche Last zu transportieren hatten, schienen ihnen auch vier Beine zum Gehen zu genügen.

Der ganze Körper war glatt und wirkte gleichermaßen solide wie zerbrechlich in seiner Zierlichkeit. *Ein Exoskelett,* mutmaßte Rhodan. Die Farbe des chitinartigen Panzers war ebenfalls Weiß, schillerte aber in sanften Perlmutt- und Pastelltönen. Zudem trugen alle Trebolaner, die er sah, Kleidung, die oft sehr aufwendig gestaltet war. Vielleicht war sie vorrangig Statussymbol, denn es sah nicht so aus, als ob sie den harten Körpern der Trebolaner zusätzlichen Schutz bot. Wahrscheinlich verdiente ein Schneider auf Trebola nicht schlecht.

Fasziniert trat Rhodan vor und nahm den Anblick der Fremden in sich auf, wie sie in leisen, scharrenden Stimmen miteinander sprachen, Handel trieben, sich grüßten oder Befehle gaben. Zwischen ihnen waren auch ein paar Arkoniden und Mehandor zu sehen, die wie selbstverständlich mit den Einheimischen redeten, obwohl diese ihnen, wenn sie auf allen acht Beinen standen, bis zur Brust reichten und noch größer waren, wenn sie sich auf die Hinterbeine aufrichteten. Die Einzigen, die die Arachnoiden mit großen Augen und offenen Mündern anschauten, waren die anderen Passagiere der HETH-KAPERK, die nun hinter ihnen in die Halle strömten.

Die Köpfe der Fremden waren klein und saßen leicht erhoben auf den Oberkörpern. Sie wirkten feingliedrig und dank ihrer mandelförmigen Augen beinahe humanoid, ein wenig wie die

Köpfe der freundlichen grauhäutigen Aliens, die Ende des letzten Jahrhunderts die Phantasien der Erdbewohner beflügelt hatten. Erst auf den zweiten Blick sah man, dass diese großen dunklen Augen, die wie Edelsteine funkelten, nicht die einzigen, sondern nur die auffälligsten Sehorgane der Trebolaner waren. Eine ganze Reihe weiterer kleinerer Augenpaare zog sich beiderseits des Schädels entlang. Und die Kieferklauen am unteren Ende des Kopfes, wo sich ähnlich wie bei Menschen Ess- und Sprechwerkzeuge befanden, wirkten verstörend in ihrer ruhelosen Feingliedrigkeit.

Rhodan schüttelte den Kopf. Matsus Reaktion war verständlich. Sicher, sie waren siebenundzwanzigtausend Lichtjahre von zu Hause entfernt. Und die Evolution war hier andere Wege gegangen, selbst wenn sie ähnliche Ziele erreicht hatte. Aber nach allen gängigen Maßstäben, mit denen sie als Menschen aufgewachsen waren ...

»Nicht alle raumfahrenden Kulturen würden sie so klassifizieren«, hörte er hinter sich Crests Stimme. Der Arkonide sprach halb beruhigend, halb belustigt auf Ishy Matsu ein. »Und nicht alle Schlüsse, die sie daraus ziehen, mögen zutreffend sein ...« Dann schaute Crest sich um und seufzte. Offensichtlich war er zu demselben Ergebnis gelangt wie Rhodan.

»Aber ja ... sind es Spinnen. Ich dachte, das hätte ich bereits klargemacht. Woraus, dachten Sie, bestehen denn wohl diese weißen Böden, diese Halle, ja diese gesamte faszinierende Station?« Er machte eine ausladende Geste mit der Hand. »Die Fertigungskünste der Trebolaner sind legendär im Imperium. Sie nennen es *Starkweben,* wenn mich meine Erinnerung nicht täuscht – und das ist nur eine von tausend möglichen Verwendungszwecken ihrer Seide. Glauben Sie mir, viele Labore des Imperiums gäben einiges darum, dieses Material besser zu verstehen, aber leider gilt das Vidaarm-Fürstentum als, sagen wir ... unkooperativ, wenn man seine Geheimnisse tangiert.«

Matsu hörte gar nicht richtig zu. Die Japanerin war bleich geworden, ihr Atem ging schnell, und sie hatte Goratschins Hand gepackt.

Der Hüne legte schützend seinen Arm um sie. »Was ist mit dir?«, flüsterte er

»Siehst du es nicht?«, fragte Belinkhar. »Sie hat Angst.«

»Eine irrationale, aber weit verbreitete Reaktion unter Terranern«, stellte Atlan nüchtern fest. »Sie kann nichts dafür.«

»Lass mich«, sagte Matsu ärgerlich und befreite sich aus seinem Griff. »Es geht schon.«

»Bist du sicher?«, fragte Goratschin besorgt.

»Bring mich einfach zurück aufs Schiff.«

Goratschin warf Belinkhar einen zweifelnden Blick zu.

»Frag den Kapitän, ob Ishy an Bord bleiben kann«, sagte Rhodan. »Es gibt keinen Grund, es komplizierter für sie zu machen als nötig.«

Belinkhar wandte sich ab, legte die Hand ans Ohr und rief den Kapitän der HETH-KAPERK über ihren privaten Kommunikator. Gelassen sprach sie ein paar Sätze auf Interkosmo, dann wurde sie wütend, und Rhodan schnappte ein paar Wörter auf, die er auch ohne die Hilfe seines Translators verstanden hätte. Dann drehte sie sich wieder um und strich sich aufgebracht durchs kurze rote Haar.

»Er sagt, das Schiff muss mindestens zwei Tage in die Werft, und das Sicherheitsprotokoll lässt während dieser Zeit keine Passagiere an Bord zu. Selbst die Tiefschlafeinheiten werden solange verladen. Es tut mir wirklich leid.«

»Du kannst nichts dafür«, sagte Rhodan.

»Du verstehst nicht.« Die drahtige Frau sah ihn an, und das Funkeln in ihren Augen verriet nur zu deutlich, dass sie sich nicht als Matriarchin einer Mehandor-Sippe behauptet hatte, nur um jetzt von einem dahergelaufenen, starrköpfigen Kapitän abgewiesen zu werden. »Er hat mir eine Bitte ausgeschlagen. Eine *persönliche* Bitte.«

»Er weiß nicht, wer du bist«, erinnerte sie Rhodan. »Oder doch?«

Sie zögerte, dann schüttelte sie den Kopf. »Nein. Natürlich nicht. Das hätte den Plan gefährdet.« Sie wandte sich an Ishy Matsu. »Tut mir leid, Ishy, aber da ist nichts zu machen. Ich fürchte, du wirst damit klarkommen müssen.« Sie sagte es ganz sachlich, doch ihr Tonfall machte auch deutlich, dass der Punkt nicht verhandelbar war.

Die jüngere Frau schluckte und brachte sich wieder unter Kontrolle. Es war offenkundig, wie viel Kraft es sie kostete. Kleine Schweißperlen standen auf ihrer Stirn, fast, wie wenn sie ihre besondere Gabe einsetzte. Vielleicht war es tatsächlich so, überlegte Rhodan. In gewisser Weise zwang sie sich dazu, etwas *nicht* zu sehen, obwohl es doch da war – überdeutlich.

»Gut«, sagte sie. »Gehen wir.« Sie griff wieder nach Goratschins Hand, und dem großen Mann stand die Bewunderung für ihre Tapferkeit deutlich ins Gesicht geschrieben.

»Sie werden es nicht bereuen«, versicherte ihr Crest. »Trebola soll ein Ort von unbeschreiblicher Schönheit sein.«

Matsu erwiderte nichts und schaute starr geradeaus. Belinkhar ließ sich von der Positronik der HETH-KAPERK den Weg zur nächsten Shuttleanlegestelle weisen, und sie machten sich auf den Weg.

»Ein Gutes hat es ja«, sagte Atlan, der die arkonidischen Sicherheitskräfte und die Wachroboter, die immer wieder aus der Menge aufragten, sorgsam im Blick behielt. »Wir gehen der Garnison und der Wachmannschaft aus dem Weg.«

»Einen Urlaub habe ich mir trotzdem anders vorgestellt«, versuchte Goratschin zu scherzen, doch Matsus Hand verkrampfte sich um seine, und sie zog ihn weiter.

Auch Chabalh wirkte nervös und hatte Probleme mit der geringen Schwerkraft. Mehr denn je erinnerte er Rhodan in diesen Minuten an eine große Katze, die mit der ihr eigenen Mischung aus Grazie und Ungeschick mehrmals nur um Haaresbreite einem Zusammenstoß entging.

»Und?«, fragte Crest, als sie die nächste Schleuse erreichten und Rhodan neben ihn trat. »Sie wollten überrascht werden, mein Freund. Ist es mir gelungen?«

Kapitel 5

Quetain Oktor

»Also?«, fragte Quetain Oktor müde und nippte an seinem Glas. Der Tuglan-Branntwein, ein teures Importgut auf Trebola, wärmte seine Kehle. »Was hast du für mich?«

»Leider nicht viel«, entgegnete Kaprisi von ihrem Terminal. »Sieh selbst.«

Der Fürsorger stellte sich hinter sie und blickte ihr über die Schulter. Die zweigeteilte Projektion, die vor ihr schwebte, zeigte seinen Besuch beim Erzfürsten, nur diesmal aus Kaprisis Perspektive. Die Bilder ihrer versteckten Kamera waren zwar bloß zweidimensional, aber gestochen scharf, und beim Anblick von Vidaarms dürren, knochigen Gliedern war Oktor froh, wieder zurück in seinen Quartieren zu sein.

Der Fürsorger trat an das Panoramafenster seines Büros, in dem sich die schwarze Haut seines Spiegelbilds schwach abzeichnete, sodass es wie ein Geist über dem Abgrund zu schweben schien. Sie befanden sich im dreiundsechzigsten und obersten Stockwerk des Turms. Ursprünglich war das Gebäude auf siebzig Stockwerke veranschlagt gewesen, doch ein diplomatischer Eklat hatte den Bau frühzeitig gestoppt. Die oberen drei Etagen bildeten nun einen vergleichsweise niedrigen Halbkreis, der sich auf der Verladeplattform des Weltraumlifts auf Höhe des sechzigsten Stocks erhob. Einfacher ausgedrückt: Quetain Oktors Büro war der höchste Punkt eines beschnittenen Turms. Er hatte es immer schon gerade so hoch hinausgeschafft, wie man ihn ließ.

Unter ihm erstreckte sich die unverständliche Hauptstadt mit ihren schimmernden Türmen, Brücken und milchweißen Freiwegen im Schein der bläulich weißen Sonne. In der Ferne sah er Vidaarms Palast, das nach wie vor höchste Gebäude der Stadt, im Zentrum zahlloser Verbindungen. Es war den Trebolanern verboten, Seidenwege gleich welcher Art am Turm der Freundschaft anzubringen, und Quetain Oktor schätzte dieses Verbot sehr, denn es befreite ihn vom Anblick seiner Schutzbefohlenen und der bösen Überraschung, die es bedeutet hätte, wenn sich ein besonders vermessener Trebolaner auf einmal von seinem Dach herab direkt an seinem Fenster vorbei abgeseilt hätte. Gleichzeitig war der Turm damit aber auch das isolierteste Gebäude, und aus Sicht der Trebolaner war Ausgeschlossenheit aus dem Netz gleichbedeutend mit Nichtexistenz.

Ein weiterer Luxus, den sich Oktor erlaubte, war die künstliche Schwerkraft in seinen Quartieren. In den oberen drei Stockwerken des Turms herrschten – im Gegensatz zur Verladeplattform und den sechzig Stockwerken darunter – arkonidische Schwerkraftverhältnisse. Selbstverständlich war dies eine ungeheure Energieverschwendung. Quetain Oktor hatte sie damit gerechtfertigt, dass jeder Trebolaner, der versuchte, gegen seinen Willen in die Quartiere des Fürsorgers einzudringen, schon außer Atem sein würde, ehe er auch nur seine Tür erreichte: Die Lungen der Arachnoiden kamen mit höherer Schwerkraft als dem knappen halben Gravo ihrer Heimatwelt nicht zurecht.

Manchmal bedauerte es Quetain Oktor, nicht in der Orbitalstation des Lifts zu wohnen, wo er unter Arkoniden gewesen wäre. Allerdings nahm er an, dass die ständige Gesellschaft des Militärs recht ermüdend war – ganz davon abgesehen, dass viele der konservativeren Offiziere ihn als Halbarkoniden nicht für voll nahmen. Hier unten hatte er wenigstens eine Handvoll ziviler Beschäftigter, selbst wenn diese ihre Zeit vor allem mit Fiktivspielen zubrachten. Außerdem waren seine Vorgesetzten einmal der Meinung gewesen, dass eine gewisse Nähe zu seinen Schutzbefohlenen förderlich für seine Arbeit wäre.

Hauptsache, *sie* brauchten sich nicht mit den Trebolanern abzugeben, überlegte Oktor und nippte wieder an seinem Brandy.

Oder mit ihm – dem Mischling.

»... und ebenfalls ohne Ergebnis«, sagte Kaprisi.

»Hm?« Der Fürsorger drehte sich um. Er hatte den Eindruck, dass sie gerade mit einer längeren Ausführung fertig geworden war, und fast kam es ihm vor, als blickte sie ihn tadelnd an, auch wenn ihr starres Gesicht zu keiner Mimik fähig war.

»Ich sagte ... Soll ich alles wiederholen oder nur das Wichtigste?«

»Nur das Wichtigste«, bat Quetain Oktor.

»Die Vermessung war ohne Ergebnis.«

»Oh.« Das war ärgerlich, denn Kaprisis heimliche Scans waren der eigentliche Grund ihrer Audienz beim Erzfürsten gewesen. Fragen der Seidenfertigung interessierten ihn etwa so brennend wie das immergleiche Wetter der Hauptstadt, und es irritierte ihn fast, dass die Trebolaner ihre Seide für derart wichtig hielten, dass sie den Vorwand seines Besuchs für bare Münze genommen hatten. »Das heißt, die ganze Mühe war vergebens?«

»Es sieht leider so aus.«

»Infrarot? Ultraschall? Manchmal sind die einfachsten ...«

»Soll ich alles wiederholen?«, fragte Kaprisi abermals, und diesmal schien ein lauernder Unterton ihre Worte zu begleiten.

Quetain Oktor seufzte. »Nein, schon gut. Ich glaube dir, dass du an alles gedacht hast.«

Sie nickte knapp. »Die wahrscheinlichste Erklärung für den Misserfolg meiner Messung legt auch das Scheitern aller nachträglichen Auswertungsversuche nahe.«

»Und die wahrscheinlichste Erklärung war ... bitte wiederhole doch diesen Teil noch einmal, Kaprisi.«

»Tarnseide«, erwiderte Kaprisi ungerührt.

»Richtig. Tarnseide.« Trebolanische Tarnseide war sicher die vergleichsweise interessanteste und ärgerlichste Errungenschaft dieser hinterwäldlerischen Welt. Sie schützte ein Objekt vor so ziemlich allen Tasterverfahren. Elektromagnetische Strahlung, zumindest der gängigen Spektren, durchdrang sie nicht. Sichtbares Licht wurde reflektiert, weswegen sie als weiß erschien. Funkwellen, Röntgenstrahlung und sogar fünfdimensionale Impulse, soweit er und Kaprisi das im Rahmen ihrer Möglichkeiten erforscht hatten, wurden einfach verschluckt. Das Imperium war tatsächlich einmal sehr interessiert an diesem Material gewesen – allerdings hatte man schnell herausgefunden, dass man die Trebolaner nicht dazu zwingen konnte, es herzustellen. Noch Oktors Vorgänger hatte verschiedene Techniken der Informationsgewinnung ausprobiert – und wenn die Trebolaner gewusst hätten, was mit den Versuchsobjekten damals wirklich passiert war, wäre der Fürsorger heute wahrscheinlich nicht hier gewesen.

Zum Glück war die Herstellung von Tarnseide auch für die Trebolaner selbst sehr schwierig, sodass sie es nicht in großer Menge produzieren konnten. Sonst hätten sie hier womöglich mit einem ernsten Problem zu kämpfen – so wie auf Khebur.

»Es ist mir gar keine Tarnseide aufgefallen bei der Audienz.«

Kaprisi wartete lange genug mit einer Antwort, dass ihm die Ironie seiner Aussage von selbst aufging. Dennoch ließ sie es sich nicht nehmen, ihn auf seinen Fehler hinzuweisen. »Die Brust des Erzfürsten war voll davon.«

»Wer hätte es gedacht?«
»Sie war über das Zepter gespannt.«
»Wie praktisch für ihn.«
»Nicht wahr?«

Quetain schüttelte irritiert den Kopf. »Und was machen wir nun?«

Das Zepter Vidaarms – das geheimnisvolle Ei auf der Brust des Erzfürsten – war das Einzige gewesen, über das er wirklich gerne etwas erfahren hätte. Das sagenumwobene Artefakt, das Vidaarm angeblich vor achthundert Jahren von seiner Expedition nach Khebur mitgebracht hatte. Das Geschenk der Goldenen – jener geheimnisvollen Fremden, denen Vidaarm der Legende nach den Segen seines Erfolgs und auch seine Langlebigkeit verdankte.

Kaprisi gab keine Antwort und widmete sich wieder ihrem Terminal.

Quetain Oktor dachte nach.

Angeblich – das war die Quintessenz der mehrere Bände umfassenden Überlieferung, die Vidaarms Heldentaten und Eroberungen pries – traf der spätere Erzfürst, als er vor bald einem Jahrtausend als erster Trebolaner mit knapper Not die dunkle Seite des ersten Planeten erreichte, dort auf notgelandete Fremde. Es war so gut wie nichts darüber bekannt, welcher sternenfahrenden Kultur sie angehörten. In der Überlieferung wurden sie stets nur »die Goldenen« genannt, und falls Teile der Priesterschaft mehr über sie wussten, dann gaben sie es nicht zu. Vidaarm schaffte es, Kontakt zu den Fremden herzustellen und ihr Vertrauen zu gewinnen. Die Goldenen schenkten Vidaarm ihr Wissen und rüsteten sein primitives Raumfahrzeug technisch auf.

Außerdem, so heißt es, übergaben sie ihm den Gegenstand, der später als sein Zepter bekannt werden würde.

Quetain Oktor hielt das alles für reichlich abenteuerlich. Warum sollten Vertreter einer derart überlegenen Zivilisation wie diese Goldenen den primitiven Arachnoiden Geschenke machen?

Die Trebolaner sollten sich glücklich schätzen, dass es keine Arkoniden gewesen waren, die sie auf ihrer Nachbarwelt getroffen hatten – dann wäre die Geschichte sicher anders ausgegangen.

Vidaarm aber kehrte nach Trebola zurück, wo es ihm mithilfe der Technik der Goldenen gelang, die verfeindeten Netzgemeinschaften seiner Heimatwelt zu einigen. Aus Dankbarkeit stellten die Trebolaner aus ihrer Seide verschiedene von den Goldenen benötigte Ersatzteile her. Mit diesen im Gepäck flog Vidaarm abermals nach Khebur.

Doch ob die naiven Opfergaben seiner Untertanen ihren mysteriösen Gönnern tatsächlich genützt hätten, stellte sich niemals heraus – denn als Vidaarm den Landeplatz der Goldenen im Jahr darauf zum zweiten Mal erreichte, fand er nur noch ein Trümmerfeld vor. Irgendjemand war ihm zuvorgekommen, oder die Goldenen waren nicht so schlau gewesen, wie die Trebolaner glaubten.

All dies wäre nicht mehr als eine amüsante Fußnote in der Geschichte der imperialen Kolonien geblieben, hätte der gesegnete Vidaarm nicht in der Folge Schlacht auf Schlacht geschlagen und Feldzug auf Feldzug gewonnen. Die Trebolaner hatten sich unter seinem Zepter wie unter einem Banner geschart und waren unter Führung ihres Helden zu den Sternen aufgebrochen. Die Landestelle auf Khebur hatten sie zu einem Heiligtum erklärt und unter Bergen von Seide versteckt. Frühere Fürsorger hatten versucht, diesen Ort zu besuchen, und damit beinahe einen Krieg ausgelöst. Und achthundert Jahre später und um mehrere Sonnensysteme reicher, saß der greise Heroe wie damals schon auf seinem Thron und machte Quetain Oktor das Leben schwer.

»Fürsorger«, sagte Kaprisi. »Das hier solltest du dir ansehen.«

Er riss sich aus seinen Gedanken, nahm die Flasche mit Tuglan-Branntwein von der Anrichte und schlenderte zu ihr hinüber.

Er stellte fest, dass die Projektion mittlerweile eine schlichte Halle zeigte, in der einige arkonidische Roboter älteren Typs einen Personenscanner bedienten. Kurz war Quetain Oktor verblüfft, dann erkannte er die Halle als einen der Ankunftsbereiche in der Orbitalstation wieder. Kaprisi musste die Sicherheitssysteme der Station angezapft haben.

»Was ist?«, fragte er.

»Gleich«, sagte Kaprisi und tippte auf den Zeitindex unter dem Bild. Dieser verriet Quetain Oktor, dass es sich um eine Aufzeichnung von vor etwa einer halben Stunde handelte.

Ein Arkonide trat ins Bild. Sein Alter war schwer zu schätzen, aber sicher war er nicht mehr jung. Er trug zivile Kleidung, und sein weißblondes Haar war vergleichsweise kurz. Und er kam aus Richtung der Schleusen.

»Ein arkonidischer Reisender«, sagte Quetain Oktor. »Na und?« Es kamen immer wieder Reisende durch das System. Andere besuchten Angehörige in der Garnison.

»Schau hier!«, sagte Kaprisi. »Vergrößern.«

Kaprisi setzte die Bildgeschwindigkeit zu einer sehr langsamen Zeitlupe herab und holte das Bild näher heran.

Und da sah er es.

Der Arkonide trug auf seiner Brust ein Ei, das dem Zepter Vidaarms auffällig ähnelte. Im Gegensatz zum Erzfürsten trug er es an einer Kette um den Hals. Die Proportionen stimmten haargenau – selbst die Position auf seiner Brust schien dieselbe zu sein.

»Eine deiner Bildersuchen?«, riet er. Er wusste, dass Kaprisi häufig intensive Recherchen in den Datennetzen des Turms und der Station betrieb. Er ließ sie gewähren, weil sie diese Aufgaben weit besser erledigte als er und dabei gelegentlich auf interessante Kleinigkeiten stieß, die sie nach Arkon melden konnten. Zu einer Beförderung oder gar Versetzung hatte es allerdings bislang noch nicht gereicht.

Statt einer Antwort rief sie den heimlichen Mitschnitt der Audienz wieder auf und legte die beiden Eier übereinander. Obwohl das genaue Aussehen von Vidaarms Zepter unter der schützenden Tarnseide nur zu erraten war, so war es doch offensichtlich, dass die Konturen beider Schmuckstücke exakt deckungsgleich waren.

»Ein interessanter Zufall«, befand er.

»Da bin ich mir nicht sicher«, widersprach Kaprisi. »Es sei denn, du würdest es einen Zufall nennen wollen, dass auch dieses Objekt sich allen Scans der Sicherheitskontrolle entzog.«

»Wieso hat die Kontrolle dann ...«

»Weil die Scans einfach *nichts* angezeigt haben«, kam der Roboter seiner Frage zuvor. »Das System ist aber nicht darauf programmiert, Alarm zu schlagen, wenn *nichts* angezeigt wird. *Etwas* wird normalerweise immer angezeigt.«

»Das heißt ...«

»Wir wissen im Moment noch nicht einmal mit Sicherheit, aus welchem Metall dieses Gerät besteht. Es könnte sich um Titan handeln, aber die Daten sind ungenügend.«

Quetain Oktor schwieg nachdenklich. Das war in der Tat ungewöhnlich.

»Und das ist noch nicht alles«, fuhr Kaprisi mit einer gewissen Zufriedenheit, wie ihm schien, fort. Sie setzte die Bildgeschwindigkeit herauf und lenkte seine Aufmerksamkeit auf die bunt zusammengewürfelte Gruppe von Reisenden, die dem Arkoniden folgte. Sie bestand aus verschiedenen Humanoiden, deren Heimatwelt Oktor nicht zuordnen konnte: einer Mehandor, einem schwarz bepelzten Primitiven und einem weiteren Arkoniden in einem olivgrünen Overall, der dank seiner athletischen Figur und seines langen Haars deutlich imposanter als sein Landsmann wirkte. Der Fürsorger verfolgte, wie sie der Reihe nach die Sicherheitskontrolle passierten.

»Dieser Arkonide trägt ebenfalls etwas unter seinem Raumanzug versteckt, auf das unsere Scans nicht ansprechen«, sagte Kaprisi. »In seinem Fall mag es sich tatsächlich um einen Zufall handeln, doch die Sachlage ist ... ähnlich.«

»Da Tarnseide als Erklärung hier aber ausscheidet, wäre deine Theorie wohl widerlegt, oder nicht?«

Kaprisi ließ sich nicht aus der Ruhe bringen. »Das lässt sich ohne eine genaue Untersuchung jedes dieser Objekte nicht abschließend sagen.«

Zufrieden beugte sich Oktor vor und studierte das Bild. Es kam nicht häufig vor, dass Kaprisi nicht weiterwusste. »Mit welchem Schiff kamen die Fremden?«

»Mehandorwalze HETH-KAPERK, Passagierschiff. Reiseziel Hela Ariela. Zwischenstopp aufgrund eines Maschinenschadens. Sie legen zur Stunde ab, um das Schiff in die Werft zu fliegen.«

Quetain Oktors Herz begann schneller zu schlagen.

»Ruf ihren Kapitän! Ich will ihre Passagierdaten. Außerdem alles, was die internen Sensoren und die Tiefschlafeinheiten an biometrischen Daten gesammelt haben. Wie sieht es mit ihren Individualsignaturen aus?«

»Die Standardprozedur würde selbstverständlich mehr Zeit in Anspruch nehmen, aber die ersten Momentaufnahmen der Station registrierten keine Übereinstimmungen in der Datenbank.«

»Und wo sind sie jetzt?«

»An Bord eines Shuttles zur Oberfläche. Sie müssten jeden Augenblick den Raumhafen erreichen.«

»Also gut.« Quetain Oktor lächelte grimmig. »Lernen wir sie auf die altmodische Art kennen.«

»Und die wäre ...?«

»Lad sie zum Essen ein! Der Kapitän soll meine besten Grüße bestellen.«

Da zog ein hektisches Blinken neben ihm seine Aufmerksamkeit auf sich.

Quetain Oktor erbleichte. »Ist das etwa das, was ich denke?«

Kaprisis Blick ging ins Leere, als sie in Sekundenschnelle Kontakt zur Positronik aufnahm. Dann drehte sie sich zu ihm um.

»Das Sektorenkommando ruft über Hyperfunk. Sie haben eine Nachricht für dich.« Sie legte den Kopf schief, als glaubte sie selbst nicht recht, was sie hörte. »Von Sergh da Teffron – der Hand des Regenten. Er wünscht dich zu sprechen.«

Kapitel 6

Je-Ron-Tia

Je-Ron-Tia hatte keine Probleme gehabt, die Anlegestelle des walzenförmigen Schiffes zu finden. Wie erwartet, war es voller Fremder gewesen – wunderbarer, unverständlicher, verständnisloser Fremder, die sich aus dem Bauch des Schiffes ins Sternennetz ergossen. Doch nichts hätte ihn auf das Wunder vorbereiten können, das ihm noch bevorstand.

Das Universum ging manchmal seltsame Wege. Und vielleicht sollte er sie nicht hinterfragen.

Er hatte ein kurzes Stoßgebet an Vidaarm gesprochen.

Und sein Gebet war erhört worden.

Der Erste in der Gruppe von Reisenden, die seine Aufmerksamkeit erregt hatte, war ein typischer Arkonide, weißseiden wie die meisten von ihnen. Aufgrund des gegenwärtigen Fürsorgers, der so anders aussah als die übrigen Arkoniden, hatte Je-Ron-Tia immer angenommen, dass Weiß das Merkmal der Untergebenen war und Schwarz die Farbe der Anführer. Bei diesen Fremden schien der Fall aber anders zu liegen: Die schwarzseidene Zweibeinerin der Gruppe drängte sich Schutz suchend an ihren größeren Begleiter, und das von Kopf bis Fuß von schwarzem Pelz bedeckte Wesen mit dem auffälligen Steißfortsatz, das auf allen vieren hinter ihnen herlief, musste wohl eine Art Bediensteter sein, auch wenn es sich so tollpatschig anstellte, als bräuchte es selbst dringend Hilfe.

Nichts aber unterstrich den Führungsanspruch des Weißseidenen deutlicher als das Objekt, das er um den Hals trug:

Es war das Zepter Vidaarms.

Je-Ron-Tias Greifhand umklammerte das Artefakt der Goldenen in seiner Tasche ... und erstarrte.

Das Artefakt *summte.* Ganz sachte nur – fast unmerklich. Ein schwaches Zittern, das aus seinem Inneren drang. Hatte er es etwa aktiviert? Nach all den fruchtlosen Versuchen versehentlich einen versteckten Schalter betätigt? Oder war es die ganze Zeit schon wieder aktiv, und er nur so mit sich selbst beschäftigt gewesen, dass er es nicht gemerkt hatte?

Es war einerlei – das Artefakt, weswegen er von seiner Position entbunden worden war und das ein zweites Mal zu aktivieren er ohne fremde Hilfe nie für möglich gehalten hätte, war wieder erwacht.

Und dort war dieser Fremde, der das Zepter Vidaarms um den Hals trug.

Mehr als jemals zuvor spürte Je-Ron-Tia die mystische Dimension seiner Berufung. Zum ersten Mal verstand er seine Priesterkollegen, die seit Jahrzehnten ihren Dienst auf Khebur versahen und die er immer für abergläubische Gesellen gehalten hatte. Die wissenschaftliche Skepsis, auf die er noch vor wenigen Stunden so stolz gewesen wäre, fiel von ihm ab.

Er folgte der Gruppe des Weißseidenen durch den Promenadentunnel. Es waren sieben Fremde insgesamt, zwei davon Weißseidene, die sich in auffälliger Weise aus dem Weg gingen, sodass sie Spitze und Abschluss der Gruppe bildeten. Sie bemerkten nicht, dass er ihnen folgte – ebenso wenig, wie sie bemerkten, dass er nicht der Einzige war, den der Anblick des eiförmigen Objekts am Hals ihres Anführers mit Ehrfurcht erfüllte.

Oder wussten sie es nur zu gut und waren bloß zu stolz, es sich anmerken zu lassen?

Dies war seine Stunde. Die Gelegenheit, auf die jeder Ursprungsforscher sein Leben lang gewartet hatte. Er musste schnell handeln, ehe die Fremden zu viel Aufsehen erregten oder wieder ihr Schiff bestiegen und davonflogen. Hier im Tunnel aber war nicht der Ort, sie anzusprechen. Was, wenn sie ihn abwiesen? Er wäre das Gespött des ganzen Netzes!

Doch das Glück – oder Vidaarm – war ihm weiter hold.

Die Fremden bestiegen eines der öffentlichen Shuttles, die zwischen dem Sternennetz und dem Raumhafen der Hauptstadt verkehrten. Mit ihnen reisten mehrere andere Zweibeiner und zahlreiche Trebolaner. Es fiel nicht schwer, sich einen Platz in dem Shuttle zu sichern, denn die Netzdiener brachten ihm, einem Ursprungsforscher, großen Respekt entgegen. Anscheinend war sein plötzliches Verschwinden noch nicht gemeldet worden. Bei Gelegenheit würde er sich der goldenen Kleidung, die seinen Stand verriet, besser entledigen, doch im Moment war sie für ihn noch von Vorteil.

Während des Fluges studierte Je-Ron-Tia den Weißseidenen

genauer. Seine Erfahrung mit Arkoniden hatte ihn gelehrt, dass die meisten von ihnen nicht in der Lage waren, die Blickrichtung trebolanischer Augen zweifelsfrei zu bestimmen – das hieß, sie merkten es nicht, wenn man sie anstarrte. Dennoch war Je-Ron-Tia zurückhaltend, wenn schon nicht aus Vorsicht, dann doch aus Höflichkeit – auch seinen Mitreisenden gegenüber.

Was er sah, verwirrte ihn jedoch: Der Weißseidene stellte sich sehr ungeschickt an. Weder wusste er die Sitznetze aus Schmeichelseide zu benutzen, die den Passagieren beim Sturz auf den Planeten Sicherheit und Halt versprachen, noch reagierte er auf die Durchsagen und Warnhinweise des Personals. Einmal wäre er beinahe gestolpert, und einer seiner Begleiter musste ihn stützen. Nur in den Momenten, in denen er aus dem Fenster blickte – wohlgefällig, wie es Je-Ron-Tia schien – und seine Gefährten auf dieses oder jenes aufmerksam machte, strahlte er die Erhabenheit aus, die einem Träger des Zepters angemessen war.

Sie beschrieben einen weiten Bogen um die seidene Sternenstraße, umzirkelten den Zwingturm und setzten sanft auf einem der für Shuttles reservierten Landeplätze des Raumhafens auf.

Einen kurzen Moment, während sie das Shuttle verließen, blieb Je-Ron-Tia gerührt von der Schönheit seiner Heimatwelt stehen, die er so lange nicht gesehen hatte. Der Himmel war ebenso klar und blau, wie er ihn in Erinnerung hatte, sein Körper endlich auch ohne künstliche Hilfsmittel wieder so leicht, wie er ihn kannte. Er holte tief Luft und genoss das warme Sonnenlicht auf seinen Gliedern. Manchmal vergaß man – auch und gerade als Ursprungsforscher –, was für eine Hölle Khebur doch war und was für eine Großtat Vidaarm vor achthundert Jahren vollbracht hatte, als er auf dem inneren Planeten des Systems gelandet war. Die hohe Schwerkraft, die Stürme und die ewige kalte Nacht der Heiligen Zone, die sich auf der sonnenabgewandten Seite Kheburs befand ... Je-Ron-Tia hatte seit Monaten kein natürliches Licht mehr gesehen.

Die meisten Reisenden begaben sich ohne Umschweife in die an ihre Bedürfnisse angepassten Unterkünfte am Raumhafen. Nicht aber die Gruppe der sieben Fremden. Sie verließen den Hafenbereich und betraten eine der breiten Straßen in Richtung der Innenstadt.

Je-Ron-Tia hielt sich auf einem der belebteren Freiwege, die in dieselbe Richtung führten, und lauf-kletterte beschwingt von

Wegknoten zu Wegknoten. Es tat gut, sich endlich wieder so unbeschwert bewegen zu können, unerkannt in der Menge.

Vielleicht, dachte er, war noch nicht alles zu spät. Hier war er zu Hause, und vielleicht konnte er, wenn alles ausgestanden war, noch einmal von vorne anfangen. Eines Tages würde er Ji-Jin-Ila alles erzählen, und sie würde verstehen.

Tief unter ihm suchten sich die Fremden ihren Weg durch die Straßenschluchten.

Je-Ron-Tia folgte ihnen unbemerkt.

Kapitel 7

Perry Rhodan

Sie erreichten einen sanften, von verwirrenden Skulpturen und Pflanzungen überzogenen Hügel, den Rhodan nach kurzem Zögern als den Park einordnete, von dem aus sie sich orientieren wollten. Das Areal lag halb unter einem großen Sonnensegel, das von straff gespannten Strängen aus Spinnenseide gehalten wurde. Die palmenähnlichen Bäume waren für die Terraner kaum von diesen Strängen zu unterscheiden, denn sie waren weiß und glatt und wuchsen kerzengerade in den verschiedensten Winkeln aus dem Boden. Erst hoch über ihren Köpfen sprossen lange Wedel wie kleine Sonnensegel aus den Stämmen. Die Wedel waren nicht grün, sondern fast schwarz – eine sehr effiziente Art von Chlorophyll, wenn es denn welches war. Wahrscheinlich nahmen sie den Großteil ihrer Energie ohnehin im ultravioletten Spektrum auf. Das Licht der bläulich weißen Sonne erinnerte Rhodan an die Erlebnisse im Wegasystem, wenngleich diese Sonne deutlich kleiner am Himmel stand. Es war angenehm warm, eine leichte Brise wehte durch den Park, und ein paar große, käferartige Insekten brummten lautstark durch die Luft.

»Sie haben nicht übertrieben«, sagte Rhodan zu Crest. »Es ist eine erstaunliche Welt.« Er warf einen Blick in die Runde. Sie waren alle etwas außer Atem. Zwar war die Schwerkraft Trebolas kaum größer als die des Mars, aber die Luft war dünn, und Crest hatte sie seit einer guten Stunde durch die Stadt geführt. »Lassen Sie uns eine kurze Pause machen.«

Ishy Matsu nickte ihm dankbar zu und nahm auf einem lang gestreckten, wie geschmolzen wirkenden Block im Schatten Platz. Dabei handelte es sich wahrscheinlich nicht um eine Parkbank, sondern um ein weiteres der abstrakten Kunstwerke, die überall in der Stadt verteilt standen wie die Puzzlestücke eines großen Rätsels. Die wenigen Trebolaner in der Nähe schienen sich jedoch nicht daran zu stören.

Goratschin setzte sich neben Matsu und reichte ihr etwas Wasser. »Geht es dir wieder besser?« Er deutete in Richtung eines großen Trebolaners, der gemächlich am Fuß des Hügels entlangstolzierte. »So schlimm sind sie doch gar nicht, oder?«

»Es geht schon wieder.«

Goratschin legte den Kopf schief. »Geschöpfe aus Licht und Schatten. So nannte mein Großvater sie immer, wenn seine Frau eine Spinne aus der Küche vertrieb.«

Matsu rang sich ein Lächeln ab. »An ihm ist ein Dichter verloren gegangen.«

Rhodan grinste. »Daddy Longlegs hießen sie bei uns.«

»Sei froh, dass sie keine Haare haben«, fügte Goratschin hinzu, und Matsu gab ihm einen Knuff.

»Es war gut, mich damit zu konfrontieren«, sagte sie zu Crest. »Sonst hätte ich mich nur in mein Hotelzimmer verkrochen und das alles nicht gesehen.«

Crest nickte und ging die letzten Schritte bis zur Kuppe des Hügels, die als Aussichtspunkt gestaltet worden war. Rhodan und Belinkhar folgten ihm. Dann nahmen sie den Anblick der Skyline in sich auf.

An manchen Stellen waren die Gebäude, begünstigt von der leichten Schwerkraft, steil in die Höhe gewachsen. Zwischen den Türmen spannten sich Brücken und Stränge aus Seide, meistens weiß, manchmal in verschiedenen Pastelltönen, sodass die ganze Stadt im Sonnenlicht glitzerte wie ein diffuses, taufeuchtes Netz. Außer in der Nähe des Raumhafens gab es nicht viele Fahrzeuge und nur wenige Gleiter. Die Stadt war eindeutig für Fußgänger konzipiert – und zwar solche, die mehr als ein einziges Paar Füße besaßen und sie in mehr als nur zwei Dimensionen zu benutzen wussten.

Von ihrer erhöhten Warte konnten sie deutlich die beiden größten Gebäude erkennen, die das Stadtbild dominierten wie die gegnerischen Könige in einem Schachspiel: zur einen Seite ein großer, bläulich funkelnder Palast mit Dutzenden graziler Türme, zur anderen, hinter dem Raumhafen, der massige, vergleichsweise schlichte Turm, der die Bodenstation des Weltraumlifts bildete, den sie vom Shuttle aus gesehen hatten. Rhodan kam nicht umhin, an den Stardust Tower zu denken, der in Terrania in den Himmel wuchs.

»Schön, nicht wahr?«, fragte Belinkhar.

»Ja«, sagte Rhodan. »Aber es stimmt einen auch nachdenklich.« Es war ihnen bereits aufgefallen, dass der Turm keinen besonders guten Ruf in der Stadt genoss. Belinkhar hatte sich auf ihrem Weg in einige Datennetze eingeklinkt, die Besuchern von anderen Welten den Aufenthalt auf Trebola erleichtern sollten. Die offiziellen Texte waren von einem plumpen Pathos geprägt, der Rhodan unwillkürlich an die Rhetorik irdischer Diktaturen erinnerte, besonders wenn sie auf den Kulturstifter ihrer Welt zu sprechen kamen, der mit zahllosen Beinamen wie der Befreier, der Vereiner oder der Gesegnete bedacht wurde. Eine ähnliche Liebe zu blumigen Namen kultivierten die Trebolaner, wenn es um ihre Straßen, Paläste und historischen Stätten ging; beispielsweise wurde der Park, in dem sie sich befanden, als Garten der achtfältigen Einigkeit bezeichnet.

Der Weltraumlift jedoch war mit einem einzigen, sehr knappen Ausdruck belegt, den Crest nach kurzem Stirnrunzeln als Verballhornung eines arkonidischen Worts erkannt hatte, das sich am ehesten als *Zwingturm* übertragen ließ.

»Es überrascht Sie doch nicht, dass der Stardust Tower nicht einzigartig in der Milchstraße ist, oder?«, erkundigte sich Crest mit mildem Lächeln.

»Natürlich nicht«, sagte Rhodan. »Ich dachte nur daran, dass dies auch das Schicksal der Erde hätte sein können, wenn die Geschichte einen anderen Weg gegangen wäre: eine friedliche Welt unter arkonidischer Herrschaft. Mit dem Zeichen der imperialen Macht wie einem Flaggenmast in den Boden der Hauptstadt gerammt und einer Garnison im Orbit, die darüber wacht, dass niemand über sich hinauswächst.«

»Sie haben es treffend erkannt.«

»Und die Gefahr besteht nach wie vor.«

»Nein«, sagte Crest ernst. »Wenn der Regent heute, nach allem, was geschehen ist, auf Ihre Welt aufmerksam wird, dann wird die Erde nicht so viel Glück haben wie Trebola.«

Rhodan nickte, und beim Gedanken an ihre aufgeschobene Mission packte ihn die Ungeduld. »Ihnen haben wir es zu verdanken, dass es nicht längst so weit gekommen ist. Wir können uns glücklich schätzen.«

Crest neigte den Kopf. »Keine Sorge«, sagte er. »Ihnen gehört die Zukunft.« Doch als er das sagte, ging seine Hand unwillkürlich zum Zellaktivator um seinen Hals.

»Was ist mit Ihnen?«, fragte Rhodan. »Geht es Ihnen gut?«

»Machen Sie sich auch um mich keine Sorgen, mein Freund«, sagte Crest. »Es ging mir nie besser.« Dann wies er auf ein Objekt auf der anderen Seite des Hügels, bei dem es sich um eine aufwendig gestaltete Sonnenuhr, vielleicht aber auch eine Antennenanlage handeln mochte. »Ich werde mir einmal diese Skulptur dort ansehen«, sagte er und ließ Rhodan und Belinkhar allein.

Die Mehandor blickte ihm nach. »Etwas treibt ihn um«, stellte sie fest.

»Mach dir keine Gedanken.« Rhodan sah zu Atlan, der am Fuße des Hügels stand und in die leere Luft zu reden schien. Offenbar sprach er mit jemandem über Funk. Chabalh zog rastlos seine Kreise, ein nervöser Wächter, immer auf dem Sprung. Rhodan glaubte, dass dem Purrer der Aufenthalt auf Trebola noch weniger behagte als Matsu, doch er sprach es nicht aus. Vielleicht war es auch das helle bläuliche Licht, das ihn reizte.

Matsu und Goratschin waren derweil mit sich selbst beschäftigt. Der Zünder hatte die zierliche Wange der Japanerin in seine große Hand genommen und gab ihr einen Kuss.

»Ich mache mir keine Gedanken«, sagte Belinkhar, die seinem Blick gefolgt war. Sie legte den Arm um Rhodans Hüfte. »Und vielleicht solltest du das auch nicht tun.« Er bemerkte es erst, als es schon passiert war, und im nächsten Moment fühlte es sich ganz natürlich für ihn an. Er erwiderte die Geste.

»Das tue ich nicht«, sagte er, und da lächelte sie.

Sie ließ ihn los, als Atlan den Hang zu ihnen heraufschritt. Wenn er gemerkt hatte, dass er gerade einen vertraulichen Moment unterbrach, so zeigte er es nicht.

»Der Kapitän der HETH-KAPERK hat mich eben gerufen«, sagte er.

»Was wollte er denn?«, fragte Belinkhar überrascht.

»Er hat eine Anfrage des arkonidischen Verwalters dieses Planeten erhalten – der Fürsorger, so nennt er sich. Er lädt uns für morgen zu einem Empfang ein. In seinem Turm.«

»Verdanken wir das auch dem Goldpaket?«, fragte Rhodan.

Belinkhar schüttelte den Kopf. »So etwas lässt sich nicht buchen.«

»Lädt er denn alle Passagiere ein?«

»Der Kapitän hat nur von uns gesprochen«, sagte Atlan.

»Eine solche Einladung kann man schwer ausschlagen«, überlegte Belinkhar.

Rhodan kniff die Lippen zusammen und sah in Richtung des Turms, von dessen Dach in stetem Fluss Kabinen an dem seidenen Strang emporstiegen und rasch an Fahrt aufnahmen, bis sie mit dem Tempo eines Hochgeschwindigkeitszugs in den Himmel schossen.

»Es gefällt Ihnen genauso wenig wie mir«, stellte Atlan fest.

»Was haben Sie dem Kapitän denn gesagt?«, fragte Rhodan.

»Dass ich gerade keine Zeit habe und mich wieder melde.«

»Damit haben Sie ihn in eine schöne Zwickmühle gebracht.«

»Das gehört zu seinem Job«, sagte Belinkhar mitleidlos.

Rhodan gab Chabalh und Crest per Funk ein kurzes Zeichen. Widerstrebend unterbrach der Derengar seine Erkundung.

»Die Politik hat uns eingeholt«, sagte Rhodan, sobald sie wieder alle zusammen waren. »Es wird Zeit, dass wir mehr über die Zustände auf Trebola in Erfahrung bringen. Vielleicht sollten wir zum Raumhafen zurück.«

»Einen fremden Planeten lernen Sie nicht vom Hotelzimmer aus kennen«, widersprach Crest.

»Haben Sie einen besseren Vorschlag?«

»Den habe ich in der Tat. Nicht weit von hier gibt es eine historische Stätte, die der jüngeren Geschichte dieser Welt gewidmet ist. Vor achthundert Jahren müssen sich einige faszinierende Dinge in diesem System zugetragen haben, die selbst der arkonidischen Wissenschaft noch Rätsel aufgeben. Es scheint damit zu tun haben, was die ersten Raumfahrer dieser Welt auf ihrem Nachbarplaneten fanden. Offenbar war ihnen jemand zuvorgekommen ...«

»Wieso kommt mir das alles so schrecklich bekannt vor?« Rhodan schüttelte den Kopf. »Also gut. Führen Sie uns, Crest – vielleicht können wir uns einen kleinen Vorteil verschaffen.« Er warf einen Blick zu Chabalh, der nervös mit den Läufen scharrte. »Was ist los?«

»Nicht sicher«, sagte der Purrer auf seine wortkarge Art. »Werden beobachtet. Vielleicht verfolgt. Spinnenaugen, Spinnenbeine – alle gleich.«

Rhodan tauschte einen kurzen Blick mit den anderen. Ihr Unbehagen war ihnen deutlich anzusehen. Allein Crest schien sich keine Sorgen zu machen und drängte zum Aufbruch.

»Halt die Augen offen!«, sagte Rhodan zu Chabalh. Da hörte er auf einmal ein tiefes Grollen und drehte sich überrascht um. Goratschin hob verlegen die Schultern.

»Crest!«, rief Rhodan. »Meinen Sie, es gelingt uns, unterwegs auch etwas zu essen zu finden?«

Kapitel 8

Je-Ron-Tia

Der Weißseidene führte seine Gefährten tiefer in die Stadt. Bald hatten sie die Allee des tausendfachen Glanzes erreicht, die wie ein mächtiger Ankerstrang das Zentrum durchquerte, und schienen mehr denn je im Netzwerk der Straßen und Wege verloren. Ganz offensichtlich verstanden sie die komplexe Symmetrie der mannigfaltigen Seidenstraßen, der Steig- und Sturzwege über ihren Köpfen nicht. Sie versuchten sich zu orientieren und sprachen den einen oder anderen Trebolaner an, hatten aber Schwierigkeiten, die Antworten, die man ihnen gab, auch zu begreifen. Mit ähnlichem Ungeschick gelang es ihnen, sich Nahrung zu besorgen und ihren Verzehr erklären zu lassen.

Je-Ron-Tia kamen Zweifel. Waren dies wirklich die ehrwürdigen Günstlinge der Goldenen, für die er sie zunächst gehalten hatte? War er im Begriff, eine maßlose Torheit und einen weiteren Frevel zu begehen, indem er sie mit Vidaarm auf eine Stufe stellte? Sie wirkten so hilflos, so unwissend, wie sie dort auf ihren zwei Beinen dahinstolperten, die ihnen nur einen kleinen Ausschnitt der Stadt erschließen konnten.

Er griff nach dem Artefakt in seiner Tasche. Es vibrierte noch immer.

Je-Ron-Tia kletterte eine Abkürzung empor und folgte den Fremden eine Weile in sicherer Höhe. Sie hatten nun den Abschnitt der Allee erreicht, in der prunkseidene Skulpturen aus achthundert Jahren die Geschichte des Fürstentums erzählten, und näherten sich dem Panoptikum der prophezeiten Zeit – der Historienkammer der Hauptstadt. Mühsam erklommen sie die flachen Stufen, die eigens für Besucher wie sie errichtet worden waren, und betraten das Innere.

Seine Gelegenheit war gekommen.

Er seilte sich auf einen der Freiwege ab, die das Panoptikum mit seinen Nachbargebäuden verbanden, und betrat es durch einen der oberen Eingänge. Dann eilte er zu der großen Galerie, die das Erdgeschoss umspann. Wie er erwartet hatte, waren die sieben Fremden noch nicht allzu weit gekommen. Etwas weniger hektisch, um sie nicht zu alarmieren und die Würde des Ortes nicht zu verletzen, nahm Je-Ron-Tia einen kurzen Sturzweg nach unten und positionierte sich in einem der schwach ausgeleuchteten Seitenräume, dessen glanzgewebte Schätze sich den Eroberungen des vierten Jahrhunderts widmeten.

Wie er vorhergesehen hatte, betrat der Weißseidene kurz drauf als Erster den Raum und widmete sich fasziniert der Installation in ihrer Mitte. Dann beugte er sich über die Konsole für Besucher und startete den holografischen Film, der die Installation erläuterte. Kurz darauf war er völlig in den Bann geschlagen. Der einzige andere anwesende Trebolaner verließ ruhigen Schrittes den Raum.

Je-Ron-Tia war allein mit dem Fremden. Mit allem Mut, den aufzubringen er imstande war, trat er vor und sprach ihn an.

»Weißseidener«, sagte er auf Arkonidisch, denn er wusste nicht, wie er ihn sonst nennen sollte, auch wenn es kaum der Etikette entsprach. »Günstling der Goldenen«, fügte er nach kurzem Zögern hinzu und hatte ihn damit wahrscheinlich in einem Atemzug beleidigt wie überhöht.

Der Fremde riss sich von der Konsole los und studierte ihn überrascht. Je-Ron-Tia wusste, dass sein Arkonidisch nicht das beste war, und sagte deshalb sehr langsam: »Werden Sie mir die Ehre eines Gesprächs erweisen? Ich brauche Ihre Hilfe.«

»Meine Hilfe?«, fragte der Fremde. »Wie könnte ich Ihnen wohl helfen?«

Verstand er wirklich nicht?

»Sie tragen das Zepter«, sagte Je-Ron-Tia rundheraus und deutete so respektvoll wie möglich auf das Ei auf seiner Brust. »Das Zepter Vidaarms.« Es schimmerte wie Schmuckseide im flackernden Licht der Konsole.

»Das Zepter?«, fragte der Fremde. »Meinen Sie etwa dies?« Er fasste nach dem Ei und hob es an. Je-Ron-Tia unterdrückte den Reflex, den Blick abzuwenden, denn die Geste, die er ausführte, kam einem Befehl zur Unterwerfung gleich ... Und zur selben Zeit war er sich beinahe sicher, dass der Fremde keine Ahnung hatte, was er da tat.

»Haben denn nicht die Goldenen Ihnen dieses Zepter gegeben?«, fragte Je-Ron-Tia.

»Die Goldenen?«, erwiderte der Weißseidene. »Wer sind die?«

Je-Ron-Tia klackerte ungläubig mit seinen Kieferklauen. Ohne weiter darüber nachzudenken, griff er nach dem summenden Artefakt in seiner Tasche und hielt es dem Fremden entgegen.

»Die Goldenen sind ...«, hob er an, doch in diesem Moment vollzog sich ein weiteres Wunder.

Das Artefakt *offenbarte* sich.

Ein gleißender Fächer aus Licht brach aus dem Stab hervor und zeichnete mit weichen Fingern das Gesicht einer Unbekannten vor ihnen in die Luft. Es war das Gesicht einer weißseidenen Zweibeinigen, ähnlich dem Fremden.

Je-Ron-Tia schnappte nach Luft. War dies etwa der Beweis, nach dem so viele Ursprungsforscher gesucht hatten? Die Goldenen – waren sie Zweibeiner gewesen, so wie die Arkoniden?

Und die Erscheinung sprach.

»Wer immer meine Worte hören mag ...«

Je-Ron-Tia hatte Schwierigkeiten, ihrem schnellen, aufgeregten Wortschwall zu folgen. Doch wenn er geglaubt hatte, dass dieser Moment nur für ihn von fundamentaler Bedeutsamkeit war, so hatte er sich getäuscht: Der Weißseidene griff sich an die Brust und riss die Augen weit auf. Je-Ron-Tia glaubte Angst in dieser Geste zu erkennen.

Und mit wachsender Gewissheit erkannte er, dass die Fremde tatsächlich eine Arkonidin war. Selbstverständlich war sie das, schalt er sich – sie *sprach* schließlich auch Arkonidisch. Ganz sicher aber waren die Goldenen keine Arkoniden gewesen. Ihnen ähnlich vielleicht – aber sicher nicht identisch. Doch wie konnte es sein, dass dieses Artefakt ...?

Er brauchte Antworten. Und zwar sofort.

Die Erscheinung verblasste.

»Nein!«, rief der Fremde. Seine Augen waren feucht, und er schien auf einmal nicht mehr im Vollbesitz seiner Kräfte zu sein. »Thora!«

Ohne nachzudenken, trat Je-Ron-Tia auf ihn zu und schlug ihm das Artefakt über den Kopf. Der Fremde verlor das Bewusstsein und sank in seine Greifarme. Kurzerhand spann Je-Ron-Tia einen Strang Fesselseide um ihn. Dann packte er ihn mit seinen Stützarmen, schulterte ihn und floh durch den hinteren Ausgang.

Kapitel 9

Quetain Oktor

Sergh da Teffrons Hologramm schwebte geisterhaft vor ihm im Raum. Mit einer raschen Geste seiner Hand hatte der Fürsorger die Scheiben des Büros verdunkelt, damit das blasse Bild besser zu erkennen war. Dabei war er sich ziemlich sicher, dass mit seinem Projektor ebenso wie mit dem des Sektorenkommandos alles in Ordnung war und die schlechte Übertragungsqualität genau den Sinn hatte, ihm Unannehmlichkeiten zu bereiten.

Quetain Oktor fragte sich, was man von ihm wollte. Es konnte kein Zufall sein, dass das Imperium ausgerechnet jetzt wieder seiner gedachte. *Und die Hand des Regenten persönlich ...*

Sergh da Teffrons Konterfei ließ prüfend den Blick durch den Raum schweifen. Da Teffron war kahl und ungewöhnlich klein für einen Arkoniden, doch wirkte er dadurch nicht weniger gefährlich – im Gegenteil. Er trug die strenge schneeweiße Uniform und das schillernde Cape, die ihn als obersten Befehlshaber des Militärs auswiesen. Die stechenden Augen in seinem hageren Gesicht richteten sich auf ihn.

Quetain Oktor salutierte. Kaprisi hatte eine altmodische Demutsstellung angenommen, die seltsam absurd wirkte. Sie senkte den Kopf wie eine Adlige bei Hofe, nicht wie ein Roboter.

»Quetain Oktor«, sagte die Hand des Regenten. Es klang mehr wie eine Feststellung als eine Begrüßung. »Rühren Sie sich!«

»Es ist mir eine Ehre, Edler«, sagte der Halbarkonide. »Wie kann ich dem Imperium dienen?«

Sergh da Teffron lachte ein trockenes Lachen. »Ein Freund großer Worte, wie? Sie können *mir* dienen, Oktor. Dann werde ich entscheiden, ob das Imperium weitere Verwendung für Sie hat.«

»Ich wollte nicht anmaßend scheinen«, murmelte Oktor erschrocken. *Da geht sie hin, meine Beförderung,* dachte er.

»Wie ist die Lage auf Trebola II?«

»Ruhig«, sagte Oktor. »Wie immer«, fügte er nach kurzem Zögern hinzu.

»Ihren Berichten nach zu urteilen ist das noch eine Untertreibung«, stellte Sergh da Teffron fest.

Die Hand des Regenten liest meine Berichte ...? Er war sich nicht sicher, ob ihn das freute oder ängstigte.

Da Teffron nickte jemand im Hintergrund zu, und einen kurzen Moment trat ein schwarzhäutiger, untersetzter Mann in den Erfassungsbereich der Holokamera. Er war klein, noch kleiner als da Teffron, und ebenso wie Oktor ein Mischling. Oktor kannte ihn aus Aufzeichnungen: Stiqs Bahroff, der Gehilfe da Teffrons. Sein Anblick rührte Quetain Oktor eigenartig an.

Verbindungen von Arkoniden mit Angehören anderer Kulturen waren selten, kamen gelegentlich aber vor. Insbesondere den Eingeborenen des Planeten Targelon war man in der Vergangenheit mit fast abergläubischer Scheu und Ekel begegnet. Dieselbe Abneigung schlug auch den wenigen Halbarkoniden wie Bahroff und Oktor entgegen. Ihre dunkle Haut und der rötliche Flaum auf ihren Köpfen, der sich bei näherer Betrachtung als feines Gefieder entpuppte, kündeten unübersehbar davon, dass wieder ein Arkonide den Reizen der exotischen Fremden erlegen war.

In früherer Zeit wäre ihnen und ihren Brüdern und Schwestern jeglicher Aufstieg innerhalb der arkonidischen Gesellschaft verwehrt geblieben. Man musste der Hand des Regenten eigentlich dankbar dafür sein, dass sich die Zeiten geändert hatten. Allerdings kamen die Motive da Teffrons Quetain Oktor äußerst fragwürdig vor. Fast schien es, als hätte er Bahroff allein deshalb zu seinem Gehilfen gemacht, um die alten Eliten des Imperiums damit zu brüskieren.

Ist es das vielleicht, was er mit »dienen« meinte?, fragte er sich mit Blick auf Bahroff.

Wenn ja, dann hatte es dem kleinen Mann nicht bekommen: Seine Haut war fleckig und grau, sein Gesicht aufgeschwemmt. Oktor fragte sich, ob Stiqs Bahroff krank war. Vielleicht lag es aber auch nur an der schlechten Verbindung.

Da Teffron wandte das Ohr zu Bahroff, und die beiden tuschelten kurz. Dann trat Bahroff wieder aus dem Erfassungsbereich, und da Teffron vollführte eine Geste, die eine Einspielung aktivierte.

Quetain Oktor zuckte zusammen, denn im nächsten Moment schwebte statt der Hand des Regenten der Erzfürst Vidaarm vor ihm im Raum, näher, als er ihn jemals gesehen hatte oder hatte sehen wollen: dürr, bleich, knochig, die Augen ausdruckslos wie Glas, das erste Armpaar erhoben, das zweite vor seiner eingefallenen, seidenumsponnenen Brust – und in der Mitte der eiförmige Umriss des Zepters.

»Erklären Sie mir das!«, forderte da Teffron.

Oktor neigte sich zu Kaprisi, die noch immer den Kopf gesenkt hielt und nur unmerklich auf die veränderte Situation reagierte. Wüsste Oktor es nicht besser, hätte er gedacht, sie schaute schuldbewusst drein.

Sie hat ihre Aufzeichnung der Audienz ins Datennetz des Turms eingespielt!, begriff Oktor. *Von dort gingen die Daten zur Garnison, und die hat sich routinemäßig per Hyperfunk mit dem Sektorenkommando synchronisiert, und von dort ...*

»Sie interessieren sich für den Verlauf der Audienz?«, fragte er unschuldig, denn zu diesem Zeitpunkt war wahrscheinlich schon relativ egal, was Sergh da Teffron von ihm hielt.

Nicht ganz, korrigierte er sich überrascht – eigentlich war *ihm* es egal, was die Hand des Regenten von ihm hielt. Er durfte ihm nur keinen Strick daraus drehen.

»Was mich interessiert oder nicht, ist keine Frage, die Sie angeht!«, gellte da Teffrons Stimme durch den Raum, während das Abbild Vidaarms ihn unverändert anglotzte.

Er muss bereits auf der Suche nach etwas gewesen sein, sonst wäre er nicht so schnell auf die Aufzeichnung gestoßen, kombinierte Oktor mit einem Hauch von Genugtuung. *Und ich habe ihn dabei ertappt.* Kaprisi musste eine seiner Suchroutinen aufgeschreckt haben, als sie die Daten ins interne Netz hochlud.

Die Frage war, wonach genau suchte die Hand des Regenten?

»Ich habe den Erzfürsten aufgesucht, weil ich hoffte, die Studien meines Vorgängers erfolgreich zu Ende zu führen«, log Oktor und staunte über sich selbst. »Sicher sind Sie über die bemerkenswerten Eigenschaften der mannigfaltigen trebolanischen Seidenarten und die Schwierigkeiten, sie zu reproduzieren, im Bilde.«

Er war froh, dass es nur das Bild des Erzfürsten war, das er anlügen musste. Er hoffte, da Teffron las nicht die internen Sensoren des Turms aus – dann hätte er im Handumdrehen über jede noch so kleine Änderung seines Blutdrucks und Herzschlags Bescheid gewusst. Zwar hatte Oktor ein paar spezielle Sicherheitsvorkehrungen in den Systemen seines Quartiers implementiert, aber möglich war es wohl.

»Ihre Seide können Sie behalten«, blaffte da Teffron ihn an, und das Hologramm Vidaarms schien einen Satz in seine Richtung zu machen. In Wahrheit hatte da Teffron es nur vergrößert, aber

Quetain Oktor trat trotzdem einen Schritt zurück. Die trockene, eingesponnene Brust des Erzfürsten schwebte nun in all ihrer chitingepanzerten Hässlichkeit vor ihm.

»Ich will das Ding, das er auf seiner Brust trägt.«

»Das Zepter?«, fragte Oktor überrascht. Dann schalt er sich einen Narren. Hatte er im Ernst geglaubt, er wäre der Einzige, der sich für das legendäre Artefakt interessierte? *So muss es sich anfühlen, einen Extrasinn zu haben ...*

Quetain Oktor schüttelte müde den Kopf. Wieso ausgerechnet jetzt?

Vidaarm verschwand, und Sergh da Teffron stand wieder vor ihm im Raum. Der Blick seiner kleinen lauernden Augen war unangenehm. »Ich will es haben«, wiederholte er.

»Das geht nicht!«, platzte es aus Oktor heraus. Da hob Kaprisi endlich den Kopf und schaute ihn wie fassungslos an.

»Bedenken Sie die Konsequenzen«, beeilte sich der Fürsorger zu erklären. »Das Zepter Vidaarms ist den Trebolanern heilig – seit achthundert Jahren schon. Es würde Krieg bedeuten, es ihnen zu nehmen!«

Überraschenderweise reagierte Sergh da Teffron nicht auf seine Entgleisung. Der Arkonide stand ganz ruhig und spielte mit dem Ring an seiner rechten Hand.

»Achthundert Jahre«, wiederholte er nachdenklich, und da war ein ungesundes Blitzen in seinen Augen. »Was Sie nicht sagen.«

»Die Trebolaner sind uns zwar technologisch weit unterlegen, aber sie sind in der Überzahl. Wenn wir wirklich ...«

»Die Konsequenzen überlassen Sie mir«, schnitt ihm da Teffron das Wort ab. »Und was das zahlenmäßige Verhältnis angeht, das lässt sich leicht ändern.« Er gab jemand ein Zeichen. Wahrscheinlich Stiqs Bahroff.

»Die 192. vorgeschobene Grenzpatrouille des Imperiums ist in Marsch gesetzt. Sie wird in etwa zwanzig Stunden im Trebolasystem eintreffen.« Die dünnen Lippen des Arkoniden verzogen sich zu einem gespenstischen Lächeln. »Damit dürften sich Ihre Sorgen zerstreut haben, oder?«

»Allerdings«, brachte Quetain Oktor hervor.

So viele Jahre hatte sich der Fürsorger die Aufmerksamkeit des Imperiums gewünscht. Hatte gehofft, eines Tages im Mittelpunkt der Politik zu stehen statt im Abseits, abgeschoben auf einen unbedeutenden Posten. Er hätte nicht gedacht, dass dieser Tag nun sein würde und dass es sich so ... enttäuschend anfühlen würde.

»Haben Sie noch irgendwelche weiteren Beobachtungen im Zusammenhang mit dem ... Zepter ... vorzutragen?«, fragte da Teffron.

»Nein, Edler«, sagte Quetain Oktor.

Sergh da Teffron nickte nachdenklich, als wäre ihm gerade etwas eingefallen. Dann unterbrach er ohne ein weiteres Wort die Verbindung.

Mit einem leisen Summen ihrer Servomotoren erwachte Kaprisi aus ihrer Starre und schaute ihn an. »Diese Lüge war unklug«, sagte sie besorgt. »Früher oder später wird er von der HETH-KAPERK und den beiden auffälligen Passagieren erfahren.«

»Es war keine Lüge«, verwahrte sich der Fürsorger ihres Vorwurfs, nahm sich ein Glas von der Anrichte und goss sich einen Tuglan-Branntwein ein. »Er hat mich schließlich nicht nach ihnen gefragt, oder?«

Er trat vor die verdunkelte Scheibe seines Büros und blickte auf die phantastischen Schemen der Stadt unter ihm hinab. »Du hast deine Entdeckung doch niemandem mitgeteilt, oder?«

Sie gab keine Antwort.

»Kaprisi?«

»Nein, Fürsorger«, versicherte der Roboter.

»Dann lösche diese Daten aus dem Netz der Station!«, befahl Oktor und drehte sich zu ihr um. »Jetzt sofort! Ehe er oder jemand anderes sie findet.«

Kaprisi öffnete den Mund, dann nickte sie. Einen Moment schaute sie ins Leere, dann kam wieder Bewegung in ihre Glieder. »Erledigt«, sagte sie.

»Was mich betrifft, handelt es sich bei der Kette dieses Arkoniden um nicht mehr als ein Schmuckstück. Und was den anderen Reisenden betrifft, wer kann das schon sagen?« Er überlegte kurz. »Hat der Kapitän der HETH-KAPERK sich denn schon zurückgemeldet?«

»Noch nicht«, sagte Kaprisi. »Er hat nur bestätigt, dass er die Einladung wie gewünscht ausgesprochen hat.«

»Auch gut.« Mit grimmigem Lächeln nippte Oktor an seinem Glas und schaute wieder aus dem Fenster. »Ab sofort bestimme ich die Regeln dieses Spiels ...«

Kapitel 10

Perry Rhodan

»Bei den anderen ist er nicht!«, rief Belinkhar. »Sie überprüfen noch die restlichen Räume auf diesem Stockwerk und kommen dann nach.«

»Und hier ist er auch nicht.« Rhodan wandte sich an Chabalh. »Und du hast ihn wirklich hier hineingehen sehen?«

Der Purrer gab ein zustimmendes Knurren von sich, doch sein Schwanz peitschte ungehalten den Boden.

»Verdammter Narr«, murmelte Rhodan. Dann merkte er, dass Chabalh und Belinkhar ihn überrascht anschauten. »Ich führe nur Selbstgespräche«, entschuldigte er sich. »Ich hätte Crest einfach nicht allein lassen sollen.«

»Er war kaum aufzuhalten«, wandte Belinkhar ein.

»Wie die ganze Zeit schon.« Rhodan hob hilflos die Schultern. »Er wird immer unberechenbarer – und er ist unvorsichtig geworden. Ich wollte das lange nicht wahrhaben, aber manchmal ist er nicht mehr der Mann, den ich kannte.«

»Meinst du, er hat das Gebäude verlassen und ist auf eigene Faust in die Stadt?«

Zum wiederholten Mal versuchte Rhodan Crest über seinen Kommunikator zu rufen, doch vergebens. Er schüttelte den Kopf. »Ich fürchte, etwas ist ihm passiert.« Er warf einen besorgten Blick zurück in die große Halle, in der einige Trebolaner andächtig vor den Ausstellungsstücken und den erklärenden Konsolen kauerten. Es war eine surreale Szene. Und er musste sich eingestehen, dass er wahrscheinlich nicht in der Lage war, einen freundlichen Trebolaner von einem feindseligen zu unterscheiden.

Dann lenkte die Konsole zu seiner Rechten seine Aufmerksamkeit auf sich, als das kleine Hologramm, das über ihr schwebte und seine Geschichte erzählte, erlosch.

»Es startet nicht wieder von vorn«, stellte er fest. »Das heißt, jemand hat es vor Kurzem noch aktiviert.«

Belinkhar trat an die Konsole und startete die Projektion erneut. Dazu musste sie sich etwas bücken; wie die meisten Einrichtungsgegenstände war sie für Humanoide etwas zu niedrig.

»Es gibt eine Menüführung auf Arkonidisch«, sagte sie. »Die Übersetzung scheint mir etwas abenteuerlich ... aber wenn ich mich nicht täusche, dauert der Film knapp elf Minuten.«

»Dann war er entweder nicht sehr spannend, oder etwas anderes hat Crests Aufmerksamkeit mehr gefesselt.«

Belinkhar beendete die Vorführung.

Rhodan schaute nachdenklich in Richtung des offenen, flachen Bogens auf der anderen Seite des Raums. »Da könnte er hinausgegangen sein, ohne dass wir es bemerkten.« Er nickte Chabalh kurz zu, und der Purrer verschwand um die nächste Ecke.

»Führt auf die Straße«, verkündete er, als er zurückkehrte. Mittlerweile bewegte er sich unter den ungewohnten Schwerkraftverhältnissen sicher und effizient.

Atlan, Goratschin und Matsu stießen aus der Halle zu ihnen.

»Es sieht so aus, als hätte Crest kurz bei der Konsole hier verharrt und das Panoptikum dann durch diesen Ausgang verlassen«, sagte Rhodan.

»Verdammter Narr!«, entfuhr es Atlan. Diesmal bestand für niemand ein Zweifel, wen er damit meinte. »Hat er es also endlich geschafft, sich in die Bredouille zu bringen. Und vielleicht auch uns.«

»Noch wissen wir nicht, was passiert ist«, wehrte Rhodan ab und lächelte insgeheim über Atlans altertümliche Wortwahl. Sie rief ihm wieder einmal in Erinnerung, dass der Arkonide wahrscheinlich mehr terranische Redewendungen und Gebräuche parat hatte als er selbst.

Goratschin schaute sich suchend um. »Wenn es einen Kampf gegeben hat, floss immerhin kein Blut. Auf diesen Böden hinterlässt man aber auch weder Kratzer noch Spuren.«

»Ishy«, sagte Perry Rhodan. »Versuche doch bitte, ihn zu finden.«

Die Mutantin hob selbstbewusst das Kinn. Nachdem sie die Gruppe bei ihren ersten Schritten auf dem Planeten eher aufgehalten hatte, wirkte sie nun sichtlich froh, gebraucht zu werden.

»Es wird nicht leicht, ihn zu sehen, ohne zu wissen, wo genau er sich befindet«, sagte sie. »Aber es wird gehen. Ich kenne Crest gut genug.«

Sie überlegte kurz, dann nahm sie eine kleine Kamera von ihrem Gürtel und drückte sie Goratschin in die Hand. Sie trat an die Konsole, um sich zu stützen, senkte den Kopf und konzentrierte sich. Nicht zum ersten Mal fiel Rhodans Blick dabei auf das fehlende Glied am kleinen Finger ihrer linken Hand. Manchmal fragte er sich, welcher Art von Unfall man eine solche Verletzung wohl zu verdanken hatte.

Dann traten die Knöchel an Matsus Hand weiß hervor. Die Muskeln ihrer ausgestreckten Arme zitterten wie bei einer verausgabten Sportlerin. Und dann, als hätte jemand den Holoprojektor abermals gestartet, erschien ein kleines, kugelförmiges Bild über der Konsole, zwischen ihren Armen und ihrer Stirn.

Goratschin begann mit ruhiger Hand zu filmen.

Die Ränder des Bildes waren verschwommen, doch das Innere war in dem halbdunklen Raum gestochen scharf. Fast wirkte es dreidimensional, doch in Wahrheit war es eher wie bei einer jener optischen Täuschungen, die einen immerzu anzuschauen schienen: Das Bild war das gleiche, egal, von welcher Seite man es betrachtete.

Rhodan studierte besorgt die Szene. Er sah Crest, der auf dem Rücken lag. Sein Körper war in Bewegung, seine Augen aber waren geschlossen. Irgendetwas schüttelte ihn durch. War er bewusstlos? Tot? Er konnte kein Blut erkennen.

Sein Blick fiel auf die Brust des Arkoniden. Da war etwas an seiner Kleidung – es sah aus, als hätte man ihn gefesselt.

Aber nicht mit Stricken.

Er war eingesponnen.

Ishy Matsu schien das Gleiche zu denken wie er, obgleich die Televisorin die Augen geschlossen hatte und das Bild nur in ihrem Geist wahrnahm. »Die verflixten Spinnen«, murmelte sie. »Er ist ihnen ins Netz gegangen.«

Atlan lachte trocken auf.

»Kannst du sehen, wo er sich befindet?«, fragte Goratschin.

Crest begann kleiner zu werden und in der Mitte des Bildes zu versinken, während an den Rändern des schwebenden Lichtballs neue Details sichtbar wurden. Es sah aus, als zoome man aus einem runden Bildausschnitt zurück, ohne dass das Bild selbst dadurch größer oder kleiner wurde.

Und da sahen sie das Wechselspiel der dünnen Beine, vier auf jeder Seite. Crest lag zwischen den Schulterblättern, wenn man es so nennen wollte, eines Trebolaners, der, so schnell es seine Last zuließ, mit ihm durch einen halbdunklen Gang hastete. Immer wieder musste er innehalten, wenn der Arkonide zu verrutschen drohte, ihn umständlich mit seinen vorderen Beinpaaren zurechtziehen und die Seidenstränge um seinen Körper fester zurren. Zweifellos kostete ihn dieser Transport eine Menge Kraft. Er hatte dunkle rote Augen und trug einen goldbraunen Anzug.

Von der Umgebung war sonst nicht viel mehr als ein ovaler Tunnel zu erkennen, der in regelmäßigen Abständen von einem gelben, schwach leuchtenden Stab an der Wand erhellt wurde. Sie glaubten noch kurz eine Art Tür oder Schott mit einer Beschriftung darauf zu sehen – dann schnappte Matsu, die bis eben den Atem angehalten hatte, nach Luft, ließ die Konsole los, und das Bild erlosch.

Goratschin legte die Kamera weg und wollte sie stützen, doch sie hatte sich schon wieder gefangen.

»Also doch«, sagte Rhodan und sprach damit das aus, was sie alle dachten. »Crest ist entführt worden.«

»Vielleicht können wir herausfinden, wohin er gebracht wird«, sagte Belinkhar. »Hast du alles aufgenommen?«

Goratschin nickte. »Fragt sich bloß, wer uns dabei helfen kann ...«

»Wenn ich raten müsste, würde ich sagen, er ist unter der Erde«, sagte Matsu und trank einen Schluck Wasser aus der Flasche, die er ihr reichte. »Irgendwo Richtung Zentrum. Ist aber nur ein Gefühl – und mein Gefühl hat mich auch schon getäuscht.«

»Wo steckt Chabalh?«, fragte Atlan auf einmal.

Fast im selben Moment kam der Purrer durch den Hintereingang gerannt. Er musste sich weggeschlichen haben, während ihre Aufmerksamkeit von der Mutantin gefesselt gewesen war.

»Arkoniden!«, rief er. »Viele davon.«

Alarmiert tauschten Rhodan und Atlan Blicke.

»Das kann kein Zufall sein«, sagte Atlan.

»Los, raus«, sagte Rhodan, und sie rannten in die Halle zurück.

Mehrere Trebolaner hielten verdutzt inne, als sie plötzlich hereingeplatzt kamen, dann ignorierten sie die Störung, so wie man aus Höflichkeit das Missgeschick eines Gastes übergeht. Von der Halle zweigten mehrere Ausstellungsräume ab, ähnlich dem, den sie gerade verlassen hatten. Wie in den meisten Gebäuden, die sie bislang gesehen hatten, gab es keine rechten Winkel, und die Halle hatte ungefähr die Form einer länglichen Bohne. Die Hauptausgänge lagen an beiden Enden. In der Mitte der Halle erhob sich eine imposante Freitreppe, die Rhodan entfernt an eine Murmelbahn erinnerte und die auf die Galerie und das zweite Geschoss unter dem kunstvollen Kuppeldach führte.

Aus der Richtung des vorderen Eingangs näherten sich Dutzende schwerer Schritte.

»Hier lang!« Goratschin wies zum hinteren Ausgang.

»Nein!«, keifte Chabalh. Er legte den Kopf schief, als hätte er etwas gehört. Seine Ohren zuckten, und seine geschlitzten Augen verengten sich und richteten sich erst nach oben, dann zum Ausgang.

Einen Augenblick später konnten auch sie das Aufheulen schwerer Maschinen hinter dem Gebäude hören.

»Nach oben«, sagte Atlan. »Schnell!«

Sie rannten los.

Sie haben uns umzingelt!, dachte Rhodan. Das Heulen hinter dem Panoptikum klang wie ein Einsatzfahrzeug – oder ein Schwebepanzer.

»Auf dem Kuppeldach können sie mit schwerem Gerät nicht landen«, sagte Atlan, der das Gleiche gedacht haben musste. »Vielleicht können wir von dort entkommen.«

Rhodan nickte knapp. Wenn er sich richtig entsann, war das Panoptikum wie die meisten Gebäude der Stadt über Brücken und halsbrecherische Bögen mit den umstehenden Dächern und Türmen verbunden. Es wurde Zeit, dass sie herausfanden, ob diese Straßen auch für menschliche Beine geeignet waren – und wenn ihnen nichts anderes mehr übrig blieb, konnten sie immer noch versuchen, an einer niedrigen Stelle zu springen. Unter den hiesigen Schwerkraftverhältnissen sollten Sprünge von ein paar Metern Weite oder Tiefe kein übermäßiges Risiko darstellen.

Sie hatten beinahe das obere Ende der Treppe erreicht, als unter ihnen Einsatzkräfte in die Halle stürmten. Sie trugen dunkle Uniformen, aber keine Kampfanzüge. Dennoch reichte ihr Anblick, endgültig Panik unter den Trebolanern ausbrechen zu lassen. Wahrscheinlich hatten sie in der Vergangenheit bereits Erfahrungen mit arkonidischen Sicherheitskräften gesammelt.

»Was meinen Sie?«, rief er Atlan zu, als der Arkonide sich auf der Galerie kurz orientierte. »Wir hätten die Einladung des Fürsorgers wohl besser annehmen sollen!«

Atlan lächelte grimmig. »Schon möglich. Das arkonidische Protokoll kann sehr mitleidlos sein. Da lang!«

Sie rannten von der Galerie durch einen Flur zu einem weiteren Torbogen, jenseits dessen eine flache, geschwungene Rampe aufs Dach führte. Wie erwartet, spannten sich mehrere dünne Bögen von dort auf die Nachbargebäude. Die warme Sonne stand schon tief und schimmerte tiefblau auf den Dächern.

Sie erkannten ihren Fehler, als sie gerade auf den breitesten der Wege fliehen wollten.

Mehrere Energieblitze trafen neben ihnen das Dach. Sie zerplatzten zu funkelnden Entladungen auf dem glatten, halbtransparenten Material, brannten aber keine Löcher hinein.

Paralysestrahlen, dachte Rhodan, noch während sie in Deckung sprangen. *Immerhin möchten sie noch mit uns reden. Oder sie wollen einfach nur nicht das Dach zum Einsturz bringen ...*

»Da auch!«, fauchte Chabalh mit angelegten Ohren und blickte zum nächstgelegenen Dach. Überall huschten geduckte Gestalten von Deckung zu Deckung und sicherten die Brücken.

»Sie machen keine halben Sachen«, murmelte Atlan zerknirscht. Wer immer den Zugriff koordinierte, er hatte mindestens fünfzig Mann im Einsatz.

»Iwan«, sagte Rhodan und packte den Zünder, der mit Matsu hinter einem Vorsprung lag, am Arm. »Wir brauchen jetzt deine Hilfe.«

Kapitel 11

Crest da Zoltral

Als Crest wieder zu sich kam, war er gefesselt.

Es war ein merkwürdiges Gefühl: einerseits die Leichtigkeit, die ihn schon bei seinen ersten Schritten nach der Ankunft an eine andere Welt erinnert hatte – jene Welt, die sein Leben verändert hatte. Wanderer, die Welt der Ewigkeit. *Waren wirklich erst einige Monate vergangen seither?*

Gleichzeitig war er ebenso hilflos wie damals, als er noch ins Gefängnis seines alternden, zerfallenden Körpers gesperrt gewesen war. Ehe ES ihm sein Geschenk vermacht hatte.

Nicht ES, mahnte ihn sein Extrasinn, ohne dass er darum gebeten hätte. *Rhodan.*

Wie auch immer, dachte er mit einem Anflug von Ärger. Sein Kopf tat weh, und seine Lage war eine deutliche Warnung, dass ein Zellaktivator keine Garantie dafür war, dass er den nächsten Tag, die nächste Stunde überleben würde. Das Gerät schützte seinen Träger nur davor, von allein zu sterben, so wie alle Lebewesen der Galaxis. Die Unabänderlichkeit dieser Tatsache war ihm immer wie ein grausamer Witz erschienen: Sollte das Leben nicht auch ohne die Gnade eines allmächtigen Wesens weitergehen? War es dazu nicht da? Es war, wie einen Fisch vor dem Ertrinken schützen zu müssen.

Crest verzehrte sich nach diesem Schutz. Und dennoch hatte ihn jemand – oder etwas – geangelt.

Er lauschte kurz in sich hinein, dann schlug er die Augen auf. Zuerst bemerkte er den Aktivator auf seiner Brust. Wer immer ihn gefangen genommen hatte, wusste offenbar nicht um dessen Bedeutung, oder er hatte seine Gründe, den Aktivator nicht an sich zu nehmen.

Schließlich fielen ihm die Spinnweben auf.

Mit Ausnahme des Aktivators und des Bereichs um seine Schlüsselbeine war sein gesamter Oberkörper in seidene Stränge gewickelt. Sie saßen straff wie starke Pflanzenfasern, waren dabei aber klebrig wie Zucker und passten sich jeder Bewegung seiner Muskeln an, ohne ihm auch nur einen Millimeter Freiraum zu lassen. Es war, wie in festen Schaumstoff gepackt zu sein, und das Gefühl verstärkte seine Orientierungslosigkeit noch.

Seine Arme waren nach oben gebunden und bis zu den Handgelenken ebenfalls gefesselt. Er konnte sie nicht einmal weit genug bewegen, um den hinter seinem Ohr versteckten Kommunikator zu aktivieren. Seine Beine waren vergleichsweise frei, aber seine Hüfte war unverrückbar an die Wand in seinem Rücken gebunden; von daher nützte ihm das Strampeln nicht viel.

Nach einigen fruchtlosen Momenten, in denen er sich vom sorgfältigen Sitz seiner Fesseln überzeugt hatte, richtete er seine Aufmerksamkeit auf seine Umgebung.

Er befand sich in einer Art Labor. Es gab keine Fenster und damit keinen sicheren Weg, um festzustellen, ob er noch auf Trebola weilte, auch wenn er es annahm. *Dein Kopf würde sich anders anfühlen, wenn du länger bewusstlos gewesen wärst,* sagte ihm sein Extrasinn. Er sah nur einen Ausschnitt des Raums, der sich hinter einer Ecke noch fortzusetzen schien, doch schon dieser Bereich war ziemlich vollgestellt. Die meisten Geräte waren abgedeckt und von einer dicken Staubschicht überzogen. Sie wirkten veraltet, selbst verglichen mit der Technik im Shuttle oder im Panoptikum. *Ein Versteck. Niemand kommt mehr hierher.* Nur vereinzelt glommen ein paar Lichter an den Bildschirmen und Rechnern. *Dein Entführer hat sie angeschaltet, vor Kurzem erst.*

Nach und nach kehrte die Erinnerung an die Geschehnisse im Panoptikum zurück. Da war ein Trebolaner gewesen. Er hatte ihn angesprochen, aber sein Arkonidisch war schwer zu verstehen gewesen. Er hatte sich für seinen Aktivator interessiert ...

Und er hatte ihm etwas gezeigt – eine Aufzeichnung.

Eine Nachricht von ...

Nein!, sagte der Logiksektor seines Hirns entschieden und unterband seine Erregung noch im Keim. *Das hast du dir wahrscheinlich nur eingebildet! Konzentrier dich lieber darauf, wie du hier rauskommst – danach ist noch genug Zeit für andere Dinge.*

Er gestand es sich nicht gerne ein, aber sein Extrasinn hatte recht. So wie meistens.

»Hallo?«, rief er nach kurzem Zögern. »Ist da jemand?«

Statt einer Antwort hörte er das leise Wispern und Knacksen zierlicher Gliedmaßen, dann stakste ein Trebolaner langsam um die Ecke. Er machte einen wachsamen Eindruck und schaute ihn an. Zumindest kam es Crest so vor. Mit Sicherheit war es nicht zu sagen, denn seine Augen waren pupillenlos. *Facettenaugen – aber so hochauflösend, dass man nicht das charakteristische Wabenmuster erkennt.*

Der goldbraun glänzenden Montur nach zu urteilen, aus der seine dürren Beine ragten, war es derselbe Trebolaner, der ihn im Panoptikum angesprochen hatte.

Etwa zwei Meter vor ihm blieb er stehen.

»Was wollen Sie?«, fragte Crest. »Weshalb haben Sie mich hierher gebracht?«

Der Trebolaner zögerte kurz, dann verlagerte er sein Gewicht auf die hinteren Beinpaare und legte den Kopf schief. »Ihre Hilfe«, sagte er. Er sprach Arkonidisch, aber es klang im wahrsten Sinne gebrochen – als versuchte man die Worte mithilfe hölzerner Ratschen und Klangstöcke zu imitieren.

Fast hätte Crest laut gelacht. »*Sie* wollen *meine* Hilfe? Und wobei, wenn ich fragen darf?«

Der Trebolaner griff neben sich und hielt ihm ein flaches Display hin.

»Was – haben Sie etwa eine Liste erstellt?«

»Lesen Sie«, sagte der Trebolaner.

Crest reckte so weit es ging den Hals und warf einen Blick auf das Display. Es war mit mathematischen Formeln überzogen. Die Zeichen waren arkonidisch, aber die meisten Formeln sagten ihm nichts.

»Ist das fünfdimensionale Physik?«

»Hyperraumvektoren«, bestätigte der Trebolaner. »Können Sie die Gleichung auflösen?«

Crest kniff die Augen zusammen. »Bis Sie es mir gesagt haben, fiel mir nicht einmal auf, dass es da etwas zu lösen gibt.«

»Sie machen sich über mich lustig«, sagte der Trebolaner.

Crest war sich nicht sicher, ob es eine Feststellung oder eine Frage war, denn die Sprechwerkzeuge der Arachnoiden waren kaum in der Lage, einen Satz korrekt zu intonieren. »Glauben Sie mir, ich bin nicht zu Scherzen aufgelegt.«

Der Trebolaner gab ein klackerndes Geräusch von sich und tippte etwas auf das Display. Als er es ihm das nächste Mal hinhielt, zeigte es einen anderen Formelsatz.

»Das sieht aus wie ... Planetenmechanik?«

»Antigravitation.« Der Trebolaner klackerte wieder. »Wie kann es sein, dass Sie das nicht erkennen?« Diesmal war es eindeutig eine Frage.

»Wieso sollte ich?«, gab Crest zurück. »Ich verstehe nichts von solchen Dingen.«

»Aber Sie sind Arkonide«, stellte der Trebolaner fest.

»Ja und?«

Eine lange Pause trat ein, in der der Trebolaner sichtlich mit sich rang. Mehrmals legte er seine vorderen Armpaare zusammen, als sei die Antwort auf seine Fragen in dem verwirrenden Spiel seiner Gliedmaßen zu finden. Es ging zu wie in einem Kaleidoskop. Das Display wechselte dabei wiederholt von einer zierlichen Hand in die andere.

Das Gespräch verläuft nicht, wie er sich das gewünscht hat, analysierte sein Extrasinn. *Und die Situation ist ungewohnt für ihn. Dies ist kein gewöhnlicher Verbrecher.*

»Die Arkoniden, mit denen ich ... zusammengearbeitet habe, verstanden etwas von solchen Dingen«, sagte der Trebolaner. »Sehr viel sogar. Wie wir beide wissen, ist die arkonidische Technik der unseren überlegen. Deshalb ist unser Sternenreich auch so viel ... kleiner als Ihres. Unsere Transitionstriebwerke erreichen nur Reichweiten von wenigen Lichtjahren pro Sprung. Unsere Schutzschirme halten einem Beschuss Ihrer Waffen nicht stand. Selbstverständlich ist das kein Zufall – es ist in Ihrem Sinne, dass wir schwach und angreifbar bleiben. Und die Regelung der Schwerkraft auf unseren Schiffen und Kolonien ist so energieaufwendig, dass viele Pioniere damit sparen oder ganz darauf verzichten. Eine Weile geht das gut – doch nach einigen Jahren erleiden sie einen Lungenriss. Wussten Sie, dass dieser Tod unter Raumfahrern als Berufskrankheit gilt? Es ist geradezu lachhaft.«

Crest sagte nichts dazu. Es war klar, dass dem Trebolaner genauso wenig der Sinn nach Lachen stand wie ihm. Und er ahnte, wohin das alles führte.

»Entweder Sie lügen also, oder Sie geben sich nicht richtig Mühe«, folgerte der Trebolaner und hielt ihm abermals das Display hin. Seine dunkelroten Augen glitzerten bedrohlich.

Unwillkürlich fühlte sich Crest an seine Gefangenschaft im Juli letzten Jahres auf der Erde erinnert, als Clifford Monterny ihn in seine Gewalt gebracht hatte. Der ehemalige Militär war auf seine Weise ein brillanter Kopf gewesen – doch er war demselben Denkfehler erlegen wie dieser Trebolaner: Er hatte geglaubt, Crest könnte ihn mit überlegener Technologie versorgen, einfach nur, weil er einer alten, sternenfahrenden Kultur entsprang.

Dabei hätte Monterny seinerseits nicht einmal den Aufbau eines Radioweckers im Detail erklären können.

»Sehen Sie, ich würde Ihnen gerne helfen«, sagte Crest vorsichtig und kam nicht umhin, das Zittern im Arm des Trebolaners zu bemerken. *Pass auf,* warnte ihn sein Extrasinn. *Er ist zwar kein Profi wie Monterny – aber das macht ihn nicht weniger gefährlich. Er ist bereits weitergegangen, als er selbst es je für möglich gehalten hätte.* »Aber ich kann Ihnen ebenso wenig die Funktionsweise eines Strukturfeldkonverters erklären, wie ich Ihnen ein Musikstück komponieren könnte. Ich kann diese Dinge *benutzen,* goutieren, ja – aber ich kann sie nicht selbst erschaffen, und ihre Rätselhaftigkeit fasziniert mich ebenso wie Sie.«

Der Trebolaner gab wieder den klackernden Laut von sich. Dann warf er das Display weg, griff sich mit einer raschen Bewegung ein kleines Gerät von einer Ablage und drückte es Crest an den Hals. Er spürte den scharfen Einstich einer Nadel und zuckte zusammen.

»Was tun Sie da?«, rief er mit klopfendem Herzen. »Was haben Sie mir gegeben?«

Er spürte die Wirkung fast noch im selben Moment, in dem er die Frage stellte.

»Eine Ethanollösung«, sagte der Trebolaner. »Keine Sorge – ich weiß, dass es eine beruhigende Wirkung auf Ihresgleichen hat, und kenne die übliche Dosierung. Man sagt, Alkohol löse die ... wie heißt es doch gleich? Die *Zunge.*«

Obwohl Crest erleichtert war, dass der Trebolaner ihm nichts Schlimmeres injiziert hatte, war er doch vollauf damit beschäftigt, gegen die aufsteigende Übelkeit anzukämpfen. Von einem Augenblick zum nächsten ging es ihm, als hätte er auf einen Zug eine ganze Flasche Wein geleert. Das letzte Mal hatte er sich so gefühlt, als er noch ein junger Mann gewesen war ... Wärme breitete sich in seinem Kreislauf aus, und in seinem Kopf schwamm alles durcheinander. Ohne den Aktivator hätte er wahrscheinlich die Besinnung verloren.

Er ist naiv, versuchte sein Logiksektor zu ihm durchzudringen. *Spiel einfach mit ... Er wird seinen Fehler schon einsehen.*

»Aber wieso?«, fragte Crest. Es bereitete ihm Mühe, klare Worte zu formen.

»Weil Sie lügen«, sagte der Trebolaner.

»Was macht Sie da so sicher?«

Sein Entführer reagierte erst nicht und sah ihn nur an. Dann griff er, widerstrebend, wie es schien, nach einem Gegenstand, der neben der Injektionsspritze lag, und setzte ihn vorsichtig zwischen ihnen auf dem Boden ab.

Der Gegenstand war zylindrisch und wies deutliche Brandspuren auf. Die Gestaltung des Objekts sagte Crest nichts, aber welches Feuer auch immer es versengt hatte – es musste sehr heiß gewesen sein und vor sehr langer Zeit gebrannt haben.

»Der Empfänger«, entfuhr es ihm, denn es war der Gegenstand, den ihm sein Entführer schon im Panoptikum gezeigt hatte.

»Sie wissen also, um was es sich handelt?«, fragte der Trebolaner wie aus der Pistole geschossen.

Erst denken, dann reden, mahnte ihn sein Logiksektor, und Crest musste sich eingestehen, dass der Alkohol seine Wirkung besser tat, als ihm lieb war.

»Ich habe keine Ahnung«, lallte er ärgerlich. »Aber Sie haben damit eine Nachricht abgespielt ... also wird es wohl eine Art Empfänger sein ... oder nicht? Irgendein Speicher.«

Bravo, höhnte sein Extrasinn. *Eine schlagende Beweisführung in kritischem Zustand!*

»Ich habe gar nichts abgespielt«, widersprach der Trebolaner. »Im Gegenteil.«

»Ich verstehe nicht ...«

Wieder schienen sich die roten Augen des Trebolaners in ihn zu bohren, auch wenn sie sich weder regten noch blinzelten.

»Ich nahm an, dass das Artefakt auf *Sie* reagierte.«

Crest stockte der Atem. Konnte es sein, dass ...? »Erklären Sie das!«

Vielleicht hatte er es sich doch nicht nur eingebildet ...

»Es wäre nicht das erste Mal, dass ein Arkonide es zum Leben erweckt.«

»Von wem reden Sie?«

Der Trebolaner vollführte eine Geste, die einem Schulterzucken überraschend nahekam. »Einer der Wissenschaftler im Sternennetz. In der Orbitalstation«, fügte er hinzu, als er Crests verständnisloses Gesicht richtig deutete. »Ich nahm an, dass Arkoniden wie Sie den Goldenen einfach näherstehen als wir – ihnen vielleicht schon einmal begegnet sind.« Er klackerte. »Ril-Omh-Er würde mich für diese Worte strafen ... aber das wird er ohnehin.«

»Ich kann Ihnen nicht ganz folgen«, gestand Crest und versuchte wieder, sich zu konzentrieren. Sein Kopf schwamm vor lauter Fragen. »Die Goldenen? Die kenne ich nicht.«

»Das haben Sie schon im Panoptikum behauptet.«

»Weil es stimmt.«

»Wenn das wirklich so ist«, sagte der Trebolaner und hob den Zylinder vor Crests Augen, »weshalb haben Sie dann derart impulsiv auf diese ... Nachricht reagiert?«

Nun war es an Crest zu zögern. »Weil ich vielleicht ... den Absender kenne.«

»Den Absender?«

»Ich bin mir nicht sicher. Wie auch? Sie haben mich erst überrascht, dann niedergeschlagen, vergiftet ...«

Befriedigt stellte Crest fest, dass er den Arachnoiden in die Defensive drängte. Konnte es ihm ernsthaft *peinlich* sein, was er getan hatte? »Sie wollen Antworten, also gut!«, setzte er nach. »Können Sie das Artefakt denn nun bedienen, oder nicht?«

»Ich bin mir nicht ganz sicher. Ich glaube, dass ich mittlerweile ...«

»Nun, dann tun Sie es doch! Spielen Sie die Nachricht ein weiteres Mal ab!«

»Ich weiß nicht ...«

»Nur zu.« Crest nickte herausfordernd. »Oder machen Sie mich los, wenn Sie wollen, dass ich Ihnen helfe.«

Der Trebolaner nahm das Artefakt und hielt es in einem eigenartigen Winkel in die Luft. Dann presste er mit seinem sekundären Armpaar auf zwei Stellen an beiden Enden des Zylinders. Nichts regte sich.

»Dachte ich's mir doch«, sagte Crest zufrieden. »Sie schaffen es nicht allein. Machen Sie mich los!«

»Erst wenn Sie mir verraten haben ...«

»Lassen Sie die albernen Spiele«, unterbrach ihn Crest, und der Trebolaner zuckte zusammen. *Vorsicht,* mahnte ihn sein Extrasinn, doch Crest, betrunken wie er war, hörte nicht auf ihn. »Sie interessieren sich doch weder für Transitionstriebwerke noch Schutzschirmgeneratoren. Letztlich geht es Ihnen nur *hierum.* Sie haben hoch gespielt, aber nichts in der Hand.«

Der Trebolaner wiegte bekümmert den Kopf. »Ich brauche irgendetwas, um wiedergutzumachen, was ich getan habe. Sonst gibt es keine Zukunft für mich in der Netzgemeinschaft.«

Crest ahnte, dass bei der Tat, von der er sprach, nicht seine Entführung gemeint war, doch die Probleme des Trebolaners interessierten ihn im Moment nicht.

»Binden Sie mich los!«, sagte er wieder. »Dann finden wir vielleicht mehr heraus.«

Der Trebolaner legte das Artefakt vor ihm ab und ging zu einem anderen Tisch. Als er wiederkam, hielt er ein kleines gebogenes Messer in einer Klaue. In der anderen hatte er etwas, das für Crest wie eine Fernbedienung aussah.

»In der Bodenplatte, auf der Sie sitzen, ist ein Schutzschirmgenerator eingelassen. Es handelt sich um einen alten Prototyp, nicht besonders stark – aber für Sie reicht es. Wenn Sie versuchen, die Platte zu verlassen ...«

»Ich werde Sie schon nicht angreifen«, versicherte Crest. »Wie heißen Sie überhaupt?«

Die dunkelroten Augen starrten ihn an. »Je-Ron-Tia«, sagte der Trebolaner.

»Vertrauen Sie mir, Je-Ron-Tia. Mein Name ist Crest.«

Der Trebolaner trat auf ihn zu, schnitt ihn los, entfernte sich rasch und drückte einen Knopf auf der Fernbedienung, worauf Crest ein leichtes Sirren unter der Platte wahrnahm.

Er kümmerte sich nicht weiter darum und strich sich mit einer beiläufigen Geste über den Kommunikator hinter dem Ohr. Wie vermutet, hatte er keinen Empfang.

Dann richtete er seine Aufmerksamkeit auf den Zylinder, der noch immer vor ihm am Boden lag.

Was für eine Geschichte hatte dieser unscheinbare Gegenstand zu erzählen?

Crest kämpfte seine Aufregung nieder und streckte die Hand danach aus.

Das Artefakt erwachte zum Leben.

Crest keuchte auf.

Sein Herz klopfte freudig in der Brust – er hatte recht behalten!

Vor ihm, fast lebensgroß, schwebte das Gesicht seiner Ziehtochter im Raum.

Zuletzt hatte er Thora vor fast fünfMonaten gesehen. Sie hatte mit der TOSOMA vom Gespinst abgelegt, während er selbst auf der Station der Mehandor zurückgeblieben war. Sie hatte versucht, einem Verband der Imperiumsflotte zu entkommen. Die Aktion war im Geschützfeuer gescheitert. Die TOSOMA war über der Eiswelt Snowman abgestürzt, ein brennendes Wrack. Thora, Rhodan und einigen anderen Menschen sowie Gucky war es gelungen, den Suchtrupps der Naats zu entkommen, die das Eis nach Überlebenden durchkämmt hatten. Doch Thora war einer anderen Gefahr zum Opfer gefallen: einem Bleichsauger, einem einheimischen Raubtier. Sein Gift hatte sie gelähmt, sie zum Tode verurteilt. Doch da war unverhofft Ernst Ellert auf den Plan getreten, der kein Mensch aus Fleisch und Blut mehr war. Mit einem Raumschiff unbekannter Herkunft hatte er Thora und ihre Begleiter an einen ebenso unbekannten Ort gebracht – in der Hoffnung, seine Ziehtochter dort retten zu können.

Seitdem hatte Crest nichts mehr von Thora gehört.

Sie nun so unverhofft wiederzusehen ... *Was ist nur mit ihr?*

Thora war verschwitzt. Sie trug dunkle Ringe unter den Augen, und Blut rann von einer Stirnwunde die linke Seite ihres Gesichts hinab. Sie beachtete es nicht. Im Hintergrund war ein grauer, verhangener Himmel zu sehen.

Ihre Stimme war verzweifelt.

»Wer immer meine Worte hören mag – helfen Sie uns! Wir können nicht mehr lange durchhalten. Diese verfluchten Puppen sind in der Übermacht. Orlgans ist tot. Er hat sich für uns geopfert. Gucky ist am Ende seiner Kräfte. Ihrem nächsten Ansturm haben wir nichts entgegenzusetzen. Callibso ...«

Die Aufnahme brach ab.

»Nein!«, schrie Crest. Sein Herz raste. »Das kann noch nicht alles sein!«

Verzweifelt hantierte er an dem Zylinder mit den sanften Unebenheiten auf seiner Oberfläche, bei denen es sich vielleicht um Schalter handeln mochte. Ein leichtes Summen schien aus dem Inneren auszugehen. Ohne zu wissen, was er eigentlich tat, drückte er darauf herum, bis die Botschaft ein zweites Mal abgespielt wurde.

»Wer immer meine Worte hören mag ...«

Die Aufnahme brach an derselben Stelle ab wie zuvor.

Thora!

Es war vergebens.

Wie eine Marionette, der man die Fäden durchtrennt hatte, sackte Crest in sich zusammen.

Kapitel 12

Quetain Oktor

Das Licht in der Leitzentrale war gedämpft und gab Quetain Oktor das unwirkliche Gefühl, Zeuge einer Vorführung, nicht Leiter eines der größten bewaffneten Einsätze in der jüngeren Geschichte des Planeten zu sein.

Die Zentrale befand sich im einundsechzigsten Stockwerk des Turms. Unter ihnen lag die Verladeplattform des Lifts, an deren Rand sich der Halbkreis der obersten drei Stockwerke erhob. Ihnen gegenüber gähnte die Rampe zum Frachtterminal und den Lagerhallen, die große Teile der zehn darunter liegenden Stockwerke einnahmen. Der zentrale Schacht mit dem Anker aus Arkonstahl, der Turm und Orbitalstation an den Boden kettete, zog sich bis tief ins Fundament. Manchmal konnten sie ein leichtes Zittern des Bodens spüren, wenn einer der großen Frachtcontainer in Position gebracht und eingeklinkt wurde, doch das war alles, was sie hinter ihren gepanzerten und abgedunkelten Scheiben vom Verkehrsbetrieb mitbekamen.

Oktor wusste, dass ein an die Antigravgeneratoren gekoppeltes Notfallsystem jede unvorhergesehene Belastung der Verankerung bis zu einem gewissen Grad zu kompensieren vermochte. Wenn gar nichts mehr half, musste der Anker abgesprengt und eine spezielle Chemikalie im Seil des Lifts freigesetzt werden, welche die ersten zweitausend Meter des Webstahls in Sekundenschnelle zersetzen würde, sodass von ihm keine Gefahr für die Stadt ausging.

Dennoch fühlte er sich wie zwischen zwei Wagen gespannt, die in verschiedene Richtungen zogen: an seine Füße gekettet Trebola, jene Welt, die ihn ebenso wenig wollte wie er sie – und über ihm die Garnison, die mit aller Macht des arkonidischen Imperiums an ihm riss.

Die Mitte der Zentrale wurde von einem großen, blütenförmigen Terminal eingenommen. Im äußeren Ring der Blütenblätter saß das Personal vor seinen Instrumenten. Die kleinen Hologramme, die über ihren Arbeitsplätzen schwebten und ein verschlungenes, kreisförmiges Muster um das Zentrum bildeten, zeigten Aufnahmen von Überwachungskameras, Bewegungsmuster verdächtiger Individuen und die Position der Einsatzkräfte.

Die Männer und Frauen, die diese Hologramme im Blick behielten, waren Arkoniden – der zivile Stab, der dem Fürsorger unterstellt war und den Betrieb im Turm am Laufen hielt. Die meisten hatten nicht einmal auf ihn reagiert, als er die Zentrale betrat. Er konnte sich des Eindrucks nicht erwehren, dass dieser Großeinsatz für sie nur einen lästigen Ersatz darstellte, bis sie sich nach Feierabend wieder in ihre Quartiere zurückziehen und ihren Fiktivspielen oder erotischen Simulationen widmen konnten.

Über der Mitte des Terminals leuchtete ein großes, fast zwei Meter durchmessendes Holo, das in hoher Detailgenauigkeit das Kuppeldach des Panoptikums der prophezeiten Zeit zeigte. Es hatte nicht lange gedauert, die gesuchten Passagiere in der Stadt ausfindig zu machen, die sie mit der Arglosigkeit interstellarer Touristen durchstreiften. Unter anderen Umständen hätte Quetain Oktor einfach darauf vertraut, dass sie seiner Einladung folgten – doch angesichts des Drucks, den Sergh da Teffron nun auf ihn ausübte, hatte er es für klüger gehalten, das Protokoll etwas zu beschleunigen und die Höflichkeiten zu überspringen. Er brannte darauf, diese ungewöhnliche Gruppe von Fremden kennenzulernen und mehr über den älteren Arkoniden zu erfahren, der sie anscheinend anführte – insbesondere über das, was er um den Hals trug.

»Wo steckt er?«, fragte Quetain Oktor. »Ich kann ihn nicht sehen.«

»Er scheint sich von der Gruppe getrennt zu haben«, bestätigte Kaprisi, die geschmeidig von Holo zu Holo glitt. »Keine der Kameras auf dem Dach zeigt eine Spur von ihm. Der andere Arkonide ist aber noch dabei.«

Oktor ließ den Blick über die Fremden in ihrer Deckung schweifen. Das war ärgerlich – aber kein Grund, den Plan zu ändern. Schließlich hatten auch die Scans des jüngeren, langhaarigen Arkoniden einige Ungereimtheiten aufgezeigt, und es war anzunehmen, dass die übrigen Oktor ebenfalls Auskunft über ihren Anführer geben konnten.

Die Hauptsache war, sie saßen in der Falle. Oktor hatte Sicherheitskräfte auf den umliegenden Dächern und den Freiwegen positioniert, die sie miteinander verbanden. Auch das Untergeschoss des Panoptikums war mittlerweile unter ihrer Kontrolle. Es war nur eine Frage der Zeit, bis die Fremden die Ausweglosigkeit ihrer Lage erkannten: Sie waren unbewaffnet und umzingelt. Vielleicht waren sie ja vernünftig und würden sich abführen lassen. Zur Not würde er das ganze Dach mit Paralysestrahlen bestreichen lassen.

»Gruppe A vorrücken!«, sagte er, und Kaprisi gab den Befehl leise weiter. Wenn sich die Männer und Frauen der Zentrale daran störten, dass der Fürsorger über seine positronische Adjutantin mit ihnen kommunizierte, so zeigten sie es nicht. Sie akzeptierten Kaprisis Befehle wie seine eigenen.

Gruppe A näherte sich einem Wegknoten, einem kritischen Kreuzungspunkt mehrerer Freiwege. Die meisten Trebolaner, die auf den Dächern unterwegs waren, hatten den Ernst der Lage bereits erkannt und suchten hastig ihr Heil in der Flucht. Sie taumelten die Sturzwege hinab oder kletterten in Windeseile die Fassaden empor. Einige besonders Verzweifelte seilten sich direkt zum Boden ab, obwohl ein solches Verhalten an den meisten öffentlichen Plätzen mit einem Tabu belegt war, dessen genaue Natur Quetain Oktor nie verstanden hatte. Der Fürsorger lächelte still. Es war seltsam befriedigend, die Arachnoiden endlich nach seinen eigenen Regeln spielen zu sehen.

»Gruppe A erreicht den Wegknoten«, meldete Kaprisi mit Blick auf eines der kleineren Holos. Das große Bild über der Mitte des Terminals war nach wie vor auf die Fremden gerichtet.

»Was machen sie da ...?«, flüsterte Oktor und kniff die Augen zusammen. »Noch näher heran ...«

Da füllten sich zwei der kleinen Holos plötzlich mit Licht, und aus den zugeschalteten Akustikfeldern entlud sich das scharfe Fauchen von Flammen und Wind.

Oktor zoomte schnell wieder zurück, bis er die ganze Dächerlandschaft im Blick hatte, und erstarrte. Der Freiweg, über den Gruppe A vorgerückt war, hatte sich von einem Moment auf den anderen in ein Flammenmeer verwandelt. Der Webstahl löste sich großflächig auf, schlug Blasen und stieß gleißende blaue Stichflammen aus. Kleine, heiße Tropfen fielen auf die darunter liegende Straße hinab.

Und Gruppe A war vom Wegknoten abgeschnitten.

»Die Zielpersonen!«, sagte Kaprisi. »Sie rennen los.«

Oktor fluchte. Er hatte keine Erklärung, wie die waffenlosen Fremden sich eine solche Ablenkung hatten verschaffen können, noch dazu über diese Distanz – aber offensichtlich waren sie nicht gewillt, die Gelegenheit zur Flucht ungenutzt verstreichen zu lassen. Vereinzelt nahmen die Einheiten auf den umliegenden Dächern sie unter Beschuss, verfehlten sie aber auf die Entfernung.

Die Fremden waren schon fast beim Wegknoten.

»Wohin können sie von dort flüchten?«, fragte Oktor. »Schnell!«

Kaprisi wandte den Kopf ab. Oktor wusste, sie kommunizierte lautlos mit sämtlichen Terminals und der Positronik, dennoch war es befremdlich, die Geräte und das Personal ihre Befehle befolgen zu sehen, ohne dass ein einziges Wort in der Zentrale gewechselt wurde. Manchmal vergaß er, dass Kaprisi nur eine Maschine war.

»Alle Freiwege, die von dem Knoten abzweigen, sind unter unserer Kontrolle«, sagte sie. Dann fuhr der Ausschnitt im zentralen Hologramm um einen weiteren Vergrößerungsfaktor zurück, sodass ein neues Stück des Netzwerks aus Hochstraßen und Brücken ins Bild rückte.

»Bis auf diese Abzweigung hier«, korrigierte sich Kaprisi und markierte die entsprechende Stelle im Holo.

»Und wohin führt die?«

»Richtung der Webfabriken.«

Oktor kniff die Lippen zusammen. Es war ein Versäumnis gewesen, diesen Seidenweg zu übersehen. Allerdings befand sich die fragliche Abzweigung auf der rückwärtigen Seite des Panoptikums und war von der Position der Flüchtigen aus nicht einsehbar. Wie wahrscheinlich war es also, dass sie sich am Wegknoten ausgerechnet für die eine Richtung entschieden, die ...

»Sie fliehen Richtung der Abzweigung«, stellte Kaprisi fest.

Wie war das möglich? Sie überwachten die gesamte Kommunikation des Viertels. Weder standen die Fremden in Funkkontakt mit jemand, noch waren sie aktuell ins öffentliche Netz der Stadt eingeklinkt ...

Im selben Moment hüllte eine weitere Explosion, ebenso unvermittelt und unerklärlich wie die vorherige, den Wegknoten hinter ihnen in Flammen.

Alle Gruppen waren abgeschnitten.

Es war genug.

»Gib eine Beschreibung der Flüchtigen an alle Sicherheitskräfte in der Stadt heraus«, sagte Oktor. Er wollte keine Welle von Massenverhaftungen auslösen – es hielten sich Dutzende, wenn nicht Hunderte humanoider Besucher in der Hauptstadt auf.

»Aus dem *Gedächtnis*«, fügte er hinzu, als Kaprisi etwas erwidern wollte. Dass er das Bildmaterial der Gesuchten selbst hatte löschen lassen, war ihm bewusst. »So viel wie *nötig.*« Doch er wollte auch auf keinen Fall riskieren, dass die Fremden entkamen. »Und schick den Schwebepanzer!«

Kapitel 13

Perry Rhodan

Die fremdartige Hochstraße stieg stetig an. Der Boden war leicht gewölbt, und obwohl ihre Stiefel eine überraschend gute Traktion darauf besaßen, war der Weg doch so schmal, dass sie es nicht wagten, nebeneinander zu laufen. So flüchteten sie einer nach dem anderen im Gänsemarsch, und immer höher in die Leere zwischen den Dächern hinaus. Zum Glück waren sie alle schwindelfrei.

Die Schönheit der Stadt unter ihnen war im Licht der untergehenden Sonne atemberaubend. Die Spitzen und Schrägen schimmerten blau wie eine Eislandschaft. Sie hatten aber keine Zeit, sich in den Anblick zu vertiefen.

Matsu und Goratschin waren erschöpft. Beide hatten ihnen die Flucht ermöglicht: Matsu, indem sie ihnen den einzig verbliebenen Fluchtweg gewiesen, und Goratschin, indem er ihnen den Rücken freigehalten hatte. Seit den Geschehnissen auf Isinglass hatte der Zünder seine Gabe besser im Griff und musste nicht mehr fürchten, durch einen unbedachten Fehler gleich ein Höllenfeuer zu entfesseln, das eine unüberschaubare Zahl von Opfern forderte. Er hatte nur die Kohlenstoffatome in der Oberfläche der Brückenstruktur zur Reaktion angeregt, doch es hatte ihn eine Menge Kraft gekostet – auch, nahm Rhodan an, weil es sich um eine ihm bislang unbekannte Verbindung handelte.

Sie rannten in einem Bogen um das Panoptikum und nahmen eine Abzweigung, die sie wieder nach unten führte und bald ein steiles Gefälle aufwies. Rhodan und Chabalh waren die Vorhut, gefolgt von Belinkhar und den Mutanten. Atlan bildete den Abschluss.

»Sie kommen jetzt auch aus der anderen Richtung«, sagte der Arkonide über den Kommunikator und zeigte hinter sie. Von der anderen Seite der Abzweigung, mittlerweile deutlich über ihnen, kamen mehrere Sicherheitskräfte gerannt.

»Einen Moment«, sagte Goratschin und hob zur Warnung die Hand, damit Atlan nicht in ihn hineinlief. Dann blieb er stehen, drückte die Fäuste an die Schläfen und kniff die Augen zusammen. Dem hünenhaften Mann stand der Schweiß auf der Stirn wie einem Marathonläufer, aber genau wie ein Sportler schien er die Anstrengung für den Moment nicht mehr zu spüren. Er war willens, wenn nötig bis an seine Grenzen zu gehen.

Gerade als die ersten Paralysestrahlen wie Bündel gebrochenen Sonnenlichts um sie irrlichterten, öffnete sich eine züngelnde violette Feuerblume auf dem höheren Weg, und die Sicherheitskräfte taumelten zurück. Einer von ihnen stürzte, schaffte es aber noch im Fallen, einen Ankerhaken abzuschießen, der sich in die Brücke bohrte und seinen Sturz abfing, worauf er wie ein verunglückter Bergsteiger unter ihr pendelte.

»Gut gemacht!«, rief Rhodan. »Und weiter!«

»Da vorne führt eine Abkürzung nach unten«, sagte Belinkhar.

»Noch steiler als hier!«, knurrte Chabalh, der trotz seines übermenschlichen Geschicks am meisten Probleme mit der Beschaffenheit des Wegs hatte und bereits mehrmals gefährlich ins Schlittern gekommen war.

»Früher oder später«, gab Belinkhar zu bedenken, »müssen wir aber leider ...«

Der Rest ihrer Worte ging im Triebwerksgeheul unter.

Der Weg unter ihren Füßen erzitterte.

Mit dem Tosen mehrerer gebändigter Orkane stieg vor ihnen eine gepanzerte Vektorschubmaschine aus der Straßenschlucht empor. Es war eine Konstruktion, die Rhodan noch nicht gesehen hatte, wahrscheinlich seit vielen Baureihen an die Bedingungen Trebolas angepasst. Einen verrückten Moment erinnerte sie ihn an die Käfer, die er im Park gesehen hatte: die riesenhaften Augen schwarz und statt eines Kiefers vier großkalibrige Läufe, die sich nun auf sie richteten. *Projektilgeschosse,* dachte er. *Alt, aber bewährt. Ob sie mit scharfer Munition geladen sind ...?* Auf der Unterseite des Käfers drohte darüber hinaus der schwenkbare Lauf einer Strahlenwaffe. Unter den hoch angesetzten Flügeln fauchten die senkrecht gestellten Triebwerke.

»Nicht!«, rief Matsu, doch Goratschin handelte bereits. Insgeheim gab Rhodan ihm recht: Es gab kein anderes Entkommen. Dennoch machte er sich Sorgen um ihn – der Mutant konnte sich kaum noch auf den Beinen halten.

Gerade als sich der massige Lauf am Bauch der gepanzerten Maschine in ihre Richtung drehte, ging eine Stelle nahe dem Heck in Flammen auf. Das Feuer verbreitete sich mit rasender

Geschwindigkeit durch den Stahl und riss den Panzer aus seiner sorgfältig austarierten Balance. Er kam ins Schlingern, und ein weiter Fächer aus Energiefingern strich über die Brücke.

»Los, nach unten!«, rief Rhodan, rannte los und vertraute sich dem steil nach unten führenden Weg an, während der Panzer wegkippte und mit jaulenden Motoren nach einer geeigneten Fläche für eine Notlandung in der dicht bebauten Stadt suchte. Unter ihnen stoben Trebolaner panisch auseinander, um dem Sturm der auf Volllast laufenden Triebwerke zu entgehen.

Es war wie auf einer langen Rutschbahn hinabzurennen: Erst wurde Rhodan immer schneller, dann erkannte er, dass er sein Gleichgewicht nicht länger würde halten können, und rollte sich über die Schulter ab. Er schaffte es, den Sturz damit halbwegs abzufangen, prallte aber gegen die Basis des nächsten Gebäudes.

Als Nächstes kam Chabalh. Der Purrer war noch schneller als Rhodan und konnte sich nicht recht entscheiden, ob er die Schräge vorwärts oder rückwärts nehmen sollte. Auf halbem Weg überlegte er es sich anders, klammerte sich wie eine Katze an einen Baum, alle Krallen ausgefahren, und versuchte hektisch, seinen Fall zu bremsen – doch vergebens. In einem fauchenden Pelzball kam er neben Rhodan zu liegen.

Die anderen gingen etwas bedächtiger vor und erreichten den Boden ohne Zwischenfälle, auch wenn Rhodan befürchtete, dass Goratschin jeden Moment das Bewusstsein verlieren, abgleiten und in die Tiefe stürzen würde. Die Willensstärke, mit der der große Mann sich aufrecht hielt, rang ihm Respekt ab.

Über ihnen zog der Schwebepanzer eine lange Rauchfahne über den Abendhimmel. Ein schrilles Sirenengeräusch gellte in der Ferne, dann gab es eine starke Erschütterung und einige Sekunden später eine gewaltige Explosion.

Ein dunkler Feuerball stieg wie eine mächtige, flammende Qualle zwischen den Türmen empor. Betroffen schauten die Terraner auf.

»Sie hatten genug Zeit«, sagte Rhodan zu Goratschin. »Vielleicht war niemand mehr an Bord.«

»Wohin jetzt?«, fragte Belinkhar. »Ishy?«

Ishy Matsu nahm im Schneidersitz Platz. Wie schon zuvor entstand über ihren gekreuzten Beinen ein kugelförmiges Bild: Es zeigte sie selbst aus der Vogelperspektive, dann fuhr es schlagartig zurück und offenbarte in großer Schärfe die nähere Umgebung. Atlan beugte sich vor, um die winzigen dunklen Punkte in den Straßen besser zu erkennen.

»Sie ziehen einen Gürtel«, stellte er fest. »Die meisten Kräfte sind hier drüben, östlich des Panoptikums.«

»Dann gehen wir dort lang«, sagte Rhodan und wies voraus. Atlan packte Goratschin, der sich nicht länger aufrecht halten konnte, unter der Schulter. Belinkhar half Matsu, als sie einen kurzen Schwindelanfall durchlitt. Beiden, Atlan wie Belinkhar, war die Hochachtung für die Leistung der Mutanten deutlich anzusehen.

»Sollten nicht weglaufen«, knurrte Chabalh.

»Was, du möchtest lieber kämpfen?«, vergewisserte sich Atlan. »Gegen diese Übermacht? Bedaure, aber du bist kein Naat, Chabalh!«

Sie drangen in ein Labyrinth enger, dunkler Gassen vor. Es war immer noch warm. Manchmal begegneten ihnen Trebolaner, doch die Einheimischen ergriffen stets die Flucht vor ihnen. Türen und Fenster wurden zugeschlagen, kaum dass die Spinnenwesen ihrer gewahr wurden. Im Schutz einer breiten Rampe blieben die Flüchtigen stehen.

»Wir müssen schnellstmöglich Crest finden«, sagte Rhodan. »Und dann von hier verschwinden. Leider fürchte ich, dass wir die Reise nicht auf der HETH-KAPERK werden fortsetzen können.«

Belinkhar nickte finster. »Dort können wir uns nicht mehr blicken lassen. Ich frage mich, was genau eigentlich schiefging.«

»Die Antwort darauf liegt doch auf der Hand«, sagte Atlan. »Oder halten Sie es für einen Zufall, dass die Einsatzkräfte so kurz nach Crests Verschwinden das Panoptikum umstellten?«

»Crest würde uns niemals verraten«, stellte Rhodan klar. »Dennoch könnte es sein, dass beides in Zusammenhang steht.«

»Wenn er ihnen unsere Position nicht verraten hat ...«

»Dieser verdammte Kapitän!«, fluchte Belinkhar. »Dieser Vertragsbrecher! Dieser Menschenhändler!«

Da hörten sie auf einmal ein Schwirren über sich.

»Wir müssen weiter!«, rief Atlan. »Sie setzen Drohnen ein!«

»Dort!« Chabalh reckte den Kopf und starrte in eine Seitenstraße.

Da war ein kleines rotes Licht an ihrem Ende.

Und jemand schwenkte es aufgeregt hin und her.

»Will uns da jemand helfen, oder ...?«, begann Belinkhar.

»Finden wir's raus«, sagte Rhodan. »Mir ist im Augenblick jede Hilfe recht.«

Sie hatten die Hälfte der Straße geschafft und näherten sich einer Kreuzung, als das Schwirren wieder lauter wurde. Mehrere Trebolaner drängten sich furchtsam in ihre Hauseingänge.

»Sie haben uns entdeckt«, sagte Atlan. »Wahrscheinlich Wärmeerfassung. Wir sollten besser schnell irgendwo Unterschlupf finden.«

Rhodan überquerte gerade die Kreuzung, als Chabalh ihn auf einmal ansprang und mit sich zu Boden riss. Mehrere Salven aus Energiewaffen schossen dicht über ihn hinweg. Rhodans Herz raste, doch ohne eine Sekunde zu zögern, rollte er sich weiter und trat nach den Beinen des Arkoniden, der sich in einem Hauseingang versteckt hatte. Die Trebolaner auf der Kreuzung verschwanden so schnell wie Fische, wenn man einen Stein in ein Becken wirft. Manche flohen geradewegs die Wände hoch.

Es gelang Rhodan, seinem Gegner die Waffe zu entreißen und ihn damit niederzuschlagen, während hinter ihm wieder geschossen wurde. Dann ging er im Eingang in Deckung, vergewisserte sich rasch, dass es sich bei der Waffe um ein Paralysegewehr handelte, und lugte auf die Straße hinaus. Wie nun offensichtlich wurde, hatte man ihnen einen Hinterhalt gelegt.

Chabalh lag keuchend, mit verkrümmten Gliedern, auf der Kreuzung, die goldenen Augen vor Schmerz oder Schrecken weit aufgerissen. Der Schuss, der Rhodan gegolten hatte, musste ihn getroffen haben. Gerade tauchte ein Uniformierter hinter ihm aus dem Schatten auf und trat auf den Purrer zu.

Rhodan legte an und schoss, und der Uniformierte sackte zusammen. Da fielen abermals Schüsse von der anderen Straßenseite, und im Aufblitzen der Strahlenwaffe erkannte Rhodan Atlans von weißem Haar umrahmtes Gesicht. Er musste ebenfalls an ein Gewehr gekommen sein. Er hatte die Streuung seiner Waffe auf Maximum gesetzt und gab damit Chabalh, der langsam wieder zu Sinnen kam und sich von der Kreuzung schleppte, Feuerschutz.

»Jetzt Sie«, sagte Rhodan über Funk.

»Warten Sie«, sagte Atlan. »Da ist noch einer über Ihnen.« Der Arkonide zielte, schoss, und im nächsten Moment schlug ein bewusstloser Körper vor Rhodan auf die Straße.

»Und los!«, sagte er und gab Atlan Deckung. Der Arkonide sprintete über die Kreuzung und vereinte sich wieder mit den anderen, die mittlerweile ebenfalls den Schutz der anderen Straßenseite erreicht hatten. Goratschin und Matsu lehnten erschöpft an einer Wand. Dann übernahm Atlan den Feuerschutz. Rhodan verließ seine Deckung und schnappte sich die Waffe des Bewusstlosen.

Vor sich sah er Belinkhar, die einem weiteren Uniformierten gerade in die Kniekehlen trat. Rhodan kannte diesen Tritt aus eigener, schmerzhafter Erfahrung nur zu gut – sie nannte es *Kantindor,* aber er bezweifelte, dass die Technik für den Getroffenen einen großen Unterschied machte. Der Arkonide wollte auf die Mehandor anlegen, doch sie trat ihm das Gewehr weg. Es flog in hohem Bogen davon.

»Belinkhar!«, rief Rhodan und warf ihr seine zweite Waffe zu.

Sie fing den Paralysestrahler dankbar aus der Luft und schoss dem Arkoniden damit ins Gesicht, gerade als der sich wutentbrannt auf sie stürzte.

»Das kam gerade recht«, sagte sie und erwiderte umgehend das Feuer, als hinter ihnen Schüsse aus einem Fenster fielen.

Der versteckte Schütze hatte es auf Atlan abgesehen. Erst dachte Rhodan, er hätte ihn getroffen, doch der Schuss verfehlte den Arkoniden knapp. Dann vernachlässigte der Schütze für eine zweite Salve seine Deckung. Atlan und Belinkhar nahmen ihn ins Kreuzfeuer, und er taumelte getroffen zurück.

»Und ich kriege keine Waffe?«, beschwerte sich Goratschin mit erschöpftem Grinsen.

»Meinst du nicht, dass du für heute genug getan hast?«, fragte Belinkhar, reichte ihm aber das Gewehr, das sie ihrem vorigen Gegner weggetreten hatte.

Der Hüne schüttelte trotzig den Kopf. Doch kaum, dass er sich aufrichten wollte, stürzte er beinahe schon wieder hin. Atlan packte ihn mit festem Griff unterm Arm.

»Es werden einfach zu viele«, sagte der Arkonide. »Und wir kommen nicht schnell genug voran.«

Goratschin und Matsu tauschten einen kurzen Blick.

»Lasst uns zurück«, sagte der Zünder. »Sie wollen uns nicht töten. Wir werden euch nicht verraten.«

»Das kommt überhaupt nicht in Frage«, widersprach Rhodan. »Na los! Ich nehme Ishy. Chabalh? Alles in Ordnung?«

Der Purrer knurrte nur knapp und sprang dann mit ungelenken Sätzen voraus. Der Schuss aus dem Paralysator schien ihn nur gestreift zu haben, doch eine Seite seines Körpers war leicht gelähmt. Rhodan stützte Ishy Matsu, und gemeinsam schleppten sie sich weiter, während Belinkhar den Weg sicherte.

»Dein Mut in allen Ehren, mein russischer Freund«, sagte Atlan. »Aber was meinst du, wer diese Jungspunde sind, die uns hier jagen? Die Kinder reicher Eltern, die gelangweilt sind von ihren

Spielen und den echten Nervenkitzel suchen. Die machen sich einen Spaß daraus, dich zu verhören, und glaub mir: Arkoniden haben ihre Wege, dich zum Reden zu bringen, auch ohne dich zu töten.«

Matsu schluckte und wischte sich die verschwitzten Haare aus der Stirn. Dann richtete sie ihre Aufmerksamkeit nach vorne. »Chabalh«, flüsterte sie.

Der Purrer kam zurück und wirkte aufgeregt. Rhodan strengte seine Augen an, und da sah er es ebenfalls, am Ende der Straße: Das rote Licht war wieder da und wurde rasch hin und her geschwenkt.

»Alles oder nichts«, sagte er zu Atlan.

So schnell die erschöpften Mutanten Schritt halten konnten, eilten sie die Straße hinab. Belinkhar bildete nun die Nachhut und schoss mit unheimlicher Präzision erst einen, dann noch einen Arkoniden aus den hochgelegenen Fenstern. Wieder einmal zeigte sich, dass die ehemalige Matriarchin in ihrer Zeit als Fremdgeherin mehr als nur Diplomatie gelernt hatte.

Am Ende der Straße blieben sie keuchend vor einer Wand stehen und drehten sich suchend um. Es war nun fast stockdunkel.

»Eine Sackgasse«, stellte Atlan fest, und Chabalh fauchte ärgerlich.

Hatte man sie doch in eine Falle gelockt? Und wohin war derjenige, der das Licht geschwenkt hatte, verschwunden?

Da öffnete sich unvermittelt eine runde Klappe in der nächstgelegenen Wand, und im schwachen Licht, das herausfiel, konnten sie undeutlich die Silhouette eines Trebolaners erkennen.

»Kommen Sie schnell!«, rief er mit dünner Stimme.

Kurz entschlossen trat Rhodan auf ihn zu, Matsu schützend hinter sich, die Waffe bereit. Die Innenseite der Tür war von einer weichen, seidigen Substanz überzogen.

»Schnell«, wisperte der Trebolaner aufgeregt und machte Platz, um alle vorbeizulassen. Nur Chabalh wirkte zu benommen oder zu misstrauisch, eine Entscheidung zu fällen.

»Chabalh!«, zischte Rhodan.

Widerwillig schleppte sich der Purrer über die Schwelle, und der Trebolaner schloss rasch die Tür hinter ihnen. Fast meinte Rhodan, ihn vor Erleichterung seufzen zu hören.

Dann drehte er den roten Lichtstab, den er mit einem seiner anderen Arme hielt, weiter auf, und sie machten mehrere Gestalten aus.

Sie standen in einem engen Tunnel, der komplett mit derselben hellen, seidigen Substanz wie die Tür ausgekleidet war. Zwei Trebolaner traten aus der Dunkelheit auf sie zu. Sie waren nun auf engstem Raum mit den Fremden gefangen. Nie zuvor waren sie ihnen so nahe gewesen, und Rhodan studierte fasziniert das verwirrende Spiel ihrer Beine, ihrer leise knackenden Schritte und Gesten. Hinter ihnen, im Tunnel, regten sich weitere Arachnoide.

Ishy Matsu gab ein leises Wimmern von sich, hielt sich aber wacker. Chabalh und die Trebolaner musterten einander misstrauisch, dann blieb der Blick des Purrers gebannt auf der Robe des Vordersten hängen, die im dumpfen Schein des Lichtstabs in tiefem Purpurrot erstrahlte. Abwesend murrend leckte er sich die Stelle, an der ihn der Schuss aus dem Paralysator getroffen hatte.

»Willkommen«, sagte der Trebolaner in der purpurfarbenen Robe auf Arkonidisch. »Mein Name ist Ril-Omh-Er. Ich bin Gelehrter bei Hofe. Das hier ist der Kämmerer Kor-Ach-Ett. Es ist mir eine Ehre, Ihre Bekanntschaft zu machen.«

»Möge Vidaarms Glanz auf euch fallen«, sagte der Zweite, der in eine gelbe Robe gekleidet war.

Die Stimmen waren monoton, beinahe ausdruckslos. Gleichzeitig hörte man ihnen an, was für Mühe es ihnen bereitete, die ungewohnten Laute zu formen. Ein wenig erinnerten die Stimmen Rhodan an die sprechender Rabenvögel. Er nickte Matsu kurz zu, löste seinen Arm um sie und trat vor.

»Mein Name ist Perry Rhodan«, sagte er. »Wir danken Ihnen für die Unterstützung und möchten uns für die Verwüstungen, die wir angerichtet haben, entschuldigen.«

»Es kam niemand zu Schaden«, stellte Ril-Omh-Er fest.

Rhodan war sich ziemlich sicher, dass er die Arkoniden nicht in seine Rechnung aufnahm. »Darf ich fragen, welchem Umstand wir unsere unverhoffte Rettung zu verdanken haben?«

»Ihr tragt Schmuck wie Vidaarm«, sagte Kor-Ach-Ett, als wäre damit alles erklärt.

»Schmuck?«, fragte Atlan. »Was meinen Sie damit?«

»Der Glänzende wird alles erklären«, sagte Kor-Ach-Ett, dann hielt er inne. Einen Moment schien er Atlan anzustarren, dann drehte er suchend den Kopf. »Der andere Arkonide«, sagte er. »Er ist nicht hier?«

»Einer unserer Gefährten ist verschwunden«, bestätigte Rhodan. »Wir glauben, er wurde entführt. Wir müssen ihn unbedingt finden.«

»Entführt?«, fragte Ril-Omh-Er.

»Iwan«, sagte Ishy Matsu leise. »Zeig ihnen den Film.« Die Japanerin löste die Kamera von ihrem Gürtel und reichte sie ihm.

Goratschin spielte den Film ab, den er im Panoptikum aufgenommen hatte: Crest, gefesselt auf dem Rücken eines goldbraun gekleideten Trebolaners, der durch einen Tunnel eilte.

Ril-Omh-Er schaute aufmerksam zu. Der Entführer musste kurz innehalten, um seinen Gefangenen nicht zu verlieren, und da konnte man kurz sein Gesicht erkennen. Dann setzte er seine Flucht fort, erreichte das Schott, und die Vision endete. Ril-Omh-Er tauschte einen bedeutungsvollen Blick mit Kor-Ach-Ett.

»Ich kenne ihn gut«, sagte er dann. »Und ich habe eine Vermutung ... wohin er Ihren Gefährten gebracht haben könnte.«

»Tatsächlich?«, fragte Rhodan. »Wir stünden tief in Ihrer Schuld ...«

»Ich werde mich persönlich darum kümmern«, sagte Ril-Omh-Er. Er zögerte kurz. »Dürften wir es noch einmal sehen?«

»Natürlich.« Goratschin startete die Aufzeichnung von vorn.

»Halt!«, sagte Kor-Ach-Ett gleich zu Beginn, als Crest fast das gesamte Bild ausfüllte, und Goratschin stoppte sofort den Film.

Die Trebolaner tuschelten aufgeregt. Noch konnte der Translator wenig mit ihrer harten, von Klicklauten geprägten Sprache anfangen, und so blieb Rhodan nichts anderes übrig, als zu warten.

»Was ist?«, fragte er, nachdem die Arachnoiden mit ihrer Beratung fertig waren.

Kor-Ach-Ett hob einen Arm und deutete andächtig auf den eiförmigen Gegenstand auf Crests Brust, halb verborgen im Gespinst der Fesseln.

»Schmuck wie Vidaarm«, wiederholte er. »Kommen Sie – es soll Ihnen alles enthüllt werden.«

Kapitel 14

Quetain Oktor

»Keine Spur von ihnen.«

Oktor stand vor dem Terminal, die Hände auf die Kanten gestützt, sodass die Sehnen unter seiner schwarzen Haut hervortraten und das große Holo blaue Muster auf seinen Armen spielen ließ. Er hatte den Blick gesenkt. Seit einer Stunde hatten sie jeden Kontakt zu den Fremden verloren und seitdem jeden Scan von jeder erdenklichen Kamera und Drohne überprüft. Sie hatten Straßensperren errichtet und Verhöre veranlasst, doch vergebens.

»Wie kann das sein?«

Kaprisi stand einen Augenblick reglos. Wäre sie kein Roboter gewesen, hätte sie vielleicht mit den Schultern gezuckt. »Tarnseide?«

Oktor schlug mit der Faust auf die Kante und zog sich dabei einen kleinen Schnitt zu. Das beklemmende Gefühl, die Kontrolle über die Ereignisse zu verlieren, wurde einen kurzen Moment übermächtig. Dann klärte der Schmerz seinen Verstand.

»Meine lieben, guten Trebolaner. Geben sich gern dümmer, als sie sind.«

»Vielleicht haben sie unseren Funkverkehr abgehört«, mutmaßte Kaprisi. »Womöglich wissen sie genau, wen wir suchen ... und warum.«

»Oder sie haben sich gegen mich verschworen und helfen den Fremden einfach aus Trotz.«

»Das glaube ich nicht.« Kaprisi trat neben ihn und spielte die Bildaufzeichnung einer Überwachungskamera aus dem Panoptikum ab. Darauf war der Arkonide zu sehen, den Oktor in seine Gewalt hatte bringen wollen. Ein Trebolaner trat auf ihn zu und zeigte ihm etwas. Es sah aus, als spielte er ein Hologramm ab. Der Arkonide schien einen Schwächeanfall zu erleiden. Dann packte der Trebolaner ihn mit beiden Armpaaren und schleppte ihn davon.

»Sie haben ihn entführt? Ausgerechnet ihn?«

»Danach sieht es aus.«

»Aber wieso haben sie den anderen Fremden dann geholfen?«

»Wir wissen nicht mit Sicherheit, dass die Trebolaner ihnen *geholfen* haben ...«

»Der ganze Einsatz war ein einziger Reinfall!«, schrie Oktor. Niemand in der Zentrale nahm Notiz von ihm: Seine Untergebenen widmeten sich wieder ihren Anzeigen und Holos und taten so, als wären sie beschäftigt.

Wäre ich ein vollwertiger Arkonide, würden sie das nicht wagen, dachte Oktor. Es kümmerte sie einfach nicht, was er von ihnen hielt. Es war, als würde seine Wut spurlos an ihnen abperlen – und die Schuld für sein Versagen haftete ganz und gar an ihm allein.

»Die Zielpersonen waren unbewaffnet, sie waren in der Unterzahl ...«

»Offenbar waren unsere Informationen ungenügend.«

»Vielleicht hättest du dich besser informieren sollen ...«

»Die Quellenlage war ungenügend«, wiederholte Kaprisi. Nicht einmal sie nahm seine Kritik an. »Und wir hätten unsere Möglichkeiten voll ausschöpfen sollen.«

»Was meinst du damit, ›voll ausschöpfen‹?«

»Wenn dir die Festnahme der Fremden wirklich so wichtig war, hättest du nicht nur die zivilen Sicherheitskräfte einsetzen sollen. Im Orbit stehen dir voll ausgebildete Soldaten zur Verfügung, die binnen einer halben Stunde an jeder Stelle des Planeten landen können. Mit Kampfanzügen, automatischen Waffensystemen ...«

»Soll ich vielleicht einen Volksaufstand riskieren?«, verteidigte sich Oktor. »Möchtest du dich mit drei Millionen aufgebrachter Arachnoiden herumschlagen, wenn ihnen einfällt, diesen Turm hier zu stürmen? Oder uns einfach darin ... einzuspinnen?« Er winkte ab. »Außerdem würde Sergh da Teffron davon erfahren, wenn ich die Garnison einsetze. Oder nicht?« Er schaute Kaprisi prüfend an.

»Wahrscheinlich schon.«

»Und das kann ich momentan wirklich nicht gebrauchen. In fünfzehn Stunden wird der Verband hier eintreffen, den er uns auf den Hals gehetzt hat. Das bringt Probleme genug. Bis dahin müssen wir diese Situation unter Kontrolle gebracht haben ...«

»Ein Grund mehr, entschlossenes Handeln zu demonstrieren«, riet ihm Kaprisi. »Ob die Trebolaner den Flüchtigen geholfen oder sie gefangen genommen haben, ist dabei egal. Wer will dir das

Gegenteil beweisen? Du brauchst auf die Einheimischen keine Rücksicht zu nehmen – du bist auf ihre Billigung nicht angewiesen.« Ihre Analyse war frei jeder Moral. »Langfristig stehen den Trebolanern nicht die Mittel zur Verfügung, wirksam gegen das Imperium vorzugehen. Selbst wenn deine Bemühungen fruchtlos bleiben, hast du damit deine Führungsstärke unter Beweis gestellt. Du baust deine Position aus, und wenn die Hand des Regenten Fragen stellt – nach brennenden Panzern, nach flüchtigen Passagieren –, kann er dir eines nicht vorwerfen: Untätigkeit.«

Oktor schaute Kaprisi lauernd an. »Wieso sollte die Hand des Regenten mich nach flüchtigen Passagieren befragen?«

Sie gab erst keine Antwort. »Das war ein hypothetisches Szenario«, sagte sie dann. »Ausgehend von einem Maximum unangenehmer Entwicklungen, die du gerade zu vermeiden bemüht bist.«

Er schüttelte den Kopf. Er konnte es Kaprisi nicht verübeln, dass sie ihm Ratschläge nach Dienstbuch erteilte. Das war ihre Aufgabe. Aber sie steckte nicht in seiner Haut – sie steckte in *überhaupt keiner* Haut, rief er sich ärgerlich ins Gedächtnis. Ein hartes Vorgehen gegen die Trebolaner würde auf jeden Fall Leben kosten. Und für ihn hieße es, sich noch weiter an einen Posten zu ketten, der ihm jetzt schon wie eine Falle vorkam. Es würde ihm gehen wie seinem Vorgänger in den letzten Jahren, bevor er endlich abberufen wurde: von der Bevölkerung gehasst, immer auf der Hut vor jedem, der ihm über den Weg lief, eingesperrt in seinen Turm ...

Vielleicht hatte Kaprisi recht. Vielleicht kümmerte es ihn zu sehr, was andere von ihm hielten.

Selbst die verdammten Trebolaner.

Selbst sie.

Er musste jetzt zuerst an sich selbst denken.

»Haben wir Verluste zu beklagen?«, fragte er einen der Arkoniden, der teilnahmslos in seinem Sessel saß.

»Keine«, gab er zurück. »Ein paar Verletzte anscheinend.«

»Die Piloten des Schwebepanzers?«

»Konnten rechtzeitig aussteigen.«

»Verluste unter der Zivilbevölkerung?«

»Keine gemeldet. Mehrere Straßen und Gebäude mussten allerdings evakuiert werden. Und der Rat der Acht hat eine Protestnote eingereicht. Die Netzfürsten wollen uns die Schäden in Rechnung stellen.«

Oktor nickte und wandte sich ab.

»Dehnt die Suche aus und haltet auch ein waches Auge auf die Orbitalstation. Tut, was nötig ist, aber macht es bitte nicht noch schlimmer. Ich bin oben in meinem Quartier, wenn man mich braucht.«

Kaprisi folgte ihm nachdenklich mit dem Blick, machte aber keine Anstalten, ihm zu folgen.

»Fürsorger!«, rief der Arkonide, und Oktor blieb stehen.

»Ja? Was ist noch?«

»Ein Funkspruch von einem Trebolaner – er wünscht Sie zu sprechen. Er sagt, es sei dringend.«

»Jetzt?«, fragte Oktor. »Wer ist er, und was will er von mir?«

Der Arkonide hielt kurz Rücksprache über Funk. »Seinen Namen will er nicht nennen, aber er sagt, es geht um die Flüchtigen.« Zum ersten Mal klang seine Stimme interessiert. »Er sagt, er weiß, wo sie sind ...«

Kapitel 15

Perry Rhodan

Der Tunnel senkte sich ab, und sie folgten ihm eine Weile in vornehmlich westlicher Richtung. Perry Rhodan nahm an, dass sie sich tief unter der Erde befanden und dieser Gang deutlich älter war als die Bereiche der Stadt, die sie bislang gesehen hatten. Das Licht kam von matt schimmernden Zylindern, die in regelmäßigen Abständen aus der Wand ragten und von Lichtschranken ausgelöst wurden. Sie ähnelten der Beleuchtung des Ganges aus Matsus Vision, durch den Crests Entführer geflohen war. Vielleicht, überlegte Rhodan, war die ganze Stadt untertunnelt.

Das Material des Tunnels wirkte im Vergleich zu den Lichtquellen *rauer* ... naturbelassener. Er war nicht aus dem hellen, harten Material gefertigt, aus dem die meisten Gebäude und Konstruktionen in der Stadt bestanden. Die gewölbten Wände waren weich und von hauchdünnen Gespinsten überzogen, als ob sie sich allmählich auflösten, der Boden federte unter ihren Füßen.

Es war, musste er sich eingestehen, wie durch einen Spinnenbau zu wandern.

»Wie fertigen Sie dieses Material?«, fragte Rhodan an einer Stelle, an der die Struktur der Wände besonders deutlich zum Vorschein trat. »Es muss doch Maschinen geben, ganze Fabriken, die diese Stadt ...«

Doch Ril-Omh-Er schnitt ihm mit einem scharfen Klicklaut das Wort ab. »Der Weise fragt nach dem, was ihm enthüllt sein soll«, erwiderte er und bedeutete ihm weiterzugehen.

»Es scheint, Sie haben ein Tabu verletzt«, stellte Atlan fest.

»Das war nicht meine Absicht.«

»Es lässt sich manchmal leider nicht vermeiden«, sagte Belinkhar. »Ich habe mich bei einer ähnlichen Gelegenheit einmal in die Nesseln gesetzt, als ich zu Gast auf einem ziemlich abgelegenen Planeten war. Ich fragte nach den seltsamen Gebilden, die sich an einer Felswand gesammelt hatten. Ich habe mich wahrscheinlich nicht sehr wohlwollend darüber geäußert, denn sie waren nicht sonderlich ... ansprechend für das Auge.«

»Was war das Problem?«, fragte Rhodan.

»Es waren ihre Kinder«, sagte Belinkhar mit einem Schmunzeln. »Sie hatten ihre Eier in einer Schleimschicht an den Fels gekleistert.«

Rhodan verzog das Gesicht, und Belinkhars Schmunzeln vertiefte sich.

»Wo war das?«, fragte Atlan interessiert.

»Sie werden nicht davon gehört haben.«

»Können wir bitte weiter?«, fragte Ishy Matsu, die ziemlich blass um die Nase war.

Kurz darauf erreichten sie eine Halle mit einer Art Kegeltreppe aus sich verjüngenden, halbrunden Stufen. Kor-Ach-Ett tauschte ein paar Worte mit Ril-Omh-Er und verschwand dann in einem Seitengang. Ril-Omh-Er seinerseits ließ sich von seiner Eskorte ein Kommunikationsgerät bringen und führte eine Reihe von Gesprächen. Matsu und Goratschin nahmen, dankbar für die Pause, auf den Stufen Platz. Auch Chabalh hatte noch mit den Nachwirkungen des Streifschusses aus dem Paralysator zu kämpfen, obwohl es ihm widerstrebte, seine Schwäche einzugestehen.

Dann kam Ril-Omh-Er zurück und führte sie ein Stockwerk nach oben.

»Wir sind nun im Palast der himmlischen Verheißung«, klärte er sie auf. »Bitte sprechen und bewegen Sie sich zurückhaltend, um die Würde des Ortes zu wahren und die Wachen und die Sicherheitssysteme nicht zu alarmieren.«

Tatsächlich begegneten sie auf ihrem Weg mehreren massigen, schwarz gewandeten Trebolanern mit zeremoniell wirkenden Stangenwaffen, die Rhodan an Hellebarden erinnerten. Sie wichen ihnen ehrerbietig aus, sobald sie Ril-Omh-Ers gewahr wurden.

Die Wände des oberen Flurs waren neueren Datums und bestanden aus lebensgroßen, farbenprächtigen Darstellungen der trebolanischen Geschichte, die nahtlos ineinander übergingen. Es war, als bestünde der gesamte Gang aus einer endlosen Galerie seidener Gobelins.

Atlan war vor einem besonders prächtigen Ausschnitt stehen geblieben, und Rhodan trat neben ihn. Er hatte ein ähnliches Motiv bereits im Panoptikum gesehen. Es wirkte fast unheimlich – all die fremden Wesen auf den Bildern und die doch so vertraute Ikonografie –, das Pathos, mit dem sie ihre Widersacher besiegten und ihre stolzen Schiffe in den Himmel sandten. Wären es Menschen auf diesen Bildern gewesen und Galeonen statt Netzschiffe, hätten diese Bilder auch im Louvre oder irgendeinem irdischen Museum hängen können.

»Die Befreiung von Actarbir III«, sagte Ril-Omh-Er. »Das war vor 598 Jahren.« Er schien erfreut, dass sich seine Gäste für die Darstellung interessierten.

Rhodan betrachtete die zentrale Gestalt des Bildes – was sie auf einem prunkvollen Stab vor der Brust trug.

»Ich verstehe nun«, sagte er. »Das meinten Sie, als Sie sagten, ›Schmuck wie Vidaarm‹.«

Er tauschte einen kurzen Blick mit Atlan. Er hatte es auch bemerkt: Der Erzfürst dieses Planeten, Vidaarm der Befreier, Vidaarm der Vereiner, trug einen Zellaktivator.

Ril-Omh-Er deutete eine knappe Verneigung an. »Der Erzfürst wird alles erklären.«

»Perry«, sagte Goratschin leise und fasste ihn am Arm. »Wir schaffen das nicht.« Der Zünder war total erschöpft. Er hatte tiefe Ringe unter den Augen und kaum die Kraft, sich wach zu halten.

Rhodan nickte. Sie brauchten dringend eine Pause. Matsu ging es nicht besser, und die klaustrophobische Enge der spinnenseidenen Tunnel hatte sie noch zusätzlich strapaziert.

»Verzeihen Sie«, sagte Rhodan zu ihrem Gastgeber. »Aber unsere Freunde haben sich auf der Flucht verausgabt. Gäbe es vielleicht einen Ort, an dem sie ruhen können, während wir dem Erzfürsten die Ehre erweisen? Etwas Wasser täte ihnen auch gut.«

Ril-Omh-Er gab mit seinem vorderen Armpaar der Wache einen Wink.

»Sie alle können ruhen«, erklärte er. »Bevor Sie Vidaarm gegenübertreten, muss ich mich um verschiedene Dinge kümmern. Nicht zuletzt um Ihren Freund. Danach wird der Erzfürst Sie empfangen.«

»Wenn es irgendetwas gibt, was ich tun kann, um zu helfen ...«, bot Rhodan an. Trotz der Müdigkeit, die auch ihm in den Knochen steckte, war er voller Ungeduld und Sorge um Crest.

»Vertrauen Sie mir«, sagte Ril-Omh-Er. »Sie sind hier in Sicherheit. Und Ihrem Freund wird nichts geschehen – dafür verbürge ich mich.«

Rhodan wollte etwas erwidern, doch der Netzfürst schnitt ihm das Wort ab. »Vertrauen Sie mir«, wiederholte er. »Üben Sie sich etwas in Geduld.«

Die Wache bedeutete ihnen, sie zu begleiten. Sie folgten ihnen in einen geschützten Flur, in dem hinter seidenen Vorhängen drei kleine, prunkvoll geschmückte Kammern lagen. Die Wände waren wie aus Perlmutt und schimmerten sanft in allen Farben des Regenbogens. In jeder Kammer gab es zwei Ruheplätze, die Rhodan an Hängematten erinnerten, nur dass sie aus einem dicken, hellen Gespinst bestanden. *Keine Matten ... Nester.* Alles war rund wie in einer Höhle, und ein kleines, rundes Fenster ging auf die nächtliche Stadt mit ihren Türmen und Hochstraßen hinaus.

Belinkhar setzte sich vorsichtig auf einen der Schlafplätze. »Das ist nicht schlecht.«

»Lasst uns hier nicht zurück«, murmelte Matsu, als sie und Goratschin in die benachbarte Kammer gingen.

»Keine Sorge«, versprach Rhodan im Flüsterton und nickte der Wache entschuldigend zu, unsicher, ob die Trebolaner seine Mimik richtig deuten konnten. »Schlaft euch aus!«

»Wecken Sie mich, wenn etwas Unvorhergesehenes passiert!«, sagte Atlan, der sich die dritte Kammer notgedrungen mit Chabalh teilte. »Sie wissen ja – ich schlafe nicht viel.«

»Kommst du?«, fragte Belinkhar von drinnen und lächelte. Das weiße, weiche Material schmiegte sich wie Meerschaum um ihre Hüften.

Rhodan erwiderte das Lächeln. Dann trat er ein und zog den Vorhang hinter sich zu.

Was für ein Tag, dachte er wenig später, den Blick zur gewölbten Decke gewandt. In der Frühe noch waren sie nach sechswöchigem Schlaf im All auf ihren kalten Formschaumliegen erwacht, und nun versteckten sie sich vor der arkonidischen Staatsgewalt im Palast eines von Spinnen bevölkerten Planeten.

Beschwer dich nicht, meldete sich die vertraute Stimme wieder zu Wort, die verdächtig nach Reginald Bull klang. *Genau deshalb sind wir doch Raumfahrer geworden ... oder nicht?*

Perry Rhodan lächelte und schloss die Augen.

Kapitel 16

Crest da Zoltral

»Wie lange wollen Sie mich eigentlich noch festhalten?«, fragte Crest, während er über seinen nächsten Zug nachdachte.

Er saß in eine Decke gehüllt auf der achteckigen Bodenplatte, deren Kantenlänge ungefähr zwei Meter betrug. Die Platte war kalt und ungemütlich, aber wenigstens hatte Je-Ron-Tia ihn nicht wieder gefesselt und ihm etwas Wasser gegeben. Die Wirkung des Alkohols, den er Crest injiziert hatte, war inzwischen fast verflogen. Crest nahm an, dass der Aktivator damit zu tun hatte. Zum Glück linderte er auch die typischen Kopfschmerzen, mit denen er gerechnet hatte.

Der unverhoffte Hilferuf Thoras, der ihm im Nachhinein fast wie ein Traum vorkam, hatte ihn zutiefst aufgewühlt. Sein Logiksektor hatte ihm geraten, seine Gefühle für den Augenblick zu unterdrücken, um seinem labilen Geiselnehmer gegenüber nicht noch mehr Schwäche zu zeigen. Crest hatte ihm recht gegeben. Zwar hatte er tausend Fragen, und alles in ihm drängte darauf, seiner Ziehtochter zu Hilfe zu eilen – doch bevor er sich ihrer Rettung widmen konnte, musste er erst einmal seiner eigenen Gefangenschaft entrinnen.

Unter der Platte war der altertümliche, sirrende Schutzschirmprojektor montiert, der sich aktivierte, sobald die Lichtschranken am Rand der Platte unterbrochen wurden. Je-Ron-Tia hatte es ihm demonstriert: Es war ein flackerndes, schmutzig blaues Feld, das nur wenige Sekunden lang stabil blieb und voller Strukturlücken war. Dennoch würde Crest es wahrscheinlich nicht überleben, wenn er es darauf anlegte. Sobald der Schirm ihn berührte, wäre es um ihn geschehen.

Vor ihm auf den Boden lag das Spielbrett, das sie sich durch dieselbe Klappe unter den Lichtschranken hindurch zuschoben, über die Je-Ron-Tia ihm auch die Decke und das Wasser gereicht hatte. Das Brett war ebenfalls achteckig und erinnerte Crest entfernt an ein terranisches Spiel, das er Reginald Bull einmal mit einem der Mutanten hatte spielen sehen.

Der Name dieses trebolanischen Spiels war La-Jann: Kleine Steinchen wurden entlang bestimmter Linien gesetzt und gezogen, und wenn man seinen Gegner eingeschlossen hatte, durfte man einen seiner Steine entfernen. Es war ein simples Prinzip, das er in wenigen Sekunden begriffen hatte. Es war jedoch auch klar, dass die Zahl möglicher Positionen und Strategien schier endlos war.

»Sobald Sie Ihr Versprechen gehalten und uns geholfen haben«, beantwortete Je-Ron-Tia seine Frage.

Crest seufzte, tat seinen Zug und schob ihm das Spielbrett zurück. »Ich dachte, ich hätte es Ihnen begreiflich gemacht: Ich bin ein Derengar. Mein Fachgebiet sind die Kulturen verschiedener Planeten und ihre Geschichte. Ich könnte Ihnen von Kriegen erzählen, die vor zehntausend Jahren die Galaxis erschütterten, oder anrüchige Details über die Adelsgeschlechter Arkons, bis Sie wünschten, Sie hätten nie davon gehört. Aber ohne die Hilfe einer Positronik könnte ich nicht einmal ein Beiboot landen – geschweige denn, Ihnen eins bauen.«

»Und trotz Ihres umfangreichen Wissens haben Sie nie von den Goldenen gehört?«, fragte Je-Ron-Tia und grübelte über seinen nächsten Zug.

»Vielleicht kenne ich sie ja unter anderem Namen. Ich wäre sehr interessiert daran, mehr über sie zu erfahren. Sie sagten, ihre Landestelle auf dem ersten Planeten sei seit achthundert Jahren ein spiritueller Ort Ihrer Kultur? Sie müssen in dieser langen Zeit doch irgendetwas über sie herausgefunden haben.«

Je-Ron-Tia klackerte mit seinen Kieferklauen. Crest hatte mittlerweile gelernt, diesen Laut als Ausdruck von Missbilligung zu deuten.

»Sie haben das Problem bereits umrissen«, sagte er und verschob einen seiner Steine. »Achthundert Jahre sind genug, um so viele widerstreitende Schulen und Lehren entstehen zu lassen, dass sie sich nur gegenseitig im Weg stehen und verschleiern, dass es in Wahrheit nichts zu verschleiern gibt. So etwas sollte Ihnen als *Derengar* bekannt sein. Jedes Kind lernt die Taten Vidaarms – und könnte Ihnen wahrscheinlich fast genauso viel darüber berichten wie ich.« Er schob Crest wieder das Brett zu. »Manchmal glaube ich, wir verwalten uns nur noch selbst – uns und die wenigen Schätze, die es uns in der Heiligen Zone zu bergen gelingt. Dabei bin ich Ursprungsforscher. Ich suche nach Wahrheiten. Mir gegenüber aber steht die Priesterschaft

Vidaarms, die nicht an neuen Erkenntnissen interessiert ist, sondern nur an ihrem Machterhalt. Jede Expedition in die Heilige Zone muss von ihnen lange und umständlich genehmigt werden, denn die Existenz vieler Mysterien kommt ihnen zugute. Die Sänger des künftigen Goldes dagegen sind vor allem an kunstvollen Lobpreisungen interessiert und hoffen auf die Wiederkehr der Goldenen, während die Aszendisten die Landestelle am liebsten plündern und ihre für ihre eigenen, größenwahnsinnigen Zwecke missbrauchen würden.«

»Und Sie, Je-Ron-Tia?«, fragte Crest und studierte das Brett. »Was wollen Sie?«

»Ich will dem Rat der Netzfürsten beweisen, dass es richtig war, mit Fremden wie Ihnen zusammenzuarbeiten. Ich will ihnen etwas geben, was ihnen keine andere Wahl lässt, als mich zu rehabilitieren.«

»Die Geschichte lehrt, dass der friedliche Austausch zweier Kulturen meist zum beiderseitigen Vorteil führt«, stimmte Crest zu. »Es liegt aber in der Natur der Sache, dass sich diejenigen, die am meisten dadurch zu verlieren haben, dagegen sperren.«

»Werden Sie mir helfen, die Fürsten zu überzeugen?«

»Angenommen, ich tue das. Und dann? Das hier war einmal Ihr Labor, richtig? Wollen Sie hierhin zurück? Oder wieder nach Khebur?«

»Nein.« Je-Ron-Tia ließ den Blick über die verstaubten Gerätschaften schweifen. »Ich habe lange auf meine heutige Position hingearbeitet. Familie und Freunde haben es von mir erwartet. Heute aber glaube ich, dass unsere drängendsten Probleme nicht in einem Labor zu lösen sind und nicht auf Khebur. Unsere Welt ist Teil des Großen ... *Ihres* Imperiums. Und solange wir zerstritten und schwach sind, wird sich nichts daran ändern. Vidaarm hat Trebola einst geeint und in die Zukunft geführt. Viele von uns hoffen darauf, dass er es noch einmal tun wird. Jedoch ...« Er führte den Satz nicht zu Ende.

»Habe ich das richtig verstanden?«, fragte Crest. »Derselbe Vidaarm, der damals nach Khebur flog, regiert heute noch Ihre Welt? Seit *achthundert* Jahren? Das ist ... außergewöhnlich.«

»Er ist sehr alt geworden«, gab Je-Ron-Tia kleinlaut zu. Das Thema schien ihm Unbehagen zu bereiten. »Vielleicht zu alt. Die Netzfürsten haben für ihn das Regieren übernommen und schwächen uns mit ihren Intrigen.«

»Auch das ist eine alte Geschichte«, murmelte Crest, entschied sich für einen Zug und schob das Brett wieder zurück. »Vielleicht können wir uns ja wirklich helfen.«

»Und wie?«

»Es gibt jemanden, den ich Ihnen gerne vorstellen würde. Selbstverständlich müssten Sie mich dafür gehen lassen.«

»Sie versuchen mich zu manipulieren«, stellte Je-Ron-Tia fest. »Aber Sie sagen mir, bei all den Worten, noch immer nicht die ganze Wahrheit.« Er tat einen schnellen Zug und schob das Brett wieder zurück. »Mittlerweile denke ich, dass ich mich getäuscht habe: Sie sind längst nicht so schlau, wie Sie denken, Arkonide. Ich glaube, Ihnen fehlen genauso viele Antworten wie mir.«

Pass auf, was du sagst, warnte sein Logiksektor, aber Crest war sich mittlerweile sicher, dass der Trebolaner ihm nicht ernsthaft etwas tun wollte. Vielleicht gelang es ihm, sein Vertrauen zu gewinnen, wenn er ehrlich mit ihm war.

»Die Nachricht, die das Artefakt abgespielt hat, richtet sich an mich und meine Gefährten«, erklärte er. »Ich kenne die Frau, die sie gesendet hat – und ich muss ihr helfen. Sie bedeutet mir die Welt.«

Der Trebolaner machte ein zustimmendes Geräusch. »Auch ich habe so jemanden.«

Siegessicher tat Crest seinen Zug und schob das La-Jann-Brett zurück durch die Klappe. »Ich habe aber keine Erklärung dafür, wie die Botschaft ausgerechnet zu dieser Zeit, an diesem Ort, auf diesem Weg zu mir gelangt ist.«

Je-Ron-Tia gab ein aufgeregtes Geräusch wie von vielen dünnen Stäbchen von sich. »Hören Sie endlich auf, mich für dumm zu verkaufen! Wissen Sie denn wirklich nicht, wieso ich mich im Sternennetz an Ihre Fersen heftete und Ihnen den ganzen Weg bis ins Panoptikum gefolgt bin? Die Verbindung zwischen Ihnen und den Goldenen ist doch so offensichtlich, dass selbst ein Aszendist sie nicht leugnen könnte!«

»Nämlich?«, fragte Crest.

»Das Zepter!«, rief Je-Ron-Tia und warf die Arme hoch. »Sie tragen das Zepter Vidaarms um den Hals! Wer außer den Goldenen sollte es Ihnen geschenkt haben?« Er tat einen Zug und schob ihm das Brett hin. »Da, Sie haben verloren.«

Überrascht ging Crests Blick von den funkelnden Augen des Trebolaners zu dem Aktivator auf seiner Brust, dann zu dem Spielbrett vor ihm am Boden. Er hatte Je-Ron-Tia unterschätzt. Der Aktivator – die ganze Zeit ...

Seine Hand griff nach dem Ei an seiner Kette. »Es ist nur ein Schmuckstück«, sagte er, aber es klang nicht sehr überzeugend.

Da erklang ein schrilles Piepsen aus dem hinteren Bereich des Labors. Je-Ron-Tia wandte langsam den Kopf, dann streckte er die Beine, erhob sich und stakste zögernd um die Ecke.

Er blieb lange weg, und Crest hörte nur das harsche, aufgeregte Flüstern seiner Stimmwerkzeuge, als er sich wohl mit jemand über Funk unterhielt.

Als er wiederkam, machte er einen gefassten Eindruck. »Es ist so weit«, sagte er. »Das Spiel ist aus.«

Kapitel 17

Perry Rhodan

Perry Rhodan, Belinkhar und Atlan folgten Ril-Omh-Er zur Audienz mit dem Erzfürsten. Sie hatten ein paar Stunden geschlafen, doch vor dem Palast war es immer noch dunkel gewesen, als Rhodan erwachte. Sie waren übereingekommen, Goratschin, Matsu und den Purrer vorerst nicht zu wecken, ehe sie nicht mehr über ihre Lage in Erfahrung gebracht hatten. Die Ungeduld trieb Rhodan an.

Sie betraten ein hohes, helles Gewölbe von der Form eines gigantischen Eis. Jenseits einer geschwungenen Brücke erhob sich der Thron des Erzfürsten von einer weißen Plattform, sodass Vidaarm im Mittelpunkt der Halle saß. Im Halbkreis um ihn standen noch weitere Sitzgelegenheiten, doch fast alle waren zu dieser Stunde verlassen. Der Boden unter der Brücke war von unverständlichen, leise raunenden Maschinen überzogen, die über mehrere Kabel und Schläuche mit dem Thron und der Gestalt des Erzfürsten darauf verbunden waren. Für Rhodan sah es aus, als wüchsen monströse Orgelpfeifen aus seinem Rücken, die dann in weitem Bogen hinter und unter der Plattform verschwanden.

Mit feierlichen Schritten geleitete Ril-Omh-Er seine Gäste bis vor den Thron.

»Vid-Aarm-Aru, der Vereiner, Günstling der Goldenen, heißt euch willkommen!«, sprach ein Trebolaner, der dieselbe tiefgelbe Robe trug wie Kor-Ach-Ett. Er war neben Ril-Omh-Er der einzige andere Würdenträger in der Halle.

Sprachlos nahm Rhodan den Anblick des Erzfürsten in sich auf. Vidaarm war alt, steinalt im wahrsten Sinne. Er war in Gewänder aus Gold und Silber gekleidet, doch seine Gliedmaßen wirkten bleich und brüchig wie trockener Kalk, als ob sie bei der leisesten Berührung zu Staub zerfallen würden. Das obere Armpaar war aufgerichtet wie bei einer angreifenden Spinne, wirkte aber so schwach und zittrig, dass es eher eine abwehrende Pose zu sein schien. Sein Kopf nickte schwach wie bei einem menschlichen Greis. Mit seinem zweiten Armpaar schien er sich an das Ei auf seiner Brust zu klammern, das unter dicken Lagen weißer Seide verborgen lag, sodass seine Greifwerkzeuge darunter verschwanden. Es sah aus, als habe man ihn gefesselt, weil er zu schwach war, den Aktivator zu halten – oder als wollte er ihn sich selbst entreißen.

Rhodan erschauderte. Wenn das wirklich ein Aktivator war, funktionierte er nicht richtig – denn offensichtlich hatte er die Jugend des Erzfürsten nicht bewahren können. War dies der Preis, den auch Crest eines Tages würde zahlen müssen?

Er warf einen Blick zu Atlan, der das groteske Wesen auf dem Thron mit ernster Miene betrachtete. Er hätte gerne gewusst, was in diesem Moment in ihm vorging. Was wusste der Arkonide über die Unsterblichkeit? Wie viele Jahre hatte er wirklich gelebt, wie viele hatte er im Kälteschlaf verbracht?

Vielleicht stellte Atlan sich die gleichen Fragen wie er. Es gab vieles, was er nicht von Atlan wusste – aber ebenso viel, was Atlan über sich selbst nicht wusste. Der alte Arkonide war keineswegs in dem Maße Herr seines Schicksals, wie er glaubte.

Rhodan richtete seine Aufmerksamkeit wieder auf den Erzfürsten. »Wir danken für die Ehre der Audienz«, sagte er vorsichtig.

Auf einer Anzeige im Thron Vidaarms begannen einige Lichter zu blinken. Der Trebolaner in der gelben Robe wollte etwas erwidern, doch Ril-Omh-Er gab ihm einen Wink, und der Trebolaner senkte das Haupt. Dann kletterte er von seinem Sitz und entfernte sich zögernd.

Das Blinken erlosch.

Ril-Omh-Er sprach ein paar Worte in ein kleines Gerät, das er an seiner Robe trug.

Am fernen Ende der Halle öffnete sich eine Tür.

Einige Wachen traten herein. Sie trugen dieselben altertümlichen Waffen, die sie schon zuvor gesehen hatten. Und in ihrer Mitte entdeckte Rhodan einen weiteren Trebolaner – und Crest.

»Crest!«, rief er und trat einen Schritt vor. Die Arachnoiden zuckten zusammen, doch Ril-Omh-Er bedeutete ihnen, dass keine Gefahr drohte.

Vorsichtig, um die Fremden nicht noch einmal zu erschrecken, machte Rhodan zwei Schritte auf die Neuankömmlinge zu und wartete dann geduldig, bis sie eine Brücke wie die, über die sie selbst gekommen waren, überquert hatten.

Crest machte einen müden, aber unverletzten Eindruck. Ruhigen Schrittes trat er vor und hielt Rhodan die Hand zum Gruß hin. Die Wachen hinderten ihn nicht daran. Es sah aus, als wäre ihnen Crests Nähe unangenehm und als ob sie vor allem an dem Trebolaner in ihrer Mitte interessiert wären, der demütig den Kopf gesenkt hielt.

»Sie ahnen nicht, wie gut es tut, Sie zu sehen«, sagte Rhodan und ergriff die Hand des Arkoniden.

»Auch ich freue mich.« Crest fasste ihn am Arm. »Sie werden nicht glauben, was ich erfahren habe ...«

»Je-Ron-Tia«, sagte Ril-Omh-Er streng. »Du hast deine Befehle missachtet, die Geheimnisse deiner Zunft verraten, diesen Fremden entführt und mit deinen Taten großes Unheil über uns gebracht. Der Fürsorger sucht in der ganzen Stadt nach ihm, und die arkonidische Garnison wurde in Alarmbereitschaft versetzt.«

Bei diesen Worten warf Atlan Rhodan einen sorgenvollen Blick zu.

Diesmal wusste er genau, was der Arkonide dachte: *Wenn sie den Orbit abriegeln und mit Soldaten hier landen, sitzen wir in der Falle.*

»Mein Fürst.« Je-Ron-Tia knickte mit den vorderen Beinpaaren ein, sodass es aussah, als kniete er nieder. »Ich kenne die Strafe, die mir droht, und nehme sie an.«

»Ril-Omh-Er«, sagte Crest und drückte Rhodan zuversichtlich den Arm. »Ich bitte Sie, hören Sie mich an.«

Die Trebolaner erstarrten. Sich voll der Aufmerksamkeit bewusst, die er nun genoss, deutete Crest auf den Knienden. Er wirkte wie ein Redner im römischen Senat, wie er da vor ihm stand – Cicero, der seinen Mandanten verteidigt.

»Es ist wahr: Je-Ron-Tia hat mich gegen meinen Willen entführt und sich in Angelegenheiten gemischt, die vielleicht größer sind als alles, was er sich hat vorstellen können. Aber er hat aus ehrenvollen Motiven gehandelt, die mir nicht unvertraut sind: dem Durst nach Wissen und dem Wunsch, seiner Zivilisation zu helfen.«

Mit einem kurzen Blick auf Rhodan fuhr er fort. »Er hat mir kein Haar gekrümmt. Jedoch hat er mir ... Einblicke ermöglicht, die mir unermesslich wertvoll sind.« Er richtete sich auf und sagte, an Vidaarm gewandt: »Ich bitte Euch, Günstling der Goldenen, bestraft nicht den Überbringer der Botschaft.«

Der greise Erzfürst wippte schwach mit den Gliedmaßen.

»Von was für einer Botschaft reden Sie?«, fragte Ril-Omh-Er.

»Gestatten Sie?« Crest trat ruhig an Je-Ron-Tia heran und nahm von ihm einen kleinen, zylindrischen Gegenstand entgegen. Unmittelbar darauf erwachte eine holografische Projektion zum Leben. Die Wachen gerieten in helle Aufregung, doch Ril-Omh-Er rief sie zur Ordnung. Dann hielt Crest den Zylinder in ihre Richtung, damit sie die Projektion besser sehen konnten – doch das wäre kaum nötig gewesen.

Rhodan stand wie vom Donner gerührt.

Vor ihm, unwirklich und weiß wie ein Gespenst in der seidenen Höhle des Palasts, schwebte Thora, und ihr Gesicht war von Entsetzen gezeichnet.

»Wer immer meine Worte hören mag – helfen Sie uns! Wir können nicht mehr lange durchhalten. Diese verfluchten Puppen sind in der Übermacht. Orlgans ist tot. Er hat sich für uns geopfert. Gucky ist am Ende seiner Kräfte. Ihrem nächsten Ansturm haben wir nichts entgegenzusetzen. Callibso ...«

Die Erinnerung brach über Rhodan herein: Die weiße Hölle von Snowman ... Orlgans, der mit seiner »Prinzessin« Thora Scherze trieb. Jener flüchtige Moment auf dem improvisierten Unterseeboot der verbannten Mehandor, als Thora und er einander so nahegekommen waren wie nie zuvor ... Gucky, Tifflor, Orsons und die Verbannten, die mit ihr zusammen das Raumschiff Ernst Ellerts betreten hatten und zu einem unbekannten Ort aufgebrochen waren.

»Wer immer meine Worte hören mag ...«

Crest unterbrach die Projektion und schaute Rhodan an.

Und nicht nur er. Auf einmal wurde er sich auch Belinkhars Blick sehr bewusst. Die Mehandor machte sich sicher Vorwürfe für das, was mit Thora geschehen war, denn sie hatte ihr als Matriarchin KE-MATLONS nicht helfen können; und *sie* wusste, dass Thora ihm sehr viel bedeutete.

Er war sich bloß nicht sicher, ob sie wusste, wie viel.

Auf einmal fiel ihm das Versprechen wieder ein, das er Belinkhar gegeben hatte: dass er sie niemals ohne guten Grund belügen würde. Hatte er sie über seine wahren Gefühle belogen? Er war sich ja selbst lange nicht darüber im Klaren gewesen.

Crest nickte wissend. Wenn irgendjemand ahnte, was Rhodan für Thora empfand, dann er.

»Sie kennen diese Arkonidin«, stellte Ril-Omh-Er fest.

»Allerdings. Ich begreife nur nicht ...«, sagte Rhodan.

Der Netzfürst streckte seinen Greifarm aus, und Crest reichte ihm widerwillig den Zylinder. Nachdenklich drehte und wendete der Trebolaner das Artefakt.

»Je-Ron-Tia, das wäre eine gute Gelegenheit, deine ... außerordentliche Entdeckung zu erklären.«

Der Angesprochene erhob sich und murmelte hastig einige Worte des Danks und der Entschuldigung in seiner Heimatsprache, die von den Translatoren nach wie vor nur bruchstückhaft übersetzt wurde. Der Netzfürst aber winkte ungeduldig ab, und Je-Ron-Tia wechselte wieder ins Arkonidische.

»Es handelt sich um das Artefakt, über das wir geredet haben ...«

»Diese Artefakte sind die Hinterlassenschaften unbekannter Sternenfahrer auf dem ersten Planeten«, warf Crest für Rhodan und die anderen ein. »Sie erinnern sich, wie wir darüber sprachen? Je-Ron-Tia ist Ursprungsforscher ... eine Art Derengar. Er und der Netzfürst kennen sich von früher. Ril-Omh-Er verdanke ich es, dass er seinen alten Schüler zur Vernunft gebracht hat.«

Die Aufmerksamkeit des Netzfürsten war nach wie vor auf Je-Ron-Tia gerichtet. »Es ist dir also gelungen, dieses Artefakt zu reparieren?«, fragte er.

Je-Ron-Tia wiegte den Kopf. »Es gelang mir, es zu aktivieren ... Mithilfe eines arkonidischen Wissenschaftlers, wie ich bereits berichtet habe. Vermutlich empfing es zu dieser Gelegenheit die Nachricht und zeichnete sie auf ...«

Wieder breitete sich Aufregung unter den Wachen aus, und da befahl Ril-Omh-Er ihnen kurzerhand, sie allein zu lassen. Sie kamen dem Befehl nach, wenn auch widerwillig. Kurz darauf waren Ril-Omh-Er, Vidaarm und Je-Ron-Tia die einzigen Trebolaner im Thronsaal.

»Ich hatte keine Ahnung von der Funktion des Artefakts«, berichtete Je-Ron-Tia leise. »Bis ich diesen anderen Arkoniden hier traf – Crest.«

»Leider ›trafen‹ Sie mich damit in mehrerlei Hinsicht«, rügte ihn der Arkonide und rieb sich den Kopf. »Die Aufzeichnung aktivierte sich, als er im Panoptikum auf mich zutrat«, fuhr er an Rhodan gewandt fort. »Wie Sie sich denken können, verschaffte ihm das eine gute Ablenkung.«

»Wenn das ein Zufall war – was wollten Sie dann eigentlich von Crest?«, fragte Rhodan.

»Ich glaube nicht, dass es ein Zufall war«, antwortete Crest anstelle seines Entführers. Offenbar wollte er auf Je-Ron-Tias ursprüngliche Motive nicht weiter eingehen. »Wie Sie vielleicht bemerkt haben, gibt es eine interessante Verbindung zwischen den Erbauern dieses Empfängers – denn um nichts anderes handelt es sich meiner Überzeugung nach – und uns.«

»Deshalb haben wir Sie hierher gebracht«, bestätigte Ril-Omh-Er. »Ich habe Je-Ron-Tia zugesichert, dass ich mich für ihn einsetzen werde, wenn er uns hilft, Antworten auf unsere Fragen zu finden. Wir glauben, dass Sie ...«, er nickte zu Crest, Rhodan und seinen Begleitern, »... und wir natürliche Verbündete in dem gegenwärtigen Konflikt sind ... so unwahrscheinlich das klingen mag.«

Er schwieg, um seine Worte einsinken zu lassen, und leitete den Blick dann nachdenklich in Richtung seines Herrschers, der nach wie vor teilnahmslos auf seinem Thron saß, angeschlossen an seine lebenserhaltenden Maschinen. »Weshalb sonst solltet Ihr ein Zepter der Goldenen tragen, so wie er?«

Rhodan schaute von dem Aktivator an der Kette um Crests Hals zu dem Ei auf Vidaarms Brust. Seit achthundert Jahren wurde Trebola von seinem Erzfürsten regiert, sein Zepter war in dieser Zeit zum Symbol seiner halbgöttlichen Macht geworden – und nun trat einer von ihnen auf den Plan, trug ebenfalls ein solches Gerät, und prompt aktivierte sich das unverstandene Artefakt jener alten, geheimnisvollen Zivilisation, der die Trebolaner ihre Einigung und ihr Herrscher sein endlos langes Leben zu verdanken hatten!

Aber was sollten sie tun? Die Arkoniden suchten nach ihnen. Ohne die Hilfe der Trebolaner waren sie hier gestrandet. Ihr Schicksal lag ganz in ihren Händen.

Rhodan wusste, was Reginald Bull ihm in diesem Moment wohl geraten hätte: *Crest trägt das Zeichen ihres Herrschers um den Hals? Prima, lass es ihn benutzen!*

Doch das kam nicht infrage. Beim Anblick Vidaarms lief es Rhodan noch immer eiskalt den Rücken hinab. Die Parallelen zu seiner eigenen Geschichte waren einfach zu erdrückend: der Raumfahrer, der auf dem nächstgelegenen Himmelskörper seines Systems auf fremde Intelligenzen traf; die märchenhafte Technik, mit der er seiner Welt den Frieden brachte; sein Aufbruch zu den Sternen und das Große Imperium, das sich ihm nun entgegenstellte.

Vidaarm, der unsterbliche Anführer!

Wenn Rhodan den knöchernen weißen Trebolaner in seinen seidenen Fesseln auf dem Thron ansah, sah er sich selbst.

Achthundert Jahre ...

Wenn er jemals Zweifel gehabt hatte, ob es richtig gewesen war, erst die Unsterblichkeit und dann den Rang des Administrators auszuschlagen, dann verflogen sie in diesem Moment.

»Ril-Omh-Er«, sagte Rhodan. »Hören Sie mich an! Meine Welt befindet sich in einer ähnlichen Lage wie Ihre. Wir stehen an der Schwelle zu unserer Zukunft – doch das Große Imperium hat schon die Hand an der Tür, bereit, sie uns ins Gesicht zu schlagen ... oder noch Schlimmeres mit uns zu tun. Mit allen, die uns helfen.« Er machte eine Geste, die Belinkhar, Atlan und Crest mit einschloss. Er spürte ihre Anspannung, doch er wusste, es gab nur einen Weg, das Vertrauen der Fremden zu gewinnen – und das war die Wahrheit.

»Meine Gefährten und ich, wir sind Gegner des Regenten. Wir müssen tiefer ins Imperium vorstoßen, sonst sind meine Heimat und unsere Freunde verloren. Wir wollen das Imperium verändern – es zu einem Ort machen, an dem alle Intelligenzen dieselben Rechte genießen und ihr Wissen und ihre Güter zum Vorteil aller verwenden. Dafür brauchen wir aber Zeit und zuerst ein Schiff, das uns weiter Richtung Arkon bringt. Wir können Ihnen die Details unseres Vorhabens leider nicht verraten, ohne Sie und ganz Trebola in noch größere Gefahr zu bringen als jetzt schon. Deshalb liegt es nun an mir, Sie um Ihr Vertrauen zu bitten.«

Alle Augen lagen gebannt auf Ril-Omh-Er, doch der Netzfürst saß in einer eigenartigen Andachtspose, den Blick in Richtung seines Herrschers gewandt, als hoffte er auf dessen Weisung. Vidaarm aber sagte nach wie vor kein Wort. Was war los mit ihm? Bekam er überhaupt noch mit, was in seinem Thronsaal vor sich ging?

»Ril-Omh-Er?«, fragte Rhodan. »Erzfürst?«

»Vidaarm kann Sie nicht hören«, sagte Ril-Omh-Er, und zum Entsetzen Je-Ron-Tias kletterte er langsam auf den Thron seines Herrschers und legte dort einen versteckten Schalter um. Das sachte Zittern der Arme und das greise Wippen des Kopfes erstarben. Die Anzeige am Sockel des Throns leuchte noch einmal auf und erlosch dann, das Flüstern der Maschinen am Boden der Halle verklang. »Vidaarm hört uns schon sehr lange nicht mehr.«

Je-Ron-Tia klackerte laut und tat einen Schritt nach vorn. Fast machte es den Eindruck, als wollte er den Thron stürmen und Ril-Omh-Er angreifen, dann gewann er die Kontrolle über sich zurück.

»Er ist tot?«, fragteRhodan erschüttert.

»Er starb, wie wir alle sterben«, sagte Ril-Omh-Er und drehte den Kopf nachdenklich zu Crest. »Vor langer, langer Zeit. Keiner erinnert sich mehr, wann genau.« Dann richteten sich seine dunklen Augen wieder auf Rhodan.

»Sie haben uns Ihr Geheimnis verraten, nun kennen Sie unseres – das größte Geheimnis des Planeten. Vidaarm musste leben, weil wir ihn brauchten. Wir kennen diese Schwelle, von der Sie sprachen, nur zu gut – viel zu lange schon. Es drängte uns zu den Sternen, doch wir hätten uns gegenseitig vernichtet, wäre Vidaarm nicht gewesen. Darum entschieden die Netzfürsten, ihm seinen Thron zu lassen – Jahrhundert für Jahrhundert, eine lebende Legende.«

Er stieß ein fremdartiges Seufzen aus, bei dem sich Rhodan die Nackenhärchen aufstellten. »Doch die Arkoniden verfolgten genau, was wir taten, und seitdem sitzen wir in unserer eigenen Lüge fest. Vidaarm kann nicht mehr erobern und nicht mehr vereinen, und er kennt auch keine neuen und besseren Antworten als diese. Er kann uns nicht einmal von den Arkoniden befreien. Die Fürsorger haben uns unsere Zukunft genommen – noch wenige Generationen, und wir werden wieder in Krieg und Uneinigkeit fallen und unsere Netze in der Wüste bauen.«

»Was habt ihr getan?«, flüsterte Je-Ron-Tia. Er sagte es in seiner eigenen Sprache, doch diesmal übersetzte der Translator die Worte.

»Ich habe eine Entscheidung für die Zukunft des Fürstentums getroffen«, sagte Ril-Omh-Er. »Und es wird nicht die letzte gewesen sein.«

Er wandte sich erneut an Rhodan. »Die Antworten auf Ihre und unsere Fragen liegen auf Khebur. Darum sage ich, fliegen wir zunächst dorthin – und dann weiter Richtung Arkon.«

Rhodan versuchte, sich seine Aufregung nicht anmerken zu lassen. »Ich danke Ihnen, Ril-Omh-Er.«

Kapitel 18

Quetain Oktor

Der Fürsorger saß in seiner Amtsrobe in einem erhöhten Sessel. Die Art, wie er alles andere im Raum gerade ein Stück weit überragte und wie man jeden Winkel von ihm aus im Blick hatte, sprach eine subtile Sprache, die ihm in diesem Moment sehr zusagte. Aus genau diesem Grund hatte der letzte Fürsorger den Empfangsraum so eingerichtet.

Oktor hatte ihn bislang so gut wie nie benutzt. Es kamen schon lange keine Trebolaner mehr zu ihm – schon gar nicht in die obersten Stockwerke des Turms, in denen arkonidische Schwerkraftverhältnisse herrschten. Doch es war eine Frage des Prinzips, dass er seinen nächtlichen Besucher streng nach Protokoll empfing – besonders nach dem, was sich die Trebolaner bei seiner letzten Visite im Palast geleistet hatten.

Kaprisi war im Stockwerk über ihm und kümmerte sich um die Überwachung der Aufräumarbeiten und der arkonidischen Flotte. Schließlich sollte die Stadt wieder vorzeigbar sein, wenn die Hand des Regenten hier eintraf ...

Die Positronik meldete die Ankunft des Fahrstuhls, und Oktor bestätigte. Die Tür glitt auf, und ein Trebolaner in einer gelben Robe schleppte sich herein.

Der Arachnoide litt sichtlich unter der Umgebung. Seine Beine hatten kaum die Kraft, ihn zu tragen, und sein Atem ging stockend. Suchend wandte er den Kopf und sah sich nach einer Sitzgelegenheit um, doch da war keine. Oktor wusste, dass die Lungen der Trebolaner bei erhöhter Schwerkraft nicht sonderlich gut arbeiteten. Wahrscheinlich fühlte es sich für ihn an, als säße ein Naat auf seiner Brust.

Doch der Fürsorger hatte kein Mitleid mit seinem Gast. Er war müde und schlecht gelaunt, und er wollte es ihn spüren lassen. »Wer bist du, Trebolaner, und wieso störst du mich um diese Zeit?«, fragte er von seinem Sessel herab.

Du kennst ihn doch, meldete sich Kaprisi ungefragt über sein Implantat. *Das ist Kor-Ach-Ett, Vertreter der Priesterschaft und ...*

»Kümmere dich bitte wieder um deine Arbeit und lass mich meine machen«, murmelte Quetain Oktor verärgert.

»Fürsorger«, krächzte Kor-Ach-Ett. »Ich möchte Ihnen einen Handel vorschlagen.«

»Einen Handel? Seit wann treiben das Fürstentum und das Große Imperium Handel miteinander? Sehen wir aus wie Mehandor?« Da der Trebolaner mit der letzten Bemerkung offenbar wenig anfangen konnte, ergänzte er: »Das Imperium *handelt* nicht. Es nimmt sich, was es will, und gibt, was dem Fürstentum zusteht.«

Kor-Ach-Ett schien davon wenig beeindruckt. »Ich weiß, wem der Großeinsatz heute galt«, sagte er. »Ich könnte Ihnen helfen, die Gesuchten festzunehmen.«

Quetain Oktor rang sich ein kaltes Lächeln ab. Dieser Trebolaner traute sich was, und er konnte es ihm nicht verdenken. Er hatte ein gutes Blatt auf einer seiner zahlreichen Klauen – und er wusste das genau. »Richtig, das sagtest du bereits. Also, wo sind sie?«

»Ich will etwas dafür haben«, sagte Kor-Ach-Ett.

»Ach so ist das? Nun, wir könnten dir vielleicht einen Roboter schenken«, schlug Oktor vor. Er hatte keine Lust, dem Trebolaner mit Folter und ähnlichen Kindereien zu drohen. Außerdem fürchtete er, dass Kor-Ach-Ett keine Angst vor ihm hatte. »Und ein paar neue Fiktivspiele ...«

»Ich möchte die Konstruktionspläne für ein arkonidisches Transitionstriebwerk«, sagte Kor-Ach-Ett. »Außerdem einen verbesserten Schutzschirm.«

Da lachte Oktor auf. »Diese Forderung ist lächerlich. Willst du mich etwa beleidigen?«

»Dann nur das Transitionstriebwerk«, sagte Kor-Ach-Ett.

Quetain Oktor schüttelte fassungslos den Kopf. Sie waren keinen Zentimeter weiter als bei ihrem letzten Treffen im Palast.

Vielleicht wurde es Zeit, Klartext zu reden.

»Du hältst dich wahrscheinlich für sehr schlau«, sagte er. »Darum lass mich dich mal ins Bild setzen: Was du da verlangst, ist schlichtweg unmöglich – ich würde damit mein Leben aufs Spiel setzen, und wenn jemals irgendwer davon erführe, wären die Tage des Fürstentums gezählt. Zweitens ist die Zeit für solche Spielchen abgelaufen. Das Imperium beobachtet Trebola sehr genau, und ein Verband ist zur Stunde im Anflug auf euer System. Die Hand des Regenten interessiert sich für das Zepter Vidaarms

– und die Hand des Regenten bekommt immer, was sie begehrt. Das ist eine Art Naturgesetz. Du und ich, wir wissen beide, was das bedeutet: Krieg. Es bedeutet Krieg, weil ihr zu stur und zu verbohrt seid, euer dämliches Heiligtum aufzugeben – und weil ich der Hand des Regenten nicht vorschreiben kann, was sie begehrt.«

Er ließ die Worte auf ihn wirken. »Meine Tage als Fürsorger sind wahrscheinlich gezählt. Ich wünsche euch viel Spaß mit denen, die mir nachfolgen werden – glaub mir, mit denen werdet ihr nicht so viel Freude haben. An eurer Stelle würde ich mir also ganz schnell überlegen, was ihr dem Imperium noch zu bieten habt, damit es euch verschont.«

Kor-Ach-Ett schwieg. Seine Kieferklauen mahlten. Dann gab er ein hässliches, ratschendes Geräusch von sich, das Quetain Oktor vor langer Zeit mithilfe Kaprisis und der Positronik als eine Art Lachen eingeordnet hatte.

»Ich bedaure, dass wir dann keine Gelegenheit für unser Geschäft mehr haben werden, Quetain Oktor. Ich bedaure es wirklich, denn nun bekommen wir beide nicht, was wir wollen. Ich wünsche Ihnen alles Gute!«

Er wandte sich ab und kroch zurück zum Fahrstuhl.

»*Du* wünschst *mir* alles Gute?«, rief Quetain Oktor, stand von seinem Sessel auf und warf seine Robe zurück. »Hast du eigentlich irgendwas von dem verstanden, was ich gerade gesagt habe?«

»Ich verstehe sehr gut«, sagte Kor-Ach-Ett und widmete sich den Bedienelementen des Fahrstuhls, bis es ihm gelang, ihn zu rufen. »Diese Hand des Regenten, wer immer das ist, will das Zepter und droht mit der Macht der arkonidischen Flotte. Nun, wenn das alles ist, was sie will, kann sie es haben.«

Die Tür des Fahrstuhls öffnete sich, und er wollte schon eintreten. Dann zögerte er kurz und drehte sich noch einmal um.

»Ich weiß es zu schätzen, dass Sie mich gewarnt haben, selbst wenn es nicht aus Höflichkeit geschah. Erwarten Sie meine nächste Nachricht, und folgen Sie genau den Anweisungen darin – dann ersparen wir uns vielleicht beide ein paar sehr unangenehme Stunden. Sehen Sie es als Akt der Völkerverständigung.« Wieder das Ratschen. »Leben Sie wohl, Fürsorger!«

Kapitel 19

Perry Rhodan

»Ich begreife das nicht«, sagte Je-Ron-Tia, den Blick aus dem Fenster gewandt. Unter ihnen blieb seine Heimatwelt rasch zurück. »Ihr habt gedroht, mich für meine Arbeit zu bestrafen – und dabei habt ihr die ganze Zeit heimlich an diesem Schiff gebaut?«

»Du warst eine Gefahr für das politische Gleichgewicht«, sagte Ril-Omh-Er. »Deine Kollegen auf Khebur wussten, dass du dich mit Arkoniden eingelassen hast. Niemand aber ahnte etwas von der HIS-KEM-IR – sie war unser Trumpf für Zeiten wie diese.«

Perry Rhodan verfolgte ruhig den Austausch der beiden Fremden. Sie sprachen ihre Heimatsprache, doch der Translator leistete mittlerweile gute Arbeit. Es war klar, dass Je-Ron-Tia sich betrogen fühlte – sein gesamtes Weltbild hatte in den letzten Stunden seine Gültigkeit eingebüßt. Trotz allem, was er Crest angetan hatte, empfand Rhodan Mitleid mit dem trebolanischen Wissenschaftler.

Ril-Omh-Er hatte sie bei Tagesanbruch auf verschlungenen Wegen zu einem geheimen Hangar in den Tiefen des Palasts geführt. Dort hatten mehrere Shuttles unter dem Schutz großer, seidener Tücher geschlummert, bewacht von primitiven, achtbeinigen Robotern. Mit einem dieser Shuttles waren sie in den Orbit geflogen, doch nicht wieder ins Sternennetz. Stattdessen hatte der Netzfürst sie auf die Nachtseite des Planeten bis zu diesem Schiff gebracht, das sie nach Khebur fliegen sollte. Es hatte in einer geostationären Umlaufbahn gewartet, in der es ein ewiges Versteckspiel mit der arkonidischen Garnison auf der anderen Seite Trebolas trieb.

Auf den ersten Blick wirkte die HIS-KEM-IR wie die meisten trebolanischen Raumschiffe, bloß größer: ein beinahe dreihundert Meter durchmessendes Netz aus Starkseide, das im Licht der Sonne Trebolas einen leichten bläulichen Schimmer aufwies. An verschiedenen Knotenpunkten des Netzes waren kugelförmige Strukturen integriert, die einer komplizierten Symmetrie gehorchten. Die zwei größten dieser Strukturen waren ober- beziehungsweise unterhalb des Netzes angebracht. In der mit beinahe fünfzig Metern größten davon befand sich das Transitionstriebwerk. Spiegelgleich dazu, auf der anderen Seite des Netzes, lag die Zentrale, etwas kleiner als der Triebswerksknoten. Drei weitere Knoten entpuppten sich bei näherem Hinsehen als Shuttles wie ihr eigenes. Rhodan kam beim Anlegen nicht umhin, an ein Spinnennetz zu denken, in dem sich an verschiedenen Stellen Beute verfangen hatte.

Das Innere des Schiffes hielt einige Überraschungen für sie bereit. Das Transitionstriebwerk war leistungsfähiger als alles, was die Trebolaner je in Serie gebaut hatten – leistungsfähiger als alles, was das Imperium ihnen *gestattete,* wie Ril-Omh-Er nicht ohne eine Spur trotzigen Stolzes erklärte. Dasselbe galt für die Schirmgeneratoren: Zwar konnte selbst eine arkonidische Leka-Disk sie knacken, dennoch war das Schiff wahrscheinlich gerade der sicherste Ort im gesamten Fürstentum.

»Wie lange eignet sich der Rat schon arkonidisches Wissen an?«, fragte Je-Ron-Tia.

»So lange, wie die Arkoniden es uns vorenthalten«, antwortete Ril-Omh-Er. »Das ist Politik, mein Freund: Die Arkoniden müssen uns für naive Primitive halten. Die Priesterschaft für treue Bewahrer der Ordnung und der Mysterien. Die Bevölkerung muss glauben, dass alles, was geschieht, dem Willen Vidaarms folgt. Und bei alledem müssen wir dafür sorgen, dass unsere Welt überlebt.«

»Alles, was ich wollte, war, die Wahrheit über ein unbedeutendes Artefakt herauszufinden«, murmelte Je-Ron-Tia. »Und nun habe ich alles verloren: meine Arbeit, meine Ehre, selbst Ji-Jin-Ila.«

»Niemand darf je davon erfahren«, sagte Ril-Omh-Er ernst. »Zumindest noch nicht. Und so, wie ich es sehe, hast du alles gewonnen: Du hast die Wahrheit herausgefunden. Du hast nun die Gelegenheit, mit fremder Technologie zu experimentieren. Und du kannst deiner Heimat einen großen Dienst erweisen – ganz, wie du es dir gewünscht hast. Nach Abschluss der Mission steht es dir frei, nach Hause zurückzukehren.«

»Er hat recht«, sagte Crest. »Und vergessen Sie nicht – dieses Artefakt und die Botschaft, die es empfangen hat, mögen für Sie von keinem unmittelbaren Nutzen sein. Für mich und meine Freunde dagegen bedeutet sie alles.«

»Erzählen Sie mir mehr über diese Frau«, bat Ril-Omh-Er. Er setzte sich zu Crest und Rhodan. Je-Ron-Tia blieb an seinem Platz beim Fernblick und sah nachdenklich zu, wie seine Heimatwelt unter ihm wegfiel. Schon war sie nur noch ein kleiner silberner Stein im schwarzen Sternenmeer.

»Sie ist meine Ziehtochter«, sagte Crest. »Ihr Name ist Thora da Zoltral. Sie befehligte ein Schiff. Das Schiff geriet in eine Schlacht ...«

»Es stürzte auf einen Planeten, den wir Snowman nennen«, führte Rhodan den Bericht fort, weil er spürte, wie schwer es Crest fiel. Außerdem hatte er im Gegensatz zu ihm Thora nach ihrem Absturz noch einmal gesehen. »Wir haben sie gefunden, doch nach dem Biss eines Raubtiers drohte sie seinem Gift zu erliegen. Ein alter Freund eilte unvermittelt zu Hilfe. Er versprach, Thora an einen Ort zu bringen, wo man sie heilen konnte. Die meisten von uns gingen mit ihr – ich blieb zurück, weil ...« Rhodan zögerte. Er war auf Snowman geblieben und hatte sich ergeben, weil der Naatkommandant sonst die gefangenen Angehörigen der TOSOMA hätte ermorden lassen. »Weil ich noch etwas zu Ende bringen musste. Ich nahm an, Thora und die anderen wären in Sicherheit – doch seit jenem Tag fehlt uns jede Spur von ihnen.«

»Vielleicht war Ihr Freund kein so guter Freund, wie Sie glaubten?«, wandte Ril-Omh-Er ein. »Manchmal fällt es schwer, einen wahren Freund zu erkennen.«

Rhodan dachte darüber nach. Hatte Ernst Ellert sie alle verraten? Oder war ihm etwas Unerwartetes zugestoßen? War so etwas überhaupt denkbar?

»Wir wissen in der Tat nicht viel über diesen Freund«, gab Crest zu bedenken. »Er hat sich sehr ... verändert, seit wir ihn kennenlernten.«

Selbstverständlich war das eine maßlose Untertreibung, aber es hatte wirklich wenig Sinn, den Trebolanern zu erklären, dass Ellert nach allen menschlichen Begriffen eigentlich gestorben war und das Universum seither als körperloses Wesen durchstreifte. »Wir verstehen nur wenig von dem, was ihm widerfuhr, und noch weniger, was ihn heute antreibt«, sagte der Arkonide.

Rhodan schüttelte den Kopf. »Ich bin davon überzeugt, dass Ellerts Hilfsangebot aufrichtig war. Es stimmt, wir können ihn und sein Handeln nicht bis ins Letzte verstehen – aber wenn er Thora hätte schaden wollen, hätte er das auch einfacher haben können.«

»Kommt darauf an, wo sie sich nun befindet«, sagte Crest. Vielleicht ist sie genau dort, wo er sie haben wollte. Oder wer immer Ellert heute befiehlt.«

»Spielen Sie die Aufzeichnung noch einmal ab«, bat Rhodan, und Crest kam seinem Wunsch nach.

Sie waren sich immer noch nicht sicher, was genau das Artefakt aktivierte – nur, dass es bislang niemand außer Crest gelungen war. Wenn Rhodan oder einer der anderen es versuchte, hatte dies keine Wirkung. Da Crest seine Individualsignatur hatte ändern lassen, konnte es nicht daran liegen – Rhodan hatte eher im Verdacht, dass das Artefakt auf die fünfdimensionalen Impulse seines Zellaktivators ansprach. Es war, als wäre das Artefakt eine Flaschenpost; und eine Strömung, die sie noch nicht verstanden, hatte sie zielsicher zu ihrem Empfänger geleitet.

»Wer immer meine Worte hören mag ...«

Thora dagegen schien nicht gewusst zu haben, wen ihr Hilferuf erreichen würde, sonst hätte sie Crest darin mit Namen genannt. Abermals folgten sie gebannt ihren Worten, suchten nach irgendeinem Hinweis, der ihnen bislang entgangen war. Doch sie sahen nur Thora, verschwitzt und erschöpft; das Blut, das von ihrer Stirn tropfte, und den dunklen Himmel im Hintergrund, grau wie von Wolken, vor dem sich ihr blasses Gesicht und das weiße Haar abzeichneten. Sie sprach ihren Hilferuf, dann brach er ab, mitten im Satz.

»Sie sagt: ›Wir können nicht mehr lange durchhalten‹«, wiederholte Rhodan. »Als würden sie schon seit geraumer Zeit belagert. Wohl von dieser Übermacht von ›Puppen‹. Was für Puppen kann sie nur meinen?«

»Ich habe nicht die leiseste Ahnung«, gestand Crest. »Orlgans war der Mehandor, von dem Sie mir erzählten?«

Rhodan nickte. »Sie sagte, er habe sich für sie geopfert. Das sieht ihm ähnlich ... in ihm schlug ein großes Herz.«

»Dann bin ich ihm und seiner Sippe zu Dank verpflichtet«, stellte Crest fest.

»Gucky scheint noch am Leben zu sein ... Kein Wort über Tifflor, Orsons, Orlgans' Crew oder Ellert selbst. Dafür dieser andere Name: Callibso.«

»Wir wissen nicht mit Sicherheit, dass es der Name einer Person ist«, sagte Crest vorsichtig. »›Callibso‹ könnte auch einen Planet bezeichnen oder etwas vollkommen anderes ...«

»Sie haben recht.« Dennoch sagte ihm sein Gespür, dass er richtiglag. Er fragte sich nur, ob Callibso Freund oder Feind in Thoras aussichtsloser Lage war.

»In jedem Fall ist Thora wieder erwacht – diesen Teil seines

Versprechens hat Ellert also erfüllt. Unmittelbar darauf muss der Angriff erfolgt sein, sonst hätte sich Thora längst mit Ihnen oder mir in Verbindung gesetzt.«

»Offenbar hat sie dort, wo sie ist, keinen Zugang zu einer regulären Hyperfunkeinrichtung«, sagte Crest. »Es bleibt die Frage, wieso Ellert uns nicht benachrichtigt hat.«

»Wer oder was verfügt über die Möglichkeit, jemand wie Ellert zu hintergehen oder gar zu besiegen?«, überlegte Rhodan.

Crest hob hilflos die Schultern – eine typisch menschliche Geste, die er sich die letzten Monate zu eigen gemacht hatte.

»Denken Sie auch manchmal an Wanderer zurück?«, fragte Rhodan.

»Treiben Sie keine Scherze mit mir.« Crest lächelte.

»Ich muss daran denken, was ES sagte – über das *Ringen.* Sie waren damals der Ansicht, wir alle könnten ein Teil davon sein, ohne dass wir uns dessen bewusst sind.«

Crest erwiderte lange nichts. Die beiden Trebolaner, die dem Gespräch mit höflicher Zurückhaltung gefolgt waren, berieten sich leise.

»Sagt Ihnen dieser Begriff vielleicht etwas?«, fragte Rhodan.

»Beschreiben Sie, was genau Sie damit meinen«, bat Ril-Omh-Er.

»Einen Kampf um die Vorherrschaft«, sagte Rhodan. »In einem ... Netz der Kräfte, wobei jede Kraft für eine uns fremde, sehr alte, mächtige Kultur oder Intelligenz stehen mag. Vielleicht auch eher für ein Prinzip. Ein Konflikt, der Auswirkungen auf unser aller Schicksal hat. Zumindest ist es das, was wir glauben.«

»Die Priesterschaft kennt solche Konzepte«, sagte Ril-Omh-Er und vollführte eine verwirrende Geste mit seinen Armen. »Jedoch, ich bin kein Priester.«

»Darf ich Ihnen eine Frage stellen?«, bat Je-Ron-Tia, an Crest gewandt. »Ich habe Sie Ihnen schon mehrmals gestellt – aber bislang haben Sie mir keine Antwort darauf gegeben.«

»Fragen Sie«, bat Crest.

»Woher haben Sie das Schmuckstück an Ihrer Kette?«

Crest warf Rhodan einen kurzen Blick zu. Rhodan wusste, wären Atlan oder die anderen anwesend, hätte Crest sich wahrscheinlich geweigert, die Geschehnisse auf Wanderer eingehender zu erörtern.

»Von ES«, antwortete Crest ruhig. »Demselben Wesen, das von dem *Ringen* sprach.«

»Dann war ES ... einer der Goldenen?«

»Das wissen wir nicht«, räumte Crest ein. »Vielleicht standen die Goldenen auch nur in seiner Gunst, so wie wir.«

»Dann wären Sie selbst einer der Goldenen«, schloss Je-Ron-Tia mit einem Hauch von Ehrfurcht in der leisen Stimme. »Und dieses Artefakt, das Sie tragen ... ist nicht wirklich nur ein Schmuckstück, oder?«

»Nein«, sagte Crest.

»Was bewirkt es?«

»Ewiges Leben.«

Erst verschlug es den Trebolanern die Sprache. Dann berieten sie sich aufgeregt.

»Die Überlieferung besagt, dass Vidaarms Zepter ein Geschenk der Goldenen war«, erklärte Ril-Omh-Er schließlich. »Und die meisten Priester sind sich einig, dass die Goldenen selbst ebensolche Artefakte trugen ...«

»Und weshalb hat ihr Geschenk Vidaarm dann nicht gerettet?«, fragte Rhodan. Sein Tonfall war streng – nicht nur, um den Enthusiasmus der Trebolaner zu dämpfen. Seine Mahnung war ebenso an Crest gerichtet.

»Diese Frage habe ich mir selbst häufig gestellt«, gestand Ril-Omh-Er. »Doch die Antwort darauf kennt, wenn überhaupt, nur die Priesterschaft. Wäre Kor-Ach-Ett jetzt hier, könnten Sie vielleicht ihn danach fragen ...«

»Was also tun wir jetzt?«, wechselte Crest das Thema. »Haben wir irgendeine Möglichkeit, herauszufinden, woher der Hilferuf stammt?«

»Ohne ein besseres Verständnis für dieTechnologie der Goldenen wird das sehr schwer«, befürchtete Je-Ron-Tia. »Doch wir sollten es auf jeden Fall versuchen. In meinem Labor auf Khebur habe ich verschiedene Instrumente, die uns vielleicht nützlich sein können.« An Ril-Omh-Er gewandt fuhr er fort: »Selbstverständlich werden wir meine Kollegen erst überzeugen müssen, mir wieder Zugang zu gewähren ...«

»Machen Sie sich darüber keine Sorgen«, versprach der Netzfürst.

»Gut«, sagte Crest. »Wann erreichen wir Khebur?«

»In etwa drei Stunden«, sagte Ril-Omh-Er. »Bitte entschuldigen Sie, wenn wir das Transitionstriebwerk für interplanetare Distanzen einstweilen nicht benutzen. Es ist noch nicht präzise genug kalibriert.«

Crest nickte, dann schaute er Rhodan an. »Alles in Ordnung?«

Rhodan spürte, wie sein Blick auf ihm ruhte, doch er hörte ihn kaum.

Seine Gedanken wanderten zurück zur Welt des Unsterblichen. Zurück zu Thora.

Arkon muss eine schöne Welt sein, hatte er damals zu ihr gesagt.

Das ist sie, hatte sie erwidert. Und dann hatte sie ihm ein Versprechen gegeben: *Eines Tages werden Sie sie mit eigenen Augen sehen.*

Rhodan wusste genau, was in Crest zur Stunde vorging. Das Wissen, dass Thora in Gefahr war, quälte ihn ebenso sehr wie ihn. Er konnte ihren Hilferuf nicht ignorieren und würde jede Gefahr auf sich nehmen, ihm zu folgen.

Jedoch ...

»Sie denken an das eigentliche Ziel unserer Reise«, riet Crest.

Rhodan nickte, sprach es aber nicht aus.

Das Epetran-Archiv – jenes Vermächtnis des genialen Gelehrten, in dem Crest die Spur zur Welt des Ewigen Lebens entdeckt hatte ... und ins Solsystem. Die Position der Erde war im Epetran-Archiv gespeichert. Wenn der Regent das Archiv in seine Hand bekam, war die Menschheit dem Untergang geweiht.

Sie mussten dieses Wissen auf alle Fälle seinem Zugriff entziehen ... oder, wenn nötig, vernichten.

Es war eine schreckliche Entscheidung.

»Wir fliegen nach Khebur«, sagte Rhodan schließlich. »Dort stellen wir fest, ob wir weitere Teile des Hilferufs rekonstruieren können – oder seinen Ursprung. Wenn die Technik der Goldenen wirklich auf einen Zellaktivator reagiert, erhalten wir vielleicht Informationen, die langfristig von unschätzbarem Wert für uns alle sind.«

»Und wenn nicht ...?«, fragte Crest.

»Fliegen wir weiter Richtung Arkon«, sagte Rhodan. »So schnell wie möglich.«

Kapitel 20

Quetain Oktor

Die Hand des Regenten stand wie eine flammende Erscheinung vor ihm, so weiß in dem gedämpften Licht des Empfangsraums, dass es in den Augen wehtat. Es war noch früh am Tag, und Quetain Oktor hatte keinen Schlaf gefunden. Die harten Augen Sergh da Teffrons glühten geradezu, als er Quetain Oktors gewahr wurde.

»Was machen Sie da?«, fuhr er ihn an. »Sie sehen lächerlich aus, wie Sie dasitzen. Stehen Sie gefälligst auf, wenn ich mit Ihnen rede.«

Zögernd erhob sich Oktor aus seinem Sessel und trat die zwei Stufen bis zum Boden hinab, sodass er direkt vor dem Hologramm stand. Auf einmal kam ihm die Hand des Regenten größer vor als er selbst.

»Versuchen Sie nie etwas zu sein, was Sie nicht sind«, riet ihm da Teffron. »Was ich im Moment brauche, sind verlässliche Untergebene. Haben Sie das Zepter in Ihren Besitz gebracht?«

»Wir waren dabei, entsprechende Maßnahmen einzuleiten.«

»Maßnahmen?«, wiederholte Sergh da Teffron. *»Einleiten?«*

»Ich war gerade auf dem Weg«, präzisierte Quetain Oktor. »Wir warten nur noch auf den Verband ...«

»Ihre Ausreden sind ebenso fruchtlos wie Ihre Amtsführung«, stellte Sergh da Teffron fest. »Ich habe Ihnen eine klare Anweisung gegeben, und Sie sind ihr nicht nachgekommen. Ich habe Ihnen gesagt, tun Sie Ihre Arbeit, und überlassen Sie uns den Rest. Stattdessen drehen Sie Däumchen und warten auf Unterstützung. Wissen Sie, was mit Naats geschieht, die sich verhalten wie Sie?«

Wieso die Eile und die Drohungen?, überlegte Quetain Oktor. *Wieso kommt es auf ein paar Stunden mehr oder weniger an?*

»Ich habe mit den Einheimischen verhandelt, die uns helfen können, unsere Ziele zu erreichen, ohne eine Strafaktion gegen den ganzen Planeten führen zu müssen.«

Sergh da Teffron blickte wie ein Kind, dem man sagt, dass eine Feier auch ohne die Geschenke Spaß machen kann. »Ich möchte, dass Sie mir etwas erklären«, sagte er.

»Natürlich«, erwiderte der Fürsorger.

Sergh da Teffron machte eine Geste mit der Hand, und vor ihm entstand ein zweites, kleineres Hologramm, das jedoch bloß zweidimensional war. Es sah aus, als hielte er ein großes Display in Händen.

Auf dem Display lief die Videoaufzeichnung der Überwachungskameras in der Orbitalstation. Es war ein Ausschnitt desselben Materials, das Kaprisi ihm gestern gezeigt hatte: Quetain Oktor sah den Arkoniden mit dem eiförmigen Gegenstand unter den Scanner treten und sich lächelnd in die Kamera drehen, dann gefror das Bild.

Wie ist er an diese Aufzeichnung gelangt? Ich hatte Kaprisi doch befohlen, sie zu löschen ...

»Wieso wurde ich über das Eintreffen dieses Mannes nicht informiert?«

»Ich verstehe nicht. Wieso ...«

»Dass Sie nicht verstehen, ist offensichtlich. Wissen Sie eigentlich, um wen es sich hierbei handelt?«

Statt eine Antwort abzuwarten, rief Sergh da Teffron ein weiteres Bild auf. Es war ein einfaches Datenblatt, wie man es innerhalb der arkonidischen Flotte verwendete, und zeigte denselben Arkoniden wie auf dem Video. Der Text darunter wies ihn als Besatzungsmitglied des verschollenen Forschungskreuzers AETRON aus.

»Sie haben es fertiggebracht, sich den Derengar Crest da Zoltral durch die Lappen gehen zu lassen«, sagte Sergh da Teffron so ungläubig, dass es fast schon an Respekt grenzte. »Einen der gefährlichsten Verräter des Imperiums.«

»Das kann nicht sein«, sagte Oktor entschieden und trat an das nächstgelegene Terminal. Einen kurzen Moment achtete er nicht auf die Schuldzuweisungen und Beleidigungen Sergh da Teffrons und rief mit klopfendem Herzen die Sicherheitslogs der Orbitalstation auf. Forschte mithilfe der Positronik nach dem passenden Zeitindex. *Was, wenn sie nicht mehr existieren?* Tatsächlich gab es mehrere Lücken in den Logs. *Kaprisi, verdammt ...* Dann hatte er gefunden, wonach er suchte.

»Er ist es nicht«, verkündete er stolz.

»Was?« War es möglich, dass da Teffron noch weißer war als zuvor? Die Wut schien das letzte Blut aus seinem Gesicht getrieben zu haben.

»Er kann es nicht sein«, wiederholte Quetain Oktor. »Die Sensoren der Orbitalstation haben bei seiner Ankunft einen Schnappschuss seiner Individualsignatur aufgezeichnet – seiner und aller Reisender. Selbstverständlich war nicht genug Zeit, um einen kompletten Scanzyklus laufen zu lassen, aber selbst die wenigen vorliegenden Daten genügen, um mit fünfundneunzigprozentiger Sicherheit auszuschließen, dass es sich bei diesem Mann um Crest da Zoltral oder irgendeinen anderen Gesuchten in der Datenbank handelt. Neunzehn von zwanzig zufällig gewählten Prüfmustern stimmen nicht überein, und damit liegt er genau im selben Bereich wie Sie oder ich. Sonst hätte es auch sofort einen Alarm gegeben ...«

Zum ersten Mal trat ein Ausdruck echter Verblüffung auf Sergh da Teffrons Gesicht. Vielleicht sogar der Verunsicherung? Doch wenn Oktor geglaubt hatte, damit vom Haken zu sein, hatte er sich getäuscht.

»Stiqs«, rief Sergh da Teffron über die Schulter. »Komm einmal her!«

Stiqs Bahroff schleppte sich müde ins Bild. Wenn Quetain Oktor schon bei ihrem letzten Gespräch den Eindruck gehabt hatte, dass es da Teffrons Gehilfen nicht gut ging, verfestigte sich diese Ahnung nun zur Gewissheit: Stiqs Bahroff war krank. Auf seiner Stirn stand der Schweiß, die schwarze Haut war blass und geschwollen, wirkte fast klebrig.

Was hat er da um den Hals? Er musste Gespenster sehen ...

Und doch – einen Moment glaubte er eine Ausbeulung unter Bahroffs Kleidung zu erkennen und das Glitzern einer Kette auf seinem Hals. *Auch er ...?*

»Stiqs«, sagte Sergh da Teffron und legte dem kleinen, gedrungenen Mann den Arm um den Hals. Quetain Oktor wurde schlecht. Bei jemand anderem hätte diese Geste vielleicht freundschaftlich gewirkt, doch es war klar, dass die Hand des Regenten eine weitere Demütigung im Sinn hatte.

»Das da ist Quetain Oktor, der sogenannte Fürsorger von Trebola«, erklärte da Teffron und zeigte mit dem Finger, als wäre Bahroff ein kleines Kind. »Er heißt so, damit er für unsere Angelegenheiten dort *Sorge* trägt. Nun rate mal, was er seit unserem letzten Gespräch getan hat. Was sagst du? Ja richtig! Er hat *nichts* getan.«

Er blickte Oktor an und verzog das Gesicht. »Sehen Sie, was Ihre Untätigkeit mit dem armen Stiqs schon angerichtet hat? Es geht ihm immer schlechter. Und dabei dachte ich, solche wie ihr haltet zusammen.«

Solche wie ihr, dachte Quetain Oktor und ergänzte für sich: *Bastarde.* Dass die Hand des Regenten sich nicht zu schade war, diese Karte zu spielen, machte ihn so wütend, dass es ihn schon fast nicht mehr interessierte, was seine missachteten Befehle, das Zepter Vidaarms und Bahroffs Zustand miteinander zu tun hatten.

»Sehen Sie, wie Stiqs leiden muss?«, fuhr Sergh da Teffron fort und zerraufte dem kleineren Mann mit einer Mischung aus Abscheu und Faszination den Flaum auf dem Schädel. »Stiqs, möchtest du, dass Quetain Oktor an deiner statt leidet? Das wäre dir doch sicher lieber, oder? Schließlich trägt er an allem Schuld ...«

»Bitte«, keuchte Stiqs Bahroff, als der Griff seines kahlen Herrn sich immer fester schloss. Der Arm drückte ihm den Hals zu, die Hand riss immer stärker an dem Flaum auf seinem Kopf. »Bitte ...!«

Mit einem Ruck löste sich eine Handvoll Federn aus Bahroffs aufgeschwemmter Kopfhaut. Blut quoll hervor.

»Nicht ich!«, schrie Stiqs Bahroff. »Der da soll leiden! Nicht ich!«

Angewidert stieß da Teffron den winselnden Mann von sich. Die blutigen Federn warf er auf den Boden. Auf einen Wink hin reichte ihm jemand ein Tuch, und er wischte sich die Hände ab.

»Nun überlegen Sie«, sagte da Teffron gelassen. »Wenn ich das mit meinem treuen Diener anstelle – wo ist dann wohl Ihr Platz im Imperium? Denken Sie gut darüber nach.«

Er hob die Hand, um die Verbindung zu unterbrechen. Dann hielt er noch einmal inne. »Der Verband erreicht Trebola in knapp drei Stunden. Bereiten Sie alles vor, um eine reibungslose Übergabe zu ermöglichen. Anschließend möchte ich Sie persönlich sprechen – bis dahin haben Sie Zeit, Ihre Nützlichkeit noch einmal unter Beweis zu stellen.« Er entblößte seine Zähne zu einem Lächeln. »Ich erwarte Sie dann im Artekhsystem.«

Kapitel 21

Je-Ron-Tia

Kurz bevor sie ihr Ziel erreichten, betrat Je-Ron-Tia die Zentrale. Alle anderen waren bereits versammelt. Mittlerweile tat sich Je-Ron-Tia leichter damit, die Körpersprache der Fremden zu lesen: Er erkannte deutlich die Unterschiede zwischen ihnen und fragte sich, wie er bei ihren ersten Treffen so blind hatte sein können.

Die beiden Arkoniden beispielsweise gingen sich aus dem Weg. Niemand sprach je darüber, und jeder tat, als ob es nicht so wäre, doch ihr Umgang war eindeutig von Misstrauen geprägt wie zwischen konkurrierenden Netzfürsten.

Der große Mann und die schwarzseidene Frau, die ihm und der Crew nach wie vor mit Scheu begegneten, waren ein Paar. Er kümmerte sich aufopferungsvoll um sie, sie aber war diejenige, die die Entscheidungen traf. Die große Ähnlichkeit zur trebolanischen Geschlechterverteilung rührte Je-Ron-Tia an und ließ ihn an Ji-Jin-Ila denken. Er wünschte, er wäre jetzt bei ihr.

Anders verhielt es sich bei Rhodan und Belinkhar. Als er ihnen kurz nach ihrer Landung zum Garten der achtfältigen Einigkeit gefolgt war, hatte er sie ebenfalls für ein Paar gehalten; mittlerweile war er sich da nicht mehr so sicher. Seit ihrem Treffen im Audienzsaal und der Botschaft der Arkonidin war Rhodan verändert. Mittlerweile hegte Je-Ron-Tia auch den Verdacht, dass Belinkhar von einem anderen Planeten stammte als Rhodan. Vielleicht konnten sie keine gemeinsamen Kinder bekommen. Vielleicht gab es zu viele andere Verpflichtungen, die ihnen im Weg standen.

Tatsächlich war Rhodans Rolle diejenige, die er nach wie vor am wenigsten verstand. Er war der wahre Anführer der Gruppe, so viel war mittlerweile klar. Die anderen suchten regelmäßig seinen Rat, und der Purrer – jene schwarzseidene, langschwänzige Bestie, die auf Je-Ron-Tia noch immer außerordentlich suspekt wirkte – wich nicht von seiner Seite.

Dabei spielte Rhodan seine Macht selten aus. Sie basierte nicht auf dem blinden Gehorsam seiner Begleiter. Was es wirklich war, das sie zu ihm aufschauen ließ, das begann Je-Ron-Tia erst allmählich zu verstehen.

Einen Eindruck davon hatte er erhalten, als er Rhodan kurz nach ihrer Unterredung im kleinen Kreis gefragt hatte, weshalb er das eigentlich tat – sein Leben zu riskieren, sein Wissen zu teilen, und das nicht nur zu seinem eigenen, sondern ihrer aller Vorteil.

»Warum wir Ihnen helfen wollen?«, hatte Rhodan erwidert und seine Mundwinkel in einer Art und Weise verzogen, die bei seinen Mitreisenden – das wusste Je-Ron-Tia mittlerweile – Sympathie hervorrief. Er benutzte dieselbe Mimik auch ihm gegenüber, obwohl ihm klar sein musste, dass sie nicht auf ihn wirkte. »Weil ich denke, dass Sie und ich – Ihre Welt und meine – trotz aller Unterschiede doch eine Menge gemeinsam haben ... und ich daran glaube, dass es die Gemeinsamkeiten sind, die zählen.«

Und da hatte Je-Ron-Tia zu seiner Überraschung gemerkt, dass Ril-Omh-Er neben sie getreten war und andächtig nickte. Es sah ganz so aus, als wäre auch er der Vision dieses ungewöhnlichen Zweibeiners erlegen.

»Wir sind gleich da«, sagte der Steuermann und aktivierte den Hauptschirm, auf dem der erste Planet des Systems nun in Sicht kam. War Trebola dank seiner großen, seidenen Städte und Binnenmeere aus dem All betrachtet eine silbrig blaue Kugel, war Khebur eine gescheckte, ockerfarbene Welt voller Wüsten. Sie war rotationsgebunden, sodass die der Sonne zugewandte Seite des Planeten sich schon vor Abermillionen von Jahren, als seine letzte Eigenrotation zum Erliegen kam, in einen ausgetrockneten Glutofen verwandelt hatte. Die abgewandte Seite war immer in Finsternis gehüllt – ein passender Ort für das Heiligtum der Goldenen. Die Atmosphäre war mit etwas Gewöhnung zwar atembar, aber von häufigen Sandstürmen heimgesucht.

Aufgrund seiner extremen Umweltbedingungen und der stärkeren Schwerkraft, die für Trebolaner schnell lebensbedrohlich werden konnte, war der einzige andere Planet ihres Systems stets ebenso Qual wie Geheimnis, Verlockung wie Prüfung gewesen.

Die Crew brachte die HIS-KEM-IR in einen Orbit. Ihren Gästen blieb nicht viel mehr, als zuzusehen – die meisten Steuerelemente des Schiffs waren für vier Arme ausgelegt und für die Zweibeiner zu niedrig angebracht. Auch Je-Ron-Tia gaben viele der Konsolen noch Rätsel auf. Dieses Schiff war größer und moderner als alle trebolanischen Schiffe, die er je gesehen hatte. Es verfügte über Schutzschirme, drei schwere Geschütze und insgesamt vier Beiboote.

Hätte der Fürsorger je von diesem Schiff erfahren, er hätte es sofort vernichten lassen. Und die Tatsache, dass die Netzfürsten selbst, oder doch zumindest Teile des Rats, in aller Heimlichkeit jahrelang eine solche Entwicklung vorangetrieben hatten, wollte ihm immer noch nicht in den Kopf.

Sie gingen tiefer, fielen nun durch die obersten Staubschichten. Die Schutzschirme flammten kurz auf. Der Hauptschirm wurde automatisch abgedunkelt, dennoch war die Oberfläche unter ihnen blendend hell. Die gelbweißen Wüsten, die keine scharfen Konturen kannten, rasten unter ihnen dahin. In diesen Wüsten war kein Leben möglich. Nur entlang des Terminators, der Tag-Nacht-Grenze, die sich bis ans Ende der Zeit nicht mehr verschieben würde, existierten in einem schmalen Gürtel warme Gewässer und einige sturmgepeitschte, von primitiven Flechten bewachsene Landstriche, denen der Planet seine dünne Atmosphäre verdankte. Die wenigen Lebensformen waren perfekt an ihre feindliche Umgebung angepasst. Die Priester sagten, die Goldenen hätten sie gesegnet – Je-Ron-Tia hatte das nie geglaubt. Auf ihn hatten diese kämpferischen Gewächse immer ebenso hässlich wie ehrenvoll gewirkt; ihr Überleben war ihr eigener Verdienst.

Dann stießen sie auf die Nachtseite vor. Schlagartig wurde es dunkel auf dem Schirm und die Beleuchtung in der Zentrale hochgeregelt. Nur ein leichtes, flaues Gefühl in seinem Unterleib, als die Andruckneutralisatoren mit minimaler Verzögerung das Gefühl des Fallens kompensierten, verriet ihm, dass sie weiter sanken.

»Tiefer können wir nicht gehen«, sagte Ril-Omh-Er. »Die Schutzschirme arbeiten zwar zuverlässig, doch wir können dieses Schiff nicht landen.«

»Die Besatzung der Basis funkt uns an«, meldete ein Trebolaner vom anderen Ende der Brücke.

»Wird der Anblick der HIS-KEM-IR sie nicht beunruhigen?«, fragte Rhodan.

»Keine Angst – die Forschungsstation ist nicht bewaffnet«, sagte Ril-Omh-Er. »Schicken Sie ihnen unsere Kennung, damit sie sich keine Sorgen machen!«

»Da ist es«, sagte der Steuermann und vergrößerte den Bildausschnitt. »Halten Position.«

Angestrahlt von Dutzenden großer Scheinwerfer, die ihr trübes Licht in die ewige Nacht sandten, kamen ein staubbedeckter Landeplatz mit blinkenden Positionslichtern und einige gedrungene Bauten in Sicht. Für trebolanische Verhältnisse sahen sie schmucklos aus, zweckgebunden und plump – doch unter der Schwerkraft der Wüstenwelt waren Trebolaner ebenso sehr an zwei Dimensionen gebunden wie Arkoniden oder Menschen. Hohe Türme und Freiwege kamen hier nicht in Betracht.

Jenseits der Basis wölbte sich eine Kuppel über ein Areal von beinahe tausend Metern Durchmesser. Je-Ron-Tia kannte diese von Flutlichtmasten umstandene Kuppel nur zu gut; er hatte sie lange Monate jeden Tag vor Augen gehabt, und jede sorgsam geplante Expedition in ihr Inneres war ein Moment höchster Vollendung für ihn gewesen. Sie war eine der großen architektonischen Meisterleistungen seiner Kultur: Zwischen riesigen, frostbedeckten Trägern aus maschinengefertigtem Stahl, die wie die Rippen eines urzeitlichen Monsters in den schwarzen Himmel stachen, spannten sich schimmernde weiße Segel aus verstärkter Tarnseide, die jede Ortung dessen, was darunter lag, unmöglich machten. Hunderte der besten Trutz- und Lichtweber der Geschichte hatten ihr Leben der Arbeit an diesen Segeln gewidmet. Die Seide glitzerte im Licht der Scheinwerfer wie Blütenblätter unter Tau.

Die Kuppel schützte das Vermächtnis der Goldenen – die wenigen Artefakte, die in den Trümmern ihres Schiffes noch die Geschichten von einst erzählten: von Vidaarm, seiner Erhebung und dem Geheimnis des ewigen Lebens.

Je-Ron-Tia verschränkte ergriffen die Arme. Das dort unten war sein Lebenswerk. Die Heilige Zone – der Ort, an dem eine vergessene Zivilisation von Sternenreisenden ihr Schicksal gefunden und die Zukunft ihrer Welt begonnen hatte.

Jedes Crewmitglied, das gerade nicht gebraucht wurde, trat vor den Schirm und mit ihnen die Arkoniden und Menschen. Alle nahmen sie den Anblick in sich auf. Goratschin und Matsu fassten sich bei den Händen. Auch Belinkhar war neben Rhodan getreten, und die beiden Arkoniden schienen ihr Misstrauen einmal vergessen zu haben. Selbst der Purrer hatte für nichts anderes mehr Augen. Es war ein feierlicher Moment.

»Die Basis ruft uns wieder, mein Fürst«, meldete der Funker.

Ril-Omh-Er erwachte aus seiner Starre. »Haben Sie unsere Kennung nicht erhalten? Sagen Sie ihnen, wer wir sind. Sie sollen sich für die Ankunft eines Beiboots bereit machen.«

Rhodan und Crest sahen sich an. »Ich danke Ihnen, dass wir

dies sehen dürfen«, sagte Rhodan. »Und mehr noch für die Gelegenheit, Antworten auf unsere Fragen zu erhalten.«

»Mein Fürst«, meldete der Funker wieder. »Es geht nicht um unsere Kennung. Die Basis sagt, eine Ortungsboje meldet mehrere Schiffe, die sich am Rand des Fürstentums gruppieren. Sie bereiten sich offenbar auf einen Sprung vor ...« Er stieß ein aufgeregtes Zirpen aus, als die Messdaten bei ihm eintrafen. »Es sind Hunderte! Mein Fürst – es handelt sich um einen arkonidischen Flottenverband ...«

»Durchstarten!«, befahl Ril-Omh-Er. »Bringen Sie uns zurück in den Orbit!«

Die Maschinen der HIS-KEM-IR heulten auf, als das zerbrechliche Schiff unter Vollschub gegen die Schwerkraft Kheburs anzukämpfen begann.

Je-Ron-Tia klammerte sich entsetzt an einer Konsole fest. Arkonidischen Schiffen hatte das Fürstentum nichts entgegenzusetzen. Wenn Arkon sich entschlossen hatte, gegen sie vorzugehen, waren sie völlig der Gnade des Imperiums ausgeliefert.

Rhodan und die anderen warfen einander bestürzte Blicke zu. Wahrscheinlich erkannten sie, dass ihre Suche nach Antworten damit beendet war, kaum dass sie begonnen hatte.

»Ril-Omh-Er«, sagte Rhodan eindringlich, doch der Netzfürst winkte ab. Mittlerweile empfand Je-Ron-Tia nur noch Hochachtung für die kühle Entschlossenheit seines alten Mentors.

»Ich weiß schon«, sagte er. »Sie dürfen uns nicht fassen. Wir dürfen ihre Aufmerksamkeit aber auch nicht auf Khebur lenken. Wir haben das Imperium sehr lange genarrt – es war überfällig, dass es versucht, seine Ansprüche geltend zu machen. Es ist nun an der Zeit, dass wir etwas unternehmen – unsere Zukunft selbst in die Hand nehmen.«

Das war der Ril-Omh-Er, wie Je-Ron-Tia und seine Mutter ihn einst gekannt hatten, ehe er in den Rat der Acht berufen worden war und die Politik und die Ränke der Fürsten ihn gelähmt hatten. Er hatte sich entschieden, dieses Spiel zu spielen, und er gab jetzt nicht auf, bloß weil sein Gegner im Vorteil war.

»Wir müssen das System verlassen«, sagte Rhodan. »So schnell wie möglich.«

»Ich weiß. Es tut mir leid«, sagte Ril-Omh-Er mit Blick auf Crest, der einen betrübten Eindruck machte. »Wenn diese Krise ausgestanden ist, können Sie hierher zurückkehren. Sie werden immer willkommen sein.«

Doch sie wussten alle, dass dieser Tag noch fern sein mochte. Vielleicht würde er erst kommen, wenn diese neue Zukunft anbrach, von der Rhodan gesprochen hatte: für Menschen, Arkoniden und Trebolaner.

Sie verließen den Orbit um Khebur und nahmen schnell Fahrt auf. In wenigen Minuten würden sie Sprunggeschwindigkeit erreichen.

»Koordinaten?«, fragte Ril-Omh-Er.

Rhodan und der jüngere Arkonide traten neben ihn und nannten ihm eine Position. Der Sprung würde sie weit außerhalb des Fürstentums bringen. Nur wenige Trebolaner waren je so weit gereist.

Verwundert fiel Je-Ron-Tia auf, dass er noch nie eine Entstofflichung mitgemacht hatte. Ob es sehr wehtat?

Dann dachte er an Ji-Jin-Ila. Er hätte ihr gerne eine Nachricht zukommen lassen, ehe sie Trebola verließen, doch im Trubel der Ereignisse war er nicht dazu gekommen, und nun war es nicht mehr möglich. Aus Scham und Angst um ihre Zukunft hatte er ihr noch nicht einmal mitgeteilt, dass er von Khebur abberufen worden war. Ob sie nachts zum Himmel aufsah und ihn immer noch dort oben wähnte?

Ich komme zurück, versprach er ihr in diesem Moment.

»Sprunggeschwindigkeit erreicht«, meldete der Steuermann.

»Strukturerschütterung jenseits der Heimatwelt!«, rief der Funker.

Der arkonidische Verband war eingetroffen.

»Und Sprung!«, rief Ril-Omh-Er.

Ich komme zurück.

Kapitel 22

Quetain Oktor

Die Palastwache leistete keinen Widerstand. Ein paar tapfere Trebolaner harrten zum Schein aus bis zuletzt und ließen sich von Oktor und seinen Soldaten mit Paralysestrahlen niederschießen, so wie sie es vereinbart hatten. Quetain Oktor war froh, dass Kor-Ach-Ett diesen Teil der Vereinbarung erfüllt hatte – ein Blutbad war das Letzte, was er an diesem Tag noch hätte gebrauchen können.

Den Bodentruppen der 192. Grenzpatrouille war nicht anzusehen, ob sie sich über den leichten Sieg freuten oder es bedauerten, dass ihnen nicht mehr geboten wurde. Ohne einen Blick an die filigrane Architektur oder den prunkvollen Wandschmuck zu vergeuden, stapften die Roboter und Naats durch die Flure, bis sie auch den letzten Winkel des Palasts gesichert hatten.

Quetain Oktor betrat den Thronsaal. Wie Kor-Ach-Ett es vorhergesagt hatte, war er verlassen. Die Sitze der acht Netzfürsten und die zahlreichen Balkone und Nischen waren unbesetzt, und die Maschinen am Boden der Halle schwiegen.

Auf Vidaarms Thron saß nur noch ein Geflecht aus Spinnenseide wie ein aufgegebener Kokon oder eine alte Haut. In ihr steckte nach wie vor das Zepter. Die Gebeine und Gewänder des Erzfürsten hatten die Trebolaner entfernt, um sie an einem geheimen Ort zu verwahren, welche Riten auch immer sie damit im Sinn hatten.

Im Nachhinein musste Quetain Oktor fast darüber schmunzeln, so lange von einem Marionettentheater zum Narren gehalten worden zu sein. All die Jahre hatte er geglaubt, mit einem uralten, exzentrischen Herrscher zu verhandeln, der zu arrogant oder schon zu senil war, auf seine Fragen eine klare Antwort zu geben. Stattdessen hatten die Netzfürsten ihm Märchen in seinem Namen erzählt – was immer ihnen gerade nützlich erschien.

Kor-Ach-Ett würde es nicht so leicht haben wie Vidaarm, wenn er nun wirklich nach der Macht griff – denn er war nicht mit dem Glanz der Goldenen gesegnet. Seine Entscheidungen würden infrage gestellt werden, man würde ihn kritisieren und Druck auf ihn ausüben, und der nächste Fürsorger, wenn es denn einen gab, würde ihm das Leben schwer machen. Quetain Oktor hätte beiden eine Menge darüber erzählen können, wie es war, die Last der Verantwortung zu tragen, doch das alles ging ihn nicht länger etwas an.

»Der Herrscher ist geflohen!«, stellte Oktor mit geheucheltem Triumph fest. Dann erklomm er lustlos die Stufen zum Thron, griff in die zähen Spinnweben nach dem Zepter. »Ich brauche ein Messer«, sagte er und streckte die andere Hand aus.

Der Naat, der die Bodentruppen anführte, reagierte prompt und reichte ihm sein Kampfmesser, das für Oktor selbst als Schwert noch zu unhandlich gewesen wäre. Ächzend mühte er sich mit den sanftseidenen Gespinsten ab – er glaubte, auch etwas klebrige Haftseide darin zu identifizieren –, bis er das Zepter Vidaarms endlich in Händen hielt. Langsam, sodass alle im Thronsaal es sahen und die Drohnen, die sie begleiteten, es optisch gut einfangen konnten, drehte er sich um und hielt es hoch.

»Vidaarm hat vor der Übermacht des Großen Imperiums kapituliert!«

Sollten sie doch glauben, Vidaarm wäre noch am Leben. Vielleicht würde ja ein neuer Kult schon bald Legenden über seine nahende Wiederkehr verbreiten. Von nun an durften andere die Politik Trebolas entwirren.

Quetain Oktor gab dem Naat sein Messer zurück. Dann machte er sich daran, die verschiedenen trebolanischen Ausscheidungen um das Zepter herum zu entfernen, Tarnseide, Schmeichelseide, eine Schicht nach der anderen. Er kam sich vor wie ein Küchenjunge.

Was blieb, war eine dünne Hülle aus Schmuckseide, ansehnlicher und wahrscheinlich auch älter als die äußeren Schichten. Auf groteske Weise wirkte das Zepter nun wie ein Stopfei in einem goldenen Söckchen. Es hatte so gut wie kein Gewicht.

»Bring dies zu Sergh da Teffron!«, sagte Quetain Oktor feierlich und reichte es dem Naat, der es vorsichtig in seine riesigen Pranken nahm und einen Moment ratlos mit seinen drei blutroten Augen betrachtete.

»Na los!«, rief Oktor. »Die Hand des Regenten wartet nicht gerne!«

Der Naat salutierte erschrocken und hastete aus dem Thronsaal.

Quetain Oktor wartete ein paar Momente, bis die allgemeine Aufmerksamkeit sich wieder auf andere Dinge gerichtet hatte, dann folgte er ihm. Mit einem letzten Blick zurück auf den leeren Thron verließ er den Saal. Ob irgendwann ein neuer Vidaarm darauf Platz nehmen würde? Alte Gewohnheiten waren schwer totzukriegen ...

Auf dem Weg zurück zu seinem Turm stellte er sich das Gesicht Sergh da Teffrons vor, wenn er das Zepter im Artekhsystem erhielt. Sein Zorn würde furchtbar sein, wenn er herausfand, was Kor-Ach-Ett ihm in seiner letzten Botschaft anvertraut hatte: Das Ei war nur ein Gipsei. Immer schon. Vidaarm, der vor seiner Karriere als Sternenfahrer und Weltenvereiner ein nicht ungeschickter Handwerker gewesen sein musste, hatte es selbst hergestellt – zum Gedenken an die Goldenen und in dem Glauben, dass sie ihre Macht den eiförmigen Insignien verdankten, die sie um den Hals trugen. Auf jedem anderen Planeten der Galaxis hätte Quetain Oktor in Abrede gestellt, dass eine Zivilisation, die schlau genug war, Raumschiffe zu bauen, naiv genug sein konnte, an die Allmacht eines Gipseis zu glauben. Auf Trebola aber ergab dies zweifellos Sinn.

Das Zepter war nur ein Schmuckstück. War nie mehr gewesen als das. Doch was wäre das Leben ohne etwas Schmuck?

Selbstverständlich würde Sergh da Teffron glauben, dass Oktor ihn betrogen hatte – aber ein genauer Vergleich des Bildmaterials und der Sensorendaten, welche die Drohnen und zuvor Kaprisi vom Thronsaal, den Seidenresten auf dem Thron und dem Ei darin angefertigt hatten, würde ergeben, dass es sich um ein und denselben Gegenstand handelte. Selbst wenn er sämtliche Mitglieder des Rats der Acht verhören ließ, würde jeder Kor-Ach-Etts Aussage bestätigen. Natürlich würde dies die Hand des Regenten nicht daran hindern, trotzdem Oktors Kopf zu fordern – aber dann war er längst über alle Berge.

Sergh da Teffrons Wut würde keine Grenzen kennen.

Quetain Oktor musste lächeln. Trotz seiner Müdigkeit fühlte er sich seltsam befreit und steuerte seinen Gleiter schwungvoll unter Freiwegen und zwischen Türmen hindurch. Die bläuliche Sonne warf ihre eisigen Muster auf die Spitzen des Palasts und den Turm der Freundschaft, die ihren alten Wettstreit nun an das arkonidische Schlachtschiff verloren hatten, das weite Bereiche des Raumhafens blockierte und alle Gebäude der Stadt weit überragte. Und wie Oktor da flog, fiel ihm auf, was für ein wunderschöner Tag es doch war.

Er sandte den Bericht mit seiner Signatur ab, in der er die vorbildliche Zusammenarbeit mit den Trebolanern während seiner Amtszeit lobend hervorhob und davon abriet, die Erforschung trebolanischer Seide weiter voranzutreiben, da sie aus arkonidischer Sicht schlicht unwirtschaftlich war. In einer Randbemerkung erwähnte er außerdem, dass man die Forschungsanlagen auf Khebur endlich einer eingehenden Prüfung unterzogen und gleichermaßen als uninteressant verworfen hätte.

Dann meldete er sich den Rest des Tages krank.

Er parkte seinen Gleiter in der Garage des Turms und nahm den Fahrstuhl in den neunundfünfzigsten Stock. Kaprisi erwartete ihn bereits, neben ihr ein Koffer. Hätte sie ein richtiges Gesicht besessen, sie hätte wie eine ganz normale Touristin gewirkt. Außer ihr und ein paar Verladerobotern war niemand im Terminal.

»Ich schätze, jetzt kommt der unangenehme Teil«, sagte Quetain Oktor.

»Es ist alles bereit«, sagte sie.

»Der Mehandor erwartet uns?«, vergewisserte sich Oktor.

»Er wird uns persönlich verladen und in Empfang nehmen.«

Der Kapitän der HETH-KAPERK, deren Schäden zur Stunde repariert wurden, war nicht gerade begeistert gewesen, als Oktor ihm vorgerechnet hatte, wie viele Jahre Haft man ihm dafür anhängen könnte, dass er einen der meistgesuchten Männer der Galaxis und seine Begleiter bis tief ins Große Imperium geschmuggelt hatte. Er hatte zu ausgesuchten Flüchen gegriffen und versucht, sich mit einer speziellen Klausel seiner Beförderungsverträge herauszureden, die ihn von jeder Verantwortung für die Taten seiner Passagiere entband. Da hatte Oktor ihm den Gegenwert des ursprünglichen Urteils in wahlweise Einzelhaft oder Lagerarbeit ausgerechnet, und darauf war der Kapitän seinem Vorschlag gegenüber sehr aufgeschlossen gewesen.

Selbstverständlich war es notwendig gewesen, ihn auf die Existenz eines Archivs mit belastendem Material in einem mehrfach gesicherten Datenspeicher hinzuweisen – nur für den Fall, dass dem Fürsorger während seiner Reise unerwartet etwas zustieß. Dass dieses Material nicht existierte, ging nur ihn und Kaprisi etwas an.

»Dann desaktiviere jetzt die Sicherheitssysteme«, sagte er.

Alle Kameras, alle Roboter und Drohnen verharrten. Auf einmal war es sehr still im Terminal. Nur ein leichtes Singen des ins All gespannten Seidenstrangs schwang in den Wänden und der

Decke und machte die Halle zum Resonanzkörper einer stählernen Sternenharfe.

»Nach dir«, sagte Oktor.

Kaprisi kletterte in den präparierten Frachtcontainer, der sie beide in den Orbit bringen würde. Er bot keinen großen Komfort – nur ein Bett, ein Stuhl, ein Fiktivspielprojektor und eine simple sanitäre Einrichtung, alles auf einer Fläche kaum größer als die Innenkabine seines Gleiters. Die Wände waren mehrfach isoliert und mit Tarnseide verkleidet – ein letztes Geschenk Kor-Ach-Etts, für das Oktor ihm hatte versprechen müssen, den Container nach Gebrauch zu vernichten. Dazu Sauerstoff und Proviant für drei Tage – mehr als genug für die Reise. Wenn alles planmäßig verlief, würde er übermorgen zu dieser Zeit bereits sein Quartier auf der HETH-KAPERK beziehen. Das Goldpaket, das der Kapitän ihm angeboten hatte, klang wirklich sehr vielversprechend.

Die Mehandorwalze würde ihn zunächst nach Hela Ariela bringen. Dort würde Oktor ein anderes Schiff besteigen, zu irgendeiner ruhigen Welt an der Peripherie des Imperiums – vielleicht nach Targelon. Er hatte die Heimatwelt seiner nicht-arkonidischen Mutter seit seiner Kindheit nicht mehr gesehen. Dort konnte er in Ruhe Gras über alles wachsen lassen.

Kaprisi nahm Platz auf dem Stuhl und wartete, bis er eingestiegen war. Dann schloss sie den Container, versiegelte die Hülle und leitete den automatischen Verlademechanismus ein, der den Container über die Rampe auf die Plattform über ihnen heben und sie am Seil des Weltraumlifts einklinken würde.

»Es freut mich, dass du dich entschlossen hast, mich mitzunehmen«, sagte Kaprisi.

»Was täte ich ohne dich?«, fragte Oktor und griff ihre Hand. »Targelon«, sagte er. »Dreiunddreißig, dreiunddreißig, vierundzwanzig.«

Kaprisi sackte leblos in sich zusammen.

»Tut mir leid«, murmelte Oktor, richtete ihren Kopf auf und suchte nach der Klappe in ihrem Nacken, unter der sich der Schalter verbarg, mit dem sich der Roboter in seinen Auslieferungszustand zurückversetzen ließ. Ihm war klar, dass die Maschine nie wieder die alte sein würde – alle Erinnerungen an ihre gemeinsame Zeit waren gelöscht, alle Verhaltensmuster und Routinen mussten erst wieder neu kalibriert werden.

Doch Kaprisi hatte ihn verraten, und sie würde es zu einer anderen Gelegenheit wieder tun. Er nahm an, dass ihr keine andere Wahl geblieben war. Wahrscheinlich hatte Sergh da Teffron ihr einen direkten Befehl erteilt und war so an die Aufnahmen der Orbitalstation gelangt – zumindest an Teile davon. Hatte sie eine Abwägung zwischen den Befehlen ihres Herrn und denen der Hand des Regenten treffen müssen und beschlossen, dass sie ihm *irgendetwas* geben *musste?* Selbst wenn Sergh da Teffron auf anderem Weg an die Bilder der Videoüberwachung gelangt war, konnte Oktor es nicht riskieren, dass Kaprisi immer noch in seinem Auftrag handelte oder die Hand des Regenten sich vielleicht ein Hintertürchen in ihrer Programmierung offengelassen hatte.

Quetain Oktor wollte einen Neuanfang. Seine Tage im Dienste von Männern wie Sergh da Teffron waren ein für alle Mal vorbei. Und solange solche Männer im Imperium das Sagen hatten ...

Er freute sich darauf, einfach bloß ein Niemand zu sein – nur ein Fremder unter Fremden.

Er wollte dort aber auch nicht allein sein.

Mit festem Druck startete er den Roboter neu.

Es dauerte ein paar Sekunden, dann kehrte wieder Leben in die mechanischen Augen, und eine ausdruckslose Stimme forderte ihn auf, eins der vorinstallierten Persönlichkeitsprofile zu wählen.

Quetain Oktor zögerte nur kurz. »Sieben B«, sagte er. »Weiblich.«

»Guten Tag«, sagte die vertraute Stimme. »Bitte geben Sie mir nun einen Namen.«

»Kaprisi«, sagte Oktor mit einem Lächeln. »Und sag doch bitte Du zu mir.«

»Der Name gefällt mir«, sagte Kaprisi. »Wie heißt du?«

»Quetain«, sagte er. »Einfach nur Quetain.«

Mit einem heftigen Ruck setzte sich der Container in Bewegung.

Er hatte seine lange Fahrt zu den Sternen begonnen.

Alexander Huiskes

Das Ende der Schläfer

Sie: schlafend

Es war, als hätt' der Himmel die Erde still geküsst, dass sie im Blütenschimmer von ihm nur träumen müsst'.

Sie sah ein Meer von Blüten, das nicht da war. Nicht mehr. Und sie wusste: Sie schlief in jenem merkwürdigen Zustand, der ihr einerseits bewusst war, gegen den sie andererseits jedoch nichts tun konnte. Sie konnte nicht aufwachen, sie konnte nicht eingreifen, sie konnte nur weiterschlafen, in jenem Zustand des Dämmerns dahintreiben, noch nicht wach und nicht mehr schlafend.

Sie schlief, aber es war kein Fortgang einer Erholungsphase, sondern eine immer gleiche Abfolge des gleichen kurzen Zeitraums, des gleichen quälenden Schmerzes, gegen den sie sich nicht wehren konnte, von dem sie aber mittlerweile wusste, dass er immer wiederkam, mit Pausen dazwischen, die ihn eher steigerten als abschwächten.

Sie wusste nicht, ob sie nun eine Minute, eine Stunde oder sogar schon Tage schlief. Oder eine Ewigkeit.

Sie hatte Vertrauen missbraucht, daran erinnerte sie sich, aber es tat ihr nicht leid. Zur Strafe trieb sie nun dahin in diesem Nicht-Schlaf.

Träumte von Blumen, die es nicht mehr gab.

Sie schlief in dem Wissen, dass nur der Tod ihren Schlaf beenden konnte, und in der Hoffnung, es möge nicht ihr eigener Tod sein.

Sie schlief, und während sie dies tat, wusste sie von der letzten Sicherung, die sie bewahrt hatte und die nun wiederum sie davor bewahrte, sich dem Tod zu überantworten.

Es gibt Hoffnung. Ich muss sie rufen.

Sie schlief, und obzwar sie schreien wollte, verließ kein Laut ihre Lippen.

Kapitel 1

Betty Toufry: Kontakt

Betty Toufry war eine ungewöhnliche Frau. Anfang dreißig, wurde sie oft für einen Teenager gehalten. Schwach, ja hilfsbedürftig. Doch das war ein Irrtum. Betty Toufry war eine Mutantin. Sie beherrschte die Telekinese: Mit der Kraft ihres Geistes vermochte sie Gegenstände zu bewegen. Und sie beherrschte die Telepathie: Sie las die Gedanken anderer.

Die Menschen, die sie kannten – und erst recht jene, die sie nicht kannten –, waren überzeugt, dies mache ihr das Leben leicht: Die Gedanken jener zu kennen, die einem gegenüberstanden, die tiefsten Geheimnisse auszuloten, die sich unter jener dünnen Tünche regten, die man gemeinhin als »Konversation« bezeichnete ...

Nun – Betty Toufry wusste, dass es ganz und gar nicht so war. Die Telepathie war ein schwieriges Unterfangen. Zum einen benötigte sie dafür umso mehr körpereigene Energie, je intensiver sie ihre Gabe nutzte, und zum anderen war es ein bisschen wie in tausend Kilometern Höhe über dem südamerikanischen Regenwald zu schweben und zu versuchen, ein bestimmtes Krokodil ausfindig zu machen. Starke Gedanken, dominierende Leitlinien des Geistes, entsprachen dabei dem Amazonas als Orientierungshilfe, aber alles andere lag unter dem dichten Blattwerk verborgen, zu dem sie erst hinabstoßen und es danach noch durchdringen musste – ohne zu wissen, was sie darunter jeweils erwartete.

Und das galt für die Gedankenwelt von Menschen.

Die Santor waren etwas ganz anderes.

Als Santor bezeichneten sich jene rätselhaften Pflanzenwesen, die unter der Marsoberfläche in einem kleinen Reservat lebten; »Halbschläfer« wurden sie zudem genannt, aber ihre Erklärung für diese Bezeichnung schien nebulös. Sie seien noch nicht erwacht, ihre Zeit nicht gekommen. Zur Aktivität erwacht waren sie nur kurzzeitig, als die Menschen das Terraforming des Mars in Angriff nahmen, weil sie den roten Planeten ungeachtet seiner prinzipiellen Unwirtlichkeit als ihre Heimat betrachteten. Sie hatten den Ferronen Hetcher zu sich gerufen. Er war letztlich in ihnen aufgegangen. Der Historiker Cyr Aescunnar hingegen, der den Ferronen hatte retten wollen, war nach diesen Erfahrungen von den Santor verschont und zu ihrem Boten gemacht worden.

Damit sollte es, wenn es nach den Santor ging, genug sein.

Aber nun war Betty Toufry auf dem Mars, im Auftrag der Terranischen Union. Sie sollte den Kontakt zu den Santor herstellen und »mehr erfahren«. Ganz oben rangierten dabei drei Fragen: Wer waren die Santor, woher kamen sie, welche Ziele verfolgten sie?

Ein Geschöpf, das Aescunnar als »Tweel« bezeichnet hatte, war Bettys Führer gewesen. Worum genau es sich bei diesem Tweel handelte, blieb ihr unklar. Es sei einerseits eine Projektion der Santor, aber es bestehe auch zu einem Teil aus dem Ferronen Hetcher. Ob damit nur ein mentaler Bestandteil gemeint war?

Tweel ließ sich jedenfalls nicht in die Karten schauen. Wenn Betty versuchte, nach seinen Gedanken zu haschen, fuhren ihre geistigen Fühler wie durch Nebel. Ganz unzweifelhaft hatte Tweel ein Bewusstsein, aber es kam ihr vor wie eine Wolke feinster Tröpfchen, nur knapp über Molekülniveau, die sie mit ihrem vergleichsweise groben Netz aus telepathischen Kräften nicht zu fassen bekam.

Tweel rekelte sich vor ihr auf dem feuchten, moosigen Boden der subplanetaren Höhle, in der die Santor lebten. Das merkwürdige Geschöpf, weder Vogel noch Echse, noch Säuger und doch irgendwie alles davon, gab trillernde Laute von sich und behielt Betty Toufry im Blick.

Was dachte Tweel?

Nur das, was ihm die Santor als ihrem Agenten eingaben? Oder lauerte da ein eigener Wille, der unabhängig von seinen Prinzipalen war?

Tweel jedenfalls verriet nichts, gab nichts preis.

Die Santor verhielten sich ähnlich, allerdings hegte Betty den Verdacht, dass sich dies vor allem durch die vollkommen unterschiedliche Wesensart der beiden Spezies ergab, die in Kontakt miteinander treten sollten: hier der Mensch, dort die Tulpe.

Tulpe war selbstverständlich nur eine schwache Analogie und wirkte selbst für Betty, die wusste, wie wenig tulpenhaft die Santor waren, befremdlich. Aber die rund einen halben Meter hohe

Lebensform ähnelte mit dem dicken, hellgrünen Stängel, den zwei bis sechs grundständigen Laubblättern und der charakteristischen, turbanartigen Blütenform eben jener *tulipa,* die um die Mitte des 16. Jahrhunderts Europa erobert und bald darauf zur ersten großen Finanzkrise der modernen Menschheitsgeschichte geführt hatte.

Bitte, öffnet euch mir!, sendete sie ihre Gedanken und starrte auf die nestartig angeordneten Pflanzenwesen. *Ihr duldet mich, also liegt euch ebenfalls an einem Kontakt mit uns Menschen. Ich werde hier nicht weggehen, ehe wir miteinander gesprochen haben.*

Sie spürte Reaktion, ohne freilich etwas damit anfangen zu können, wie ein Kräuseln auf der Oberfläche eines stillen Weihers. Die Blütenkelche blieben geschlossen.

Sie versuchte, das schwarze Wasser der fremden Gedankenwelt zu berühren. Es fiel schwer, aber es gelang. Nach Tagen des Tastens und Versuchens endlich ein kleiner Erfolg. Es fühlte sich heiß an, wie pulsierendes Blut, das dennoch stillstand, und zugleich herrlich kühl.

Betty war verwirrt. Ihr Verstand versuchte, eine Art Schnittstelle zu finden, die es erlaubte, die Gedanken der Santor zu verstehen. Er musste dabei Sinneswahrnehmungen verarbeiten, für die der Mensch nicht gemacht war, und sie in plausible Eindrücke zu verwandeln, damit sie *begriff.*

Du bist für die Antworten nicht bereit, flüsterte eine Gedankenstimme, die mehrstimmig harmonisch klang. *Wir haben gesagt, was zu sagen war.*

Betty ärgerte sich. Wie leicht fiel es den Santor, sich ihr verständlich zu machen, wenn sie wollten! Ihre eigenen Bemühungen hingegen förderten die Pflanzenwesen nicht, kamen ihr nicht entgegen. Verspotteten sie sie?

Wir verspotten dich nicht, sagte die Mehrfachstimme prompt. *Wir hatten wesentlich mehr Zeit, unsere Gabe zu vervollkommnen, als du.*

Wie viel Zeit?, fasste Betty sofort nach.

Die Santor wirkten amüsiert. *Ist das von irgendeinem Belang? Wir leben länger hier als deine Art, das sollte genügen. Was machen schon ein-, zweitausend Jahre deiner Historie aus?*

Ihr seid zweitausend Jahre alt?

Das haben wir nicht gesagt.

Ich rühre mich nicht mehr vom Fleck, bis wir uns miteinander unterhalten haben.

Sie setzte sich auf das weiche Moos des Höhlenbodens und atmete tief ein. Kein Mensch hatte für möglich gehalten, dass so etwas auf dem Mars existieren könnte.

Es war still an diesem Ort.

Friedlich.

Beinahe hätte sie sich des Raumanzugs entledigt, besann sich aber doch eines Besseren. Die Enklave der Halbschläfer passte nicht auf den Mars, und wenn sie sich auflöste – ob durch Willen der Santor, einen Unfall oder gar einen Anschlag –, musste sie sich auf den Schutz des Anzugs verlassen können.

Betty Toufry hing am Leben. Aber ganz bestimmt schadete es nichts, dass sie mit offenem Helm herumlief. Wenn es psychohalluzinogene Pollen oder sonstige Stoffe in der Luft gäbe, wäre sie längst damit konfrontiert gewesen.

Die Luft der Kaverne war wunderbar, am ehesten vergleichbar einem Sommermorgen an einem Seerosenteich zwischen schattigen Tannen, mit strahlendem Sonnenschein nach nächtlichem, heftigem Regenfall.

Tief atmete sie ein, wollte den Frieden dieses Ortes in sich aufnehmen. Sie betrachtete die bunten, leuchtenden Kristalle, die den Santor die Sonne ersetzten, und dachte nach, worum es sich wohl handeln mochte. Was brachte diese Kristalle zum Leuchten? Und woher stammte diese kleine Kolonie Pflanzenwesen wirklich? Was hatte sie auf den Mars verschlagen?

Lazan, sagte die Santorstimme, von der der Chor abfiel wie verwelkte Blütenblätter. Nur eine einzelne Stimme blieb übrig. *Wohltäter.*

Lazan? Wohltäter? Was soll das heißen? Wer ist dieser Wohltäter Lazan?, fragte Betty und versuchte herauszubekommen, von welcher Pflanze der gedankliche Kontakt ausging. War es die blaue direkt neben ihr? Oder die gelbe, nur eine Armeslänge entfernt?

Langsam griff sie nach einer orangefarbenen Blüte und beobachtete erheitert, wie sich der geschlossene Blütenkelch wegbeugte, als wolle er nicht angefasst werden.

Sie sind bei uns, antwortete der Santor, als sei damit ihre Frage beantwortet.

Beinahe im gleichen Augenblick sah sie die goldenen Funken, spürte den unverkennbaren Luftzug, der entstand, wenn aus dem Nichts eine Masse auftauchte, und hörte einen erstickten Schrei in ihrem Rücken.

»Sid?«, rief sie entsetzt.

Das war so nicht geplant, sagte die Stimme der Santor. Sie klang verärgert – und verängstigt. *Die Lazan sind wach.*

Sid und Hollander hatten miteinander gerungen und waren dabei so beschäftigt gewesen, dass sie den ersten Treffer erst mitbekommen hatten, als sie herumgerissen wurden und gegen die Wand prallten, die plötzlich zum Boden geworden war. Und während Hollander in Zorn und Panik verfiel, hatte Sid auf die Übertragung der Außenkameras geblickt. Was er dort sah, ließ ihm beinahe das Herz stehen: Aus dem Nichts klaffte ein zahnloses Maul auf, aus dem ein enormer Energiestrahl jagte. Er glaubte noch, vage einen durchscheinenden Körper wie von einem chinesischen Drachen zu sehen, dann schloss sich das Maul wieder, und die Leka stürzte schwer getroffen auf die Marsoberfläche zu.

Für einen Moment war er wie erstarrt, und für einen weiteren langen Moment überlegte er ernsthaft, Hollander einfach an Bord zu lassen. Aber er konnte seiner Liste von Fehlern nicht noch den Tod eines anderen hinzufügen.

Irgendwo hier musste die Höhle der Halbschläfer sein! Das bedeutete Luft und Leben – nicht den Tod, wie sie ihn auf dem Mars finden mussten, wenn sie abstürzten und ohne Raumanzüge die schrottreife Leka-Disk verließen ...

Nur den Bruchteil einer Sekunde, ehe der nächste Feuerstoß aus dem Nichts die Leka traf und mit einem Schlag alle Systeme überlastete, und nur zwei Sekunden vor dem Aufprall auf den Ausläufern des Marsgebirges berührte Sid den panischen Hollander, setzte seine Parakraft frei – und teleportierte blind, von der einen wahnwitzigen Hoffnung getrieben, sein Talent werde ihn schon in die Nähe der paranormal veranlagten Tulpen bringen ...

Betty erkannte diese Art des Funkenregens als typische Begleiterscheinung für jede Teleportation des jungen Sid Gonzalez, als zünde ein unbekannter Witzbold jedes Mal ein paar Feuerwerksraketen.

Tatsächlich erkannte sie den jungen Latino sofort an seinem Gedankenprofil wieder. Optisch hingegen hatte er nicht mehr viel gemein mit dem Teenager, der er vor so wenigen Monaten noch gewesen war. Kam es nur ihr so vor, oder entfaltete der Gang der

Ereignisse seit dem Mondflug Perry Rhodans tatsächlich ein beinahe zeitrafferähnliches Tempo? Oder war es schlicht eine Frage des Alters? Mit dreißig Jahren fühlte sie sich in letzter Zeit manchmal ziemlich alt, egal wie jung sie auf andere wirkte.

Sid blutete, sein ganzes Gesicht war verschmiert, wahrscheinlich stammte das ganze Blut von einer frischen Platzwunde an der Stirn. Aber was war das für ein Gesicht! Die Hasenzähne waren fort, die ihn so beschützenswert und auf niedliche Weise hässlich hatten erscheinen lassen, das Dunkle seiner Augen war einem warmen Grünbraun gewichen, der Haaransatz hatte sich verändert, ebenso die Gesichtsform.

Aber er war nicht allein. Ein anderer Mann, den Betty noch nie gesehen hatte, begleitete ihn. Auch in seinem Gesicht und auf seiner Kleidung sah sie das frische Blut.

»Was soll der Dreck?«, pöbelte der andere junge Mann und fing sich damit sofort Minuspunkte bei der eher zurückhaltenden Betty ein.

»Halt doch endlich deine Schnauze!«, jaulte Sid entnervt. Er verpasste ihm einen Kinnhaken. Der andere wurde nach hinten geschleudert, seine rudernden Arme fanden keinen Halt, und er knallte auf das Moos. Wasser spritzte.

Die Santor schrien vor Schmerz. War er auf einem der »Nester« gelandet und hatte diese seltsamen, fünfgeschlechtlichen Pflanzenwesen verletzt?

»Betty?« Der drahtige Latino erkannte die blonde Frau offenbar ebenfalls sofort, mit der er im Januar dieses Jahres – also vor rund drei Monaten – den Stardust Tower in Terrania vor der Zerstörung gerettet hatte. »Was ... tust du ... hier?«

Sie eilte zu ihm, stützte ihn.

»Öffne dich mir!«, befahl sie scharf und stürzte sich mit ihren telepathischen Sinnen auf seine Gedanken wie ein Raubvogel auf eine fette Maus.

Sid schloss die Augen. Sie spürte sofort, wie peinlich es ihm war. Was konnte es sein, das den jungen Mann derart in Verlegenheit brachte?

Sie sah und hörte, was geschehen war. Die beiden angehenden Kadetten hatten sich den Rauswurf aus der Akademie für Raumfahrer eingehandelt, und als sei das nicht schlimm genug, auch noch eine Leka-Disk gestohlen und Kurs auf den Mars genommen ... Und dann ...

Wie konnte das passiert sein? Hatten die Santor etwas damit

zu tun? Der Ausruf, als Sid in die Kaverne geplatzt war, schien darauf hinzudeuten.

Aber das musste warten. Sid und sein Kumpan benötigten dringend ärztliche Hilfe.

Rasch holte sie ihren Pod heraus und wischte über die Glasoberfläche, bis sie die richtigen Symbole gefunden hatte. *Automatisch verbinden.*

Es dauerte keine drei Sekunden, dann erhielt sie die erwartete Meldung: *Kontakt!*

Der Pod sprach ein Relais an der Oberfläche an, von dem aus die Verbindung direkt zum automatisierten Funkgerät von Bradbury Base ging. Der Hauptstützpunkt zur Erforschung des Mars war verlassen, aber die robuste terranisch-ferronische Technologie funktionierte weiterhin.

»Hier spricht Betty Toufry. Ich benötige dringend Hilfe. Schicken Sie ein Rettungsteam zum Mars, hier sind ...«

Sie unterbrach sich. Etwas umklammerte ihren Kopf. Nein, eher ihre Gedanken.

Etwas – oder ... jemand?

Lazan!, rief eine Stimme. *Ich habe Lazan gesehen!*

Was haben wir ...?, schrie eine andere in ungläubigem Entsetzen.

Lasst mich los!, versuchte Betty Toufry die Santorstimmen mental zu übertönen.

Hör mir zu!, rief eine einzelne Stimme, die wie eine Klammer klang, die alle anderen zusammenhielt. *Hört mir alle zu! Und vergebt mir ...*

Betty Toufrys Gedanken kamen zum Stillstand. Ihr wurde schwarz vor Augen, und für einen winzigen Augenblick blitzte das Bild eines Planeten auf, der über und über von Santor bedeckt war. War dies einmal der Mars gewesen?

Doch so schnell die Vision gekommen war, so schnell verging sie wieder.

Betty Toufry glaubte zu schreien, glaubte zu fallen – und landete.

Aber sie war nicht mehr sie selbst.

Kapitel 2

Phylior: Erwachen

Hallo, Betty Toufry! Verzeih, dass ich dich so brachial in meine Erinnerungen ziehe und nicht herauslassen werde, ehe ich nicht am Ende bin. Aber hier geht etwas vor, was ich nicht einschätzen kann. Vielleicht bedeutet es für uns endlich die Zeit des Erwachens. Und wenn es so ist, wenn Cyra Abina zurückkehrt, wenn wir Santor an ihrer Seite sein werden – dann bleibt vielleicht keine Zeit mehr.

Ich weiß, dass ich dir vertrauen kann. Ihr Menschen seid nicht unsere Feinde, seid es nie gewesen und werdet es nie sein. Aber du musst etwas erfahren, was ich dir nicht *einfach so* erzählen kann.

Ich wollte warten, bis du die Seele der Telepathie selbst begreifst, aber dazu reicht unsere Zeit nicht mehr. Die Lazan mussten sich zeigen, und so neigt sich wohl unsere eigene Zeit ebenfalls dem Ende zu – im Guten wie im Bösen, die beide oft so nahe beieinanderliegen, dass man sie nicht unterscheiden kann, wenn man ihnen so dicht gegenübersteht.

Wenn du jemals eine gute Telepathin werden willst, darfst du nicht eine Gedankenfischerin bleiben, wie du es gegenwärtig noch bist. Du musst dich auf den anderen einlassen, du musst versuchen, *in dir selbst* den anderen zu finden. Egal, wie abscheulich oder wie erhaben ein anderer wirken mag, du selbst trägst von alldem irgendwo einen Punkt in dir, selbst wenn er dir nicht bewusst sein mag. Finde diesen Punkt, und du findest einen Weg, den anderen zu verstehen und mit ihm zu kommunizieren. Bleib Gedankenfischerin, und du wirst ein ums andere Mal scheitern.

Ich werde es dir beweisen. So viel kann ich tun. Ich bitte dich allerdings, mir vorbehaltlos zu vertrauen, dir wird kein Schaden entstehen.

Sei ich. Sei Phylior, der grüne Halbschläfer, der so viel unverdientes Glück hatte, der von hohen Hoffnungen träumen durfte, dessen großes Leben in einer Tragödie endete und der seitdem auf ein neues Leben wartet. Begleite mich, vom Zeitpunkt meines ersten Erwachens an ... und begreife. Begreife, was mir verschlossen blieb. Für die Zukunft, für das Ringen.

Als ich erwachte, spürte ich, wie die Kälte – die ich bisher nicht gefühlt hatte, so wenig, wie ich *irgendetwas* hatte fühlen können – nachließ. Die Starre, derer ich mir gar nicht bewusst gewesen war, und die Dunkelheit wichen.

Ich kannte dieses Gefühl nicht. Bisher war es immer so gewesen, dass ich zusammensank und mein Leben im geschützten Kern Kraft sammeln ließ, ehe es wieder hervorschießen durfte und mein Bewusstsein wiedererweckte. Jedenfalls glaubte ich mich daran zu erinnern, wenngleich nur schwach. Ich kam mir desorientiert vor. An welchen universalen Koordinaten befand ich mich? Mein Instinkt ließ mich im Stich!

Es gab Bewegung, das spürte ich deutlich an den Schatten, die auf mich fielen und vorübergingen, und an dem Licht, das mich badete. Der Boden vibrierte, als etwas, das ich nicht begriff, vorüberging. Den Erschütterungen nach war es schwer, um ein Vielfaches schwerer als ich, etwa um das Achtzehnhundertfache. Was für ein Geschöpf konnte so schwer sein? War es ein Fleisch- oder ein Pflanzenfresser?

Ich spürte, wie sich *etwas* in mir regte, eine wohlbekannte Kraft, die aber zu diffus war, als dass ich sie hätte benennen können. Als wolle ich *zupacken* und *wegschieben,* aber das waren Begriffe, die nicht recht passten. Ich spürte zwar, dass ich sie kennen sollte, aber dieses Kennen war so weit entfernt wie zehn andere Leben. Ich lauschte in mich hinein, aber dort erklang kein Ton.

Ich hielt mich in der Erde fest, krallte mich mit allen Wurzeln hinein und spürte die Vibrationen dadurch bloß stärker. Die Schatten zogen vorüber, und das Licht badete mich erneut, schenkte mir Kraft.

Licht.

Ich genoss es, ohne zu wissen, woher es kam. Es war da, und es war genau so, wie ich es am liebsten hatte. Mein ganzer Körper sehnte sich danach, und ich richtete ihn so aus, dass er darin baden konnte. Neue Kraft durchströmte mich.

Leben.

Meine Wurzeln spürten die köstliche Feuchtigkeit der Erde, daher trank ich eilig, ließ das Wasser langsam durch meinen Körper wandern, gelöste Mineralien mit sich führend, und mich stärken.

Ich vermochte nicht zu sagen, weshalb, aber ich war mir sicher, nie zuvor an diesen universalen Koordinaten gewesen zu sein. Ich war *fremd.* Und doch war das Licht so schmerzlich vertraut und der Boden so herrlich weich und sanft, dass er mich umfing und mir vorgaukelte, dieser Ort sei speziell für mich gemacht.

Aber wieso wusste ich das? Ich erinnerte mich nicht an die Zeit vor dem Erwachen, nicht konkret. Nur, dass es etwas *davor* geben musste. Damals wusste ich es noch nicht, aber meine Erinnerungen waren jene des kollektiven Gedächtnisses meiner Spezies, nicht meine eigenen. Alles, was ich heute über meine Vergangenheit weiß, besteht aus zusammengetragenen und miteinander kombinierten Informationen, von denen ich nur hoffen kann, dass sie alle richtig sind.

Aber an jenem Tag, da ich erwachte, wusste ich buchstäblich *nichts.* Ich ahnte lediglich, dass ich nicht dorthin gehörte, und ein Drang, diffus und unheimlich, erwachte in mir: heimzukehren. Ohne zu wissen, wohin.

Es war von der ersten Minute meines Lebens an wie ein Tier, das unterirdisch an meinen Wurzeln fraß. Aber ich bemerkte es zunächst nicht, weil alles andere mir wichtiger, drängender, aufregender erschien.

Die Welt, in der ich mich befand, war neu, ich hatte bisher nur den Schlaf gekannt. Den kalten, dunklen Schlaf.

Ich tastete nach anderen Lebewesen, doch meine Versuche griffen nur Erde und Luft. Dabei waren Lebewesen in der Nähe, mussten in der Nähe sein. Andere wie ich. Oder andere *als* ich?

Was war ich?

Wer war ich?

Phylior. Das war mein Name.

Aber was bedeutete er? Was machte die Persönlichkeit dieses Phylior aus?

Eine Berührung, die ich nicht hatte kommen spüren, streichelte meine Stempelregion und glitt am hohlen Rückgrat entlang nach unten.

Ich zitterte. Was mich berührte, war warm, aber nicht so warm wie das Licht.

Ein dumpfes Vibrieren erfasste mich wie starker Wind.

Ich grüße dich, sagte eine Stimme in meinen Gedanken, von der ich nur eines wusste: Es war nicht meine.

Das Licht wurde heller, und der Boden schwankte. Ich begriff nicht, was geschah, und krallte mich umso fester in den Grund, auf dem ich stand. Erneut dieses grollende Geräusch.

Du bist verwirrt. Das verstehe ich nur zu gut. Wie solltest du nicht verwirrt sein, kleiner Gräber, nach deinem langen Schlaf?

Ich erschrak, meine Gedanken erstarben. Dann, zögernd, begann ich damit, eine Frage zu formulieren. *Du bist ...*

Ich konnte spüren, wie das Fremde freundlich und auffordernd abwartete.

Wer bist du?

Ich bin Ketar, sagte die fremde Stimme, als sei damit alles umschrieben.

Und wie ich erfahren sollte, war es das sogar.

Ketar war ein wahrer Wohltäter. Er half mir dabei, zu mir selbst zu finden, obwohl er einer anderen Spezies angehörte. Aber wo waren andere *Gräber?* Ich konnte unmöglich ein einzelnes Wesen sein, das spürte ich.

Das sei unerheblich, antwortete Ketar auf meine diesbezüglichen Fragen, aber ich war mir nicht sicher, ob er die Antworten nicht kannte oder nicht sagen wollte. Jedenfalls lenkte er mich ab, indem er mich über die Vibrationen aufklärte, die ich gespürt hatte.

Ich erfuhr, dass diese Geräusche die Begleitumstände seiner Gedanken waren. Nun, genau genommen erklärte Ketar es etwas anders. Die Gedanken, die ich von ihm empfing, waren das Echo von etwas, das Ketar *Sprechen* nannte und das mit dem Sprechen, wie ich es kannte, von Geist zu Geist, überhaupt nichts gemein hatte. Ich konnte es nur als ebenjenes dumpfe Vibrieren meines Körpers wahrnehmen, undefinierbar in der Bedeutung. Unsere gewohnten Kommunikationswege waren also nur sehr begrenzt kompatibel.

Ketar verriet mir, dass die meisten Lebewesen sprechen und hören können wie er, aber dass meine Art – *Gräber* hatte er mich genannt – als »Sprechen« das Talent der Telepathie verstand: Wir können Gedanken anderer lesen und unsere Gedanken an andere übermitteln. Bei vielen Spezies vermögen wir sogar zu verstehen, was ihnen selbst nicht bewusst ist, bei den allermeisten hören wir das gesprochene wie das gedachte Wort synchron. Die beiden Gedankenebenen zu trennen, würde ich lernen müssen, wollte ich jemals mit anderen in Kontakt treten. Mit ein wenig Übung würde ich sogar lernen, aus den Gedanken anderer heraus deren Sinne zu nutzen und in meine eigene Wahrnehmung umzusetzen. Vielleicht fiele mir das sogar leichter, das wusste Ketar nicht zu sagen, aber er versprach, mir Gelegenheit zu verschaffen.

Dort, woher du stammst, war deine Umwelt statisch, und die Sinne, über die du selbst gebietest, reichten vollkommen aus. Hier aber wirst du lernen müssen, die Sinne anderer zu teilen.

Ich verstand nicht. *Warum? Was soll anders sein?*

Ketar schwieg einen Moment. *Das kann ich dir nicht begreiflich machen,* sagte er dann. *Du würdest es noch nicht verstehen. Aber ich kann es dir benennen. Sobald du gelernt hast zu sehen, wirst du meine Worte selbst mit Bedeutung füllen können. Genügt dir das?*

Ich weitete mein Bewusstsein. *Sag es mir.*

Du befindest dich an Bord eines Raumschiffs und reist durch einen Kosmos, den du nicht kennst, weil deine Ursprünge auf einer anderen Welt liegen.

Warum?, fragte ich verwirrt zurück.

Du wirst gebraucht, um Ordnung zu schaffen. Um Schäden zu beseitigen, die ganze Welten vergiften.

Ich sah in seinen Gedanken, was er meinte. Es war ein edles, gutes Ziel. Schützen. Zukunft geben.

Die Allianz.

Zeig mir mehr!

Ketar schwieg. Dann sagte er: *Komm! Komm in meinen Geist, kleiner Gräber!*

Ich probierte es sofort aus, aber wurde enttäuscht: In Ketars Geist vermochte ich nicht vorzudringen. Ich empfing an Gedanken nur das, was er sagte, als sei nichts hinter diesen Worten, als sei der Charakter des Wohltäters so dünn wie eine Blattwandung.

Es war eine interessante Situation und für uns beide ungemein überraschend: Ich konnte nur jene Gedanken Ketars hören, zu denen er begleitend redete, und er verstand meine Gedanken bloß, wenn ich ihn direkt ansprach.

Nun – mittlerweile zweifle ich, ob er wirklich so überrascht war, aber ich habe es nie mit Sicherheit erfahren. Es dürfte mich eigentlich nicht wundern zu erfahren, dass er weitaus mehr wusste und für weitaus mehr ursächlich verantwortlich war, als er je zugab. Dabei wirkte er stets vollkommen ehrlich, als hielte er nichts vor mir zurück. Und doch muss es so gewesen sein. Aber ich greife vor, Betty Toufry. Du musst mehr erfahren ...

Ich zitterte, als mich die Hände Ketars ausgruben. Er hatte mir versprochen, dass er nichts Arges mit mir vorhabe, aber ich verlor jeden Kontakt zum Boden, und mein Körper vertrug das nicht besonders gut.

Du wirst mir noch danken, sagte Ketar, und dann spürte ich bereits den neuen Boden, eine substrathaltige Struktur. Sofort schlug ich meine Wurzeln in den Grund – und stellte fest, dass sie sich nicht beliebig ausdehnen konnten, wie ich es für selbstverständlich gehalten hatte.

Wo bin ich?, fragte ich vorsichtig.

Warte!, sagte Ketar.

Dann spielten sanfte, leichte Windfinger mit meinen Blättern und dem Stempel. Das Licht *bewegte* sich, als wandere die Sonne viel zu schnell vom Morgen zur Nacht.

Wo ...?

Aber Ketar blieb stumm.

Dafür spürte ich andere Gedanken. Neugierige Gedanken. Ich dehnte mein mentales Feld, wie Ketar es mich gelehrt hatte, bis ich das andere Bewusstsein berührte. Bei Ketar hatte ich es ausprobiert, war aber nie weit gekommen: Ketar blieb mir verborgen, sein Bewusstsein war unfassbar für meine Sinne.

Diesmal verlief es ganz anders. Es war ein atemberaubendes Erlebnis. Plötzlich konnte ich mich an den Gedanken des anderen festhalten und in ihn hineinhangeln. Es glich einem Sog, als ob ich mit den Wurzelenden Wasser aufnähme, nur auf ganz andere Weise. Die Welt, wie ich sie kennengelernt hatte, blähte sich auf und fiel sofort wieder in sich zusammen. Die Echos jener fremden Wahrnehmung klebten sich an meine gewohnten Sinne, während meine Gedanken versuchten, sie in Worte zu kleiden, Verbindungen herzustellen, die es mir erlaubten, den anderen zu verstehen.

Sein Name war Paal'chck, und er war ein Chi'quan.

Ich weiß, dass es für dich ungewohnt sein muss, Betty Toufry, meine Gedanken zu teilen und dich zu fragen: Wie fühlt es sich an?

Aber du kennst es längst. So, wie es dir mit uns ergeht, erging es mir einst ebenfalls.

Mir ... Ja, ich bin alt, weitaus älter, als du vermutest, aber vielleicht nicht in jener Art, die du kennst. Wir altern anders als ihr, so, wie wir in so vielem anders sind. Vielleicht erzähle ich dir später davon.

Wenn du so lange in meinem Verstand bleibst. Wenn uns so viel Zeit bleibt.

Du bist noch so unerfahren, dass es mich beinahe rührt. Ich will versuchen, dir das Ausmaß deines Talents zu erklären. Stell dir ein Atom vor, in einem besonders vereinfachten Modell: Den Kern bilden Protonen und Neutronen, um sie herum schwirren Elektronen. Das ist die Gedankenwelt eines Lebewesens.

Du greifst mit deinen telepathischen Kräften normalerweise auf die größte Ballung zu, den Atomkern, weil das am einfachsten ist. Dort findest du sowohl sachliche als auch emotional gefärbte Gedanken – in meiner Analogie Neutronen und Protonen. Jeder Telepath wird als Erstes auf diese zugreifen, und nur wenige lernen, dass sie längst nicht alles sind. Ich habe es gelernt, und du wirst es auch können: Schick deinen Geist nicht in den Kern, sondern auf die Schalen, auf denen die Elektronen umherrasen. Sie stehen für die Außenbeobachtung, für das, was deine Sinne wahrnehmen. Sie sind viel schwieriger zu erhaschen als die trägen Kerne, aber du erlangst einen viel besseren Zugang zu einem anderen Bewusstsein – und du lernst.

Du weißt selbst, wie schwierig es ist, mit einem Wesen zu kommunizieren, das deine eigenen Kommunikationswege nicht teilt. Vertrau mir, wenn ich dir sage: Es wird leichter. Leb lange genug, und du wirst es bald so natürlich finden, wie Wasser über die Wurzeln aufzunehmen.

Sehen ist für dich und mich beispielsweise etwas vollkommen Unterschiedliches, genau wie das Sprechen – gleiche Worte, aber vollkommen andere Wahrnehmungen. Ich musste diese neuen Bedeutungsebenen und Konzepte erst lernen – und konnte es stets nur mittels anderer versuchen zu erleben.

Sobald ich mich aus dem Verstand Paal'chcks entfernte, vermochte ich nicht einmal mehr zu *erklären,* was »Sehen« für ihn eigentlich bedeutete. Er hingegen wusste nichts mit meiner Art des Sehens, des Spürens, Hörens und Fühlens anzufangen. Es war eine lange, mühsame Suche nach Wegen, wie ich mich verständlich machen konnte.

Ihr Menschen verfügt über andere Sinne als wir Santor, genau wie die Chi'quan, wenn wohl auch nicht die gleichen wie diese. Ich musste also versuchen, mich auf jeden Gesprächspartner einzustellen, wenn dieser es umgekehrt nicht konnte.

Du glaubst nicht, wie entspannend es war, dich dabei zu beobachten, wie du es bei uns versuchtest ... Aber jetzt läuft uns die Zeit davon.

Paal'chck schien nicht überrascht zu sein, einen »Gast« in seiner Knolle zu haben.

Ichichich bingrüßefrage Paal'chckdichmich, einFremderwie Chi'quaner ist, entnahm ich seinen Gedanken.

Ich stockte, völlig verwirrt. Paal'chck schien mehrere Dinge gleichzeitig zu sagen oder zu denken. So etwas war ich nicht gewohnt.

Langsam!, bat ich. *Ich verstehe dich kaum. Denk bitte konzentriert das, was du mir mitteilen willst.*

Paal'chck drehte sich, das konnte ich wahrnehmen. Merkwürdige Sinneseindrücke quetschten sich in meine Wahrnehmungskanäle und verstopften sie schmerzhaft, ehe ich sie auflösen konnte. War das *sein* Sehen?

»Ich bin Paal'chck, ein Chi'quan «, sagte und dachte das Wesen einheitlich. »Ich grüße dich.«

Sinneseindrücke von schwarzen Wolken vor glitzernden Tautropfen flimmerten dabei an mir vorbei. Ich bemühte mich, Ordnung in diese Bilder zu bringen, verstand vieles davon aber erst später. Paal'chck war kein Pflanzenwesen, er gehörte vielmehr einem Stamm schwarzer Insektoider an, der in einem der dunklen, extragalaktischen Nebulae geboren worden war und an Bord von Allianzschiffen diente. Die Chi'quan waren stark, geschickt, treu und sachlich, vier Eigenschaften, die ich sehr an ihnen zu schätzen lernte. Ihre Körper bestanden aus glänzendem Chitin, genau wie der Panzer, der sie umgab.

Paal'chck diente gern dem Wohltäter. Und er kannte mein Volk. Einmal verriet er mir: »Weißt du, kleiner Gräber, wir waren einmal ein sehr selbstzerstörerischer Planet. Aber dann brachte der Wohltäter die kleinen Gräber. Ich werde es nie vergessen. Dein Volk beseitigte alles, was uns schadete und was wir selbst über uns gebracht hatten. Ich bin dir zu Dank verpflichtet.«

Aber in diesem ersten Moment des Kennenlernens kreisten unsere beiden Bewusstseine nach einer ersten kurzen Berührung ratlos, wussten nichts miteinander anzufangen. Ich musste mich konzentrieren, wollte das nachahmen, was ich von ihm empfing, und hoffte, das Ergebnis wäre für ihn verständlich.

Zunächst schien es, als könne er mich nicht verstehen, aber als ich mich auf seine vollkommen andere Rezeptionsweise eingestellt hatte, funktionierte es plötzlich. Ich stellte mich ebenfalls vor. Zunächst unterhielten wir uns nur bruchstückhaft, aber eine Basis war gelegt.

»Der Wohltäter hat mir gesagt, dass du meine Sinne benötigst?«, fragte Paal'chck schließlich.

Seltsam. Auch Paal'chck bezeichnete Ketar als »Wohltäter«. Er musste also ein wahrer Gabenbringer sein. Doch nicht der Wohltäter beschäftigte Paal'chcks Denken, sondern ich. Ich konnte die Furcht hinter den vorderen Gedanken schmecken. Wie stellte er sich meine Gabe wohl vor?

Ich möchte lernen, aber ohne dich zu beeinflussen, beruhigte ich ihn oder dachte das zumindest.

»Du beeinflusst mich bereits, indem wir miteinander kommunizieren«, gab Paal'chck distanziert zurück. »Aber ich verstehe, was du mir sagen willst.«

Er schwieg und drehte sich. Ich versuchte, seine Wahrnehmung diesmal gleich zu transferieren, zu verstehen, was er sah. Er musste meine Ratlosigkeit gespürt haben, denn nach einem Moment fragte er, ohne dass es wie eine Frage klang: »Meine Sinneseindrücke überfordern dich.«

Ich signalisierte vage Zustimmung. *Es ist nicht so sehr Überforderung, eher Verwirrung.*

Paal'chck wirkte besorgt. »Vielleicht musst du zunächst einen Anker für deine Wahrnehmung finden.«

Einen ... was?

»Etwas, woran du dich orientieren kannst, was dir Halt gibt.«

Ein Versuch konnte nicht schaden. Ich musste meine mentalen Wurzeln dort Halt fassen lassen, wo er die Wahrnehmungen empfing, ich musste mich ihm gewissermaßen als Beobachter »aufmodulieren«.

Ja? Ja, bestätigte ich, während ich darüber nachdachte, was er meinen und vor allem wie ich das bewerkstelligen könne.

»Gib acht!«, empfahl Paal'chck. »Was siehst du nun?«

Sehen? Ich sah nichts. Ich spähte durch seine Gedanken und sah nur wirre Muster und eine osmotische Bewegung, als dränge Öl durch mehrere Membranen.

Ich schaffe es nicht.

»Du kannst es schaffen. Ich sehe gerade *dich selbst* an. Versuch, meine Wahrnehmung mit deinem Selbstbild in Übereinstimmung zu bringen, und du hältst einen Schlüssel in der Hand, auch alles andere zu verstehen, was ich sehe.«

Das war zumindest theoretisch eine gute Idee, wie ich gern zugab. Nur wusste ich nicht, wie ich aussah. Ich *konnte* schließlich nicht sehen wie er.

Paal'chck gab nicht auf. »Pass auf: Nenne mir Körperteile, und ich werde versuchen, sie anzusehen. Dann erhältst du präzise Dekodierungen. Na?«

Einen Versuch ist es wert, antwortete ich.

Und ich lernte zu sehen.

Kapitel 3

AL'EOLD: Gliese 570

Toreead stand vor dem Schott, das die Kommandozentrale vom Rest des Schiffes trennte, und spürte seinen Muskelmagen revoltieren. Es war für ihn im ersten Moment beinahe unfasslich gewesen, dass Novaal und Perry Rhodan ihn gebeten hatten, das Kommando über die AL'EOLD zu übernehmen – ein solches Vertrauen musste man sich als einfacher Krieger und Pilot verdienen, und dies schien er getan zu haben, ohne es überhaupt anzustreben. Noch ein wenig unbegreiflicher war der Umstand, dass nur drei Naats auf der AL'EOLD Dienst taten, der Rest waren Menschen – die meisten frischgebackene Kadetten der Raumakademie Baikonur.

Aber was er am allerwenigsten verstand, war das Prinzip der *paritätischen Führung,* das mit seiner Berufung einherging.

Welchen Sinn hatte es, zwei gleichberechtigte Kommandanten zu haben? So etwas schwächte selbst dann, wenn die beiden Kommandanten sich einig waren, weil es jede Entscheidung verlangsamte. Dazu ein Naat und ein Mensch ... Sie kamen aus unterschiedlichen Welten und vertraten jeweils andere Wertesysteme, sodass Konflikte unausweichlich waren; die Werte der beiden Spezies widersprachen einander zwar nicht unbedingt, aber sie waren keineswegs leicht vereinbar.

Zumal sein Partner im Kommandantenrang – wie Toreead bereits mehrfach miterlebt hatte – keineswegs ein *einfacher* Mensch war. Allerdings war er in gewisser Weise zumindest leicht vorhersehbar: Er schien ein Sternsüchtiger zu sein, von einer Neugierde, die schon fast in Dummheit mündete, wenn er etwas sah, was er genauer untersuchen wollte.

Das beste Beispiel war ihre erste Station auf dieser Mission gewesen: Lalande 21185, etwas mehr als acht Lichtjahre von Sol entfernt, ein schwacher, alter, roter Zwergstern. Sie hatten ihre Fracht abgesetzt und gerade losfliegen wollen, als die Sensoren eine Auffälligkeit in einem Asteroidengürtel des Systems meldete, der den zweiten Planeten umkreiste.

Der neugierige Mensch hatte sofort hinfliegen und nachsehen wollen, aber Toreead bremste ihn. Sie hatten einen Zeitplan einzuhalten, und die Auffälligkeit beschränkte sich lediglich auf ein hohes Maß an unspezifischem Metall. Als Kompromiss flog die AL'EOLD einen Kurs, der sie so dicht an den Planeten brachte, dass die Sensoren differenziertere Daten gewinnen konnten, und Toreead ließ in der Datenbank vermerken, es könne sich lohnen, Lalande 21185 auf Rohstoffe zu untersuchen; besonders Nickel, Bauxit und Eisen waren in den Asteroiden konzentriert. Ein großes Geheimnis – alte Ruinen, Weltraumfestungen oder Forschungsbasen anderer raumfahrender Spezies – hatten die Messungen indessen nicht aufgedeckt. Wären sie dem Wunsch des Menschen gefolgt, hätten sie für die Zerschlagung ihres Zeitplans nur eine magere Rechtfertigung gehabt.

Ja, der Mensch hatte noch vieles zu lernen, was für einen erfahrenen Raumfahrer wie Toreead in den letzten Jahren selbstverständlich geworden war.

Teegardens Stern war der zweite Halt gewesen, wiederum ein Roter Zwerg. Das System hatte nichts zu bieten, was von irgendeinem Interesse gewesen wäre, sogar der neugierige Mensch hatte das eingesehen, und so konnten sie ihre Mission dort rasch beenden und weiterfliegen, von Stern zu Stern, bis sie nun als siebten Punkt ihrer Reise Gliese 570 erreichten. Danach blieben nur noch drei Sonnensysteme für diese erste Runde übrig.

Das Schott fuhr auf, und Toreead betrat die Kommandozentrale.

Der Naatkommandant war es gewohnt, dass alle auf ihn blickten, wenn er seinen Platz einnahm, und er hatte die ersten Male verwirrt reagiert, als dies bei seiner gegenwärtigen Mission nicht funktioniert hatte.

Genau wie diesmal.

Der schmächtige Mensch stand im Mittelpunkt der Kommandozentrale, Toreead den Rücken zugewandt, und bemerkte im Unterschied zu allen anderen offenbar gar nicht, dass sein *Kamerad* eingetroffen war.

Er missachtete ihn. Toreead.

Mein »Kamerad«.

Nun, es war eben nicht zu ändern. Menschen und Naats würden einander noch lange nicht so instinktiv verstehen, wie es bei den erfolgreichsten Teams stets der Fall war.

Toreead unterdrückte ein Seufzen und räusperte sich.

Sie würden beide lernen müssen.

Der Mensch trat einen Schritt zur Seite, gerade so langsam, dass es nicht mehr Überraschung und noch nicht Provokation bedeutete. »Kommandant Toreead.«

»Kommandant Deringhouse – besondere Vorkommnisse?«

Der Mensch – Major Conrad Deringhouse mit Titel und vollem Namen – sah ihn in dieser wässrigen, unverblümten Art an, die ihn wohl auszeichnete und die unter Naats bereits jenseits der Grenze zulässiger Subversion gewesen wäre. »Wir erreichen unseren Zielpunkt in wenigen Minuten. Keinerlei Ergebnisse der Sensoren, die auf eine raumfahrende Zivilisation hinweisen.«

»Das stimmt mit den Archiven überein. Aber Sie sollten es prüfen. Die arkonidische Technik ist ausgereift, aber die Routineeinstellungen haben ihre Tücken, als Kommandant darf man sich nie vorbehaltlos darauf stützen. Die Auswertungen können so trügerisch sein wie die Holos hier überall.« Er machte eine vage Geste und fegte durch einige kleine flackernd blaue Holografien, die sich um Deringhouse geschart hatten.

»Sie haben recht.« Er zerrte mit einer Handbewegung ein Datenholo vor Toreeads Brust – höher kam er nicht. »Hier sind die Kreuzprüfungen und hier ... die Checks der Ortungsoffiziere. Ein Naat, ein Terraner.«

Toreead schob die Holos weg. Diese Menschen hielten immer wieder Überraschungen für ihn bereit. »Sehr gut. Wir sollten jetzt an die Überprüfung der Kadetten gehen.«

Deringhouse nickte energisch. »Hervorragende Idee. Beginnen wir mit Kadett Lundqvist.«

»Ja, Sir?«

Die Stimme kam seitlich von der Waffenstation.

Toreead drehte sich langsam um. Als er die Sprecherin sah, konnte er sein Erschrecken nur mühsam kaschieren.

Diese Frau – Kadett Lundqvist – sah für ihn genauso aus wie jene, die er getötet hatte, weil sie *schwach* gewesen war und niemals wieder hätte geheilt werden können. Wie war ihr Name gewesen?

Er erinnerte sich nicht, nicht einmal daran, ob er ihn überhaupt gekannt hatte. An Schwäche erinnerte sich ein Naat nicht gern.

»Helen Lundqvist?«, fragte er, viel zu zögernd, wie er selbst wusste.

»Ja, Sir. Kommandant Toreead, Sir.«

»Beginnen wir mit den astrophysikalischen Gegebenheiten unseres Standorts«, schlug er vor.

Sie schluckte. Helen Lundqvist wollte – wie er sehr genau wusste – Waffenleitoffizier werden und hatte daher wahrscheinlich mit entsprechenden Fragen gerechnet. Genau deswegen stellte er zu Beginn eine andere.

»Das Dreisonnensystem ist neunzehn Lichtjahre von der Erde entfernt und wird in den irdischen Katalogen als Gliese 570 oder 33 G im Sternbild Leier und im arkonidischen Sternenverzeichnis als FR-AL-VORA-67192 geführt. Allerdings fehlen dort jegliche nähere Angaben, was wohl bedeutet, dass das Imperium diesen Sektor der Milchstraße bestenfalls gestreift und bisher vernachlässigt hat.

Das Sonnensystem besteht als Hauptstern aus einer orangefarbenen Sonne mit etwa drei Vierteln der Sonnenmasse Sols und weniger als einem Fünftel ihrer Leuchtkraft der Kategorie K4V sowie aus zwei einander umkreisenden Roten Zwergen der Spektraltypen M1V und M3V. Die beiden roten Sonnen kreisen um den Hauptstern auf einer exzentrischen Bahn, die 2130 Jahre dauert und etwa hundertneunzig astronomische Einheiten entfernt verläuft. Diese besondere Konstellation verhältnismäßig leuchtschwacher Sonnen ist besonders augenfällig, weil sie zusätzlich von einem Braunen Zwerg in eintausendfünfhundert astronomischen Einheiten umkreist wird.«

Toreead blieb gelassen. Die Kadetten von Baikonur konnten also außerhalb ihres Fachgebiets auswendig lernen – aber das konnte jede x-beliebige Positronik auch. »Kadett, bereiten Sie das Ausschleusen der Funkboje vor. Wir haben ein gewisses Programm vor uns. Kommandant Deringhouse, auf ein Wort, bitte.«

Den Sternen so nah ...

Conrad Deringhouse konnte sich nicht sattsehen an der Pracht, die das schwarze Weltall in so vielen Farben leuchten ließ. Das ultimative Abenteuer lockte und verhieß ihm Ruhm und Nervenkitzel. Wenn er ehrlich zu sich selbst war, waren das allerdings die beiden Faktoren, die ihn am ehesten kaltließen. Na ja – Nervenkitzel vielleicht nicht, aber er war keineswegs verantwortungslos, obwohl ihm seine Ausbilder einen gewissen Hang zum Draufgängertum unterstellt hatten.

Sein Dienst auf der AL'EOLD sollte auch dazu dienen, mit diesem Vorurteil aufzuräumen. Er bemühte sich redlich, ausgeglichen und nicht allzu nassforsch aufzutreten, selbst wenn es in ihm noch so sehr brodelte.

Wie ein Naat, die eher als impulsiv und gewaltbereit galten, ihm in dieser Hinsicht so vieles voraushaben konnte, irritierte den jungen Mann.

Und nun wollte Toreead – *Kommandant* Toreead, rief er sich selbst zur Ordnung – mit ihm reden? Er hatte keine Ahnung, wohin sie gehen würden, und er ahnte auch nicht im Mindesten, was der Naat von ihm wollte.

Toreead ging schweigend vor Deringhouse her. Nicht unfreundlich, aber beharrlich in die Stille wie in eine Rüstung gehüllt.

Deringhouse hütete sich allerdings davor, ihn zu fragen, weil das seinem Kameraden gegenüber Schwäche zum Ausdruck bringen würde. Er hatte schon einige Informationen über die Psychologie der Naats zusammengetragen – wahrscheinlich mehr, als ein ganzes Sonnensystem voller Arkoniden über ihre nächsten Nachbarn wusste. Er war sich über das komplizierte Wertesystem im Klaren, das auf einem sehr ausgefeilten Netz aus Definitionen von Stärke basierte und von dem das Leben der Naats bestimmt wurde.

Die Schritte klangen dumpf auf dem Boden, während Toreead voranstampfte.

Sie betraten einen der zentralen Lifts und schwebten drei Ebenen tiefer. Dort ging es in einem Ringkorridor bis zum nächsten Antigravschacht, wieder eine Ebene hinab, direkt in die Messe des Schiffs.

Um diese Zeit war nicht viel los. Das für Deringhouse etwas zu grelle Licht ließ den weißen Boden schimmern und den weitläufigen Raum beeindruckend groß wirken. Die Einrichtung war einfach und zweckmäßig: Es gab eine Reihe unterschiedlich großer Tische, die teilweise von Paravents optisch voneinander getrennt wurden, dazu eine Bedientheke aus einem Material, das wie gebürsteter Edelstahl aussah. Etwa ein halbes Dutzend Besatzungsmitglieder saß beeinander, auf zwei der Tische verteilt.

Hinter der Theke standen drei eher dünne Vertreter des Küchenkommandos und wirkten erschöpft. Der Hauptandrang lag hinter ihnen, und nun mussten sie irgendwie die Zeit verbringen, bis der nächste kam oder ihre Schicht endete. Der Größte von ihnen, der rothaarige, sommersprossige Patrick McBurgh aus Palermo – wie dessen Wiege in Italien hatte stehen können, darüber schwieg er sich aus –, sah die beiden Kommandanten als Erster und winkte ihnen freundlich.

»Heute kommen Sie gemeinsam zum Essen?«, erkundigte er sich überflüssigerweise, aber mit einem derart strahlenden Lächeln, dass Deringhouse die Bemerkung, die ihm auf der Zunge lag, hinunterschluckte. »Was für eine Freude, was für ein Bild für die Mannschaft!«

»Es ist an der Zeit«, sagte Toreead schlicht und so unergründlich wie immer.

McBurgh schien das zu genügen. »Dasselbe wie immer, *Comandante?«*

»Gern«, bestätigte Deringhouse.

»Zweimal Chopsuey für die Herren *Comandante.«* McBurgh schob beiden einen Teller mit klein geschnittenem Fleisch, Bambussprossen, Mungobohnenkeimen, Pilzen und Nudeln hin. Die Portion Toreeads war dabei unschwer an der Größe von Teller und Menge zu erkennen. »Salat dazu? Ein Dessert nehmen Sie sich bitte weiter vorn bei meiner Kollegin.«

»Nein danke«, sagten die beiden synchron.

Toreead schnappte sich seinen Teller und ging zu einem kleinen Tisch in der Ecke, der ihnen gerade so Platz bot. Er winkte Deringhouse zu sich.

Kaum nahm der Major Platz, baute Toreead mit einem einfachen Sprachbefehl ein Schallisolierungsfeld um sie auf. Man sollte sie sehen, aber nicht hören können.

»Sie sind überrascht.«

Deringhouse lächelte. »Das kann man sagen. Ich meine ... ausgerechnet *Chopsuey* bei gefühlt tausend Gerichten?«

Toreead stopfte sich mit den Fingern etwas von seinem Teller in den Mund – *wenigstens beim Besteck gibt's mal keine Gemeinsamkeit,* dachte Deringhouse – und sagte: »Es sind nur dreiundvierzig. Aus meiner Warte ist dagegen nichts einzuwenden. Es schmeckt köstlich. Genau wie Rakatap. Es sind nur weniger Proteine enthalten.«

»Sie wollten mit mir sprechen«, sagte Deringhouse, sorgfältig darauf bedacht, keine Frage zu stellen.

Toreead steckte sich weiteres Chopsuey in den Mund. Fasziniert sah Deringhouse, wie sich der senkrecht stehende Mund bewegte. Als ob dahinter ein Zahnkranz säße, der sich in der Art einer Irisblende öffnete und schloss.

»Wir haben uns noch nicht über unsere Mission unterhalten«,

sagte Toreead langsam, als fürchte er sich vor jedem Wort. Vielleicht tat er das sogar. Welcher Mensch wusste schon zu sagen, wie er sich fühlte, indem er nicht der alleinige Kommandant war, und erst recht, weil er es war, der das Gespräch beginnen musste. Beinahe tat er Deringhouse ein wenig leid. Es musste für den Naat alles andere als leicht sein.

»Unsere Befehle sind klar umrissen. Wir bauen ein Netz aus Funkbojen auf, die jeweils an einen Strukturtaster gekoppelt und für einen Bereich von fünfundzwanzig Lichtjahren Radius verantwortlich sind. Im Zentrum des etwa hundert Lichtjahre durchmessenden Netzes soll sich das Solsystem befinden.«

»Vergessen Sie die Redundanzsysteme nicht«, warf Toreead ein. Er wies auf Deringhouses Teller. »Essen Sie, ehe es kalt wird.«

Deringhouse legte das Besteck zur Seite, ein klares Statement dafür, dass er sich nicht herumkommandieren lassen wollte, wie er fand. *Ich esse, wann ich es will. Und ich sage, was ich denke. Und befehlen lasse ich mir schon gar nichts.*

Toreead sah ihn durchdringend an. Was wohl hinter seiner Stirn vorging? Spürte er, wie es in Deringhouse brodelte?

Irgendwie fühlte der Major Sympathie für den Naat. Auf eine Weise, die keineswegs offensichtlich war, schienen sie einander zu ähneln. Eigentlich waren sie einander so fremd wie am ersten Tag. Es war ein Wunder, dass Rhodan es geschafft hatte, sich das Vertrauen der Naats zu erwerben, nach all dem, was bei ihrer ersten Begegnung geschehen war. Wie hatte er es zuwege gebracht, die Verständigung über *Essen* aufzubauen? Und warum gelang es ihm, Conrad Deringhouse, nicht?

Wollte Toreead die Situation, in der er und Perry Rhodan einander besser kennengelernt hatten, nachstellen? Und war Deringhouse einfach zu begriffsstutzig, um die richtigen Signale zu setzen?

Er seufzte und griff nach seinem Besteck.

Aß.

Schwieg.

Ärgerte sich, dass es so wirken musste, als folge er einem Befehl.

Der Naat sah ihm aufmerksam zu.

»Sie haben recht«, sagte Deringhouse schließlich und schob den Teller zur Seite. »Man sollte Chopsuey nicht kalt essen.«

Toreead brummte etwas Unverständliches, was aber durchaus nach Zustimmung klang.

Danach schwiegen sie beide wieder.

Worauf wartet er?, fragte sich Deringhouse.

Worauf wartet er?, fragte sich Toreead. Sein Kommandantenpartner schien über bemerkenswert wenig Fingerspitzengefühl zu verfügen.

Also schön ... »Das Ziel unserer Mission ...«, begann er.

Deringhouse unterbrach ihn: »... genießt absolute Priorität, klar. Damit wir nie wieder so kalt erwischt werden wie von den Fantan, installieren wir ein Frühwarnsystem.«

Er klang überzeugt von dem, was er sagte. Schade. Er dachte nicht weit und nicht tief genug, er war eben nur ein Mensch, der seine ersten Gehversuche machte.

»Ihnen ist klar, dass diese Mission vor allem ein Test der Mannschaft ist?«

Der Mensch legte den Kopf schief, eine Eigenart, die die meisten Lebewesen entwickelten, die auf einer vergleichbaren Kopf-Hals-Rumpf-Konstellation aufgebaut waren. Toreead fand diese Bewegung reichlich albern.

Er wartete nicht auf eine Antwort; die Schande zu verneinen wollte er Deringhouse ersparen. »Selbstverständlich ist es vollkommen sinnlos, ein solches Frühwarnsystem zu installieren, egal, wie lückenlos es ist. Die Zeitspanne zwischen Meldung und Eintreffen der feindlichen Raumschiffe ist im besten Fall gering. Die Messungen der primitiven Strukturtaster reichen für keine detaillierte Feindanalyse oder als Grundlage für Strategiebesprechungen ...«

»Wenn wir den Radius zu stark ausweiten, vergrößert sich die Gefahr von Fehlalarmen«, wandte Deringhouse ein. Seine Stimme zitterte ein wenig. Ein Zeichen emotionaler Anspannung?

»Das ist richtig«, pflichtete er dem Menschen bei. »Aber selbst *falls* dieses Frühwarnsystem rechtzeitig warnen *könnte:* Es wird keinerlei Einfluss haben. Eine Warnung ist nur dann sinnvoll, wenn man sich gegen eine Bedrohung wappnen kann. Und diese Option haben wir nicht, wenn das Große Imperium über uns kommt. Es kann alles, was wir aufzubieten vermögen, einfach so hinwegfegen, wenn es das ernsthaft wünscht.«

»Das bestreite ich nicht. Sie übersehen aber einen wichtigen Punkt: Unsere Mission führt uns durch die nähere Umgebung des Solsystems, die in den Datenbanken Ihrer Schiffe so gut wie nicht erfasst ist, bestenfalls als Rohmessungen. Wir sammeln die notwendigen Informationen bei unserer Mission praktisch nebenbei. Und der vorgeschobene Missionsgrund wird uns zumindest nicht schaden. Die Sonden geben nur einen schwachen Hyperfunkimpuls ab, wenn sie eine Transition in fünfundzwanzig Lichtjahren anmessen, mehr nicht. Das bringt niemanden auf unsere Spur.«

Toreead stand auf. »Ein gutes Argument, Kommandant. Ich gratuliere Ihnen zu Ihrer Scharfsicht. Wir sollten Gespräche wie dieses wiederholen, ich empfinde sie als bereichernd.« Er löschte das Schallisolierungsfeld. »Übernehmen Sie die nächste Schicht?«

»Gemeinsam?«, bot der Mensch ihm an.

»Einverstanden.«

Es war ein Anfang. Immerhin.

Aber würde Deringhouse es wirklich lernen?

Kapitel 4

Phylior: Paal'chck

Ich lernte viel in der nächsten Zeit: Paal'chck erwies sich als findiger und guter Lehrer, und je mehr ich übte, umso besser kamen wir miteinander klar. Wo unsere gemeinsamen Fortschritte anfangs eher einem blinden Dahintaumeln glichen, gewann unsere Lernfahrt ab einem bestimmten Punkt deutlich an Tempo und führte zu exponentiellen Leistungen.

So viel jedenfalls erfuhr ich über mich: Ich war eine Lebensform, die gemeinhin zur Gattung der Pflanzen gehört. Was ich als Sitz meiner Lebenskraft bezeichne, mein Herzhirn, liegt dabei unterirdisch und hat, wenn es sich abschottet, die Form einer Wurzelknolle. Nach unten tasten sich meine Wurzelsysteme, mit denen ich sehen, hören und schmecken, aber auch kommunizieren und vieles andere mehr tun kann.

Für andere sichtbar sind nur die sekundären Bestandteile meines Körpers, die ausschließlich der Rezeption und Verdauung dienen: Das hohle Rückgrat nannte Paal'chck Stängel, und meine Stempelregion bezeichnete er als »fototrope Blütenblätter«. Du, Betty Toufry, vergleichst meine Art mit einer Pflanze deiner Heimatwelt: *Tulpe* nennst du sie.

Ich musste lernen, die Begriffe, die das Gesehene umschrieben, zu übersetzen. Wie gesagt: Es war mühsam, aber ich denke, es hat sich gelohnt. Das wusste ich spätestens, als Paal'chck mir zum ersten Mal das Raumschiff zeigte, in dem wir unterwegs waren, die WELTENSAAT. Mein künstlicher Lebensraum. Für jemanden wie dich, der ein so grundverschiedenes Sehen als das meine für selbstverständlich ansieht, könnte meine Schilderung etwas grob wirken, mehr Annäherung als präzise Beschreibung. Aber warte, ich werde versuchen, es dir zu zeigen ...

Plötzlich wurde Betty aus dem sanften Gedankenstrom Phyliors hinausgetragen. Und sie *sah:*

Vor dem sterngesprenkelten Schwarz des Weltraums driftete ein kristallener Donut, auf der Innenseite rubinrot, auf der Außenseite kristallklar. Wie groß er war, ließ sich ohne Vergleichsmöglichkeit nicht feststellen, aber Betty Toufry ahnte, wie *riesig* er sein musste. Das Bild war nicht ganz scharf, weil Phylior nicht genau wusste, was er darstellte, sondern nur sein Verständnis von der Wahrnehmung anderer wiedergab.

Wenn das Bild halbwegs korrekt ausfiel, gab es keine erkennbaren Maschinenblöcke, die den Kristallring antrieben, keine Waffen, keine Schutzschirme, nichts. Die WELTENSAAT flog wie ein geworfener Frisbee durchs All, aber Betty wusste, dass der Vergleich hinkte. Es gab Antriebssysteme, und es gab Verantwortliche für die Steuerung. Sie wusste so wenig von den Sternenweiten der Milchstraße und deren Bewohnern, das wurde ihr wieder schmerzhaft bewusst. Und sie spürte, wie ein Gefühl der Ehrfurcht vor den Santor in ihr emporkroch. Und mit dieser Ehrfurcht schlich sich Unsicherheit an und machte sich in ihr breit.

Phylior spürte ihre Fragen. Die Ringform der Schiffe ergab sich aus zwei Umständen: Konkret wurde für diese Raumer ein großer, standardisierter, durch den Kristallkreis begrenzter Innenraum benötigt. Als ideologische Absicht stand dabei aber die Allianz, die sich durch diese geometrische Form am besten repräsentiert fühlte.

Was nun den Antrieb betraf: Betty erhielt nur vage, linienartige Eindrücke von den Lazan, aber es war nun schon das zweite Mal, dass sie von ihnen hörte. Hatten die Santor nicht behauptet, die Lazan seien schuld am Absturz Sids und Hollanders? Sie lebten in der äußeren Ringschicht, waren für die Energie verantwortlich. Sie taten nichts anderes, als jede Art Strahlung, sonstige Energie und Sonnenwindpartikel zu absorbieren, in ihren Körpern zu verarbeiten und »unverdauliche« Bestandteile in einer steuerbaren Form wieder abzugeben; als Antriebsquelle oder als allgemeiner Energielieferant.

Was mochten die Lazan für Geschöpfe sein? Körperlich und doch nicht körperlich, sich von Energie ernährend und Energie abgebend?

Ich werde dir noch von den Lazan berichten, sei unbesorgt!, versprach Phylior, als er Bettys fortgesetzte Neugierde spürte. *Aber sie sind nicht die Einzigen, die du an Bord der WELTENSAAT findest. Soll ich dir von den Salacreni erzählen, die ihr Habitat nie verlassen, oder den Hu'shin, deren Erfüllung das Archivieren und*

Kombinieren von Informationen ist? Oder einem der anderen Völker wie den Ramani, die so vielfältige Aufgaben übernehmen, dass ich Stunden brauchen würde, auch nur ein Siebtel aufzuzählen? Du wirst sie noch sehen, das verspreche ich dir. Genau wie die Goldenen. Den Wohltäter und unsere Retterin, Cyra Abina. Ich denke, du wirst sie mögen, sie ähnelt dir auf gewisse Weise.

Bettys Bewusstsein flog am Innenkreis des Raumers entlang, erhaschte Einblicke in die einzelnen Schichten des Rings, die interne Struktur, nahm ungefähre Eindrücke wahr von den Wesen, die dort lebten. Als striche ihr Finger an einer Unzahl fremdartiger Gegenstände vorbei, einige weich und sanft, andere hart, wieder andere scharf und rau. Ihr schauderte. So viel Fremdheit, wie sie hier erfuhr ...

Wann hatte die Allianz die Milchstraße bereist? Woher stammte sie, und was waren ihre Ziele gewesen? Und: Wie war sie untergegangen?

Wieder durchfuhr sie ein unbehagliches Gefühl. *War* die Allianz überhaupt untergegangen, oder existierte sie noch irgendwo dort draußen?

Und welchem Zweck diente dieses Raumschiff, die WELTENSAAT?

Das Schiff war groß, langsam und unbewaffnet. Wie konnte es in einer feindseligen Umgebung existieren? Denn nicht alle Zivilisationen, die die endlose Schwärze durchreisten, würden den friedlichen Kontakt suchen.

Wir flogen nur dort, wo Friede herrschte, versicherte Phylior. *Unsere Aufgabe war, zu forschen und zu heilen. Zumindest glaubte ich das lange Zeit.*

Etliche Zeit später, nachdem Paal'chck und ich gelernt hatten, miteinander zu kommunizieren und den anderen ernst zu nehmen in dem, was er wahrnahm und empfand, begann meine eigentliche Ausbildung. Die Gefühle des Chi'quan, die alle seine Wahrnehmungen tränkten, verwirrten mich.

Später erfuhr ich, dass die meisten Wesen den Chi'quan in dieser Hinsicht glichen. Es mag etwas mit der prinzipiellen Struktur zu tun haben, für die Vertreter der Tierwelt empfänglicher sind als wir, die wir zum »Pflanzenreich« gehören, wie du es nennen würdest. Auf abstrakter Ebene begreife ich Emotionen, aber ich gehe davon aus, dass ich sie nicht für mich erlebbar machen kann.

Andererseits haben wir Pflanzen den Vorteil, dass wir, wenn unser oberirdischer Teil stirbt, unsere Erinnerungen behalten.

Ihr Tierischen dagegen verliert alles, weil ihr nicht in der Erde wurzelt. Für diesen Preis bin ich gern bereit, auf Emotionen zu verzichten. Zumal sie oft genug für Irritationen sorgen, wie ich mittlerweile weiß.

Als ich bereit war, holte mich ein Ramani ab – mich und Paal'chck, der mein ständiger Begleiter geworden war. Meine Ausbildung begann. Meine Hoffnung und Enttäuschung, die so eng beieinanderlagen.

Wieder war es anfangs schwierig, sich in die Gedanken des pfahldünnen, vierarmigen Humanoiden hineinzuversetzen, vielleicht, weil sein Korpus mich ein wenig an meinen eigenen erinnerte. Er wirkte auf mich ungemein gebildet, aber das musste er wohl auch sein. Sie nannten ihn einen Forscher, und das beeindruckte mich damals außerordentlich. Forschungsdrang war mir nicht angeboren. Ich glaube, das ist ein typisches Kennzeichen für uns Santor. Wir sind genügsam, uns zieht es nicht nach höheren Weihen.

Der Name des Ramani war Korian Lafesh Hurimun Skarrat. Er war sehr freundlich, und auch Paal'chck behandelte er mit Respekt. Das ist, wie ich finde, ein ausgezeichneter Gradmesser für Zivilisation: Akzeptanz und Umgangsformen. Grundpfeiler der Allianz, wie ich annahm und wie ich sie jeden Tag beobachtete.

Zunächst begutachtete er mich wie eine Handelsware. Mir war sofort klar, dass er mit einem Wesen wie mir bislang nicht zu tun gehabt hatte. »Das also ist Phylior. Der Wohltäter selbst hat mich angewiesen, sein Potenzial zu erarbeiten. Es freut mich, seine Bekanntschaft zu machen«, sagte er zu Paal'chck und entblößte dabei sein Pflanzenfressergebiss, das nur aus mahlenden Kauleisten bestand und nicht recht zu seinen Raubvogelaugen passen wollte. »Aber wie kann ich mich ihm verständlich machen?«

Paal'chck gab eine Reihe erheiterter Klickgeräusche von sich. »Santor sind Pflanzengeschöpfe.« Er machte eine Pause, als müsse er über diesen Begriff nachdenken. »Sie weisen biologische Strukturen auf, die mit einem Nervensystem vergleichbar sind und zur Einstufung von Informationen dienen. Die Folge ist, dass diese Pflanzen Sinne analog unseren entwickelt haben – sie können riechen, schmecken, sehen, hören und sprechen –, sogar mehr als das. Selbst einfachere Vertreter der Pflanzengattung können zwanzig und mehr Umweltfaktoren wahrnehmen, beispielsweise Bodenstruktur, Magnetfelder und elektrische Felder. Und die Gravitation. Und Licht selbstverständlich. Phylior gehört hingegen einer sehr weit entwickelten Spezies an.«

»Ich weiß. Ich habe davon gehört«, sagte Skarrat nachdenklich. »Aber ich hätte nie geglaubt, dass ich ein Wesen wie ihn jemals zu sehen bekäme. Stehen sie nicht unter Verbot?«

Ich horchte auf. *Verbot?* Ich begriff nicht, was er damit meinte. Wenn ich es damals erfahren hätte ... Ich weiß nicht, ob es mich dann heute noch gäbe.

Ich bin sehr erfreut, dich kennenzulernen, dachte ich, während ich kleine mentale Haftwurzeln in seinem Bewusstsein verankerte, um dadurch direkt mit ihm zu kommunizieren, so, wie ich es bei Paal'chcks Bewusstsein gelernt hatte.

»Erstaunlich«, sagte der Ramani. »Ich meine: Ich bin ebenfalls sehr erfreut. Äh, verstehst du mich eigentlich?«

Selbstverständlich. Dein Einverständnis vorausgesetzt, orientiere ich mich im Bedarfsfall an deiner Wahrnehmung und deinen Deckschichtgedanken.

Er wirkte nervös. »Soll das bedeuten, du stöberst durch meine Gedanken?«

Nur die Deckschicht, beruhigte ich ihn. *Es sei denn, du forderst etwas anderes.*

»Ja. Gut.« Ich konnte spüren, wie seine Beunruhigung etwas nachließ, aber nicht ganz versiegte. »Der Wohltäter hat mich aufgefordert, dir zu zeigen, wozu du fähig bist, mein zellulosehaltiger Freund«, sagte er jovial. »Ich weiß, dass du erst vor Kurzem aufge... dass du erst vor Kurzem aufgewacht bist.«

Er übernahm von Paal'chck meine Kristallscheibe und steuerte sie vor sich her. Unser erstes Ziel war eine der Transportröhren, die die unterschiedlichen Ringschichten der WELTENSAAT miteinander verbanden.

Wir kamen in den Forschungsbereich. Wir betraten einen Raum, der von Licht erfüllt war, viel Licht. Ich spürte sofort, wie mein Körper reagierte und Energie bildete. Ich wusste nicht, woher es kam, aber ich spürte, dass es *gutes* Licht war, genau jenes Licht, das mir zugutekam. Ich kann mit vielerlei Licht umgehen, aber nur eine schmale Bandbreite davon ist so gut wie das, was ich in diesem Raum erhielt. Natürlich war es Lazanlicht, aber das erfuhr ich erst später.

Auf Tischen standen lange Beete voller Erde und Substanzen, die Paal'chck als Mauern, Stahlträger, Holz, Plastik und etliches mehr bezeichnete. Ich konnte damit nichts anfangen.

»Dies ist ein Test«, erklärte mir Skarrat. Zu einem schwebenden Aufzeichnungsgerät – einer Dokudrohne – sagte er: »Ich werde Proband GBSB-01 nun dort drüben einpflanzen, um die Vernichtungswirkung zu prüfen.«

Vernichten? Ich erschrak. Dieses Wort klang unangenehm.

»Es ist lebloses Material«, wollte mich der Ramani beruhigen, der wohl das Zusammenklappen meiner Blütenblätter bemerkt haben musste. Er begriff nicht, weshalb ich mich fürchtete. Es lag keineswegs daran, ob etwas belebt war oder nicht. Zu *vernichten* war eine Vorstellung, die sich nicht mit meinem innersten Ich vertrug.

Ich glaube nicht, dass ... Meine Gedanken purzelten durcheinander, als habe jemand die Gravitation umgekehrt.

»Inwiefern bist du mit den Verrichtungen deiner Art vertraut? Deinen Aufgaben für die Allianz?«, erkundigte sich der ramanische Forscher.

Die Santor sind Mitglieder der Allianz, vermutete ich. *Und wirerfüllen Aufgaben.*

»Ihr seid die Bauherren des Neubeginns«, stellte Korian Lafesh Hurimun Skarrat klar. »Ihr reinigt die Welt, sorgt dafür, dass wieder Leben sprießen kann, wo bisher Tod herrschte. Ihr seid die Schwungräder im ewigen Kreislauf von Leben und Tod. Nur ihr selbst seid ihm theoretisch nicht unterworfen: Wenn ihr welkt, zieht ihr euch in eure Knolle zurück, um in einem nächsten Zyklus wiederzuerwachen und dort weiterzumachen, wo ihr aufgehört habt. Es ist eine beneidenswerte Art der Unsterblichkeit, wie ich finde.«

Die Worte waren, wie ich heute weiß, pathetisch und bewundernd gehalten, aber diese Ebene der Botschaft erreichte mich nicht, insofern fühlte ich mich nicht geschmeichelt, falls es das war, was er beabsichtigte.

Schwungräder?, echote ich ratlos. »Vertrau mir!«, bat Skarrat. »Ich pflanze dich direkt neben dieses Exponat, eine Stahl-Granit-Glas-Platte. Tu einfach, was dir in den Sinn kommt!«

Ich verstand nicht, was er meinte, bis ich meine Wurzelbasis im Boden verankert hatte. Flink glitten die feinen Wurzelhärchen aus ihren Etuis und erkundeten die Umgebung. Ich bemerkte, dass der Boden nicht genügend Nährstoffe enthielt. Zudem war er versiegelt durch diese Platte, von der Skarrat gesprochen hatte. Es war schade um dieses wunderbare Land. Ich dachte nicht lange nach, sondern schickte Wurzelflüssigkeit aus. Schon bald spürte ich, wie sich der Boden veränderte, nährstoffhaltiger, lebendiger wurde und wie die Versiegelung schwand.

Ich hangelte mich in Paal'chcks Geist, mit dem ich mittlerweile spielend leicht harmonierte. Wie nahm er das auf, was geschah?

Der schwarze Insektoide aus den dunklen Nebulae ließ seinen Blick nicht von mir: Er hatte beobachtet, wie bei Bodenkontakt mein Grün plötzlich blasser wurde und wie sich auch an der Oberfläche meine Wurzeln ausgebreitet hatten, bis sie die Platte erreichten. Und dort, wo sie Kontakt bekamen, lösten sie das massive Material auf: Sie bohrten sich hinein, sprengten und zersetzten Metall, Glas, Stein.

War es das, was der Forscher mit *Vernichten* gemeint hatte?

»So ist es«, bestätigte Skarrat auf meine Frage hin. »Santor gehören zur Gattung der Pflanzenwesen. Im Unterschied zu den meisten anderen erstreckt sich eure Rhizosphäre weiter als Daumenbreite, sie kann bis zu einem Meter im Umkreis einer Einzelpflanze liegen, bei mehreren erhöht sich diese Reichweite anfangs linear, später exponentiell, wobei Feldstudien zur Einsatzeffizienz bisher nicht in ausreichender Zahl vorliegen, um ... Verzeihung. Du weißt, was eine Rhizosphäre ist?«

Selbstverständlich. Berichte weiter. Er vergaß offenbar, dass ich meine Informationen direkt aus seinem Bewusstsein beziehen konnte. Ich hatte den Begriff »Rhizosphäre« nie zuvor gehört, aber begriff, dass damit jener Radius gemeint war, in dem der Boden und ich interagierten.

Der dürre Vierarmige schritt nervös im Raum umher, seine Federn an den Armen stellten sich auf, wie ich unschwer durch das Erfassen seiner Bewegungen in Licht, Schwerkraft und Geräusch feststellen konnte; dazu brauchte ich weder ihn noch Paal'chck zu bemühen. »Pflanzen geben normalerweise über ihre Wurzeln sogenannte Exsudate ab, bestimmte kurzkettige organische Substanzen, die direkt auf die Umgebung einwirken: Sie verändern den pH-Wert, vereinfachen das Lösen von Eisen oder Mineralien und vieles mehr, womit sie im Umkreis des lebendigen Wurzelwerks den Rhizosphäreneffekt auslösen. In dieser Hinsicht stellen die Santor ebenfalls eine Ausnahmeerscheinung dar: Eure Exsudate können selbst besonders widerstandsfähige und sogar schädliche Substanzen innerhalb eurer Rhizosphäre neutralisieren und

– meistens zumindest – in Mineralien und Nährstoffe umwandeln. Obwohl ihr selbst dabei viele aufbraucht, entsteht in der Regel ein enormer Überschuss, der dem Boden zugutekommt.«

Ich begriff.

Das hatte er gemeint. Ich vernichtete nicht, ich wertete auf.

»Manchmal muss man vernichten, um heilen zu können«, sagte der Ramani, als sei er der Telepath von uns beiden.

Setz mich bitte ins nächste Beet!, forderte ich.

Es stellte sich heraus, dass ich keineswegs ein besonders starkes Talent zur Umwandlung mitbrachte, sondern in allem durchschnittlich war. Auch scheiterte ich wie alle anderen Santor bei der Aufbereitung des Kristalls, aus dem das Raumschiff und auch meine Schwebeschale zum großen Teil bestanden. Das alles enttäuschte mich ein wenig, denn nach dem Verhalten Skarrats hatte ich gedacht, ich sei ein ganz spezieller Santor.

Aber was sollte das Spezielle sein?

Pranav Ketar, der Wohltäter, ein goldenes Wesen, kam ab und zu vorbei, um sich von meinen Fortschritten zu überzeugen. Er blieb sachlich, aber ich spürte, dass er unzufrieden war. Er erwartete *irgendetwas* von mir, was ich offenbar nicht leistete.

Ich forschte nach, natürlich mit Paal'chcks Hilfe. Es existierte zwar keine offizielle Informationsbeschränkung und auch keine Kontrolle über unsere Datenzugriffe, aber es war schwierig. Offenbar hatte jemand kein Interesse daran, dass viele Details über uns Santor bekannt wurden. Ich stieß aber auf eine Information, die ich höchst interessant fand: »Es gibt fünf Geschlechter unter den Santor, von denen jedes an seiner Blütenfarbe zu erkennen ist: Prudab (violett), Temlyn (blau), Folux (orange), Spevii (gelb) und Iras (rot).«

Kein Wort über mich.

Denn meine Blüte war *grün.*

Auf weitere Informationen stießen wir nicht, jedenfalls keine, die uns weitergeholfen hätten, meine Besonderheit herauszufinden, oder die mehr über meine Herkunft verrieten. Ich spürte, dass es da etwas gab, aber niemand wusste darüber Bescheid. Uns fehlte ein Suchbegriff, der uns auf die richtige Spur brachte.

Ich erfuhr nur Unwichtiges: dass sich viele Santor fortbewegen konnten, allerdings nur in begrenztem Ausmaß und unter Aufbietung aller Kräfte. Mir selbst war so etwas nie gelungen, und ich hatte eigentlich auch nie etwas Derartiges gewagt. Ich hatte die schwebende Kristallschale, und ich hatte Paal'chck, auf den ich mich immer verlassen konnte.

Ich erfuhr mehr über meine Wurzeln, beispielsweise dass ein Santor über durchschnittlich fünfundzwanzig Millionen Wurzelfasern verfügte, die aneinandergelegt eine Strecke von über tausend Kilometern Länge ergeben würden. Oder dass dort zahlreiche Pflanzenhormone und sekundäre Pflanzenstoffe hergestellt wurden, Stoffe, die ich einfach und unbewusst benutzte und deren Fachbegriffe mir sehr fremd vorkamen, als existierten sie losgelöst von mir. Die Aufnahme von Wasser und den meisten für das Wachstum benötigten Mineralstoffen erfolgt bei uns ebenfalls über die Wurzel.

Aber nicht nur über Wurzeln erfuhr ich viel, sondern auch über »begrenzt steuerbare Statolithen«, spezielle, dem Zug der Schwere folgende Stärkekörner, die für meine Wuchsrichtung verantwortlich waren.

Du siehst, Betty: Nichts davon konnte ich direkt verwerten, um dem Geheimnis, das mich nach meiner eigenen Einschätzung umgab, auf die Spur zu kommen.

So verrann die Zeit, bis Pranav Ketar, der Wohltäter, mir eröffnete, meine Ausbildungsphase sei nun vorüber und ich dürfe mich zu anderen Santor gesellen. Auf der nächsten Welt, die die WELTENSAAT aufsuchte, bestand Bedarf nach unseren Fähigkeiten.

Und während ich mich mit Paal'chcks Hilfe bereit machte, beschlich mich die Furcht, versagt zu haben und vom Wohltäter verstoßen worden zu sein.

Kapitel 5

AL'EOLD: Schlange des Arcturus

Ihr nächster Sprung führte die AL'EOLD in das System eines roten Riesensterns, siebenunddreißig Lichtjahre von der Erde entfernt: Deringhouse spürte ein Kribbeln im Bauch, als er die gewaltige Sonne sah: ein Meer aus orangefarbenen, rubin-, karmesin- und rostroten Flammen. Die Protuberanzen sprangen wie zerfallende Türme und bröckelnde Brücken aus purem, ganz auf seine Essenz reduziertem, rotem Feuer dem Betrachter entgegen, so gefährlich wie vergänglich.

Der riesige rote Ball füllte sein ganzes Sichtfeld aus, das von ihm ausgehende Leuchten raubte ihm den Atem, als brenne es alle Lungenbläschen nacheinander weg. Es war etwas so Heißes, Furchterregendes, Böses in diesem Licht, dass er förmlich darauf gestoßen wurde, wie unbedeutend, klein und zerbrechlich sein Leben war.

»Ein beeindruckendes Bild«, sagte Toreead neben ihm. »Ich freue mich in jedem neuen System auf den Anblick des Zentralgestirns, und manchmal wird man mit einem solchen Bild belohnt. Spüren Sie die Erhabenheit des Moments?«

»So ungefähr«, druckste Deringhouse. Er würde den Teufel tun und vor dem Naat zugeben, dass sich sein Magen wie ein kalter, kleiner harter Klumpen anfühlte. So hatte er sich den Weg zu den Sternen nicht vorgestellt. Die bisherigen Etappen ihrer Reise hatten sie zu sanften, alten Sternen gebracht, aber dieser Stern mochte zwar alt sein, aber keineswegs *sanft.*

Er hatte schon, seit er zurückdenken konnte, Sternweh verspürt, und eine der ersten Sonnen, die er selbst durch sein Teleskop gesehen hatte, war jener Glutgigant, auf den die AL'EOLD nun zuflog.

Arcturus – oder auch Arktur – war einer der auffälligsten Sterne, die von der Erde aus sichtbar waren. Sogar bei Tag konnte man diesen hellsten Stern des Nordhimmels ausmachen. Die nackten Daten, beispielsweise dass Arktur zweiundzwanzigmal größer und zweihundertmal heller als die heimische Sonne war, klangen zwar beeindruckend, aber sie bereiteten einen Menschen nicht einmal ansatzweise auf das Erlebnis vor.

»Kadett Lundqvist? Haben Sie Informationen für uns, was diese Sonne angeht, die man auf der Erde ›Arktur‹ nennt und die in den arkonidischen Sternkatalogen als FR-AL-VORA-67285 verzeichnet ist?«

Sie griff in eine Holoprojektion. »Ich habe in Vorbereitung der einzelnen Etappen unserer Mission für Sie Vergleichswerte herausgearbeitet, um Ihnen die Besonderheiten Arkturs gegenüber anderen Sternen der Klasse 5 zu zeigen.« Sie rief mit einem kleinen Schlenker ihrer Hand einige Grafiken auf. »Wie Sie sehen, ist Arktur ein Roter Riese und etwas heller als stabile, Wasserstoff verbrennende Sterne. Folglich hat in seiner Entwicklung bereits die Verschmelzung von Helium zu Kohlenstoff und Sauerstoff begonnen. Ich darf Sie allerdings auf zwei Besonderheiten hinweisen: Zum Ersten sind die magnetischen Aktivitäten Arkturs in diesem Zusammenhang durchaus auffällig, weil man sie von Sternen seines Stadiums nicht mehr erwartet, zum Zweiten enthält das abgegebene Lichtspektrum außergewöhnlich viele Emissionslinien und einen extrem hohen Anteil Infrarotstrahlung.«

Deringhouse war zufrieden. Die junge Frau hatte ihre Hausaufgaben offensichtlich nicht nur in ihrem Hauptfach sehr ordentlich gemacht. Nun hatte sie bewiesen, dass sie keineswegs nur Daten auswendig lernte, sondern sie auch auszuwerten und darzustellen verstand. Und – sie sah nicht übel aus, vielleicht ein wenig blass.

»Wieso gibt es nur zwei Planeten?«, fragte er.

»Vielleicht sollten Sie besser sagen: *nur noch* zwei. Während Arktur jung und stabil war, also vor mehreren Milliarden Jahren, hat es möglicherweise mehr Planeten in diesem System gegeben. Die meisten dürften Arkturs Alterswachstum zum Opfer gefallen sein, als die Originalsonne allmählich aufschwemmte und abdunkelte zu diesem riesigen roten Stern. Dem arkonidischen Sternkatalog zufolge ist Arktur etwa acht Milliarden Jahre alt und damit gut doppelt so alt wie Sol. Arktur I umkreist die Sonne in elf astronomischen Einheiten Abstand, ist also von Arktur so weit entfernt wie Uranus von unserer eigenen Sonne. Aber während Uranus ein erfrorener Planet ist, herrschen auf Arktur I akzeptable Lebensbedingungen, wenn wir vom irdischen Standard ausgehen. Arktur II liegt hingegen noch immer weit außerhalb der Biosphäre.«

»Gut«, lobte Deringhouse die junge Frau. Er bemerkte, wie sie erleichtert ausatmete. Ja, sie sah wirklich nicht schlecht aus.

Toreead schien die Erleichterung von Kadett Lundqvist ebenfalls aufzufallen, aber das hinderte ihn nicht daran, eine weitere Frage abzuschießen.

»Wie erklären Sie sich folgendes Phänomen?« Toreead wies auf eine Zeitrafferaufnahme Arkturs. Deutlich war zu sehen, dass der Stern *pulsierte:* Es gab leichte Schwankungen der Helligkeit, verbunden mit einem Schwanken der Oberfläche des Sterns.

Sie zögerte kurz. »Dieser Effekt ist ein typisches Kennzeichen roter Riesensterne. Es ist nicht ungewöhnlich. Seine Ursache ist uns allerdings unbekannt.«

Ehe Toreead weiterbohren konnte, sagte Deringhouse rasch: »Wie wäre es, wenn wir zur Belohnung etwas dichter an die Sonne heranfliegen, um sie uns besser anzuschauen?«

Nichts am Anblick des riesigen Sonnenballs wirkte ungewöhnlich.

Doch irgendetwas stimmte nicht.

Die Sonnenoberfläche geriet in Bewegung, bäumte sich vor der AL'EOLD auf. Eine Protuberanz? Eine der normalen Schwankungen?

Deringhouse sah genauer hin und versuchte sich einzureden, dass er einer optischen Täuschung aufsaß: Augen! Augen, die ihn beobachteten. Augen in der Sonnensubstanz. Augen *aus* Sonnensubstanz!

»Toreead!«, rief er und deutete auf das Bild.

Der Naat drehte träge den Kopf. »Was?«

»Sehen Sie das? Da sind Augen ...!«

»Unsinn!«, lehnte der Naat brüsk ab. Er drehte sich wieder seinem Holoterminal zu. »Es ist Ihre erste längere Weltraummission, wahrscheinlich sind Ihre Nerven überreizt.«

Deringhouse sah wieder hin, starrte in das glutende Meer.

Nichts.

Keine Augen.

Konnte Toreead recht haben? Spielten ihm wirklich seine Sinne einen Streich und gaukelten etwas vor, was nicht da war?

»Aufnahmen zwanzig Sekunden zurückfahren!«, befahl er. Die Augen waren wieder da. Fünf lodernde Augen. »Bild einfrieren! – Hier, Toreead. Sehen Sie sich die Aufnahmen an! Erkennen Sie die Augen?«

Toreead grunzte unwillig, aber er tat, worum ihn Deringhouse bat. Er betrachtete das Bild nach einem ersten flüchtigen Blick plötzlich mit größerem Interesse. »Zumindest ist das ungewöhnlich. Ich glaube allerdings nicht, dass es sich wirklich um Augen handelt. Augen aus Feuer halte ich für unwahrscheinlich, umso mehr, als der dazugehörige Körper zu fehlen scheint – es sei denn, Sie hielten die Sonne selbst für das dazugehörige Gesicht. Vielleicht ein spezifisches physikalisches Phänomen?« Er rief einen Wissenschaftler hinzu und setzte die Positronik auf das Rätsel an.

Doktor Lansky schob die Brille über die Stirn nach oben und starrte angestrengt auf das Bild. Mit ruhigen, unaufgeregten Bewegungen manipulierte der weißhaarige Physiker mit der Knollennase die Darstellung durch Filter und Veränderung einiger Parameter, während er sich gleichzeitig Messdaten von der Schiffspositronik durchgeben ließ.

»Seltsam«, gab schließlich auch er zu. »Die aufgefangenen Daten sind breit interpretierbar, nicht spezifisch. Nicht auszuschließen, dass es sich um eine Lebensform handelt. Fünf ringförmig angeordnete Augen – es wäre eine Sensation. In den Datenbanken des Schiffes ist so etwas nicht verzeichnet. Auch nicht als physikalisches Phänomen. Vielleicht eine stellare Erscheinung. Eventuell eine Kombination zufälliger Ereignisse ...«

Lansky schwieg.

»Danke, Doktor!« Deringhouse seufzte. Er glaubte nicht, dass sein Gespür ihn trog. Diese Sonne hatte definitiv ein Geheimnis.

Da!

Die Augen tauchten wieder auf. Und diesmal sahen sie es alle: fünf leuchtende, flammende Ovale, die zu einem Ring angeordnet waren. Deringhouse wusste nicht, woher, aber er war sich sicher, dass diese Ovale ihn anstarrten. Ihn – oder besser die AL'EOLD.

Lansky fuhr die volle Batterie an Messinstrumenten auf.

Ein glutrotes Haupt wie das Kopfende eines Regenwurms tauchte aus den Tiefen der Sonne auf und bewegte sich auf sie zu. Die lidlosen Augen musterten unverwandt die metallene Kugel, die sich Arktur auf so dreiste, unvorsichtige Art näherte.

Es waren riesige Augen. Wahrscheinlich hätte Deringhouse, ohne sich zu bücken, in den schwarzen Spalt der Pupille wandern können.

»Eine ... Sonnenschlange?«, fasste Toreead in Worten zusammen, was alle dachten. Konnte das Wirklichkeit sein? Eine schlangenartige Lebensform, die sich im Inneren einer Sonne aufzuhalten vermochte?

Lansky schüttelte entschieden den Kopf. »Da ist nichts«, behauptete er. »Was immer es ist, das wir sehen – es besitzt keinerlei Masse. Und es lässt sich nicht anmessen, weder mit aktiver noch passiver Ortung. Als ob die Energie einfach durch das Wasauchimmer hindurchginge.«

Das Haupt, von dem die Sonnenmasse nun abfloss wie Wasser, kam näher und verschwand gleichzeitig. Es war ein verstörender Anblick: Im einen Moment konnte Deringhouse das Wesen – oder, wenn er Lansky folgte, die Projektion eines Wesens – gut erkennen, im nächsten wurde es durchsichtig, und nur feine rote Linien zeichneten die Schuppenstruktur des Schlangenleibs nach, als handele es sich um ein inneres Glühen. So rot die Schuppen beim Auftauchen aus der Sonne leuchten mochten, kühlten sie scheinbar schnell ab, wurden erst schwarz und dann durchsichtig. Das Gleiche galt für die Stachelmähne, die an Stalagmiten erinnerte.

Nur die Augen, nun nicht länger golden, sondern schmelzend rot wie Magma, blieben gut sichtbar.

Das Wesen schien auf die AL'EOLD zuzukommen – aber dann war es plötzlich wieder weg, als hätte es gar nicht existiert, wie erloschen vor dem Feuermeer des Arktur. War es in die Unsichtbarkeit zurückgefallen oder tatsächlich verschwunden?

Und – was war es?

Doktor Lansky räusperte sich. »Überaus ... interessant. Eine beeindruckende Showeinlage. Ich frage mich allerdings, wer sie uns beschert hat. Und von wo? Diese Sonnenschlange ist wirklich beeindruckend, wenn man keine Messinstrumente hat, die ihre Nichtexistenz belegen.«

»Ist das etwa alles, was Sie uns anbieten können?«, fragte Toreead. Er wirkte weder amüsiert noch gelassen.

Lansky ließ sich nicht einschüchtern. »Es ist eine valide Erklärung, wissen Sie?«

»Eine reine Projektion? Das klingt mindestens so abwegig wie die Existenz eines Wesens innerhalb der Sonne.« Der Naat wirkte ernsthaft besorgt. So hatte Deringhouse ihn noch nicht erlebt. »Geht es etwas genauer?«

»Gern. Können Sie lesen?«, blaffte der Wissenschaftler zurück und ließ die Ergebnisse seiner Messreihen vor dem Naat in der Luft auftauchen. »Dann lesen Sie! Zeit, mir zuzuhören, haben Sie sowieso nicht.«

Deringhouse wusste genau, was in ihm vorging: Der Naat hing an den Ketten seiner Kultur, die jedes Bitten und Nachfragen als Schwäche auslegen würde – und Schwäche war etwas, das er sich nicht erlauben würde. Für Naats zählte Stärke, egal ob mental oder körperlich.

»Gehen Sie wieder auf Ihren Platz!«, wies Toreead Doktor Lansky an, der giftig in das über einen Meter höher liegende Gesicht des dreiäugigen Kommandanten starrte, als erwarte er eine andere Reaktion. »Und scannen Sie das gesamte System nach allen Regeln der Kunst. Ich will wissen, wer uns eine solche Kreatur projiziert. Mit diesem Unbekannten werden wir es aufnehmen müssen – um der Sicherheit der Erde willen.«

Lansky warf Deringhouse einen flehentlichen Blick zu.

»Sie haben Kommandant Toreead gehört«, sagte Deringhouse und hielt dem Blick des Wissenschaftlers stand. »Wir wollen wissen, woher diese Projektion kam. – Und warum?«, fügte er leiser hinzu.

Lansky brummte unwillig, senkte den Blick und ging ohne sichtbare Hast zu seiner Station. Deringhouse beschloss, in einer ruhigen Minute ein paar Takte mit Lansky zu sprechen. Der Mann sah sich erkennbar in keinerlei militärische Disziplin eingebunden. Er würde ihm mit mehr oder minder sanftem Druck klarmachen müssen, dass man ihn zwar schätzte, aber eventuell am ehesten in einer Bodenstation auf der Erde als nachgeordneten Assistenten ...

»Und wir sehen zu, dass wir Abstand zu Arktur gewinnen!«, befahl er. »Kadett Lundqvist – zurück an den Rand des Systems!«

Die blonde Frau nickte. Selbstsicher bediente sie die Instrumente und schickte die AL'EOLD auf Kurs.

»Wenn ich die von Doktor Lansky gesammelten Daten richtig interpretiere«, sagte Toreead in diesem Moment so ruhig, als ob nichts gewesen wäre, »kann die Projektion nur aus dem Inneren des Systems stammen. Wir müssen also nach einer Sendestation suchen. Finden wir keine, müssen wir uns mit den bisher ausgeschlossenen Varianten befassen.«

Der Naat hatte recht. Wenn Lansky gedacht hatte, er könne den Riesen in Verlegenheit bringen, sah er sich getäuscht. Wie konnte er auch annehmen, ein erfahrener Raumfahrer wäre zu tumb, um die Ortungsdaten richtig zu lesen, und zu einfältig, um daraus stichhaltige Schlüsse zu ziehen?

»Was für Varianten?«, fragte Lansky. »Dass es sich um ein Tier handelt, das ganz und gar immateriell ist, sodass Sie nicht einmal darauf schießen könnten?«

Toreead würdigte ihn keiner Antwort.

Deringhouse trat zu dem Wissenschaftler und legte ihm eine Hand auf die Schulter. »Wer sagt Ihnen eigentlich, dass wir es mit einem Tier zu tun haben und dass einem militärisch geschulten Raumfahrer nichts anderes einfällt, als zu schießen?«

Doktor Lansky wollte auffahren, das spürte Deringhouse am Muskelspiel unter seinen Fingern. Dann aber schien er zu merken, welches Bild er von sich vermittelte, und sank in sich zusammen.

»Verzeihen Sie«, murmelte er. »Ich schätze, ich muss mich erst an diese ganze Raumfahrerei und unsere Nachbarn im All gewöhnen. Sie werden das nicht verstehen, aber ... haben Sie denn keine Angst vor dem Unbekannten hier draußen? Dass es uns einfach so verschlingen wird?«

Deringhouse schluckte. Der Mann, der so aggressiv auf ihn gewirkt hatte, offenbarte ihnen gerade eine verletzliche Stelle. Wie sollte er reagieren?

Zu seiner Überraschung war es Toreead, der antwortete. »Die Furcht muss unser Begleiter sein, denn sie schärft unsere Sinne. Und seien Sie gewiss – auch das Bekannte kann uns verschlingen, wenn wir uns nicht vorsehen. Des Unbekannten bedarf es dazu nicht.«

Überrascht sah Deringhouse, wie sich die Mundwinkel des Wissenschaftlers nach oben bogen. War es denn zu fassen? Der Mann *lächelte!*

Die AL'EOLD driftete mit mäßiger Fahrt durch das System, während ihre Ortung alles gab, um dem Geheimnis der Sonnenschlange auf den Grund zu gehen.

Braves Schiff, dachte Toreead. Die AL'EOLD gehörte zu den modernsten Einheiten des Großen Imperiums. Sie *würden* etwas finden.

Aber zunächst fanden sie nichts.

Als sie eigentlich schon nicht mehr damit rechneten, meldete sich Doktor Lansky. »Da ist etwas. Aber es ist schwach und sehr dünn.«

»Werden Sie genauer!«, befahl Deringhouse ungeduldig. »Was meinen Sie mit *dünn?* Und was ist dieses *Etwas?*«

Die blassen, dicken Lippen des Wissenschaftlers bebten. Er schüttelte sich, schob die Brille auf die Stirn und wischte sich über die Augen. »Es ist ein eng fokussiertes Signal, extrem energieschwach, unterlichtschnell.«

»Und das bedeutet?«

Toreead antwortete an Lanskys statt, ehe sich der Mensch in eine Diskussion verwickeln ließ, die nichts brachte. »Es bedeutet, dass es wahrscheinlich nichts mit dieser Sonnenschlange zu tun hat. Es ist eher eine Art Funkspruch, habe ich recht?«

Lansky starrte ihn einen Moment sprachlos an, dann nickte er.

Toreead rief die Daten auf und schickte sie gleichzeitig an Deringhouse, damit dieser sich selbst ein Bild machen konnte.

Tatsächlich. »Es ist ein Funkspruch, aber er ist so energieschwach, dass er dieses System niemals verlassen wird.«

Toreead war geneigt, diesen Fund zu ignorieren. Eine Technologie, die nur zu einem unterlichtschnellen Funkspruch imstande war, würde die AL'EOLD weder bemerken, noch wäre sie es wert, ihre Mission zu unterbrechen.

»Wir suchen nach der Quelle dieses Funkspruchs«, schlug Deringhouse vor.

»Das entspricht nicht unserer Mission! Denken Sie an den Asteroidenschwarm bei Lalande 21185!«

»Unsere Mission ist, die Erde zu sichern! Wir müssen nachsehen!«, widersprach Deringhouse und blieb damit bei diesem beunruhigend neugierigen Verhalten, das dem Naat schon mehrfach aufgefallen war.

Streit unter Kommandanten ist nicht vorbildhaft. Und wir sind ohnehin auf dem Weg zu diesem Planeten, dachte Toreead. *Mag er dem Funkspruch nachgehen, vorausgesetzt, es kostet uns keine zusätzliche Zeit.*

»Einverstanden. Sie untersuchen den Funkspruch, ich kümmere mich um die Installation unserer Boje«, schlug er dem Major vor. Dessen nächstes Wort bewies, dass er lernfähig war und sein eigenes Verhalten sowie Toreeads Reaktion darauf besser einschätzen konnte.

»Danke!«

Die Funkboje hatte die AL'EOLD verlassen. Nun wandte sich Toreead wieder Deringhouse zu, der gemeinsam mit Lansky an den Sensordaten arbeitete. »Und? Konnten Sie die Sprache des Normalfunkspruchs entschlüsseln?«

Deringhouse und Lansky wechselten einen düsteren Blick.

»Das brauchten wir nicht«, sagte Deringhouse. »Nachdem wir die Störgeräusche ausgefiltert hatten, war die Botschaft klar verständlich.«

Toreead war verblüfft. »Präzisieren Sie!«

Deringhouse stand auf und bat den Naat zu seinem Holoterminal. »Ich spiele es Ihnen vor.«

Sekunden darauf erklang eine erkennbar künstliche Stimme: *»Wer ewiges Leben sucht, findet endloses Sterben!«*

Es war Arkonidisch. So altertümlich es klang, es war zweifellos eine Form, wie sie vielleicht vor langer Zeit einmal gesprochen worden war – oder in einem Gebiet des Reiches, das lange vom Rest abgeschnitten gewesen war? Handelte es sich bei Arktur I um eine der vergessenen Kolonien?

Und was wusste der Absender vom ewigen Leben? Hatte diese Welt dort unten auf irgendeine Weise mit ES zu tun?

Toreead nahm sich die Datenauswertung vor. Der Funkspruch kroch von Arktur I los. Schnell zoomte er den Planeten heran. Eine so vollkommen tote Welt hatte er noch nie gesehen, nicht an einer so lebensfreundlichen Stelle eines Sonnensystems. Er wandte sich zu Deringhouse um und winkte ihn heran. Er deutete auf das Holobild von Arktur I. »Hochinteressant. Was meinen Sie?«

»Sie denken, was ich denke«, sagte Deringhouse. Auf seinen Zügen stand dieser halb lächelnde, halb fragende Ausdruck, den er noch immer nicht richtig zu interpretieren gelernt hatte.

Toreeads Muskelmagen schlug Kapriolen. Dort unten war *wirklich* ein Geheimnis, das gelüftet werden musste.

Das *er* lüften musste.

Und sie beide wussten es.

Für einen kurzen Moment rang in ihm sein Pflichtbewusstsein mit der Verlockung dieses Systems. Es war vollkommener Wahnsinn, die beiden Kommandanten gemeinsam auf eine Mission zu schicken und eine nahezu unerfahrene Besatzung allein zurückzulassen.

Aber es gab weit und breit nichts, was gefährlich erschienen wäre. Wer immer diese Welt dort unten in den gegenwärtigen Zustand versetzt hatte, er musste schon vor sehr, sehr langer Zeit abgezogen sein.

Der Naat richtete sich zu seiner vollen Größe auf. »Beiboot klarmachen! Major Deringhouse und ich sehen uns diesen Planeten einmal aus der Nähe an, das Kommando hat der Erste Offizier. Die AL'EOLD wartet am Rand des Systems und hält weiterhin nach unserem geheimnisvollen Projektor Ausschau!«

Kapitel 6

Phylior: Ianis

Ich besuchte ein – wie ich glaubte – letztes Mal Korian Lafesh Hurimun Skarrat, um mich bei ihm zu bedanken. Paal'chck würde mich begleiten; Santor reisten, wie er mir verraten hatte, immer mit Chi'quan.

»Viel Glück!«, wünschte mir der Ramani. »Wir haben einige Lazan außerhalb der WELTENSAAT stationieren müssen, um für euch die bestmögliche Lichtstimulierung zu erzielen. Es sollte nicht allzu lange dauern, auf Kaschla bessere Bedingungen hervorzurufen.«

Ich betrachtete unser Ziel: Eine gigantische rote Sonne hing wie ein Geschwür am Himmel einer durchschnittlichen Welt, der ersten von insgesamt zwei.

Darf ich erfahren, womit wir es zu tun haben?, fragte ich Paal'chck, der sofort eine entsprechende Suchangabe machte.

Die Ergebnisse waren dürftig, aber aussagekräftig genug, um zu verstehen, warum unsere Dienste dort so dringend gebraucht wurden: Kaschla war ein postapokalyptischer Sumpfplanet, dessen eingeborene Einwohner vor der Verseuchung ihrer Zivilisation durch Strahlung und Gifte und aufgrund einer Fehlfunktion ihrer Klimakontrolle in den Untergrund geflohen waren. Drei Jahrhunderte ihrer Zeitrechnung war das nun her, und bis vor Kurzem waren überwucherte Ruinen das einzige Zeugnis der einst blühenden Kaschla-Zivilisation gewesen. Als die Kaschlanen wieder an die Oberfläche gekommen waren, hatten sie feststellen müssen, dass selbst die Ruinen ihrer einstigen Zivilisation gefährlich waren. Als Zeichen der Hoffnung sollten dreißigtausend Santor dort abgesetzt werden, um eine Insel der Zuversicht zu schaffen.

»Eine reizvolle Aufgabe und eine große Ehre«, kommentierte Paal'chck.

Selbstverständlich hatte er recht. Der Wohltäter steuerte uns durch alle Gefahren und mehrte jene, die uns dankbar waren für unsere Hilfe.

Es gab niemanden an Bord, der ihn nicht verehrte. Pranav Ketar – wir alle würden ihm folgen, wohin auch immer er ginge. Er war das Licht, das uns den Weg wies.

Für mich war das eindeutig eine positive Beschreibung des Wohltäters. Wäre ich ein Tier, hätte ich gewusst, dass es auch eine negative Folge gab: Licht konnte denjenigen blenden, der hineinschaute.

Wir schauten alle hinein, und viele wurden blind.

Die WELTENSAAT war nicht geeignet, auf Kaschla zu landen, daher holte uns eine planetare Fähre der Einheimischen ab. Paal'chck und ich flogen gemeinsam mit einem Dutzend Ramani, zwei buckligen, haarigen Semolya und einem schuppenhäutigen Draveter, die zum wissenschaftlichen Team gehörten. Wir waren die Letzten, die eintrafen.

Ich spürte die Strahlen der Sonne auf meiner Haut und wusste, dass über uns einige Lazan ihre Kreise zogen und das düstere rote Licht in eine freundlichere, bekömmlichere Strahlung umwandelten. Ganz kurz nur spürte ich die sanfte Berührung eines großen, fremdartigen Geistes, der meinen eigenen streifte. Das musste ein Lazan sein, ein Energieschwimmer, von denen ich schon so viel gehört hatte.

Die Kaschlanen begrüßten uns freundlich und brachten Paal'chck und mich gleich in ein benachbartes Tal: Dort wimmelte es von Santor und Chi'quan, es waren mindestens fünftausend Santor und etwa tausend Chi'quan. Offensichtlich genoss also nicht jeder eine Einzelbetreuung wie ich.

Paal'chck brachte mich an den Rand der Santorkolonie. Dicht an dicht standen die Pflanzen, und ihre telepathischen Stimmen verwoben sich zu einem großen, bunten, aber unübersichtlichen Klangteppich. Mein Begleiter fand alsbald eine geeignete Stelle und grub mich vorsichtig aus meiner Transportschale. Es war ... phantastisch. Meine Wurzeln bohrten sich in den Boden, verteilten sich und fanden die Wurzelenden anderer Santor, sie verbanden sich miteinander – und dann war es vorbei.

Ich fühlte mich zurückgestoßen. Ich begriff nicht, was ich getan hatte, so eine Behandlung zu verdienen. Waren wir nicht alle Santor? Lag es daran, dass ich die falsche Blütenfarbe hatte?

Was ist los mit euch?, fragte ich offen und spürte eine Reaktion in der Rhizosphäre, als sich erneut fremde Wurzelfäden an mich herantasteten.

Wir wollen dich nicht, sagte ein Temlyn, der zusammen mit vier Andersfarbigen ein Quintett bildete.

Auch beim nächsten Quintett holte ich mir eine Abfuhr und ebenso beim übernächsten und dem danach ...

Und ich begriff: Die anderen Santor taten sich gemäß ihren Farben zusammen – immer einer von jedem Geschlecht, und gemeinsam bildeten sie ein Quintett. Ich musste also versuchen, eine der anderen Farben zu ersetzen oder ein Quintett dazu zu bewegen, sich für die Möglichkeit einer Sechsergruppe zu erwärmen.

Doch alle meine Versuche waren umsonst, ich wurde abgeblockt oder mit brennenden Exsudaten bestraft. Die Botschaft war eindeutig: *Du gehörst nicht zu uns, Grünblatt!*

Aber weshalb? Beinahe glaubte ich, sie fürchteten mich. Nicht einmal mein treuer Begleiter Paal'chck konnte mir helfen. Auf fremde Chi'quan reagierten die Santor nicht. Offenbar hatte jedes Quintett »seinen« Chi'quan.

Ich bat Paal'chck, bei seinen Artgenossen ein gutes Wort für mich einzulegen, doch auch er wurde nicht gehört. Warum nur grenzten sie uns alle aus?

Schließlich, als ich bereits aufgeben wollte, hörte ich eine angenehme, offene Gedankenstimme.

Deine Farbe gefällt mir, sagte die Stimme. Ich spähte umher und fand der Sprecher: ein Iras. Ein Rotblatt. Der Santor kam näher, bewegte sich tatsächlich auf seinen Wurzeln.

Das beeindruckte mich über die Maßen, und zum ersten Mal spürte ich die Versuchung, ebenfalls zu *gehen* und mich nicht länger tragen zu lassen. Ich zögerte. Der Rote hatte mich angesprochen. Was erwartete er nun von mir? Ich hatte doch keine Erfahrung mit anderen Santor.

Mir deine auch, gab ich vorsichtig zurück.

Dann sind wir uns ja einig.

Mein Name ist Phylior.

Ich bin Ianis. Er schien auf etwas zu warten.

Wollen wir ein Quintett aufbauen?, fragte ich begierig. Ich sehnte mich nach all diesen Abfuhren umso mehr, die Nähe anderer Santor zu spüren.

Ich gehöre bereits zu einem Quintett. Ianis rückte wieder von mir ab, ging fort.

Warte!, rief ich. *Bitte, nehmt mich auf in euer Quintett! Kannst du ein gutes Wort für mich einlegen?*

Das Rotblatt reagierte vollkommen anders als erwartet: *Warum sollten wir? Was kannst du uns anbieten?*

Ich blieb ihm eine Antwort schuldig. Wie hätte ich ihm sagen sollen, was mich bewegte? Dass ich fürchtete, nur ein Außenseiter zu sein? Ich spürte, wie mir meine letzte Chance entglitt.

Warte!, rief ich erneut, aber Ianis verschwand zwischen all den anderen Santor. Er kehrte heim zu seinem Quintett, während ich allein zurückblieb.

Abendliche Kühle wehte heran, und ich grub meine Wurzeln tiefer in den Sumpf. Ich sonderte sofort Exsudate ab, um den Boden aufzubereiten, das Gift daraus zu entfernen und nutzbar zu machen.

Ich spürte, wie die anderen Santor, alle in Quintetten, ihre Arbeit längst aufgenommen hatten. Es war beeindruckend, das Tempo mitzuerleben, aber es frustrierte mich noch mehr.

Ich war nicht nur vollkommen durchschnittlich in meinen Begabungen, ich fand auch keinen Anschluss, wurde gemieden und benötigte das Vielfache an Zeit wie alle anderen.

Paal'chck blieb treu und unermüdlich an meiner Seite. Er grub mich aus und setzte mich an einem anderen Punkt des Terrains wieder ein, wo ich erneut versuchte, Kontakt zu den anderen Santor aufzunehmen. Aber wieder wurde ich gemieden.

So ging es mehrere Tage, und mein Kummer wuchs zusehends. Er wurde auch nicht besser, als mir tatsächlich jemand die Aufnahme in sein Quintett anbot: Es war ein Blaublatt, dem eines der Blütenblätter fehlte, und sein Quintett bestand bisher einzig aus ihm selbst und seinen drei Wurzelknollenablegern, wie er mir begeistert berichtete.

Ich lehnte sein Angebot ab und ließ mir von Paal'chck möglichst weit entfernt von diesem ... Verrückten einen neuen Platz anlegen. Ich würde mich auf meine Arbeit konzentrieren und den Boden aufbereiten, das war alles, was zählte.

Wir zogen mehrere Wochen über den Planeten, reinigten ihn, und selbst als einzelner Santor fand ich eine tiefe Befriedigung in dem, was ich tat. Irgendwann in diesen Tagen entdeckte ich auch, dass ich sehr wohl zu einer jener *Emotionen* fähig war, die ich bisher nur den Tierhaften zugesprochen hatte: Wahrscheinlich hatte sie die ganze Zeit über in meiner Wurzelknolle gelagert, und mein Werk auf Kaschla setzte sie frei. Liebe.

Nein, Betty Toufry, nicht diese Art. Nicht so, wie du sie kennst. Das, was ich Liebe nenne, kommt eurem Begriff nur nahe. Die Liebe, von der ich spreche, ist langmütig und freundlich, sie lässt sich nicht erbitten, sie glaubt alles, sie hofft alles, sie duldet alles.

Das kommt dir bekannt vor? Nun, vielleicht seid ihr Menschen doch für die Weite des Alls geboren. Die Liebe, von der ich spreche, entspricht einer umfassenden Sympathie für das Leben. Sie ist vollkommen rein und klar, ohne die lästigen Emotionen der Tierischen.

Wir zogen über den Planeten, und egal, was die anderen taten, wie sie Paal'chck und mich auch schnitten, ich fühlte mich den anderen Santor innig verbunden. Eines Tages gerieten wir an eine Installation aus einem Material, das ich nicht kannte. Es war wohl Metall, aber eines, wie es mir nie begegnet war: Paal'chck wollte es analysieren, ebenso wie die anderen Chi'quan, aber es gelang nur bruchstückweise. Dieses seltsame Metall war zinngrau mit silbernen Einschlüssen und viel weicher als die meisten anderen Metalle. Und dennoch vermochten wir es nicht aufzulösen, egal, wie sehr unsere Wurzelhärchen nach Rissen suchten, welche Exsudate wir abgaben. Hinzu kam, dass wir in seiner Nähe welkten, als entziehe uns jemand unsere Kraft. Als wir das erkannten, zogen wir weiter.

Die *anderen* zogen weiter. Ich wollte mithalten, aber meine Laufwurzeln waren zu schwach, zu ungeübt. Und dann verlor ich sogar den Kontakt zu Paal'chck – ich hatte keine Ahnung, wo er abgeblieben war.

Die anderen Santor achteten nicht auf mein Leid, ließen mich einfach zurück. Ich war überzeugt davon, an diesem furchtbaren Ort für alle Zeiten bleiben zu müssen.

Wie überrascht war ich daher, als schließlich doch jemand mit mir sprach. Ich hätte nie damit gerechnet: Es war einer der Lazan, die unsere Mission von oben begleiteten. Ich hatte sie auf der WELTENSAAT nie bewusst erlebt, hatte mich nie an den Kommunikationsterminals aufgehalten.

Die Lazan existierten so weit außerhalb meiner Wahrnehmung wie kein anderes Volk, dachte ich. Ich wusste, dass sie nur semimateriell waren und sich von Strahlung und kosmischen Partikeln ernährten und ein wesentlicher Bestandteil der WELTENSAAT waren.

Ich war stets davon ausgegangen, dass sie nichts anderes als ein Stück organische Technologie seien, dressierte Tiere bestenfalls.

Der Lazan hieß Lee Va Tii. Er galt als einer der Größten und Klügsten unter den Energieschwimmern. *So, kleines Grünblatt. Ich hätte nie gedacht, eines Tages einen wie dich zu sehen. Wie sich die Zeiten ändern ... Darf ich in deine Gedanken schlüpfen?*

Ich zögerte keine Sekunde. Ein telepathischer Kontakt zu einem Wesen, das mir nicht automatisch mit so viel Abneigung begegnete wie meine Artgenossen, konnte nur nützlich sein. Ich verband meinen Geist mit seinem und schrak wieder zurück.

Es war ein Erlebnis, wie ich es nie wieder hatte. Die Berührung durch den körperlosen Lazan war heftiger als jeder Kontakt zu anderen Wesen. Ich fühlte mich vollkommen durchdrungen von schmerzhaft grellem und dennoch unendlich reinem Licht, das zu Wachstum anregte und gleichzeitig verdorren ließ. Ich zitterte, konnte mich kaum konzentrieren.

Du bist ..., sagte der Lazan langsam, und jedes Wort brachte mein gesamtes Wurzelsystem zum Erzittern ... *anders. Du wirst eine lange wasserlose Phase bestehen müssen, ehe dich deine Artgenossen akzeptieren werden. Niemand wusste von der Existenz eines Grünblatts. Nun liegt es ganz allein an dir, alle Vorbehalte zu überwinden. Und vielleicht die Deinen heimzuführen.*

Ich spürte meine Zellwände beben. *Heimzuführen? Woher weißt du das? Kannst du in die Zukunft sehen?*

Ich erinnerte mich noch immer nicht an jenen Ort, von dem wir stammten, obwohl ich tief in mir diesen heimlichen Drang verspürte, diffus und nagend, als trenne etwas meine Wurzeln ab. Obwohl ich *nichts* wusste, war ich mir sicher, dass ich den Ort meiner Geburt erreichen konnte.

Nicht in die Zukunft, aber in dein Herz. Es ist dein Wunsch, das lese ich in dir.

Der Lazan wollte bereits weiterreisen, den anderen Santor hinterher, als ich ihn mit einer Frage aufhielt. *Woher stammst eigentlich du? Wo liegt die Heimat der Lazan?* Ich war so lange allein gewesen, dass ich nicht bereit war, ihn so schnell gehen zu lassen.

Lee Va Tii schwebte zu mir zurück, wie ich am stärker werdenden Licht erkannte, in dem ich baden durfte.

Wir Lazan sind Kinder der Sonnenwinde, sagte er. *Unsere Heimat ist das gesamte Universum, solange Sterne existieren. Wir sind älter als die meisten Zivilisationen und haben mehr gesehen als sie alle.* Er lachte, indem er mit kleinen Speeren aus unterschiedlich heißem Licht um sich warf. *Aber ich will nicht angeben, das ist nicht unser Verdienst. Wir wurden so geboren.*

Ich wunderte mich, dass er das *Wir* so merkwürdig betonte, aber ich versäumte, darauf einzugehen.

Du bist ein merkwürdiges Wesen ... unfassbar und doch fassbar.

Lee Va Tii atmete Licht aus und badete mich darin. *Wir sind Energieschwimmer – wir ernähren uns von Strahlung und Energie, und wir verwenden sie. Unsere Körper sind immateriell, solange wir genügend Energie gespeichert haben, aber wir können auch materiell werden – wenn wir unsere Energie gezielt steuern oder wenn sie nicht mehr ausreicht. Das ist es, was du spürst.*

Ich staunte still über die Vielfältigkeit des Lebens im Kosmos. Dann fragte ich: *Kannst du mir sagen, wie weit die anderen meines Volkes mir voraus sind?*

Lee Vaa Tii umkreiste mich. Sein Körper war gigantisch. *Zu weit für dich vermutlich. Kannst du mir verraten, was du hier überhaupt tust, an so einem gefährlichen Ort?*

Der Energieschwimmer bemerkte meine Ratlosigkeit. Er kam näher, und plötzlich fühlte ich mich wieder kräftiger. *Wie hast du das gemacht?*

Er lud mich ein, durch seine Augen zu sehen, und da begriff ich: Er hatte sich zwischen die metallene Installation und mich gelegt.

Für mich ist die Strahlung dieses Artefakts köstlich, teilte er mir schließlich mit. *Aber ich schätze, dass du ihr nur wenige Tage standhalten könntest, ehe sie dich ausgebrannt hätte.* Er versuchte es mir zu erläutern, aber ich verstand ihn nicht. Die Sprache der Lazan hatte nichts gemein mit unserer eigenen, und sie unterschied sich auch in wesentlichen Punkten von der Wissenschaftssprache in den Forschungsanlagen der WELTENSAAT. Alles, was ich begriff, war, dass ich von diesem Ort fortmusste, und das so schnell wie möglich, wenn ich je wieder ich selbst werden wollte.

Lee Va Tii und ich unterhielten uns noch eine Weile, ehe er fortflog. Ich wusste das damals noch nicht, aber ein Gespräch dieser Länge galt unter Lazan als Vertrauensbeweis. Sie glaubten daran, dass sie die Zeit eines Gesprächs nur in jene investieren durften, die es wert waren.

Nachdem der Lazan fort war, kehrte auch Paal'chck zurück.

Er hatte mich im Heer der Santor gesucht.

Gefunden hatte er *sie.*

Cyra Abina.

Nun würde sich mein Schicksal erfüllen, und ich ahnte nichts davon.

Kapitel 7

Arktur I: Die zwei Kuppeln

»Merkwürdig, nicht?«, fragte Deringhouse, an Toreead gerichtet.

Arktur I lag in einer derart idealen Entfernung zu seinem riesigen roten Mutterstern und war von geradezu exakter Erdgröße, dass er eigentlich über eine Atmosphäre hätte verfügen und von Leben wimmeln sollen. Aber feiner, grauweißer Staub, teilweise zu Schlammkrusten gebacken, meist jedoch wie eine endlose, langsam wandernde Wüste, überzog die Oberfläche dieser Welt wie ein Leichentuch.

Die Oberfläche des Planeten war vollkommen steril; eine von Ascheschichten bedeckte verschlackte Totenwelt.

Kein Wind regte sich, keine Wolke, nichts. Dazu hätte es schließlich einer Atmosphäre bedurft. Hatte es jemals eine gegeben, so war sie ebenso verbrannt wie alles, was je dort unten gelebt hatte.

Und doch gab es offenkundig Leben – oder hatte es einmal gegeben. Weder die Instrumente der AL'EOLD noch die wissenschaftliche Besatzung wusste zu sagen, wie lange der geheimnisvolle Funkspruch in altertümlichem Arkonidisch schon ausgesendet wurde. Aber sie würden es herausfinden.

Das Geheimnis des toten Planeten, dachte Deringhouse und spürte einen wohligen Schauder.

»Verstörend«, gab Toreead zurück.

Der Naat saß in gebückter Haltung neben ihm. Das Beiboot, das von außen ein wenig an fliegende Untertassen aus alten Science-Fiction-Filmen des zwanzigsten Jahrhunderts erinnerte, bot einem drei Meter hohen Wesen nicht die besten Bedingungen. Die ursprünglichen Beiboote der AL'EOLD, also die Leka-Disken, waren alle vernichtet worden oder verloren gegangen, ehe sich die Naats den Menschen angeschlossen hatten. Stattdessen führten sie mit arkonidischer Technologie und menschlicher Improvisationskunst umgebaute ferronische Kleinraumer mit sich.

Für ihre Zwecke würde die SPERANZA genügen. Aus dem hohen Orbit mussten sie Arktur I untersuchen, eine Welt, die nichts bot – nichts außer einer endlosen, feinpudrigen Vernichtungslandschaft ... und dieser einen magentafarbenen Energiekuppel, der sie sich näherten wie einem unirdischen Sonnenuntergang.

»Es sind zwei«, sagte Toreead plötzlich.

»Zwei«, wiederholte Deringhouse gedehnt. »Zwei *was?«*

»Zwei Kuppeln, konzentrisch übereinander.« Der Naat deutete auf das Holo. »Ich vermute, es hat mit dem Transfer zu tun. Die innere Kuppel birgt die Luft, die äußere hält das, was den Planeten tötet, fern.«

Deringhouse ließ ein paar Messdaten ins Bild flattern. »Semipermeabel, wie's aussieht, aber nur für massereiche Körper passierbar. Zwei Kuppeln wären also nicht nötig.«

Toreead sah ihn an. Wann würde er sich an die wie ein Dreieck angeordneten Augen und an den seltsamen Mund gewöhnt haben, wann in dem Naat keinen unheimlichen Fremden mehr sehen, der nur zufällig die gleichen Ziele verfolgte wie er?

»Erinnern Sie mich daran, Ihnen etwas über *Sicherungssysteme* beizubringen. Wenn alle Menschen so leichtsinnig sind wie Sie, wundert es mich, dass Sie Ihren Heimatplaneten nicht längst in die Luft gesprengt haben.«

»Hätten wir beinahe«, gab Deringhouse zurück, winkte aber ab, als Toreead etwas entgegnen wollte. »Aber das ist Schnee von gestern. Was halten Sie von dieser Kuppel?«

Der riesige Naat schwieg einen Moment. »Sie ist wunderschön.« Dann, als Deringhouse schon nicht mehr damit gerechnet hatte, fügte er hinzu: »Ich habe so etwas in meinem ganzen Leben noch nicht gesehen. Können Sie mir bitte die Energiemessungen einblenden? Ich fürchte, ich könnte diese primitiven mechanischen Schalter abbrechen. – Danke!«

Er betrachtete die Zahlen eingehend. Schließlich seufzte er, ganz wie es ein Terraner getan hätte – Deringhouse glaubte, einen Funken von Reginald Bulls Melodramatik darin zu erkennen –, und stützte den Kopf in beide Hände. »Ich kenne keine Zivilisation, die solche Energieschirme verwendet. Ich verstehe nicht einmal die zugrunde liegende energetische Konzeption. Aber eines kann ich sagen: Das Design ist großartig.«

Deringhouse nickte. »Hervorragend. Also fliegen wir hinein und schnappen uns alles, was uns weiterbringt. Finden heraus, wer den Sender aufgestellt hat und was dort vor sich geht. Stellen Sie sich nur mal vor: Wir kommen mit Bauplänen für eine neuartige Technologie nach Hause – gibt es einen besseren Schutz vor Arkons Armeen?«

Der Naat lachte leise. »Wir wissen nichts über die Leistung dieses bunten Schirms. Seien Sie also nicht enttäuscht.«

»Enttäuscht?« Deringhouse lachte. »Enttäuscht werden kann ich durch ein schlecht zubereitetes Chopsuey, aber nicht durch ein Abenteuer, wie wir es gerade erleben.«

»Abenteuer?« Toreead schien nicht zu begreifen, worauf der Mensch hinauswollte.

»Selbstverständlich! Oder wie nennen Sie das, was wir gerade tun?«

»Erkundungsmission«, antwortete der Naat kurz.

Die bucklige Scheibe schwebte über dem magentafarbenen Schutzschirm, hinter dessen leuchtender Barriere sie nur vage üppige Vegetation erkannten. Toreeads ausgezeichnete Wahrnehmung brachte zu Deringhouses Verdruss nichts weiter zutage als die Beschreibung von »vielen Blättern«.

Einmal mehr entpuppte sich der Naat als Wüstenbewohner, für den Botanik ein unnötiger Luxus war.

Die Instrumente des Beiboots maßen außerhalb der Energiekuppel einen Cocktail unterschiedlicher Strahlung an, darunter starke Radioaktivität.

»Das ist interessant.« Toreead winkte Deringhouse zu sich und deutete auf eine bestimmte Tabelle.

»Die Temperaturmessungen?«, erkundigte sich Deringhouse, um sicherzugehen.

Toreead sah ihn mit diesem merkwürdigen Blick an, den er schon oft beobachtet hatte und der seinen Extrapolationen zufolge wohl in eine der Kategorien *mitleidig, erstaunt* oder *genervt* gehörte. Er war sich noch nicht sicher.

»Was halten Sie von diesen Angaben?« Toreead markierte mehrere Zellen der Tabelle für ihn.

»Das kann unmöglich stimmen«, flüsterte Deringhouse. »Oder?«

»Wir müssen selbstverständlich immer eine Fehlbarkeit der Technik in Betracht ziehen, besonders von einer so einfachen wie dieser, aber die Wahrscheinlichkeit dafür halte ich für gering.«

Wenn es stimmte, was diese Daten anboten, kam die Strahlung *aus der Kuppel.* Allerdings passte da etwas nicht recht zusammen. Das Ausmaß der Strahlung, die aus der Kuppel drang, reichte bei

Weitem nicht aus, den Planeten in seinen gegenwärtigen Zustand gebracht zu haben.

»Wir gehen tiefer«, schlug Deringhouse vor. »Ich möchte mir diese Aschewüste einmal genauer ansehen.«

Toreead sagte nichts. Nur dieser Blick ...

»Vertrauen Sie mir. Ich weiß, was ich tue.«

»Ich vertraue Ihnen«, sagte Toreead trocken. »Aber ob Sie wissen, was Sie tun? Ich erlaube mir, daran Zweifel anzumelden.«

Die SPERANZA sackte zur Oberfläche hinunter. Traktorstrahlen wirbelten Asche empor, bis sie einen kleinen Teil des Planetenbodens freigelegt hatten. Dann flogen sie weiter, wischten die Asche fort, betrachteten das Freiliegende, flogen weiter und immer so fort.

Zum Glück störte ihn Toreead nicht bei seiner Arbeit.

Schließlich hatte Deringhouse genug gesehen und ließ die Positronik eine Übersichtsaufnahme anfertigen. Als sie fertig war, stieß er pfeifend die Luft aus. »Wahnsinn.«

Toreead betrachtete ihn weiterhin. Als suche er nach einer Erklärung für etwas, das sich nur ihm zeigte, sich aber nicht erschloss. Deringhouse lächelte dünn. Das war nicht sein Problem. Es ging um diese Welt.

Der Boden von Arktur I wirkte wie glasiert, als habe eine Flamme alles eingeschmolzen: Felsen, Pflanzen, Lebewesen. All das bildete nun eine glasartige, spröde Oberfläche. Eingebackene, ölige Asche. Schlieren, Schleier, Schatten ...

Arktur I barg ein Geheimnis von Wut und Vernichtung, da war Deringhouse sich ganz sicher. Nur: Hatten die Bewohner dieses Planeten ihn so zugerichtet, oder war die Gefahr von außerhalb gekommen?

Was immer es gewesen war, es hatte die Planetenoberfläche systematisch bearbeitet. Es waren keine Explosionen gewesen, keine Bomben. Etwas war über das Antlitz dieser Welt wie mit einem gigantischen Flammenwerfer geschritten und hatte sogar die Luft verbrannt.

Er dachte nach. Aber er konnte sich keine Waffe vorstellen, die so etwas anrichtete.

Deringhouse wies auf das Holo. »Wie Sie sehen können, wurde diese Welt systematisch zerstört.

Toreead seufzte. »Nehmen wir also für den Augenblick einmal an, jemand hätte diesen ganzen Planeten abgefackelt. Fragen Sie sich nicht, *warum?* Es scheint mir doch eine sehr umständliche Methode zu sein.«

»Zweifellos«, pflichtete Deringhouse ihm bei. »Jedenfalls für unser Technologieniveau und unsere Art zu denken. Was nicht bedeutet, dass alle anderen den gleichen Restriktionen unterliegen.«

»Ja. Eine hervorragende Idee«, sagte Toreead. Er klang jedoch nicht überzeugt.

Die SPERANZA umkreiste die magentafarbene Energiekuppel dreimal und ließ ihre Sensoren spielen.

»Nichts«, stellte Toreead verdrießlich fest. »Wir können das Strahlungsfeld ortungstechnisch nicht durchdringen. Nur die optischen Systeme zeigen, was sich unter diesem Schirm verbirgt.«

»Es ist zum Verrücktwerden, was?«, fragte der Mensch in jenem halb spöttischen Tonfall, den Toreead vom ersten Augenblick an gehasst hatte.

»Der Naat *an sich* neigt weniger zur Verrücktheit als der Mensch«, sagte er barsch. »Glauben Sie, wir finden jenseits der Energiekuppel tatsächlich eine Oase, oder sollten wir von einer optischen Täuschung ausgehen?«

»Nicht auszuschließen«, gab sich der Mensch indifferent.

Also schön: Falls es sich um eine Täuschung handelte – was Toreead für durchaus denkbar hielt –, wusste er nicht, was das Ziel dieser Täuschung sein sollte. Es war die gleiche Frage wie die nach dem Projektionsort für die Sonnenschlange. Und nicht zu vergessen: Wozu wurde dieser Funkspruch ins All geschickt?

Wer ewiges Leben sucht, findet endloses Sterben. War es nur eine Metapher auf die Unsterblichkeit, ein scheinbares Paradoxon, eine Warnung vor dem, was es bedeutete, als Einziger unsterblich zu sein?

Auch nach längerem Abwarten fand Toreead keine Stelle, an der er in den Schirm hineinmessen konnte. Nur von innen drang Strahlung nach draußen. Auch der verräterische Funkspruch kroch durch die Energiewände und zog hinaus ins Weltall, wo er sich verlor.

Was sollte das? Es konnte wohl kaum auf ein Versteck hinauslaufen, denn die Kuppel an sich erschien umgehend auf den Ortungsschirmen, wenn man Standardscans vornahm.

Toreead ahnte die Antwort: Wenn die unbekannten Erbauer nichts verbergen wollten, wollten sie wahrscheinlich jene anlocken, denen ein Geheimnis genügte, um Neugier über Verstand triumphieren zu lassen. So wie ...

»Wagen wir es?«, fragte Deringhouse.

... so wie sie beide. Leider stimmte Toreead in diesem einen Punkt mit Deringhouse überein. Er wollte *wissen,* was unter Arkturs Licht vor sich ging. Immerhin lag das System relativ dicht bei der Erde, die er zu schützen gelobt hatte. War es nicht weniger blinde Neugier als vielmehr ein Zeichen von Stärke, sich einer Gefahr zu stellen? Und wäre es nicht ein Zeichen von Schwäche gewesen, vor etwas davonzulaufen, dessen Gefährlichkeit gar nicht erwiesen war?

Deringhouse war überrascht, als Toreead antwortete: »Es hat nichts mit ›Wagen‹ zu tun. Wir sind hier, wieso sollten wir umkehren? Die Funksignale kommen aus dieser Kuppel. Es gibt kein Anzeichen von Bedrohung.«

Der Major nickte grimmig. Selbstverständlich. Der Naat würde lieber ersticken, als zuzugeben, dass er Angst hatte.

Er steuerte die SPERANZA in langsamem Flug direkt auf die Kuppel zu – und durchstieß sie, als sei sie überhaupt nicht vorhanden. Der magentafarbene Schein schmiegte sich förmlich um das Beiboot und ließ dann wieder ab, sodass es eher ein *Hindurchschmiegen* als ein Durchbrechen war.

Wie erwartet sah er keinen Kilometer voraus in Flugrichtung die Rundung der zweiten, inneren Energiekuppel. Diese schimmerte leicht bläulich, wirkte jedoch gemessen an der äußeren Kuppel vollkommen durchsichtig. Es schien sich um einen konventionellen Energieschirm zu handeln.

Darunter erstreckte sich tatsächlich eine blühende Oase. Als habe der Planet all seine Lebenskraft an diesem einen Punkt konzentriert und leiste dem Tod ringsum erbitterten Widerstand. Auf einem kreisrunden Areal von rund fünfzig Kilometern Durchmesser wuchsen mehrere Dutzend Urwaldriesen – »Überständer« nannte man so etwas – aus einem dichten Laubdach empor, unter dem sich alles Mögliche verbergen mochte. Er pfiff leise durch die Zähne.

»Beeindruckend, nicht wahr? Da unten lässt es sich bestimmt gut leben.«

Toreead brummte etwas, dann sagte er laut: »Stoppen Sie den Flug! Wir werden zuerst ein paar Messungen vornehmen.«

Die SPERANZA kam allmählich zum Stillstand, etwa in der Mitte zwischen den beiden Kuppelwänden. »Wenn ich mich nicht sehr irre, haben wir es mit zwei unterschiedlichen Energieschirmen zu tun.«

Toreead bestätigte nach einem Blick auf die Instrumente. »Unter uns befindet sich ein Prallschirm, wie auch wir ihn benutzen. Größer und stärker vielleicht, aber im Prinzip genau das Gleiche.«

Deringhouse bündelte weitere Sensordaten. »Extrem dünne Atmosphäre zwischen den beiden Kuppeln, aber erstaunliche Temperaturspuren von zwischen hundert und bis nahe viertausend Grad Celsius«, stellte er überrascht fest. »Ich würde hier nicht aussteigen.«

»Dann lassen Sie uns keine Zeit verlie...«, sagte Toreead und verstummte. Sah er nicht plötzlich ein wenig furchtsam aus?

Deringhouse nahm diese Wendung sehr ernst und versuchte, das Holo zu finden, auf das der Naat gerade starrte. Und er begriff.

»Ich schlage vor zu fliehen«, sagte Toreead vollkommen ruhig und griff in die Kontrollen.

Deringhouse glaubte, sein Herz müsse stehen bleiben. Jeder Muskel seines Körpers verkrampfte.

Glühende Augen!

Zehn, fünfzehn, zwanzig – nicht so groß wie jene in der Sonne, aber ...

Waren das wieder Projektionen? Oder gab es diese Kreaturen tatsächlich? *Sonnenschlangen!*

Langsam näherten sich die Augenkreise, und ebenso langsam wurde es leichter, sie zu erkennen und die Körper dahinter zu ahnen.

Die Geschöpfe, die auf die SPERANZA zukamen, ähnelten gigantischen, bleichen Würmern. Sie waren deutlich kleiner als die Sonnenschlange, vielleicht zwanzig Meter lang und drei Meter durchmessend. Und sie wirkten eher glasartig-durchscheinend, mit tanzenden goldenen Funken innerhalb des wurmartigen Körpers. Aber die Augen ...

Es waren die gleichen Augen: lodernde Flammenbälle mit einer schwarzen, senkrechten Schlitzpupille.

Ein absurder Gedanke kam Deringhouse: War das Ding in der Sonne tatsächlich nur eine Art »Warnschild« gewesen? »Dieses System wird von uns beansprucht« oder etwas Ähnliches?

»Ausweichen!«, rief er. »Das könnte jetzt ein ziemlich holpriger Flug werden!«

Es gab selbstverständlich keinen Beweis dafür, dass diese Geschöpfe feindselig waren, aber er hielt es nicht für ratsam, ein Risiko einzugehen. So, wie die Würmer herankamen, erinnerten sie an ein hungriges Wolfsrudel. Und sie waren bereits ganz nah gewesen, als Toreead sie entdeckte.

»Ich stimme Ihnen zu«, sagte Toreead bedächtig. »Waffensysteme aktiviert.«

Der Satz klang bedeutsamer, als er war. Die SPERANZA verfügte nur über eine einfache, wenngleich um dreihundertsechzig Grad schwenkbare, kugelgelagerte Thermokanone, die auf der Kuppel montiert war.

Ihnen blieben nur Sekunden, ehe die Würmer sie erreichten. Die Triebwerke der SPERANZA sprangen an.

Fliegende Riesenwürmer, dachte Deringhouse.

In diesem Augenblick klappte der Augenkranz des vordersten der Würmer langsam nach hinten weg, als öffne sich eine fünfgeteilte Blütenkapsel. Orangerotes Lohen erschien.

Deringhouse reagierte, ohne lange nachzudenken, und riss die SPERANZA herum.

Neben ihnen fauchte eine dreitausend Grad heiße Lohe vorüber.

Feuer spuckende Riesenwürmer!, dachte Deringhouse und amüsierte sich beinahe über seine Naivität von gerade eben. Wenn diese Biester einfach nur geflogen wären, wäre alles halb so dramatisch gewesen – selbst wenn er keine Ahnung hatte, wie das physikalisch möglich war. *Und was kommt als Nächstes?*

Wie als Antwort auf diesen Gedanken öffneten nun auch die anderen Würmer ihr vorderes Körperende und entließen Bahnen heißen Feuers. Die Messinstrumente des Beiboots spielten verrückt. Was da heranrauschte, war nicht einfach nur *heiß,* es war ein Cocktail unterschiedlichster Strahlung.

Toreead justierte die Thermokanone. Die Zielsysteme funktionierten einwandfrei, akustische Signale begleiteten die Zieljustierung und Schüsse. Das war einer der nervtötenden Einfälle der Ingenieure, die für diese Beiboote verantwortlich zeichneten, und Deringhouse schwor sich, er würde mit ihnen ein paar Worte wechseln, sollte er diese Mission überleben und ihnen jemals begegnen.

»Keine Angst, ich will sie nicht töten! Aber wir müssen sie auf Distanz halten«, sagte Toreead und schoss.

Die gleißenden Energiepakete schossen haarscharf an den Würmern vorbei.

Die SPERANZA nahm rasch Fahrt auf und hielt auf den blauen Schirm zu. Ein Wendemanöver hätte zu viel Zeit gekostet, die Würmer hätten sie erreicht und geröstet, ehe sie den Magentaschirm durchdringen konnten.

Die Thermokanone feuerte, und Deringhouse konnte sehen, wie die Tiere förmlich in die Strahlen hineinsprangen! Die Schüsse trafen mitten in den Leib: Die riesigen bleichen Körper schimmerten für einen Moment rötlich, feine Schuppenmuster zeichneten sich darauf ab, dann erstrahlten sie in grellem Gold – und die Würmer blieben offenbar vollkommen unverletzt, während die Energie in ihnen versickerte.

Fraßen sie etwa die Energie der Thermoschüsse?

»Beschuss negativ«, ertönte Toreeads gepresste Stimme. »Ich stelle das Feuer ein. Haben Sie eine Strukturlücke im Schirm ausfindig gemacht?«

Deringhouse schüttelte den Kopf. »Bisher nicht«, gab er zu. »Aber wir können versuchen, die Biester in den Schirm zu locken – wahlweise grillt er sie oder füttert sie ins Koma.«

Es musste einen Grund geben, aus dem die Würmer sich nur zwischen den beiden Schirmen aufhielten: Entweder ernährten sie sie oder hielten sie fest. Oder beides.

Fest stand lediglich, dass die Würmer zwischen den Schirmen keine Projektionen, sondern ziemlich leibhaftig waren.

»Da ich keine bessere Idee habe, stimme ich dem zu«, sagte Toreead. »Aber versuchen Sie irgendwann, mit genügend Vorsprung, auch einen Fluchtkurs nach draußen zu berechnen. Hier drinnen sitzen wir in der Falle.«

Deringhouse zog das Schiff herum, gerade rechtzeitig, um einem neuerlichen Feuerstoß der Würmer auszuweichen.

»Konzentrieren Sie sich auf den Schutzschirm!«, sagte Toreead.

»Ich erkenne immer noch keine Strukturlücken oder Passagesignale«, erklärte Deringhouse gepresst.

»Es gibt vielleicht noch eine andere Möglichkeit«, deutete Toreead an und wies auf den Energieschirm.

Deringhouse spürte, wie ihm das Blut aus dem Gesicht wich. Schlug der Naat allen Ernstes vor, den Energieschirm zu rammen? Das war die Idee eines Wahnsinnigen! Selbst im Faraday'schen Käfig eines Beiboots hatten sie keine Chance.

»Ich kann Ihnen ansehen, dass Sie diese Idee für verrückt halten. Aber es besteht die Möglichkeit, dass die Energie des Beiboots ausreicht, den Schirm gerade so lange kurzzuschließen, wie wir benötigen, um durchzuschlüpfen.«

»Sie machen Witze! Wenn es so einfach wäre, einen Schutzschirm zu knacken ...«

»Es ist so einfach: Berühren sich zwei Schirme, werden sie instabil und brechen zusammen«, sagte Toreead.

»Aber nur, wenn sie einander gleichwertig sind. Unser Beibootschirm und dieser Schirm da draußen – das funktioniert niemals!«

»Haben Sie eine bessere Idee?«

Deringhouse schnaubte. »Nein, aber das macht Ihren Einfall nicht gerade zu einer Glanzleistung!«

»Versuchen Sie es! Es genügt, wenn der Schirm an einer Stelle durchlässig wird.«

Deringhouse rang nur kurz mit sich. Dann nickte er. Ihm kam eine Idee ...

Die SPERANZA sackte nach unten.

Wie ein Speer schossen Energiebündel unterschiedlichster Art an der SPERANZA vorbei, und über ihr wanden sich die seltsamen Würmer hektisch in der Luft, ehe sie hinterhertauchten.

Sie würden dieses Gefährt nicht entkommen lassen.

»Sie steuern auf den Boden zu!«, rief Toreead. »Wir werden zerschellen!«

Deringhouse sah ihn kurz an, ehe er seine Aufmerksamkeit wieder den Kontrollen zuwendete. »Ganz genau. Und nun feuern Sie direkt in Flugrichtung auf die markierte Position!«

Er sah, wie der Naat sich versteifte und wie Begreifen über seine Züge glitt. Sie hatten keine Zeit für lange Erklärungen, und ihnen blieb nur ein einziger, verzweifelter Versuch.

Ihre ganze Hoffnung lag darin, dass der Schutzschirm eine Halbkugel bildete und nicht von einem Strategen gesteuert wurde, sondern von einer Automatik, die erst auf eingetretene Ereignisse reagierte und nicht bereits im Vorgriff tätig wurde.

Thermostrahlen schossen aus der Bordkanone und trafen kurz vor der Basis des Schutzschirms auf. Der Boden kochte, brodelte, dampfte.

Deringhouse blieb hoch konzentriert. Eine minimale Kursabweichung oder zu wenig Tempo konnte alles verderben. Er desaktivierte alle Sicherheitsprotokolle.

Drei ... *Ciao, SPERANZA! Lasst alle Hoffnung fahren ...,* dachte Deringhouse.

Zwei ... »Bereit zum Notausstieg!«

Eins ... Die SPERANZA meldete eine bevorstehende Kollision. »Energieschirm auf Maximum, sobald wir draußen sind! Raumanzüge koppeln!«

Die Kuppel öffnete sich, und die beiden Passagiere stiegen aus.

Null ... Mit einem mörderischen Krach prallte das Beiboot im vollen Schutz des seifenblasenförmigen Schutzschirms an den Fuß der Energiekuppel mitten hinein in die flüssige Glut, die es selbst erzeugt hatte – und explodierte, als der Schirm zusammenbrach. Die Druckwelle war enorm, die Hitze unbeschreiblich, aber alles entfaltete sich so schnell und war ebenso schnell wieder zu Ende, dass es nur ein winziges Zeitfenster gab.

In Synchronsteuerung rasten Deringhouse und Toreead im Schutz ihrer Raumanzüge durch die Randausläufer der entfesselten Gewalten und mitten in ihr Zentrum. Die Strahler in ihren Händen spien ebenfalls Feuer.

Und tatsächlich, Deringhouses Plan ging auf: Die Explosion der SPERANZA hatte einen mehrere Meter tiefen Krater in den Boden gesprengt, der es ihnen ermöglichte, unter der Kuppel hindurchzufliegen. Zugleich war der Kuppelschirm etwas durchlässiger geworden durch den Kontakt zum Beibootschirm. Jeder der beiden Faktoren allein hätte niemals ausgereicht, um sich das Durchkommen zu erzwingen, aber in Kombination funktionierte es: Zwar passte sich der Energieschirm wie kaum anders zu erwarten der Verschiebung der Oberfläche an, indem er tiefer sank, aber dies geschah nicht in Nullzeit.

Und schon waren sie hindurch, und ihr Schwung trug sie noch mehrere Meter weit in das tropische Land, das sie erwartete.

Hinter ihnen riegelte der Schirm die Passage wieder ab, und davor schwebten zornige orangerote Augen, ohne etwas ausrichten zu können.

»Sie sind wahnsinnig wie ein hitzekranker Felslandnaat!«, sagte Toreead.

Er klang beeindruckt.

Kapitel 8

Phylior: Cyra Abina

Cyra Abina.

Damals wusste ich nicht, wer sie war. Ich spürte lediglich ihre Hand auf meinen Laubblättern.

»Was machst du so allein so weit abseits der Deinen, kleiner Gräber?«, fragte sie. »Du siehst nicht gut aus.«

Das verstehst du nicht, gab ich zurück, viel patziger, als ich gewollt hatte. Sie wirkte nett.

Allerdings hatte ich große Angst, und es war mir unangenehm, von der Goldenen angesprochen zu werden. Die Schande, von den anderen Santor nicht akzeptiert zu werden, machte mir genug zu schaffen.

Auch Pranav Ketar war ein Goldener, und ich wusste: Man belästigte den Wohltäter nicht mit Bagatellen.

Die Goldene lächelte mich an. »Ich glaube, ich verstehe sehr gut.« Sie beugte sich vor, packte mich und riss mich aus der Erde, ehe Paal'chck etwas dagegen unternehmen konnte.

»Folge mir, Chi'quan! Es ist Zeit, dass wir diesen Santor wieder aufpäppeln.«

Sie trug mich, wie ich Paal'chcks Sinnen entnahm, vorsichtig zu einem Gleiter und legte mich dort ab. Nachdem Paal'chck zugestiegen war, flog sie über die gereinigten Ebenen zur Landestelle der Fähren.

Zu meinem Erstaunen benutzten wir kein Raumfahrzeug der Kaschlanen, sondern ein Kegelschiff, wie wir es gelegentlich aus dem Arsenal erhielten, ehe es durch die Transferhaut zurückgeschickt wurde.

Für mich verging kaum Zeit, meine Wurzeln fanden keine Nahrung, es gab kein Wasser, und alle Prozesse, die sich in meinen Laubblättern abspielten und die mir Kraft geben sollten, nahmen ab.

Ich spürte bereits, wie meine Kraft sich zusammenzog und in die Wurzelknolle zurückkehren wollte, als wir die WELTEN-

SAAT erreichten. Zu meiner grenzenlosen Überraschung brachte die Goldene mich nicht in den Forschungstrakt, sondern in ihre eigene Kabine.

Vorsichtig pflanzte sie mich in eine neue Kristallschale und versorgte mich mit Wasser und darin gelösten Nährstoffen.

Ich schlug meine Wurzeln in den feuchten, angenehm temperierten Boden, und zum ersten Mal seit Langem schmeckte ich wieder eine natürliche Reinheit. Kaschla hatte meinen Geschmack beinahe getötet.

»Woher kommst du eigentlich, kleiner Gräber?«, erkundigte sich Cyra Abina. »Einen wie dich habe ich nie zuvor gesehen.«

Ich zögerte. *Ich weiß es nicht. Eines Tages erwachte ich ... und musste zusehen, wie ich zurechtkam.*

»Du weißt wenig über deine eigene Art«, sagte die Goldene. Sie klang traurig. »Man kann eine andere Spezies so lange untersuchen, wie man will, es ersetzt nicht das Erleben. Soll ich dir erzählen, was ich von euch Santor weiß? Vielleicht fällt dir noch das eine oder andere dazu ein ... Was meinst du dazu?«

Wir können es versuchen, bot ich an.

»Santor sind autotrophe Lebewesen, das bedeutet, dass sie sich selbst ernähren können, indem sie all ihre Bau- und Reservestoffe ausschließlich aus anorganischen Stoffen aufbauen. Die dazu notwendige Energie liefert ihnen in erster Linie die Fotosynthese, allerdings finden sich im Wurzelknollenbereich auch Einlagerungen bestimmter Bakterien, die ebenfalls autotroph arbeiten, indem sie Nitrate, Schwefelwasserstoff und viele andere Stoffe in Energie verwerten. Zur Bildung der organischen Baustoffe dient primär die anorganische Kohlenstoffquelle des Kohlendioxids, unsere Wissenschaftler haben jedoch auch Reservesysteme gefunden, die auf Carbonat-Ionen zurückgreifen.«

Ja?, warf ich ein, weil ich annahm, sie wartete auf eine Reaktion von mir. Sie hatte so schnell und überlagernd gedacht-gesprochen, dass ich mich auf den Inhalt überhaupt nicht hatte konzentrieren können.

Sie sah mich an. »Ja?« Sie lachte. »Du hast nichts von dem verstanden, was ich dir gesagt habe, oder?«

Wieso machst du so viele Worte? Warum kannst du das Leben nicht nehmen, wie es ist? Musst du alles hinterfragen?

»Du hast wirklich jede Menge Fragen! Du bist die mit Abstand interessanteste Blume im Garten der WELTENSAAT!«

Sie lachte so laut, dass meine »Augen« den Luftdruck mit Leichtigkeit interpretierten. Du wirst bemerkt haben, Betty, was die Goldene ebenfalls wusste: Entlang meiner »Augen« im Innern der Blütenblätter verlaufen Fühlhaare, die wie Wimpern aussehen. Tatsächlich übertragen sie durch Hebelwirkung jedweden Druck verstärkt auf das lebende Protoplasma. Und das, was wie Augen aussieht, sind keineswegs Sinnesorgane wie eure, sondern spezielle Orte, an denen ich tagsüber selbst bei geschlossenem Blütenkelch mittels einer Dunkelreaktion Glukose herstelle, während gleichzeitig als Lichtreaktion die Fotosynthese ablaufen kann. So hat es mir jedenfalls Korian Lafesh Hurimun Skarrat erklärt.

Ich weiß wirklich wenig über mich selbst. Ich glaube, ich gehöre einer neuen Art Santor an, denn angeblich gibt es nur fünf Geschlechter, und ich zähle zu keinem davon. Ich weiß nicht, was das alles bedeutet. Ich weiß nur, dass ich gern der Allianz diene und den Wohltäter verehre wie jeder andere.

Cyra Abinas Reaktion fiel nicht ganz so aus, wie ich erwartet hatte. Als ich den Wohltäter erwähnte, zuckte sie leicht zusammen, und ihre Hautoberfläche kühlte um ein halbes Grad ab.

»Pranav Ketar dient mit ganzem Verstand der Sache«, flüsterte sie. Es klang wie eine Beschwörung, eine Ermahnung oder ein Versprechen, und ich war sicher, dass die Worte nicht an mich gerichtet waren. Dann kehrte die souveräne Lässigkeit wieder in sie zurück, und sie sprach mit mir. Rückblickend erkenne ich, dass sie mir weniger erzählte, als sie mir Informationen entlockte, aber ich verstehe sie. Sie musste wissen, wer und vor allem was ich bin. Solche Kenntnisse können über Leben und Tod entscheiden. »Und du? Bist du mit deinem Herzen dabei?«

Selbstverständlich, antwortete ich, obwohl ich kein Herz in jenem Sinne habe, den Tierische meinen.

»Gut«, sagte sie einfach. Mit sanften Bewegungen häufelte die Goldene Erde um meine Wurzeln und begoss sie leicht. Sofort spürte ich meine Wurzeln schwellen. »Du musst eines verstehen: Der Große Krieg ist vorüber, aber nur vordergründig. Das Ringen dauert an. Wir dürfen uns keinen Fehlschlag erlauben. Und wir sind diesem Ziel mit Herz und Verstand verschrieben, ganz besonders wir Goldenen. Manchmal müssen wir Schuld auf uns laden, damit der Rest der Allianz sicher ist.«

Was hat das mit mir zu tun?, erkundigte ich mich vorsichtig. Ich konnte die Goldene nicht einschätzen. Sie verwirrte mich, machte seltsame Andeutungen und führte sie nicht weiter aus. Was wollte sie?

»Ja, das ist immer die Frage: In welcher Beziehung stehen die großen kosmischen Themen mit dem jeweiligen Individuum? Ich rate dir, kleiner Gräber: Vergiss diese Frage nie, und wenn du sie eines Tages beantworten kannst, musst du dich entscheiden. Mag sein, dass es nur einen winzigen Unterschied bedeutet, aber selbst wenn du nur zwischen zwei fast deckungsgleichen Ergebnissen wählen kannst, ist es eine Wahl, die nur du treffen kannst.«

Ich verstand immer noch nichts, aber beschloss, es dabei zu belassen. Je mehr ich fragte, umso verwirrter wurde ich. Wir unterhielten uns nun über andere Dinge, und ich bemerkte, was für einen Unterschied es zwischen Cyra Abina, Paal'chck und Korian Lafesh Hurimun Skarrat gab. Der Wissenschaftler war stets nur auf sein Projekt fixiert, Paal'chck führte ein einfaches Leben mit geringer Brennweite seines Blicks – nennt man das nicht so, Betty? –, während die Goldene mir half, die Welt besser einzuschätzen.

Schließlich kamen wir auf die Frage, die ich befürchtet hatte, seit wir angefangen hatten, uns zu unterhalten: welches Problem ich mit mir herumschleppte.

Es fiel mir nicht leicht, ihr meine Sorge zu gestehen, ich sei minderwertig und könne dem Wohltäter nicht so dienen, wie es ihm gebührte, aber sie hörte geduldig zu.

»Ich sagte dir ja, dass der Wohltäter seinem Auftrag mit jeder Faser verschworen ist. Du bist für ihn so lange von Relevanz, wie du diesem Auftrag dienst. Korian Lafesh Hurimun Skarrat hat es nicht geschafft, diese Relevanz herzustellen, aber das ist ausschließlich sein eigener Fehler. Ich glaube, dass er zu früh aufgab«, sagte sie schließlich. »Es ist möglich, dass du nur im Verbund mit anderen dein besonderes Potenzial zeigst. Denn auch ich glaube, du bist etwas Besonderes. Warum sonst hätte man dich auftauen sollen?«

Auftauen?

»Eine ganz einfache Schlussfolgerung. Du sprachst selbst von Kälte. Wenn es keine Metapher war, musst du zuvor eingefroren gewesen sein.«

Ich verstand sie nicht. Sie wirkte unsicher und nachdenklich. Aber sollte sie als Goldene denn nicht *alles* wissen?

»Pass auf: Wir fliegen demnächst ein neues Ziel an, zu einer Operation, zu der wir alle Santor brauchen werden. Und bis es so weit ist, werden wir uns damit befassen, dein besonderes Talent zu entdecken. Einverstanden?«

Du selbst willst mir helfen? Du, eine Goldene?

Wieder lachte sie dieses wasserperlende, laute Lachen.

»Ich bin nicht sicher, ob es Grund zu Heiterkeit gibt!«, erklang da eine Stimme, die ich gut kannte.

»Ketar«, flüsterte die Goldene und sank auf ein Knie. »Ich wusste nicht, dass du ...«

Der Wohltäter unterbrach sie: »Genau darin liegt das Problem. Kompetenzüberschreitung und Unwissen. Du hattest einen Auftrag, Abina! Stattdessen gräbst du Blumen aus und wieder ein! Kannst du mir das bitte erklären? Was kommt als Nächstes? Wirst du dich mit ihr unterhalten wie mit einem Gleichgestellten?«

Ich empfand den Ton des ehrenwerten Pranav Ketar, unseres Wohltäters, als unangenehm und nicht angemessen. Was hatte Cyra Abina ihm getan? Was hatte *ich* ihm getan, denn das Gespräch drehte sich ganz offenkundig um mich.

»Ich bin sicher, dass dieser Santor falsch ausgebildet wurde«, sagte die Goldene fest. »Gib mir etwas Zeit, und ich werde dir seinen Wert beweisen.«

»Du bist zu weich!«, herrschte Pranav Ketar sie an, als wären Paal'chck und ich gar nicht anwesend.

»Er stand allein vor der *Watape«*, verteidigte sie sich. »Sie hatten ihn allein zurückgelassen. Hätte ich ebenso herzlos sein sollen?«

»Er ist nur ein Projekt, unser GBSB-01, und wir müssen den Tatsachen ins Auge sehen: Das Projekt ist gescheitert. Das gibt sogar Skarrat zu, der bekanntlich einer der stärksten Verfechter der Riofe-Rohn-Revitalisierung ist.«

Ich zuckte zusammen. Diesen Begriff hörte ich zum ersten Mal, aber er schien irgendetwas mit mir zu tun zu haben.

Riofe Rohn.

Ich musste herausbekommen, was sich dahinter verbarg. Aber zuerst interessierte mich dieser ... Streit, der meinetwegen aufgeflammt war. Ich hätte mich gern zu Wort gemeldet, aber ich scheute davor zurück, einem Goldenen – und schon gar dem Wohltäter! – ins Wort zu fallen, geschweige denn ihm zu widersprechen. Also wartete ich ab und lauschte mit allen Sinnen dem, was Cyra Abina und Pranav Ketar einander sagten.

Dissonanzen zwischen Goldenen.

Wie konnte das sein? War es so, wie Cyra Abina es gesagt hatte – dass manchmal winzigste Unterschiede ausschlaggebend sein konnten? Oder hatte ich sie da falsch verstanden?

»Wir dürfen nicht aufgeben!«, sagte Cyra Abina.

Ketar nickte schwer. »Möge die helle Flamme unserer Begeisterung niemals zum Erlöschen kommen. So, wie sie einst emporstieg, muss sie auch immer wieder selbst zu den einfachen Leuten hinabsteigen, um dort ihre Wurzeln zu suchen und ihre Kraft zu finden.«

»Das sind doch Allgemeinplätze! Damit kommst du nicht weiter.«

»Du mit deinen Ausnahmen und individuellen Lösungen aber auch nicht! Wir haben einen Auftrag zu erfüllen! Nichts anderes zählt, und du hältst dich auf mit ... Kleinigkeiten, verschwendest deine Kraft. Ich verbiete es dir!«

Er wurde immer lauter, zorniger. Ich verstand nicht, was in ihm vorging. Was genau machte ihn so wütend, dass er die Fassung verlor?

»Du hast mir nichts zu *verbieten«,* sagte sie kühl. »Das weißt du genau. Ich werde tun, was getan werden muss, um unser Ziel zu erreichen: den endgültigen Sieg über den Feind.«

In dieser Weise ging es eine Weile hin und her. Ich will dich nicht langweilen, Betty, und ich verstand auch nicht alles, obwohl ich mich heute ärgere, nicht besser aufgepasst zu haben. Vielleicht hätte ich dann ... Nun, aber wenn jedes Vielleicht ein Stern wäre, gäbe es keinen Platz mehr am Himmel.

Für mich wurde das Gespräch erst wieder interessant, als Ketar mit plötzlich sehr leiser Stimme sagte: »Du hängst dein Herz an diesen kleinen grünen Gräber – und wirst mit Schmerz dafür bezahlen. Setz diese Blume aus, solange der Schmerz noch klein ist!«

Cyra Abina hob beide Hände und streckte ihm die Handflächen in Brusthöhe entgegen. »Du verstehst es nicht. Es gibt Schmerzen, die wir erdulden müssen, wenn wir Heilung erlangen wollen.«

»Das ist Unsinn! Du benutzt zu viel von diesen Paratropfen. Sie vernebeln dir die Sinne!« Er griff nach ihrem Haar und den Spangen darin, aber sie wich aus, hob die Hände. Er griff nach ihrem Hals. Er dampfte förmlich vor Zorn, ich konnte die in ihm aufsteigende Hitze deutlich spüren. Würde er Cyra Abina etwas antun? Niemand konnte eingreifen – nicht der Chi'quan, nicht ich. Dies war ein Konflikt zwischen Goldenen. Er musste auf ihre Art ausgetragen werden.

Oder sollte ich mich einmischen?

Lasst ab!, schickte ich ihnen einen beruhigenden Gedanken.

Keiner der beiden reagierte.

Stand ich so tief unter ihnen, dass sie mich einfach ignorieren konnten?

Sie legte ihre schlanke goldene Hand auf seine. Ihre Stimme war vollkommen beherrscht. »Du darfst mir nichts antun. Ich bin nicht deine Feindin, wir sind nur unterschiedlicher Meinung. Was ist so schlimm daran, mir die meine zu lassen?«

Er zog die Hand weg. »Nur, weil du mir meine Meinung lassen willst, bedeutet das nicht, dass ich dir deine lassen werde.«

Sie ging einen Schritt auf ihn zu, eine Bewegung gebändigter Aggression. »Du *wirst* mir meine Meinung lassen!«

»So mag es sein. Es ist dein Schmerz. Aber denk daran: Der Gräber hatte seine Chance.« Mit diesen Worten drehte er sich um und verließ den Raum.

Mir war, als sei es kälter geworden. Wie konnte der Wohltäter so abfällig über mich reden? Und wie konnte er einer anderen Goldenen etwas befehlen, was diese ablehnte?

Ich glaube, damals entstand ein feiner Riss in meiner bis dahin fugenlos positiven Sicht Pranav Ketars. Ohne diesen Riss wäre es Ianis später ganz gewiss nicht so leichtgefallen, Zweifel zu säen.

Die freundliche Goldene blieb noch eine Weile reglos stehen. Ich versuchte, mentalen Kontakt zu ihr aufzunehmen, aber sie verschloss sich mir.

Schließlich, als ich es nicht mehr aushielt, bat ich Paal'chck, sie anzusprechen.

Kaum hatte er meine Bitte vorgetragen, drehte sich die Goldene langsam zu mir um. »Was möchtest du, kleiner Gräber?«

Ich nahm all meinen Mut zusammen. *Ich habe den Wohltäter nicht verstanden. Was meinte er mit ›Schmerz‹?*

»Nichts. Nichts, was dich angehen würde, denke ich. Wir haben keinerlei Hinweise auf Schmerzempfindlichkeit deiner Spezies gefunden, also werde ich es dir auch nicht so rasch begreiflich machen können.«

Versuch es!, forderte ich sie auf.

»Dafür ist jetzt keine Zeit. Wir haben zu tun!«

Cyra Abina brachte mich in ihr eigenes Labor. Zunächst war ich nicht begeistert davon, denn sie scheute nicht davor zurück, Zellproben zu entnehmen – das war etwas, das der Ramani-Wissenschaftler nie getan hatte. Es war unbequem, und ich verstand nicht recht, wozu es gut sein sollte.

Dennoch – alle ihre Untersuchungen bestätigten, was Korian Lafesh Hurimun Skarrat bereits festgestellt hatte.

Dann aber tat sie etwas Ungewöhnliches: Sie bat mich, meine Blüte zu öffnen.

»Ich glaube, wir waren die ganze Zeit auf der falschen Fährte. Du hast dich der falschen Mittel bedient.«

Sie entnahm meinen Staubbeuteln einige Proben meiner Pollen. Du weißt wahrscheinlich, Betty, dass Pollen bei Pflanzen der Vermehrung dienen. Insofern hatte ich darauf nicht bewusst geachtet oder einen Zusammenhang zu meiner erwarteten Sonderstellung gesehen.

Es dauerte nicht lange, bis Cyra Abina erste Ergebnisse hatte. Sie waren ihren eigenen Worten zufolge »ungewöhnlich«.

Pollenkörner durchmessen nur fünfzig Mikrometer und bestehen aus einer Zelle, die von einer widerstandsfähigen, zweilagigen Wandung umhüllt wird. Jede dieser Lagen setzt sich aus einer oder mehreren Schichten zusammen, wobei an der Innenseite die häufigsten Zellulose-Fibrillen sind. Bei uns Santor ist die Außenwand granulär aufgebaut. Die Außenwand ist entsprechend durchbrochen, mehrschichtig und manchmal geradezu skulpturiert. In den entstehenden Hohlräumen befindet sich unter anderem der Pollenkitt, eine ölige Substanz aus Lipiden und Carotinoiden, mittels derer die Pollenkörner an den Bestäubern anhaften oder sich untereinander zu größeren Konglomeraten vereinigen. Das Interessante, das Cyra Abina entdeckte, war der Umstand, dass sich in meinen Staubbeuteln sehr unterschiedliche Pollenkörner fanden.

Sie untersuchte die Pollenkörner weiterer Santor und fand dabei heraus, dass alle anderen fünf Geschlechter nur jeweils genau eine Pollenform herstellten, die optisch eindeutig von jeder anderen zu unterscheiden war. Um einen neuen Santor auf biologischem Weg zu erzeugen, mussten genau fünf dieser Pollenkörner aufeinandertreffen, wobei vier unterschiedliche vorhanden sein mussten. Das doppelte Pollenkorn bestimmte dabei, welcher Aspekt sich in dem neuen Santor am ausgeprägtesten zeigte und welchem Geschlecht er deswegen angehörte.

Das erklärte zwar die natürliche Neigung der Santor zu Quintetten und den Grund für meine Ablehnung, allerdings war damit die Frage nach dem Sinn und Zweck meiner Pollenkörner nicht beantwortet. Wenn sie nicht zur Fortpflanzung dienten, wozu dann?

Cyra Abina nahm sich nun die Pollen im Einzelnen vor. Ihre

Überraschung war groß, als sie entdeckte, dass die Pollen, die ich produzierte, keineswegs einen haploiden Chromosomensatz enthielten wie alle anderen bekannten Pollen, sondern neben jeder Menge Pollenkitt lediglich extrem kurze, aber ganz offenbar *zusätzliche* diploide Chromosomenanteile, die jeweils andere Bereiche der normalen Chromosomen überlagerten. Darüber hinaus fand sie Partikel, die sie nicht einordnen konnte, weil sie zerfielen, sobald sie sie zu analysieren versuchte. Aber sie schien einen Verdacht zu haben, denn sie griff häufig an ihren Kopfschmuck und flüsterte: »Wie Paratropfen ...«

Und an diesem Punkt landeten die Untersuchungen vorläufig in einer Sackgasse. Als ich mich darüber beschwerte, tröstete sie mich: »Du setzt zu große Erwartungen in den ersten Schritt. Auch wenn wir kein Ergebnis vorliegen haben, sind wir ein gutes Stück weitergekommen. Wir wissen jetzt mit hoher Wahrscheinlichkeit, dass der Schlüssel in den Pollen liegt! Als Nächstes werden wir einen Feldversuch machen müssen. Am besten gleich hier, ehe die WELTENSAAT Kaschla verlässt.«

Ich stimmte begeistert zu. Endlich! Endlich konnte ich wieder etwas tun und würde hoffentlich erfahren, wozu ich imstande war.

Aber zuvor hatten Paal'chck und ich noch etwas zu erledigen.

Und so warte icham äußersten Rande der Zeit ...

Sie schlief und wachte zugleich. Während der Schmerz sie durchbohrte und zusammenpresste, ihr Augenlicht nutzlos war und ihre Bewegungen erstorben, konnte sie diese Welt dennoch spüren mit all den Sinnen, die ihr geblieben waren.

Es war eine schöne Welt – so, wie jede Welt ihre Schönheit hatte. Ob malvenfarbene Blütenmeere, himmelhohe, eisgekrönte Gebirge, blauschwarze Meere, duftende, blühende Auen, orangefarbene Wolkenkavalkaden, Sonnenuntergänge, planetare Ringe, knisternde Gewitter, prickelnder Regen ... Sie hatte so viele Welten gesehen, und die Erinnerung an jede davon brachte Schauder ewiger Schönheit zurück.

Und doch war Schönheit so vergänglich wie Sicherheit und so trügerisch wie Treue.

Treue ... ein ephemerer Funken aus der ewigen Flamme, deren Licht die Allianz antrieb.

Sie hatte ihre Strafe verdient, aus *seiner* Sicht. Aber sie fühlte sich nicht schuldig, noch immer nicht.

Ich lebe nur in Erinnerungen, zwischen Hoffnung und Leid ...

Sie konnte spüren, wie Wind aufkam.

Sie lauschte hinaus.

Der Wind brachte Neuigkeiten mit sich.

Jemand war gekommen von jenseits der Sterne.

Sie wartete, gefangen zwischen Schmerz und Hoffnung.

Auch diese Mission würde scheitern.

Niemand hatte sie gefunden.

Nie und für immer.

Was bleibt? Ich lebe in einem Traum ohne Anfang und Ende ... Oh, möge er enden. Einfach nur enden.

Kapitel 9

Phylior: Riofe Rohn

Unter dem Stichwort »Riofe Rohn« gab es nicht viele Informationen, aber diese führten uns auf interessante Verbindungen. Selbstverständlich war es Paal'chck, der die maßgebliche Spur fand, die Fährten innerhalb von Aufzeichnungen waren für mich nur schwer zu entdecken, meine Wahrnehmung war dafür einfach nicht gedacht. Die Spur führte uns zu einer Reihe von Berichten, die mich zutiefst beunruhigten.

Zum Glück vergessen wir Santor nicht so schnell wie die Tierischen. So, wie wir überdauern, indem wir teilweise absterben, so ballen und verdichten wir Informationen und speichern sie. Jedenfalls, wenn wir sie für wichtig genug halten. Und diese Informationen *waren* wichtig.

Wichtig und gefährlich.

Vor langer Zeit, so lange her, dass die meisten es für ein Märchen halten, erwuchs in einem abgelegenen Sektor jenseits der Schwarzen Weite und diesseits der Eismauern von Juuman eine große Gefahr. Sie ging von einer Welt aus, die eigentlich gar nicht da war, der einzigen ihrer orangefarbenen Sonne, und der Name dieser Welt lautete *Saantiora.* Es war eine lebensfreundliche Welt in der Biozone um ihr Gestirn *Saant.*

Sie hatte den üblichen Zyklus durchgemacht, unterschiedliche Lebensformen in den Kampf ums Überleben geschickt, und aus diesem Ringen war die Riofe Rohn als Sieger der Evolution hervorgegangen. Sie selbst nannte sich selbstverständlich nicht Riofe Rohn, denn dieser Name kommt aus dem Nochanischen und bedeutet so viel wie »Blühende Gefahr«; ihre Eigenbezeichnung war weitaus prosaischer: »Die Hungrige«.

Der Goldene Ritab Firote gelangte durch schieren Zufall in den Bann von Saantiora. Seine Aufzeichnungen geben uns Aufschluss darüber, wie essenziell die Gefahr der Riofe Rohn tatsächlich war ...

Logbuch der NOCHANIA, Ritab Firote, 31-30-312043

Meine nochanische Mannschaft fing per Hyperfunk einen fragmentierten Hilferuf auf: Er stammte von einem kaledischen Frachter, der im Raumsektor CV-XE-879 auf seiner üblichen Handelsroute zwischen Morenam und Kulinda unterwegs war. Nachdem der Funkspruch alle Analyseschritte durchlaufen hatte, wurde ich informiert, um eine Entscheidung zu treffen. Ich fürchte mittlerweile, es könnte ein Fehler gewesen sein, dieser Botschaft zu folgen: *...fe. Wir wurden ...gen und gezwungen, in einen niedrig[en/eren?]... ken haben die Luken zum Frachtra[um] ... [Ei]le ist geboten! Helft uns!* Wir steuerten den fraglichen Sektor an, suchten mithilfe der Schiffssignatur nach der BERAL und fanden sie bei einem Zwischenstopp auf ihrem Weg nach Kulinda. Ein Hyperfunkgespräch ergab, dass sie keinen Funkspruch des fraglichen Inhalts gesendet hatte – oder dass die Besatzung dies zumindest vorgab.

Wir flogen daraufhin auf der bereits zurückgelegten Route der BERAL zu ihrem Ausgangspunkt zurück. Unseren Berechnungen – basierend auf Abflugzeit, Zielpunkt und Leistungsparametern eines Frachters der Effizienzkategorie B+ – zufolge muss der Funkspruch, wenn er tatsächlich von diesem Schiff stammte und es sich wirklich nicht um eine Fälschung handelte, in einem der kodierten Systeme (s. Anhang) gesendet worden sein.

Eine Routineüberprüfung der Systeme ergab keinerlei Besonderheiten, bis wir durch Zufall auf ein erratisch auftretendes hyperphysikalisches Phänomen stießen: An Position CV-XE-879-H9/A3/B5 kam es zu einer Raum-Zeit-Verzerrung, deren Ausläufer die NOCHANIA gestreift und ihren Überlichtantrieb schwer beschädigt haben. Ihre Ursache liegt offenbar in einem Gravitationseffekt, der wiederum durch eine Reihe massiver hyperenergetischer Impulse ausgelöst wird.

In den nächsten Stunden – auch Tagen, wenn es nötig sein sollte – werden wir versuchen, unser Überlichttriebwerk wieder instand zu setzen sowie die Frequenz der Impulse in Korrelation mit Häufigkeit und Stärke des Gravitationseffekts statistisch zu erfassen und auszuwerten.

Logbuch der NOCHANIA, Ritab Firote, 35-31-312043

Das Überlichttriebwerk ist, wie sich herausgestellt hat, zu

schwer beschädigt, als dass wir es mit Bordmitteln reparieren könnten.

Die Untersuchungen der Raum-Zeit-Anomalie sind, soweit es unsere Messmöglichkeiten zulassen, abgeschlossen. Ich bin nicht sicher, wie ich sie einzustufen habe. Etwas Derartiges ist mir bislang nie untergekommen. Wir beobachten lediglich ein Ergebnis, dessen Ursache und Prozess uns vollkommen verborgen bleiben. Insbesondere konnte die Quelle der hyperenergetischen Impulse von uns nicht festgestellt werden.

Ich habe daher per Hyperfunkrichtstrahl von der Basis Kantru einen Ringraumer angefordert. Kommandant Woltoka Tajun versicherte die Entsendung der WELTENSANG binnen längstens einem Tag.

Im Wesentlichen beschreibt unser nochanischer Gezeitenforscher (wie die Nochanen die Lehre von hyperphysikalischen Wellen beschreiben) Ulo Ulo Urlan die Anomalie als sich in einem unregelmäßigen Rhythmus *punktförmig* über der atmosphärelosen, sonnenlosen Welt an Position H9/A3/B5 (Eintragung in die Sternkarten ab sofort als *Urlanum)* ausprägende Distortion des normalen Raum-Zeit-Gefüges, die sich allerdings *schachtförmig* durch mehrere parallele Universen fortsetzt und diese am betroffenen Punkt verbindet, mithin theoretisch Bewegung entlang einer universalen Achse ermöglicht, wenngleich uns bisher unbekannt ist, mit welchen Kosten diese Nutzung verbunden sein könnte. Unsere Chi'quan haben ein unbemanntes Beiboot präpariert, das wir später in diese Anomalie schicken werden.

Logbuch der NOCHANIA, Ritab Firote, 36-32-312043

Die WELTENSANG ist noch nicht eingetroffen.

Das Beiboot, das wir in die Anomalie entsandten, ist nach vier Phasen zurückgekehrt. Interessanterweise befindet sich, soweit beobachtbar, in jedem der miteinander verbundenen Universen ein Planet. Dies hat im Wissenschaftsbetrieb der NOCHANIA zu einem Dissens geführt hinsichtlich der Einstufung der Schachtverbindung. Womöglich handelt es sich nicht um Universen, sondern um Para- oder Pseudorealitäten, Realitätsvarianzen oder spekulative Zukünfte. Ich bin kein Wissenschaftler und werde diese Diskussion mit Freuden an die zuständigen Kreise weitergeben, sobald wir wieder Kantru erreichen.

An den Messprotokollen konnte Urlan keine über Standardbedingungen und Schutzwirkung hinausgehenden schädlichen Wirkungen des Strahlungscocktails auf organische Lebensformen feststellen, allerdings kam es zu technischen Aussetzern im Mikrosekundenbereich, innerhalb derer die Gravitationsimpulse durchschlagen könnten. Um Schäden an der Mannschaft zu vermeiden, werden wir das Beiboot entsprechend für den zweiten Durchgang durch die Anomalie präparieren.

Logbuch der NOCHANIA, Ritab Firote, 01-33-312043

Mich beschleicht immer stärker das Gefühl, einen furchtbaren Fehler begangen zu haben. Die WELTENSANG ist noch nicht eingetroffen.

Diesmal benötigte unser Beiboot drei Phasen länger, um die Anomalie wieder zu verlassen. Als wir es näher holten, bemerkten wir Beschädigungen des Rumpfs, allerdings keine Durchbrüche oder Löcher im Rumpf. Vorsichtshalber schleusten wir das Beiboot nicht ein, sondern hielten es in einer Distanz von zweihundert Millionen Kilometern, während wir seine Aufzeichnungen überspielten und prüften. Es war tatsächlich gelungen, entlang des Anomalieschachts vier Planeten anzufliegen, obwohl wesentlich mehr erreichbar sein dürften, wenn die Messdaten stimmen. Jeder dieser Planeten wies exakt die gleiche Gestalt, Masse, Schwerkraft, Achsneigung und Rotation auf wie die anderen, unterschied sich aber in anderen Faktoren mitunter beträchtlich. So verfügten beispielsweise zwei der vier Welten über Atmosphären, zwei über einen und eine über drei Monde und dergleichen mehr.

Zwei Umstände sind dabei besonders erwähnenswert: Erstens, die hyperenergetischen Impulse scheinen zumindest aus dem Schacht selbst zu stammen. Derzeit glauben die Wissenschaftler, sie entstünden nicht dort, sondern würden durch einen hyperphysikalischen Tunneleffekt in diesen Schacht geleitet und dort aufgrund der besonderen Raum-Zeit-Struktur verstärkt und zurückgeworfen. Wenn das stimmt, haben wir es eventuell mit einem theoretisch unbegrenzt lange fortdauernden dynamischen Phänomen zu tun. Zweitens, die Beschädigungen des Beiboots erfolgten während dessen Aufenthalts in der Atmosphäre des letzten angeflogenen Planeten: einer Dschungelwelt. Nähere Untersuchungen scheinen sinnvoll zu sein, allerdings werde ich dazu die Rückendeckung der WELTENSANG abwarten.

Logbuch der NOCHANIA, Ritab Firote, 02-33-312043

Die WELTENSANG unter Rolak Troh ist endlich eingetroffen. Erste Messungen der Spezialisten haben unsere Untersuchungsergebnisse bestätigt. Ein solches kosmisches Phänomen ist uns bislang nicht begegnet. Über die Transfermembran haben wir weitere Messeinheiten herbeigeholt, darunter auch einen Experten für hyperphysikalische Störeinflüsse. Tajuns Prognose zufolge handelt es sich um ein stabiles, allerdings hinsichtlich Stärke und Schwankungsbreite irreguläres Phänomen. Wir werden abwarten, ob es möglich ist, dies strategisch und/oder wissenschaftlich zu nutzen.

Vorerst haben wir Sonden rings um Urlanum stationiert sowie innerhalb des Schachts an unterschiedlichen Stellen und auf den betroffenen Parallelwelten, um möglichst viele Daten zu sammeln. Wenn es uns gelingt, das Schachtphänomen zu verstehen, zu nutzen und zu kopieren, stehen wir vor einer Sensation, die sich nur zu unserem Vorteil entwickeln kann – ökonomisch, politisch und strategisch. Scheinbar muss ich meine negative Grundeinstellung und »bedenkenträgerische Kleingeistigkeit« (so auch Rolaks Ratschlag bei einer Besprechung) überprüfen.

Logbuch der NOCHANIA, Ritab Firote, 03-34-312043

Meine Skepsis war angebracht. Wir haben den Totalverlust *aller* Sonden zu verzeichnen, außerdem schwerste Schäden an der WELTENSANG und der NOCHANIA. Wir sind nicht in der Lage, es zu erklären, aber der Erfolg des Angriffs basierte wesentlich auf dem Eingreifen unseres robotgesteuerten Beiboots. Die flankierenden Angriffe aus der Schachtanomalie mittels gebündelter Gravitationsimpulse und einer seltsamen, metaorganischen Waffe allein hätten mit hoher Wahrscheinlichkeit abgewendet werden können, wenn nicht über das Beiboot ein unbekanntes Virus in unsere Bordsysteme eingespeist worden wäre.

Die Emitter der WELTENSANG wurden ausnahmslos zerstört, ein Teil ihrer Hülle so stark beschädigt, dass an eine Reparatur oder an einen Interstellarflug nicht mehr zu denken ist. Unsere strategische Auswertung hat eine hohe Wahrscheinlichkeit dafür ausgewiesen, dass die Beschädigung der WELTENSANG ein primäres Ziel des unbekannten Gegners war. Wir gehen davon aus, dass er nicht bloß die mächtigere Einheit ausschalten wollte, sondern dass ihm auch daran gelegen ist, sie in Besitz zu nehmen.

Kommandant Troh hat den Transfer an Bord der NOCHANIA befohlen, er hält sich bereit, den Ringraumer in die Anomalie zu steuern und dort den an Bord verbliebenen Lazan einen finalen Befehl zu erteilen.

Logbuch der NOCHANIA, Ritab Firote, 22-34-312043

Es ist unfassbar: Unser Gegner ist eine *Pflanze.* Die Riofe Rohn ist trotz ihres harmlosen Äußeren ein wildes Geschöpf, das beachtliche Intelligenz und Bösartigkeit an den Tag legt. Wie wir herausgefunden haben, geht die Schachtanomalie ursächlich auf sie zurück, und sie verfolgte offenbar den Plan, Neugierige anzulocken und für sich zu vereinnahmen.

Die von uns bereits früh festgestellte Dschungelwelt – die Riofe Rohn nennt sie Saantiora, wie wir nun wissen – ist die Heimstatt des Ungeheuers, das wir zu uns gelockt haben. Sie liegt unseren Messungen zufolge in einem alten, sterbenden Universum, das seiner neuerlichen Kontraktion entgegenschleicht.

Wir sind nicht sicher, ob es sich bei der Riofe Rohn um einen einzigen, gigantischen Organismus handelt oder um ein Volk, da alle autonom handelnden Teile der Pflanze mit den anderen mental vernetzt zu sein scheinen – nicht anders lässt sich die erbarmungslose Effizienz ihrer Kriegführung erklären.

Ich bin mir bewusst, dass es weder Sinn und Zweck der NOCHANIA noch der WELTENSANG war und ist, Krieg herbeizuführen und auszutragen, und werde der unausweichlichen Strafe entgegensehen. Jedoch blieb mir kaum Zeit für eine Alternativplanung: Als die Riofe Rohn die WELTENSANG zu übernehmen drohte, musste ich handeln, um diese Gefahr abzuwenden. Mithilfe der Kodes, die mir Kommandant Troh vor seinem Tod durch Wurzeln und Sporen der Riofe Rohn hat zukommen lassen, ist es mir gelungen, das Ringschiff in das Innere der Anomalie zu steuern und dort den finalen Befehl zu erteilen.

Die Anomalie ist vernichtet, und jener Teil der Riofe Rohn, der in Form von Sporen an Bord des Beiboots gelangt und dort durch rasche Assimilation zu beträchtlicher Größe herangewachsen war, ist nun zumindest fürs Erste von sämtlichen anderen Riofe Rohn abgeschnitten, sei es nun Spezies, Mutterpflanze oder Restorganismus. Es ist uns weiterhin gelungen, die Riofe Rohn durch starke Fesselfelder, ein Antigravitationsfeld, das sie jedes materiellen Kontakts beraubt, und Wärmeentzug vorläufig außer Gefecht zu setzen. Zu Recht wies Tajun darauf hin, dass die Riofe Rohn einem Universum mit höherer kosmischer Hintergrundstrahlung entstammt und womöglich an dieses insgesamt höhere Temperaturniveau angepasst ist, sodass ihr Kälte verhältnismäßig mehr schadet als Geschöpfen unseres Universums.

Basis Kantru hat angekündigt, Hilfe zu schicken. Wir warten nun ab und beschäftigen uns in der Zwischenzeit mit der Erforschung der Riofe Rohn.

Die Riofe Rohn: wissenschaftlicher Abschlussbericht, vorgelegt von den Dres. Tajun, Urlan und Feflersch

ad 1) Phänotyp

Bei der Riofe Rohn handelt es sich um eine Pflanze, die wir zur Gattung der Bedecktsamer zählen und die partiell zur Ordnung der Lilienartigen, partiell aber auch zu den Palmenartigen gehört. Zugleich muss sie als intelligente Lebensform anerkannt werden, was unsere Taxonomie erschwert. Eine Erweiterung der Taxonomie ist nicht sinnvoll, da es sich um ein extrauniversales Konzept handelt.

Die Riofe Rohn besteht aus einem breiten, moosartigen Polster von etwa zwanzig Zentimetern Dicke, das in einer dichten Wurzelschicht endet. Durch die sehr unterschiedliche Wurzelform und die Lage der einzelnen Cluster kann vermutet werden, dass sie jeweils zu unterschiedlichen Teilen der Pflanze gehören. Wir sind uns darüber hinaus sicher, dass die Riofe Rohn im gegenwärtigen Zustand das Ergebnis einer Verschmelzung mehrerer Pflanzen darstellt.

Aus dem Moospolster wachsen mehrere schuppig-krautige, rübenähnliche Körper von bis zu einem Meter Höhe, die am oberen Ende durch einen Rand aus stechpalmenartigen Zweigen gekrönt werden. Aus der Mitte des Rübenkorpus wachsen acht rund achtzig Zentimeter lange – von grundständigen, wechselständig angeordneten, ungestielten, lanzettförmigen Laubblättern umgebene – unverzweigte Blütenstände. Die aufrechten Blüten selbst sind etwa eiförmig, mit glatten (orange, lila, blau, gelb, rot) oder gewellten (grün, schwarz, purpur) Blatträndern. Die Blütenform wird durch zweimal fünf kreisförmig angeordnete Blütenhüllblätter gebildet, die aufklappen können und im Inneren jeweils eine augenförmige Struktur erkennen lassen. Im Zentrum der Blüte befinden sich

Staubblätter, Staubfäden, Fruchtblätter und ein kurzer Griffel, der in einer fünflappigen Narbe endet.

ad 2) Genotyp

Wir fanden eine völlig unbekannte genetische Struktur vor, die zwar Ähnlichkeiten mit uns bekannten Spezies aufweist, aber gleichzeitig im Detail Abweichungen zeigt, die wir auf die extrauniversale Herkunft der Riofe Rohn zurückführen. Infolgedessen ist die Riofe Rohn inkompatibel mit Gewächsen des uns bekannten Universums. Ungeachtet der daraus resultierenden Schwierigkeiten konnten wir aus nahezu jedem erkennbaren Bestandteil der Riofe Rohn Zellen isolieren und genetisch vergleichen. Diese Zellen ähneln einander, sind jedoch erkennbar aus unterschiedlichen Genomen verschmolzen.

Ob es sich um einen natürlichen Prozess oder eine gezielte Aktion einer fremden Wissenschaft handelt, lässt sich mit den uns vorliegenden Daten nicht letztgültig beantworten. Die Datenlage reicht aber zur Stützung unserer These aus, dass die Riofe Rohn sich eigentlich aus mehreren Wesen zusammensetzt, die mittlerweile miteinander verschmolzen sind und als *ein* Wesen betrachtet werden müssen.

ad 3) Fähigkeiten

Die Riofe Rohn weist eine Reihe von Fähigkeiten auf, die sie zu einem der gefährlichsten Geschöpfe machen, die vorstellbar sind: Zuvorderst verfügt die Rohn über ein eigenes Bewusstsein, das aktiv vorwiegend telepathisch kommuniziert, dessen Wahrnehmung aber auch durch die einzelnen Körperteile in sehr unterschiedlicher Weise erfolgt. Wir konnten Rezeptoren für Gravitation, Strahlung, Feuchtigkeit, Elektrizität, Geschmack und vieles mehr identifizieren. Glücklicherweise scheint sie keinerlei hypnotisches, suggestives Talent zu besitzen, oder zumindest setzt sie es nicht ein.

In einem Kampf vermag die Rohn keinerlei physischen Schaden anzurichten – Gift, Tentakel, Dornen oder scharfe Blattkanten sind nicht vorhanden.

Allerdings sind die Wurzeln nicht zu unterschätzen: Sie sprengen innerhalb verhältnismäßig kurzer Zeit jedes bekannte Material, selbst unsere Kristalle – nötigenfalls zwingen sie das erforderliche Wasser aus dem moosartigen Grundkörper. Die zerbrochene Materie wird vollständig umgewandelt in nährstoffreichen Boden; offenbar erzeugt die Riofe Rohn ein Mehrfaches der benötigten Mineralien. Eine genaue Analyse der Vorgänge findet sich in den Anhängen, auf deren Grundlage eine Schutzbeschichtung oder anderweitige Behandlung der Kristallwandungen herstellbar sein sollte, sodass unsere Raumschiffe sicher sein sollten.

Eine weitere, sehr gefährliche Fähigkeit der Riofe Rohn ist die Pollenmanipulation: Offenbar dienen die Pollen der Riofe Rohn nicht in erster Linie der Fortpflanzung, wie bei allen uns bekannten Pflanzen, sondern auch als Manipulationsinstrumente, die aufgrund ihres Aufbaus für kurze Zeit sogar die Umgebungsbedingungen des Weltraums voll funktionsfähig überstehen können. Das Repertoire der Möglichkeiten scheint hierbei von uns nicht einmal ansatzweise erforschbar zu sein: Kaum gestatteten wir der Riofe Rohn eine Phase der Aktivität, schon versuchte sie uns mit Hitze, Säure, Gift und sogar mit Krankheitserregern zu Leibe zu rücken – sämtliche Effekte wurden durch die Pollen bewirkt.

Viertens vermag die Riofe Rohn Gravitationsimpulse »aufzufangen«, zu speichern und gezielt wieder abzugeben. Wir vermuten, dass der Aktivierung des Anomalieschachtes eine sehr lange Zeit – wahrscheinlich Jahrtausende – vorausging, in der die Riofe Rohn lediglich Gravitationsimpulse *sammelten.*

Die fünfte und wohl mit Abstand beeindruckendste Kraft ist aber, Objekte verschwinden und erscheinen lassen zu können. Dies funktioniert einerseits durch direkten Körperkontakt, andererseits auch mittels pollenmarkierter Bereiche. Unsere Beobachtungen deuten darauf hin, dass es sich um ein *Verschieben* in ein respektive um ein Heranholen aus einem anderen Universum handelt.

Wir empfehlen dringend die Vernichtung der Riofe Rohn. Sie ist in dieser Form für uns unkontrollierbar.

Forschungsstation Santor; Bericht der Genetikkommission Brandey

Es ist uns gelungen, die genetische Struktur der Riofe Rohn aufzuschlüsseln. Genau wie Dr. Feflersch vermutete, besteht die Pflanze aus mehreren anderen Pflanzen, die einst verschmolzen. Uns ist es gelungen, diesen Prozess umzukehren und sogar weiter zu spezialisieren. Die neu entstandene Lebensform nennen wir nach dieser Station *Santor.*

Das Aggressionspotenzial der Riofe Rohn war das Kernproblem unserer Arbeit, sich einige ihrer Fähigkeiten nutzbar zu machen.

Wir konnten nachweisen, dass bestimmte Einstellungen und Haltungen in dieser Pflanze genetisch verankert sind. Nach etlichen Versuchen isolierten wir die fraglichen Abschnitte der DNS und flickten sie an die jeweils gleiche Stelle der acht isolierten Kreaturen ein, die wir für verwertbar hielten: Während der Mooskörper nur über geringste intellektuelle und emotionale Fähigkeiten verfügt und mit den mentalen Fähigkeiten in keiner Weise interferiert, entschlossen wir uns dazu, ihn bis auf die Wurzelstruktur, die sich durch genetische Optimierung weiterentwickeln ließ, vollkommen auszuschließen.

Der Strunk stellte im Grunde nichts anderes dar als jenen Verschmelzungspunkt der unterschiedlichen Bewusstseinsstränge der Riofe Rohn. Wir segmentierten ihn daher in acht identische Teile, besetzt mit den Wurzeln des Moosanteils, und züchteten ihn zu einem Multiverbindungsorgan, sodass sich jeder Santor mit jedem und mit vielen anderen vernetzen kann, und zur eigentlichen Keimzelle des santorischen Lebens. Außerdem pfropften wir auf jedes dieser identischen Teile ein Achtel des eigentlichen Riofe-Rohn-Bewusstseins auf, erkennbar an der Farbe der »Blüte«: Bei fünf dieser acht Geschlechter konnten wir uns sicher sein, mit welchen Fähigkeiten dies einherging und dass diese allein noch gemeinsam dazu ausreichen würden, sich zu verselbstständigen.

Insofern sind diese fünf Geschlechter prinzipiell alle gegeneinander austauschbar, wenn auch ihre Stärke in der Zusammenarbeit liegt, sodass ein Quintett aus fünf Geschlechtern effizienter arbeitet als eines aus nur vier oder weniger. Grundsätzlich sind beliebig viele Kombinationen möglich, und tatsächlich spüren die Individuen der Santor einen starken Herdendrang. Dadurch lassen sie sich auch sehr gut kontrollieren.

Leider sind nur in drei sehr dominanten Geschlechtern die Anlagen zur Öffnung universaler Grenzen enthalten, und jedes dieser drei enthält Anlagen, die es nicht angeraten erscheinen lassen, sie jemals einzusetzen: Die gefährlichen Geschlechter sind aufgrund ihrer Struktur imstande, sehr leicht die fünf an sich problemlosen Geschlechter – die violetten Santor Prudab, die blauen Santor Temlyn, die orangefarbenen Santor Folux, die gelben Santor Spevii und die roten Santor Iras – ihrem Willen zu unterwerfen.

Schwarze, die Santor Nugrani, verkörpern den Eigennutz der Riofe Rohn, verbunden mit einer hohen Aggressivität; sie werden ihre Kräfte gegen jeden richten, der sie einzusetzen versucht.

Purpurne, die Santor Ligero, sind untrennbar mit dem Aspekt der Rachsucht und der Gier verbunden, was sie vollkommen unberechenbar macht.

Ein Sonderfall schließlich sind die *Grünen,* die Santor Avitio, die ein hohes Maß an Empathie entwickeln können, was sie anfällig für Parteinahme Schwächerer macht. Außerdem sind sie das einzige Geschlecht, bei dem die Steuerung der Universalen Koordinate nicht desaktiviert werden konnte. Wenn ein Santor Avitio sich an einem Verschieben beteiligt, ist er imstande, dies auch auf sich und seine Mitsantor auszudehnen und beliebige Universen anzusteuern, selbst den Nullstan, ihr Heimatuniversum. Damit würden sie frei werden und könnten sich wieder zu einer vergleichbaren Gefahr wie die Riofe Rohn entwickeln. Zumal nicht ausgeschlossen werden kann, dass die Santor erneut universale Pforten wie den Schacht schaffen und letztlich vielleicht sogar einen Zugang zu ihrer Heimatwelt finden.

Empfehlung: Von allen drei gefährlichen Geschlechtern besitzen die Grünen am wenigsten eigene Macht und lassen sich zumindest über weite Strecken führen und anleiten: Sie wirken als Katalysatoren auf die Parafähigkeiten aller anderen Geschlechter, sind aber für sich selbst relativ ungefährlich und wenig effizient.

Du kannst dir vorstellen, dass die Berichte über die Riofe Rohn für mich zunächst keinerlei Relevanz hatten. Je mehr ich dem längst toten Kommandanten lauschte, desto enttäuschter wurde ich. Erst der Abschlussbericht ließ in mir die Erkenntnis wachsen, dass ich und all die anderen Santor unsere Herkunft auf die Riofe Rohn zurückführen konnten – auf ein Gewächs, das aus einem anderen Universum stammte und offenbar als ungemein gefährlich eingestuft worden war.

Mir war klar, dass ich eine Gefahr wie die Riofe Rohn niemals wieder über einen Sektor oder ein Volk bringen wollte. Die Weisheit der Goldenen, selbst aus etwas so Verderblichem wie der Riofe Rohn noch etwas Gutes zu erschaffen, rührte mich, und ich begriff, welch großes Vertrauen sie in mich setzen mussten, dass sie den Empfehlungen der Wissenschaftler gefolgt waren. Nun verstand ich auch, was ich tun sollte: Ich sollte den fünf Geschlechtern helfen, die mit ihren Fähigkeiten dazu beitrugen, die Schuld der Riofe Rohn abzutragen. Irgendetwas sollte in ein paralleles Universum verschoben werden.

Ich schwor mir, alles zu tun, um diese Aufgabe zu erfüllen. Den Santor war zu trauen. Wir mochten von der Riofe Rohn abstammen, aber das verurteilte uns nicht dazu, ebensolche Schrecken zu verbreiten. Wir waren Helfer des Friedens.

Paal'chck wirkte von alldem nicht besonders überrascht. Er wirkte niemals überrascht, wie ich immer wieder feststellte. Obwohl er keinerlei präkognostische Fähigkeiten hatte, schien er durch nichts aus der Ruhe zu bringen zu sein. Wahrscheinlich hätte er auch eine plötzliche Veränderung des Schwerkraftvektors mit diesem Gleichmut hingenommen. Für mein Wohlbefinden konnte es keinen besseren Begleiter geben.

Kurze Zeit nachdem Paal'chck und ich unsere Recherche über die Riofe Rohn beendet hatten, beorderte Cyra Abina uns in ihr Quartier.

»Wir starten in wenigen Stunden nach Kaschla. Ich habe bereits Anweisung gegeben, dass zehn Quintette bereitgehalten werden sollen. Hast du bestimmte Wünsche hinsichtlich dieser Quintette, Phylior? Gibt es welche, die du einer genaueren Prüfung zu unterziehen wünschst, mit denen du aus diesem oder jenem Grund intensiver zusammenarbeiten möchtest?«

Ich brauchte nicht lange zu überlegen.

Nein, antwortete ich, *bis auf eines: Irgendwo auf Kaschla muss sich ein Quintett mit einer Iras namens Ianis aufhalten. Dieses Quintett möchte ich unbedingt in unserer Versuchsreihe haben.*

Cyra Abina hob eine Braue. »Gibt es einen spezifischen Grund für diesen Wunsch?«

Sie verhielt sich besonders unverschämt mir gegenüber. Ich möchte, dass sie ihr Verhalten überdenkt.

Die Goldene bestätigte. »Ein guter Grund.«

Kapitel 10

Arktur I: Die Oase

Zum Glück funktionierten die arkonidischen Kampfanzüge tadellos. Deringhouse sah an sich hinab und dann zu Toreead. Sie wirkten wie American-Football-Spieler, was der Brustplatte zu verdanken war, die den Energiespeicher beinhaltete.

Er blickte auf seine Sensoranzeige. Die Atmosphäre unter dem zweiten Schirm war beinahe wie auf der Erde.

Die gesamte Kuppel wurde von einem üppigen Wald dominiert, der sehr an den irdischen Regenwald erinnerte, aber um den Faktor zehn vergrößert: Es gab ein mindestens vierhundert Meter hohes, dichtes Blätterdach, aus dem acht Überständer bis in eine Höhe von sechshundert Metern ragten; besonders hohe, gerade gewachsene Bäume mit gewaltigen Kronen, die sich wie ein komplexes mathematisches Muster ausnahmen.

»Luftfeuchtigkeit liegt bei achtzig Prozent«, sagte Deringhouse mehr zu sich selbst. Er bemerkte aber, wie Toreead dabei unwillig das Gesicht verzog, als hasse er es, eigens darauf hingewiesen zu werden. Und so war es wohl auch. Naats stammten von einer trockenen, staubigen Wüstenwelt; zu viel Wasser war ihnen unheimlich und unangenehm.

»Wir müssen diesen Funkspruch anmessen«, sagte Toreead und drehte sich um die eigene Achse. Wahrscheinlich arbeiteten seine Anzugsensoren mit Höchstleistung. »Dort entlang!«

Deringhouse erhob sich in die Luft und flog voraus. Auch sein Anzug konnte die Funksignale auffangen. Tiere sahen sie keine, und auch die Ortung ergab nichts. Nur Pflanzen.

Der Funkspruch erklang immer wieder wie ein verzweifeltes Mantra.

Weiter und tiefer drangen sie vor, bis sie eine Lichtung erreichten. Dickes, weiches Moos bedeckte den Boden, gesprenkelt von grünen, schwarzen und purpurfarbenen Blüten.

Was für seltsame Farben!, dachte Deringhouse beim Landen. Das von Feuchtigkeit glänzende Moos unter den Stiefeln war weich, aber nicht allzu nachgiebig. Er atmete tief durch. *Keine Gefahren ringsum.*

Er forschte nach der Quelle der Funksignale. Sie waren an diesem Ort am stärksten, aber er hatte nicht die leiseste Ahnung, von wo genau sie ausgingen.

Toreead flog nach oben und stöberte in den Baumkronen.

Deringhouse versuchte indessen, Funkkontakt zur AL'EOLD aufzubauen. Nichts. Die Leistung seines Kampfanzuges reichte dazu nicht aus, zumal die Wellen von zwei Energieschirmen zusätzlich behindert wurden.

Auch Toreead hatte nichts Nennenswertes zu berichten. Dort oben befand sich die Sendeanlage jedenfalls nicht, wenn er seinen Augen und seinen Ortungsgeräten vertraute.

»Ich komme zurück!«, rief er über Funk und sank wieder abwärts wie ein dicker, schillernder Dschungelkäfer.

Deringhouse überlegte. Lag der Sender vielleicht unterirdisch? Aber wo befand sich dann der Eingang?

Plötzlich entstand eine Art *Summen* in Deringhouses Gedanken. Es war kein echtes Geräusch, sondern schien direkt in den Tiefen seines Bewusstseins zu entstehen. Wie ein Chor ferner Stimmen, die in einer unbekannten Sprache sangen, aber sobald er versuchte, genauer hinzuhören, verstummte er und hob dann wieder von Neuem an.

Was ...?, dachte der Major. Toreead wirkte ebenfalls verwirrt.

»Hören Sie das auch?«, erkundigte sich Deringhouse.

»Dieses Summen?« Toreead sah sich um, als ließe sich die Quelle des Geräuschs so leicht ausmachen. »Ja.«

Im nächsten Augenblick tauchten aus dem Nichts neben den beiden mehrere fliegende, rot-schwarz gestreifte Insekten mit fast drei Zentimeter langen Stacheln auf und griffen sofort an.

Das Gewebe des Raumanzugs ließ selbstverständlich nicht zu, dass der Stich durchdrang, aber das war nicht von Bedeutung. Entscheidend war, dass es überhaupt geschah. Es *gab* keine Tiere auf Arktur I!

Die Insekten summten eine Weile unschlüssig um die beiden großen Fremden herum, dann drehten sie ab, flogen stattdessen auf die Blumen zu – und verschwanden, als habe sie jemand weggeblinzelt.

Deringhouse stutzte. Diese Pflanzen sahen aus wie ... Tulpen. Etwas klingelte bei ihm ... Die Halbschläfer auf dem Mars!

Er betrachtete die Tulpen genauer. Er war zwar kein Experte für die Marsbewohner, aber er hatte sich das Bulletin dazu durchgelesen, wie es jeder Flottenoffizier hatte tun sollen. Toreead würde es also ebenfalls kennen.

»Sind das ... Santor?«

Einige Schritte weiter bewegten sich die Pflanzen, als striche Wind über sie.

Toreead betrachtete die Gewächse in jener Art Neugier, die anderen sezierend und genervt zugleich vorkam.

»Ähnlich, ja. Aber die Farben passen so wenig wie die Form der Blütenblätter. Wo sollten hier auch Santor herkommen?«

Deringhouse rief das Bildmaterial aus seinem Anzugrechner auf, ließ die Holoprojektion eines Halbschläfers entstehen und verglich sie mit den Pflanzen von Arktur I.

Sie waren einander ähnlich, daran bestand kein Zweifel.

Die Pflanzen von Arktur I wirkten ... finsterer. Böser. Grün, Purpur und Schwarz.

Was weißt du schon von uns?, erhob sich zischend eine helle Stimme aus dem summenden Chor hinter seiner Stirn.

Nichts weiß er!, antwortete eine andere, die direkt hinter seinem Ohr erscholl.

Ihr werdet die Verräterin nicht befreien!, schrie eine dritte.

»Hören Sie das auch?«, ertönte nun Toreeads Stimme.

»Die Tulpen sind es«, sagte Deringhouse. »Und nun? Wo ist diese verdammte Funkstation?«

Links von ihnen *kräuselte* sich die Realität, und wie durch eine ölig schimmernde Membran kamen Roboter eines ihnen vollkommen unbekannten Typs zum Vorschein, die sofort das Feuer eröffneten.

Aber der Tod kam nicht, seine feurigen Boten zerschmolzen weder Toreead noch Deringhouse. Die ultraheißen Energien wurden eine Handspanne vor ihnen *verschluckt.*

Laufen Sie!, befahl eine neue Stimme. *Suchen Sie nach dem Eingang ins unterirdische Reich dieser Enklave! Dort werden Sie alle Antworten finden. Die Purpurnen und Schwarzen überlasst uns!*

Toreead zögerte keine Sekunde. Wo immer die Hilfe herkam, sie war ihnen hochwillkommen. Er packte den wie erstarrt dastehenden Deringhouse am Arm und zerrte ihn mit sich.

Als er hinter sich sah, verschwanden die Roboter gerade wieder im Nichts.

Er rannte weiter.

Die Höhle sah er erst, als sie beinahe vorbei waren.

Und dann verschwanden sie unter die Oberfläche des gequälten Planeten.

Kapitel 11

Phylior: Das Verschieben

Kaschla empfing uns wie nicht anders zu erwarten mit Regen und einer Düsternis, die nichts Gutes erwarten ließ.

Wieso haben wir keine Lazan mitgenommen?, fragte ich missmutig. Die Lichtverhältnisse waren alles andere als angenehm, und ich wollte unbedingt die besten Bedingungen für unsere Experimente.

»Weil ...«, Cyra Abina neigte mir ihren Kopf entgegen, der um ein Vielfaches größer war als meine Blüte, »... wir nicht über unbegrenzte Ressourcen verfügen bei einem Projekt, das der Wohltäter nicht billigt. Eigentlich sollten wir heute bereits abfliegen, aber ich konnte ihn überzeugen, noch einige Stunden zu warten.«

Sie steuerte meine Kristallschale dorthin, wo wir uns zum ersten Mal begegnet waren. Die seltsame Metallinstallation war noch immer an Ort und Stelle.

Mein Unwohlsein verstärkte sich, als die anderen Santor eintrafen. Zehn Quintette, eines davon jenes des unverschämten Rotblatts. *Ianis.*

Wie immer war es Paal'chck, der mich begleitete. Die Goldene blieb an Bord ihres Schiffes, das über uns schwebte und unsere Versuche aufzeichnete.

Ich grub mich in die Erde, die nun frisch und verheißungsvoll war, gemessen an dem furchtbaren Zustand, in dem ich zum ersten Mal auf diesem Planeten meine Wurzeln nach Art der Santor verwendet hatte. Diesmal spürte ich keinerlei negative Einflüsse, die oberste Bodenschicht war von allen schädlichen Elementen gereinigt.

Rings um mich wurden die Quintette abgesetzt. Sofort versuchten sie, möglichst viel Raum zwischen uns zu bringen.

Nur ein Iras wandte sich direkt an mich. Ich erkannte ihn sofort. *Glaubst du etwa, du könntest dir einen Platz zwischen uns erzwingen? Indem du dich an eine übergeordnete Instanz wendest?*

Ich war sprachlos. Ianis verkannte mich völlig, und egal, was ich unternahm, er würde seine Meinung nicht ändern, dass es zu einer harmonischen Zusammenarbeit kam.

Hört mich an!, rief ich und warf diese Gedanken aus wie ein Wurzelgespinst, in dem sich die anderen verfangen mussten. Sie *würden* mir zuhören, das wusste ich. Wenn das, was ich über das Erbe der Riofe Rohn herausgefunden hatte, stimmte, blieb ihnen nichts anderes übrig.

Ich verspreche euch, ich werde mich nicht in eure Quintette drängen. Aber ihr werdet mich anhören und tun, was ich verlange!

Eisige Ablehnung schlug mir entgegen, eine Form der Nichtachtung, die mich zutiefst verunsicherte und verstörte. Aber ich gab nicht auf. Es war nicht möglich, dass ich scheiterte. Ich war ein grüner Santor – und als solcher würde ich sie überzeugen.

Ihr werdet euch in gleichmäßigen Abständen um diese Watape-Installation aufstellen!, befahl ich. *Auf meinen Befehl werdet ihr eure Blüten öffnen und die enthaltenen Pollen aufsteigen lassen.*

Aus der eisigen Ablehnung wurde heißer Spott. *Und warum sollten wir das tun? Unseren kostbaren Blütenstaub vergeuden für einen wie dich ... Grünblatt.*

Weil ich es wünsche!

Danach gab ich umgehend den Befehl, die Pollen entströmen zu lassen. Zuerst zögernd, dann aber rasch öffneten sich die fünfzig Blütenköpfe. Sie kapitulierten.

Wind!, befahl ich Paal'chck, der diese Anweisung direkt an Cyra Abina weitergab, die ihrerseits dafür sorgte, dass die Positronik des Raumschiffes sie umsetzte.

Auch ich öffnete nun meine Blüte und ließ den Blütenstaub frei, der sofort von einer Böe gepackt und auf die Installation zugewirbelt wurde. Dabei vermischte er sich mit den anderen Pollen und verbuk sich mit ihnen. Langsam senkte sich der Staub auf die Installation.

Ich konnte spüren, wie die anderen Santor ihre Wurzeln auf die Installation zuschoben. Selbstverständlich. Sie kannten es nicht anders.

Stopp!, befahl ich. *Mit der üblichen Vorgehensweise kommen wir hier nicht weiter. Konzentriert euch auf mich! Empfangt meine Gedanken und macht sie zu euren!*

Ich erntete verwirrte Kommentare, aber dann legte sich mein Wille über das Gemurmel. Langsam zog ich ihre Aufmerksamkeit auf mich, ohne bereits genau zu wissen, was ich tun musste.

Die Gedanken der anderen Santor umflatterten mich wie Insekten. Ich spürte ihre Überzeugung, ihre Hingabe, aber auch ihre Einsamkeit. Sie alle waren, im übertragenen Sinne wurzellos, ohne Heimat. Ich wusste, woran das lag, denn ich beobachtete das Gleiche an mir. Wir sehnten uns nach jenem Ort, von dem wir stammten: ein anderes Universum mit anderen, besseren, angenehmeren kosmischen Rahmenbedingungen. Ein wärmerer Ort.

Ich glaubte nicht daran, dass wir dort bleiben würden; wenn wir gemeinsam daran arbeiteten, würde es uns möglich sein, gezielt die Universen zu wechseln, und wir könnten der Allianz weiterhin helfen. Wir hatten nicht nur in dieser Galaxis Schäden des Feindes zu beseitigen, sondern auch in unserer wahren Heimat jene Schäden, die die Riofe Rohn womöglich angerichtet hatten.

Ratlos und bemüht, diesen Umstand zu verheimlichen, betrachtete ich durch Kelliks Augen die pollenübersäte Watape-Installation. Ich war mir so sicher gewesen, dass die Pollenkombinationen in die Oberfläche eindringen und sie auflösen würden. Hatte es nicht in den Forschungsberichten geheißen, unsere Fähigkeit zur Manipulation der Pollen sei umfangreich? Leider entzog sich mir die bewusste Steuerung der Produktion, ich musste hoffen, dass mein Körper erkannte, was ich wünschte, und das Entsprechende herstellte.

Aber die Oberfläche der Watape-Installation veränderte sich nicht. *Nichts* geschah.

Was hatte es mit den Pollen auf sich? Bis hierhin hatte hoffentlich alles so funktioniert, wie Cyra Abina und ich angenommen hatten. Genaueres würde mir die Analyse zeigen, die sie gegenwärtig anfertigte.

Würde Cyra Abina meine Unsicherheit bemerken?

Bei Riofe Rohn und unserer Herkunft! Wo lag unser Denkfehler?

Ich zupfte vorsichtig an Paal'chcks Wahrnehmung, und plötzlich sah ich die Szene aus einem anderen Blickwinkel und über einen Infrarotblick, wie ihn die Chi'quan gern verwendeten. Nun erkannte ich, dass die Pollen im Infrarotbereich *leuchteten.* Zwar nur ganz schwach, aber für den Insektoiden unverwechselbar. Dieses Leuchten ging von einem Pollenkorn aus und erfasste die nächstgelegenen und immer so fort ... bis jedes Pollenkorn schimmerte. Anfangs blieben Lücken, aber dann bemerkte ich, dass sich einige der Pollenkörner in diese Lücken bewegten. Es war erstaunlich, denn eigentlich hätten sie festkleben müssen.

Ich begriff: Die Pollen bildeten eine Art Markierung wie beim

Motion-Capture-Verfahren. Es ist selbstverständlich etwas komplizierter, aber ich habe den Vergleich eigens für dich gewählt, Betty, weil du ihn kennst und damit ein bestimmtes Prinzip verbindest.

Nachdem ich verstanden hatte, dass mir eine Art Markierung gegeben wurde, musste ich nur noch begreifen, was sich damit anfangen ließ.

Ich griff mit meinen telepathischen Sinnen aus, ob ich etwas zu fassen bekäme. Zuerst war mein Suchfilter grob, aber als ich damit nichts fand, machte ich ihn immer feiner, bis ich schließlich die Pollenkonglomerate spürte.

Etwas *sprach* aus ihnen zu mir – nicht verständlich, wie jeder erwartet, der unsere Begabung nicht kennt. Es waren nur Silben, Bruchstücke ohne Zusammenhang.

Ich begreife es, erklang da eine Stimme in mir.

Ianis?

So ist es, Grünblatt. Ignorier das, was du zu hören glaubst. Es sind nur Markierungen.

Ich zögerte, mich ihm anzuvertrauen, aber uns lief die Zeit davon. *Ich begreife nicht, was wir damit tun können.*

Ianis dachte einen Moment nach. *Wir könnten diese markierte Installation heraustrennen.*

Heraustrennen?

Anstatt es mir zu erklären, schickte Ianis mir einige Eindrücke.

Und so entdeckten wir das Verschieben neu, von dem in den Riofe-Rohn-Akten die Rede gewesen war. Wir beanspruchten unser genetisches Erbe.

Du fragst dich, was es mit dem Verschieben auf sich hat. Im Grunde ist es ganz einfach: Zu jedem beliebigen Zeitpunkt bestehen mehrere Universen parallel zueinander und durchdringen sich gegenseitig sogar. Ein Wechsel zwischen diesen eng verbundenen Universen ist jederzeit möglich, wenn du die Fähigkeit oder Technologie dazu besitzt. Wir haben die nötige Fähigkeit, allerdings nur im Zusammenwirken mehrerer Geschlechter und nur, wenn ein Avitio wie ich sie steuert.

Wir konnten mittels der Pollenkonglomerate beliebige Gegenstände markieren und sie in ein benachbartes Universum verschieben. Wir wussten zwar nicht, was dort aus ihnen wurde, aber ich hoffe, sie blieben unbeschädigt. Niemand von uns hat je nachgesehen, uns ging es stets darum, besonders gefährliche Entdeckungen unschädlich zu machen.

Es war ein merkwürdiges Gefühl, als wir zum ersten Mal *verschoben.* Am schwierigsten war es, den anderen Santor präzise Anweisungen zu geben, denn ich war selbst noch vollkommen unerfahren in diesem Verfahren.

Es dauerte eine gewisse Zeit, ehe ich die Installation tatsächlich mit der tatkräftigen Unterstützung der anderen Santor zu fassen bekam. Als wir es endlich geschafft hatten, fühlte ich mich ungeheuer stark.

Mir war klar, dass wir es gemeinsam schaffen konnten, einen Weg zurück in die Heimat zu öffnen.

Noch waren wir nicht so weit. Ich wollte die Installation zerstören, musste aber einsehen, dass es nicht funktionierte.

Schließlich versuchte ich mir einfach vorzustellen, dass das Objekt überhaupt nicht mehr da war. Im gleichen Augenblick, in dem ich es geschafft hatte, mich selbst davon zu überzeugen, glitt die Installation aus dem normalen Raum-Zeit-Gefüge und verschwand.

Beeindruckend, sagte Ianis, der wie durch Zauberei wieder in meiner Nähe erschienen war.

Findest du?, gab ich geschmeichelt zurück.

Nein. Werkzeuge beeindrucken mich nicht. Nimm Vernunft an und sei das, was du bist. Nicht das Spielzeug einer Goldenen! Solange wir unter ihrer Kontrolle sind, werden wir niemals eine Heimat haben. Mit diesen Worten ließ Ianis mich einfach stehen.

Ich hatte den größten denkbaren Triumph errungen – und war so allein wie zuvor.

Wie mir die Reaktion von Ianis gezeigt hatte, änderte mein Erfolg wenig an der geringen Zuneigung der anderen Santor. Also beschloss Cyra Abina, mich nach dem Ende der Kaschla-Mission wieder zu sich zu nehmen.

Ich sprach mit ihr, während wir zurückflogen. Über die Santor. Über die Schuld, die sie trugen.

Cyra Abina verriet durch nichts, dass sie überrascht war. Sie fragte mit keinem Wort, woher ich die Geschichte der Santor kannte. Sie lächelte nur und nickte. »Was möchtest du mir damit sagen?«

Wir waren einst der Feind, nun sind wir Freunde und Verbündete. Doch ich weiß, dass wir fremd sind und bleiben werden. Ich möchte meine Art fortführen – dorthin, wo es keine Riofe Rohn gibt, wo niemand weiß, aus welcher Bestie wir entstanden sind. Ich möchte ein Zuhause für die Santor.

»Das hier ist dein Zuhause«, sagte sie. »Die anderen wollen dich nicht einmal bei sich dulden. Warum setzt du dich für sie ein?«

Weil ich es muss, teilte ich ihr schlicht mit.

»Na schön. Ich werde sehen, was ich für dich tun kann.«

Als wir ihre Kabine erreichten, erwartete sie bereits eine Belobigung durch den Wohltäter persönlich. Paal'chck ließ mich an der Holobotschaft teilhaben.

»Ich gratuliere dir zu deiner Lagebewältigung«, begrüßte er sie. »Der Durchbruch in unseren Bemühungen um die Santor wäre ohne deine Hartnäckigkeit wohl kaum so rasch erfolgt. Trotzdem empfehle ich dir dringend, meinen Rat zu beherzigen. Pranav Ketar, Ende.«

Cyra Abina nahm mich entgegen dieser Warnung mit: Trotz meines Protests pflanzte sie mich in eine neue Diamantschale, eine größere, schnellere, mit eigenem Bewässerungssystem und auf meine Wahrnehmung eingestellten Sensoren, die auf telepathische Steuerung ansprachen.

»Ich will dir etwas zeigen, Phylior.« Mit schnellen Schritten ging sie vor, und ich beeilte mich, ihr hinterherzukommen. Die Schale reagierte vorzüglich.

Danke, sagte ich.

Sie nannte mich bei meinem Namen, bezeichnete mich nicht einfach nur als »Grünblatt« oder »kleinen Gräber«. Und wenn sie es tat, schwang darin sehr viel Sympathie mit. Sie war außergewöhnlich, das spürte ich. Ihre Bewegungen waren so viel leichter, so viel behutsamer als die aller anderen Wesen, die ich bisher getroffen hatte.

Ich ... *mochte* sie.

Und dadurch schickte ich die Santor in den Untergang ...

Kapitel 12

Phylior: Im Herzen des Feindes

Ich spürte, dass etwas anders war. Cyra Abina wirkte abwesend und fahrig.

Kann ich dir behilflich sein?

Sie zuckte zusammen, schuldbewusst. Dann lächelte sie. »Das hoffe ich. Ich habe eine Mission zu erfüllen, bei der ich ungern allein sein möchte.« Sie lachte, und ich empfand es wie das Perlen von Tau auf meinen Blütenblättern, zugleich schwer und erfrischend. Und obwohl es mich zum Zittern brachte, spürte ich tiefe Traurigkeit, als es viel zu schnell erstarb.

Ich folgte ihr, bis wir in einen Hangar der WELTENSAAT gelangten. Über uns glitt ein Lazan durch den Kristall und badete mich in seinem wunderbaren warmen Licht. Kannte ich ihn?

Lee Va Tii?

Der Lazan kehrte zurück, wie ich den wieder stärker werdenden Lichtstrahlen entnahm.

Phylior. Der Name zitterte golden, und ich sah für einen Moment wieder die Schönheit der Energieschwimmer.

Ich hörte, wie Cyra Abina stehen blieb. »Du kommunizierst mit dem Lazan?«

Ich bejahte.

»Kannst du ihn dazu bewegen, uns ebenfalls zu begleiten?«

Ich kann sie sehr gut hören, sagte Lee Va Tii amüsiert. *Diese Goldenen ... Sag ihr, dass ich euch nicht helfen kann. Das Licht der lokalen Sonne ist hübsch und durch den Kristallschliff sogar ausgesprochen nahrhaft. Aber euer Schiffchen ist zu klein für mich.*

Tatsächlich war der Körper des Lazan mehrmals so groß wie der kleine Kegelraumer, in dem wir fliegen würden.

Er sagt, er sei zu groß für unser Schiff, meldete ich der Goldenen.

»Ich kenne die Energieschwimmer nun schon so lange, aber sie geben mir noch immer Rätsel auf. Ich kann mich nicht in sie hineinversetzen. Ich weiß nicht, was sie antreibt außer dem großen Ideal der Allianz.«

Vertraust du ihnen nicht?

Cyra Abina lachte wie jemand, der etwas dahinter verstecken wollte. Nicht zum ersten Mal bedauerte ich, ihre Gedanken nicht lesen zu können. »Oh, selbstverständlich vertraue ich ihnen. Ich halte viel davon, einander zu vertrauen. Wieso sollte ich da für mich selbst eine Ausnahme machen? Aber es interessiert mich, *wie* sie sind, *was* sie sind. Eine Lebensform, die sich von Energie ernährt und dabei so viele nützliche Abfallprodukte hervorbringt ...«

Ich verstand sie. Die Lazan ernährten sich vom Licht der Sonnen und konnten es umwandeln, und damit stellten sie die Lebensnerven der WELTENSAAT dar. Ohne die Lazan würde das Licht erlöschen, und Maschinen würden eingreifen müssen, um das gewaltige Kristallschiff vor dem kalten Griff des Weltraums zu bewahren. Nur mit den Lazan vermochte es all seine Vorzüge auszuspielen.

Wieso fragst du sie nicht einfach?

Cyra Abina wirkte perplex. »Fragen? Die Lazan? Wie stellst du dir das vor?«

Sie versteht es nicht, Phylior, rief die Gedankenstimme Lee Va Tiis. *Sie kann uns nicht hören.*

Ich schwieg. Das war alles sehr verwirrend. Je mehr ich von der Welt, in der ich lebte, erfuhr, desto merkwürdiger schien alles.

Meine Kristallschale schwebte hinter der Goldenen her und an Bord des Kegelraumers, der das Zehnplanetensystem erkunden sollte, in dem wir uns nun aufhielten.

Was tun wir hier?, fragte ich. Mit Paal'chcks Augen durchsuchte ich die Schwärze nach ... Ja, wonach eigentlich?

»Sieh dich um«, sagte Cyra Abina. »Du wirst überall Trümmer finden. Sie durchsetzen das gesamte Sonnensystem. Wir sind im Herzen des Feindes. Nur ist der Feind nicht mehr da. Wir werden die Trümmer inspizieren.«

Trümmer ... Ich spürte, dass hinter diesem Begriff mehr steckte, als ich ahnte. »Trümmer« fanden wir auf Planeten, und wir lösten sie auf oder verschoben sie, wenn sie sich nicht auflösen ließen. Trümmer, Relikte, Überbleibsel, Artefakte, es gab da keinen Unterschied. Wir räumten sie auf. Das jedenfalls hatte ich bislang gedacht.

Aber die Trümmer, die durch dieses Sonnensystem schwebten

und trudelten, hatten eine andere Qualität: Es waren Bruchstücke von Raumschiffen, Raumstationen, planetaren Bastionen. Dieses Sonnensystem war vollkommen außer Kontrolle geraten, selbst die Harmonie der Welten untereinander war gestört.

Hier hat ein furchtbarer Krieg stattgefunden, sagte ich.

Cyra Abina nickte gedankenverloren, sie starrte einfach ins Nichts. Woran dachte sie? War sie dabei gewesen, als wir den Feind niederrangen?

Was kann ich tun? Ich kann diese Trümmer nicht verschieben, nicht in der Luftleere des Raums.

Sie schwieg. Nichts konnte ich tun, das begriff ich. Doch das musste sie schon vor unserem Start gewusst haben. Weshalb war ich dann mit ihr unterwegs?

Als wir die beiden äußeren Planeten, eisige, unwirtliche Welten, passiert hatten, sagte sie plötzlich: »Halt deine Sinne offen! Wir suchen Überlebende des Feindes.«

Überlebende? Um sie zu töten wie ...?

»Es geht dich nichts an, aber: nein. Wir suchen sie nicht, um sie zu töten. Es geht um Wissen. Dies mag das Herz des Feindes sein, aber er existiert irgendwo dort draußen weiter. Wir müssen wissen, wo.«

Ich begriff.

Kriege enden nie.

Es geschah, während wir gerade die Bahn des neunten Planeten kreuzten.

Ich empfing einen Gedanken: Es war ganz erstaunlich, wie leicht es war, als würde ich von diesem einen Individuum angezogen. Wahrscheinlich stimmte das sogar; ich fischte nach weiteren mentalen Echos, aber es gab keine. Das Sonnensystem schien ansonsten leer von bewusst denkendem Leben zu sein. Waren sie alle im Krieg gestorben?

Eigentlich war es indiskutabel, den Fremden zu belauschen, aber meine Neugierde siegte. Was musste das für ein einsames, verlassenes Wesen sein, das ganz allein um einen gelben Stern kreiste? Gehörte es zum Feind oder zu einer bisher unbekannten Art?

Es ist unvorstellbar, wie heiß es werden kann.

Ich sitze hier in meiner kleinen Station, praktisch unentdeckbar, und starre auf die Monitoren und ins All. Dabei wird es immer heißer hier drin. Vielleicht bilde ich es mir auch nur ein. Drei Jahre sind es nun.

Bald werde ich abgelöst.

Ich verstehe es immer noch nicht. So lange ist der Exodus – oder Exitus, ich bin mir da manchmal gar nicht mehr so sicher, wenn ich mir meine Leute so betrachte – her, und nichts hat sich getan. Vielleicht ist das alles nur eine Legende.

Aber was weiß ich schon?

Ich darf nur hier sitzen und auf etwas warten, was nie geschehen wird. Wieso sollte der Feind ausgerechnet jetzt kommen?

Aber ... was ist das?

Meine Sensoren empfangen ein Signal außerhalb der Systemgrenze. Es kommt näher, ganz gemächlich.

Alarmiert zog ich mich zurück. Vermutete der Fremde in der WELTENSAAT diesen ominösen Feind? Ich spürte seine Furcht und hielt es für meine Pflicht, dies auch Cyra Abina mitzuteilen. Sie musste Kontakt zur WELTENSAAT herstellen und sie warnen, dass der Fremde Angst hatte. Ich belauschte den Fremden indes weiter. Er würde die WELTENSAAT gewiss bald genug als den friedlichen Reisenden erkennen, der sie war. So musste es einfach kommen. Ich griff nach ihm und tauchte ein in seine verstörende Gedankenwelt, seine verschobene Wahrnehmung, die mir Übelkeit bereitete, weil sie so *falsch* war. Begriff er denn nicht, dass wir in Frieden kamen?

Was war das nur für ein seltsames Wesen?

Allmählich erkenne ich etwas, aber nicht annähernd genug.

Sind die Sensoren gestört?

Es sieht aus wie ein riesiger Ring aus einer nach außen weisenden Schicht durchsichtigen und einer nach innen weisenden Schicht roten Kristalls. Wer denkt sich so etwas aus?

Und die Energiewerte ... So etwas habe ich noch nie gesehen.

Sind das ... Würmer? Jedenfalls sehen sie so aus. Riesige, leuchtende Würmer unter dem Kristall. Kybernetisch, mechanisch oder organisch? Verflixt, die Ortungsdaten sind viel zu spärlich.

Aber wo sind die Generatoren? Wo die Waffensysteme?

Oder hat das Ding nichts davon? Kann es eine eigenständige Lebensform auf Kristallbasis sein? Nein. Nein, das glaube ich nicht. Wer besucht uns da?

Verdammte Funkstille. Wer immer das da draußen ist, er wirkt nicht feindselig.

Das gibt es einfach nicht. Das Ding ist fast, als wäre es überhaupt nicht da. Ich werde auf aktive Ortung umstellen, nur ein bisschen.

Ja, mein Freund, jetzt wirst du mir deine Geheimnisse schon zeigen, was?

Nein.

Es ändert den Kurs, direkt auf mich zu. Es kann mich doch nicht angemessen haben?

Funkkontakt – nein. Ich stelle mich tot.

Ich glitt aus dem Verstand des Fremden und fragte die Goldene, was wir tun würden. Sie hatte den Kommandanten informiert, und dieser tat das, was man in solchen Situationen tat: Hilfe anbieten. Der Goldene, der Wohltäter, würde alles regeln.

Ich schlüpfte zurück in den Fremden.

Es ist tatsächlich ein Kristallring, ich kann ihn mit bloßem Auge erkennen, so nah ist er mittlerweile.

Innerhalb des Kristalls sehe ich Technolandschaften und Biotope, von denen ich nie gehört habe, und diese schwebenden Würmer ...

Wer oder was sind diese Fremden, die da so schweigend vor mir verharren?

Es ist angesichts ihres Kurses und Verhaltens ausgeschlossen, dass sie mich nicht entdeckt haben. Wie konnten sie mich finden?

Jemand meldet sich. Das Signal ist stark und kommt von diesem Schiff.

Ich versuche, den Absender zu identifizieren, ohne mein eigenes Bild zu schicken. Rasch! Es geht so viel einfacher als gedacht.

Nein! Nicht!

Das kann nicht ...

Ein goldener Mensch?

Ich muss ...

Ich spürte die ungeheure Panik des Fremden, die mich aus ihm herauswarf. Was für starke Emotionen, viel stärker als alles, was ich je kennengelernt hatte. Er hatte etwas bemerkt, was ihn in schiere Raserei versetzte.

Und nun schoss er sogar auf uns! Es waren lächerliche Energien, die unsere Lazan problemlos auffingen und weiterverwerteten. Er konnte uns nichts tun. Wir würden abwarten, bis er sich beruhigte, und dann mit ihm reden. Wir waren gekommen, um dieses System wieder aufzubauen.

Was wird der Wohltäter unternehmen?, fragte ich Cyra Abina.

Wortlos zeigte sie mir, was gerade geschah: Hunderte kleiner Emitter der WELTENSAAT traten in Aktion. Die Lazan lieferten die benötigte Energie und nur sie. Der Transferkreis war eine Installation, die nur durch die Lazan funktionsbereit war; die Wissenschaftler der Allianz hatten keine Möglichkeit gefunden, exakt jene Art Energie in der notwendigen Menge zu erzeugen und zu speichern, wie das die Lazan vermochten. Die Lazan waren die einzige Garantie dafür, dass dieses technologische Wunder funktionierte.

Violette Energie knisterte, spann ein feines Netz, das sich vom Rand bis ins Zentrum des Innenrings ausbreitete und immer dichter wurde, bis ein loderndes Tuch reinen Lichts den Kreis erfüllte.

Transferkreise verbanden uns mit jeder Basis der Allianz, über deren Kennung wir verfügten, und ermöglichten binnen kürzester Zeit die Lieferung von allem, was wir benötigten. Wenn wir einen Planeten heilen wollten, würden weitere Santor ebenfalls über dieses Transportmedium zu uns stoßen.

Diesmal aber rief der Wohltäter nicht nach Santor oder Forschungsabteilungen.

Es kamen *Kampfraumschiffe ...*

Synchron schoben sich fünfzig schlanke, kegelförmige Einheiten durch den Transferkreis, bauten Schutzschirme auf und flogen in geordneter Formation auf die Stelle zu, an der ich den Fremden wusste.

Was tut der Wohltäter da?, fragte ich Paal'chck und Cyra Abina voller Sorge.

Der Chi'quan zögerte kurz. »Das, was nötig ist.«

Ich griff eilends hinaus, aber den Fremden spürte ich nicht mehr. Kein Gedankenfetzen. Nichts.

Warum?

»Es war notwendig, nehme ich an. Es gibt Situationen, in denen wir die Reaktion des Wohltäters hinnehmen müssen. Er wird seine Gründe dafür haben.«

Ich schwieg.

Aber ich fragte mich, was so furchtbar gewesen sein mochte, das den Tod des Fremden rechtfertigte. Ich hatte in ihm nichts Böses gespürt. Weshalb hatte er so panisch reagiert, als er seines Gesprächspartners ansichtig wurde?

Und ganz leise, aber gerade dadurch so quälend, fragte sich ein Teil von mir: Würde der Fremde noch leben, wenn ich ihn nicht an den Wohltäter verraten hätte?

Ich erkundigte mich bei Cyra Abina danach. *Wieso musste dieses Individuum sterben?*

Sie zögerte, aber als sie sprach, war ihre Stimme fest. Ich konnte – und kann es bis heute – nicht behaupten, sie habe mich jemals belogen. Ich wusste einfach, dass sie so etwas nicht tun würde, niemals.

»Es geht um den Feind. Dieses System war wahrscheinlich seine größte Basis. Er ist eine Gefahr für sämtliche Zivilisationen –

lassen wir ihn auch nur an einem Ort überleben, wird er wieder auferstehen und uns alle vernichten. Und wenn wir eines gelernt haben, dann das: Der Feind darf sich niemals mehr erheben.«

Er war nur ein einzelnes Wesen!, wandte ich ein. *Wie viel hätte es schon anrichten können? Es war allein, und es hatte Angst!*

»Du darfst den Feind nicht so verharmlosen. Vertrau uns, die wir schon lange mit ihm ringen. Es gibt Dinge, die grausam sind und die dennoch getan werden müssen.«

Gemessen am Schiffsaufgebot, das ihr ihm entgegengeschickt habt, waren wir ebenso ängstlich wie er, gab ich nicht auf.

Sie streichelte meine Laubblätter. »Du hast ganz recht. Wir hatten Angst, und wir haben auch weiterhin Angst. Niemand muss sich deswegen schämen. Aber wir dürfen der Angst nicht nachgeben, wir dürfen uns nicht wegducken, und wir dürfen die Angst nicht als Milde deklarieren, nur um uns ihr nicht stellen zu müssen. Der Krieg hat genug Opfer von uns erfordert. Als das Töten begann, schnürte es uns die Kehle zu, aber wir sahen uns dazu gezwungen einzuschreiten.«

Aber der Krieg ist doch vorüber?

»Du wirst es noch begreifen. Es gibt Kriege, die nicht enden können.«

Wir flogen vom äußeren Rand des Systems in Richtung Sonne. Nicht alle Planeten lagen auf unserer Flugbahn, einige befanden sich gegenwärtig auf der anderen Seite des gelben Sterns. Aber ich bekam zumindest einen ersten Eindruck von jenem System, das als Herzstück des feindlichen Territoriums galt.

Der drittäußerste Planet war eine graue Methanwelt, die sich mit 25 Monden schmückte. Alles dort war tot.

Cyra Abina flog uns weiter, während hinter uns Hunderte Räumboote die Transfermembran der WELTENSAAT verließen und sich anschickten, dieses System von den Trümmern zu befreien, die seine Harmonie störten.

Auch die nächsten beiden Planeten wiesen keinerlei Zeichen für Leben auf, was mich aber nicht wunderte, denn bei beiden handelte es sich um Welten aus giftigen Gasen, bei denen der Druck gigantisch war. Einer der Gasriesen hatte mehr als dreißig, der andere die doppelte Anzahl an Monden. Dort stießen wir auf viel mehr Trümmer als weiter draußen, ganz offensichtlich hatten heftige Kämpfe stattgefunden. Doch Gedanken von Überlebenden erfasste ich nicht.

Die nächsten beiden Welten befanden sich gerade am anderen Ende des Sonnensystems, sodass wir einen relativ ungestörten

Flug bis zum dritten Planeten hatten – vorbei an Trümmern unterschiedlicher Form und Größe.

Nichts schien in diesem System beim Alten geblieben zu sein.

Und nun kamen wir, um aufzuräumen.

Der dritte Planet – weiße Wolkenbänke über blauen und grünen, gelben und braunen Zonen – wirkte sehr unscheinbar, kein bisschen wie eine Welt des Bösen, und dennoch sollte dies wohl eine Hauptwelt des Feindes gewesen sein.

Aber auch dort: nichts.

Es war, als sei der Feind niemals in diesem System gewesen.

Wir flogen weiter, nahmen die beiden innersten Planeten in Augenschein und flogen dann an der Sonne vorbei, die von mehreren Lazan umkreist wurde.

Lee Va Tii übermittelte mir die Zufriedenheit seiner Brüder und Schwestern. Ihnen gefiel dieses System, und sie spürten ebenso wenig Böses wie ich.

Die Allianz hatte diese Welten befreit, und wir würden sie wieder fruchtbar machen und all die Schäden beseitigen, die der Feind ihnen im Laufe der letzten Jahrhunderte zugefügt hatte.

Das dachte ich jedenfalls.

Ich war sehr naiv, oder?

Als wir zur WELTENSAAT zurückkehrten, erwartete uns eine Nachricht des Wohltäters, in der er Cyra Abina und mich ausdrücklich lobte und ankündigte, sämtliche Santor der Allianz zusammenzurufen, um das Große Projekt zu beginnen.

Der Nachricht hing eine weitere an, die persönlich an mich gerichtet war: Er habe von meinem Wunsch gehört, alle Santor freizusetzen, die dies wünschten. Diesem Anliegen wolle er wegen meiner Verdienste um die Allianz stattgeben, nachdem der Feind endgültig vertrieben war und neues Leben dort wachsen durfte, wo er seine Welten verdorben hatte. Unsere Schuld sei damit abgetragen.

Ich berichtete es sogleich Cyra Abina.

Sie reagierte nicht.

Ich schwebte in meiner neuen Kristallschale neben Cyra Abina, als wieder einmal die Emitter der WELTENSAAT ihre Arbeit aufnahmen. Das Netz violetter Energie bildete sich.

Es war so weit. Sie würden alle zusammenkommen.

Ich klammerte mich beinahe verbissen an die Rezeptoren Paal'chcks, weil ich nichts versäumen wollte. Ich wollte spüren, was er spürte, sehen, was er sah.

Die Santor.

Die Kinder der Riofe Rohn.

Und dann kamen sie: Erst war es nur eine Plattform, dann eine zweite, dann fünf, zehn, fünfzig, hundert ... Durch das lodernde Tuch des Transportfeldes schoben sich riesige Beetanlagen.

Nach Farben sortiert leuchteten Ozeane gelber, orangefarbener, violetter, blauer und roter Blüten in einer unüberschaubaren Menge, umspannt von Atmosphäreblasen, umringt von Lazan, die das schwache Licht der gelben Sonne und die vielen kosmischen Partikel aufsogen und umgeformt wieder abstrahlten, warm und gleißend hell. Selbst die für Paal'chcks Augen normalerweise unsichtbaren Leiber der Lazan schimmerten wie helle, schlanke Nebelstreifen, als seien sie Gegenentwürfe zu den gedrungenen, kompakten Körpern der schwarzen Chi'quan.

So etwas hatte ich noch niemals gesehen, und ich werde es wohl auch nie wieder sehen. Es war, als würde ich *vollkommen.*

Meine Liebe floss beinahe über, und ich bemerkte, dass auch die Besatzung der WELTENSAAT sehr beeindruckt war.

So viele Santor – und doch würden sie vielleicht nicht ausreichen, das Herz des Feindes zu säubern.

Wir sind versammelt, dachte ich, rief es ihnen zu, legte all meine Freude und Liebe hinein, aber niemand antwortete mir. Sie erkannten mich nicht als einen der Ihren an. Ich war ein *Grünblatt.* Trotz allem, was ich getan und bewirkt hatte. Ich stand allein gegen Milliarden anderer.

»Sie werden letzten Endes dir gehören«, sagte Cyra Abina sanft. »Du bist ein Avitio. Sie werden sich fügen. Und ich habe noch eine Überraschung für dich, die es dir leichter machen wird. Hier!«

Sie bedeutete Paal'chck, die Tür zu öffnen und mich in den angrenzenden Raum zu bringen:

War das, was ich mit den Augen des Chi'quan sah, Wahrheit oder Wunschtraum? In langen Reihen standen dort bestimmt weit über zehntausend Santor.

Und jeder davon war ein Avitio.

Ich tauchte in das Meer von Gedanken ein, die mir entgegenbrausten, kaum dass sich die Tür geöffnet hatte. Wahrscheinlich war zugleich irgendein Abschirmfeld erloschen, sonst hätte Cyra Abina nie und nimmer ihre Anwesenheit vor mir verbergen können.

Wir tauschten das Wissen um unser Erleben. Das Erwachen war jedes Mal gleich gewesen. Sie alle hatten die Kälte gespürt, die aus ihnen abgesaugt wurde und jener wohligen Wärme wich, die von den Lazan innerhalb der WELTENSAAT erzeugt wurde.

Damit stand fest: Ich war niemals als Einzelwesen geplant gewesen. Ich war nicht die große Ausnahme unter den Santor, sondern einer von vielen. Wir würden unseren Platz einnehmen. Ich sendete einen fragenden Gedankenimpuls an Paal'chck, der sich an Cyra Abina wandte.

Tatsächlich gab es in den Basen der Allianz Kryokammern, in denen viele weitere meiner Zuchtlinie im kältestarren Schlaf lagen und nur darauf warteten, erweckt zu werden. Da man sie nie benötigt und stets gefürchtet hatte, lagen sie dort schon sehr lange. Aber seit ich das Watape-Artefakt beseitigt hatte, schien sich diese Haltung zumindest bei den Nicht-Santor verändert zu haben. Die Avitio waren erweckt und in aller Eile zumindest auf ihre Hauptverwendung hin ausgebildet worden – nun wuchsen sie ihrer Bestimmung entgegen.

Pranav Ketar würde stolz auf uns sein.

Und er würde uns *heimgehen* lassen.

Ich verabschiedete mich von der Goldenen, die mir so vertraut geworden war, wie ich es nie für möglich gehalten hätte. Meine Aufgabe würde es sein, mich in die Quintette einzuschalten und gemeinsam mit den anderen Avitio die Große Aufgabe zu koordinieren. Ich würde mich nicht nur auf andere Geschlechter verlassen müssen, die womöglich weiterhin Vorbehalte hegten. Alle Santor würden begreifen, dass wir zusammengehörten.

Alles würde gut werden.

Paal'chck und ich bestiegen die riesige Beetplattform als Letzte. Ich klinkte mich sofort in das Wurzelnetz ein, das die Avitio gebildet hatten, und teilte ihnen mit, was zu tun war. Sie reagierten vorbildlich.

Das Große Werk konnte beginnen.

Bald.

Ich befand mich auf dem vierten Planeten, auf einer weiten Ebene, aus der die Überreste von Bauten wie Skelette großer Raubtiere emporragten. Sonst hatte es bis vor Kurzem nichts gegeben, keinen Baum, keinen Strauch, keine Gräser. Alles war von einer festen Masse überzogen gewesen, die das Gesicht des Planeten unter sich verbarg. Der Feind hatte es als *Zivilisation* bezeichnet, aber was war zivilisiert daran, Unbequemes radikal auszurotten?

Aber nun würde alles anders werden. Überall wuchsen Santor, dazwischen eilten Chi'quan wie entfesselt, kümmerten sich, steuerten. Wo steckte Paal'chck? Ich konnte ihn nirgends ausmachen. Nur ein Meer aus Santor, angeordnet zu Quintetten, dazwischen immer wieder ein Grünblatt, das sich keinem Quintett aufdrängte, aber das spürbar dominant war. Der Bodenbelag zeigte erste Risse, und dort, wo schon länger Santor bei der Arbeit waren, löste er sich mehr und mehr auf.

Ich kreiste mit meinen Gedanken, fasste nach den anderen Avitio, meine Wurzeln drängten sich an jene der bereits gelandeten Santor, ungefragt und unnachgiebig. Meine Laubblätter zitterten.

Das Große Werk konnte getan werden.

Und dann ... kippte die Welt. Die Gravitation schien sich zu verschieben. Das Licht wurde dunkler. Das Wasser versiegte.

Er.

Von einem Moment auf den anderen hatte ich nur noch Sinne für das Rotblatt, das direkt neben mir wurzelte. Ich erkannte es sofort, sogar ehe unsere Wurzeln einander berührten.

Du ..., sagte ich.

Das Rotblatt entfaltete den Blütenkelch, seine Wurzelfäden glitten an meine, umschlangen sie fest und innig. Ich spürte, wie sich Exsudate lösten, wie Botenstoffe von Wurzel zu Wurzel wanderten.

Ja, ich, sagte Ianis ruhig. *Bist du also zur Vernunft gekommen?*

Vernunft?, fragte ich irritiert zurück. Ich bin sogar überaus vernünftig. Ich denke an uns alle, nicht bloß an mich und mein Quintett.

Er gab sich gleichmütig. *Wie du meinst. Glaub nicht, du wärst etwas Besseres, nur weil die Goldenen deine Blätter polieren. Du wirst genauso leiden wie wir anderen.*

Ich begriff nicht, weshalb er so böse klang. Was bewegte ihn dazu, so über den Wohltäter zu sprechen?

Er ist nicht der Wohltäter!, behauptete Ianis. *Begreifst du nicht, dass er uns nur benutzt?*

Ich begriff tatsächlich nicht, was er hatte. Er sollte sich freuen, mich zu sehen, so, wie auch ich mich freute. Stattdessen begann er sofort wieder mit Vorhaltungen. Das durfte ich nicht auf mir und dem Wohltäter sitzen lassen. *Selbstverständlich tut er das! Die*

Goldenen wissen, was richtig ist, und sie wissen, was wir ausrichten können. Sie setzen uns ein. Und vollbringen wir nicht Gutes?

Er presste seine Wurzeln fester gegen meine. *Man kann das so oder so sehen. Und ich sehe, dass du zu viel Zeit mit den Goldenen verbringst und zu wenig mit den Deinen.*

Die Meinen? Jene, die mich verstießen, als ich sie gebraucht hätte? Auf dieses Volk kann ich verzichten! Sie werden lernen müssen zu gehorchen!

Ich spürte, wie er zuckte, als hätte ich ihn geschnitten.

Wir haben Fehler gemacht. Aber ... niemand kannte jemanden, der wie du war. Jetzt wissen wir, dass ihr zu uns gehört. Ich kann es nicht anders sagen, aber mit dir an unserer Seite sind wir sehr viel besser, sehr viel effizienter. Komm zu uns!

Ich durchschaute ihn. *Ich werde dem Wohltäter folgen. So, wie wir alle es geschworen haben.*

Verzweiflung flutete durch seine Wurzeln in meine, eine Emotion, die ich nur von den Roten kannte und auch nur, wenn ihr Empfinden für Gerechtigkeit negativ stimuliert wurde: Zorn. Ich versuchte ihn zu beruhigen, aber der Iras wand sich, im körperlichen wie mentalen Sinne.

Sag mir, was dich beschäftigt! Lass mich dir beistehen!, drängte ich.

Für einen Moment wurde er sanfter. *Es ist besser, du weißt nicht zu viel. Außerdem ist es längst zu spät!* Und da war er wieder, dieser furchtbare, brennende Zorn, den ich nur akzeptieren, aber nicht verstehen konnte.

Wütend riss Ianis sich los. Selbst auf die Gefahr hin, dass seine Wurzelfäden abrissen, zerrte er seine Laufwurzeln aus dem Boden und ging fort.

Ich wollte ihm folgen, aber meine Wurzeln brachten es nicht fertig, dazu waren sie nach wie vor zu untrainiert und außerdem in diesem Moment mit zu vielen anderen verbunden.

Indem ich die anderen *zwang,* mich zu akzeptieren, lösten sich deren Vorbehalte plötzlich auf, viel schneller, als ich es den Berichten zufolge erwartet hatte. Meine Liebe flutete durch sie hindurch, und zuerst zögernd, dann aber in großen Wellen schwappte eine Rückkopplung über mich hinweg und tränkte mich in dem, was die jeweiligen Santor ausmachte: Jedes der anderen fünf Geschlechter trug andere Teile der Riofe Rohn in sich, im Negativen wie im Positiven, und in mir und den anderen Avitio kamen alle diese Aspekte zusammen, um umgewandelt und sodann wieder in dieser neuen, zusammengefassten Qualität zurückgeworfen zu werden auf die Prudab, die Temlyn, die Folux, Spevii und Iras.

Wir Avitio waren wie die Lazan: Wir nahmen auf, transformierten und versendeten wieder, ohne uns zu verändern. Wir reinigten unser kollektives Selbst von der Verderbnis der Riofe Rohn, indem wir unsere Leidenschaften ins Gleichgewicht brachten. Denn wo die Lazan mit Energie handelten, mussten wir mit dem arbeiten, was uns insgesamt – zu Recht, wenn ich unsere Geschichte betrachtete – weggenommen worden war: Emotionen.

Mir wird es nie endgültig klar sein, was andere Wesen sehen, wenn sie uns Santor gegenüberstehen, weil so vieles von dem, was uns ausmacht, nur für unsereinen erkennbar ist. Ich bin beinahe sicher, dass kein Goldener es sah oder erkannte, aber in diesen Momenten, als alle Avitio ihre Position eingenommen hatten, als sich das Wurzelnetz zu einem ähnlich festen Tuch zusammenzog wie das Transferfeld im inneren Ring der WELTENSAAT, genossen wir alle unsere Gemeinschaft; in unseren Gedanken verschmolzen Welten, Zeiten und Erfahrungen miteinander, und alle teilten alles.

Abgesehen von mir: Ich konnte verbergen, was ich wollte, denn ich war *der* Avitio. Ich war der Quell dieser Verbindung, und daher konnte ich sie – in gewissem Umfang – kontrollieren. Wichtiger noch: Ich konnte abschätzen, wie sich der Wirkungsgrad unserer Ballung entwickelte, denn es war keine Frage der Quantität oder der spontanen Versammlung. Vielmehr mussten die Faktoren Anzahl, Dauer und Verteilung miteinander in die bestmögliche Konstellation gebracht werden. Zunächst ließ ich die Verbindung fließen, um sie zu erkunden, um alle kennenzulernen. Je länger ich durch die Bewusstseine meiner Mitsantor reiste, desto mehr spürte ich die gemeinsamen mentalen Kräfte anschwellen.

Das Ganze ist mehr als die Summe seiner Teile. Diese Weisheit hatte ich in der einen oder anderen Formulierung von Paal'chck, Cyra Abina und anderen gehört. Nun erst verstand ich die Bedeutung wirklich, fast körperlich.

Mein tastender Geist sprang von Wurzelknolle zu Wurzelknolle, hinterließ Beruhigung, Heilung, Stärke, und dabei suchte ich ganz gezielt nach Ianis, um herauszubekommen, was ihn so beunruhigte.

Doch Ianis war im Netz der Wurzelknollen nicht aufzufinden; entzog er sich diesem wundervollen Ereignis tatsächlich?

Plötzlich hielten alle Chi'quan inne, und auch wir Santor merkten, dass etwas Wichtiges in der Luft lag. Schlagartig beruhigte sich der mentale Äther, und wir schwiegen, während wir uns in die Wahrnehmung unserer Chi'quan einklinkten.

Ein riesiges Holo des Wohltäters entstand über uns. Für uns war es nichts als Luft, aber die Chi'quan zeigten uns, wie diese Luft auf sie wirkte. Es war beeindruckend und sollte die Macht des Goldenen betonen. Und inmitten dieses Holos schwebte eine Kristallscheibe, auf der er selbst stand: Pranav Ketar.

Und er trug einen Kragen aus *schwarzen Santor,* die ihn in eine Wolke aus Pollen hüllten.

Also hatte er nach dem »Fehlschlag«, den ich wohl entgegen allen Bemühungen Cyra Abinas für ihn immer noch darstellte, eine neue und offenkundig in seinen Augen erfolgreichere Testreihe ins Leben gerufen.

Aber ausgerechnet die schwarzen Santor? Was hatte ich von den Santor Nugrani erfahren? Eigennutz und Aggressivität bestimmten ihr Dasein, und das waren für mich gute Gründe, sie nicht wiederzuerwecken aus ihrem Kälteschlaf, in den sie die Wissenschaftler der Allianz einst verbannt hatten. Der Wohltäter musste sehr, sehr stark sein, wenn er die Nugrani unter Kontrolle halten wollte.

Ich war mir keineswegs gewiss, ob ich das schaffen konnte. Ich kannte nur die wissenschaftlichen Berichte und war ihnen nie selbst begegnet.

Aber die anderen Santor waren von diesen weiteren »neuen« Santor durchaus beeindruckt, auch wenn sie sich bemühten, sie zu ignorieren – dasselbe hatten sie mit mir ja ebenfalls versucht.

Sie kannten das Geheimnis unserer Existenz nicht, weil ich es ihnen nicht hatte zumuten wollen. Und nun? Würden sie sich von den Nugrani beherrschen lassen? Würde eine neue Zeit der Riofe Rohn heraufdämmern?

Und – was plante der Wohltäter mit den schwarzen Santor? Ich spürte eine tiefe Unruhe. War es Neugierde auf oder Furcht vor der neuen Situation? Reagierte ich womöglich nicht anders auf die Nugrani, als die anderen Santor zunächst auf mich reagiert hatten? Tat ich ihnen mit meinem Misstrauen unrecht? Ich musste dringend mit Ianis sprechen. Er würde mir sagen können, ob sich unser Verhalten ähnelte oder nicht.

Die ganze schreckliche Konsequenz erkannte ich damals nicht.

Noch während sich meine Gedanken jagten, ergriff Pranav Ketar, der Wohltäter, das Wort. Es musste überall und von jedem zu hören gewesen sein, direkt und ohne dass es eines anderen bedurft hätte, um ihn zu verstehen, denn seine Rede erklang sowohl akustisch als auch mental, wobei ich mir sicher war, dass es die Nugrani waren, die dies ermöglichten.

»Santor! Die Allianz bedankt sich bei euch für euren jahrelangen unermüdlichen Einsatz. Ihr gebt verheerten Planeten das Leben wieder, ihr heilt die Wunden, die der Feind ihnen zugefügt hat. Viel zu lange musstet ihr arbeiten, ohne Lohn zu erhalten, ohne dem Sieg und dem Frieden näher gekommen zu sein! Uns allen fehlte die Zeit, unseren eigenen Wünschen nachzugeben – alles musste hinter dem Ziel zurückstehen, das uns das Ringen vorgab.

Ich bedanke mich bei euch, die ihr das Licht der Allianz gesehen habt und wisst, wie hart der Feind uns in all den Jahren bedrängte. Nun, endlich, sieht es so aus, als wäre er niedergerungen, aber ich weiß, wie auch ihr es tief in euch wisst, dass dies ebenso gut eine Finte sein kann. Der Feind ist tückisch und der Sieg gefährdet.

Doch ich sage euch: Wir werden für die Freiheit kämpfen, wir werden ein Licht für alle Welten sein, selbst wenn alle anderen Lichter verlöschen.

In dieser Stunde lasst uns innehalten und uns erinnern an all das Unglück, dem wir uns aussetzten in dem Bewusstsein, dass alles, was geschieht, eine tiefe, schicksalhafte Bedeutung besitzt. Heute sind wir gewiss, dass nichts umsonst war, denn wir stehen nun im Herzen des Feindes.

Und wir erkennen die ganze Macht und Bosheit des Feindes erst jetzt, da unser Blick unverstellt ist.

Der Feind kennt nicht die Großen Kosmischen Mächte, er unterschätzt die Freiheitsliebe der Zivilisationen unserer Sterneninsel, und er hat nie begriffen, dass wir nicht einfach nur um unserer selbst willen kämpfen. Und wir stellen uns der gigantischen Aufgabe, die uns aufgebürdet wurde. Ich verspreche euch, dass die Goldenen nicht zurückweichen, so wenig wie alle anderen treuen Völker der Allianz.«

Alle Santor, mich eingeschlossen, hatten ihre Köpfe nun in Richtung des Wohltäters gedreht. Wir spürten die Pollen, die auf uns herabrieselten, und ich versuchte zu erfassen, ob auch den Pollen der Nugrani irgendeine Funktion innewohnte, die sich von den Pollen der anderen unterschied. Tatsächlich fühlte ich, wie sich tief in mir die Wut auf den Feind regte, die absolute Entschlossenheit, ihn nicht siegen zu lassen. Obwohl wir doch längst gesiegt hatten ... Das dachte ich jedenfalls bis zu diesem Zeitpunkt. Mit aller Kraft, die ich aufbieten konnte, wehrte ich mich gegen diese dunklen Emotionen, die ich bisher nicht gekannt hatte und die wohl auf unser Erbe zurückzuführen sind.

Ja, Pranav Ketar hatte recht: Wir waren die Allianz, und wir dienten ihr, weil es zutiefst moralisch richtig war.

»Ich weiß so gut wie jeder von euch, dass nur die Allianz eine grundlegende Rettung der Galaxis herbeizuführen vermag, egal, wie stark der Feind ist. Und ich weiß, dass der Feind so lange nicht endgültig niedergerungen sein wird, solange er Mahnmale kontrolliert. Daher erinnere ich euch daran, dass wir noch immer alle in schrecklicher Gefahr schweben. Wir müssen schnell und gründlich handeln, ehe es zu spät ist.« Pranav Ketar machte eine Pause. Sein Blick glitt langsam über uns, und ich hatte das Gefühl, er durchleuchte jeden Einzelnen bis in sein tiefstes Inneres.

Nein, dachte ich. *Ich werde meine Meinung selbst bilden, ich werde mich nicht dem Diktat deiner Rede beugen, Wohltäter. Die Wahrheit spricht für sich selbst, sie braucht keinen Mittler. Und sie braucht keinen Zwang.*

Ich war mir beinahe sicher, dass die überwältigende Resonanz der anderen Santor genau darauf zurückzuführen war: Zwang. Die Pollen der Schwarzen wirkten stark.

Aber die Wahrheit hatte so etwas doch gar nicht nötig! Mich durchfuhr ein erschreckender Gedanke: Hielt der Wohltäter die Wahrheit nicht für mächtig genug? Oder hatte er Angst, unser berechtigtes Interesse heimzukehren würde uns davon abhalten, die Allianz zu unterstützen?

Nein!, sendete ich entschlossen und zwang meine Mitsantor in diese telepathische Sendung hinein. *Nein! Wir werden nicht dulden, dass der Feind siegt! Wir sind bereit, unseren Anteil zu leisten!*

Pranav Ketar lächelte, und er sprach weiter: »Ich danke euch. Ich habe heute euch, die unermüdlichen Erneuerer, eingeladen, weil ihr euer Werk so lange in völliger Stille verrichtetet und dafür nie den Dank erfuhrt, der einer solchen Arbeit eigentlich gebührt. Und ich höre, dass dieses Ansehen, das euch gebührt, keineswegs überzogen ist. Ich danke euch – die gesamte Allianz dankt euch.«

Das war nun eine unerwartete Wendung! Der Wohltäter hatte uns nicht nur nicht vergessen, hatte uns nie vergessen, aber nun erhob er uns vor allen anderen. Vielleicht war es falsch gewesen, ihn um die Möglichkeit der Heimreise zu bitten. Aber Pranav Ketar gönnte uns keine Pause, um über seine Worte nachzudenken.

»Aber wir müssen auch allen anderen danken – allen Kriegern, Ärzten, Wissenschaftlern, Lehrern, Künstlern und Konstrukteuren, jedem nach seiner Art. Ohne euch alle wäre die Allianz nichts, und der Feind siegte unangefochten über die Galaxis.

Ihr alle seid die Allianz. Daher stellt euch bitte selbst folgende Fragen: Seid ihr entschlossen, unseren Idealen für die Zukunft der Galaxis zu folgen, bis der Feind endgültig besiegt ist? Steht ihr nach wie vor treu zu den Idealen der Allianz und seid bereit, alle notwendigen Mittel einzusetzen, selbst gegen jene, die aus unserer Mitte heraus Verrat üben, indem sie Verzeihen und Frieden mit dem Feind predigen, der dies als Zeichen dafür werten wird, die Allianz habe das Vertrauen in sich selbst verloren? Seid ihr bereit, eure ganze Kraft einzusetzen und das Herz des Feindes mit einem tödlichen Schlag auszuschalten?«

»Ja!«, kam es zuerst zögernd von den Chi'quan. Unsichtbare Lautsprecherfelder übertrugen weitere Stimmen. »Ja.« – »Ja.« – »Ja.« Auch wir Santor stimmten zu, so viele und so stark, dass es sich wie eine mentale Woge ausnahm.

Wir Zuhörer ließen uns von Pranav Ketar bedenkenlos steuern. Unsere Begeisterung, so leicht angefacht, blies uns empor wie heiße Luft, und wenn ich heute zurückschaue, war sie das wohl auch zu großen Teilen. Damals begriffen wir es nicht.

»Ihr habt euch gefragt«, rief der Wohltäter, »und ihr habt eure Antworten gefunden. Ich freue mich, dass ihr euch so einig seid. Wenn wir je an den Sieg über den Feind haben glauben dürfen, dann in dieser Stunde der Besinnung und inneren Aufrichtung. Wir sind ihm greifbar nahe; wir müssen nur zufassen und alles andere seinem Dienst unterordnen!«

Ich spürte, wie ich in einen Strudel der Begeisterung geriet. Pranav Ketar, der Wohltäter, hatte ausgesprochen, was uns allen auf der Seele lag, und auf einmal kam ich mir mit meiner Forderung nach einer Rückkehr der Santor in ihre Heimat sehr schäbig vor, während ich geradezu darauf brannte, eine neue Aufgabe übertragen zu bekommen.

»Und daher«, dröhnte Ketars Stimme, »habe ich noch eine letzte Bitte an die kleinen Gräber: Wir alle verzehren uns nach Harmonie. Ihr seht selbst, dass die hässlichen Reste des Krieges dieses Sonnensystem noch immer dominieren. Könnt ihr der Allianz ein letztes Mal beistehen, ehe ihr die Heimreise antretet? Ein allerletzter Dienst an den Idealen der Freiheit?«

Ja!, riefen wir alle, und die Chi'quan wiederholten es laut und ernsthaft: »Ja!«

Pranav Ketar schien noch weiter zu wachsen. Rings um ihn standen Lazan in der Luft und verbreiteten goldenes Licht, in dem der Wohltäter aufzugehen schien.

»Verschiebt die hässlichen Reste des Krieges, die diesen Ort verseuchen, damit hier eine gute Zukunft entstehen kann! Dies sei euer Großes Projekt, ein letzter Dienst an der Galaxis, kleine Gräber!«

Und mit diesen Worten löste er sich vollkommen im goldenen Licht auf, und die Lazan verschwanden wieder, drifteten unsichtbar in die Unauffälligkeit.

Dämmerung senkte sich über eine Welt, die für den Krieg stand und die nun mit unserer Hilfe untergehen und aus diesem Untergang neu entstehen sollte.

Ich war zutiefst beeindruckt, spürte die Zustimmung der anderen wie heftige Vibrationen.

Und dann war Ianis an meiner Seite.

Wurzel fand Wurzel, Blatt streifte Blatt, und eine dunkle Ahnung überkam mich wie ein Echo, das aus der Verschlossenheit des Rotblatts herüberwehte. Es gelang mir nicht, diesen finsteren Gedankensplitter zu erhaschen, obwohl ich mir Mühe gab. Aber als Avitio war ich in dieser Hinsicht den meisten Iras unterlegen, erst recht einem so begabten wie Ianis.

Glaubst du ihm?, fragte er.

Selbstverständlich. Du hast ihn doch gehört. Glaubst du ihm etwa nicht?

Zorn schüttelte sie, aggressive Exsudate brannten an meinen Wurzelhärchen. *Nein, ich glaube ihm nicht! Und du solltest es auch nicht. Keiner von uns!*

Beruhige dich. Wir alle sind die Allianz, es gibt keinen Grund, einem anderen zu misstrauen, sei er Santor, Ramani, Goldener, Lazan ...

Sein Zorn wich nicht.

Du hast es nicht GEHÖRT! Ich hingegen schon.

Gehört?

Ich bitte dich: Vertrau mir! Du hast die Kraft, mein Wissen umzusetzen und uns alle zu retten – ich selbst bin dazu nicht geeignet, ich kann gerade einmal mein Quintett steuern, wenn sich alle mir öffnen. Aber du – du konntest sogar mich überzeugen! Ich weiß nicht genau, wie du das machst, aber ich habe begriffen, dass du aus reinen Beweggründen handelst, also habe ich beschlossen, dir zu vertrauen.

Ich zögerte, aber nur kurz. Ianis hatte mich mit einem wahren Schwall von Worten und Bildern eingedeckt. Das war mehr, als ich je von ihm gehört hatte. *Also schön – ich höre dir zu.*

Ich kann die wahren Gedanken des Wohltäters lesen, wenn er sehr angespannt ist wie eben bei dieser Rede. Sie schimmern dann hinter seinen Worten durch wie ... wie ...

Wie eine zweite Wirklichkeit? Ein anderes Universum?

Ja! Ianis wirkte überrascht. *Woher weißt du das? Kannst du seine Gedanken etwa auch ...?*

Nein, natürlich konnte ich die Gedanken eines Goldenen nicht lesen. Aber durfte ich Ianis die Geschichte der Riofe Rohn erzählen? Es war unwahrscheinlich, dass er damit umgehen konnte. Niemand erinnerte sich daran, dass wir aus einem anderen Universum stammten, diese Erinnerung hatten uns die Mediziner der Allianz genommen, um uns vor uns selbst zu schützen. Würde er mir überhaupt glauben, wenn ich von dem anderen Universum sprach?

Bist du dir sicher?

Ja. Ja, ich bin absolut sicher. Etwas Furchtbares wird geschehen, wenn wir tun, was er verlangt.

Wie furchtbar?

Ianis schwieg.

Sag es mir! Ich muss es wissen!, forderte ich.

Also schön: Wenn wir das Große Projekt umsetzen, werden wir alle sterben. Jeder Einzelne. Die Santor werden aufhören zu existieren.

Ich war geschockt. Das ... konnte nicht sein. Es gab keinen Grund dafür.

Doch. Es konnte sein, und es gab einen Grund. Ich durfte mich nicht vor der Wirklichkeit verschließen. Pranav Ketar war imstande, Leben zu opfern. Er würde es bedenkenlos tun, wenn es seinen Absichten diente.

Und dass er nicht die leiseste Absicht verspürte, die Erben der Riofe Rohn freizulassen. Denn genau das würde er tun müssen, nachdem die Allianz uns nun schon – wie lange? – an ihre Raumschiffe gefesselt hatte?

Nun?, drängte Ianis.

Was können wir schon ausrichten? Die Goldenen sind allmächtig.

Er klappte den Blütenkelch weit auseinander und bog seinen Körper zu mir. *Genau darin irrst du. Sie sind nicht allmächtig – mächtig aber sehr wohl. Doch auch wir verfügen über Macht. Wir müssen sie nur geschickt einsetzen ...*

Kapitel 13

Arktur I: Die Höhle

Deringhouse blieb stehen und lauschte. Von draußen wehte kein Laut herein. Waren der Naat und er der Aufmerksamkeit dieser Santorähnlichen und ihrer Schergen entgangen?

Toreeads Aufmerksamkeit galt vor allem dem weiteren Verlauf des Gangs. Er schien nicht sehr lang zu sein. Wände und Decke bestanden vorwiegend aus Wurzeln unterschiedlichster Art, Farbe und Dicke.

Nachdem die ungleichen Gefährten sicher waren, dass ihnen an diesem Ort keine Gefahr drohte, gingen sie in schweigendem Einvernehmen weiter, die Strahler schussbereit in der Hand. Die Anzugscheinwerfer verwandelten den Weg in ein Gewirr zuckender Schatten, aber die Einbildungskraft war ihr größter Feind.

Nichts geschah. Deringhouse fühlte sich tatsächlich in Sicherheit.

Der Gang weitete sich nach wenigen Metern zu einer Höhle, die kaum zwanzig Meter durchmessen mochte. In den Wänden steckten leuchtende Kristalle, die knapp vier Meter hohe Decke wurde von einem dicken Wurzelgeflecht gebildet, genau wie im Gang. Es gab keine weiteren Ausgänge.

In der Mitte der Höhle erwartete sie ein plastikverkleideter Würfel ohne erkennbare Bedienelemente, der etwa einen Meter breit, tief und hoch war. Zahlreiche dicke Kabel führten von der Basis des Würfels in die Erde und an die Wände. Auf dem Würfel befand sich ein weiterer, deutlich kleinerer Kubus mit einer Lautsprechermembran, holografischem Interface und einigen unterschiedlich eingefärbten, extrem altertümlich wirkenden mechanischen Bedienelementen. Alles schien für Menschenhände gemacht.

Aber von wem?, fragte sich Deringhouse.

Was immer dieser Würfel sein mochte, mit Arkonidentechnologie hatte er nicht das Geringste zu tun. Jedenfalls mit keiner, mit der

Toreead jemals zu tun gehabt hätte. Aber sollten sie nicht auf etwas Arkonidisches stoßen, wo doch der Funkspruch so eindeutig in arkonidischer Sprache abgefasst war? Gab es hier irgendwelche Schiffbrüchigen, die dieses Stück fremder Technologie gefunden hatten und nun nutzten?

»Wir haben es gefunden«, murmelte Deringhouse. »Aber wieso erinnert mich das alles dennoch an eine Sackgasse? Hier ist nichts. Nichts außer diesem ... Funkgerät.«

Toreead sah sich ratlos um. Er hatte erwartet, große Zusammenhänge zu entschlüsseln, vielleicht Hinweise auf andere Kulturen oder auf eine arkonidische Seitenlinie zu finden. Aber alles, was sie gefunden hatten, waren ein Funkgerät und ein Kubus, der seine Funktion wohl frühestens verraten würde, wenn sie die Verschalung lösten. Da sie aber nicht wussten, welche Funktion die Leitungen und Kabel hatten, die von dem Kubus ausgingen, war es wohl besser, nichts zu überstürzen.

»Jedenfalls haben wir hier die Sendestation des Funkspruchs vor uns«, behauptete er, um ihrer Expedition wenigstens eine kleine Legitimation zu geben. Was hatten sie erwartet? Jemanden, der ihnen alle Lösungen auf dem Silbertablett servierte? So etwas geschah praktisch nie. »Mal sehen, was geschieht, wenn ich den Sender desaktiviere.«

»Gute Idee. Vielleicht locken wir die Urheber all dieser Dinge hervor.« Deringhouse trat neben ihn. »Oder wir versuchen, unsere Anzugsysteme mit diesem Gerät zu koppeln und einen Notruf an die AL'EOLD zu senden. Nach der Vernichtung der SPERANZA machen sie sich bestimmt Sorgen um uns.«

Der schmächtige Mensch hatte recht, aber irgendwie spürte Toreead, dass es nicht so einfach sein würde. Das war keine arkonidische Technologie, und dass sie mit ihren begrenzten Mitteln eine Schnittstelle würden herstellen können, bezweifelte er stark. Aber das war kein Grund aufzugeben. »Versuchen wir es.«

Gemeinsam näherten sie sich dem vermeintlichen Sender. Toreead würde es nie zugeben, aber es tat gut, nicht allein an diesem Ort zu sein. Und er spürte, dass dieselbe Loyalität, die er Novaal entgegenbrachte, auch die Beziehung zwischen Conrad Deringhouse und Perry Rhodan definierte. Allen Unterschieden zum Trotz war das etwas, auf dem sie aufbauen konnten.

»Schauen Sie!«, sagte er und nahm einen Gegenstand hoch, der auf dem unteren Würfel gelegen hatte: Es sah aus wie eine mit

Perlen besetzte goldene Spange mit Metallstiften an einer Seite. Die Perlen waren allerdings die merkwürdigsten, die er je gesehen hatte. Sie fühlten sich einerseits zwar *weich* an, gaben aber nicht nach, wenn er sie berührte. Allenfalls glaubte er ein vages Prickeln zu spüren. »Was ist das?«

»Für mich sieht es aus wie eine protzige Haarspange«, sagte Deringhouse und fügte nach einer kurzen Pause und einem Blick auf die lederne Haut des Naats hinzu: »Dass Sie so etwas nicht kennen, wundert mich nicht.«

Toreead ignorierte diese Spitze, die Menschen gern als Humor verstanden wissen wollten. »Was soll eine Haarspange hier zu suchen haben?«

»Es könnte ebenso gut eine Art Chipkarte sein oder ein Kodeschlüssel. Aber wem gehört sie?«

Toreead drehte die Spange unschlüssig in der Hand, dann fuhr er damit die Seiten des Funkgeräts entlang auf der Suche nach einer Stelle, zu der die Zacken, die Perlen oder auch der Flachabdruck des rätselhaften Gegenstands passen mochten. Nach einer Weile gab er auf. »Wir können sie später noch untersuchen. Lässt sich das Funkgerät bedienen?«

»Nicht in dem Sinne, dass wir seine Sendung bestimmen können. Aber es existiert ein Ein-Aus-Schalter. Es scheint eine besonders robuste Idee dahinterzustecken, beinahe schon archaisch in ihrer Ausführung.«

»In Ordnung.« Toreead trat einen Schritt zurück und richtete sein Messgerät auf den Kubus. »Legen Sie los! Stellen Sie das Gerät aus!«

Der Mensch betätigte einen roten Kippschalter an der rechten Außenseite des Funkgeräts. Es gab keine für ihre Sinne erkennbare Veränderung, aber das Messgerät meldete, dass keinerlei Energie mehr durch das Funkgerät fließe. Auch der Funkspruch wurde nicht mehr abgestrahlt. Kein Geräusch verriet, ob irgendeine Maschine noch arbeitete.

»Geschafft. Und jetzt ...«

»... warten wir«, vollendete Toreead den Satz.

»Helft mir!«

Die Stimme war eindeutig weiblich. Sie klang warm und weich, wie eine Verlockung von prasselndem Kaminfeuer, heißem Tee mit Rum und dem Knistern von Pinienzapfen.

Und sie sprach ein zwar altes, aber gut verständliches Arkonidisch.

Deringhouse und Toreead zuckten synchron zusammen und sahen sich um.

»Haben Sie das auch gehört?«, fragte Toreead.

Deringhouse nickte. Aber es war niemand da. »Nichts.«

»Das glaube ich kaum. Sie suchen lediglich in der falschen Richtung«, sagte der Naat und wies zur Decke. »Mir ist bereits aufgefallen, dass Ihre Spezies vor allem auf gleicher Augenhöhe Ausschau hält, allenfalls schauen Sie auf den Boden. Aber die Decke ...«

Deringhouse spürte einen leichten Anflug von Ärger, obwohl er wusste, dass der Naat recht hatte. Aber musste er ihm seine Schwächen so vor Augen führen? *Selbstverständlich,* gab er sich selbst die Antwort. *Und er tut es, weil er davon ausgeht, ich könne diese Schwächen ausgleichen, sofern ich um sie weiß.* Dass der Naat zu Stichelei oder Prahlerei neigte, konnte er wahrlich nicht sagen. Im Gegenteil: Er schien sich als so etwas wie den Seniorpartner ihrer Konstellation zu sehen.

Langsam ließ Deringhouse den Blick über die Decke wandern. Wurzeln, wohin er sah: dicke, dünne, ineinander verdrillte, übereinander gewachsene, bleiche und bläuliche Wurzeln, ein gigantisches Geflecht, das wie eine Haube über der Höhle lag.

Im blassen Schein seiner Helmlampe und dem farbigen Schimmern der Kristalle wirkte es fast so, als bewegte sich das Wurzelwerk, als ...

»Helft mir!«

Sein Blick irrlichterte über die Decke auf der Suche nach der Quelle dieser Worte. Nun war auch er sich sicher, sie müsse von dort oben gekommen sein.

Und dann glaubte er, sein Herz müsse einen Schlag ausgesetzt haben, so erschrocken war er: Dort oben bewegten sich *tatsächlich* Wurzeln. Hatte da nicht für einen kaum messbaren Moment ein *Auge* durch das Geflecht geblickt? Und ... ein Stück weiter in den Höhlenhintergrund zu zwängte sich in diesem Moment etwas durch die Wurzeln. Es war ...

... eine *goldene Hand.*

»Wie können wir dir helfen? Und wer bist du?«, fragte Deringhouse, wobei er die Hand nicht aus den Augen ließ. Deren Finger bewegten sich langsam, als seien sie steif, sie spielten miteinander, und es sah aus, als liefe dort oben eine kleine goldene Spinne.

Es handelte sich, soweit Deringhouse es beurteilen konnte, um eine ganz normale, fünffingrige, menschliche, weibliche Hand, wenn man von dem Umstand absah, dass sie wie von Gold überzogen aussah.

»Helft mir!«, sagte die Stimme wieder, etwas forscher als zuvor. Eine weitere Hand drängte durch die Wurzeln, packte zu, zerriss einige davon.

Etwas wie ein Schauer durchlief die gewölbte Decke, eine Welle, die ihren Ursprung am Eingang hatte. Wurzeln hoben sich wie Schlaufen, zogen sich wieder zusammen, Wurzelspitzen zuckten wie Tentakel umher.

Toreead duckte sich, seine Körpergröße von gut drei Metern brachte ihn sonst in unangenehme Nähe zu den Wurzeln.

Oben an der Decke spielte sich ein merkwürdiger Prozess ab: Je mehr die Wurzeln in Bewegung gerieten, desto mehr goldene Körperteile kamen zum Vorschein. Da ein Fuß, dort ein Teil der Hüfte, eine Brust ...

Unversehens gab es ein verstörendes, schmatzendes, peitschendes, berstendes Geräusch, und der gesamte Körper einer jungen, goldenen Frau stürzte auf dem Bauch liegend aus dem Wurzelgewirr – jedenfalls so weit, dass er gänzlich freigelegt war. Dicke, kriechende Wurzeln hielten sie an den Hand- und Fußgelenken, an der Hüfte und der Brust waren blaue Wurzeln *in sie hinein- und durch sie hindurch*gewachsen, und eine blaue Wurzel kroch auf ihren Hals zu.

»Helft mir!«, flüsterte die Frau. »Helft mir, wenn ihr keine Traumbilder seid. Schnell! Befreit mich! Rettet mich! Etwas hat den *Alohamis* ausgeschaltet ...«

Etwas stimmte nicht, das spürte Deringhouse. Toreead schien es ähnlich zu gehen, denn er fragte: »Wer bist du, und weshalb bist du hier?«

Die schöne goldene Frau schlug beide Augen auf. Sie waren menschlich, aber kein Mensch hatte eine siebenfarbige Iris, eine echte »Regenbogenhaut« also. »Befreit mich, ehe die automatische Rücksetzung den Alohamis wieder einschaltet. Bitte!«

»Wer bist du?«, beharrte Toreead.

»Ihr kennt mich nicht? Ich bin Cyra Abina. Ich erwarte den Respekt, der mir zusteht! Und nun befreit mich!«

Plötzlich hatte ihre Stimme etwas Herrisches, einen unangenehmen Befehlston, als verpufften die Pinienzapfen, als explodiere das Kaminfeuer, als entzünde sich der Rum.

Conrad Deringhouse schüttelte benommen den Kopf. Nein, etwas stimmte ganz und gar nicht – aber er wusste nicht zu sagen, was.

Die blaue Wurzelranke hatte beinahe den Hals der Goldenen erreicht. Er konnte schon die feinen Härchen erzittern sehen, die die Wurzelspitze zierten. Gleich würde sich die Wurzel in den Hals bohren.

Die Augen der Goldenen wanderten zu der Wurzel, und Angst zeichnete sich auf ihrem Gesicht ab. »Bitte ...«, flüsterte sie. Das verzehrende Feuer ihrer Worte brannte herunter zu Glut, die um ihr Überleben kämpfte.

Also schön, dachte Deringhouse. Er hob seinen Thermostrahler.

»Warte!«, befahl ihm Toreead. »Die Gefahr ist zu groß, dass es zu unschönen Verletzungen kommt.« Er zog aus einem Futteral, das er an seinem rechten Bein trug und das Deringhouse bisher nicht aufgefallen war, ein langes, dünnes, scharfes Messer.

Da die Decke für ihn gut erreichbar war, führte er einen raschen, eleganten Hieb gegen die tastende Wurzel, und das scharfe Metall fuhr einfach mitten hindurch. Die Blauwurzel erzitterte und schrumpfte ein wenig in sich zusammen, zog sich zurück ins schützende Gewirr der Decke.

»Danke!«, sagte Cyra Abina und zerrte an den Wurzelfesseln, die ihre Hände und Füße hielten.

Wieder lief eine leichte Wellenbewegung über die Decke. Eine Stelle unweit der Goldenen platzte auf und entblößte ein ganzes Nest blauer Wurzeln, die wie die Nesselfäden einer Seeanemone aufzüngelten und rasch in die Länge wuchsen. Ein paar Fingerlängen daneben geschah das Gleiche. Und weitere Nester platzten auf.

Cyra Abina schrie auf. »Nicht! Nicht wieder Alohamis!«

Deringhouse zielte auf die Wurzelnester. »Schluss mit lustig!«

Toreead war keineswegs überrascht, dass sein *Nakatakora* die Wurzel so leicht durchtrennte. Gedacht als Übungswaffe vor Erringen der Nakata-Würde, war jedes Nakatakora in den Schmieden Naats geschaffen worden. Sein eigenes hatte er von Novaal überreicht bekommen, kurz bevor er sein Kommando antrat, und er hatte sich geschworen, es nie ohne Not aus der Hand zu geben.

Die naatische Schmiedekunst war unerreicht, was Klingenwaffen anging. Er hatte in seiner kurzen Zeit auf der Erde einige als besonders hochwertig angesehene Nahkampfwaffen in Augenschein genommen. Damaszenerstahl und Katanas kamen der Schärfe einer Naatklinge nahe, aber waren ihr immer noch unterlegen. Naatwaffen waren beinahe so scharf, als schnitte man mit einer nur ein Molekül dicken Klinge, wurden selten stumpf und brachen nicht. Eine Wurzel, und mochte sie noch so widerstandsfähig sein und voll im Saft stehen, konnte dem nichts entgegensetzen.

Während neben ihm Deringhouse mit dem Thermostrahler die Blauwurzelnester verdampfte, machte er sich daran, Cyra Abina von den Wurzeln zu befreien. Zuallererst schnitt er jene blauen Wurzeln ab, die ihren Körper durchbohrt und durchwuchert hatten. Wenn er zuerst die anderen, dickeren Wurzeln an den Extremitäten durchtrennte, musste er fürchten, dass die Frau nicht mehr gehalten wurde und durch den unweigerlichen Sturz schwere Verletzungen davontrüge.

Er hoffte, dass ihn seine Einschätzung nicht trog, dass die blauen Wurzeln die Frau nicht unbedingt töten sollten, sondern sie mit Nährstoffen versorgten, vielleicht auch mit Drogen, die ihr die Schmerzen nahmen oder sie gefügig hielten.

Dennoch musste es schnell gehen.

Er war noch lange kein Experte mit dem Nakatakora, aber er wusste, was und wie er es zu tun hatte. Dabei beobachtete er die Reaktionen der Frau. Jedes Mal, wenn er eine Blauwurzel kappte, verzerrte sich ihr Gesicht schmerzerfüllt. Aber sie beschwerte sich nicht, sondern nickte ihm aufmunternd zu. »Weiter!«

Als die letzte Blauwurzel gekappt war, sackte ihr Körper durch, und er sah, wie sich die Wurzelfesseln tief in Arme und Beine schnitten.

»Schnell ...«, flüsterte die Goldene.

Es krochen bereits weitere blaue Wurzeln heran, als ließe eine unbekannte Macht das Wachstum im Zeitraffer erfolgen.

Vier rasche Hiebe mit dem Nakatakora – und die Frau stürzte zu Boden. Im gleichen Augenblick schien die Decke zu erstarren. Nichts regte sich mehr dort.

Es krachte, als Cyra Abina auf dem Boden aufkam, als bräche ein Knochen, aber sie klagte nicht, schrie nicht. Sie stand einfach auf, obwohl der linke Arm in unnatürlichem Winkel leblos an ihr herunterhing, sich des Schmerzes und ihrer Nacktheit nicht bewusst oder nicht achtend.

»Danke.« Sie sah sich um. »Es war gewiss nicht leicht, sich Pranav Ketar zu widersetzen. Ihr seid Rebellen wie ich. Ich werde euch das nicht vergessen, wenn ihr in meinen Diensten agiert.«

Deringhouse richtete den Thermostrahler, dessen Spuren an der Decke sich bereits wieder auflösten, als neues Wurzelwerk herankroch, wie beiläufig auf sie. »Ich glaube, da liegt ein Missverständnis vor. Wir kennen keinen Pranav Ketar, und wir haben auch nicht vor, in deine *Dienste* zu treten.«

Sie ignorierte den Thermostrahler. »Ihr werdet mich in ehrerbietiger Weise anreden, habt ihr verstanden? Und ihr kennt Pranav Ketar nicht? Zu welcher Spezies gehört ihr? Wie kamt ihr auf diese Welt?«

Deringhouse deutete auf Toreead. »Mein Begleiter ist ein Naat, und ich gehöre zur Gattung Mensch.« Er nickte knapp, aber ohne sie aus den Augen zu lassen oder den Thermostrahler zu senken.

»Menschs und Naaten ... diese Begriffe habe ich nie zuvor gehört. Aus welcher Galaxis stammt ihr?«

»Das geht Sie nichts an«, sagte Deringhouse rasch. Er wechselte die Anredeform; sein Gefühl riet ihm, nicht zu vertrauensselig zu sein. »Wir haben hier in eigenen Geschäften zu tun.«

Sie betrachtete ihn forschend. »Ihr seht nicht wie Schmuggler aus, eher wie Söldner. Was kosten eure Dienste?«

»Wir sind nicht käuflich«, lehnte Toreead finster ab.

»Was haben Sie getan, um in diese Lage zu kommen?«, fragte Deringhouse. »Eine Antwort wäre das Mindeste, was wir verdient haben.«

Ihr Gesicht verdüsterte sich. »Das sind nicht eure Angelegenheiten. Ich werde nun zu den Kaschlanen hochsteigen und eines ihrer Raumschiffe requirieren. Ketar muss sie sehr stark unter Druck gesetzt haben, dass nicht sie selbst es waren, die mich befreiten.«

Sie drehte sich zum Eingang um, langsam und mit Bewegungen, die von Schmerz kündeten.

Deringhouse vertrat ihr den Weg. »Moment. Mit *Kaschlanen* meinen Sie die Bewohner dieses Planeten?«

»Kaschla. Und seine Bewohner sind die Kaschlanen, eine vogelartige Spezies, die ihr gewiss kennengelernt habt. Wen sollte ich sonst meinen?«

»Diese Welt *hat* keine Bewohner mehr«, sagte Deringhouse. »Jemand oder etwas hat sie vor langer Zeit ausgelöscht.«

Sie riss die Augen auf. »Wie meinst du das – *ausgelöscht?«*

Deringhouse beschrieb ihr das Aussehen von Kaschla, aber er spürte, wie sie bei jedem Wort mehr versteifte. Sie glaubte ihm nicht oder besser: Sie *wollte* ihm nicht glauben.

»Ketar hat die Lazan zur Vernichtung eingesetzt ... Das kann nicht sein.«

»Ich habe keine Ahnung, wovon Sie sprechen, aber wir begleiten Sie gern nach oben, damit Sie sich ein eigenes Bild machen können.« Toreead bot ihr einen Arm als Stütze an. Zuerst zögerte sie, aber dann nahm sie sein Angebot dankend an.

Mit Anzeichen äußersten Entsetzens führte Cyra Abina sie an den schwarzen, purpurnen und grünen »Tulpen« vorbei, sorgfältig darauf bedacht, ihnen nicht zu nahe zu kommen. Sie kannte diese Pflanzen also, auch wenn sie sich weigerte, entsprechende Auskünfte zu geben.

Nach einem kurzen Marsch standen sie am Rand des Schutzschirms und sahen hindurch. Dort draußen sahen sie nur Leere jenseits des magentafarbenen Schirms.

»Er hat nicht nur mich bestraft, sondern ebenso eine Welt, die keine Rolle im Ringen spielte. Wie sehr muss er mich hassen, dass er so tief sank? Und wieso hat er die Lazan eingesetzt?«

»Lazan?«

Sie deutete vage gegen den Schirm. »Die Lazan sind pseudomaterielle, schlangenartige Wesen, die in jeder Atmosphäre und sogar im Weltraum existieren können und die sich von Strahlung jeder Art ernähren. Sie unterstützten uns im Großen Krieg. Aber weshalb halfen sie dabei, mich einzusperren und zu bewachen – und vor allem: Wieso vernichteten sie Kaschla? Die Lazan waren stets friedlich ... «

Deringhouse betrachtete die verzweifelte Frau nachdenklich. *»Wer ewiges Leben sucht, findet endlosen Tod.«* Was der Goldenen zugestoßen war, konnte man durchaus als »endlosen Tod« bezeichnen. Aber war sie wirklich auf der Suche nach dem ewigen Leben gewesen, oder handelte es sich lediglich um eine falsche Fährte, die ihn hatte anlocken sollen – ihn oder jemanden wie ihn?

»Sie sprechen von Pranav Ketar?«, fragte Deringhouse.

Sie drehte sich zu ihm, zur Gänze vergoldeter, makelloser Zorn. »Ich werde ihn suchen. Ich werde meine Armee rufen. Er ist weit über das Ziel hinausgeschossen! Zum Glück ruhen meine Helfer an verborgenen Orten in der Nähe und können rasch hier sein. Es wird enden! Die Lazan werden sich unserer Sache anschließen.«

Sie griff sich ins Haar, sah sich suchend um. Die Schultern sanken herab. »Ich kann mich nicht mit ihnen in Verbindung setzen.«

Selbstverständlich. Sämtliche Kommunikationseinrichtungen Kaschlas waren wie der Rest dieser Welt einst von dem ominösen Pranav Ketar vernichtet worden. Es gab auf dem gesamten Planeten nur ein Funkgerät, das die Energiewände durchdringen konnte: das in jener Höhle, in der sie gefangen gehalten worden war. Und dabei war es nicht einmal für überlichtschnellen Funkverkehr gemacht. Aber vielleicht konnten sie damit wenigstens die AL'EOLD erreichen.

»Verraten Sie uns mehr über Ihren Feind? Darin liegt vielleicht die Lösung unseres Problems.«

»Nenn ihn nicht *Feind.* Wir sind ... unterschiedlicher Ansicht, das ist alles.«

Er ist nicht ihr Feind, aber er verwüstet eine ganze Welt, um sie zu bestrafen? Deringhouse begriff es nicht. Aber er spürte genau, dass dieses Thema der Goldenen nicht angenehm war. Er kannte sie zu wenig, um ihre genaue Reaktion abzuschätzen, aber genau genug, um zu wissen, dass sie sehr wohl unangenehm ausfallen konnte. Und das mochte sich in ihrer momentanen Situation nicht unbedingt als Vorteil erweisen. Sie waren zu dritt unter dem Energieschirm gefangen.

»Ausgerechnet Lazan ...«, sagte sie nachdenklich. »Ich wünschte, Phylior wäre hier. Er könnte mit ihnen sprechen, ihnen erklären, dass sie das Falsche tun.«

Deringhouse wollte gerade eine Frage stellen, da hob Toreead eine Hand. »Die unterirdische Anlage – stellt sie weiterhin eine Bedrohung dar?«

Die Goldene blickte ihn hochmütig an, und das Feuer ihrer Stimme brannte eine Nuance heißer. »Nicht länger für mich. Ich kenne die entsprechende Apparatur nicht, aber ich vermute darin die materielle Komponente des Alohamis, dessen Wirkungskreis auf die Höhle beschränkt ist. Hier oben sind wir außer Gefahr, selbst wenn sich die Maschine automatisch wieder eingeschaltet hat. Sie wird mich kein weiteres Mal fangen. Und sie dürfte kaum auf eure zerebrale Struktur geprägt sein.«

Wie beruhigend.

Sie lächelte ein trauriges Lächeln. »Ihr habt nicht zufällig meine Paraklammer oder etwas anderes gefunden, was zu meinen Artefakten zählte? Ehe ich bestraft wurde, nahm Pranav Ketar mir meine Ausrüstung. Eure ganze Technologie – verzeiht, aber sie ist ... ungeschlacht, und vor Pranav Ketar könnt ihr mich damit gewiss nicht beschützen. Ich fürchte, sobald er erfährt, dass das Alohamis ausgeschaltet wurde, wird er kommen.«

Toreead zog die merkwürdige Perlenspange hervor. »Gehörte auch das hier zu Ihrer Ausrüstung?«

Sofort trat ein gieriger Blick in ihre Augen. »Durchaus«, sagte sie langsam. »Gib es mir! Wo habt ihr es gefunden?«

Der Naat hielt den Gegenstand fest in seiner klobigen Hand und machte einen Schritt rückwärts. »Das Artefakt lag in der Höhle, in der Sie gefangen waren. Wozu dient es?«

»Ich kann es als Verstärker meiner mentalen Kräfte benutzen«, behauptete sie. »Mit seiner Hilfe kann ich meine Verbündeten telepathisch herbeirufen.«

»Sie werden unser Raumschiff im Orbit unbehelligt lassen?«, fragte der Naat.

Sie sah ihn kalt an. »Sofern ich es befehle, was ich tun werde, wenn ihr mir helft.«

Als ob sie eine Wahl hätten ...

»Geben Sie ihr das verdammte Ding!«, empfahl Deringhouse.

Cyra Abina nahm den Gegenstand, der aussah wie eine Spange oder Brosche mit kammartigen Zinken, betrachtete ihn beinahe zärtlich und strich dann sanft über die Oberfläche, als wolle sie sich vergewissern, dass noch alles da war.

»Ja«, flüsterte sie andächtig. »Er hat sie mir weggenommen, aber nicht vernichtet. Sie sind bestimmt alle noch da, lagen die ganze Zeit in meiner Nähe, ohne dass ich sie benutzen konnte. Welch bösartiger Geist du doch bist, Wohltäter. Und wie leichtfertig.« Nun richtete sie sich auf, sah direkt Toreead und Deringhouse an. »Wieder habe ich zu danken. Nun werden sich unsere Wege bald trennen. Ich rufe die Meinen zu mir und werde Pranav Ketar suchen, während ihr weiterfliegt, euren *eigenen Geschäften* hinterher.«

Entweder hatte sie noch immer nicht begriffen, wie viel Zeit seit ihrer Inhaftierung verstrichen war, oder diese Goldenen waren eine verdammt langlebige Spezies. Nur merkwürdig, dass niemand sie zu kennen schien. Deringhouse vermutete, dass sie längst ausgestorben waren oder die Milchstraße verlassen hatten.

»Während Sie Ihre Verbündeten rufen, sollten Toreead und ich der Höhle einen letzten Besuch abstatten und diese Maschine zerstören, damit sie nie wieder Unheil anrichten kann.«

Cyra Abina lächelte, und es wirkte so herzlich und offen, dass Deringhouse sich sofort wieder vollkommen für sie vereinnahmt fühlte. Nein, diese Frau war garantiert kein Verbrecher!

»Das ist eine sehr edle Überlegung. Geht und seht zu, was ihr tun könnt. Aber verzeiht, wenn ich hierbleibe. Ich habe etwas anderes zu tun.« Sie nahm die Spange und steckte sie sich in die Haare. »Ich werde Kontakt aufnehmen.«

Kapitel 14

Phylior: Die Große Aufgabe

Das Objekt, das wir zu verschieben hatten, bestand zu großen Teilen aus jenem seltsamen Metall, das mich bereits einmal ausgelaugt und vergiftet hatte und das wir auf keine andere Weise vernichten konnten. Wie hatte Cyra Abina es genannt? *Watape?*

Das Problem dabei war vor allem, dass das Objekt aus neun miteinander kommunizierenden und über einen Großteil des Planeten verteilten Kernen unterschiedlichen Aussehens und beträchtlich abweichender Größe bestand. Etwas Vergleichbares hatten wir weder auf dem zweiten noch dritten Planeten gefunden, die ebenfalls wichtig für den Feind gewesen waren.

Wir hatten keine Vorstellung davon, welche Funktion das Watape-Objekt gehabt haben mochte. Aber allein der Umstand, dass es aus Watape bestand, deutete darauf hin, dass es *wichtig* war. Ganz enorm wichtig.

Und dass wir es keinesfalls an seinem Standort belassen konnten.

Die Goldenen untersuchten es mit einem Stab Wissenschaftlern aus unterschiedlichen Völkern. Zu meiner Enttäuschung war der Ramani-Forscher Korian Lafesh Hurimun Skarrat nicht unter denen, die sich vor Ort mit dem Watape-Objekt befassten. Sie stellten Theorien auf, untersuchten, extrapolierten ... aber es blieb stumm und tatenlos. Wozu immer es gedacht war, offenkundig war es derzeit außer Funktion.

Was Pranav Ketar nervös machte, war der Umstand, dass wir keine Ahnung hatten, wie dieses Artefakt aktiviert werden konnte.

Paal'chck und ich prüften das Objekt vorläufig nur aus der Ferne. Zu präsent war mir die abnormale Schwächung noch, unter der ich gelitten hatte. Rasch wurde mir klar, dass es wirklich einer enormen Menge Santor bedurfte, um das Objekt lückenlos zu erfassen.

Und es musste schnell gehen, ehe das Watape-Objekt unsere Leben fraß.

Wir mussten es verschieben. Der Feind durfte keinen Zugriff mehr darauf gewinnen, Watape war ein so seltener Stoff – das glaubte ich damals, und das glaube ich heute –, dass Dinge, die daraus gefertigt wurden, wichtig sein mussten. Besonders große Watape-Artefakte waren also automatisch auch besonders wichtig.

Und das zu verschiebende Objekt auf der Feindwelt war gigantisch.

Es war ein erhabener Moment, die Abermillionen Santor zu spüren, sich mit ihnen in der Rhizosphäre zu vereinen und etwas zu tun, was keinem Einzelnen jemals gelungen wäre. Es konnte die Stunde unserer Macht werden, und die meisten sahen es wohl so.

Wir würden das Watape-Objekt verschieben, und wir würden zugleich uns einen Weg in die Heimat öffnen. Wir wollten zurück. Uns war egal, wo dieses Zurück lag und was uns dort erwartete. Wir wollten *nach Hause,* selbst wenn sich nicht jeder dieses Wunsches so bewusst war wie ich.

Vielleicht war ich zu besessen davon.

Wahrscheinlich hätte ich es Pranav Ketar nie sagen dürfen. Dann wäre vieles anders gelaufen, vermute ich.

Aber die Zeit lässt sich nicht zurückdrehen, und jedes Mal, wenn ich auf meinen Erinnerungen rückwärts reise, begreife ich das Konzept des *Schmerzes* ein wenig besser.

Wenn ich nicht gewusst hätte, dass es zwar unsere Meisterleistung werden würde, aber zugleich auch unser Verderben ... Aber ich wusste es.

Wissen kennt keine Gnade, Betty Toufry. Daher muss es angereichert werden durch das, was uns zu empfindenden Geschöpfen macht – ob Pflanze oder Tier, es ist einerlei. Das habe ich von Cyra Abina gelernt, und das bewegte mich schließlich zu tun, was getan werden musste und kein anderer konnte.

An diesem Tag würde es enden. Der Wohltäter verlöre seine Maske und entblößte die Stempelgefäße. Es gab nur eine winzige Möglichkeit, dem Verderben für alle Zeiten zu entgehen: Wenn alle Santor gemeinsam ihre Kräfte aktivierten, mussten wir eingreifen und sie so steuern, dass sie nicht nur das Watape-Objekt erfassten, sondern auch alle einander gegenseitig und dabei den Nullstan anpeilten. An mir würde es liegen, die universale Nullstelle anzusteuern – zumindest, wenn die Aufzeichnungen recht hatten und diese Gabe nur einem Grünblatt zu eigen war. Wenn wir uns jedoch irrten ...

Mir war bewusst, dass es noch kein Santor geschafft hatte, aber bisher hatte ein entscheidender Faktor gefehlt: Avitio, Grünblätter. Das sechste Geschlecht, ohne das alle anderen nicht zueinanderfanden.

Paal'chck trug mich zu Ianis' Quintett. Er fragte nichts, obwohl er etwas ahnte, das spürte ich. War er schon immer so verschlossen gewesen?

Ich bemühte mich, in seinen Gedanken zu lesen, aber alles, was mir entgegenwölkte, war Schwärze, ein Blick auf die dunklen Nebulae, aus denen er stammte.

Ianis und seine vier Getreuen erwarteten mich. Sie hatten sich eine Stelle ausgesucht, die in einer Mulde lag, sodass genügend Platz zu anderen Santor blieb, die nicht in ihren Plan eingeweiht waren.

Ihr wisst, dass von uns das Überleben unserer Art abhängt?, stellte Ianis die entscheidende Frage. Die Vertreter der Prudab, Folux, Temlyn und Spevii bejahten, ebenso wie ich.

Wenn wir verschoben, würden wir alle sterben. Das stand fest. Jeder einzelne Santor, der sich daran beteiligte, würde untergehen.

Unsere einzige Chance bestand darin, das Verschieben zu unterlaufen, es zu sabotieren. Wenn das Unterfangen scheiterte, war die Bedingung für unseren Tod nicht mehr erfüllt. Aber durften wir uns schuldig daran machen, ein Ding wie das Watape-Objekt *nicht* beseitigt zu haben?

Eine sanfte Brise strich über die Millionen Santor, die sich rings um das Watape-Objekt aufgebaut hatten. Ich wusste, dass sie künstlich erzeugt wurde. Der Wohltäter überließ nichts dem Zufall. Der Wind hatte zwei Funktionen: Er stimulierte unseren Blütenbereich, und er würde unsere Pollen an ihr Ziel tragen.

Ich spürte, wie sich meine Staubgefäße regten, wie sie Pollenkorn um Pollenkorn bildeten, wie sie gierig darauf warteten, den Blütenstaub loszuwerden, ihn dem warmen Wind anzuvertrauen.

Ich griff hinaus und nach den Bewusstseinen der anderen Avitio. Sie warteten nur auf meinen Befehl. So, wie ich auf die Befehle des Wohltäters wartete.

Alles Kleine wiederholt sich im Großen und umgekehrt. Du wirst das noch lernen, Betty Toufry. Denk daran, wenn es dir eines Tages auffällt.

So wie mir erging es allen anderen Santor auch.

Wir mussten abwarten, bis das Kommando kam – dann würden wir alle unsere Blütenköpfe weit öffnen, damit die Pollenkörner gemeinsam davontrieben, sich durchmischten und an der Oberfläche des Watape-Objekts anhafteten. Das dadurch entstehende Netz benötigten wir wiederum, um das Verschieben einzuleiten.

Es machte mich stolz und zugleich traurig, dass dieses Verfahren durch mich entdeckt worden war. Ich empfand mich als verantwortlich. Aber die Verantwortung für die Zukunft hatten sie mir genommen: Selbst wenn ich mich verweigerte, würde der Transfer gelingen, da es mittlerweile viele Avitio gab.

Unsere einzige Chance bestand darin, das Kollektivbewusstsein, in das das Verschieben uns presste, zu dominieren. Wir hatten es nie proben können, weil wir uns dadurch verraten hätten. Wir wussten nicht, ob es überhaupt funktionierte, wie es sich anfühlte ...

Entscheidend für den Erfolg war die Frage, ob sich die anderen Avitio meinen Vorgaben anschlossen oder ob sie Eigeninteressen entwickelten.

Ich wusste es nicht. Jeder, der glaubt, andere würden seine Interessen ebenso wahrnehmen wie er selbst, täuscht sich. Verrat von vertrauter Seite schmerzt sehr viel mehr als jener, den man erwartet.

Nun – es war in jedem Fall das größte Abenteuer, zu dem wir Santor fähig waren. Und der Preis war mehr als verlockend: Wir würden in jenes Universum zurückkehren, aus dem wir stammten. Wir würden eine Heimat finden und ... Wie es weitergehen würde, darüber hatte ich mir bisher wenig Gedanken gemacht. Ich nahm an, wir würden weiterhin der Allianz dienen, und es würde umso erfüllender sein, weil wir dieses Mal wirklich freiwillig dort mitwirkten. Wenn wir jederzeit *heimkehren* konnten ...

Und dann würde das Erbe der Riofe Rohn nicht mehr so schwer auf uns lasten. Wir würden uns dazu bekennen können, und niemand würde uns strafen.

Denn selbst wenn wir die durch unseren Lebenszyklus quasi unsterblichen Schöpfungen aus einer Riofe Rohn waren – ich kannte kein kosmisches Gesetz, das uns für das verantwortlich machen konnte, was unser – nun: »Elter« wäre vielleicht ein passendes Wort –, was unser Elter getan hatte. Wir hatten gebüßt, wir hatten bewiesen, dass wir einer friedlichen Ordnung dienten.

Es war so weit.

Die Pollen wirbelten durch die Luft, vermischten sich, und die genau gesteuerten Winde wehten sie an das Watape-Objekt.

Ich merkte, wie ich immer gieriger nach Wasser sog, als ob mir Wasser helfen könnte, die folgende Prüfung zu bestehen.

Allein hätte ich es niemals geschafft. Selbst wenn ich ein Avitio war, der nicht so innig auf den Kontakt zu anderen Santor angewiesen war wie die anderen fünf Geschlechter, bedurfte ich ihrer Nähe, denn ohne sie war ich so gut wie nichts, mit ihnen gemeinsam aber schien es mir, ich könne die Welt aus den Angeln heben.

Was ich genau genommen in diesem Augenblick auch tun musste.

Meine Liebe floss über die anderen Santor, tränkte die Wurzelverbindungen und schuf die richtige Stimmung für unser Vorhaben.

Ianis gab mir seine Stärke. Seine Wurzeln fanden meine. *Gemeinsam schaffen wir es,* sagte er in der trauten Zweisamkeit einer gekoppelten Telepathie, ehe er die anderen vier ebenfalls einließ. Mochte sein, dass ich das Bewusstsein war, die Kraft zur Lenkung, aber die Stärke erwuchs aus den anderen.

Ich lieh mir Paal'chcks Augen, um den Tanz der Sporen zu beobachten, jener winzigen Teile von uns selbst, die wir mit unseren Gedanken steuerten. Der Himmel über uns war gelb vor Blütenstaub. In Momenten wie diesen wünschte ich mir diese sentimentale Emotionalität der Tierischen. Langsam senkten sich die Pollen herab ...

»Phylior!« Cyra Abinas Stimme riss mich aus meinen Betrachtungen. Woher war sie so unverhofft gekommen?

Es tut mir leid, sagte Paal'chck. *Ich musste es ihr sagen.*

Was sagen?

Dass du im Begriff stehst, eine furchtbare Dummheit zu begehen. Dass du aus egoistischen Gründen versuchen wirst, die Pläne des Wohltäters zu vereiteln.

Wie hast du das herausgefunden?, fragte ich erschrocken. Keine Sekunde kam mir der Gedanke, Paal'chck anzulügen.

Mir kannst du nichts vormachen, kleiner Gräber. Ich bin dein Freund, und deswegen musste ich handeln. Deine Gedanken waren in den letzten Tagen derart in Aufruhr, dass ich parataub sein müsste, um nichts zu bemerken.

»Phylior, Ianis! Ich flehe euch an: Lasst ab von eurem Plan! Ihr dürft das Verschieben nicht hintertreiben! Die Folgen ...«

Die Folgen?, rief Ianis. *Die Folgen für uns wären fürchterlich – ist dir das nicht bewusst, Goldene?* Er klang zornig, als saugten seine Wurzeln fauliges Wasser.

»Hört mich an!«

Anhören? Jetzt willst du reden? Jetzt? Im Augenblick unseres Siegs über die Lügen? Ich kenne die ganze Wahrheit!, erregte sich Ianis.

Ich schämte mich in diesem Moment, dass ich ihm nichts über unsere wahre Herkunft verraten hatte. Womöglich hätte er dann alles besser begreifen können. Ich hatte es ihm sagen wollen, sobald wir uns in die Heimat versetzt hätten. Dort hätte ich ihm und den anderen allen verraten, was ich über die Riofe Rohn erfahren hatte. Über uns.

Aber was, wenn es auch in der Gegenwart Riofe Rohn der alten Art gab? Würden sie uns erkennen oder töten? Ich begriff, dass ich zu eilig gewesen war, als ich Ianis' Plan zugestimmt hatte. Seine ganze Unzulänglichkeit schimmerte in mir auf. Es war möglich, dass ich unser ganzes Volk in den Untergang führte, wenn wir es tatsächlich schafften, uns selbst zu verschieben.

Die Goldene beugte sich über uns, nicht drohend, sondern besorgt. »Jeder, der behauptet, die ganze Wahrheit zu kennen, lügt. Niemand kann die *ganze* Wahrheit kennen, nicht einmal seine eigene. Dafür ist die Wahrheit zu groß, zu vielfältig wie jede andere Urkraft des Kosmos.« Sie streichelte sanft über meinen Blütenkopf. »Verstehst du die Gravitation? Begreifst du die Entropie? Kennst du die Geheimnisse des Lichts? Nein, kleiner Gräber, du hast nur einen Splitter von einer solchen Urkraft erhascht. Aber ich zeige dir eine weitere Facette der Wahrheit: Falls ihr den Wunsch des Wohltäters nicht erfüllt, werdet ihr sterben. Begreift das! Ketars Zorn ist grenzenlos.«

Wir schwiegen.

Paal'chck sagte: »Sie hat recht. Es wartet so oder so der Tod. Aber die Verschiebung muss geschehen.«

Ianis und ich verschränkten unsere Wurzeln, so fest, dass es schmerzte, als würgten sie einander. Alle aus unserem Sextett wollten das Gleiche wissen, aber wir ließen Ianis wieder den Vortritt. Ianis – der Rote, der Iras, der nach Gerechtigkeit Strebende, dessen Zorn sich in jeder Zelle zeigte.

Wieso? Was ist an dieser Verschiebung so wichtig, dass ihr alle bereit seid, uns sterben zu lassen?

Cyra Abina stellte sich wieder auf, sodass wir es alle in den Wurzeln spürten.

Der Blütenstaub schwebte noch immer nieder. Es blieb nicht mehr viel Zeit.

»Ich darf es euch nicht sagen. Aber ich missbillige die Vernichtung einer ganzen Art. Wenn ihr darauf verzichtet, die Verschiebung zu sabotieren, werde ich dafür sorgen, dass ihr überlebt – und damit die Santor an sich. Ihr seid nicht eure Vorfahren.«

Den Begriff »Riofe Rohn« mied sie. Es war besser, wenn dieser Name endgültig vergessen würde.

Ich spürte Ianis' Misstrauen. Aber er spürte mein Einverständnis, und das schien ihm für den Moment zu genügen. Er wandte sich an die anderen.

Der Prudab schwieg, seine violette Blüte schloss sich langsam und hochmütig.

Ich würde ihr gern glauben.

Der blaue Temlyn drehte sich der Folux zu, die neben ihm wuchs und ihre orangegelben Blütenblätter aufregend aufklappte und offenbar nicht daran dachte, Position zu beziehen.

Ich spüre die Wahrhaftigkeit, signalisierte der Spevii.

Damit fehlt nur noch unser Avitio. Phylior?, erkundigte sich Ianis. *Was ist deine Meinung?*

Ich schwieg und suchte nach dem Bild in mir, das ich von Cyra Abina gewonnen hatte. Nicht das, was andere sahen, nicht das, was die Goldene sagte oder tat, nicht meine Meinung, sondern die Essenz ihres Wesens, die ich zu erspüren versuchte.

Zugleich dachte ich an den Wohltäter und dessen Wut gegen die andere Goldene, seinen Hass auf alles, was sich nicht zum perfekten Werkzeug eignete. Ich kannte den Wohltäter vielleicht nicht so lange wie die anderen, aber ich verstand, wie er handelte. Cyra Abina hatte recht: Wenn wir versagten, würde er uns auslöschen, ohne einen weiteren Gedanken an uns zu verschwenden.

Wir sollten ihr vertrauen, empfahl ich schließlich. *Ich jedenfalls glaube ihr. Sie hat sich meiner angenommen, als weder mein eigenes Volk noch der Wohltäter mich akzeptierte. Sie verdient jedes Vertrauen.*

Ist das alles? Ianis zitterte vor Zorn, ich sah förmlich den Saft durch seinen Stängel pulsieren. War dies nicht ein Beweis dafür, was ich über die Herkunft meines Volkes erfahren hatte? Dass wir *eins* gewesen waren? Bedurfte es dieses Beweises überhaupt, wo wir doch den Weg nicht mehr zurückgehen konnten?

Wir hatten nichts zu verlieren.

Wir werden ihr vertrauen!, sagte ich und legte so viel Kraft in meine Sendung, wie ich konnte. Ich sollte ein Steuerelement sein? Nun, dann wurde es Zeit, diese Erwartung zu erfüllen. *So, wie wir einander vertrauen.*

Zu seiner Überraschung beugten sich alle anderen, ohne zu zögern.

Wir vertrauen ihr. Wir verzichten auf unseren Plan.

Du staunst, Betty Toufry? Weshalb?

Weil ich mit dieser Entscheidung bereitwillig den Millionen anderen Santor den Tod brachte? Wieso wundert dich das? Hättest du anders entschieden?

»So ist der Pakt also geschlossen.« Cyra Abina machte eine rasche Handbewegung. Sofort waren drei, vier Chi'quan da, als hätten sie nur darauf gewartet, und warfen etwas, das wie ein engmaschiges Netz aussah, über uns alle.

Ich spürte, wie meine Verbindung zur Welt schwand, alles wurde blass und schal und faulig, als die anderen Santor plötzlich wie von uns abgeschnitten waren, sogar jeder Wurzelkontakt endete.

Wir waren isoliert.

Unsere Gedanken wirbelten umeinander, chaotisch, fragend, sehnsüchtig. Mit unseren eigenen Sinnen vermochten wir nichts mehr wahrzunehmen. Ich zwang mich, meinen Geist auszuschicken. Paal'chck!

Der Chi'quan stand über uns, neben Cyra Abina, und es fiel mir leicht, in seine Wahrnehmung einzudringen.

Paal'chck war beschäftigt, das band einen großen Teil seiner Aufmerksamkeit. Er justierte einen *frei vektorierbaren Transfer,* ein Begriff, den ich zwar noch nie gehört hatte, bei dem ich aber davon ausging, dass er mit unserer Rettung zusammenhing. Prinzipiell ähnelte es offenbar unserer Fähigkeit des Verschiebens, allerdings gebunden an die gleiche universale Koordinate. Das Netz, das uns umfing, definierte den zu versetzenden Bereich, genau wie bei unseren Pollen. Ich glaubte nicht daran, dass es sich um einen Zufall handelte. Alles, was mich interessierte, waren die Ereignisse ringsum.

Würde das Verschieben funktionieren? Und was geschah dann mit uns Santor?

Ich sah durch Paal'chcks Augen, die sich schuldbewusst meinem Willen ergaben, auf das Meer von Blüten, in dessen Zentrum das mittlerweile von den Pollen markierte Watape-Objekt aufragte. Eine gewaltige Projektion des Wohltäters erschien am

Himmel, Lazan kreisten um ihn und sandten vielfarbige Schauer intensiven Lichtes zu Boden.

Und die Nugrani, die sich an ihn klammerten, schickten ihre Pollen.

Nein. Nicht so.

Die Santor, die nicht wie wir unter Cyra Abinas Schutz standen, reckten sich in diesem Licht, wuchsen, wurden intensiver in der Farbe, mehr und mehr Saft schoss aus der Erde durch die Wurzeln in den eigentlichen Körper, und schließlich, auf Ketars Geheiß, verschoben sie.

Das gewaltige Watape-Objekt wurde zuerst von einem goldenen Schimmer umhüllt wie von einer Haut. Innerhalb dieser Hülle wurden seine Konturen immer schwächer, bis nur noch das Licht übrig war.

Dann fiel es in sich zusammen. Vom Watape-Objekt war nichts mehr zu sehen.

Ich begriff, dass Ianis uns belogen hatte. Nichts war geschehen. Die Santor hatten überlebt.

Dachte ich.

Ich war noch so gefangen von meiner Erkenntnis – der Tod meines Volkes schien abgewendet –, dass ich vollkommen überrascht wurde, als mehrere Dinge gleichzeitig geschahen: Die Welt verschwand, und wir sanken langsam hinab in ein umfassendes Dunkel. Aber das Letzte, was ich durch Paal'chcks Augen wahrnahm, ehe die Dunkelheit uns alle entführte, waren bläuliche Flammen, die aus den Pollen stoben. Sie wüteten wie eine gewaltige Klaue unter den Santor und verbrannten sie alle, egal ob rote Iras, violette Prudab, gelbe Spevii, blaue Temlyn, orangefarbene Folux oder – wie ich – grüne Avitio.

Alle starben.

Alle – bis auf uns sechs, gefangen und geschützt durch Cyra Abina.

Alle verbrannten, verpufften in einer kaum messbaren Zeit durch ein Feuer, das ... das ...

Ich wusste nicht, wie Ketar die Nugrani dazu gebracht hatte. Was war das für ein Feuer gewesen? Weshalb sollte uns der Wohltäter derart strafen? Nur weil er Angst vor einem Wiedererstarken der Riofe Rohn hatte? Wohl kaum. Er hatte nichts zu befürchten. War es vielleicht bloß eine Nebenwirkung des Verschiebens, die in Kauf genommen wurde, des größeren Zieles wegen? Oder hatte es mit unserem Ursprung zu tun?

Als ich wieder durch Paal'chcks Augen sehen konnte, merkte ich, dass ich mich nicht getäuscht hatte. Wir hatten unseren Standort verändert, nur ein winziges bisschen zwar, aber es genügte, um uns in eine vollkommen unbekannte Gegend zu bringen.

Meine Wurzeln meldeten reichlich Wasser und wundervollen Boden – reich an Nährstoffen –, meine Blattrezeptoren erklärten die Luftmischung und Umgebungstemperatur als bestens für uns geeignet. Ich spürte warme Schauer von Licht, ganz unterschiedlich, als käme es von mehreren Quellen gleichzeitig.

Ich spähte nach Paal'chck. Der Chi'quan war stolz. Er und seine Leute hatten dies geschaffen, im Auftrag Cyra Abinas: eine mächtige Höhle, tief in den Eingeweiden des Planeten. Ich versuchte, mehr zu erfahren, aber da meldete sich machtvoll die Stimme Cyra Abinas zu Wort.

»Ich gebe euch diese Höhle zur Heimat. Lasst sie euch von niemandem nehmen. Zu eurer Sicherheit habe ich Zeitgrüfte für Ramani integriert, die wir aktivieren können, sollte euch jemals Gefahr drohen, und euch Lazan mitgegeben, die in den nahen Magmabecken für euer Wohl und euren Schutz sorgen werden.«

Das ist mehr, als ..., begann Ianis.

»So ist es. Es ist *mehr,* aber ich gebe gern. Unsere Möglichkeiten sind grenzenlos, beinahe«, sagte Cyra Abina weich, aber ich merkte, dass diese Weichheit nur Täuschung war. »Ihr schuldet mir eure Leben. Geht daher nicht sorglos damit um. Es wird der Tag kommen, an dem ihr eure Schuld begleichen könnt.«

Ich danke dir, sagte ich.

Sie lächelte mich an. »Ach kleiner Gräber, kleines Grünblatt, mein Phylior. Ich habe dir zu danken. Wir werden uns wiedersehen, das verspreche ich, und dann werden sich alle Fragen beantworten. Aber nun muss ich gehen, bevor der Wohltäter mich vermisst ...« Und damit verschwand sie.

Wir haben sie niemals wiedergese...

Betty!

Betty?

Kapitel 15

Betty Toufry: Rettung

»Miss?«

Aus der Schwärze schälte sich ein Gesicht: ein Mann, blasse Haut, scharf geschnittene Gesichtszüge, mit jugendlichen Augen, für die das wie gegerbt wirkende Gesicht zu alt erschien. Betty versuchte sich daran zu erinnern, woher sie ihn kannte, *ob* sie ihn überhaupt kannte. Ihre telepathische Fähigkeit war wie ausgelaugt.

»Miss Toufry?«

Ihr ganzer Verstand fühlte sich wie betäubt an. Die Bilder, die durch ihren Kopf wirbelten, vermischten sich mit denen der Gegenwart: Wenn die Santor tatsächlich nur innerhalb der Masse eines Planeten versetzt worden waren, dann bedeutete das, dass auf dem Mars ein wichtiger Stützpunkt jenes ominösen Feindes gewesen war. Und nicht nur dort: Das gesamte Sonnensystem schien betroffen gewesen zu sein.

Wann hatten diese Ereignisse stattgefunden? In den Erinnerungen Phyliors war von Menschen kein Gedanke gewesen, nur die »Goldenen« hatten einen menschenähnlichen Eindruck bei ihr hinterlassen ...

»Betty?«

Hatte sie tatsächlich einen Blick in die Vergangenheit des Sonnensystems geworfen? Alles deutete darauf hin. Nur der Umstand, dass von *zehn* Planeten die Rede gewesen war, brachte sie durcheinander. Hatte es also entgegen der gängigen Wissenschaftsmeinung einst eine weitere Welt in der Nachbarschaft der Erde gegeben? Was war mit ihr geschehen? Wenn sie nur wüsste, *wann* die Ereignisse aus Phyliors Vergangenheit gespielt hatten ...

Aber das war nicht die einzige offene Frage. Was steckte hinter dem *Ringen?* Sie hatte diesen Begriff im Zusammenhang mit ES und der Verleihung der Unsterblichkeit bereits gehört, aber bisher wusste niemand so genau, was sich dahinter verbarg. Offenbar war zu einem unbekannten Zeitpunkt in der Vergangenheit die Allianz, zu der auch die Santor gehörten, darin verwickelt gewesen, an der Seite der Goldenen, der Lazan, der Ramani und all der anderen Völker, während ihnen der *Feind* gegenübergestanden hatte.

Es war zu schade, dass Phylior nur kurz Gedankenkontakt mit dem einsamen Wächter des Sonnensystems gehabt hatte. Welcher Spezies hatte er wohl angehört? Was hatte sie auf der Erde zu suchen gehabt? Waren sie wie die Menschen dort geboren worden, oder hatten sie sich diesen Planeten ausgesucht? Was ...

»Betty? Miss Betty Toufry?«

Sie blinzelte gegen das Sekret an, das sie als trockene Kruste am Lidrand spürte. Wie lange hatte sie das Bewusstsein des Santor geteilt, wie viel Zeit war verstrichen, während Phylior sie an seinem Leben hatte teilnehmen lassen?

Sie sah eine kreisrunde Scheibe wie einen dunklen Heiligenschein um den Kopf des Mannes. Nein, kein Heiligenschein, sondern ein Gegenstand, mit dem er sein Gesicht beschattete.

»Cowboy...hut«, flüsterte sie, obwohl sie gar nicht flüstern wollte. Die Zunge lag schwer im Mund, aufgedunsen und irgendwie pelzig. »Sie ... sind ...«

»... Cyr Aescunnar, zu Ihren Diensten«, sagte der Mann und stützte sie sanft ab, sodass sie sich aufrichten konnte. »Und das dort ist die tapfere Mannschaft der NESBITT-BRECK, ein Teil davon zumindest.« Er nickte hinüber, wo Sid und Hollander lagen.

Betty sah ein halbes Dutzend Raumfahrer und ebenso viele Roboter, die sich um die Verletzten kümmerten. »Sind sie ...?«, fragte sie.

»Sie leben, aber ich fürchte, dass wir die beiden nicht nur in klinischen Gewahrsam nehmen müssen. Immerhin haben sie ein Raumschiff gestohlen.«

Betty wollte aufbegehren, sich für Sid verwenden, aber Aescunnar nahm ihr den Wind aus den Segeln. »Ich werde darauf achten, dass sie sich rechtfertigen können. Sie kennen Sid, nehme ich an? Er ist nicht unbedingt der Verbrechertyp. Obwohl man das natürlich nicht wissen kann, wenn man kein Telepath ist«, schränkte er gleich ein. Als er merkte, was er da gesagt hatte, huschte ein Lächeln über sein Gesicht.

Er reichte ihr eine Plastikflasche. »Hier, trinken Sie. Wasser, Tafelwasserniveau zwar nur, aber ich denke, Sie können's brauchen.

Tut mir übrigens leid, dass wir erst jetzt kommen, aber Mister Adams kann sehr eigen sein, wenn es um Sicherheitsfragen geht.«

»Sicherheitsfragen?« Sie nippte kurz an der Flasche, wartete, bis sie die Flüssigkeit einmal im Mund umhergespült hatte, schluckte und trank dann ausgiebig.

»Wir hatten ein bisschen Ärger mit der Positronik der ehemaligen Venuszuflucht im Orbit um die Erde.«

Betty begriff kein Wort.

»Adams und Bull sind einfach, nun, *penibel* geworden, könnte man sagen. Wittern überall Verrat und Betrug, wenn ich das mal so flapsig sagen darf. Als ob jemand die Positronik unserer guten alten NESBITT-BRECK ebenfalls hätte umprogrammieren können.«

»Wie lange haben Sie gebraucht, um hierherzukommen?«, fragte Betty schwach.

»Sie haben am 27. April Ihren Notruf gesendet, und jetzt haben wir den 28. April. Brauchen Sie es noch genauer? Nein, sagen Sie nichts. Warum glauben eigentlich immer alle, als Historiker müsse man gut mit Zahlen umgehen können?«

Sie unterdrückte ein Grinsen. »Danke, Cyr!«

»Ach, danken Sie nicht mir. Wenn es nach mir gegangen wäre ... Ich hatte mir eigentlich geschworen, nie wieder einen Fuß auf diese Welt zu setzen. Ich war nur zufällig an Bord und konnte vorher nicht aussteigen ... und außerdem bin ich schließlich der Experte für die Santor, nicht wahr?« Er sah sich mit betont grimmiger Miene um. »Kein Tweel? Kein Hetcher?«

Betty reichte ihm die halb geleerte Flasche zurück. Tatsächlich konnte sie Tweel nicht sehen, der sie hierher gebracht und bewacht hatte. Er war einfach verschwunden, als die Santor ihn nicht mehr gebraucht hatten.

»Hallo, Cyr«, sagte in diesem Moment ein gedrungener Ferrone, der vor einer Sekunde noch nicht da gewesen war. »Ich denke, es ist Zeit, dass ihr geht ... dass ihr den beiden Verletzten folgt.«

Betty sah, wie der Trupp aus Helfern zusammen mit Sid und Maurice, die auf Schwebeliegen ruhten und scheinbar ohne Bewusstsein waren, die Höhle verließ.

»Sie sind also Hetcher oder das, was von ihm übrig ist?«, erkundigte sich Betty, während sie aufstand und sich zwischen Aescunnar und den neu Hinzugekommenen stellte.

»Ich bin eine Projektion der Santor«, sagte Hetcher ruhig. »Ich diene als Kommunikationsschnittstelle, aber Hetcher hat mich tatsächlich geprägt. Ich *bin* Hetcher, jedenfalls teilweise.«

Aescunnar senkte den Blick. »Ich möchte es gern glauben, aber ...«

»Ich weiß.« Hetcher schenkte ihm einen ungewöhnlich sanften Blick. »Es ist schwer für dich zu begreifen, mein sterblicher Freund. Ich bin glücklich mit dem, was ich bin. Ich werde nie altern, nicht krank werden, nicht sterben.«

»Aber du wirst auch nicht leben«, hielt Aescunnar ihm entgegen. »Du wirst dich an- und ausknipsen lassen, ganz so, wie es die Santor möchten.«

»Das ist der Preis für unsere Verständigung. Kein allzu hoher Preis, würde ich sagen.«

Betty sah Aescunnars Finger zittern und sich ruckartig bewegen, als wolle er sie zu Fäusten ballen.

»Wieso wollen Sie, dass wir gehen?«, erkundigte sich Betty. »Jetzt, da wir uns besser kennengelernt haben?«

Es liegt nicht an Ihnen. Es ... Wir wurden gerufen. Und nun sind wir erwacht, sagte die Gedankenstimme Phyliors. *Wir werden gehen.*

»Gerufen?« Betty saugte scharf die Luft ein. »Von wem? Doch nicht etwa von Cyra Abina?«

Sie hat ihr Versprechen gehalten. Wir werden ihr antworten. Das Magmaexil der Lazan habt ihr Menschen beendet. Da nun alles seinen Lauf nehmen wird, löschen wir die Zeitlosen Siegel der Ramani.

Betty Toufry begriff. Es musste etwas mit Cyra Abina zu tun haben. Aber konnte die Goldene tatsächlich Jahrtausende oder sogar noch viel länger überlebt haben? Der Bericht des Santor hatte keinen Hinweis darauf enthalten, wann sich die Ereignisse abgespielt hatten. Doch sie spürte, dass sie lange Zeit zurücklagen. Hunderttausend Jahre? Zweihunderttausend?

Es war kaum vorstellbar.

»Sind Sie sicher?«

Ja, sagte Phylior einfach.

Betty Toufry und Cyr Aescunnar waren neben den Santor und den kleinen Fledermausartigen die Einzigen, die in der Höhle geblieben waren. »Ich würde sie gern selbst sehen«, begründete Betty ihren Wunsch zu bleiben. »Mit eigenen Augen. Die Lazan und die Ramani. All die Wesen der Vergangenheit, von denen du erzählt hast.«

Niemand vertreibt euch, versicherte Phylior. *Wir haben keine*

Geheimnisse zu verbergen. Außerdem ... es kann sein, dass wir eure Hilfe benötigen. Uns ermangelt es, wie du gewiss ahnst, an einer Transportmöglichkeit.

»Ihr wollt, dass wir euch die NESBITT-BRECK überlassen?«, vergewisserte sich Betty.

Im Austausch dafür verlassen wir den Mars. Wenn ihr ihn danach immer noch umformen wollt, steht es euch frei. Und wenn wir einst wieder Zehntausende sind, werden wir erneut versuchen, unsere Heimat zu erreichen. Wir haben Zeit.

Aescunnar feixte. »Auf diesen Deal geht Adams bestimmt ein. ›Tausche Raumschiff gegen Planet‹, das ist das Schnäppchen des Jahrhunderts.«

Es dauerte keine fünf Minuten, bis die Lazan erschienen, die in den Magmaseen unterhalb des Arsia Montis über all die Jahrtausende ausgeharrt hatten.

Sie waren längst nicht so groß, wie Betty erwartet hatte. Sie benutzten keine Gänge und berührten nicht den Boden, sondern sie glitten mit langsamen, schlängelnden Bewegungen aus den Wänden: Zuerst sah Betty nichts als rote Flecken, die immer größer und schärfer konturiert wurden. Dann lösten sie sich aus der Wand und glitten näher, lidlose, magmaglühende Augen mit einem schwarzen Pupillenspalt. Der Rest des Körpers blieb beinahe unsichtbar.

Beinahe. In dem Moment, da der Lazan feste Materie durchquerte, schienen sich von dieser winzige Körnchen zu lösen und für einen Lidschlag an der Haut zu haften, sodass das wurmartige Wesen kurz und stellenweise fassbare Substanz gewann. Aber dann flirrten die Partikel zurück zu ihrem Ursprung, und der Schlangenleib wurde wieder durchsichtig. Nur dort, wo wie bei einem Ringelwurm Segmente aneinanderstießen, sah Betty sie als nadelfeine, rot glühende Linien.

Zehn, vielleicht zwölf Lazan waren es schließlich, die durch die Luft schwebten und sich scheinbar willkürlich im Raum verteilten. Sie waren bei Weitem nicht so groß, wie Betty geglaubt hatte. Phylior erklärte ihr jedoch, dass dies an den schlechten Nahrungsbedingungen des Mars liege: Magma sei nur ein schwacher Ersatz für Sonnenlicht, und es ermangelte auch an der Brechungskraft des Kristallraumes. Wenn sie erst wieder im Weltraum wären, würde sich die Größe rasch ändern.

Wir schützen, wie die Goldene es befahl, sagte ein Lazan, der besonders dicht an Betty durch die Luft schlängelte. Die Worte waren deutlich zu verstehen, obwohl sie nicht laut gesprochen wurden. Sie schienen wie Blut durch den Körper zu strömen. *Die Zeit des Verbergens und Beschirmens aber ist nun vorbei. Wir sind bereit. Für Cyra Abina.*

Betty lauschte der unhörbaren Stimme. Sie kam ihr bekannt vor. Konnte das ... *Lee Va Tii?*

Plötzlich fühlte sie sich beobachtet. Aber der Lazan antwortete nicht.

Nein, Lee Va Tii war viel größer gewesen.

Außerdem musste er schon längst tot sein. Es sei denn, die Lazan lebten sehr viel länger als andere Lebewesen, weil sie nicht an die Regeln des Fleischs gebunden waren. Wesen, die sich von Energie ernährten und deren Körper nur manchmal Substanz gewann ...

Cyr Aescunnar neben ihr stieß einen leisen Pfiff aus. »Unglaublich. Wenn ich es nicht mit eigenen Augen sehen würde ... Quasiunsichtbare riesige Regenwürmer, die durch Materie gleiten wie unsereins einen Nebelstreif.«

Betty bemerkte sein Zittern und den Glanz seiner Augen. »Sie haben recht. Dieses Bild allein ist es bereits wert, dass wir hier abgewartet haben.«

Aescunnar schien ihr nicht zuzuhören, denn er brabbelte vor sich hin, machte Notizen. »Durchdringt feste Materie ... fliegt ... dennoch kann er materiell werden ... Lazan ...« Er wandte den Kopf Betty zu. »Was meinen Sie? Beeinflussen die Lazan die Atomschwingungen ihres Körpers?«

»Ich glaube nicht, dass mich diese Frage wirklich interessiert.« Sie winkte ab. Ihr genügte es, die seltsame Majestät und Eleganz zu sehen, mit der sich diese unfassbar fremden Kreaturen bewegten.

Aescunnar ließ sich jedoch nicht beeindrucken. »Theoretisch muss es möglich sein, die Frequenz der Atomschwingungen eines Körpers so weit zu erhöhen, dass sie höher als die normaler Materie wird. Dann könnte dieser Körper normale Materie durchqueren – genauso wie zwei elektrische Signale von unterschiedlicher Frequenz zur gleichen Zeit durch denselben Draht fließen können.«

»Und Sie glauben, genauso verhält es sich bei den Lazan?«, erkundigte sich Betty.

»Reine Spekulation. Fällt Ihnen eine andere Erklärung ein?«

Betty schüttelte den Kopf. »Das überlasse ich lieber anderen.

Ich versuche die Lazan zu verstehen, nicht sie zu erklären. Aber schauen Sie dort: Da kommen die Ramani!«

Die Ramani fluteten in die Höhle wie eine Prozession von verhungerten Raben, die sich auf Stelzen gestellt und in Mönchskutten gehüllt hatten. Betty Toufry staunte, als sie die kaum 1,40 Meter großen Wesen sah. In den Gedankenbildern Phyliors hatten die Ramani anders ausgesehen, wenngleich nur in Details – sie waren ihr größer vorgekommen, die Haut poröser, die Finger bedrohlich spitzer.

»Es ist lange her«, sagte einer der Ramani. Er ging als Fünfter in der Reihe. Seine vier Arme bewegten sich so ruckartig, dass es vollkommen unkoordiniert wirkte. Betty verstand ihn sofort, als sei durch Phyliors Erzählung eine Art Sprachverständnis auf sie übergegangen. Wenn es bloß so einfach wäre ...

»Ich sehe, dass Cyra Abinas Plan tatsächlich funktioniert hat. Die Zeitlosen Siegel sind erloschen, unsere Stasiskammern haben sich geöffnet. – Phylior? Bist du irgendwo hier?«

Er stand da und lauschte einer Stimme, die nur er hören konnte, während die anderen Ramani sich langsam erkundend durch die Höhle bewegten.

»Ja, ich freue mich auch, dich wiederzusehen, kleiner Gräber. Hast du bereits Informationen für mich, wo wir die Herrin finden werden?«

Einer der Ramani trat dicht an Betty heran. Von unten spähten zwei gelbe Vogelaugen zu ihr hoch, die schnabelartige Nase zuckte und verriet Muskeln, Knorpel und Fleisch anstelle von Horn. Mit einer dreifingrigen, dürren Hand näherte er sich ihr, die Bewegung endete aber, ehe er sie berühren konnte. Zitternd bewegte sich die Hand entlang ihres Körpers.

»Fnard ekke hu? Jika grard kol?«, fragte er.

Seltsam. Wieso verstand sie den einen Ramani, den anderen aber nicht?

»Wenn ich das umrechne, befindet sie sich weniger als zwanzig Lichtjahre von uns entfernt. Es ist wirklich das erste Mal, dass du von ihr hörst?«

In diesem Moment fiel es Betty Toufry auf: Der Ramani, den sie verstand, war kein anderer als jener Korian Lafesh Hurimun Skarrat, der einst Phylior begegnet war! Vielleicht hatte sie speziell zu diesem Individuum eine besondere Verbindung. Das würde es erklären ... Aber wenn der winzige injizierte Translator, der sich in ihr Nervensystem eingeklinkt hatte, die Sprache erst analysiert hatte, würde das keinen Unterschied mehr machen.

Ich habe Korian Lafesh Hurimun Skarrat gesagt, wer du bist, sagte in diesem Moment Phyliors Gedankenstimme. *Er lädt dich ein, seine Gedanken zu besuchen.*

Danke!, gab Betty zurück und versuchte, in telepathischen Kontakt zu dem Ramani zu treten. Die beiden sahen einander an, und dann, langsam, verneigten sie sich gegenseitig voreinander, als träfen sich zwei sehr formelle japanische Geschäftsleute zu einer Firmenübernahme.

Wären Sie bereit, uns gegen die Überlassung gewisser technischer Gerätschaften mit einem Raumschiff auszuhelfen?, fragte Skarrat, nachdem er sicher sein konnte, dass sie ihn verstand. *Wir müssen unsere Herrin retten.*

Kapitel 16

Arktur I: Die Falle

Toreeads Nakatakora durchtrennte Kabel um Kabel, die von dem Kubus zu den Wänden führten, während Deringhouses Thermostrahler die Plastikverkleidung und dann das metallene Innenleben des Kubus fortschmolz. Erst als nichts mehr von dem Würfel geblieben war, hielt er inne, trat zu der Plattform, auf der er sich befunden hatte – und erstarrte.

»Toreead? Kommen Sie her! Das müssen Sie sich ansehen!«

Unter dem Würfel ging die Anlage weiter. *Sehr* viel weiter. Alles, was sie zerstört hatten, war bloß die Spitze des Eisbergs gewesen.

»So viel Aufwand, nur um diese Cyra Abina festzuhalten? Eine einzelne Stasiskammer hätte genügt«, sagte Toreead. »Diese Sache muss größer sein, als es den Anschein hatte.«

Was immer es sein mochte, diese Anlage war weitaus mehr als nur ein Gerät, um eine einzelne Person gefangen zu halten. Sie wirkte wie eine bösartige Krebsgeschwulst, die sich durch den ganzen Planeten fraß – zumindest unterhalb der Kuppel, die als einziger Ort Kaschlas noch lebensfreundliche Bedingungen bot.

Von draußen erscholl ein gellender Schrei.

Cyra Abina erwartete sie. Sie wirkte verwirrt, quecksilbrige Tränen flossen in bizarren Mustern über ihre Wangen.

»Was hat er getan? *Was hat er bloß getan?*« Sie deutete auf die Tulpen, die Bäume ... und auf den Energieschirm. Sie sah Deringhouse an, ohne ihn tatsächlich anzusehen; als erblicke sie eine andere Person.

»Musstest du das tun? Musstest du eine ganze Welt vernichten? Musstest du mich derart quälen? Musstest du *ihnen* das antun?«

Sie deutete mit ausgestrecktem Arm in die Runde. »Diese Santor können nichts dafür, was die Riofe Rohn verschuldete – so wenig wie all die anderen! Nur weil du die Rückkehr der Riofe Rohn fürchtetest ... weil du Angst hattest, dein Experiment gewänne zu viel Eigendynamik ...«

»Wovon spricht sie?«, flüsterte Toreead ihm zu.

»Es muss mit ihrem Exil hier zu tun haben. Und sie hat die Pflanzenwesen als ›Santor‹ bezeichnet. Wir haben es also wirklich mit einer zweiten Kolonie Halbschläfern zu tun.«

Die Goldene ging auf die Knie und streichelte eine schwarze, eine grüne und eine purpurne Tulpe, die dicht beieinanderstanden. »Phylior?«, flüsterte sie.

Dann wurden ihre Augen groß und rund. »Nein! Nein, das dürft ihr nicht glauben. Grünblatt Phylior hat eure Art nicht vernichtet! Und ich habe ihm dabei nicht geholfen. Bitte, Pranav Ketar lügt, wenn es in seine Pläne passt ...«

Die Realität faltete sich ringsum auf, als zerrisse die Luft und brächte das zum Vorschein, was *dahinter* lauerte. Für einen winzigen Augenblick starrte Deringhouse in eine vollkommen andere Welt: Glutberge, geschilferte Klippen, ein rotes Meer, eine grüne Sonne ...

Genauso plötzlich, wie es angefangen hatte, war es vorüber.

Cyra Abina lag weinend zwischen den Santor, die sich ihr zugeneigt hatten, als wollten sie mit ihr weinen oder ihr Schatten spenden.

Deringhouse stand wie erstarrt. Auch der Naat neben ihm bewegte sich nicht. Wenn eine Sache klar war, dann die: Die schwarzen, purpurnen und grünen Santor vermochten die Trennwand zwischen Universen oder parallelen Realitäten einzureißen und Dinge von *dort* herbeizuholen oder sie dorthin zu verfrachten. So ließe sich das Auftauchen der Insekten und der Roboter, aber auch das Verschwinden der Waffenstrahlen erklären. Offenbar hatte eine der Santorgruppierungen auf dieser Welt Partei für sie ergriffen – und sie alle schienen die Goldene zu kennen und mit ihr zu kommunizieren.

Nun lag also alles bei Cyra Abina. Wenn es ihr gelang, die Santor zu überzeugen ...

Dann richtete sich Cyra Abina wieder auf, wischte die Tränen fort, die so gar nicht zu dem erhabenen Gesicht passten.

»Ich muss mich nochmals bei euch bedanken. Mir war nicht klar, wie viel Zeit vergangen war. Ich hätte es nie für möglich gehalten, dass ein Goldener zu Derartigem fähig ist ... Umso mehr stehe ich in eurer Schuld. Nicht ihr werdet mir dienen, sondern ich werde euch unterstützen, wann immer ihr meiner bedürft.

Bis dahin werde ich meinen Platz in diesem neuen Universum suchen.«

Deringhouse war zufrieden. Sie erkannte, was sich verändert hatte. Was zu tun war. Die Goldene war eine kluge Frau.

»Wir nehmen Sie gern mit uns«, sagte er.

Toreeads Hand senkte sich auf seine rechte Schulter und drückte zu. »Was Major Deringhouse hiermit zum Ausdruck bringen will, ist seine Sorge über eine sichere Reise. Wenn wir uns nicht sehr getäuscht haben, existiert auf dieser Welt kein Raumschiff.«

»Ich weiß«, sagte Cyra Abina einfach. Dann, als fiele ihr gerade erst auf, dass eine ausführlichere Antwort womöglich höflicher war, fügte sie hinzu: »Ich ... werde nun die Paraperlen nutzen, um telepathischen Kontakt zu meinen Helfern auf einer anderen Welt herzustellen.« Sie berührte sanft den Kamm in ihrem Haar. Silberne Blasen bildeten sich dort.

Sie keuchte. »Ja! Ich habe Kontakt! Mein Versteck auf dem vierten Planeten wurde also nicht gefunden. Still! Stört mich jetzt nicht!«, rief sie, als Deringhouse Anstalten machte, auf sie zuzugehen. »Wir sind ... gerade dabei, Informationen auszutauschen. Ich hatte keine Ahnung, wie lange ...! Es müssen Jahrtausende gewesen sein.«

Der Himmel flackerte, ein merkwürdiges Summen lag in der Luft. Sie kniff die Augen zusammen wie unter großem Schmerz.

Deringhouse bemerkte sofort, dass etwas nicht stimmte. Etwas lief nicht ganz so, wie Cyra Abina es sich vorgestellt hatte.

»Kontakt hergestellt«, donnerte in diesem Moment eine körperlose, ihm bisher unbekannte Stimme, der es an jeder Betonung fehlte, deren Lautstärke aber ausreichte, dass selbst der riesenhafte Naat den Kopf einzog. »Zündung eingeleitet.«

Das war eindeutig nichts, was die Goldene erwartet hatte.

»Was soll das?« Cyra Abina griff sich an den Kopf. Sie versuchte, das Schmuckstück, das ihr half, telepathischen Kontakt zu ihren Helfern herzustellen, aus dem Haar zu entfernen.

Vergebens.

Als sie es berührte, blitzte es grell auf, und ihre Finger färbten sich schwarz. Der rechte Arm hing nun ebenso gelähmt wie der linke an ihrem Körper herunter.

Ein Energieschirm leuchtete rings um sie auf und bannte sie auf der Stelle. Woher kam dieser Schirm?

Damit hatte sie sichtlich nicht gerechnet. Pranav Ketar war bei Weitem nicht so sorglos gewesen, wie sie angenommen hatte.

Dass das Artefakt so offen herumgelegen hatte, hätte Warnung genug sein müssen. Aber niemand, nicht einmal sie selbst, hatte daran gedacht, dass es sich um einen Teil einer Falle handeln könnte – Toreead und Deringhouse mangels Wissens und die Goldene, weil sie es sich nicht vorstellen konnte.

Die innere Schutzkuppel erlosch. Der Boden bebte. Wind kam auf. Von den riesigen Bäumen erklangen Explosionen, brennende Borkenstücke flogen wie Schrapnellgeschosse durch die Gegend, das Gras verdorrte, die Büsche brannten lichterloh.

Orangerot glühende Augen kamen vom Himmel herab. Die Lazan! Nichts trennte sie nun noch von der üppig blühenden Welt unter ihnen.

Deringhouse richtete den Blick auf die Baumlandschaft dahinter und glaubte, seinen Augen nicht trauen zu dürfen: Anstelle der Überständer, die so majestätisch und Schutz gebietend ihre Krone über den Urwald gespannt hatten, ragten nun bloß noch deren Skelette in den Himmel. Aber was waren das für Skelette: metallene Röhren wie übergroße Antennen. Deringhouse zweifelte keine Sekunde daran, dass es sich genau darum handelte.

Die riesigen Antennen, die bis vor Kurzem scheinbar noch Bäume gewesen waren, standen in Flammen: Blauweiße, knisternde Energien rasten daran empor und wieder herab, Funkenbögen sprangen zwischen ihnen hin und her. Die Lazan badeten in der ungezügelten Energie, gaben ihrerseits umgeformte Energien wieder ab.

Die Kampfanzüge meldeten ein Bombardement unterschiedlichster Strahlung.

»Was geschieht hier?« Toreeads dreiäugiger Blick flackerte. Eine ganze Welt stürzte ein – und sie waren mittendrin.

Deringhouse begriff, oder zumindest glaubte er, wenigstens ansatzweise zu erkennen, was gerade um ihn geschah: Pranav Ketars Rache war noch perfider, als er geargwöhnt hatte. Er wollte nicht nur Cyra Abina bestrafen, sondern auch all ihrer Helfer habhaft werden. Zu diesem Zweck hatte er Arktur I so hergerichtet ... Alles nur, um die Goldene zu einer Dummheit zu verleiten, die sie den Kopf kosten würde.

Er hatte ganz offenbar darauf gesetzt, sie würde telepathischen Kontakt zu ihren Helfern herstellen – und er nutzte diesen Moment, um den Kontakt zu orten und »einzufrieren«. Wie dies technisch zu bewerkstelligen war, wusste Deringhouse nicht. Er wusste, was Telepathie war, aber diese Begabung wirkte auf ihn furchtbar *unwissenschaftlich.* Von daher war er auf Spekulationen und Analogien angewiesen, um zu verstehen, was Pranav Ketar vorbereitet hatte.

Cyra Abina schien ebenfalls das ganze Ausmaß der Katastrophe zu begreifen, die sie – unwissentlich – ausgelöst hatte. Weil sie ihren Gegner unterschätzte.

»Rettet euch!«, befahl sie Deringhouse und Toreead. »Mein Schicksal erfüllt sich hier. Ich bin *angekettet,* kann die Verbindung zu meinen Helfern nicht mehr abbrechen. Er wird sie mittels dieser Kette finden und töten. Durch meine Schuld.«

Ein Blitz regenbogenfarbener Energie schmetterte neben ihnen in den Boden und schlug faustgroße Brocken heraus.

Etliche Dutzend Meter entfernt spie ein Lazan rubinrote Energie.

In diesem Moment erlosch die magentafarbene Schutzkuppel. Der Weltraum griff nach der letzten Luft Kaschlas.

Kapitel 17
Betty Toufry: Das Ende der Schläfer

Cyr Aescunnar fiel es zuerst auf. »Die Lazan und die Ramani ... sie bewegen sich nicht mehr.«

Plötzlich bemerkte Betty, dass Phylior schon lange nichts mehr gesagt hatte. *Phylior?*

Keine Antwort.

Betty zögerte keine Sekunde. Sie schloss die Augen, um sich besser konzentrieren zu können, und warf ihre telepathischen Sinne wie ein Netz aus. Sie wollte schon aufgeben, als sie es spürte. Es war wie eine feste Verbindung, beinahe wie kabelgebundene Kommunikation. Wenn sie dieser Spur folgte, würde sie auf die geheimnisvolle Goldene Cyra Abina stoßen ...

Betty zitterte vor Aufregung. Was für eine Chance! Sie würde erfahren, was auf der Erde vor so vielen Tausend Jahren wirklich vorgegangen war – und vor allen Dingen: weshalb.

Sie stellte sich vor, wie sie auf der Verbindung entlangeilte wie ein Seiltänzer. Was immer diese psionische Verbindung zwischen der Goldenen und den Santor herstellte, es war enorm stark und belastbar.

Betty beschleunigte die immateriellen Schritte und strebte der Quelle dieser Kraft zu. Sie war so konzentriert, dass sie die Gefahr nicht bemerkte.

Nein!, peitschte ihr der Befehl entgegen, für ihre Gedankengestalt so brachial wie ein Hieb, dass sie strauchelte und von dem Seil fiel, auf dem sie so sicher zu laufen geglaubt hatte.

Phylior! Was tust du?, schrie sie. Sie hatte die Stimme eindeutig erkannt.

Ich rette dich. Vergiss uns nicht, wehte die Stimme des Grünblatts heran. *Berühr uns nicht, wir wurden verraten.*

Betty schlug die Augen auf. Was stimmte hier nicht?

Und dann sah sie es: Das Stahlseil entlang schossen feurige Energien auf sie zu. Sie betrachtete die Lazan: Die feinen roten Linien in ihren Leibern waren das erste Anzeichen. Plötzlich glommen sie stärker. Die Lazan bewegten sich noch immer nicht, sie lagen da wie erstarrt.

Wahrscheinlich waren sie das sogar.

Dann brach das Feuer aus den Lazan: Es sprühte aus den Fugen ihrer Körper, es floss aus den Augen. Es war nicht mehr rot, wie Betty es erwartet hatte, sondern es leuchtete zyanblau, und es brannte auf ihrer Netzhaut.

Feuer stäubte aus den Blütenkelchen der Santor; Feuer leckte an den Beinen der Ramani empor.

Das zyanblaue Feuer sprang wie ein nervöser Blitz von einem Lazan zu einem Ramani, zu einem Santor und immer weiter, bis binnen weniger Sekunden sämtliche Wesen in der Höhle durch ein Netz blauer Energiefäden verbunden waren.

Nur Betty Toufry und Cyr Aescunnar blieben verschont – lag es daran, dass sie kein Bestandteil des telepathischen Netzes waren? Die Worte Phyliors sprachen dafür.

Es ging alles so schnell. Betty versuchte, Phylior mit telekinetischen Fingern zu packen und wegzuschleudern, aus dem Netz herauszureißen, doch im gleichen Moment, als sie den Santor berührte, schrie sie auf: Das zyanblaue Feuer brannte nicht nur auf der materiellen Ebene – erst recht schien es im Bereich der Psi-Fähigkeiten angesiedelt zu sein.

Schmerz! Schmerz! Nie enden wollender Schmerz!

Sie ließ los – und sah, wie eine unheimliche Feuersbrunst von den Körpern der Santor, Lazan und Ramani aufstieg.

Als alle aufgelöst waren und verwehten, verschwand das Feuer so schlagartig, dass sein Licht noch für Momente im Raum nachhing.

Kapitel 18

AL'EOLD: Gerettet

»Major Deringhouse! Sind Sie endlich wach?«

Er blinzelte, zwang die Augen auf und sah nur strahlendes Weiß. Wo befand er sich? War das die Welt nach dem Tod, an die er nie geglaubt hatte? Aber woher kannte er diese Stimme?

Er setzte sich auf und sah sich um. Eine Krankenstation?

»Ich habe mir erlaubt, Sie und Kommandant Toreead mittels Traktorstrahlen an Bord zu holen, sobald uns Zugriff möglich war«, sagte Helen Lundqvist und strahlte ihn an. »Es ging recht knapp aus, möchte ich bemerken. Toreead ist nach wie vor bewusstlos. Unter Arkturs Strahlen ist in diesem System gerade die Hölle los. Massive Energieausbrüche auf Arktur I. Die Sonnenschlange nähert sich ebenfalls dem Planeten. Es war offensichtlich keine Projektion. Ich schlage vor, wir verlassen diesen Ort.«

»Setzen Sie sofort Kurs auf die Erde! Wir unterbrechen unsere Mission. Ich muss Adams und Bull Meldung machen.«

Sie sah ihn unbeeindruckt an. »Knopfdruck genügt, wie man so sagt. Ich habe mir erlaubt, diese Option vorherzusehen, und eine alternative Kursplanung eingeleitet. Aber wenn wir dort unten nichts mehr ausrichten können, sollten wir vielleicht doch erst unsere Mission zu Ende führen. Es wäre besser für unsere Akten, wenn Sie verstehen, Sir.«

Deringhouse nickte. »Selbstverständlich. Also schön: Sie übernehmen bis auf Weiteres die Leitung der Mission. Und stellen Sie mir eine Richtfunkverbindung zu Adams her!«

Helen Lundqvist salutierte und ging hinaus.

Fünf Minuten später lauschte der Administrator der Menschheit ernsthaft und ohne zu unterbrechen dem Bericht des jungen Offiziers.

Sie: Ende

Als das Energiefeld erlosch und sie schutzlos dem Tod preisgab, war es wie das lang ersehnte Erwachen, aber keines, das sie je durchlebt hatte. Sie durchstieß die Oberfläche des unendlichen schwarzen Meers der quälenden Träume, und im gleichen Moment, in dem sie es tat, ertrank sie in der purpurnen Flut, die über sie hereinbrach. Zeit strudelte um sie, spiegelte sie, verhöhnte sie.

Alles, was sie zu schaffen geglaubt hatte, war zu Staub geworden.

Das Universum hatte sich verändert.

Sie erwachte aus ihrem Traum und stellte fest, *wie viel Zeit* wirklich vergangen war.

Sie erwachte und griff hinaus in die Unendlichkeit, um ihre Truppen zu rufen.

Sie erwachte und erlebte mit, wie diese Truppen ausgelöscht wurden.

Da wusste sie, dass es ein Erwachen war, das sie hinausspülen würde aus allen Fesseln.

Und sie ergab sich diesem Prozess. Für sie war es zu spät. Aber es war zu Ende.

Und ihre Seele spannte weit ihre Flügel aus, flog durch die stillen Lande, als flöge sie nach Haus.

Rüdiger Schäfer

Countdown für Siron

Kapitel 1

Der Ton lag gerade noch im für Menschen hörbaren Frequenzbereich und schien sich in Perry Rhodans Kopf bohren zu wollen. Er wischte sich mit der rechten Hand über die feuchte Stirn. In der Zentrale der HIS-KEM-IR war es ungewöhnlich warm – zumindest für den Geschmack eines Menschen vom Planeten Erde.

Stumm beobachtete Rhodan die anwesenden Trebolaner. Es war noch kein Jahr her, da war er mit einer vergleichsweise primitiven Raumfähre, die man auf die Spitze einer hundertfünfzig Meter hohen Rakete montiert hatte, zum irdischen Mond aufgebrochen. Wenn ihm damals jemand gesagt hätte, dass er kaum zehn Monate später inmitten einer Gruppe mannsgroßer Spinnenwesen und Tausende von Lichtjahren von der Erde entfernt in einem Raumschiff durchs Weltall reisen würde, das größtenteils aus Seidenfäden gewebt worden war, hätte er ihn für verrückt erklärt. Und doch war er hier. Das alles geschah tatsächlich, auch wenn er immer noch Probleme hatte, sich damit zu arrangieren.

Der enervierende Pfeifton brach endlich ab, Rhodan atmete erleichtert aus. Täuschte er sich, oder waren die Trebolaner plötzlich hektisch und nervös? Selbst Netzfürst Ril-Omh-Er, der das Kommando über seine in der Zentrale diensttuenden Artgenossen führte, hatte seinen typisch lethargischen Zustand abgelegt. Seine Gliedmaßen zuckten in schneller Folge über die Kontrollen seines Steuerpults.

»Gibt es Schwierigkeiten?«, fragte Rhodan.

Ril-Omh-Er wandte den Blick nicht von seinen Kontrollen. Dank der entlang des kleinen Kopfes angeordneten zusätzlichen Sehorgane verfügte der Trebolaner über eine perfekte Rundumsicht. Er klickte mit den Kieferzangen und hob den mächtigen Hinterleib an.

»Ortungsalarm«, antwortete er knapp und lüftete so immerhin das Geheimnis um den grauenhaften Pfeifton. »Drei arkonidische Kreuzer.«

»Haben sie uns entdeckt?«, wollte Rhodan wissen.

»Das ist schwer zu sagen. Momentan halten sie ihre Positionen, aber wenn wir sie orten können, können sie theoretisch auch uns erfassen.«

»Theoretisch?«

»Die HIS-KEM-IR ist lückenlos mit einer dünnen Auflage Tarnseide beschichtet«, erklärte der Arachnoide. »Das verschafft uns einen kleinen Vorteil. Ich befürchte allerdings, dass das Trio in Kürze ausfächern und ein Peilnetz spannen wird. Eine sehr beliebte arkonidische Taktik, um ein möglichst großes Raumgebiet zeitsparend zu durchsuchen.«

»Sie wissen, dass wir hier irgendwo sind«, sagte Rhodan leise. »Unsere Flucht aus dem Orbit von Khebur muss registriert worden sein. Vermutlich ist auch die Kennung der HIS-KEM-IR bekannt. Nach den Ereignissen im Trebolasystem wird man gezielt nach uns suchen.«

Auf dem Hauptschirm erschien eine rechnergestützte Darstellung des umliegenden Weltraums. Ein weißer Punkt symbolisierte die HIS-KEM-IR, drei rote Punkte markierten die Standorte der drei arkonidischen Kugelraumer.

Rhodans Blick huschte durch die Zentrale mit ihren für Menschen zu niedrigen Steuerpulten.

»Warum verschwinden wir nicht einfach?«, fragte er. Zum ersten Mal wurde ihm mit aller Konsequenz bewusst, dass er und seine Begleiter vollständig auf die Arachnoiden angewiesen waren. Nur Ril-Omh-Er und seine Mannschaft konnten das Schiff fliegen.

»Unser letzter Sprung liegt erst zwei Stunden zurück. Eine weitere Transition so kurz nach der vorangegangenen birgt Risiken bis hin zu einem mit Bordmitteln nicht zu reparierenden Maschinenschaden.«

Rhodan nickte. Etwas Ähnliches hatte er sich bereits gedacht. Nachdenklich studierte er die Anzeigen auf dem Hauptschirm. »Ist das ein Sonnensystem?«, fragte er dann und deutete auf eine weitere Markierung in unmittelbarer Nähe der HIS-KEM-IR.

»Ein Roter Riese der Spektralklasse Ko. Keine Planeten.«

Rhodan kramte in seinem Gedächtnis. Wenn er sich richtig erinnerte, handelte es sich bei Roten Riesen um Himmelskörper mit sehr hoher Leuchtkraft. Im Vergleich zur irdischen Sonne waren sie zwar deutlich größer, wiesen allerdings niedrigere Oberflächentemperaturen auf.

»Können wir uns nicht in der Nähe des Sterns verstecken? Die Emissionen der Sonne müssten eigentlich ausreichen, um unser eigenes Strahlungsmuster zu überdecken.«

»Eine gute Idee«, hörte Rhodan eine Stimme in seinem Rücken. Er hatte nicht bemerkt, dass Crest in die Zentrale gekommen war. »Allerdings gilt das nicht für die mehrdimensionalen Komponenten unserer Strahlungssignatur – und genau danach werden unsere Verfolger gezielt suchen.«

»Dann schalten wir alle Aggregate ab, die auf Hyperbasis funktionieren«, ließ sich Rhodan nicht entmutigen. »Wir durchstoßen die ultraheiße Gashülle und dringen in die darunter liegende Fotosphäre vor. Dort sollten die Temperaturen vier- bis fünftausend Grad Celsius nicht übersteigen. Das hält die HIS-KEM-IR auch ohne Schutzschirme eine Weile aus. Ril-Omh-Er ...?«

Der Trebolaner hatte seine Arbeit am Steuerpult eingestellt. Die langen, mehrfach gegliederten Spinnenbeine kratzten leise über den Boden, als er seinen grazilen Körper den beiden Humanoiden zuwandte. Rhodan musste sich zwingen, nicht automatisch zurückzuweichen.

Seltsam, durchfuhr es ihn. *Ich hege immer noch die unterbewusste Befürchtung, dass dieses Wesen mich plötzlich anspringen und mir seine Kieferklauen in den Hals schlagen könnte.*

Unwillkürlich dachte er an Ishy Matsu. Um wie viel schlimmer musste es für die Japanerin mit ihrer Arachnophobie sein, unter Trebolanern zu weilen? Vor vielen Jahren hatte Rhodan einen Artikel über Angstzustände in einer psychologischen Fachzeitschrift gelesen. Ein Satz war ihm dabei in Erinnerung geblieben: *Je deutlicher ein Lebewesen vom menschlichen Erscheinungsbild abweicht, desto ausgeprägter, umfänglicher und weiter verbreitet ist die Angst, die wir vor ihm empfinden.*

Wie weit wir unsere Technik auch entwickeln, dachte er für einen Moment resignierend, *wie tief wir ins Universum vorstoßen und für wie klug und hoch entwickelt wir uns halten mögen – am Ende läuft es doch stets darauf hinaus, dass wir die in Jahrmillionen erlernten Instinkte, das Tier in uns unterdrücken, um uns nicht gegenseitig die Schädel einzuschlagen.*

»Ich bin nicht sicher«, riss ihn Ril-Omh-Er aus den Grübeleien. »Dieses Schiff ist ein Prototyp, und ich bin nicht sonderlich gut mit ihm vertraut ...«

»Wir wollen Sie zu nichts überreden«, sagte Rhodan. »Wenn Sie meinen, es ist zu gefährlich, werden wir einen anderen Weg finden.«

»Rufen Sie Je-Ron-Tia in die Zentrale, und geben Sie uns Zugriff zum Hauptrechner des Schiffes«, mischte sich Crest ein. »Die HIS-

KEM-IR basiert auf arkonidischen Spezifikationen, und Je-Ron-Tia besitzt fundiertes Hintergrundwissen über Hybridtechnik. Es sollte kein Problem sein, in vertretbarer Zeit eine Simulation zu fahren, die unsere Erfolgsaussichten kalkuliert.«

»Dann glauben Sie also, dass es möglich ist?«, fragte Rhodan.

Der Arkonide legte Rhodan eine Hand auf die Schulter und lächelte ihn an. »Seit ich Sie und die Bewohner Ihrer Heimat getroffen habe, mein Freund, glaube ich, dass fast *alles* möglich ist.«

Die HIS-KEM-IR bremste ab. Das von der Positronik gefilterte grelle Wabern des Roten Riesen füllte die gesamte rechte Hälfte des Hauptbildschirms. Ril-Omh-Er steuerte das Netzschiff in flachem Winkel und parallel zur willkürlich festgelegten Längsachse des Sterns. Die drei Arkonidenkreuzer hatten währenddessen die Eckpunkte eines gleichschenkligen Dreiecks mit rund hundertfünfzig Millionen Kilometer Seitenlänge besetzt. In dieser Formation und mit voll aktivierter Ortungsphalanx hielten sie Kurs auf einen imaginären Punkt *hinter* der HIS-KEM-IR. Die Zeit wurde knapp.

Eine Flucht per Transitionssprung kam nicht infrage. Auch wenn die Trebolaner viele Jahre intensiver Forschungs- und Entwicklungsarbeit in ihr Netzschiff investiert hatten, war es den arkonidischen Einheiten dennoch weit unterlegen. Zum einen hätte man den Raumer in der Beschleunigungsphase aufgrund des immensen Energieverbrauchs sofort geortet, zum anderen wären die Kreuzer auf Schussweite heran gewesen, lange bevor die HIS-KEM-IR die notwendige Mindestgeschwindigkeit für einen Eintritt in den Hyperraum erreicht hätte.

»Unsere trebolanischen Freunde vermessen die koronalen Gasströme«, kommentierte Crest das Geschehen in der Zentrale. Inzwischen waren auch Atlan, Ishy Matsu, Iwan Goratschin, Belinkhar und Chabalh eingetroffen. Gebannt verfolgten sie das Geschehen auf dem Hauptschirm.

»Während die Temperaturen in der Foto- und Chromosphäre meist vergleichsweise moderat ausfallen«, fuhr der arkonidische Wissenschaftler fort, »kann es in der Korona durch Gaswinde und eruptiven Massenauswurf bis zu mehrere Millionen Grad Celsius heiß werden. Wenn wir in eine solche Zone geraten, helfen auch die Energieschirme nicht mehr.«

Rhodan beobachtete, wie Matsu ihre schmale Hand in die riesige Pranke des Zündermutanten Goratschin legte und dieser sie behutsam drückte. So unterschiedlich diese beiden Menschen auch waren, so eindringlich vermittelte ihre intuitive Geste der Zärtlichkeit, dass sich Liebe nicht um Banalitäten wie Aussehen oder Herkunft scherte.

Die HIS-KEM-IR neigte sich zur Seite und nahm wieder Fahrt auf. Für Perry Rhodan war es nach so vielen Monaten an Bord hochmoderner Raumfahrzeuge noch immer ungewöhnlich, dass er von den immensen Trägheitskräften, die in diesen Momenten auf den Schiffskörper wirkten, nichts spürte. Es schien gerade so, als würde auf dem Hauptschirm ein Film ablaufen, der die Annäherung an den Roten Riesen zeigte.

Der Weltraum verschwand und machte einem diffusen Wirbeln aus roten, gelben und weißen Nebelschwaden Platz.

Ich fliege gerade mitten in eine Sonne hinein, schoss es Rhodan durch den Kopf. *Mein Gott, Reg, ich wünschte, du wärst jetzt bei mir. Das hier, dieser magische Augenblick, ist alles, wovon wir als Astronauten jemals geträumt haben.*

»Wir sind durch!« Die tiefe Stimme Goratschins ließ Rhodan zusammenzucken. Gleichzeitig färbte sich der Bildschirm dunkelrot. Wie lange hatte er einfach nur dagestanden und sich von seiner Euphorie berauschen lassen?

»Geht es Ihnen gut?«, fragte Atlan neben ihm.

Rhodan nickte nur; zu mehr wäre er nicht fähig gewesen.

»In Kürze erreichen wir den von der Positronik errechneten Ankerpunkt«, hörte er Crest wie aus weiter Ferne reden. »Es sieht gut aus. Da draußen herrschen knapp viertausend Grad Celsius. Zu warm für ein Sonnenbad, aber kühl genug für die HIS-KEM-IR.«

»Was machen unsere arkonidischen Spürhunde?«, wollte Belinkhar wissen.

»Wir empfangen ihre Echos nur noch sehr schwach«, informierte Je-Ron-Tia. Er hatte den Platz neben Ril-Omh-Er eingenommen und überwachte die Messwerte der Außensensoren. »Sobald wir uns tot stellen, werden wir sie völlig verlieren. Bevor wir die Fotosphäre wieder verlassen, sollten wir ein paar Sonden losschicken, um festzustellen, ob die Luft rein ist.«

Kaum eine Minute später kam das Netzschiff zum Stillstand. Fasziniert verfolgte Rhodan das auf dem Hauptschirm sichtbare Wogen und Strömen der Oberfläche des Roten Riesen. Es sah wie ein brennender Ozean in Zeitlupe aus. Wie lange mochte dieser Stern wohl schon existieren? Wie viele Jahrmillionen hatte er seine unerschöpfliche Energie bereits in den Weltraum hinausgeschleudert?

Die irdische Sonne verwandelte jede Sekunde fünfhundert Millionen Tonnen Wasserstoff in Helium – und das seit nunmehr fast fünf Milliarden Jahren. Rhodan hatte sich das nie wirklich vorstellen können. Der menschliche Verstand war nicht dafür geschaffen, in solchen Dimensionen zu denken. Aber jetzt und hier, als er auf dieses endlose Meer aus Feuer starrte und das Gefühl hatte, in ihm zu versinken, glaubte er einen Atemzug lang zu wissen, warum die Welt so sein musste, wie sie war. Doch bevor er den Moment festhalten konnte, war er auch schon wieder vorüber.

»Die Kreuzer haben uns beinahe erreicht.« Je-Ron-Tia bewegte hektisch vier seiner acht Beine.

»Ich starte das Abschaltprogramm«, verkündete Ril-Omh-Er. »Lediglich die Notversorgung der Lebenserhaltungssysteme bleibt aktiv.«

Rhodan blinzelte. Er wartete darauf, dass das Herunterfahren aller Systeme sich irgendwie bemerkbar machte. War das Licht in der Zentrale nicht kurzzeitig schwächer geworden? Nein, das waren lediglich die Nerven, die seiner Wahrnehmung einen Streich spielten.

»Und jetzt?«, fragte Belinkhar.

»Jetzt warten wir«, gab Crest zurück.

»Großartig.« Iwan Goratschin seufzte. »Hat jemand Karten dabei?«

Rhodan musste unwillkürlich schmunzeln. Tatsächlich gab es an Bord der HIS-KEM-IR nicht viel, mit dem sich humanoide Lebewesen die Zeit vertreiben konnten. Vielleicht sollte er in seine Kabine zurückkehren und ...

Der Ruck, der durch das Netzschiff fuhr, war nicht besonders heftig, aber Rhodan registrierte irritiert, dass die beiden Trebolaner aufgeregt ihre Steuerpulte bearbeiteten.

»Was war das?«, stellte Atlan die auf der Hand liegende Frage.

»Sonnenwinde«, erwiderte Je-Ron-Tia knapp.

»So tief unten?« Crest drängte sich zwischen die Spinnenwesen, um die Anzeigen besser betrachten zu können. »Das ist nicht möglich. Außerdem hätten uns die Verzerrungen im Magnetfeld warnen müssen.«

»Würde irgendjemand auch uns Normalsterbliche aufklären?«, rief Rhodan in das Pfeifen des Alarms.

»Sonnenwinde sind Ströme geladener Teilchen, hauptsächlich

Protonen, Elektronen und Heliumkerne, die durch das physikalische Ungleichgewicht entstehen, das die Kernfusion innerhalb der Sonnenatmosphäre auslöst ...«, setzte Atlan an.

Er wurde von Rhodan unterbrochen. »Verdammt, ich weiß, was Sonnenwinde sind!«, schimpfte er wütend. »Ich will wissen, was ...«

Der Boden der Zentrale vibrierte. Mehrere Bildschirme zersprangen mit lautem Knall. Die HIS-KEM-IR bäumte sich plötzlich auf wie ein störrisches Pferd. Rhodan wurde von den Beinen gerissen und gegen ein Steuerpult geschleudert. Er schrie, als sich etwas Spitzes, Hartes in seine Seite bohrte.

»Hochfahren!«, brüllte Crest gegen den Lärm an, der sich wie ein Flächenbrand in der Zentrale ausbreitete. »Wir müssen sofort die Energieerzeuger wieder hochfahren!«

»Die Positronik reagiert nicht.« Hörte Rhodan da Panik aus Je-Ron-Tias Stimme? War der implantierte Translator überhaupt in der Lage, so etwas entsprechend zu extrapolieren?

»Wir stürzen ab«, meldete Ril-Omh-Er. »Der Partikelstrom hat die Zentraleinheit getroffen. Sämtliche Systeme sind tot! Wir stürzen in die Sonne!«

So endet also mein kurzer Traum von den Sternen, dachte Rhodan noch. Dann setzte die künstliche Schwerkraft endgültig aus, und die HIS-KEM-IR neigte sich langsam nach vorn.

Kapitel 2

Es ist stets der Augenblick, in dem sich Zeit und Ewigkeit berühren. Anstatt seine Bedeutung in Zweifel zu ziehen, sollten wir uns seiner Wirkung in jeder Sekunde unseres Lebens bewusst sein.

Die Worte des berühmten arkonidischen Philosophen Mohrat da Them gingen Sergh da Teffron seit den frühen Morgenstunden nicht mehr aus dem Sinn. Die Hand des Regenten war mitten in der Nacht aufgewacht und danach nicht mehr eingeschlafen. Nach längerer ruheloser Wanderung durch seine Privaträume im Orbitalgeflecht hatte er schließlich die Schriften da Thems in der Hoffnung aufgerufen, dass sie ihm die verlorene innere Ruhe zurückgaben.

Während seiner Zeit als Gouverneur von Naat hatten ihm dessen Bücher häufig Trost gespendet und ihn mehr als einmal davor bewahrt, in Lethargie und Selbstmitleid zu versinken. Mohrat da Them galt als einer der einflussreichsten Denker des frühen Imperiums, und das, obwohl er seinem Leben mit nur neunundzwanzig Jahren selbst ein frühes Ende gesetzt hatte. Seitdem versuchten sich Wissenschaftler zahlreicher Disziplinen an der Deutung seiner erstaunlich umfangreichen Hinterlassenschaft.

Da Thems zentrales Motiv war der Widerspruch zwischen Wissen und Erkenntnis – zumindest soweit es Sergh da Teffron betraf. Die Hand des Regenten war kein weltfremder Ideologe, kein Theoretiker der Macht, sondern ein Mann mit strengen Prinzipien und einer klaren Vorstellung, welche Handlungen aus ihnen abzuleiten waren. Dennoch gab ihm die Lektüre der alten Texte ein schwer in Worte zu fassendes Gefühl von Freiheit, ein Gefühl, das er nicht festzuhalten vermochte, das ihn jedoch an eine Zeit erinnerte, in der sein Leben noch einfach und unkompliziert gewesen war.

Sergh da Teffron stand mit auf dem Rücken verschränkten Armen vor dem großen Panoramafenster und starrte blicklos auf die viele Kilometer unter ihm liegende Planetenoberfläche. Vor wenigen Minuten war die dichte Wolkendecke über dem einzigen Kontinent der Wasserwelt an einer Stelle aufgerissen. Durch die entstandene Lücke waren die Lichter der Fabrikanlagen und Industriekomplexe als winzige Punkte in einem Ozean aus Grau und Schwarz zu erkennen.

Der klein gewachsene Mann wandte den Kopf und folgte mit den Augen der breiten Umrandung einer der Archen, die in scheinbar wahlloser Folge in die verzweigte Struktur des Geflechts eingeklinkt waren. Hinter dem transparenten Material der Kuppel erkannte er dichte Vegetation, Pflanzen, die es einst auch auf Artekh 17 gegeben hatte. Dann jedoch war das Imperium auf das System aufmerksam geworden.

Die Hand des Regenten hatte die Geschichten gelesen, die sich um den Planeten rankten. Nostalgische Ammenmärchen um eine Imperatorentochter namens Crysalgira da Quertamagin und ihren blühenden Garten. Damals, vor vielen Jahrtausenden, war das Große Imperium noch ein anderes gewesen. Der Krieg gegen die Methans hatte das geändert. Die Notwendigkeit, sich gegen einen übermächtigen und ebenso grausamen wie skrupellosen Feind stemmen zu müssen, hatte die Arkoniden geprägt und ihre Kultur nachhaltig beeinflusst.

Sergh da Teffron gehörte zu denen, die diese Entwicklung begrüßten und sie als etwas begriffen, was der Seele seines Volkes gutgetan hatte. Große historische Leistungen erforderten von jeher Opferbereitschaft und den Willen, über sich selbst hinauszuwachsen. Es war nicht zuletzt diese Überzeugung gewesen, die ihn die schweren Jahre auf Naat hatte erdulden lassen. Er hatte beharrlich auf seine Chance gewartet, und als sie schließlich kam, schwor er sich, alles zu tun, um nie mehr in den Schlamm der Bedeutungslosigkeit zurücksinken zu müssen.

Er wusste nicht, wie lange er so vor dem Panoramafenster seines Arbeitsraums gestanden hatte, doch als die ersten Sonnenstrahlen über die sanfte Wölbung der Planetenscheibe krochen und das Meer in einen silbern schimmernden Spiegel verwandelten, waren der Zorn und die Selbstzweifel der letzten Wochen für ein paar wertvolle Momente wie weggewischt. Ein neuer Tag mit all seinen Möglichkeiten und Herausforderungen lag vor ihm – und es gab wahrlich viel zu tun.

Versonnen beobachtete die Hand des Regenten einen der wuchtigen Truppentransporter, die das Artekhsystem seit Wochen in ununterbrochener Folge anflogen, ihre Fracht löschten und nach kurzer Inspektion in einer der fliegenden Werften wieder aufbrachen. Die Schiffe brachten hauptsächlich Rekruten. Artekh 17 war einer der wichtigsten militärischen Stützpunkte des Imperiums. Nicht zuletzt deshalb hatte Sergh da Teffron hier auch sein Hauptquartier errichtet. Selbst wenn er nicht alle Pläne des Regenten im Detail kannte, so wusste er doch, dass sich große Dinge ankündigten.

Seiner Meinung nach war ein Krieg genau das, was das Große Imperium derzeit brauchte. Die Jahrtausende der nahezu unkontrollierten Expansion hatten aus dem arkonidischen Reich einen Flickenteppich gemacht, und eine endlose Reihe von Imperatoren war nicht in der Lage gewesen, diesen Zustand zu ändern. Zahlreiche Kolonien und Protektorate zweifelten bereits die imperialen Hoheitsrechte an und lehnten sich mehr oder weniger offen gegen die Vorherrschaft der Arkoniden auf. Der Regent war der erste Herrscher seit Langem, der diese Erosion der Staatsgewalt nicht länger zu dulden gedachte.

Für Sergh da Teffron war der Krieg nichts weiter als ein Naturgesetz. Wo immer sich intelligentes Leben organisierte und zu einer Gemeinschaft wurde, erwuchsen Konflikte, die früher oder später zu gewaltsamen Auseinandersetzungen führten. Nur auf diese Weise konnte sich das Starke vom Schwachen trennen. Nur auf diese Weise entstand so etwas wie Fortschritt und damit die Basis für das Überleben der eigenen Art.

Der Transporter dockte an einen der Zubringer des Orbitalgeflechts an. Energetische Tunnel wurden direkt über die Schleusenöffnungen projiziert, und schon Sekunden später wechselten die Soldaten im Laufschritt auf das Geflecht über. Sie würden nicht lange bleiben. Sobald die Neuankömmlinge registriert waren, würden sie einer Einheit zugeteilt und an ihren zukünftigen Einsatzort – in den meisten Fällen ein imperiales Schlachtschiff – gebracht werden.

Sergh da Teffron fuhr sich zufrieden mit der Rechten über den kahlen Schädel. Die Vorbereitungen liefen nach Plan. Nach den diversen Rückschlägen der jüngeren Vergangenheit war das zur Abwechslung eine gute Nachricht – und der Regent hatte während des letzten Kontakts unmissverständlich klargestellt, dass er in Zukunft *nur noch* gute Nachrichten erwartete.

Im Hinblick auf seine eigene Position innerhalb der komplexen imperialen Hierarchie gab sich da Teffron keinen Illusionen hin. Er lebte von geborgter Macht. Er war kein Anführer, der von seinen Untergebenen geliebt wurde, aber das war gar nicht nötig. Angesichts der Tatsache, dass der Regent sich nur höchst selten öffentlich zeigte, repräsentierte Sergh da Teffron faktisch das höchste Amt im Staate. Niemand würde es wagen, einen seiner Befehle anzuzweifeln. Wenn einer es tat, war ein schneller Tod noch das Beste, was ihm passieren konnte.

Mit einem letzten Blick auf das Geflecht, das in den Strahlen der aufgehenden Sonne leuchtete, kehrte Sergh da Teffron zu seinem Arbeitstisch zurück, einer gewaltigen, nierenförmig geschwungenen Konstruktion aus poliertem Arkonstahl und einer halb transparenten Platte aus bruchfestem Glas. Der Arkonide ließ sich in den nicht minder wuchtigen Sessel fallen und berührte ein in die Armstütze integriertes Sensorfeld. Ein farbiges Holo erschien, auf dessen Oberfläche Bilder und Textzeilen entlangliefen.

Lustlos rief der Arkonide die aktuellsten Meldungen auf und blätterte durch Rekrutenlisten, Materialaufstellungen und die Einsatzbefehle der diversen Abschnittskommandanten. In der Nacht waren mehrere Versorgungsschiffe eingetroffen und entladen worden. Aufgrund der anhaltenden Mobilmachung arbeitete das Orbitalgeflecht an der Grenze seines Leistungsvermögens, um der Flut der Besucher Herr zu werden und sie mit allem Notwendigen zu versorgen.

Die Koordination dieser Aktivitäten oblag Stiqs Bahroff – und der machte seine Sache überraschend gut, wie sich Sergh da Teffron widerwillig eingestand. Überhaupt war sein Assistent, den er zunächst nur deshalb an seiner Seite geduldet hatte, weil seine Herkunft die alten arkonidischen Adelseliten bis aufs Blut reizte, zu einem äußerst wertvollen Helfer geworden. Er hatte sich als klug und vorausschauend erwiesen und verstand es, da Teffron jeden Wunsch von den Augen abzulesen.

Wie auf Kommando summte der Türmelder. Die auf das Holo überspielten Aufnahmen der Überwachungskameras zeigten ihm, dass es tatsächlich Bahroff war, der Einlass verlangte. Mit einer beiläufigen Geste signalisierte die Hand des Regenten der Servoeinheit, den Halbarkoniden passieren zu lassen. Ein Doppelschott fuhr lautlos zur Seite und gab den Zugang in da Teffrons Privatgemächer frei.

Interessiert verfolgte Sergh da Teffron, wie sein Assistent den kurzen Weg zum Arbeitstisch zurücklegte. Der Gang war bestimmt, geradezu federnd. Überhaupt hatte sich Bahroff äußerlich sehr zu seinem Vorteil verändert. Hatte er in den Tagen zuvor noch eher kränklich und gesundheitlich stark angeschlagen gewirkt, erweckte er nun den Eindruck eines durchtrainierten und sich in Hochform befindlichen Mannes.

»Wie fühlst du dich?«, fragte Sergh da Teffron dennoch. Es war keineswegs so, dass er sich tatsächlich um das körperliche Wohlbefinden seines Gehilfen sorgte. Vielmehr ging es ihm darum, auszuloten, welche Wirkung der geheimnisvolle Zellaktivator auf Stiqs Bahroff ausübte. Der Assistent trug das Gerät nun seit mehreren Monaten, doch noch immer ließen sich keine eindeutigen Aussagen über dessen Wirkung treffen. Der Umstand, dass Bahroff wie das blühende Leben aussah, mochte sich als Falle erweisen, und Sergh da Teffron war nicht bereit, auch nur das geringste Risiko einzugehen.

Die Hand des Regenten hatte den Aktivator von Atlan da Gonozal erhalten. Angeblich als Geschenk. Die damaligen Worte des rätselhaften Arkoniden hatten sich unauslöschlich in die Erinnerung da Teffrons gebrannt:

Der Regent herrscht durch seine Hand. Doch diese Hand ist trotz ihrer unermesslichen Macht ein Werkzeug, austauschbar. Aber stellen Sie sich vor, die Hand besäße einen Zellaktivator, wäre unsterblich. Sie würde den Regenten überdauern. Einen Regenten, der keinen Nachfolger hat ...

Seitdem hatte ihn die Frage nicht mehr losgelassen. Die einzige Frage, die von Bedeutung war und die er sich seit jener schicksalhaften Begegnung immer wieder gestellt hatte: Warum sollte ihm dieser Atlan die Unsterblichkeit schenken?

Sergh da Teffron hatte in seinem Leben gelernt, dass es im Universum nichts umsonst gab. Alles hatte seinen Preis, und es machte ihn fast wahnsinnig, dass er die verborgenen Beweggründe Atlan da Gonozals nicht kannte. Daran, dass sie existierten, bestand für ihn kein Zweifel. Auch wenn die Begegnung mit dem geheimnisvollen Arkoniden nur kurz gewesen war, so hatte er doch sofort begriffen, dass er Atlan auf keinen Fall unterschätzen durfte. Dieser Mann verfolgte seine Ziele mit großer Konsequenz.

»Verzeihen Sie, dass ich zu so früher Stunde störe, Herr«, beendete die Stimme Bahroffs seine Grübeleien.

Sergh da Teffron musterte den untersetzten Halbarkoniden intensiv und lächelte, als er dessen Unbehagen bemerkte. Die feinen Federn, die sich eng an Bahroffs Kopf schmiegten und die man mit Haaren verwechseln konnte, stellten sich auf. Rasch senkte der Assistent den Blick und streckte stattdessen die Arme aus. Seine Hände umschlossen ein in schneeweiße Folie gewickeltes

Päckchen. Das würfelförmige Objekt wies eine Seitenlänge von rund zwanzig Zentimetern auf und war mit dem Siegel des Regenten gekennzeichnet.

»Die Sendung aus dem Trebolasystem«, sagte Bahroff. »Sie ist vor wenigen Minuten eingetroffen, Herr, und ich dachte mir, dass Sie ...«

»Gib her!«, unterbrach Sergh da Teffron seinen Assistenten und riss diesem das Päckchen aus den Fingern. Zugleich maßregelte er sich selbst ob seiner Unbeherrschtheit. Für einen Mann in seiner Position ziemte es sich nicht, vor Dienstboten die Haltung zu verlieren. Gereiztheit und mangelnde Selbstkontrolle waren Zeichen von Schwäche und der Hand des Regenten unwürdig. Andererseits war ihm Stiqs Bahroff geradezu hündisch ergeben. Er war mit den Launen seines Herrn vertraut und dachte sich wahrscheinlich längst nichts mehr dabei.

Sergh da Teffron überlegte für einen Moment, ob er Stiqs Bahroff fortschicken sollte, bevor er das Päckchen öffnete, entschied sich dann aber dagegen. Nach den Ereignissen im Tatlirasystem hätte er am liebsten persönlich vor Ort nach dem Rechten gesehen, doch der beschämende Verlust der VEAST'ARK, des derzeit modernsten Raumschiffs des Imperiums, war eine Niederlage, die noch immer schmerzte. In Offiziers- und Adelskreisen zerriss man sich garantiert die Mäuler darüber, dass sich die Hand des Regenten von einer Horde tumber Naats hatte übertölpeln lassen.

Sofort war die Wut wieder da, der unbändige Zorn ob der Tatsache, dass er mit all seiner Macht und den ihm zur Verfügung stehenden Mitteln versagt hatte. Ausgerechnet er, der die Naats besser kannte als jeder andere Arkonide. Bereits kurz nach seiner Rückkehr ins Artekhsystem waren die ersten Gerüchte aufgetaucht, nach denen der Regent höchstpersönlich einen Truppenbesuch plante. Angeblich würde er dafür die VAREK'ARK, das Schwesterschiff der VEAST'ARK, benutzen, das gerade in den imperialen Werften den letzten Feinschliff erhielt. Ein direkter Kontakt mit dem Herrscher – und den würde es zweifellos geben, wenn der Regent Artekh 17 und das Orbitalgeflecht inspizierte – war keineswegs etwas, dem Sergh da Teffron mit Begeisterung entgegensah.

»Gibt es etwas, das ich für Sie tun kann, Edler?«, fragte Stiqs Bahroff. Offenbar dauerte ihm da Teffrons Schweigen zu lang. Die Unterwürfigkeit seines Gegenübers gab der Hand des Regenten einen Teil ihrer Besonnenheit zurück.

»Nein«, erwiderte der Arkonide und riss die Folie des Päckchens ab. Das Siegel zerbrach mit einem trockenen Knacken. Schließlich stand ein schmuckloses graubraunes Kästchen auf dem Arbeitstisch. Sergh da Teffron wischte die letzten Folienreste achtlos zur Seite und drückte den rechten Daumen in eine kleine Aussparung am Rand einer der Würfelflächen. Mit einem kaum hörbaren Klicken sprang der Deckel des Kästchens auf.

Sergh da Teffron spürte, wie sich sein Herzschlag beschleunigte. Die Sendung kam per Kurierschiff direkt aus dem Trebolasystem. Abgeschickt hatte sie Quetain Oktor, der imperiale Fürsorger und damit der höchste Repräsentant des Regenten auf Trebola.

Vorsichtig, beinahe andächtig, hob der Arkonide das in dünne trebolanische Seide gehüllte Gebilde aus dem Kästchen heraus. Es besaß in etwa die Größe eines Rakknevh-Eis, das jemand in ein goldenes Säckchen gesteckt hatte, und schimmerte im Licht des frühen Morgens wie ein wertvoller Edelstein. Überrascht registrierte der Arkonide, dass es so gut wie gewichtslos war.

»Das Zepter des Vidaarm«, flüsterte Sergh da Teffron. Unwillkürlich lauschte er in sich hinein, spürte nach Hinweisen darauf, dass sein Körper auf die Anwesenheit des Zepters reagierte, doch da war nichts.

Der Seidenkokon, schoss es ihm durch den Kopf. *Wahrscheinlich schirmt das Material die Impulse des Zellaktivators ab.*

Zellaktivator! Schon das Wort klang wie ein Versprechen auf Ewigkeit. Wenn sich sein Verdacht bewahrheitete und es sich bei dem Zepter tatsächlich um eines jener sagenhaften Geräte handelte, die ihrem Träger angeblich Unsterblichkeit verliehen, waren seinen Ambitionen praktisch keine Grenzen mehr gesetzt. Mit seinen hundertsechzig Jahren stand Sergh da Teffron bereits am Ende der natürlichen Lebensspanne eines Arkoniden. Wenn es ihm dagegen gelang, einen Aktivator in seinen Besitz zu bringen, spielte sein Alter keine Rolle mehr. Und gegenüber dem von Atlan da Gonozal überreichten *Geschenk* besaß das Zepter einen entscheidenden Vorteil: Es hatte die letzten achthundert Jahre auf Trebola verbracht. Das Risiko, dass es sich bei dem für die Trebolaner geradezu heiligen Ei um eine Falle handelte, war somit verschwindend gering.

Die Ungeduld nur mühsam bezähmend, schälte Sergh da Teffron das Objekt seiner Begierde aus der dünnen Hülle. Er wusste, dass trebolanische Spinnenseide je nach Bearbeitung hart wie Arkonstahl oder nachgiebig wie anturisches Fruchtgelee sein konnte. In diesem Fall fühlte sich das Material bemerkenswert glatt und weich an.

Die Enttäuschung begrub ihn wie eine Lawine. Mit fest zusammengepressten Lippen starrte Sergh da Teffron auf das weißgraue Gipsei in seiner Hand, das außer seiner Form nicht die geringste Ähnlichkeit mit einem Zellaktivator aufwies. Er hob den Kopf, fixierte den bewegungslos vor ihm stehenden Stiqs Bahroff. Nur eine kaum erkennbare Erhebung unter der blauen Kombination des Assistenten verriet, dass er seinen Aktivator inzwischen an einer Kette um den Hals trug.

Sergh da Teffron erinnerte sich nur zu gut an den Moment an Bord der VEAST'ARK, als er das vergleichsweise winzige Gerät zum ersten Mal berührt hatte. Damals hatte er etwas gespürt, etwas, das sich nur schwer in Worte fassen ließ und das ihn gleichzeitig euphorisiert und verstört hatte. Nun spürte er nichts außer der rauen, harten Oberfläche einer billigen Attrappe. Das Zepter war kein Zellaktivator, sondern nichts weiter als eine primitive Nachbildung!

Mit der Erkenntnis verwandelte sich die Enttäuschung des Arkoniden in maßlose Wut.

Hatte ihn Quetain Oktor etwa betrogen? Hatte dieser erbärmliche Kriecher ihm ein falsches Zepter geschickt und den Zellaktivator für sich selbst behalten? Es gab nur einen Weg, das herauszufinden.

»Nimm Kontakt mit unserem Verband im Trebolasystem auf!«, sagte die Hand des Regenten mühsam beherrscht. »Ich will, dass Quetain Oktor verhaftet und auf dem schnellsten Weg zu mir gebracht wird.«

»Wie Sie wünschen, Edler«, beeilte sich Stiqs Bahroff zu versichern. »Darf ich fragen ...?«

»Weiterhin wirst du veranlassen, dass innerhalb der nächsten Stunde ein Transportschiff bereitsteht«, unterbrach Sergh da Teffron seinen Assistenten. »Das Flugziel werde ich dem Kommandanten persönlich mitteilen.«

»Möchten Sie, dass ich Sie begleite, Herr?«, fragte Bahroff.

»Nein. Du bleibst hier! Ich werde mich in regelmäßigen Abständen bei dir melden.«

»Verstanden«, bestätigte Stiqs Bahroff. »War das alles, Edler?«

Sergh da Teffron atmete mehrmals tief ein und wieder aus.

Sein Assistent wich unwillkürlich einen Schritt zurück. Er

wusste seinen Herrn zu lesen, und der stand kurz vor einer Explosion.

»Ich will Quetain Oktor lebend«, stieß die Hand des Regenten schließlich hervor. »Sorg dafür, dass das jeder einzelne Arkonide im Trebolasystem weiß!«

Mit einer raschen Bewegung hob der Arkonide seine Rechte, die nach wie vor das Gipsei umklammerte. Dann sauste sie auch schon wieder hinab. Das Zepter krachte auf die Platte des Arbeitstischs und zerbarst in Hunderte winziger Splitter.

Kapitel 3

»Wir müssen einen kompletten Neustart einleiten. Löschen Sie den positronischen Kern, und zwingen Sie den Rechner damit, sich neu zu konfigurieren!«

Atlan klammerte sich an einem Steuerpult fest. Die Neigung der HIS-KEM-IR betrug bereits mehrere Grad. Auf dem Hauptbildschirm verfolgte Perry Rhodan eine mächtige Protuberanz, die sich vor dem Netzschiff aufwölbte und wieder in sich zusammenfiel. Auf makabre Weise hätte man meinen können, dass der Rote Riese nach dem Raumer griff, um ihn endgültig in seine heißen Arme zu ziehen.

»Das würde mehrere Stunden dauern«, protestierte Je-Ron-Tia. »So viel Zeit haben wir nicht.«

»Halten Sie den Mund, und tun Sie, was ich Ihnen sage!« Atlans Stimme klang angesichts der prekären Lage gespenstisch ruhig. »Bevor Sie den Rechner wieder hochfahren, aktivieren Sie das Notstartprogramm! Dadurch setzen Sie die Sicherheitsroutinen außer Kraft. Die Positronik wird lediglich die elementaren Speicherinhalte rekonstruieren und danach den Zugriff auf die Antriebskontrolle freigeben.«

»Aber ...«, setzte Je-Ron-Tia an.

»Tun Sie es! Jetzt!«

Atlans Ton duldete keinen Widerspruch. Rhodan musterte den Arkoniden verstohlen. Zum ersten Mal, seit er diese auf so viele Arten außergewöhnliche Person kennengelernt hatte, erkannte er, dass der Zellaktivator zwar den natürlichen biologischen Verfall des Körpers dieses Mannes gestoppt, dabei jedoch nicht verhindert hatte, dass sich die Erfahrung von Jahrtausenden in die scharf gezeichneten Linien des kantigen Gesichts grub. Atlans wahres Alter manifestierte sich nicht nur in seinem Aussehen, sondern auch in einer unsichtbaren, aber dafür umso stärker spürbaren Aura, einer Ahnung von Autorität, eisernem Willen und qualvoller Einsamkeit.

Wer bist du?, dachte Rhodan unwillkürlich. *Wer bist du wirklich?*

Irgendwo im Bauch des Zentralmoduls explodierte etwas.

Ein Zittern durchlief das Schiff, gefolgt von einem dumpfen Grollen.

»Es ... es funktioniert!« Je-Ron-Tia schien nicht daran geglaubt zu haben, denn er wich erschrocken einen Schritt zurück, als hätte er sich an seinem Steuerpult verbrannt.

»Setzen Sie den verfügbaren Schub vorsichtig ein«, gab Atlan weiter Anweisungen; diesmal an Ril-Omh-Er, dem die Steuerung des Schiffes oblag. »Schalten Sie alle unterstützenden Systeme ab, oder übernehmen Sie sie manuell. In diesem Zustand verfügt die Positronik nur über eine eingeschränkte Kapazität. Wenn Sie sie überlasten, geht sie erneut in die Knie.«

Zunächst passierte nichts. Dann richtete sich die HIS-KEM-IR unendlich langsam wieder auf.

Rhodan wischte sich den Schweiß von der Stirn und ging zu Atlan hinüber. »Haben Sie das früher öfter gemacht?«, fragte er leichthin.

Der Arkonide drehte den Kopf, und für lange Sekunden trafen sich ihre Blicke. Dann zuckte Atlan in vollendet menschlicher Manier mit den Schultern. »Täglich«, sagte er.

Rhodan nickte. »Ich bin auf jeden Fall beeindruckt. Sie haben uns allen das Leben gerettet. Vielleicht war meine Idee, sich im Ortungsschatten der Sonne zu verstecken, doch nicht so brillant.«

»Ihre Idee war der Situation angemessen«, widersprach Atlan nüchtern. »Wir hatten lediglich Pech. Sonnenwinde treten üblicherweise nur in den oberen Schichten eines Sterns auf. Rote Riesen repräsentieren jedoch Sonnen, die sich in der Endphase ihrer Entwicklung befinden. Mit wachsendem Alter verändert sich ihre chemische Zusammensetzung immer tiefgreifender. Sonnen wie die irdische verlieren durch Sonnenwinde jede Sekunde etwa eine Million Tonnen ihrer Masse. Diese Menge steigt in späteren Brennphasen drastisch an. Die HIS-KEM-IR ist in einen dieser Plasmastrahlen geraten. Sie müssen sich also keine Vorwürfe machen. Sonnenwinde erreichen Geschwindigkeiten von bis zu drei Millionen Stundenkilometern. Selbst in voller Gefechtsbereitschaft wäre kein Raumschiff in der Lage, ihnen auszuweichen.«

Rhodan nickte erneut. In der Zentrale kehrte wieder Ruhe ein. Das Schlimmste schien tatsächlich überstanden zu sein. In einiger Entfernung diskutierten Je-Ron-Tia, Ril-Omh-Er und Crest. Was sie besprachen, konnte Rhodan nicht verstehen.

»Danke!«, sagte er.

»Wofür? Sie haben getan, was Sie für richtig hielten. Niemand sollte sich für seine Überzeugungen schämen.«

»Tue ich das?«

»Ja. Andernfalls hätten Sie mich nicht um Absolution gebeten. Als Befehlshaber in der arkonidischen Flotte habe ich Tausende in den Tod schicken müssen. Das ist der Krieg, Rhodan. Er kümmert sich nicht um Recht oder Unrecht, um Schuld oder Sühne. Je früher Sie das akzeptieren, desto größer ist die Chance, dass Ihre geliebte Menschheit die nächsten Monate überlebt.«

»Ist das alles, was die letzten zehntausend Jahre Sie gelehrt haben? Überleben um jeden Preis?«

»Ich bin immer noch da, oder?« Atlan breitete die Arme aus. »So schlecht kann meine Strategie also nicht gewesen sein. Ich will Ihnen nicht Ihre Illusionen rauben, aber im Vergleich mit den Arkoniden sind die Menschen noch immer Barbaren. Es ist eine der absurden Launen des Schicksals, dass ich das besser beurteilen kann als Sie. Glauben Sie mir: Nach kosmischen Maßstäben haben Sie und Ihre Artgenossen gerade erst die Höhlen verlassen und den Faustkeil mit dem Speer getauscht.«

»Wenn Ihr so hochgeschätztes Imperium tatsächlich die Krone der Zivilisation darstellt, kann ich Sie nur ...«

»Oh bitte!«, fiel ihm Atlan ins Wort. »Ersparen Sie mir Ihre moralische Entrüstung, Rhodan. Sie sind weich. Sie suchen ständig nach Kompromissen. Sie glauben, dass sich jedweder Konflikt durch Verhandlungen lösen lässt. Wenn wir vor zehntausend Jahren mit den Methans *verhandelt* hätten, gäbe es das Große Imperium jetzt nicht mehr. Und falls Ihnen wirklich etwas an der Menschheit liegt, dann begreifen Sie endlich, dass man sich das, was man haben will, nehmen muss! Im Zweifelsfall auch mit Gewalt!«

Ohne seinem Gegenüber eine Gelegenheit zur Erwiderung zu geben, drehte sich der Arkonide um und verließ die Zentrale. Rhodan atmete tief durch. Hatte Atlan recht? Waren die Menschen tatsächlich nichts weiter als naive Wilde, denen der Zufall die Tür zu den Sternen geöffnet hatte?

Nein! Rhodan schüttelte unwillkürlich den Kopf. Natürlich nicht! Dieser uralte, verbitterte Kriegsveteran mit seinen martialischen Ansichten von vorgestern irrte sich. Und Rhodan war fest davon überzeugt, dass der Tag kommen würde, an dem auch Atlan das begriff.

»Mit der HIS-KEM-IR werden wir unser Ziel niemals erreichen«, sagte Atlan da Gonozal und blickte in die Runde. »Man hat uns identifiziert und sucht nach uns. Die Spezifikationen des Schiffes sind garantiert längst in allen imperialen Datenbanken hinterlegt. Ich glaube, dass einige von Ihnen die Ausdehnung und die Schlagkraft des arkonidischen Reiches noch immer unterschätzen. Das Große Imperium mag alt und ein wenig träge geworden sein, aber mit der Inthronisation des Regenten hat sich vieles geändert.«

»Vielleicht sind aber auch Sie es, die das Imperium *über*schätzen.« Crest erhob sich aus einem der Sessel, den die Trebolaner speziell für ihre humanoiden Passagiere gewebt hatten. »Korrigieren Sie mich, wenn ich mich irre, aber meines Wissens nach haben Sie den Großteil der vergangenen Jahrtausende in einer Tiefseekuppel auf dem Planeten Erde verschlafen. Das macht Sie wohl kaum zu einem Experten in Sachen arkonidische Geschichte.«

»Warum klären Sie mich dann nicht auf?« Atlan verschränkte die Arme vor der Brust und sah Crest unverwandt an. Dieser wich dem Blick des Artgenossen nicht aus.

Die kleine Gruppe um die beiden Arkoniden, Rhodan, Belinkhar, Iwan Goratschin und Ishy Matsu hatte sich in einer Art Konferenzraum versammelt, den die Trebolaner zur Verfügung gestellt und den Bedürfnissen ihrer Gäste entsprechend möbliert hatten. Der raubtierhafte Chabalh hielt sich wie immer im Hintergrund, beobachtete das Geschehen aber genau.

Die HIS-KEM-IR verharrte nun bereits seit neunzehn Stunden im Ortungsschatten des Roten Riesen. Die Daten zweier ausgeschleuster Sonden hatten bestätigt, dass die drei arkonidischen Kreuzer inzwischen verschwunden waren. Vermutlich hatte man ihnen ein neues Suchgebiet zugewiesen. Dennoch hatte Rhodan darauf bestanden, dass man mindestens weitere fünf Stunden wartete.

»Arkon ist längst nicht mehr das, was es einmal war«, sagte Crest. »Und Sie dürfen mir glauben, dass ich weiß, wovon ich rede. Die Veränderungen, die Sie ansprechen, zielen in die falsche Richtung. Das Imperium entwickelt mehr und mehr die Züge einer Diktatur.«

»Um ein so gewaltiges Gebilde zusammenzuhalten, sind nun einmal ab und zu auch unpopuläre Maßnahmen notwendig«, widersprach Atlan. »Diese werden allerdings nur von jenen mit Willkür verwechselt, die nicht in der Lage sind, das komplette Bild zu sehen.«

»Und *Sie* haben diesen Durchblick natürlich, nicht wahr?«, fragte Crest mit unverhohlenem Spott.

»Ich habe das Imperium erlebt, wie es vor zehntausend Jahren war. Die Unterschiede zu heute sind nicht so groß, wie Sie offenbar annehmen.«

»Sie sind groß genug, um mich zu beunruhigen. Ich ...«

»Entschuldigen Sie, wenn ich unterbreche, meine Herren«, mischte sich Rhodan in das Gespräch, »aber wäre es möglich, die galaktopolitischen Grundsatzdiskussionen für den Augenblick zurückzustellen und sich auf die Tatsache zu konzentrieren, dass wir dringend ein neues Raumschiff benötigen?«

Die beiden Arkoniden hielten inne und hoben synchron die Augenbrauen. Fast hätte Rhodan gelacht, verkniff sich die Reaktion jedoch im letzten Moment, weil ihm klar war, dass Crest und Atlan seine Heiterkeit falsch interpretieren würden.

»Er hat recht«, schlug sich Belinkhar auf Rhodans Seite. Die ehemalige Matriarchin trug eine dunkelgraue, eng anliegende Kombination, die an Armen und Beinen mit silbern schimmernden Streifen versehen war. Seit sie sich der Gruppe der Reisenden angeschlossen hatte, entfernte sie sich immer weiter von jener sachlichen und geschäftsorientierten Frau, als die Rhodan sie vor ein paar Monaten kennengelernt hatte.

»Ich schlage deshalb vor«, fuhr sie fort, »dass wir zu einem nicht weit von unserer aktuellen Position entfernten Gespinst fliegen. KE-TOMAR ist eine Art Etappenstation für Handelskarawanen. Dort finden wir garantiert ein passendes Fahrzeug zur Weiterreise.«

»Haben Sie mir nicht zugehört?«, fragte Atlan. Auf Rhodan wirkte er plötzlich unangemessen aufgebracht. »Die Daten der HIS-KEM-IR wurden selbstverständlich auch an alle Verbündeten übermittelt. Man würde uns sofort identifizieren.«

»Kein Mehandor wird uns freiwillig ausliefern«, erwiderte Belinkhar. »Mein Name und meine Stimme besitzen noch immer einiges an Gewicht.«

»Wie viele Individuen halten sich derzeit auf KE-TOMAR auf?«, wollte Atlan wissen. »Fünftausend? Zehntausend?«

»In etwa, aber ...«

»Wollen Sie mir ernsthaft erzählen, dass Sie für jeden Einzelnen die Garantie übernehmen, dass er uns nicht verrät?«

»Natürlich nicht. Aber ich bin davon überzeugt, dass ...« Sie verstummte, als Rhodan ihr die Hand auf den Arm legte.

»Ich muss Atlan leider zustimmen«, sagte er und lächelte. »Es ist gut gemeint, aber nicht praktikabel. Das Risiko ist einfach zu groß.«

»Meine Worte«, warf Atlan ein.

»Nicht ganz Ihre Worte«, gab Rhodan scharf zurück. »Von einem zehntausend Jahre alten Vertreter des arkonidischen Hochadels sollte man eigentlich erwarten können, dass er sich in Gegenwart einer Dame zu benehmen weiß.«

Für einen Moment schien der Arkonide verblüfft; dann trat er einen Schritt auf Rhodan zu. »Vielleicht hat der zu lange Aufenthalt auf Ihrem hinterwäldlerischen Heimatplaneten meine Manieren verdorben.«

»Sie sollten sich wieder in Tiefschlaf versetzen lassen«, konterte Rhodan. »Mit geschlossenem Mund und auf dem Grund des Atlantischen Ozeans waren Sie mir wesentlich sympathischer.«

»Schluss jetzt!« Die Umstehenden zuckten zusammen. Rhodan drehte sich um und blickte in das gerötete Gesicht von Ishy Matsu. Die zierliche Asiatin hatte die Hände zu Fäusten geballt und starrte Rhodan und Atlan abwechselnd an. Hinter ihr ragte die mächtige Gestalt Iwan Goratschins in die Höhe. Die helle Haut des Zündermutanten schimmerte im Licht des Konferenzraums leicht grünlich.

»Habt ihr alle vergessen, warum wir hier sind, warum wir das alles auf uns genommen haben?«, fragte Ishy Matsu. »Habt ihr vergessen, dass es hier nicht um uns, sondern um das Schicksal von Milliarden Menschen geht? Vielleicht werden wir die Erde niemals wiedersehen. Vielleicht werden wir unsere Freunde niemals wiedersehen. Ich weiß nicht, ob wir Arkon jemals erreichen, aber was ich weiß, ist, dass ...«

Ihre Stimme kippte, und Tränen traten ihr in die Augen. Rhodan ging auf sie zu, wollte ihre Hände in die seinen nehmen, doch die Mutantin schüttelte den Kopf und hob beide Arme.

»Nein«, brachte sie heiser heraus. »Ich ... ich möchte das jetzt sagen. Eure kleinlichen Streitereien ziehen die Erinnerung an all die Menschen, die in den letzten Monaten für unser gemeinsames Ziel gestorben sind, in den Schmutz. Unser Vorstoß zu den Sternen hat bereits zu viele Opfer gekostet, und wenn wir scheitern, werden andere den Preis dafür zahlen. Warum vergesst ihr also nicht eure aufgeblasenen Egos und tut, was getan werden muss?«

Für lange Sekunden herrschte eine beinahe andächtige Stille.

Dann griff Rhodan erneut behutsam nach den Händen der Frau. Diesmal ließ sie es geschehen.

»Es tut mir leid, Ishy«, sagte er leise. »Und natürlich hast du vollkommen recht. Ich habe mich und meine Pflichten vergessen. Danke, dass du mich daran erinnert hast.«

Die Asiatin senkte den Kopf.

Rhodan schloss für einen kurzen Moment die Augen. In den vergangenen Tagen hatte er sich mehr als einmal gefragt, ob die Menschheit nicht tatsächlich einen zu hohen Preis für ihre Teilhabe an der galaktischen Gemeinschaft zahlte. Einer Gemeinschaft, die anscheinend nicht weniger uneins und zerstritten war als die Bewohner der Erde selbst.

Wie viele seiner Begleiter waren während des ersten Vorstoßes nach Arkon ums Leben gekommen? Wie viele befanden sich nach wie vor in Gefangenschaft? Auch wenn sich jeder Einzelne von ihnen freiwillig gemeldet hatte, auch wenn jeder Einzelne von ihnen genau um die Risiken und Gefahren einer Reise in die Tiefen des Weltraums gewusst hatte, so trug doch er, Rhodan, die Verantwortung – und in diesen Minuten wog sie so schwer, dass er unter ihrer Last zu zerbrechen drohte.

Er öffnete die Augen wieder und sah Ishy an, die kleine, unscheinbare Ishy, die das Schicksal mit einer phantastischen Gabe ausgestattet hatte. Sie war keine Abenteurerin, keine Kriegerin, die es danach dürstete, sich zu beweisen. Und doch hatte sie sich ihm nach einigen Missverständnissen angeschlossen, weil sie an eine Vision glaubte, *seine* Vision. Wie auch er träumte sie den Traum einer geeinten Erde, eines Planeten, dessen Bewohner sich als Teil eines größeren Ganzen begriffen. Viele mochten diesen Traum für dumm und wirklichkeitsfern halten, doch das focht sie nicht an.

Die amerikanische Schauspielerin Josephine Baker hatte einmal gesagt, dass man, um Träume verwirklichen zu können, zunächst einmal aus ihnen erwachen müsse. Vielleicht, dachte Rhodan, tat er soeben genau das. Vielleicht war er soeben aufgewacht und hatte begriffen, dass er gerade einmal den ersten zaghaften Schritt auf seinem langen Weg zum Ziel zurückgelegt hatte. Jetzt musste er sich entscheiden, ob er weitergehen oder lieber umkehren und seinen Traum aufgeben wollte.

»Welche Möglichkeiten haben wir?«, fragte er in die Runde, sprach aber weiter, bevor jemand antworten konnte. »Wir können nicht ins Trebolasystem zurückkehren, weil man uns dort erwartet. Wir können keine Raumstation, keine Basis, keinen Planeten innerhalb des imperialen Hoheitsgebiets anlaufen, weil man uns dort mit hoher Wahrscheinlichkeit sofort erkennen würde. Natürlich könnten wir mit der HIS-KEM-IR weiterfliegen und es einfach riskieren, aber je näher wir dem Kernbereich des Imperiums kommen, desto dichter wird das Kontrollnetz. Wenn ich unsere beiden arkonidischen Freunde richtig verstehe, hätten wir keine Chance, durch die Maschen dieses Netzes zu schlüpfen ...«

»So ist es, Perry«, sagte Crest. »Alles läuft darauf hinaus, dass wir uns ein möglichst unauffälliges und vor allem leistungsfähiges Fahrzeug organisieren. Am besten ein arkonidisches Raumschiff.«

»Wir könnten eine der Handelsrouten überwachen und versuchen, ein geeignetes Schiff zu kapern«, schlug Belinkhar vor, doch sie klang nicht so, als wäre sie von ihrer Idee wirklich überzeugt.

»Die HIS-KEM-IR ist kein Kriegsschiff.« Rhodan schüttelte den Kopf. »Außerdem kann und will ich so etwas von unseren trebolanischen Gastgebern nicht verlangen.«

»Vielleicht sollten wir uns trennen«, sagte Crest leise. »Wenn wir uns in mehrere kleine Gruppen aufteilen und unabhängig voneinander versuchen, nach Arkon vorzustoßen, vergrößern wir unsere Erfolgsaussichten.«

»Nein«, lehnte Rhodan kategorisch ab. »Ich halte das für keinen guten Einfall. Außerdem: Wohin würden Sie sich wenden? Wir sitzen hier alle gemeinsam fest.«

Atlan war in den letzten Minuten auffallend still gewesen. Rhodan hatte zunächst geglaubt, dass ihn Ishy Matsus kleiner Ausbruch zum Nachdenken gebracht hatte, doch nun musste er diese Ansicht revidieren. Der Arkonide erhob sich und wartete, bis sich die Aufmerksamkeit der Anwesenden auf ihn konzentrierte.

»Ich könnte womöglich eine Lösung für unser Problem anbieten«, sagte er dann bedächtig.

Crest wollte etwas erwidern, doch Rhodan bat ihn mit einer raschen Geste um Zurückhaltung. Der Wissenschaftler rollte kurz mit den großen roten Augen, kam der Bitte Rhodans jedoch nach.

»Könnten Sie eventuell ein wenig deutlicher werden?«, fragte Rhodan. Er war unsicher, ob das Zögern Atlans lediglich dessen Hang zur Theatralik entsprach oder ob der geheimnisvolle Arkonide wirklich mit sich rang. Wenn er wusste, wo man ein passendes Raumschiff finden konnte, warum sagte er es dann nicht einfach?

»Siron.« Atlan sprach das Wort aus, als sei damit alles gesagt.

Dann verschränkte er die Arme hinter dem Rücken und nahm eine unruhige Wanderung durch den Raum auf.

»Der Planet ist weniger als vierhundert Lichtjahre von Trebola entfernt. Die HIS-KEM-IR kann ihn also ohne weiteres erreichen. Auf Siron existiert ein altes arkonidisches Militärdepot, das vor mehr als zehntausend Jahren eingerichtet wurde. Es ist nicht auszuschließen, dass sich dort auch ein Raumschiff befindet.«

»Nicht auszuschließen?« Crest konnte sich nicht mehr zurückhalten. »Was soll das heißen: ›nicht auszuschließen‹? Sollen wir etwa auf einen puren Verdacht hin einfach losfliegen? Wird das Depot genutzt? Gibt es dort imperiale Präsenz?«

»Ich weiß es nicht«, zischte Atlan. »Wie Sie selbst nicht müde werden, bei jeder Gelegenheit zu betonen, habe ich die letzten Jahrtausende weitgehend verschlafen.«

»Dann ist es also ebenfalls *nicht auszuschließen,* dass wir geradewegs in ein Aufmarschgebiet der Streitkräfte des Imperiums hineinfliegen, wenn wir Ihren mysteriösen Planeten ansteuern!«

Rhodan rieb sich die kleine Narbe am rechten Nasenflügel. Die immer deutlicher zutage tretenden Animositäten zwischen den beiden Arkoniden ließen ihn mit einer gewissen Ratlosigkeit zurück. Was war bloß in Crest gefahren? Zwar hatte sich der Wissenschaftler verändert, seit Rhodan ihm den von ES ausgehändigten Zellaktivator überlassen hatte, doch die Aggressivität, mit der er in letzter Zeit immer öfter vorging, war neu. Sie traten sich innerhalb der nicht besonders geräumigen HIS-KEM-IR zwar fast gegenseitig auf die Füße, aber allein mit Lagerkoller ließ sich das alles längst nicht mehr erklären.

»Haben Sie eine bessere Idee?«, fragte Atlan. »Dann nur heraus damit.«

»Was wissen Sie sonst noch über Siron?«, mischte sich Rhodan hastig ein, bevor Crest antworten konnte.

»Es handelt sich um eine Wüstenwelt. Durchmesser etwas über elftausend Kilometer. Die Schwerkraft ist in etwa vergleichbar mit der der Erde. Aufgrund der eher ungünstigen Umweltbedingungen wurde Siron nie besiedelt. Die strategische Lage des Systems während der Methankriege war jedoch so wertvoll, dass die arkonidische Prinzessin Crysalgira da Quertamagin dort ein geheimes Versorgungsdepot anlegen ließ. Ich ... ich bin ziemlich sicher, dass dazu auch ein überlichtschnelles Raumschiff gehörte.«

»Woher wissen Sie das alles?«, ließ Rhodan nicht locker. Ihm war das kurze Zögern seines Gegenübers nicht entgangen. »Die

Information über die Existenz eines *geheimen* und womöglich kriegswichtigen Depots wurde damals doch sicher nicht leichtfertig herumerzählt.«

Atlan leckte sich über die Lippen. Man sah ihm an, dass es in ihm arbeitete.

Er hat sich verplappert, dachte Rhodan. *Dass das Depot geheim war, wollte er uns eigentlich verschweigen.*

»Crysalgira da Quertamagin war eine Frau mit eigenem Kopf und eigenen Zielen«, sprach der Arkonide schließlich bedächtig weiter. »Dieses Depot ist unsere beste Chance; wahrscheinlich sogar unsere einzige Chance.«

»Glauben Sie wirklich, Sie könnten uns mit diesem vagen Gerede überzeugen?«, fragte Crest.

»Wer hat behauptet, dass ich Sie von etwas überzeugen will?« Atlan blieb diesmal erstaunlich gelassen. »Wenn Sie nicht nach Siron fliegen wollen, lassen Sie es bleiben.«

Wieder trat ein längeres Schweigen ein. Und wieder war es Rhodan, der es als Erster brach.

»Ich spreche es nur ungern aus, aber ich fürchte, dass Siron der Strohhalm ist, nach dem wir greifen müssen. Wenn jemand anderer Ansicht ist, wäre jetzt der Zeitpunkt, sich zu äußern.«

Rhodan ließ den Blick über die Gesichter seiner Gefährten schweifen. Auch der Flug nach Siron würde unter seiner Verantwortung stattfinden. Alles, was in den letzten Wochen geschehen war, diente nur einem Zweck: die galaktische Position der Erde zu verschleiern und unter allen Umständen dafür zu sorgen, dass sie dem arkonidischen Regenten nicht in die Hände fiel!

Niemand sagte etwas, und Rhodan spürte plötzlich ein sanftes Kratzen im Hals. *Meine Güte,* dachte er halb beschämt, halb amüsiert, *werde ich jetzt etwa sentimental?*

Er erlaubte sich ein dünnes Lächeln. Möglicherweise war ein bisschen Sentimentalität in diesem Augenblick durchaus angebracht. Er kannte die meisten in diesem Raum Versammelten erst seit wenigen Monaten, und doch waren sie ihm bereits ans Herz gewachsen, jeder auf seine ganz eigene Art und Weise. Sein Leben hatte seit jenem schicksalhaften Donnerstag im Juni 2036, als er mit der STARDUST zum Mond aufgebrochen war, einen Verlauf genommen, der alles, was er sich jemals erträumt hatte, bei Weitem übertraf. Innerhalb kürzester Frist hatten er und die Menschen der Erde lernen müssen, dass sie nicht allein im Universum waren – und dass jene, mit denen sie dieses Universum teilten, die Neuankömmlinge keineswegs mit offenen Armen willkommen hießen.

Nun war das Tor geöffnet und konnte nicht mehr geschlossen werden. Die Welt würde nie mehr so sein, wie sie einmal gewesen war.

»Dann steht unser neues Ziel fest«, verkündete Rhodan. »Crest? Atlan? Belinkhar? Würden Sie mich in die Zentrale begleiten? Ich möchte Ril-Omh-Er so schnell wie möglich informieren.«

Die beiden Arkoniden nickten.

»Ishy und Iwan ... ihr solltet versuchen zu schlafen. Wir alle werden unsere Kräfte – und vor allem die euren – noch brauchen.«

Mit den letzten Worten öffnete Rhodan das Schott des Konferenzraums und trat auf den dahinter liegenden Gang hinaus. Crest, Atlan, die Mehandor – und natürlich Chabalh folgten. Die beiden Mutanten blieben zurück.

Kapitel 4

»Sie kommen heute spät.« Santek sah nicht auf, als Stiqs Bahroff das Labor betrat. Vermutlich hatte er das Nahen des Halbarkoniden auf den Überwachungsmonitoren bemerkt.

»Ich musste wichtige Anweisungen des Edlen da Teffron weitergeben«, erwiderte Bahroff.

»Natürlich.« Der Aramediziner schob die Steuereinheit eines Gewebescanners zur Seite und wandte sich seinem Besucher zu. »Das sollte auch kein Vorwurf sein. Wollen wir gleich beginnen?«

Anstatt zu antworten, ging Stiqs Bahroff quer durch den großzügig geschnittenen Raum zu einer breiten Behandlungsliege und streifte das Oberteil seiner Kombination ab. Instinktiv fuhr seine Hand über die glatte Fläche des Zellaktivators, den er nun bereits seit fast drei Monaten trug. Daneben klebten die silbernen Messfühler auf seiner Brust, die einen Großteil seiner Vitalfunktionen aufzeichneten und direkt an die Medopositronik Santeks überspielten.

Der Ara gehörte zu den älteren Vertretern seines Volkes. Sein väterlich wirkendes Gesicht war von zahlreichen Falten und Runzeln durchzogen, und auf der Haut des kahlen Schädels konnte man diverse braune Pigmentflecken erkennen. Offenbar war Santek kein großer Freund der modernen Kosmetik. Die meisten Zeichen des Alters bekam man problemlos mittels entsprechender Medikamente oder harmloser chirurgischer Eingriffe unter Kontrolle. Warum der Ara auf solche Korrekturen verzichtete, wusste Stiqs Bahroff nicht.

»Ein Großteil Ihrer Körperdaten weist seit einer Woche eine erstaunliche Kontinuität auf«, sagte Santek, während er die Messfühler mit einem Datenstift berührte und so mit neuen Anweisungen fütterte. »Blutdruck, Elektrolyte, Hämoglobin, Cholesterin, Glucose – sämtliche Werte liegen praktisch exakt in der Mitte des jeweiligen Referenzbereichs und schwanken nur um wenige Promille. So etwas habe ich in meiner langen beruflichen Laufbahn noch bei keinem Patienten erlebt.«

»Müsste ein *Patient* nicht krank sein?«, wollte Bahroff spöttisch wissen.

»Nicht notwendigerweise.« Der Ara rang sich ein unechtes

Lächeln ab. »Ich will damit sagen, dass Ihr Körper eine bemerkenswerte Metamorphose durchgemacht hat. Es scheint fast so, als ...«

»Was?«, hakte der Halbarkonide nach, als Santek plötzlich schwieg.

»Ich möchte Ihnen etwas zeigen«, fuhr der Mediziner fort. »Kommen Sie mit!«

Bahroff streifte sich die Kombination über und folgte dem Ara, der bereits wieder vor dem Gewebescanner stand und an der Steuerung des Geräts hantierte.

»Forschungen zum Thema Immortalisierung sind so alt wie das Große Imperium«, sagte er. »Ist Ihnen die Theorie der chromosomalen Telomere bekannt?«

»Ich weiß nicht einmal, wie man das schreibt«, erwiderte Bahroff und hoffte, dass man ihm seine Verunsicherung nicht anmerkte. Er hatte in letzter Zeit mehr als einmal den Eindruck gewonnen, dass Santek längst um die wahre Funktion des *Talismans* wusste, den Bahroff um seinen Hals trug.

»Die Lebensspanne eines biologischen Organismus wird maßgeblich von der Fähigkeit seiner Zellen bestimmt, sich zu teilen«, sagte der Ara. »Ohne diese Zellteilung wäre es besagtem Organismus nicht möglich, zu wachsen oder beschädigtes Gewebe zu ersetzen, und er würde binnen kürzester Zeit sterben.«

»Wird das jetzt eine Vorlesung?«, fragte Stiqs Bahroff.

»Wenn es Sie nicht interessiert, was in Ihrem Körper vor sich geht, kann ich gerne aufhören.« Santek sah seinem Besucher direkt ins Gesicht. In der Miene des Aras spiegelte sich eine Mischung aus Ärger und Ungeduld.

Sergh da Teffron hatte Bahroff erzählt, dass der Arzt einst dem Medizinischen Rat auf Aralon angehört hatte, dieses Gremium jedoch aus nicht näher bekannten Gründen hatte verlassen müssen. Vermutlich war Widerspruch für ihn eine Art persönliche Beleidigung.

»Schon gut«, gab Stiqs Bahroff nach. »Reden Sie weiter.«

»Um sich teilen zu können, muss zunächst die in so gut wie jeder Zelle vorhandene Erbinformation vervielfältigt werden. Sie enthält eine Art kodierten Bauplan und steuert den Ablauf des Teilungsprozesses. Die sogenannten Chromosomen sind die Träger dieser Erbinformation. Als Telomere bezeichnet man ihre Endstücke, also eine Anordnung bestimmter chemischer Bausteine, die sozusagen signalisiert, dass das Chromosom an dieser

Stelle endet und der Replikationsprozess abgebrochen werden muss. Geschieht das nicht, kommt es zu unkontrollierten Zellwucherungen.«

»Das ist alles furchtbar interessant ...«, setzte Bahroff an, wurde aber sofort von dem Ara unterbrochen.

»Halten Sie den Mund, und hören Sie zu! Das Problem mit den Telomeren ist, dass sie sich mit der Zeit abnutzen, genauer gesagt: verkürzen. Ihre molekulare Struktur – und damit ihre Stabilität – erodiert. Das führt schließlich dazu, dass eine fehlerfreie Replikation der Erbsubstanz nicht mehr möglich ist. Die Zellteilung ist gestört oder setzt ganz aus, und der Organismus stirbt. Und nun sehen Sie sich das hier an ...«

Auf dem Holoschirm des Gewebescanners erschien ein Bild, das Bahroff an einen interstellaren Nebel erinnerte. Rote, grüne und blaue Flecken bewegten sich wie in Zeitlupe vor einem schwarzen Hintergrund, faserten aus und fügten sich wieder zusammen.

»Das ist das positronisch vergrößerte Bild des Zellkerns eines Fibroblasten«, erläuterte der Arzt. »Fibroblasten sind spezialisierte Zellen im Bindegewebe. Ich habe die Probe vor zwei Wochen aus Ihrer Armbeuge entnommen. Die farblich hervorgehobenen Areale markieren die Bewegungsmuster zweier willkürlich ausgewählter Chromosomen. Normalerweise kommt die Chromosomendrift zum Stillstand, wenn man einzelne Zellen isoliert. Bei Ihren Zellen dagegen ...«

»... ist das ganz offensichtlich nicht der Fall«, vervollständigte Bahroff den Satz.

»Richtig. Ich habe die Zellen einer Reihe von Stressfaktoren ausgesetzt. Hitze, Kälte, schwach konzentrierte Säure und ähnliche Einflüsse. Die Chromosomen blieben in jedem einzelnen Fall nahezu vollständig replikationsfähig. Und das ist noch nicht alles ...«

Santek berührte eine der Sensortasten auf seinem Pad, und das Holobild wechselte. Es zeigte nun ein Chromosom in Großaufnahme, das aussah wie zwei Würmer, die sich umeinander gewickelt hatten. Kopf- und Schwanzende der Würmer waren gelb eingefärbt. Darunter erkannte der Halbarkonide eine Tabelle mit Messwerten.

»Das ist die Längenentwicklung der Telomere in Nanometern«, sagte der Ara. »Über den gesamten Beobachtungszeitraum hat sie sich nicht verändert. Ich habe inzwischen sechs weitere Chromosomen untersucht. Die Ergebnisse sind identisch.«

»Man könnte also behaupten«, formulierte Stiqs Bahroff vorsichtig, »dass diese Zelle *unsterblich* ist?«

»Zumindest theoretisch«, stimmte der Arzt zu. »Um sicher zu sein, brauche ich natürlich mehr Zeit. Doch selbst wenn es so wäre, ist es mehr als fraglich, ob sich das Verhalten einer einzelnen Zelle auf den Organismus übertragen lässt, dem sie angehört hat.«

Santek schien darauf zu warten, dass Stiqs Bahroff etwas sagte, doch dieser zog es vor zu schweigen. Der Arzt wusste etwas. Vielleicht ahnte er es auch nur, aber wen mochte das verwundern? Der Ara hatte ihn wochenlang intensiv untersucht, hatte ihn praktisch beobachtet, seit er den Zellaktivator angelegt hatte.

Seit Sergh da Teffron *dir den Zellaktivator angelegt hat!,* verbesserte ihn eine innere Stimme. *Er hat dir nie eine Wahl gelassen!*

Wie auch immer: Ein erfahrener und kluger Mann wie Santek musste längst begriffen haben, warum die Hand des Regenten ihn mit einer derart intensiven und vollständigen medizinischen Überwachung Bahroffs beauftragt hatte.

»Mir ist zu Ohren gekommen, dass der Edle da Teffron das Artekhsystem verlassen will«, sagte der Arzt, als die Stille unangenehm zu werden begann.

»Sie sind bemerkenswert gut informiert«, sagte Bahroff.

»Das gehört zu meinen Aufgaben. Meine Sorge gilt der Gesundheit *aller* Arkoniden im Geflecht. Dazu zählt auch die Hand des Regenten.«

»Ich könnte mir vorstellen, dass der das anders sieht. Sind wir fertig für heute?«

»Sie haben mir noch nicht verraten, wie Sie sich fühlen«, sagte Santek.

»Ist das Ihr Ernst? Ihnen steht die modernste Medotechnik zur Verfügung, die das Imperium zu bieten hat, und Sie fragen mich, wie ich mich fühle?«

»Die Praxis hat mir gezeigt, dass kein noch so genaues Messgerät die Selbsteinschätzung eines Patienten ersetzen kann. Also ...?«

Stiqs Bahroff seufzte leise. Er hatte die Verhöre Santeks von Anfang an gehasst. Vor allem zu Beginn der Untersuchungen war der Ara nicht müde geworden, ihn mit teilweise intimsten Fragen zu belästigen. Er hatte sie trotzdem alle beantwortet, auch weil er wusste, dass Sergh da Teffron eine Weigerung nicht akzeptiert hätte.

Die Grundlage jeder erfolgreichen Behandlung ist eine gewissenhafte Anamnese, hatte Santek immer wieder gesagt und dabei geflissentlich jeden Hinweis darauf überhört, dass sich Bahroff eben *nicht* in Behandlung befand. Selbst als der Halbarkonide wirklich krank geworden war und es so ausgesehen hatte, als würde ihn der Zellaktivator langsam vergiften, hatte Santek auf Anweisung da Teffrons keinen Finger rühren dürfen.

»Es geht mir gut«, antwortete Bahroff gleichgültig. »Ich fühle mich ... gesund.« Nicht eine Sekunde lang dachte er daran, seinem Gegenüber von den Gefühlsausbrüchen zu erzählen, den nächtlichen Träumen, den nagenden Zweifeln, die ihn immer wieder erfüllten. Das ging niemanden etwas an. Nicht einmal die Hand des Regenten.

Santek musterte ihn prüfend, und für einen Atemzug war sich Bahroff sicher, dass man ihm die Lüge direkt vom Gesicht ablesen konnte. Doch der Ara nickte nur. Dann trat er einen Schritt näher. Sein knochiger Zeigefinger tippte auf Stiqs Bahroffs Brust, genau dorthin, wo sich der Zellaktivator als flache Erhebung unter seiner Kombination abzeichnete.

»Ich nehme nicht an, dass Sie die Meinung über Ihren *Talisman* geändert haben?«, fragte er leise. Die Art, wie er das Wort Talisman aussprach, verwandelte Bahroffs Verdacht endgültig in Gewissheit.

»Nein«, sagte er mit plötzlich heiserer Stimme. »Ich lege ihn niemals ab.«

Santek nickte erneut. Es war nicht das erste Mal, dass der Arzt Bahroff darum bat, den Aktivator für eine tiefergehende Analyse in seinem Labor behalten zu dürfen.

»Es ist nichts weiter als ein Schmuckstück, ein Glücksbringer«, fügte der Halbarkonide hinzu. »Völlig bedeutungslos.«

»Davon bin ich überzeugt«, gab der Ara zurück. »So bedeutungslos wie das Päckchen, das der Edle da Teffron heute Morgen aus dem Trebolasystem erhalten hat.«

Stiqs Bahroff erstarrte. Die Kurierlieferung war unter höchster Geheimhaltung erfolgt. Auf dem Geflecht waren lediglich Sergh da Teffron und Bahroff selbst eingeweiht gewesen. Woher wusste Santek also davon?

»Ich bin mir nicht sicher, was Sie von mir hören wollen«, sagte der Halbarkonide und wich einen Schritt zurück. »Allerdings sollten Sie sich darüber im Klaren sein, dass Sie ein sehr gefährliches Spiel spielen. Die Hand des Regenten reagiert äußerst sensibel, wenn Leute ihre Nase in Angelegenheiten stecken, die sie nichts angehen.«

»Ist das eine Drohung?«

Stiqs Bahroff lachte leise. Er hatte den ersten Schock schnell verdaut und seine Ruhe wiedergefunden.

»Sie mögen meinen Blutdruck und meine Cholesterinwerte kennen, Santek«, sagte er, »aber *mich* kennen Sie nicht. Ich drohe niemals. Warum sollte ich? Ich arbeite für den zweitmächtigsten Mann des Imperiums. Ich beaufsichtige den größten Truppenaufmarsch, den diese Galaxis seit Jahrhunderten gesehen hat. Glauben Sie wirklich, ich hätte es nötig zu *drohen?*«

Der Ara wollte etwas erwidern, überlegte es sich dann jedoch anders. Bahroffs Worte hatten ihre Wirkung nicht verfehlt. Santek machte plötzlich einen unsicheren Eindruck. Offenbar hatte er mit einem anderen Ausgang des Gesprächs gerechnet.

»Ich nehme an, dass wir für heute fertig sind?«, erkundigte sich Bahroff.

»Ja, ja, natürlich«, beeilte sich der Mediziner zu versichern.

Wortlos drehte sich Stiqs Bahroff um und verließ das Labor.

Kapitel 5

Ausnahmslos alle der Besatzung hatten sich in der Zentrale versammelt. Nicht ohne Besorgnis registrierte Perry Rhodan, dass Crest und Atlan – ob bewusst oder ungewollt – darauf achteten, einen möglichst großen Abstand zueinander zu halten. Das mochte der gegenwärtigen Situation dienlich sein, denn so gab es wenigstens keinen weiteren Streit, dem Zusammenhalt der Gruppe half es nicht.

»Siron.« Ril-Omh-Er wies mit einem seiner Spinnenglieder auf den Bildschirm.

Rhodan betrachtete die eingeblendeten Daten, die die Trebolaner ihren Gästen zuliebe zusätzlich in arkonidischen Schriftzeichen wiederholten. Da die implantierten Translatoren automatisch für eine problemlose Verständigung sorgten, beherrschte Rhodan das imperiale Idiom zwar allenfalls in Grundzügen, doch zum Lesen astronomischer und technischer Daten reichte sein vorhandenes Verständnis der Schriftsprache bereits aus.

Laut Ortung besaß der Planet einen Durchmesser von 11.345 Kilometern. Die Schwerkraft betrug im Vergleich zur Erde 0,93 g. Atlan hatte sich richtig erinnert: Siron war eine Wüstenwelt und exakt 372 Lichtjahre vom Trebolasystem entfernt. Kontinente gab es nicht; die globale Landmasse wurde lediglich von einem kleinen, eine Fläche von knapp dreitausend Quadratkilometern bedeckenden Ozean unterbrochen.

Das vorherrschende Klima war erwartungsgemäß heiß und trocken. Sirona, so der Name der gelben Normalsonne, war mit einem Äquatordurchmesser von knapp anderthalb Millionen Kilometern etwas größer als das Zentralgestirn des heimatlichen Solsystems. Zudem umkreiste Siron den Stern in einer Entfernung von nur rund hundertzwanzig Millionen Kilometern, zog seine Bahn also deutlich enger als die Erde. Zwei weitere Welten, ein hauptsächlich aus Wasserstoff und Helium bestehender Gasriese und ein gerade einmal zweitausendfünfhundert Kilometer durchmessender Zwergplanet, ergänzten das System.

Dann trafen die ersten Messdaten und Bilder von der Oberfläche Sirons ein. Lähmende Stille breitete sich in der Zentrale aus.

»Bei allen Göttern Arkons!«, stieß Crest hervor. »Was ist *das?*«

Rhodan betrachtete die Aufnahmen der Infrarottaster, die – von der Positronik hochgerechnet – gestochen scharfe Eindrücke der Wüstenwelt lieferten. Mit wachsender Unruhe registrierte er die kleinen und größeren Ansiedlungen, die Straßen und Städte, die Agrarflächen und Flughäfen. Kurz darauf lagen die ersten Zahlen vor.

»Zwei Milliarden!«, rief Crest entgeistert. »Da unten leben mindestens zwei Milliarden Individuen! Wie ist das möglich? Sagten Sie nicht, Siron sei niemals besiedelt worden?«

Die letzte Frage war zweifellos an Atlan da Gonozal gerichtet, der mit zusammengepressten Lippen auf den Hauptschirm starrte.

»Hören Sie auf, hier herumzuschreien, und schauen Sie lieber genauer hin«, sagte er leise. »Das sind keine Siedler. Dazu sind die urbanen Strukturen nicht homogen genug. Diese Zivilisation hat sich auf natürliche Weise und über einen langen Zeitraum hinweg entwickelt.«

»Die Sonden haben die Atmosphäre durchstoßen und senden erste Berichte«, meldete Ril-Omh-Er. »Es besteht keine Gefahr einer Entdeckung. Die Sironer haben die Raumfahrt noch nicht entdeckt. Die Prinzipien der Hyperphysik sind allenfalls in ersten Ansätzen erfasst. Normal- und Bildfunk dagegen sind allgemein verbreitet.«

»Das ... das sind Arkoniden!« Erneut war es Crest, der die Bilder auf dem Hauptschirm kommentierte. »Haut und Haare sind durch die intensive Sonneneinstrahlung stärker pigmentiert, aber physiologisch ist der Phänotyp praktisch identisch.«

»Und *das* dürfte die Erklärung für alles sein«, sagte Rhodan und deutete auf den Hauptbildschirm. Dort war eine riesige Stadt zu sehen. Ihr Kernbereich bestand aus drei Ringen, in der Hauptsache schlichte, bis zu hundert Meter in den stahlblauen Himmel ragende Mauern, die an diversen Stellen von Hochstraßen und freitragenden Brücken durchbrochen wurden.

Die vorherrschende Architektur war von Zweckmäßigkeit geprägt. Viele Gebäude ähnelten entfernt großen Trichtern, auf deren Dächern die Bewohner Gärten angelegt hatten. Daneben dominierten hässliche Quaderbauten und lang gezogene Häuserfronten mit getönten Glaseinsätzen. In den Straßen herrschte reger Verkehr, der in der Hauptsache von Fahrzeugen mit Verbrennungsmotoren bestritten wurde. Außerhalb des äußeren Rings schlossen sich ausladende Gebiete an, die von eher flachen und schlichten Bauten beherrscht wurden und weit in die angrenzenden Wüstengebiete hinausreichten.

Das alles erinnerte Rhodan sehr an die Erde Mitte des zwanzigsten Jahrhunderts. Zwar war die Zivilisation der Sironer durch den allgegenwärtigen Wassermangel geprägt, doch viele Elemente ihrer Kultur hätte man so oder ähnlich auch auf der Heimatwelt der Menschen finden können.

Das Objekt allerdings, auf das Rhodan in diesen Sekunden mit seinem Finger deutete und das die Blicke aller Anwesenden in der Zentrale geradezu magisch anzog, stellte jede andere bislang gemachte Entdeckung in den Schatten. Es ruhte als riesige graubraune Kugel fast exakt im Zentrum der Millionenstadt, ein paradox anmutender Fremdkörper, umgeben von einem labyrinthartigen Netzwerk aus Mauern und Türmen, das wie eine mittelalterliche Burg aussah.

»Ein ... ein Schlachtschiff!« Crest schloss für einen Moment die Augen, so als wolle er die Realität ausblenden, um seine Fassung wiederzugewinnen. »Ein arkonidisches Schlachtschiff!«

»Genauer gesagt: ein mindestens zehntausend Jahre altes arkonidisches Schlachtschiff«, ergänzte Atlan nüchtern. »Und ein ziemlich mitgenommenes Exemplar obendrein.« Er schien sich mit der neuen Situation deutlich schneller anzufreunden als sein Artgenosse.

Auch Rhodan hatte natürlich sofort erkannt, dass dieses Schiff nicht planmäßig auf Siron gelandet war, sondern eine Havarie erlitten hatte. Der kugelförmige Rumpf hatte sich tief in die Planetenkruste gebohrt. Ein Teil des kaum noch erkennbaren Ringwulsts war der Länge nach aufgerissen, und an mehreren Stellen zeugten schwarz umrandete Krater von Explosionen und Schmelzbränden. Schon die ersten geologischen Analysen bewiesen, dass die Stadt systematisch um das Wrack herum gebaut worden war.

»Dieses Schiff muss vor zehntausend Jahren auf Siron abgestürzt sein«, sprach Crest aus, was sich alle längst selbst zusammengereimt hatten. »Die Spuren deuten auf Waffeneinwirkung hin. Wahrscheinlich wurde es bei einem Gefecht mit den Methans getroffen und konnte sich bis ins Sironasystem retten. Aus den überlebenden Raumfahrern ist die Zivilisation der Sironer entstanden. Vermutlich haben sie ihre wahre Herkunft im Verlauf der Katastrophe vergessen und sind auf ein primitives Entwicklungsniveau zurückgefallen. Das Wrack wurde irgendwann vielleicht zum sakralen Symbol verklärt und ist offenbar nach wie vor Zentrum einer Verehrungskultur.«

»Das mag alles gut und richtig sein«, sagte Rhodan, »verkompliziert unsere Mission allerdings nicht unerheblich. Je-Ron-Tia, können Sie in dem Wrack aktive Energieerzeuger anmessen?«

»Glaubst du wirklich, dass es dort nach so langer Zeit noch funktionsfähige Systeme gibt?«, fragte Iwan Goratschin.

»Denk an die TOSOMA, Iwan«, empfahl Rhodan. »Sie lag zehn Jahrtausende auf dem Grund eines Ozeans.«

»Die Sonden sind für eine Naherkundung nicht geeignet«, informierte Je-Ron-Tia. »Und die HIS-KEM-IR ist für eine Feinortung zu weit entfernt. Die elektromagnetischen Emissionen der Stadt verfälschen die Ergebnisse.«

»Dann müssen wir näher ran«, forderte Rhodan. »Sorgen Sie dafür, dass man uns nicht bemerkt! Gehen Sie kein Risiko ein! Das Gebot, dass die Sironer nichts von unserer Anwesenheit erfahren, hat absolute Priorität.«

Er stellte fest, dass Atlan ihn seit einigen Sekunden beobachtete, und drehte sich zu dem Arkoniden um. »Haben Sie ein Problem damit? Ich vermute, Sie würden am liebsten mit der HIS-KEM-IR über der Stadt erscheinen und ein paar Salven mit den Strahlenkanonen abfeuern, damit die *Barbaren* da unten wissen, was die Stunde geschlagen hat.«

»Keineswegs«, erwiderte Atlan gelassen. »Allerdings fürchte ich, dass auch Sie ein solches Vorgehen früher oder später als Option in Betracht ziehen werden.«

»Niemals!« Rhodan schüttelte energisch den Kopf. »Sie wissen selbst, was eine unverlangte Einmischung in die Belange von fremden Zivilisationen anrichten kann, die den Sprung zur Raumfahrt noch nicht vollzogen haben. Ich werde ...«

»Das Depot, von dem ich sprach«, unterbrach Atlan sein Gegenüber mit ernster Miene, »liegt in tausend Meter Tiefe – und ziemlich exakt unter Ihrer schönen Stadt!«

»Die Stadt heißt Keless«, sagte Ril-Omh-Er. Der Trebolaner hatte seine Gäste wieder in den Konferenzraum gebeten. Inzwischen lagen die Auswertungen der von Siron aufgefangenen Funk- und

Bildsendungen vor. Sie vermittelten einen ersten, mehr oder weniger detaillierten Eindruck der dortigen Verhältnisse.

»Der Name leitet sich von der Bezeichnung des arkonidischen Wracks ab«, fuhr Ril-Omh-Er fort. »Die Markierungen auf der Außenhülle sind allerdings nicht vollständig erhalten geblieben. Bei dem Schiff handelt es sich um die AR'KELESS, ein Schlachtschiff, das vor 10.113 Jahren spurlos verschwand. Mehr war über die allgemeinen Datenbanken, die mir zur Verfügung stehen, nicht zu erfahren. Auf militärische Archive habe ich selbstverständlich keinen Zugriff.«

»Sagt Ihnen der Name etwas?«, wandte sich Rhodan an Atlan.

»Nein.«

»Siron ist eine Welt, die am Rand eines planetenumspannenden Konflikts steht«, berichtete der Trebolaner weiter. »Dabei werden mit hoher Wahrscheinlichkeit auch atomare Waffen zum Einsatz kommen. Nach aktuellem Wissensstand existieren mindestens vierzehn verschiedene Fraktionen, die über ausreichende militärische Mittel verfügen, um in einer globalen Auseinandersetzung entscheidende Wirkung zu entfalten. Unsere Hochrechnungen gehen davon aus, dass im Falle eines Krieges mindestens ein Fünftel der planetaren Bevölkerung innerhalb eines Jahres getötet wird.«

Ril-Omh-Er sprach weiter, doch Rhodan hörte nicht mehr zu. Die wenigen Worte des Trebolaners hatten genügt, um seine Gedanken in die jüngste Vergangenheit der Erde zurückkehren zu lassen. Auch dort hatte man vor weniger als einem Jahr kurz vor einem Dritten Weltkrieg gestanden, und wenn die Ankunft der Arkoniden und die Gründung Terranias diese unheilvolle Entwicklung vorerst gestoppt hatte, so war man weit von einem Zustand entfernt, den man als entspannt hätte bezeichnen können.

»... für die das Wrack wahlweise Weihestätte, Bedrohung oder Quelle technischen Fortschritts repräsentiert«, drang Ril-Omh-Ers Stimme wieder zu ihm durch. »Der Streit um die Bedeutung und den Umgang mit dem arkonidischen Artefakt tobt seit etwa einem Jahrhundert – und der Ton, in dem man darüber debattiert, hat sich kontinuierlich verschärft.«

»Was ist mit dem Wrack selbst?«, fragte Atlan. »Gibt es Anzeichen, dass ein Teil der Technik an Bord noch intakt ist?«

»Die HIS-KEM-IR erreicht in wenigen Minuten einen fünftausend Kilometer über Keless festgesetzten Orbitalpunkt. Von dort aus sollten entsprechende Messungen möglich sein. Von dem, was meine Experten bislang gesehen haben, befindet sich die AR'KELESS in einem eher schlechten Zustand. Die innere Kugelschale könnte allerdings unbeschädigt sein.«

»Haben die Sironer das Depot denn noch nicht entdeckt?«, wollte Ishy Matsu wissen.

»Nein«, antwortete Ril-Omh-Er. »Dazu fehlen ihnen die Voraussetzungen. Noch! Als Militäranlage verfügte das Depot selbstverständlich schon damals über einen modernen Ortungsschutz. Mit den derzeitigen Mitteln ist dieser nicht zu überwinden.«

»Die wirklich relevante Frage ist doch, wie wir Zutritt zum Depot erhalten.« Crest hatte beide Hände auf den Tisch aus Spinnenseide gelegt und beugte nun den Oberkörper nach vorn. Seine Blicke suchten Atlan.

»Ich besitze zwar ein ausgezeichnetes Gedächtnis«, sagte dieser, »kenne die Struktur der Anlage allerdings nur in ihren Grundzügen. Es gibt eine Reihe von Antigravschächten, die mit den Mannschaftsquartieren und der Steuerzentrale verbunden sind. Die Lagerräume und vor allem der Hangar liegen darunter. Dort beginnt auch der rund hundert Meter breite Einflugtunnel. Ich befürchte, dass sein Ausgang von Teilen der Stadt blockiert wird.«

»Wenn wir also dieses Schiff – sofern es denn tatsächlich eines gibt – erreichen und flottmachen können, werden wir erhebliche Zerstörungen anrichten müssen, um es in den Weltraum zu schaffen.« Crest lehnte sich wieder zurück. »Sehe ich das richtig?«

»Was, wenn man über der Öffnung des Ausflugtunnels ein Krankenhaus gebaut hat?«, fragte Ishy Matsu. »Oder eine Wohnanlage? Oder ein ...«

»Stopp!« Rhodan war aufgestanden und hob beide Arme. »Bevor wir uns in fruchtlose Diskussionen über das verstricken, was sein *könnte*, sollten wir die Ergebnisse der Ortungen abwarten. Vielleicht haben wir Glück, und der Tunnel endet weit außerhalb der Stadt. Bevor wir nicht über gesicherte Informationen verfügen, sollten wir uns zurückhalten.«

»Perry Rhodan!« Das Kratzen und Scharren, das die trebolanischen Stimmorgane erzeugten, klang lauter als sonst. Ril-Omh-Er hatte seinen Oberkörper beinahe senkrecht aufgerichtet und vier seiner acht Gliedmaßen nach vorn gestreckt.

Ishy Matsu, die neben Rhodan Platz genommen hatte, atmete scharf ein, entspannte sich jedoch sofort wieder. Offenbar hatte sie ihre Phobie inzwischen gut im Griff.

»Nachrichten aus der Zentrale«, sagte der Trebolaner. »Es ist das Wrack. Es hat sich gemeldet und fordert uns auf, beizudrehen und das System zu verlassen!«

»Hier spricht das arkonidische Schlachtschiff AR'KELESS! Im Namen des Großen Imperiums fordere ich die unbekannten Eindringlinge auf, diesen Raumsektor unverzüglich zu verlassen! Sofern eine autorisierte Kennung vorliegt, ist diese auf der bekannten Frequenz zu übermitteln. Erfolgt nicht innerhalb der nächsten zwei Minuten eine zweifelsfreie Identifikation, muss ich euer Verhalten als feindselig einstufen und entsprechend reagieren! Ich wiederhole ...«

Die künstlich klingende und immer wieder von Aussetzern unterbrochene Stimme begann ihre Litanei von vorn. Ril-Omh-Er reduzierte die Lautstärke und rieb die Kieferzangen aneinander.

»Und nun?«, fragte Belinkhar. »Können wir es riskieren, die Aufforderung einfach zu ignorieren?«

»Auf keinen Fall.« Rhodan schüttelte den Kopf. »Wir wissen nicht, welche Mittel dem Schiff noch zur Verfügung stehen. Offenbar haben wir es hier mit einer Positronik zu tun. Von der Besatzung des Kreuzers kann niemand mehr am Leben sein. Positroniken folgen einer Programmierung ...« Er machte eine kurze Pause. »Atlan, Sie stammen aus der Zeit, in der die AR'KELESS in Dienst gestellt wurde. Können Sie nicht mit dem Bordrechner sprechen?«

»Ich kann es versuchen.«

»Halten Sie das wirklich für eine gute Idee, Perry?«, fragte Crest.

»Was bleibt uns sonst übrig?«, antwortete Rhodan mit einer Gegenfrage. »Wir müssen in dieses verdammte Depot. Und wir haben nur noch eine Minute Zeit!«

»Die Kontaktaufnahme erfolgte über Normalfunk«, informierte Ril-Omh-Er. »Sagen Sie mir, wenn Sie bereit sind, Atlan. Ich schalte eine Verbindung.«

Normalfunk, dachte Rhodan. *Natürlich. Der Hyperfunk muss defekt sein. Andernfalls hätte die Schiffspositronik längst Hilfe herbeigerufen.*

»Ich bin so weit«, sagte Atlan.

Ril-Omh-Er wischte mit einem Spinnenglied über ein Sensorfeld seines Steuerpults und trat einen Schritt zurück.

»Atlan da Gonozal, Kommandierender Admiral der imperialen

Streitkräfte, Dienstnummer drei-zwei-vier-eins-eins-sieben-viertausend, an AR'KELESS! Ich befinde mich in einer Notlage und benötige dringend Unterstützung. Erbitte Bestätigung und Lagebericht!«

Mehrere Sekunden verstrichen – für eine Positronik eine Ewigkeit.

»Hier AR'KELESS!«, kam es dann knisternd aus den Lautsprechern. »Identifikation ungenügend! Ich wiederhole: Identifikation ungenügend! Erfolgt nicht innerhalb der nächsten dreißig Sekunden eine zweifelsfreie Identifikation, muss ich euer Verhalten als feindselig einstufen und ...«

»Wir verschwinden!«, rief Rhodan. »Ril-Omh-Er! Bringen Sie uns so schnell wie möglich weg von hier!«

Ein kaum merkliches Zittern durchlief die HIS-KEM-IR, als das Netzschiff Fahrt aufnahm. Schweigend beobachtete Rhodan, wie die gelbbraune Kugel Sirons auf dem Hauptschirm schnell kleiner wurde. Er spürte, dass jemand neben ihn trat.

Crest sah ihn nicht an. »Und was tun wir jetzt?«

»Das, was wir immer tun«, antwortete Rhodan. »Wir suchen nach einem anderen Weg.«

Kapitel 6

»Gibt es Neuigkeiten über Quetain Oktor?«

Die diensthabenden Offiziere in der Zentrale zuckten beim Klang von Stiqs Bahroffs Stimme zusammen. Der Halbarkonide hatte das in mattem Dämmerlicht liegende Oval ohne Vorankündigung betreten.

Auf dem Panoramaschirm, der die gesamte Vorderfront des in der Länge fast fünfzig Meter messenden Raums einnahm und ein maßstabsgetreues Abbild des Artekhsystems projizierte, herrschte ein scheinbar ungeordnetes Durcheinander. Der Weltraum um Artekh 17 barst geradezu vor Aktivität. Verschiedenfarbige Symbole zeigten die Positionen einzelner Schiffe an. Tabellen und Grafiken gaben Auskunft über Kursvektoren, Truppenstärken und Beladungen. Anweisungen, Nachrichten und Klarmeldungen wurden über Funk hinausgeschickt und empfangen. Und über alldem lag das unablässige Flüstern und Murmeln der Anwesenden, rund einhundert hoch qualifizierte Männer und Frauen, sorgfältig ausgewählte Spezialisten, die im Schichtbetrieb dafür sorgten, dass die imperiale Kriegsmaschinerie reibungslos funktionierte.

Darek da Okawar, ein altgedienter Raumsoldat mit Wurzeln im arkonidischen Hochadel, wandte sich dem Ankömmling zu und verneigte sich kaum merklich. Stiqs Bahroff sah darüber hinweg. Wie so vielen Angehörigen der sogenannten Oberschicht, fiel es auch da Okawar schwer, den Niedergang der Aristokratie zu akzeptieren. Seit der Machtübernahme des Regenten war der Einfluss des Adels kontinuierlich gesunken. Eine Generation tatkräftiger und wagemutiger Arkoniden hatte das Kommando übernommen und sich darangemacht, das Große Imperium neu zu definieren.

Darek da Okawar gehörte einer aussterbenden Art an und wusste das womöglich auch. Er, der einst in den Randsektoren des Imperiums gegen nach Autarkie strebende Kolonisten und politische Wirrköpfe gekämpft hatte, musste nun Befehle von Stiqs Bahroff entgegennehmen, einem Halbblut, dem Produkt der eigentlich undenkbaren Verbindung zwischen einer Arkonidin und einem Targeloner. Hochgeborene wie Darek da Okawar hatten für Mischlinge wie ihn den Begriff *Karrak* geprägt. Er war als Schimpfwort imperiumsweit verbreitet, zumindest unter jenen, die borniert genug waren, einen Zusammenhang zwischen der Herkunft und dem Charakter eines Individuums zu unterstellen. Für da Okawar stellte schon allein die Anwesenheit Bahroffs einen Schlag ins Gesicht dar. Die lediglich angedeutete Ehrenbezeigung war seine Art, sich den kümmerlichen Rest des Stolzes zu erhalten, der ihm noch verblieben war.

»Die Ermittlungen schreiten voran.« Da Okawar vermied es, seinem Gegenüber in die Augen zu sehen. »Allerdings scheint der ehemalige Fürsorger auf Trebola viele Verbündete zu besitzen. Unsere Nachforschungen werden immer wieder behindert und verschleppt.«

»Ist das Ihre Art, mir zu sagen, dass Ihre Leute der Aufgabe nicht gewachsen sind?«, fragte der Halbarkonide so laut, dass es jeder in der Zentrale hören konnte.

»Keineswegs.« Da Okawar rang sichtlich um seine Beherrschung. »Was ich sagen möchte, ist ...«

»Die Hand des Regenten will Quetain Oktor so schnell wie möglich sehen«, unterbrach Bahroff. »Damit genießt diese Sache höchste Priorität. Drücke ich mich deutlich genug aus?«

»Ich habe verstanden.« Die Mundwinkel des alten Arkoniden zuckten.

Stiqs Bahroff machte zwei Schritte nach vorn und lächelte verbindlich. »Wie Sie sicher wissen«, sagte er, diesmal jedoch so leise, dass ihn nur da Okawar verstand, »ist dieser Oktor ein *Karrak* wie ich auch. Ich würde Sergh da Teffron nur ungern berichten, dass die Elitetruppen des Großen Imperiums von einem dahergelaufenen Bastard zum Narren gehalten werden.«

Für eine Sekunde schien es, als könne der Alte nicht mehr an sich halten. Dann war der Moment vorbei, und da Okawars Maske saß wieder.

»Die Ergreifung des Gesuchten ist nur noch eine Frage von Stunden«, sagte er. »Davon bin ich überzeugt.«

»Sehr gut.« Stiqs Bahroff nickte. »Ich respektiere Männer mit Überzeugungen. Sofern sie bereit sind, für sie zu leben – und zu sterben.«

Darek da Okawar erwiderte nichts mehr. Ohne Bahroff eines weiteren Blickes zu würdigen, wandte er sich wieder dem Panoramaschirm zu. Der Halbarkonide verfolgte das Geschehen im

Weltraum noch eine Weile, dann verließ er die Zentrale und machte sich auf den Weg zu seiner Privatkabine.

Das Orbitalgeflecht war sehr unübersichtlich, eigentlich herrschte reines Chaos. Das Artekhsystem war bereits während der Methankriege einer der wichtigsten imperialen Flottenstützpunkte gewesen. Der Angriff der Methans auf Artekh 17 gehörte zu den größten und verlustreichsten Schlachten der arkonidischen Geschichte. Damals war der einzige Kontinent Ghewanal restlos verwüstet worden, doch der Planet selbst hatte das Inferno überstanden.

Führende Militärhistoriker hielten die damaligen Auseinandersetzungen, die sich über mehrere Wochen hingezogen hatten, für einen der bedeutendsten Meilensteine des Krieges. Die Methans waren – wenn auch unter großen Opfern – vernichtend geschlagen worden. Ab diesem Zeitpunkt hatte sich der Krieg für die Arkoniden günstig entwickelt. Als hätte der Gegner durch die Niederlage plötzlich jeglichen Antrieb, jegliche Aggressivität verloren, ein Rätsel, das man niemals gelöst hatte.

Außerdem hatte das Imperium damals mit der Konverterkanone eine neue und überaus wirkungsvolle Waffe eingesetzt. Deren Konstruktionsunterlagen waren in den Jahrhunderten nach dem Krieg unter mysteriösen Umständen verloren gegangen, aber den alten Berichten zufolge musste sie furchtbar unter den Methans gewütet haben.

Das Imperium hatte Artekh 17 nicht aufgegeben. Aus einer ehemals vergleichsweise winzigen Raumstation war nach und nach ein Gebilde geworden, das längst sämtliche Dimensionen sprengte. Über die Jahrtausende waren die Anlagen immer wieder ausgebaut und modernisiert worden. Später kamen die Archen hinzu, gewaltige linsenförmige Konstruktionen mit bis zu zwei Kilometern Durchmesser, auf denen man nicht nur die verbliebene Flora und Fauna von Artekh 17, sondern auch Pflanzen und Tiere von anderen Welten ansiedelte.

Auf Ghewanal waren gleichzeitig Fabriken und Anlagen der Schwerindustrie entstanden. Was die Methans an intakter Natur übrig gelassen hatten, zerstörten die Arkoniden nun umso gründlicher. Schon nach wenigen Jahren gab es auf dem Inselkontinent praktisch keinen Grashalm und keine Blüte mehr, und der umliegende Ozean hatte sich in eine toxische Kloake verwandelt. Ein Sprichwort unter den auf Artekh 17 stationierten Arbeitern lautete, dass man im Falle eines geplanten Selbstmords einfach nur das nächste Fenster öffnen und tief einatmen musste.

Stiqs Bahroff hatte keinen Blick für seine Umgebung, als er eine der breiten Freibrücken entlangschritt, die die einzelnen Elemente des Geflechts miteinander verbanden. Seit er den Zellaktivator trug, benötigte er nur noch wenige Stunden Schlaf am Tag, was bei der Vielzahl seiner Pflichten fraglos ein Vorteil war. Die Arbeit lenkte ihn immerhin von den düsteren Gedanken ab, die in seinem Kopf herumspukten – ganz zu schweigen von den beklemmenden Trugbildern, die er sah, wenn er die Augen schloss und deren Echos in ihm nachwirkten.

Es gab Momente, da fühlte er sich wie neugeboren. Dann strotzte er vor Energie und Tatendurst, hätte am liebsten das ganze Universum umarmt. Doch nach dem Aufstieg kam stets der Fall, der Absturz in die Untiefen von Niedergeschlagenheit und Selbstzweifeln. In solchen Stunden war er sich sicher, dass der Aktivator ihn langsam zerstörte. Er spürte dessen Impulse, bildete sich ein, wie sich sein Blut unter dem rhythmischen Pochen des geheimnisvollen Objekts in eine stinkende, faulige Brühe verwandelte, die träge durch seine Adern schwappte.

Am schlimmsten waren jedoch die Träume. Wie kurz er die Schlafphasen auch hielt – auf die Träume konnte er sich verlassen. Bislang weigerte er sich, die quälenden Bilder als *Visionen* zu bezeichnen, auch wenn ihm das, was sie zeigten, seltsam bekannt vorkam. Stiqs Bahroff glaubte nicht an Dinge wie höhere Gewalt oder Vorsehung. Die Zukunft war nicht vorherbestimmt, sondern das Ergebnis der Summe von Entscheidungen, die ein Individuum in der Gegenwart traf. Der Zufall war nicht mathematisch zu berechnen, auch wenn einige Physiker das immer wieder behaupteten.

Dennoch war der Halbarkonide so ehrlich, sich einzugestehen, dass ihn die blitzlichtartigen Eindrücke verstörten. Die zu Dutzenden explodierenden Kugelraumer, die durch das Weltall zuckenden Strahlbahnen, dick wie Gasleitungen und heiß wie Arkons ewige Sonne, die im Raum treibenden Körper von Arkoniden und Naats, die so schrecklich *falsch* aussahen, ohne dass er hätte sagen können, warum.

Wenn du so weitermachst, ermahnte er sich selbst, *wirst du schon bald ein Dauergast in Santeks Labor sein.*

Santek! Der Ara war ihm von Anfang an suspekt gewesen. Vielleicht lag es an der aufgesetzten Freundlichkeit, die ihm der Arzt entgegenbrachte. Aras galten ganz allgemein als gefühlskalt und nüchtern, fraglos eine Eigenschaft, über die man als guter Medizinerverfügen musste, denn wer sich zu sehr mit dem Leid und den Schmerzen anderer identifizierte, verlor den Blick fürs Wesentliche und war nicht mehr in der Lage, sich auf seine Aufgaben zu konzentrieren.

Doch Santek war mehr als nur kaltherzig – er war *seelenlos*. Ja, das war das richtige Wort. Dieser dürre alte Mann mit dem faltigen Gesicht und den langen dünnen Fingern wirkte auf Bahroff wie ein lebender Toter. Gleich zu Beginn der Untersuchungen, denen er sich auf Geheiß Sergh da Teffrons täglich unterziehen musste, war Bahroff aufgefallen, dass Santek beim Gehen keinerlei Geräusche erzeugte. Als würden seine Füße wenige Millimeter über dem Boden schweben. Er ging nicht, er *glitt dahin.*

Hinzu kam seine geradezu paranoide Verschlossenheit. Stiqs Bahroff war nicht bekannt, dass Santek mit irgendjemandem auf dem Geflecht eine Beziehung unterhielt, die über das rein Berufliche hinausging. Der Arzt schien sich ausschließlich im Labor oder in seiner Kabine aufzuhalten und nahm nicht einmal an den wöchentlichen Briefings des Abschnittpersonals teil, wie es eigentlich seine Pflicht gewesen wäre. Bahroff hatte mehrfach versucht, den Ara zur Preisgabe einer privaten Information zu bewegen, doch bis heute wusste er nicht einmal dessen genaues Alter. Als er sich schließlich die Personalakte des Mannes hatte ansehen wollen, hatte ihm die Geflechtspositronik mitgeteilt, dass diese versiegelt und selbst für ihn nicht zugänglich sei.

Inzwischen war der Halbarkonide sicher, dass es eine Verbindung zwischen Santek und Sergh da Teffron gab. Die beiden mussten sich von früher kennen. Vielleicht waren sie sich begegnet, als die Hand des Regenten noch Gouverneur auf Naat gewesen war. Nur da Teffron konnte die Akte versiegelt haben. Aber warum?

Santeks Bemerkungen über den Zellaktivator und das Päckchen aus dem Trebolasystem taten ein Übriges, um Bahroff in Erregung zu versetzen. Streng genommen hätte er Sergh da Teffron sofort melden müssen, dass der Arzt mehr wusste, als er wissen durfte. Aber war das wirklich klug? Der Halbarkonide hatte in den letzten Wochen viel Zeit gehabt, um über seine Situation nachzudenken – und er glaubte nun einige Dinge klarer zu sehen. Da Teffron scherte sich nicht um ihn und sein Schicksal. In seinen Augen war der Assistent nichts weiter als eine jederzeit austauschbare Testperson. Er wollte wissen, welche Wirkung der

Zellaktivator auf ihn hatte, und wenn Bahroff dabei zu Schaden kam, war das ein Preis, den die Hand des Regenten ohne mit der Wimper zu zucken zahlen würde.

Stiqs Bahroff war nicht einfältig. Ihm war von Beginn an klar gewesen, dass Sergh da Teffron ihn nur deshalb an seine Seite geholt hatte, um die selbst ernannte Oberschicht auf Arkon zu demütigen. Er war der Stachel im Fleisch des Hochadels, die permanente Erinnerung daran, dass es das *alte* Imperium bald nicht mehr geben würde und die Tage der einstigen Eliten gezählt waren. Dabei ließ ihm der Arkonide eine gewisse Narrenfreiheit, weil auch das einen Affront gegen jeden Adelsvertreter bedeutete, doch Bahroff gab sich längst keinen Illusionen mehr hin: Wenn die Hand des Regenten seiner überdrüssig wurde, würde da Teffron keine Sekunde zögern, ihn fallen zu lassen. Im günstigsten Fall durfte Bahroff dann weiterleben, wo und in welcher Rolle auch immer.

Sergh da Teffron war ein Tyrann alter Schule und außerdem jemand, der diese Bezeichnung als Kompliment aufgefasst hätte. Macht bedeutete für ihn, andere spüren zu lassen, dass sie keine Bedeutung besaßen. Er war der geborene Feldherr, der seine Truppen als reines Mittel zum Zweck betrachtete und bereit war, sie jederzeit in die Schlacht zu werfen, wenn es ihm zum Vorteil gereichte.

Bahroff dagegen war alles andere als ein Politiker. Er verstand nicht viel von den komplexen Zusammenhängen, mit denen sich die Hand des Regenten tagtäglich konfrontiert sah. Allerdings hatte er gelernt, sich im Schatten der Mächtigen zu bewegen. Seiner Meinung nach waren Sergh da Teffron und er ein perfektes Paar, doch der Arkonide war offenbar nicht in der Lage, das zu erkennen. Er wollte gefürchtet werden und übersah dabei, dass er mit Furcht zwar Gehorsam, jedoch keine Loyalität erkaufen konnte.

Stiqs Bahroff musste dringend nachdenken. Die Situation war verfahren, zumindest was ihn selbst betraf. Sergh da Teffron hatte ihm nicht mitgeteilt, wohin er geflogen war. Das verschaffte ihm immerhin ein wenig Zeit. Bahroff musste eine Entscheidung treffen – eine Entscheidung, von der womöglich sein Leben abhing.

Kapitel 7

»Wo ist Stynn?«, fragte Angech Anatarawan. Er zog sich die Kapuze seines Pilgermantels tiefer ins Gesicht und drückte sich in die Deckung einer Mauer. Es war kalt – und sie warteten schon zu lange.

»Woher soll ich das wissen?«, antwortete Ghard Sunderanagar ebenso leise. »Ich habe heute Morgen noch mit ihm gesprochen. Da war alles in Ordnung.«

»Dann müssen wir ohne ihn aufbrechen«, forderte Iessa Sunderasani. Sie gehörte demselben Meinigen an wie Ghard. Angech vermutete seit Längerem, dass die beiden ein Paar waren. Sicher war er allerdings nicht, und im Grunde ging es ihn auch nichts an.

»Wir sind als Sechsergruppe gemeldet«, gab Yoel Taraharatan zu bedenken. »Werden uns die Wachen durchlassen, wenn wir nur zu fünft sind?«

»Ich weiß es nicht, verdammt!« Unwillkürlich hatte Angech die Stimme gehoben.

»Warum schreist du nicht noch lauter?«, zischte Eineo Battarainagar. »Ich glaube, im Außenring von Keless gibt es noch ein oder zwei Pilger, die dich *nicht* gehört haben.«

»Entschuldige!«, gab Angech zurück. »Wir haben diese Sache jetzt fast ein Jahr lang geplant, und nun, wo es so weit ist ...«

»Da kommt jemand!« Der bullige Eineo, der die Warnung ausgestoßen hatte, drehte sich zur Seite. Dabei rammte er Angech seinen riesigen Rucksack gegen die Schulter.

Der Sironer stieß einen unterdrückten Fluch aus. »Sei doch vorsichtig!«

Aus dem Zwielicht des frühen Morgens schälte sich eine hochgewachsene Gestalt. Sie kam aus der Richtung der großen Zubringer, die die drei Stadtringe miteinander verbanden. Angech erkannte Stynn sofort an seinem typischen Gang. Als er nahe genug war, zog er ihn an den Aufschlägen seines Pilgermantels grob zu sich heran. Unter dem derben Stoff trug er eine blaue Jacke; um den Hals hatte er sich ein schwarzes Tuch gebunden.

»Wo bei allen Sandgeistern bleibst du denn? Wir stehen uns hier schon seit einer halben Stunde beinahe die Beine in den Bauch!«

»Tut mir leid«, sagte Stynn Jariharatan. »Ich wurde … aufgehalten. Die Meinigen der Sonnengärten haben auf den mittleren Ringstraßen ihre Jahresparade abgehalten, und viele der Ausfahrten waren immer noch gesperrt. Ich habe …«

»Vergiss es«, unterbrach ihn Angech. »Hauptsache, du bist da. Los jetzt! Wenn wir noch länger warten, werden die Wachen vielleicht nervös.«

Die Gruppe setzte sich in Bewegung. Wie üblich war die unmittelbare Umgebung des Heiligtums nur von einigen Strahlern beleuchtet. Lediglich das Wrack selbst lag im gleißenden Licht Hunderter Scheinwerfer. Das graubraune, vernarbte Metall der Außenhülle sah aus, als würde es von innen heraus leuchten.

Eigentlich sträubte sich Angech dagegen, das Schiff als *Heiligtum* zu bezeichnen, doch der Name hatte sich über die Jahrtausende eingebürgert und war längst in den allgemeinen Sprachschatz übergegangen. Einst hatte er eine Berechtigung gehabt, denn in der Frühphase ihrer Geschichte hatten die Sironer den notgelandeten Raumer tatsächlich angebetet. Mit der voranschreitenden technischen und kulturellen Entwicklung und der damit einhergehenden Aufklärung hatte man jedoch irgendwann begriffen, dass die riesige Metallkugel kein Relikt irgendwelcher Götter, sondern ein Raumschiff war – jenes Raumschiff, mit dem die Vorfahren der Sironer vor langer Zeit ziemlich unsanft auf Siron gestrandet waren.

Wenn es heute unter den zahlreichen Denkschulen und religiösen Strömungen etwas gab, was alle akzeptieren konnten, war das die Tatsache, dass die sironische Zivilisation aus der Besatzung eines fast achthundert Meter durchmessenden Kugelraumschiffs hervorgegangen war, was vor mindestens zehntausend Jahren auf dem Wüstenplaneten hatte notlanden müssen. Damit erschöpften sich die Gemeinsamkeiten der diversen Weltanschauungen dann aber auch.

Angech hatte die Führung der Gruppe übernommen. Im Gänsemarsch überquerten sie den ausladenden Tempelhof und gingen die Steintreppen zu den Meldekammern hinauf. Für einen zufälligen Beobachter sahen sie aus wie eine der vielen Pilgergruppen, die sich täglich in diesem Bereich des Heiligtums aufhielten und die sich lediglich besonders zeitig aufgemacht hatte, um den Massenansturm am Morgen und am Nachmittag zu vermeiden.

Hinter Angech ging Iessa. Sie hatte ihre langen blonden Haare nach hinten gebunden. Mit der Kapuze des Pilgermantels über dem Kopf sah es aus, als hätte sie einen großen, unförmigen Auswuchs im Nacken.

Ghard, der sich ebenfalls einen gewaltigen Rucksack auf den Rücken geschnallt hatte, wischte sich immer wieder über die schweißnasse Stirn. Im Gegensatz zu Eineo war er ein eher schmächtiger Typ, doch er hatte vehement darauf bestanden, einen Teil der benötigten Ausrüstung zu tragen. Angech vermutete, dass er vor Iessa nicht als Schwächling dastehen wollte. Wenn dem so war, musste er nun mit den Konsequenzen leben.

Yoel, das sechste und letzte Mitglied ihrer verschworenen Gemeinschaft, sprach selten, doch wenn er etwas sagte, dann hatte es Hand und Fuß. Er arbeitete als Datenanalyst bei einem der großen Bankhäuser im Mittelring, nach Angechs Auffassung ein ebenso schlecht bezahlter wie geisttötend langweiliger Job, doch Yoel schien ihn über alles zu lieben.

Sie alle hatten sich während der regelmäßigen Treffen ihrer Meinigen kennengelernt und schnell gemerkt, dass sie trotz mancher Unterschiede grundsätzlich die gleichen Ansichten vertraten: Sie waren Freidenker.

Die politische Lage auf Siron war bereits aufgeladen gewesen, als Angech noch als junger Mann in Torasao, einer kleinen Stadt im Süden der Großen Kraterplatte, Ingenieurwesen studiert hatte. Irgendwie gewöhnte man sich an die ständigen Spannungen, an die Drohgebärden und angriffslustigen Reden in den Abendnachrichten, auch wenn stets ein unangenehmes Gefühl zurückblieb. Lediglich Keless genoss aufgrund des Heiligtums eine gewisse Ausnahmestellung. Die Stadt galt sozusagen als Pufferzone zwischen den großen Machtblöcken, zumal sich der Rat offiziell zu einer dauerhaften Neutralität verpflichtet hatte. Nachdem die Heelon-Allianz im vergangenen Winter jedoch einen erfolgreichen Test mit zwei atomaren Fünfzig-Kilotonnen-Bomben absolviert und die Ergebnisse der Weltöffentlichkeit stolz auf mehreren Pressekonferenzen präsentiert hatte, drohte die Situation zu eskalieren.

Erst vor wenigen Wochen hatten sich die sieben Patronate der Loma, die Bergnomaden des Manaugan-Massivs und die autarke Provinz Hevenshart unter großem Mediengetöse zu einem Verteidigungsbündnis zusammengeschlossen. Zweifellos nicht mehr als demonstratives Säbelrasseln, denn im Ernstfall eines

Angriffs hatten die Nordländer keine realistische Chance gegen die hochgerüstete Allianz. Vermutlich würden die Heeloner die nördlichen Provinzen sogar als Erste angreifen, um die wichtigen Nachschublinien durch die Windschneise und über die Große Kraterplatte zu besetzen.

Der Sironische Rat hatte daraufhin eine Krisensitzung im Ornomeon angekündigt, an der alle Vertreter der Südländer teilnehmen sollten. Bis auf das geistige Oberhaupt der Einweltler hatten sämtliche Würdenträger zugesagt.

»Träumst du?«

Iessa schlug ihm von hinten leicht gegen die Schulter. Angech war so in seine Gedanken versunken gewesen, dass er unwillkürlich stehen geblieben war.

»Nein«, beeilte er sich hastig zu versichern. »Seid ihr alle so weit?«

»Meinst du die Frage ernst?«, erwiderte Iessa.

»Natürlich nicht.« Angech seufzte. Dann griff er in die Innentasche seines Pilgermantels und zog die beglaubigte Erlaubnis der Stadtverwaltung hervor, die unvorstellbare 10.150 Sir gekostet hatte – hundertfünfzig Sir für das Dokument an sich und zehntausend Sir für die beteiligten Beamten des Genehmigungsausschusses. Das war auch der Grund, warum es fast ein Jahr lang gedauert hatte, bis sie ihre Expedition starten konnten. Eine Lizenz der Klasse 1 wurde nur sehr selten ausgestellt und war vor allen Dingen teuer. Viele Mitglieder der Freidenker hatten ihre gesamten Ersparnisse geopfert, um den Vorstoß der sechs Sironer möglich zu machen.

»Tut so, als ob ihr betet«, sagte Angech leise. »Ich übernehme das Reden.«

Vor der Gruppe tauchten die langen Reihen der Meldekammern auf. Die erste Hürde. Hier mussten sich die Pilger registrieren und zum ersten Mal ausweisen.

Die Wachen trugen die üblichen typischen Uniformen; eng anliegende Hosen, Hemden und eine Art Weste mit zahlreichen aufgenähten Taschen. Schwarze Stiefel, schwarze Handschuhe und die spitzen schwarzen Helme der Geweihten Garde vervollständigten das kriegerische Äußere. In den Gürteln der Männer steckten großkalibrige Schusswaffen und Elektroschocker.

Angech hielt seine Genehmigung gut sichtbar vor die Brust und marschierte auf die erstbeste Wache zu. Diese verzog keine Miene und musterte die Gruppe mit stoischem Blick. Der Sironer räusperte sich.

»Angech Anatarawan aus dem Meinigen Alaswar ersucht um Einlass ins Absolute für sich selbst und fünf gläubige Pilger.«

Die Wache nahm die gereichte Genehmigung entgegen und studierte sie gewissenhaft. Nach über einer Minute, die Angech wie eine Stunde vorkam, gab der Uniformierte das Dokument zurück und trat zur Seite. »Das Absolute heißt euch willkommen!«, sagte er mit tiefer Bassstimme.

Angech atmete auf. Bis zuletzt hatte er damit gerechnet, dass etwas schiefgehen könnte. Nun musste er an sich halten, um vor Erleichterung nicht laut aufzustöhnen. Die Wache ließ sie anstandslos passieren. Sie inspizierte nicht einmal die beiden mächtigen Rucksäcke, Gepäckstücke, die für Pilger alles andere als üblich waren.

Zehntausend Sir, sind mehr, als ich in zehn Jahren verdiene, dachte Angech, *aber das war es wert!*

Sein Blick fiel auf Stynn, der nun neben ihm ging. Er hatte die Kapuze ein wenig zurückgeschoben und sah sich verstohlen um. Zu entdecken gab es freilich nicht viel, denn hinter den Meldekammern lag ein weiterer freier Platz, auf dem sich die Pilger noch einmal sammeln konnten, bevor sie das eigentliche Absolute durch die Lichtpforte betraten.

»Alles in Ordnung mit dir?«, fragte Angech.

»Alles bestens«, antwortete Stynn. Es klang unsicher, doch Angech hatte nicht die Zeit, weiter darüber nachzudenken.

Aus Richtung der Rampen, die in sanfter Steigung zur Pforte führten, näherte sich eine Gestalt. Das Lächeln auf ihrem Gesicht wirkte wie festgeklebt, und die langen schwarzen Haare fielen ihr ungebändigt über Schultern und Rücken.

Eine Tana Ascunea, schoss es durch Angechs Kopf. *Eine Schwester des Absoluten.*

»Seid gegrüßt, Pilger«, sagte die Frau und legte die Hände in Brusthöhe kreuzförmig übereinander. Angech und seine Begleiter taten es ihr nach.

Der Orden der Tana Ascunea, so lernte es jeder Sironer bereits in den Prätenzen seiner Meinigen, war neben dem Meratum Ascunea, dem Kreis der Schirmherren, die wichtigste geistliche Institution auf Siron. Fast eine Milliarde Planetenbewohner, also gut die Hälfte aller Sironer, schrieben dem Wrack nach wie vor übersinnliche Kräfte zu und gehörten einer der acht elementaren Glaubensgemeinschaften an.

»Möchtet ihr sofort weiterreisen oder euch erst reinigen?«, fragte die Schwester. Der weiße, knöchellange Umhang umschloss ihren Körper vollständig. Lediglich an den Seiten ragten zwei zierliche Hände aus in den Stoff geschnittenen Schlitzen, mit denen sie jetzt die ihr von Angech übergebene Genehmigung sorgfältig prüfte.

»Unsere Reinigung ist bereits erfolgt«, antwortete Angech. »Wenn es dir nichts ausmacht, würden wir unseren Weg gerne fortsetzen.«

»Dann folgt mir!« Sie führte die Gruppe eine gewundene Steintreppe hinab in einen höhlenähnlichen Saal. In den Boden waren breite Becken eingelassen, in die permanent Wasser aus mit Metall eingefassten Löchern in den Wänden floss. Es gluckerte und plätscherte überall. Angech verspürte plötzlich einen starken Harndrang.

Du bist lediglich nervös, beruhigte er sich selbst. *Reiß dich zusammen. Alles läuft wie geplant.*

Über ein verwirrendes System aus Gängen und Fluren ging es tiefer in den Untergrund. Hier war Angech noch nie gewesen. Als Kind hatte er das Absolute mehrfach mit seinen Eltern aufgesucht, die glühende Anhänger der Traditionalisten gewesen waren, doch nach dem Studium war der Kontakt zu ihnen fast vollständig zum Erliegen gekommen. Man sah sich noch ab und zu auf den Festen der Meinigen, tauschte ein paar allgemeine Banalitäten aus. Bis heute war sich der Sironer nicht sicher, ob er diese Entwicklung begrüßen oder bedauern sollte.

Fünf Minuten später erreichten sie eine Halle mit tiefer Decke. Mehrere Türen führten von dort weiter in die Anlage hinein. Die Tana Ascunea wandte sich an Angech und gab ihm die Genehmigung zurück.

»Von hier an seid ihr auf euch allein gestellt«, verkündete sie. »Dort vorne beginnt der wissenschaftliche Bereich. Folgt den Hinweisschildern und achtet darauf, die anderen Pilger nicht zu stören. Solltet ihr Hilfe brauchen, könnt ihr die Koms benutzen. Ihr findet sie in den rot markierten Abschnitten.«

Bevor sich Angech bedanken konnte, hatte sich die Frau schon umgedreht und war davongeeilt. Der Sironer atmete tief durch.

»Dann los!«, sagte er knapp und steuerte eine der Türen an. Obwohl er diesen Ort zum ersten Mal besuchte, wusste er doch genau, wohin er sich zu wenden hatte.

Das Absolute war über die Jahrtausende unmittelbar um das Wrack herum entstanden. Das Raumschiff hatte sich damals über hundert Meter tief in den sandigen Wüstenboden gebohrt. Die Glut des von der Atmosphäre erhitzten Rumpfs und die nachstrahlenden Triebwerke des Ringwulstes hatten das Gestein zum Schmelzen gebracht. Das Schiff selbst war dabei in Bezug auf seine Längsachse nur um wenige Grad schräg zum Liegen gekommen, was die Arbeit der Forscher erheblich erleichterte.

Eine systematische wissenschaftliche Beschäftigung mit dem Wrack fand erst seit gut fünfzig Jahren statt. Zuvor hatten die Macht der religiösen Kasten und die Differenzen der verschiedenen Interessengruppen ein koordiniertes Vorgehen verhindert, und immer noch war es alles andere als einfach, die Erlaubnis zu erhalten, sich dem Schiff zu nähern, geschweige denn es betreten zu dürfen.

Angech hatte sich unter großen Mühen eine Reihe von Skizzen beschafft. Deshalb wusste er, dass man bislang an drei verschiedenen Stellen in den Raumer eingedrungen war. Das Wrack bestand aus drei Kugelschalen, von denen die äußere im Mittel hundert Meter durchmaß. Wesentlich weiter war man bislang nicht gekommen. Die streng geheimen und nicht für die Öffentlichkeit gedachten Berichte der Wissenschaftler sprachen von *Schwierigkeiten,* auf die man gestoßen war. Näheres hatten auch Angechs Quellen nicht in Erfahrung bringen können.

»Dort entlang!« Stynn hatte die Umgebung als Erster erfasst. Selbstverständlich hatte Angech darauf bestanden, dass jedes Mitglied der Gruppe sich die Skizzen einprägte. Vielleicht wurden sie ja getrennt.

»Nicht so schnell«, warnte Yoel. »Ich bin ziemlich sicher, dass es Kameras gibt. Wir müssen uns so verhalten, als ob wir hierher gehören.«

Sie folgten einem Gang, der eine geringe Krümmung aufwies. Es war nicht mehr weit. Wenn sie den Einstieg erst einmal passiert hatten, konnte sie niemand mehr aufhalten. Innerhalb des Wracks waren sie sicher – zumindest vor den eigenen Landsleuten.

Auf einmal war die Angst wieder da. Angech spürte die schleichende, lähmende Furcht, die sich von Beginn an in ihm eingenistet und ihn über die Monate hinweg begleitet hatte. Sie wussten so gut wie nichts über das Innere des Wracks. Was hatten die Wissenschaftler bislang dort gefunden? Ein maßgeblicher Grund für die aufgeheizte politische Lage auf Siron war der Umstand, dass jeder der großen Machtblöcke vermutete, der jeweils andere habe innerhalb des Raumers fortschrittliche Technologie entdeckt und plane nun, diese zum eigenen Vorteil zu nutzen.

Die strenge Geheimhaltung und der daraus resultierende Informationsmangel hatten die Gerüchteküche zum Überkochen gebracht. Zwar hielten sich die meisten seriösen Medien zurück, doch es verging kein Tag, an dem nicht irgendeine Lokalzeitung, ein kleiner Radiosender oder eine unabhängige Fernsehstation abstruse Lügengeschichten und Halbwahrheiten zum Thema verbreiteten. Ein bekannter Buchautor behauptete sogar, die Regierung hätte Überlebende in Tiefschlafbehältern gefunden, aufgeweckt und würde diese nun in einem unterirdischen Bunker verhören. Die *Beweise,* die er für seine Hypothese vorlegte, waren hanebüchen und hielten selbst einer oberflächlichen Überprüfung nicht stand, doch das Buch war zum Bestseller geworden.

»Da vorn!«, riss Iessa den Sironer aus seinen Gedanken. Der Gang weitete sich. Auf der linken Seite tauchte ein schweres Stahlschott auf. Es war weit geöffnet. Zu sehen war niemand. »Unglaublich«, flüsterte sie. »Der Eingang ist nicht einmal bewacht.«

»Wozu auch?« Stynn zuckte die Schultern. »Wer es bis hierher geschafft hat, ist bereits durch zahllose Kontrollen gegangen. Eine mehr oder weniger würde keinen Unterschied machen.«

»Ich kann immer noch nicht glauben, dass uns niemand aufgehalten hat.« Yoel hatte so leise gesprochen, dass nur Angech ihn verstehen konnte. »Diese Genehmigung, die du mit dir herumträgst ... Sie muss von einem ziemlich hohen Tier legitimiert worden sein.«

»Du weißt, was wir vorhaben«, gab Angech ebenso leise zurück. »Es gibt eine ganze Reihe mächtiger Frauen und Männer, die die Freidenker und ihre Ziele unterstützen.«

»Aber Namen wirst du mir nicht nennen, richtig?«, fragte Yoel.

»Nein.« Angech schüttelte den Kopf und lächelte. »Du musst mir schon vertrauen.«

»Wenn ich das nicht täte, wäre ich nicht hier«, sagte Yoel.

Angech Anatarawan nickte und schlug ihm freundschaftlich mit der Faust vor die Brust. Dann trat er an das Schott heran, schritt über dessen Schwelle und legte die flache Hand an die Wand des sich anschließenden Korridors. In seiner Miene spiegelte sich eine Mischung aus Ehrfurcht und kindlicher Neugier.

»Zehntausend Jahre«, sagte er so laut, dass es alle hören konnten. »Vor zehntausend Jahren sind unsere Vorfahren mit diesem Schiff durch den Weltraum geflogen.« Er zog die Hand wieder zurück und blickte seine Gefährten einen nach dem anderen an. »Eines Tages ...«, fuhr er fort, »... werden auch die Sironer zu den Sternen reisen. Und nun kommt! Lasst uns den ersten Schritt auf dieser Reise tun!«

Kapitel 8

»Wie geht es uns heute?«, fragte Santek. Stiqs Bahroff beobachtete den Ara genau. Da er keinerlei Anzeichen von Ironie in der Miene des Mediziners entdecken konnte, musste er davon ausgehen, dass dieser seine Frage ernst meinte.

»Wie es *Ihnen* geht, weiß ich nicht«, antwortete er trocken. »*Mir* geht es nicht anders als gestern.«

»Sehr gut, sehr gut.«

Warum war der Mann so nervös? Santek schien die prüfenden Blicke des Halbarkoniden zu bemerken, denn er straffte sich und setzte sein künstliches Lächeln auf. Er winkte Bahroff zu sich heran, doch als dieser sein Hemd aufknöpfen wollte, legte er ihm beide Hände auf den rechten Arm.

»Nicht jetzt«, flüsterte er. »Ich muss dringend mit Ihnen reden.« Bevor Bahroff etwas erwidern konnte, war Santek zum Eingangsschott des Labors geeilt und ließ die schweren Stahltore zufahren. Danach eilte er zu einem Arbeitspult und bediente mit fliegenden Fingern eine Servotastatur.

Bahroff fühlte sich plötzlich unwohl. »Was ...?«, setzte er an, wurde jedoch von dem Ara unterbrochen.

»Ich habe den Verschlusszustand eingeleitet«, sagte er. »Kontaminationsstufe 2. Freisetzung von chemisch oder biologisch aktivem Material.«

Stiqs Bahroff glaubte seinen Ohren nicht zu trauen. »Sind Sie wahnsinnig geworden? Man wird uns mindestens eine Woche in Quarantäne halten. Mit welchem Recht ...«

»Seien Sie still! Wir haben nicht viel Zeit. Ich habe den Alarm abgeschaltet und die Protokolldateien über eine Endlosschleife kurzgeschlossen. Die Positronik wird dennoch sehr schnell Verdacht schöpfen. Ich gebe uns drei Minuten. Danach muss ich die Manipulationen rückgängig machen, oder alles fliegt auf. In den nächsten drei Minuten kann niemand außerhalb dieses Labors hören, was wir sagen, oder sehen, was wir tun. Es wird nichts aufgezeichnet, nichts gespeichert. Es wird so sein, als hätte dieses Gespräch niemals stattgefunden.«

»Und was soll das alles?«, wollte Bahroff verwirrt wissen.

»Keine Lügen mehr«, gab Santek ernst zurück. »Ihr sogenannter *Talisman* ist ein Zellaktivator, ein technisches Gerät, das seinen Träger unsterblich machen soll. Der Haken daran ist: Ich habe Sie fast drei Monate lang untersucht und kann diese Behauptung trotzdem weder ausschließen noch bestätigen. Allerdings habe ich genügend wissenschaftlich überprüfbare Daten gesammelt, die belegen, dass Sie sich körperlich verändert haben – und das in einem Ausmaß und in einem Tempo, was nicht durch natürliche Ursachen erklärt werden kann.«

»Ich verstehe nicht, was Sie ...«

»Das werden Sie gleich. Ich halte Sie für einen intelligenten Mann, Bahroff. Und ich weiß, dass Sie Sergh da Teffron zu kennen glauben. Aber vertrauen Sie mir, wenn ich Ihnen sage, dass er Sie früher oder später umbringen lassen wird. Spätestens wenn sich herausstellt, dass Ihr Zellaktivator tatsächlich hält, was er verspricht, wird er Ihnen das Gerät abnehmen und für sich selbst beanspruchen. Ich nehme an, dass Ihnen das klar ist?«

»Der ... der Gedanke ist mir bereits gekommen«, antwortete Bahroff zögerlich.

»Gut«, zeigte sich der Ara zufrieden. »Wie ich schon sagte, kann ich die Wirkung des Aktivators nicht mit letzter Sicherheit bestätigen. Zumindest nicht hier und mit den vergleichsweise bescheidenen Mitteln, die dieses Labor bietet. Auf Aralon dagegen ...«

»Moment, Moment!« Diesmal war es an Stiqs Bahroff, seinem Gegenüber in die Parade zu fahren. »Das geht mir alles ein bisschen zu schnell. Ich ...«

»Uns läuft die Zeit davon. Es ist *Ihr* Leben, Stiqs. Ich kann Sie zu nichts zwingen. Allerdings ist mir nicht verborgen geblieben, dass Sie Nachforschungen über mich angestellt haben. Ihnen muss längst klar sein, dass ich kein gewöhnlicher Aramediziner bin. Ich verfüge über Verbindungen, die es uns beiden erlauben, das Artekhsystem unbemerkt zu verlassen. Ich weiß, dass das alles sehr plötzlich kommt, aber die Dinge sind in Bewegung geraten.«

»Was meinen Sie mit *in Bewegung geraten?«*, wollte Bahroff wissen. »Welche *Dinge?«*

»Ich habe schon zu viel gesagt.« Santek hob abwehrend beide Arme. Er warf einen raschen Blick auf die Zeitanzeige seines Arbeitspults. »Wenn Sie sich für die Flucht entscheiden, müssen wir morgen Nachmittag aufbrechen. Ich wünschte, ich hätte mehr Zeit, Sie von der Lauterkeit meiner Motive zu überzeugen. Sie sind misstrauisch; das ist Ihr gutes Recht. Was ich Ihnen sagen kann, ist Folgendes: Ihr Körper hat sich an die Impulse des Aktivators ... gewöhnt. Es ist unmöglich vorherzusagen, was geschieht, wenn Sie ihn dauerhaft ablegen. Ich habe Ihr Erbgut untersucht und massive Umgruppierungen auf der Molekularebene entdeckt. Ich habe keine Ahnung, was das bedeutet, aber ich verspreche Ihnen: Auf Aralon werde ich es herausfinden!«

»Ich ... ich kann ... ich muss darüber nachdenken«, stieß Bahroff hervor.

»Ich brauche Ihre Antwort morgen früh, damit ich alles Notwendige in die Wege leiten kann. Lassen Sie sich nichts anmerken. Falls Sie sich für eine Flucht entscheiden, nehmen Sie nichts mit. Gehen Sie Ihrer Arbeit nach, als wäre nichts geschehen. Kommen Sie morgen wie üblich zur Untersuchung. Wenn Sie bereit sind, mit mir nach Aralon zu fliegen, sagen Sie den Satz: *Ich glaube, ich habe mir den Magen verdorben.* Ich werde antworten: *Gut. Ich mache vorsichtshalber eine Ultraschall-Gastroskopie.* Wir treffen uns dann drei Stunden später vor dem Verteiler zu den Hangars in Sektor 22.«

»Und wenn ich hierbleiben will?«, fragte Bahroff.

»Dann kann ich Ihnen nur viel Glück wünschen. Sie werden es brauchen.« Mit den letzten Worten kehrte der Mediziner an sein Arbeitspult zurück. Sekunden später fuhr das schwere Doppelschott auf, und Santek bat seinen Besucher, sich auf die Behandlungsliege zu legen, damit er mit den üblichen Tests beginnen konnte.

Nach außen ließ Stiqs Bahroff die Prozedur mit der gewohnten Gleichgültigkeit über sich ergehen, doch sein Verstand arbeitete auf Hochtouren. Seine Ahnungen hatten ihn nicht getrogen. Im Artekhsystem gingen große Dinge vor sich. Wenn er die nächsten Wochen und Monate schadlos überstehen wollte, durfte er keinen Fehler machen.

Kapitel 9

»Immer noch nichts?«

Angech Anatarawan versuchte über den breiten Rücken Eineos einen Blick auf das Display des Messgeräts zu erhaschen. Im Licht der aufgestellten Scheinwerfer konnte er jedoch nicht viel erkennen.

»Nein. Keine Röntgenstrahlung, keine Radioaktivität, nichts.«

»Dann sollten wir es riskieren. Diese Stelle ist genauso gut wie jede andere«, flüsterte Iessa.

»Warum flüsterst du?«, fragte Stynn. »Hier gibt es niemanden außer uns. Oder hast du Angst, dass dir die Geister der Ahnen in den hübschen Hintern beißen?«

»Ach, halt den Mund!«, fuhr die Sironerin ihn an.

»Lass sie in Ruhe!«, mischte sich Ghard ein.

Stynn grinste und legte den Kopf schief. »Oh, entschuldige. Ich vergaß«, sagte er. »Auf Iessas Hintern hast *du* ja schon ein Auge geworfen.«

Ghard wollte auf Stynn losgehen, doch Angech trat ihm blitzschnell in den Weg. Seine Rechte schoss nach vorn und traf den jungen Mann an der empfindlichen Stelle knapp unterhalb des Kehlkopfs. Die Kraft des Schlages war genau bemessen. Ghard schnappte nach Luft, lief für einen Moment rot an und gewann schließlich wieder die Kontrolle über seine Atmung zurück. Keuchend lehnte er sich gegen die Wand des Korridors, in dem sie vor einer guten Stunde haltgemacht hatten.

»Willst du hier tatsächlich eine Schlägerei anfangen?«, zischte Angech. »Reiß dich gefälligst zusammen, verdammt! Du benimmst dich wie ein kleines Kind. Hast du vergessen, warum wir hier sind?«

Ghard schluckte mehrfach und rieb sich den schmerzenden Hals. Schließlich nickte er heftig und wandte sich wieder seiner Arbeit zu. Als Angech sich umdrehte, starrte er direkt in das amüsierte Gesicht Stynn Jariharatans.

»Leicht reizbar, der Kleine, was?«, sagte Stynn.

Angech drängte ihn mit sanfter Gewalt ein paar Meter weiter

in den Gang hinein. Hier war es beinahe stockdunkel; die Atmosphäre im Innern des Wracks schien künstliches Licht geradezu aufzufressen.

»Hör mir jetzt genau zu!«, sagte er leise. »Du magst deine Bemerkungen für witzig halten, aber das sind sie nicht. Sie sind kindisch, platt und beleidigend. Ich möchte dich deshalb bitten – in aller Freundschaft, versteht sich –, dich in Zukunft ein wenig zurückzuhalten. Kannst du das für mich tun?«

Das Grinsen war aus Stynns Gesicht verschwunden, und für einen Moment schien es, als wolle er aufbegehren. Dann jedoch entspannte er sich.

»Klar«, sagte er. »Tut mir leid.«

Ohne ein weiteres Wort kehrte Angech zu den anderen zurück. Eineo hatte seine Messungen inzwischen abgeschlossen. Iessa und Yoel waren dabei, den Thermokompressor einsatzbereit zu machen.

»Können wir?«, fragte er in die Runde.

»Ich bin so weit«, sagte Ghard leise. Er hatte sich den Akkumulator auf den Rücken geschnallt und hielt das Griffstück des Mischrohrs mit der rechten Hand.

Angech nickte ihm aufmunternd zu. »Such dir eine Stelle aus!«

Ghard zögerte kurz, hob dann aber die Mündung des Mischrohrs und betätigte den Auslöser. Mit einem Knall entzündete sich die Heizflamme. Er drehte den Regler so lange, bis sie in ein dunkles Blau überging, und schaltete den Thermokompressor zu. Auf Angechs Zeichen setzten sie ihre Schutzbrillen auf.

Das ist der Moment, dachte er. *Wir haben gewusst, auf was wir uns einlassen. Jetzt gibt es kein Zurück mehr.*

Der ultraheiße Elektronenstrahl drang scheinbar mühelos in das Material der Korridorwand ein. Winzige Funken aus flüssigem Metall spritzten nach allen Seiten. Ghard zog eine gerade Linie von links nach rechts. Angech wartete darauf, dass etwas geschah, dass das Schiff sich wehrte, doch es blieb alles ruhig.

Der Sironer blickte wie hypnotisiert auf die Heizflamme, die inzwischen die Richtung geändert hatte und nach unten wanderte. Zwei, vielleicht drei Minuten noch, dann war der Durchbruch geschafft, dann würde Angech Anatarawan der Erste sein, der den zentralen Bereich des Heiligtums betrat. Niemals zuvor war jemand so weit gekommen.

»Vielleicht ist das alles ein Test.« Unwillkürlich hatte Iessa wieder zu flüstern begonnen. »Vielleicht tut uns das Schiff nichts, weil wir Mut und Entschlusskraft bewiesen haben, weil wir würdig sind, und ...«

Angech legte der Frau einen Arm um die Schultern. Er spürte, wie sie zitterte. »Schon gut«, sagte er sanft. »Wir haben alle Angst.«

Mit einem leisen Knall schaltete Ghard den Schneidbrenner ab. Er schob seine Schutzbrille in die Stirn und trat zwei Schritte zurück. Das Rechteck, das er in die Wand des Korridors geschnitten hatte, maß etwa einen mal eineinhalb Meter. Seine Ränder glühten noch immer in düsterem Rot.

»Soll ich ...?«, setzte Ghard an, doch da war Stynn bereits nach vorn gesprungen und hatte dem Rechteck einen kräftigen Tritt mit seinem Stiefel versetzt. Das Wandstück löste sich, kippte nach hinten und schlug mit einem scheppernden Krachen auf den Boden.

Angech bedachte Stynn mit einem wütenden Blick. Dann schüttelte er den Kopf. Er gab es nur ungern zu, aber im Prinzip hatte sein Begleiter recht. Wenn das Schiff bis jetzt noch nicht reagiert hatte, lag das ganz sicher nicht an ihrer vorsichtigen Zurückhaltung. Sie hatten sich soeben durch die Wand eines Korridors geschnitten, der nach den letzten Berechnungen unmittelbar an der inneren Kugelschale des Wracks vorbeiführte. Wenn etwaige Abwehreinrichtungen auf so etwas nicht reagierten, gab es sie vermutlich gar nicht.

Wir befinden uns in einem havarierten Raumschiff, dachte er. *Es wäre absolut denkbar, dass die Sicherheitsanlagen – wie immer diese auch aussahen – bei der Notlandung beschädigt worden sind. Außerdem ist das Wrack uralt. Vielleicht sind die meisten Systeme ohnehin nicht mehr funktionsfähig.*

Es blieb die Frage, was es dann mit den Gerüchten über die *Schwierigkeiten* auf sich hatte, auf die die Wissenschaftler der Regierung angeblich gestoßen waren. Wenn das Wrack tatsächlich keinerlei Mittel besaß, um Störenfriede von außen aufzuhalten – warum hatte man ihm dann nicht längst alle Geheimnisse entrissen?

»Auf was warten wir noch?«, fragte Stynn. »Wenn du nicht willst, mache ich gerne den Anfang.«

»Nein«, erwiderte Angech. »Wir weichen nicht vom vorgesehenen Plan ab. Ich gehe als Erster.«

Er straffte sich und schritt auf die Öffnung zu. Der Geruch nach heißem Metall stieg ihm in die Nase. Die nur langsam erkaltenden Ränder des Durchgangs knackten leise. Ansonsten herrschte eine gespenstische Stille.

Entschlossen umklammerte Angech seinen Scheinwerfer und schob sich durch das gewaltsam geschaffene Loch. Auf der anderen Seite erwartete ihn ein Gang, der dem, in dem seine Freunde warteten, bis aufs Haar glich. Er machte ein paar Schritte, leuchtete in den Korridor hinein und lauschte. Nichts.

»Alles klar bei dir?«, hörte er die dumpfe Stimme Eineos von der anderen Seite.

»Alles klar«, antwortete er. »Ihr könnt nachkommen.«

Zehn Minuten später erreichten sie ein verschlossenes Schott. Rechts an der Wand entdeckte Angech ein flaches Tastenfeld. Darüber war ein handtellergroßer Bildschirm angebracht.

»Kennt jemand die Kombination?«, wollte Yoel scherzhaft wissen. Keiner lachte.

»Wir könnten natürlich wieder durch die Wand brechen«, sagte Eineo. »Allerdings hält der Kompressor nicht ewig. Von den durch die Notlandung verursachten Zerstörungen ist hier kaum noch etwas zu erkennen, und wir können uns nicht mehrere Hundert Meter durch die Kernzelle des Schiffes schneiden.«

»Ich weiß«, gab Angech knapp zurück. Er hatte sich das alles anders vorgestellt. Bislang waren sie auf wenig mehr als kahle Gänge und verschlossene Schotte gestoßen. Keine technischen Einrichtungen, keine Lagerräume voll mit den magischen Schätzen einer hochstehenden Kultur. Das Innere des Wracks schien vollkommen leer zu sein.

Mach dich nicht lächerlich!, schalt er sich selbst. *Du hast bisher nicht einmal einen Bruchteil dieses gigantischen Schiffes gesehen.*

Angech war das natürlich klar. Eine achthundert Meter durchmessende Kugel besaß sagenhafte 268 Millionen Kubikmeter Rauminhalt. Selbst eine ganze Legion von Forschern würde Jahre brauchen, um jeden Winkel des Wracks zu durchsuchen.

Stynn war inzwischen an das Tastenfeld herangetreten und studierte es aufmerksam. Bevor Angech es verhindern konnte, hatte er die rechte Hand gehoben und wahllos einige der mit fremdartigen Zeichen versehenen Tasten gedrückt.

»Hast du den Verstand verloren?«, rief Iessa. »Willst du uns etwa ...«

Sie beendete ihren Satz nicht mehr, denn in diesem Moment

geschahen zwei Dinge gleichzeitig. Das Schott fuhr mit einem grauenerregenden Knirschen auseinander, und ein blassroter Lichtstrahl stand für einen Lidschlag schräg in der Luft. Er begann irgendwo in der Dunkelheit hinter dem Schott und endete auf Iessas Brust – genau dort, wo ihr Herz unter dem graubraunen Pilgermantel schlug.

Die Frau hatte die Augen weit aufgerissen. In ihrem Gesicht mit den rosigen Wangen und der leicht nach oben gekrümmten Stupsnase spiegelte sich grenzenlose Überraschung. Wo der Strahl sie getroffen hatte, erkannte Angech einen kleinen schwarzen Fleck auf dem groben Mantelstoff. Zwei, vielleicht auch drei Sekunden verstrichen in absoluter Lautlosigkeit. Dann kippte Iessa nach vorn und schlug hart auf den Boden des Korridors.

Noch immer sagte niemand ein Wort, standen sie alle wie festgefroren auf der Stelle. Stynn starrte abwechselnd auf die reglos vor ihm liegende Frau und auf das Tastenfeld neben dem offenen Schott. Er schien gar nicht zu begreifen, was geschehen war.

Ghard reagierte als Erster. »Iessa!«

Nie zuvor hatte Angech so viel Schmerz in einer Stimme gehört. Ghard brach neben der Sironerin auf die Knie, packte ihren leblosen Körper und zog ihn an sich. Seine Schultern bebten, und er stieß kehlige Laute aus, die eine Mischung aus Weinen und Schreien waren und schaurig von den Korridorwänden widerhallten.

Angech spürte, wie der Kloß in seinem Hals dicker wurde. Er wollte etwas sagen. Er *musste* etwas sagen, denn er war der Anführer. Er hatte sie hierher gebracht, und jetzt war die Lage außer Kontrolle geraten. Iessa war tot, und er war verantwortlich. Er war ...

Mit einem Brüllen, das etwas Animalisches an sich hatte, sprang Ghard wieder auf die Füße. Niemand griff ein, als er mit zwei Sätzen Stynn erreichte und diesem die Faust ins Gesicht schmetterte. Der Sironer stolperte rückwärts, versuchte sich am Rahmen des Schotts festzuhalten, rutschte jedoch ab und ging zu Boden. Sofort war Ghard über ihm und prügelte wie besessen auf ihn ein. Angech vernahm ein scharfes Knacken. Blut schoss aus der Nase des Angegriffenen, doch Stynn wehrte sich noch immer nicht. Dann waren Eineo und Yoel heran, packten den tobenden Ghard und zogen ihn von seinem Opfer weg.

»Wir müssen von hier verschwinden«, brachte Angech heiser hervor. »Wir ... wir sind nicht mehr sicher. Stynn ... hilf mir mit ihr!«

Er schob seine Arme unter Iessas Schulterblätter und nickte Stynn ungeduldig zu. Der kreisrunde Fleck, den sein Scheinwerfer auf Wände und Decke des Korridors warf, machte die Bewegung mit. Warum hatte das Schiff nicht auch ihn und die anderen getötet? Dieser Lichtstrahl musste eine Art Laser gewesen sein. Er hatte von entsprechenden Experimenten mit energetisch angeregten Photonen gelesen, doch solche Dinge steckten noch in den Anfängen.

Angech war davon überzeugt, dass Stynns Herumspielen an dem Tastenfeld nichts mit dem Öffnen des Schotts zu tun hatte. Die Wahrscheinlichkeit, dass er durch Zufall den richtigen Kode erwischt und so den Mechanismus aktiviert hatte, war praktisch gleich null. Nein, das Schiff selbst musste sie bemerkt haben. Vielleicht reagierte es erst jetzt, weil es zehntausend Jahre praktisch brachgelegen hatte und sich erst orientieren musste. Vielleicht sollte der Angriff auch lediglich eine Warnung gewesen sein. Niemand wusste, was im Innern dieses stählernen Riesen lauerte – und wie es darauf reagierte, wenn man es störte.

Langsam dämmerte Angech die furchtbare Wahrheit: Dieses ganze Unternehmen war Wahnsinn gewesen! Er hatte geglaubt, das Risiko kontrollieren zu können. Er hatte auch geglaubt, zum Wohle all jener Sironer zu handeln, deren Ideal eine friedliche und geeinte Welt war. Wie dumm und arrogant er doch gewesen war. Wie sehr er sich selbst überschätzt hatte. In seiner Anmaßung und Überheblichkeit hatte er sich als Prophet gesehen, der seiner Heimat die Lösung aller Probleme brachte. An Iessas Tod war nur einer schuld – er ganz allein!

»Greif zu und nimm ihre Beine, Stynn!«, schrie er unbeherrscht. Tränen rannen ihm die Wangen hinunter.

Stynn Jariharatan sah ihn mit stumpfem Blick an, tat dann aber, was man von ihm verlangte. Noch immer lief Blut aus seiner Nase und tropfte auf den Pilgermantel.

Gemeinsam trugen sie Iessa den Weg zurück, den sie gekommen waren. Der Körper war so unglaublich leicht, fast schwerelos, und doch wäre er Angech mehrmals beinahe aus den Händen geglitten. Irgendwann erreichten sie eine Art Rundhalle, von der eine Reihe weiterer Gänge in alle Richtungen abzweigten.

Yoel, Eineo und Ghard warteten dort bereits. Letzterer machte Anstalten, sich erneut auf Stynn zu stürzen, doch Angech schüttelte nur den Kopf. »Wenn du einen Schuldigen suchst«, rief er laut, »dann nimm mich. Und jetzt hört mir zu! Ich habe euch etwas zu sagen.«

Es hatte mit einer Abweichung in den Ergebnissen der täglichen Messreihen begonnen. Eine winzige Energiespitze auf dem zweiten Frequenzband. Wenig später hatte die einzige noch intakte Ortungsphalanx ein fremdes Raumschiff gemeldet. Der Typ war nicht in den Datenbanken verzeichnet gewesen, die Kennung unbekannt.

Die Positronik aktivierte alle Taster, die ihr zur Verfügung standen. Zwar waren die Sironer in den letzten Jahrzehnten zu einem immer drängenderen Problem geworden, doch ein fremdes Raumschiff im Orbit um den Planeten war eine weitaus ernstere Bedrohung.

Die Tatsache, dass sich ein arkonidischer Admiral gemeldet hatte – oder zumindest ein Arkonide, der behauptete, ein Admiral zu sein –, war bemerkenswert. Aber warum war er dann nicht mit einem arkonidischen Schiff oder gleich einer ganzen Flotte gekommen? Die genannte Dienstnummer war in den Speichern der AR'KELESS nicht vorhanden gewesen. Das hatte freilich nicht viel zu sagen, da die Schiffsarchive traditionell nur die Daten der im eigenen Operationssektor eingesetzten Flottenangehörigen vorrätig hielten. Weiterführende Auskünfte mussten über Hyperfunk eingeholt werden.

Auch wenn eine Positronik kein Bedauern empfinden konnte, so war der Bordrechner der AR'KELESS durchaus in der Lage, die starken funktionalen Einschränkungen, mit denen er seit der Havarie zu kämpfen hatte, als die maßgebliche Hürde zu identifizieren, die ihn an der Erfüllung seiner Aufgaben hinderte. Der Informationsfluss – von jeher essenzielle Voraussetzung für ein System, das Daten verarbeitete – stellte sich als bestenfalls ungenügend dar; vor allem, weil die Hyperfunkanlage irreparabel beschädigt war.

Insofern wusste die Positronik auch nicht, ob der Krieg womöglich längst ein Ende gefunden hatte. Die AR'KELESS war in einem Gefecht mit den Methans schwer getroffen worden und hatte sich in letzter Sekunde mit einer Nottransition retten können. Die unsanfte Landung auf Siron hatte ein Übriges getan, um das Schiff mehr oder weniger handlungsunfähig zu machen, und irgendwann mussten die Überlebenden einsehen, dass es keine Rettung geben würde, zumal potenzielle Bergungsmannschaften gar nicht wussten, wo sie mit der Suche hätten beginnen sollen. Zwar gab es auf Siron ein Militärdepot, und die AR'KELESS war praktisch direkt über der Anlage zum Liegen gekommen, doch die entsprechenden Notrufe der Besatzung blieben unbeantwortet.

So waren aus den Jahren Jahrzehnte und aus den Jahrzehnten Jahrhunderte geworden. Die Besatzung der AR'KELESS hatte sich schon bald nicht mehr um ihr Schiff gekümmert. Der tägliche Kampf um Wasser und Nahrung hatte ihre gesamte Kraft und Aufmerksamkeit gefordert. Weite Teile des Raumers waren ausgeschlachtet worden. Auch der durch den Absturz angeschlagenen Positronik war die dringend nötige Wartung verwehrt geblieben.

Zehntausend Jahre später waren aus den Nachkommen der Überlebenden die Sironer geworden, und deren Zivilisation hatte inzwischen einen Entwicklungsstand erreicht, der der Bordpositronik Sorgen bereitete. Ihrer Programmierung zufolge durfte die kostbare Arkonidentechnik auf keinen Fall in fremde Hände fallen – und die Sironer waren keine Arkoniden mehr. Oder doch?

Der scheinbar unauflösbare Widerspruch dieses Sachverhalts beschäftigte die Positronik bis zum heutigen Tag. Ratlos hatte sie mitangesehen, wie um sie herum eine Millionenstadt entstanden war. Wehrlos hatte sie zunächst akzeptiert, dass Forscher und Abenteurer die äußere Kugelschale nach Verwertbarem durchstöberten. Nun überschlugen sich jedoch die Ereignisse. Nicht nur, dass ein Raumschiff unbekannter Herkunft aufgetaucht war. Auch schickte sich eine Gruppe besonders vorwitziger Sironer an, in die Kernzelle der AR'KELESS vorzudringen, etwas, das der Bordrechner auf keinen Fall erlauben durfte.

Die Möglichkeiten, die zur Abwehr der Ruhestörer eingesetzt werden konnten, waren unerfreulich bescheiden. Selbst der Tod eines weiblichen Sironers hielt den Großteil der Eindringlinge nicht davon ab weiterzumachen.

Als schließlich erneut die Ortungsphalanx Alarm schlug und die ersten Datenpakete der Taster eintrafen, stand die Entscheidung der Positronik fest. Wenn sie noch länger wartete, würde sie gegen ihre Grundprogrammierung verstoßen. Trotz ihres schlechten Zustands war die AR'KELESS eine wertvolle Beute – vor allem für die Vertreter technisch unterlegener Völker. Wenn ihm der Gegner keine Wahl ließ, musste der Bordrechner handeln. Zum Wohl des Imperiums!

Die Positronik benötigte zwei Sekunden, um alles vorzubereiten. Eine unerträglich lange Zeitspanne, jedoch angesichts des allgegenwärtigen Verfalls entschuldbar. Schließlich aktivierte sie den Normalfunk und begann zu sprechen.

»Es tut mir leid«, sagte Angech Anatarawan. »Ich habe euch in diese Lage gebracht, und es tut mir unendlich leid.«

»Hör auf, solchen Unsinn zu reden«, erwiderte Eineo. »Ich erinnere mich nicht, dass du uns mit vorgehaltener Waffe gezwungen hast, dir zu folgen. Jeder von uns ist aus freien Stücken hier und wusste, auf was er sich einlässt.«

»Das mag sein.« Angech schüttelte traurig den Kopf. »Aber auch wenn *ihr* mich von der Verantwortung freisprecht, so kann *ich* das nicht. Ich werde den Weg durch das Wrack fortsetzen und weiter nach der Zentrale suchen. Wer mich begleiten will, kann das tun. Aber ich versichere euch, dass ich von niemandem geringer denke, wenn er sich stattdessen dazu entschließt, nach Hause zurückzukehren. Im Gegenteil! Ich möchte euch sogar inständig bitten, den Rückweg anzutreten. Ihr würdet mir damit eine schwere Last von der Seele nehmen.«

»Ich bleibe«, sagte Ghard tonlos. Er sah Angech dabei nicht an, sondern starrte zu Boden. »Iessa ist für unsere Sache gestorben. Ihr Tod darf nicht umsonst gewesen sein.«

Angech nickte nur. Was hätte er auch sagen sollen?

»Ich bin ebenfalls dabei.« Eineo zuckte mit den Schultern. »Für Iessa ... und für Siron.«

»Für Iessa und für Siron«, wiederholte Yoel Taraharatan. »Ich könnte mir keine besseren Gründe vorstellen.«

Es wurde still. Nach und nach wanderten die Blicke zu Stynn, der ein paar Schritte abseits auf dem Boden hockte und die Arme um die Knie geschlungen hatte. Sein Gesicht und der Pilgermantel waren blutverschmiert. Nach einer Weile hob er den Kopf.

»Das mit Iessa ...«, brachte er stockend heraus, »... tut mir leid. Ehrlich.« Er wischte sich mit dem Ärmel über den Mund und verschmierte dadurch das Blut noch mehr. »Wenn ich das alles ungeschehen machen könnte, würde ich es tun. Aber ich kann es nicht.«

»Es war ein Unfall«, sagte Angech leise. »Nicht du, sondern dieses verfluchte Schiff hat Iessa umgebracht.«

»Das weiß ich doch«, rief Stynn, und es klang beinahe zornig. »Aber tot ist sie trotzdem, und ich kann ... ich kann nicht ...«

Angech ging zu dem hageren Mann hinüber, kreuzte die Hände und legte sie ihm auf die Brust. Stynn sah ihn mit feuchten Augen und bebenden Lippen an.

»Es ist alles gesagt, Stynn«, flüsterte Angech und lächelte. »Ich danke dir, dass du mich auf meinem Weg bis hierher begleitet hast. Und jetzt geh. Wenn die Wüstenengel es wollen, sehen wir uns wieder.«

Stynn erwiderte die Geste. Dann drehte er sich ohne ein weiteres Wort um und hastete davon. Angech wandte sich an die verbliebenen Gefährten.

»Dann mal los!«, rief er. Eineo und Ghard schulterten die Rucksäcke. Letzterer hatte die Leiche Iessas mit einem grauen Tuch bedeckt. Er wusste, dass sie die Tote nicht mitnehmen konnten, doch es fiel ihm sichtlich schwer, sie einfach liegen zu lassen.

»Wir holen sie auf dem Rückweg«, sagte Angech und kam sich dabei furchtbar schäbig vor. Schon wieder ein Versprechen, das er wahrscheinlich nicht würde halten können.

»Schon gut«, sagte Ghard. »Ich ...«

In diesem Moment hallte ein hartes Knacken durch den Korridor. Etwas rauschte wie ein schlecht eingestellter Radioempfänger. Dann begann eine kalte, mechanische Stimme zu sprechen, und mit jedem weiteren Wort wurden die Gesichter der Sironer blasser.

Kapitel 10

»Ich halte diese ganze Sache nach wie vor für ein Himmelfahrtskommando.« Crest betrachtete die vor wenigen Minuten von Je-Ron-Tia gebrachten Anzüge mit unverhohlener Skepsis.

Perry Rhodan lächelte. »Misstrauen Sie als Wissenschaftler etwa den Berechnungen unserer trebolanischen Freunde?«

»Darum geht es doch gar nicht.« Crest schüttelte unwillig den Kopf. »Ich bin lediglich der Ansicht, dass wir genauso gut mit einem Gleiter landen können. Wir wissen nicht einmal, ob die AR'KELESS überhaupt die Mittel hat, uns aufzuhalten.«

»Genau das ist ja der Punkt.« Atlan hatte die für ihn gefertigte Montur bereits angelegt und bewegte sich probeweise durch den Konferenzraum. »Wir müssen Siron erreichen, ohne dass uns die Positronik des Kreuzers bemerkt. Sehen Sie das Ganze einfach als ein großes Abenteuer.«

»Für Ihre angeblichen zehntausend Jahre sind Sie ziemlich infantil«, entgegnete Crest. »Ich darf Ihnen allerdings versichern, dass ein Zellaktivator wenig hilft, wenn Sie mit zweihundert Stundenkilometern auf dem Wüstenboden Ihres schönen Depotplaneten aufschlagen – sofern Sie überhaupt so weit kommen und nicht schon vorher in der Atmosphäre verglühen!«

»Machen Sie sich keine Sorgen, Crest!«, sagte Iwan Goratschin mit seiner tiefen Bassstimme. »Während meiner Zeit bei den Marines habe ich zahlreiche Fallschirmsprünge absolviert – wenn auch nicht aus so großer Höhe. Ich habe die Verhältnisse genau studiert. Wir haben eine großartige Thermik, und die geringere Schwerkraft wird uns ebenfalls helfen. Sie werden wie eine Feder zu Boden gleiten. Außerdem hängen Sie an meinem Sicherungsseil. Ich verspreche Ihnen, dass ich Sie heil nach unten bringe. Und wer weiß: Vielleicht macht es Ihnen sogar Spaß.«

Rhodan musste unwillkürlich grinsen. Goratschin freute sich ganz offensichtlich wie ein kleines Kind auf das bevorstehende Unternehmen.

Sie hatten sich nach dem Rückzug aus dem Orbit von Siron lange beraten. Die Idee, mit einem Gleiter auf die dem Wrack abgewandte Seite des Planeten zurückzukehren und von dort per Gleitschirm abzuspringen, hatte tatsächlich der in Russland geborene Zündermutant gehabt.

»Wir dürfen natürlich nur das Allernötigste an technischen Hilfsmitteln mitnehmen«, hatte er argumentiert. »Nichts, was die AR'KELESS eventuell orten kann. Wenn wir erst einmal am Boden sind, reisen wir mit lokalen Verkehrsmitteln weiter. Ich spreche mit Je-Ron-Tia und Ril-Omh-Er. Ich bin sicher, dass sie die benötigte Ausrüstung aus Spinnenseide herstellen können.«

Rhodan erinnerte sich noch an Ishy Matsu, die ihren großen Freund nur angesehen und sich mit dem Zeigefinger an die Stirn getippt hatte. Atlan da Gonozal war dagegen sofort Feuer und Flamme gewesen, was beinahe zwangsläufig zur Folge hatte, dass Crest in die Rolle des notorischen Bedenkenträgers schlüpfte. Belinkhar zuckte nur mit den Schultern, und Chabalh ließ keinen Zweifel daran, dass er dorthin gehen würde, wohin auch Rhodan ging.

Knapp vierundzwanzig Stunden später waren die speziellen Anzüge fertig, die sie bei einem Absprung aus rund dreißig Kilometer Höhe vor den eisigen Temperaturen schützen und mit Atemluft versorgen sollten. Iwan Goratschin erklärte, dass man sich zudem auf einige weitere Herausforderungen einrichten müsse.

»Durch den fehlenden Luftwiderstand in dieser Höhe werden wir verdammt schnell sein und die Schallmauer durchbrechen. Geschwindigkeiten von bis zu deutlich über tausend Stundenkilometern sind keine Seltenheit. Die dabei erzeugte Druckwelle, die wir vor uns herschieben, erhitzt beim Eintritt in die dichteren Schichten der Atmosphäre die umgebenden Luftmoleküle. Heißer als zweihundert Grad Celsius sollten wir allerdings nicht werden, also nichts, was ein gut isolierter Anzug nicht aushielte. Als ein größeres Problem sehe ich dagegen die Schwerkraft an. Die natürlichen atmosphärischen Bremskräfte werden uns ziemlich zusammenstauchen. Zwischen drei und acht g würde ich sagen.«

An dieser Stelle hatte Crest die Hände über dem Kopf zusammengeschlagen und gerufen: »Bei allen Göttern Arkons, Perry! Wo haben Sie diesen Verrückten aufgetrieben?«

»Ich schlage vor«, fuhr Goratschin unbeeindruckt fort, »dass sich die erfahrenen Springer und die weniger geübten jeweils per Seil miteinander verbinden. Die Gleitschirme sind extrem klein, sodass die Gefahr einer Kollision gering ist. Ich werde mich um Ishy und Crest kümmern. Perry, der während des Astronautentrainings ebenfalls Sprungpraxis sammeln konnte, nimmt Belinkhar und Chabalh ins Schlepptau. Atlan ... Trauen Sie sich den Sprung allein zu?«

Der Arkonide hatte genickt, und damit war die Sache beschlossen.

Rhodan nahm den für ihn vorgesehenen mattgrauen Anzug und legte ihn mit geübten Bewegungen an. Alle, die an der Expedition teilnahmen, hatten für sironische Verhältnisse typische Bekleidung erhalten. Alle mit Ausnahme Chabalhs. Der Purrer würde ohnehin nicht als Sironer durchgehen und musste die Rolle eines exotischen Haustiers spielen. Da er trotz Rhodans gutem Zureden partout nicht auf der HIS-KEM-IR zurückbleiben wollte, hatte er sich schließlich in sein Schicksal gefügt.

Die beiden Arkoniden hatten sich außerdem die Haare gefärbt und ein pigmentstimulierendes Präparat geschluckt, das ihre helle Hautfarbe für mehrere Tage abdunkeln würde. Es war erstaunlich, wie stark sich ihr Äußeres dadurch verändert hatte.

Zuerst kam Rhodan die Montur aus Spinnenseide furchtbar eng und unbequem vor, doch schon nach den ersten Schritten schien sich das Material zu entspannen und lag danach faltenfrei am Körper an. Fasziniert strich er über die glatte Oberfläche. Dann zog er die Handschuhe an und probierte den volltransparenten Helm. Goratschin half ihm beim Festmachen des flexiblen Gestells für den Gleitschirm.

»Wenn wir Siron erreicht haben, bilden wir zwei Gruppen«, erläuterte Rhodan die weiteren Pläne. Natürlich erzählte er damit den anderen nichts Neues, denn das Vorgehen war im Vorfeld ausführlich besprochen worden, doch als Astronaut hatte er gelernt, dass es die Nerven aller Beteiligten beruhigte, wenn man vor einem Einsatz noch einmal die wichtigsten Fakten vor seinen Kameraden wiederholte.

»Iwan, Ishy und Belinkhar bilden die erste, Crest, Atlan, Chabalh und ich die zweite Gruppe. Wir schlagen uns unabhängig voneinander nach Keless durch, bleiben aber per Funk in Verbindung. Auf dem Weg gilt es, so viele Informationen wie möglich zu sammeln. In der Stadt treffen wir uns wieder und legen die nächsten Schritte fest. Fragen?«

Crest warf ihm einen vernichtenden Blick zu, sagte aber nichts. Goratschin streckte die Hand mit dem nach oben gereckten Daumen vor. Kurz darauf meldete Ril-Omh-Er den Gleiter einsatzbereit.

Mit einem leisen Klicken schnappte der Karabinerhaken ein. Rhodan zog probeweise an dem bleistiftdünnen Seil, das ihn nun mit Belinkhar verband. Die ehemalige Matriarchin sah in dem eng anliegenden Anzug nicht unvorteilhaft aus.

»Ist das die Art und Weise, wie sich Männer auf der Erde ihre Frauen einfangen?«, fragte die Mehandor und lächelte schelmisch.

»Nein.« Rhodan lächelte zurück. »Aber so verhindern Frauen auf der Erde, dass ihnen ihre Männer davonlaufen.«

Belinkhar beugte sich wie zufällig nach vorn, um den Sitz ihres Gleitschirms zu überprüfen. Dabei kam ihr Mund dem Ohr Rhodans so nahe, dass er ihren warmen Atem spüren konnte.

»Lass mich da draußen nicht fallen«, hauchte sie.

Mit einer Mischung aus Ärger und Scham registrierte er, dass er errötete wie ein Schuljunge. Diese Frau war ...

»Achtung! Absprung in zwei Minuten!«

Iwan Goratschins lautstarke Stimme holte ihn in die Realität zurück. Er stand kurz davor, einen Stratosphärensprung zu absolvieren. Da blieb für romantische Träumereien keine Zeit.

Die HIS-KEM-IR hatte den weltraumtauglichen Gleiter praktisch im Vorbeiflug ausgeschleust respektive aus*gespuckt,* wie Ishy Matsu es formulierte. Das primitive Fahrzeug, das aus wenig mehr als einer Lastkabine und einem Triebwerk bestand, würde in der Atmosphäre verglühen.

Rhodan warf einen Blick auf Chabalh. Der Purrer sah aus, als würde er sein Gelübde, ihm auf Schritt und Tritt zu folgen, zum ersten Mal bereuen.

Iwan Goratschin wies sie an, die Helme zu schließen und die interne Versorgung der Anzüge zu aktivieren. Er überzeugte sich persönlich davon, dass alle seiner Anordnung nachgekommen waren, und öffnete erst dann per Knopfdruck die Seitentür des Gleiters.

Hingerissen betrachtete Rhodan die gelbgraue Kugel Sirons unter sich. Er erinnerte sich an einen seiner ersten Testflüge mit einem Überschalljet der USAF, einem Prototypen, der in einer Flughöhe von achtzehntausend Metern eine Geschwindigkeit von 4,3 Mach erreichte. Damals hatte er die Erde zum ersten Mal vom Weltraum aus gesehen – und es hatte ihn wie ein Blitz getroffen.

Natürlich hatte man ihn während der Ausbildung auf diesen Moment vorbereitet, hatte ihm wieder und wieder gesagt, dass die Bilder und Simulatoren nur eine billige Kopie dessen waren, was man schließlich selbst im Cockpit erlebte, doch der Anblick war so überwältigend gewesen, so erhaben und friedlich, dass er sich tief in seine Seele gebrannt und ihn nie mehr losgelassen hatte.

Auch jetzt spürte er es wieder, dieses Gefühl des In-sich-Ruhens, der absoluten Grenzenlosigkeit. Hier oben verschoben sich die Perspektiven so umfassend, dass man gar nicht anders konnte, als sich selbst in Frage zu stellen. Hier oben war man der Schöpfung so nahe, dass man ihren Herzschlag hören konnte.

»Und ab!«

Vor Rhodans Augen tauchte die Gestalt Atlans auf, der sich soeben aus dem Gleiter fallen ließ und rasend schnell in der Tiefe verschwand.

»Jetzt du, Perry!« Goratschin schlug ihm auffordernd auf den Rücken.

Rhodan vergewisserte sich, dass Belinkhar und Chabalh bereit waren – zumindest so bereit, wie man es in Anbetracht der Umstände erwarten konnte. Dann zählte er mit den Fingern von drei rückwärts – und sprang.

Sein letzter Fallschirmsprung lag Jahre zurück. Er spürte eine seltsame Schwere, hatte das Gefühl, als würde sich sein Körper wie ein Ballon langsam mit Luft füllen. In seinem Helmempfänger hörte er das hektische Schnaufen Chabalhs und die schnellen Atemzüge Belinkhars.

»Ruhig bleiben«, sagte er über Funk. »Denkt an eure Einweisung! Eure Körper reagieren lediglich auf den ungewohnten Stress. Atmet langsam und kontrolliert! Die Anzüge schützen euch. Genießt einfach die Aussicht!«

Rhodan musste zugeben, dass die Trebolaner ganze Arbeit geleistet hatten. Auf der Erde hatten Stratosphärensprünge zu Beginn des einundzwanzigsten Jahrhunderts mehrere Menschenleben gefordert. Mit den Anzügen aus Spinnenseide konnte man beinahe vergessen, dass man sich im freien Fall und viele Kilometer über einer Planetenoberfläche befand.

Rhodan warf einen Blick auf die primitive Digitalanzeige an seinem Handgelenk. Sie listete die wichtigsten Parameter wie Höhe, Geschwindigkeit und Außendruck auf.

»Achtung! Wir durchbrechen in wenigen Sekunden die Schallmauer!«, rief er.

Der Knall, der durch die von seinem Körper komprimierte Luft und den dadurch verursachten Druckausgleich entstand, war kaum zu hören. Vermutlich war die Atmosphäre noch immer zu dünn; zudem hielt der Helm die Außengeräusche ab.

Er war nun seit einer guten Minute unterwegs. Suchend drehte er den Kopf, um nach den Gefährten zu sehen, doch außer Belinkhar und Chabalh in seinem Schlepptau erkannte er gegen den dunkelblauen Hintergrund des Weltalls nicht viel.

Eine weitere Minute später begann sein Anzug zu leuchten. Die Temperaturanzeige kletterte erst langsam, dann immer schneller auf einhundert Grad Celsius und darüber hinaus. Rhodan streckte Arme und Beine, um der dichter werden Lufthülle mehr Widerstand zu bieten und seinen rasenden Sturz abzubremsen. Neben ihm tauchte Belinkhar auf. Sie winkte ihm kurz zu, und er winkte zurück.

»Ich kann dich sehen, Perry«, hörte Rhodan die Stimme Iwan Goratschins im Helmempfänger. »Wir aktivieren die Gleitschirme auf achttausend Meter Höhe. Danach erwartet uns ein ruhiger Flug von etwa vierzehn Stunden Dauer.«

»Und welche Filme werden an Bord gezeigt?«, fragte Ishy Matsu. Goratschin lachte ausgelassen.

Inzwischen erkannte auch Rhodan seine Mitstreiter; nicht zuletzt deshalb, weil deren Anzüge ebenfalls in sanftem Elfenbein glühten. Er selbst spürte nichts, insofern stand zu vermuten, dass dieser Effekt eine rein optische Reaktion des Materials auf die erhöhte Temperatur war. Kein Wunder, dass die Arkoniden seit Jahrzehnten hinter der Seide und den von den Trebolanern eingesetzten Verarbeitungsmethoden her waren. Offenbar war der Rohstoff so flexibel, dass man beinahe alles daraus fertigen konnte.

Als der Höhenmesser die Achttausendmetermarke erreichte, drückte Rhodan einen Schalter an seinem Gürtel, und aus dem Gestell, das sich wie ein dünner Panzer um seinen Körper schmiegte, klappten vier v-förmige Stummelflügel. Fast übergangslos ging sein Fall in ein Gleiten über. Unter sich sah er felsige Wüste. In der Ferne schimmerten die Gipfel eines flachen Gebirgszugs im Licht der aufgehenden Sonne.

In der kommenden Stunde sagte niemand etwas. Sirona schob sich langsam über den Horizont und tauchte die Landschaft in ein Meer aus Braun, Gelb und Gold. Die Sonnenscheibe war deutlich größer als auf der heimischen Erde, und wenn er lange genug durch die Filter der Helmscheibe blickte, machte er immer wieder winzige Protuberanzen aus, die wie kleine Finger über den Rand des mächtigen Feuerballs hinausstachen.

Als sich Rhodans Helmfunk aktivierte, erwartete er Goratschin oder Belinkhar zu hören. Die kalt und mechanisch klingende

Stimme, die sich stattdessen meldete, jagte ihm unwillkürlich einen Schauer über den Rücken – und das galt umso mehr für das, *was* sie sagte:

»Hier spricht das arkonidische Schlachtschiff AR'KELESS! Da bislang alle meine Warnungen ignoriert wurden, habe ich soeben meine Selbstzerstörungsanlage aktiviert. In exakt zweiundsiebzig Stunden von jetzt an wird die AR'KELESS gesprengt. Das dabei in Mitleidenschaft gezogene Areal der Stadt Keless umfasst ein in etwa kreisförmiges Gebiet mit dem Kreuzer als Mittelpunkt und einem Radius von mindestens zweitausendfünfhundert Metern. Die zeitliche Verzögerung ist ein Zugeständnis meinerseits, um eine Evakuierung des betroffenen Bereichs zu ermöglichen und unnötige Opfer unter der Stadtbevölkerung zu vermeiden. Jeder Versuch, die Detonation zu verhindern oder anderweitig zu beeinflussen, zieht eine sofortige Sprengung ohne weitere Warnung nach sich. Ich wiederhole ...«

Sekundenlang sagte niemand etwas. Rhodans Kehle schmerzte, und sein Mund war plötzlich so trocken wie die Wüste unter ihm. »Mein Gott«, flüsterte er. »Was haben wir angerichtet?«

Kapitel 11

Stiqs Bahroff starrte blicklos auf die Meldungen, die in stetem Strom über den Holoschirm liefen. Der Sessel vor dem Arbeitstisch in seiner Privatkabine kam ihm ungewöhnlich groß vor. Die Wucht, die das Möbelstück ausstrahlte, war ihm bisher nie aufgefallen.

Vor fünf Minuten waren zwei Großtransporter aus dem Elenimsystem eingetroffen. Ihre Fracht: die furchtbarste Waffe, die die Galaxis jemals gesehen hatte. In den Lagerräumen der beiden Schiffe warteten insgesamt zweitausendzweihundert Arkonbomben auf ihren möglichen Einsatz!

Der Halbarkonide rieb sich die brennenden Augen. Er hatte versucht zu schlafen, doch trotz seiner deutlich fühlbaren Erschöpfung war es ihm nicht gelungen, die nötige Ruhe zu finden. Seit seinem Gespräch mit Santek hatte die Welt ihre gewohnten Strukturen verloren. Es gab plötzlich kein Richtig oder Falsch mehr. Schwarz und Weiß hatten sich zu einem diffusen Grau vermischt.

Bahroff verfolgte die Entladung der Transporter. Über seine Steuerkonsole hatte er Zugriff auf sämtliche Sicherheitskameras des Geflechts. Die Aufnahmen aus den Hangarbereichen der ersten Ebene waren dreidimensional und gestochen scharf. Hätte er es nicht besser gewusst, hätte er annehmen können, durch ein Fenster direkt in die riesige Halle zu schauen.

Arkonbomben funktionierten nach dem Prinzip der hyperenergetischen Anregung. Vereinfacht gesprochen sendete die Waffe eine frequenzmodulierte Fünf-D-Strahlung aus, die die Atomkerne von chemischen Elementen einer definierten Ordnungszahl zur Fusion veranlasste. Dabei wurden weitere Emissionen freigesetzt, die zu einem Schneeballeffekt führten und eine Kettenreaktion in Gang setzten, die erst zum Stillstand kam, wenn sämtliche verfügbare Materie aufgebraucht war.

Aus diesem Grund bekam Bahroff die eigentlichen Bomben auch nicht zu Gesicht. Wegen ihrer immensen Zerstörungskraft, die – einmal in Gang gesetzt – praktisch nicht mehr aufgehalten werden konnte, waren sie in speziellen, mit einem reaktionshemmenden Gel gefüllten Containern verpackt. Die silbern schimmernden Behälter, die nun einer nach dem anderen aus den Bäuchen der Transporter schwebten, wurden von Robotern in die streng gesicherten Waffenkammern gebracht. Dort sorgten unter anderem mehrfach redundante Funkstörfelder dafür, dass die Bomben nicht durch einen fehlgeleiteten Impuls versehentlich gezündet wurden. Eine Arkonbombe unterschied nicht zwischen Freund und Feind, und in der imperialen Kriegsgeschichte gab es mehr als einen Bericht über Raumschiffe, denen die eigene Bombenladung zum Verhängnis geworden war.

Stiqs Bahroff erhob sich und wanderte unruhig durch die Kabine. Der etwa zwanzig Quadratmeter große Raum war nur spärlich möbliert. Ein Arbeitstisch, zwei Sessel, ein Bett und ein großer Schrank – mehr brauchte er nicht. Wenn er an seine Jugend dachte, war diese Kabine sogar purer Luxus. Seine Mutter hatte ihn – ganz stolze Arkonidin – nie akzeptiert. Er kannte nicht einmal ihren Namen. Im Bestreben, die beschämende Affäre mit einem Nicht-Arkoniden, noch dazu einem einfachen Arbeiter aus den Erzminen von Targelon, nicht publik werden zu lassen, hatte sie seinen Vater und das Neugeborene in die ehemalige Heimat zurückgeschickt und mit einem bescheidenen finanziellen Polster ausgestattet. Ein Jahr später war das Geld verbraucht gewesen und der Vater ein gebrochener Mann, dem die Wirtshäuser der Minenstadt Aratarga vertrauter waren als das Gesicht seines Sohnes.

Aus den Unterlagen der Behörden auf Targelon hatte Bahroff später erfahren, dass er von Nachbarn verwahrlost und halb verhungert gefunden worden war. Diese hatten die lokale Administration informiert und so dafür gesorgt, dass der kleine Stiqs fortan unter staatlicher Fürsorge in einem Waisenhaus aufwuchs.

Bahroff schüttelte die Erinnerungen an seine wenig erbauliche Vergangenheit ab. Wenn ihn die damalige Zeit etwas gelehrt hatte, dann war es die Erkenntnis, dass man im Leben nichts geschenkt bekam. Wohlwollen, Herzlichkeit und Hilfsbereitschaft waren stets die Anzeichen verborgener Hinterlist. Niemand gab etwas, ohne dafür gleichzeitig etwas anderes haben zu wollen.

Sergh da Teffron dachte genauso, und das war nicht der unwichtigste Grund, weshalb Stiqs Bahroff die Hand des Regenten bewunderte. Auch da Teffron war ein Ausgestoßener gewesen, ein vom eigenen Adel in die Verbannung abgeschobener Störfaktor, der es dennoch geschafft hatte zurückzukehren. Er war ...

Das Summen des Interkoms ließ den Halbarkoniden zusammenzucken. Er unterbrach seine ruhelose Wanderung und ließ sich wieder in seinen Sessel fallen.

Als hätte er meine Gedanken gelesen, dachte Stiqs Bahroff und musterte das markante Gesicht Sergh da Teffrons auf dem Holoschirm. Die Hand des Regenten hielt sich offenbar in einem relativ kleinen, fensterlosen Raum auf. Deckenstrahler tauchten mehrere mit dem Boden verschraubte Verhörstühle in grelles Licht. Auf den Stühlen waren zwei Männer und eine Frau festgeschnallt. Neben ihnen standen zwei Arkoniden in weißen Kombinationen. Einer davon schob soeben eine kleine transparente Plastikkapsel in das Magazin einer Injektionspistole und überprüfte die Inhaltsanzeige auf dem zugehörigen Display.

Das müssen die Fremden sein, die sich Menschen nennen, schoss es Bahroff durch den Kopf. *Da Teffron hat es sich nicht nehmen lassen, ihre Befragungen persönlich zu leiten.*

Der Halbarkonide kannte die Berichte aus dem Beta-Albireosystem und dem Mehandor-Gespinst KE-MATLON. Dort war man mehrerer Hundert dieser Humanoiden habhaft geworden. Sie behaupteten, von einem Planeten namens Erde zu kommen; allerdings war dieser in keiner der astronomischen Datenbanken verzeichnet. Insofern wunderte es nicht, dass der erste Statthalter des Regenten Interesse an den geheimnisvollen Fremden zeigte, die unter den Mehandor beträchtliche Unruhe gestiftet hatten.

Mit einer knappen Geste signalisierte Bahroff dem Kabinenservo, dass er die Verbindung freigeben konnte. Im gleichen Augenblick musste ihn auch Sergh da Teffron auf einem Bildschirm sehen. Die Mundwinkel des Arkoniden verzogen sich unwillig.

»Warum dauert das so lange?« Er ließ seinem Assistenten aber keine Zeit, zu antworten. »Ist dieser Oktor inzwischen festgesetzt und auf dem Weg ins Artekhsystem?«

»Nein, Herr«, erwiderte Bahroff. »Offenbar gelingt es ihm immer wieder, sich dem Zugriff seiner Jäger zu entziehen. Ich habe ...«

»Das ist nicht akzeptabel!«, unterbrach die Hand des Regenten. »Ich werde in spätestens fünfzehn Stunden wieder an Bord des Geflechts sein. Bis dahin erwarte ich, dass diese Angelegenheit erledigt ist.«

»Ich werde mich darum kümmern, Herr«, versprach Stiqs Bahroff.

Sergh da Teffron drehte sich kurz zur Seite und nickte dem Arkoniden mit der Injektionspistole zu. Dieser beugte sich zu einem der beiden männlichen Menschen hinunter, setzte den Pistolenlauf an dessen Hals und drückte den Abzug. Mit einem leisen Zischen entleerte sich der Inhalt der Plastikkapsel in die Blutbahn des Fremden.

Stiqs Bahroff beobachtete den Mann genau. Er erweckte keinen besonders ängstlichen, sondern eher einen zornigen Eindruck. Lange schwarze Haare hingen ihm schweißverklebt ins Gesicht. An Kinn und Wangen spross üppiger Bartwuchs. Die braunen Augen waren weit aufgerissen.

Anders verhielt es sich bei seinen beiden Mitgefangenen. Dem Gesicht des zweiten Mannes war die Panik deutlich anzusehen. Er bäumte sich immer wieder in seinen Fesseln auf, versuchte die Lederriemen, die seine Hand- und Fußgelenke fixierten, zu zerreißen – eine ebenso verzweifelte wie sinnlose Anstrengung. Die Frau schien dagegen in eine Art Schockstarre gefallen zu sein. Sie stierte apathisch ins Leere, nahm offenbar gar nicht mehr wahr, was um sie herum passierte.

»Ara-Cyanat«, sagte Sergh da Teffron leise und lächelte dabei kalt.

Stiqs Bahroff konnte nicht verhindern, dass ihm ein sanfter Schauer über den Rücken lief. Ara-Cyanat war ein Nervengift, das ursprünglich aus der Blüte der Cyan-Pflanze gewonnen worden war, inzwischen aber nur noch synthetisch hergestellt wurde. Es wirkte direkt auf das zentrale Nervensystem und sorgte für eine stark erhöhte kaskadenartige Ausschüttung von algogenen Gewebshormonen, also körpereigenen Substanzen, die die Schmerzrezeptoren aktivierten.

Zehn Sekunden vergingen. Dann riss der Mensch plötzlich den Mund auf, doch kein Laut verließ seine Lippen. Der für einen Humanoiden ungewöhnlich kompakt gebaute Körper verkrampfte für lange Sekunden, entspannte sich wieder, nur um sich kurz darauf erneut und umso heftiger gegen die Lederbänder zu stemmen. Der Vorgang wiederholte sich. Schmerzwelle um Schmerzwelle raste durch den zuckenden Leib des Mannes, jede mächtiger und unerträglicher als die vorangegangene, bis schließlich auch die letzten Dämme brachen und die Schreie des Humanoiden über den Interkom durch Bahroffs Kabine hallten.

Der Blick des Halbarkoniden fiel auf die Frau. Ihr Gesicht wirkte noch immer wie eingefroren, doch aus dem Winkel ihres rechten Auges löste sich in diesem Moment eine Träne, rann in unregelmäßiger Bahn über Wange und Kinn und verschwand im Kragen ihrer fleckigen Kombination.

Stiqs Bahroff atmete tief ein und wieder aus. Es war nicht das erste Verhör unter Sergh da Teffrons Aufsicht, dem er beiwohnte. Anderen Lebewesen Schmerzen zuzufügen war sowohl für die Hand des Regenten als auch für ihn selbst stets ein legitimes Mittel zur Zielerreichung gewesen. Moralische Bedenken durften dabei keine Rolle spielen, es ging um das Wohl des Imperiums. Es war unsinnig, dieses Thema unter ethischen Gesichtspunkten zu erörtern, denn Ethik war von jeher eine Frage der Definition. Das Sammeln von Informationen war für den Fortbestand der arkonidischen Kultur eine schlichte Notwendigkeit. Wenn die Erde und ihre Bewohner dem Imperium gefährlich werden konnten, musste der Regent das wissen.

Den Berichten zufolge waren die Menschen mit einem uralten arkonidischen Raumschiff nach KE-MATLON gekommen. Offenbar hatten sie heimlich ins Herrschaftsgebiet des Großen Imperiums eindringen wollen. So etwas tat man nur, wenn man etwas im Schilde führte. Sergh da Teffron hatte somit nicht nur das Recht, sondern sogar die Pflicht, die Gefangenen auszuforschen.

Aber woher kommt dann meine Ruhelosigkeit?, dachte Bahroff. *Warum bin ich so unsicher? Sergh da Teffron würde sich nicht gegen mich wenden. Er braucht mich!*

Die Hand des Regenten mochte skrupellos und grausam sein, doch sie war in gleichem Maß intelligent und berechnend. Da Teffron wusste um den Wert seines Assistenten, um die Symbolkraft, die der Besetzung dieser Rolle innewohnte. Wenn er Bahroff leichtfertig opferte, würde das ihm selbst schaden und seine ohnehin schon angreifbare Position gegenüber den Adelshäusern weiter schwächen. Auch wenn der Halbarkonide nicht viel von Politik verstand, so ahnte er, dass selbst der Regent nicht völlig frei in seinen Entscheidungen war. Der Hochadel hatte nach wie vor einen nicht geringen Einfluss, und es mochte eine Situation eintreten, in der der Regent in Versuchung geriet, seine Hand zu opfern, um die aristokratischen Gremien zu Zugeständnissen zu bewegen. Das würde er jedoch umso widerwilliger tun, je überzeugter er von der absoluten Ergebenheit seines wichtigsten Dieners war.

Die Schreie des Menschen wurden leiser. Wie viel Zeit war inzwischen vergangen? Eine Minute? Fünf Minuten? Der Mann auf dem Verhörstuhl warf den Kopf hin und her. Schaum stand ihm vor dem Mund, und aus der Nase liefen zwei dünne Blutfäden. Stiqs Bahroff kannte da Teffrons bevorzugte Verfahrensweise. Wenn genügend *Material* zur Verfügung stand, verhörte er stets drei Gefangene gemeinsam und sorgte dafür, dass zwei von ihnen dabei zusehen mussten, wie der dritte qualvoll zugrunde ging. Manch einer mochte das als barbarisch erachten, doch die Erfolge gaben der Hand des Regenten recht.

Stumm beobachtete Bahroff, wie die Bewegungen des Menschen immer mehr erlahmten. Seine Schreie waren längst verstummt, doch auf eine unwirkliche Weise erschien dem Halbarkoniden die nun herrschende Stille lauter als zuvor. Schließlich sackte der Kopf des Mannes haltlos nach vorn; sein Körper fiel in sich zusammen. Es war vorbei.

Sergh da Teffron trat einen Schritt nach vorn und sah direkt in die Kamera. Sein Gesicht füllte den Holoschirm fast zur Gänze.

»Ich melde mich in Kürze wieder«, sagte er. Dann erlosch das Bild und machte den aktuellen Meldungen und Nachrichten aus dem Orbitalgeflecht Platz.

Stiqs Bahroff hätte später nicht mehr zu sagen vermocht, wie lange er in seinem Sessel gesessen und ins Nichts gestarrt hatte. Irgendwann stand er auf, ging zur Nasszelle hinüber und schöpfte sich mit beiden Händen eiskaltes Wasser ins Gesicht. Er wechselte die Kombination, verließ die Kabine und legte den kurzen Weg zu den Labortrakten zurück. Santek war wie immer schon vor Ort und erwartete ihn. Keiner der beiden Männer sprach ein Wort. Sie nickten sich nur knapp zu, und der Ara begann mit der gewohnten Untersuchung.

Erst als der Mediziner fertig war, brach Bahroff das Schweigen. »Ich glaube, ich habe mir den Magen verdorben«, sagte er.

»Gut«, erwiderte Santek. »Ich mache vorsichtshalber eine Ultraschall-Gastroskopie.«

Kapitel 12

Sie hatten schließlich beständig an Höhe verloren und waren im Schutz einer Senke am Rand einer erstaunlich breiten Straße niedergegangen. Während des Anflugs hatten sie in einigem Abstand eine kleine Ansiedlung entdeckt, sich jedoch zur Sicherheit dazu entschlossen, mehrere Kilometer davon entfernt zu landen. Viel weiter wären sie mit den Gleitschirmen auch nicht mehr gekommen.

Perry Rhodan half Belinkhar, das Gestell abzulegen, nachdem er sich selbst von seinem eigenen Gleitschirm befreit hatte. Danach schlüpften sie aus den Anzügen und verstauten sie in ihren Rückentornistern.

Bereits während des langen Fluges hatten sie ausgiebig über die neue Situation diskutiert. Fest stand, dass die Positronik der AR'KELESS ihre Ankunft bemerkt hatte. Offenbar waren zumindest Teile der Ortungsanlagen noch intakt, doch das war im Grunde genommen gleichgültig. Der Schaden war angerichtet – jetzt kam es darauf an, die Katastrophe zu verhindern.

»Die Sironer dürften die Nachricht der Positronik ebenfalls empfangen haben«, sagte Crest und nestelte unwillig an dem spitzen Kragen seiner Jacke, der der aktuellen Mode in Keless entsprach. »Wahrscheinlich ist die Evakuierung schon in vollem Gange.«

»Das wissen wir nicht«, stellte Rhodan fest. »Wir wissen überhaupt ziemlich wenig.«

»Ich frage mich immer noch, warum die AR'KELESS eine Frist gesetzt hat«, wunderte sich Iwan Goratschin. »Warum hat sie sich nicht sofort in die Luft gejagt? Seit wann nimmt eine Maschine Rücksicht auf *Opfer unter der Stadtbevölkerung?«*

»Ist das nicht offensichtlich?« Atlan machte einen Schritt auf den Zündermutanten zu. »Jede Positronik eines arkonidischen Schlachtschiffs besitzt eine Grundprogrammierung, die auf zwei maßgeblichen Prinzipien basiert. Erstens: Es ist unter allen Umständen zu verhindern, dass arkonidische Hochtechnologie in die Hände des Gegners oder einer anderen Partei fällt, insbesondere wenn diese als technologisch unterentwickelt gelten muss. Zweitens: Leib und Leben von Arkoniden ist zu bewahren und nach besten Kräften zu schützen.«

»Sie glauben also, dass die AR'KELESS die Sironer als Arkonidenabkömmlinge akzeptiert und ihnen deshalb Zeit gibt, sich in Sicherheit zu bringen?«

»Genau. Schließlich hat sie die Vorfahren dieses Volkes vor zehntausend Jahren selbst hierher gebracht. Außerdem lässt sich daraus ableiten, dass das Schiff keine oder nur sehr eingeschränkte Möglichkeiten besitzt, sich gegen uns zu wehren.«

»Das ist eine gewagte Hypothese«, sagte Crest.

»Das ist eine rein auf Logik beruhende Schlussfolgerung«, behauptete Atlan. »Ihr Extrasinn wird es Ihnen bestätigen. Die Selbstzerstörung ist das ultimative Mittel der Verteidigung. Es wird nur eingesetzt, wenn alle anderen Optionen ausgeschöpft sind. Die AR'KELESS weiß, dass wir ein Raumschiff besitzen, also einer hoch entwickelten Spezies entstammen. Wenn sie bereit ist, sich selbst zu zerstören, muss sie sicher sein, dass sie uns nicht auf andere Weise, also mit ihren konventionellen Waffen, aufhalten kann.«

»Das bedeutet aber auch, dass wir uns dem Schiff nicht nähern dürfen«, warf Belinkhar ein. »Sobald es uns bemerkt, wird es die Sprengung vorzeitig auslösen.«

»Es wird keine Sprengung geben«, sagte Rhodan entschlossen. »Nicht vorzeitig und nicht in drei Tagen!«

»Verraten Sie uns auch, wie Sie das zu verhindern gedenken?«, wollte Crest wissen.

»Ich habe keine Ahnung. Aber mir wird etwas einfallen. Zunächst einmal gehen wir weiter nach Plan vor. Iwan, du brichst mit Ishy und Belinkhar auf. Marschiert zu der Siedlung, die wir entdeckt haben. Versucht dort eine Möglichkeit zu finden, unauffällig nach Keless zu gelangen. Sammelt alles an Informationen, das ihr kriegen könnt. Funkkontakt nur im Notfall und über die vereinbarten Kodewörter.«

»Du willst es mit der Straße versuchen?«, fragte der Zündermutant.

»So ist es. Früher oder später muss hier jemand vorbeikommen. Wir folgen einfach dem Straßenverlauf und hoffen, dass wir irgendwann mitgenommen werden.«

Fünf Minuten später brach die Dreiergruppe auf. Rhodan sah ihr so lange nach, bis die Gestalten in der flimmernden Hitze nicht mehr erkennbar waren. Sirona brannte inzwischen unbarmherzig vom Himmel. Es mussten über fünfzig Grad Celsius sein. Wenn sie mit der Straße kein Glück hatten, würden sie Wasser auftreiben müssen. Die Vorräte in den Rückentornistern reichten nicht ewig.

Die beiden Arkoniden kamen mit den Temperaturen offenbar besser zurecht. Ob das an ihren Zellaktivatoren lag, vermochte Rhodan nicht zu sagen. Seit jenen schicksalhaften Tagen auf Wanderer hatten er und Crest – wenn überhaupt – nur oberflächlich über die dortigen Ereignisse gesprochen. Rhodans Verzicht auf die Unsterblichkeit und seine Bitte an ES, den Zellaktivator an den Wissenschaftler auszuhändigen, war nichts, was er bereute. Manchmal hatte er sich lediglich gewünscht, dass das Verhältnis zwischen ihm und dem alten Mann wieder so wäre wie zu Beginn ihrer Freundschaft, doch seit der Derengar den Aktivator trug, hatte er sich langsam, fast unmerklich verändert.

Rhodan konnte die Natur dieser Veränderung nicht in Worte fassen, aber er war mittlerweile sicher, sich das alles nicht nur einzubilden. Er wusste besser als jeder andere, was die Menschheit und vor allem *er selbst* Crest zu verdanken hatten, und das würde er auch niemals vergessen. Doch tief im Hintergrund seines Bewusstseins hatte sich ein nagender Zweifel eingenistet, ein Gefühl des Unbehagens, das er einfach nicht loswurde.

Rhodans Blick wanderte von Crest und Atlan zu Chabalh. Auch der Purrer schien sich mit der Hitze bestens zu arrangieren. Er hatte bereits seinen Rückentornister geschultert und scharrte mit den krallenbewehrten Füßen im Sand.

»Gehen wir«, sagte Rhodan.

»Hören Sie das?«

Atlan war stehen geblieben und lauschte in den Glutofen hinein, den die Sironer ihre Heimat nannten. Rhodan war so sehr in sich selbst versunken, dass er beinahe gegen den Arkoniden gelaufen wäre. Die Haut in seinem Gesicht fühlte sich an wie zu straff gespanntes Pergament, das jeden Moment reißen konnte. Das kurze Hemd und die dünne Weste, die er darüber trug, waren durchgeschwitzt. Ein leichter Wind brachte nicht nur Hitzewelle um Hitzewelle heran, sondern führte auch winzige Sandkörner mit sich, die sich in jede Hautpore setzten und einen entsetzlichen Juckreiz auslösten. Rhodan blieb ebenfalls stehen und nahm einen großen Schluck aus der fast leeren Wasserflasche.

»Geben Sie her!«, hörte er Crests väterliche Stimme neben sich. Er spürte, wie ihm jemand die Flasche aus der Hand nahm und durch eine neue ersetzte. Sie war voll und schwer.

»Nein«, wehrte Rhodan ab. »Nein, das ... das ist nicht nötig.«

»Seien Sie still!«, sagte Crest. »Ich bin nicht durstig.«

Atlan hatte sich einige Schritte entfernt und starrte die Straße hinunter. Dabei beschirmte er die Augen mit der Hand. Rhodan war furchtbar müde. Seine Füße brannten inzwischen heißer als die Sonne, und er hatte das Gefühl, dass sie bereits seit Tagen unterwegs waren.

»Endlich«, hörte er Atlan sagen. »Da kommt jemand.«

Erst jetzt vernahm Rhodan das dumpfe Brummen, das vermutlich schon eine ganze Weile in der Luft gelegen hatte. Es brachte seinen ohnehin schon schmerzenden Schädel zum Schwingen und verursachte ihm Übelkeit.

»Es wird auch Zeit«, gab Crest zurück. »Unser Freund hier steht kurz vor einem Hitzekollaps.«

»Mir geht ... mir geht es gut«, brachte Rhodan heraus. In den letzten Stunden hatte er immer wieder an sein gut zwei Jahre zurückliegendes Überlebenstraining in der Mojavewüste denken müssen. Der ehemalige Flight Director der NASA, Lesly G. Pounder, hatte es angeordnet. Perry Rhodan, Reginald Bull, Clark G. Flipper und Eric Manoli waren mit einem Hubschrauber in das gigantische Trockengebiet im Westen Nordamerikas geflogen und dort ausgesetzt worden. Vier endlose Tage lang hatten sie versucht, den Weg zurück in die Zivilisation zu finden, bevor sie schließlich völlig entkräftet zusammengebrochen und von einer NASA-Einheit aufgelesen worden waren.

Damals hätte Rhodan seinen Chef umbringen können – wenn er noch die Kraft gehabt hätte, auch nur einen Finger zu bewegen. Er und seine drei Kameraden hatten eine volle Woche im Lazarett des Raumhafens Nevada Fields verbracht, und Lesly Pounder besuchte sie nur ein einziges Mal, um seine Enttäuschung darüber zum Ausdruck zu bringen, dass sie die Wüste nicht aus eigener Kraft bewältigt hatten. Viele Monate später, kurz vor dem Start der STARDUST zum Mond, war es dann jedoch zu einer Unterhaltung zwischen dem Flight Director und seinem Chefpiloten gekommen, in dessen Verlauf Letzterer auch das Überlebenstraining angesprochen hatte.

»Wir hätten da draußen sterben können«, hatte Rhodan gesagt.

»Nein, Major«, lautete die Antwort Pounders. »Sie können *da oben* sterben.« Er hatte vage in Richtung Decke gedeutet. »Aber ich wäre ein erbärmlicher Missionsleiter, wenn ich Sie dann nicht wenigstens darauf vorbereitet hätte, so lange wie möglich durchzuhalten.«

Im Vergleich zu Siron ist die Mojavewüste ein Paradies, dachte Rhodan und wunderte sich, dass Crest plötzlich seine Arme um ihn legte. Vor seinen Augen tanzten bunte Flecken.

»Halten Sie noch ein paar Minuten durch, mein Freund«, sagte der Arkonide. »Wir haben es gleich geschafft.«

Irgendwo weiter vorn sprach Atlan. Rhodan konnte nicht verstehen, was er sagte, aber das Brummen war zu einem nervtötenden Knattern geworden. Sehen konnte er nichts. Da war nur dieses schreckliche flimmernde Licht, dieses allgegenwärtige Strahlen, das auch dann nicht verschwand, wenn er die Lider schloss.

»Am besten bringen Sie ihn nach hinten«, sagte jemand, dessen Stimme Rhodan noch nie gehört hatte. »Er reagiert ungewöhnlich stark auf die Temperaturen. Dabei ist es für die Jahreszeit erfreulich kühl.«

Wenn Rhodan gekonnt hätte, hätte er gelacht. Er fühlte, wie er angehoben und davongetragen wurde. Dann strich ein frischer Wind über sein Gesicht und trug die Hitze davon. Jemand legte etwas Feuchtes und Kaltes auf seine Stirn.

»Schlafen Sie, Perry!«, drang die Stimme Crests an sein Ohr. »Sie sind in Sicherheit.«

Rhodan schloss die Augen – und diesmal wurde es endlich dunkel ...

Als er wieder erwachte, brauchte er einige Sekunden, um sich zu orientieren. Er lag auf einem harten, vibrierenden Untergrund. Irgendwo weiter vorn brummte ein Motor. Lange Lichtspeere stachen durch den in der Luft stehenden Staub. Sie fielen durch mehrere schmale Aussparungen in einer Plane aus gummiähnlichem Material. Der strenge Schweißgeruch, der in seine Nase stieg, stammte vermutlich von ihm selbst.

Ein Lastwagen, dachte er verwundert. *Ich liege auf der Ladefläche eines Lastwagens.*

Er richtete sich auf und strich sich die Haare aus der Stirn. Um ihn herum stapelten sich Kisten, Säcke und eine große Zahl von quadratischen Pappschachteln. Erleichtert registrierte er die angenehme Kühle. Anscheinend war das Innere des Fahrzeugs klimatisiert. Im gleichen Augenblick öffnete sich hinter ihm eine breite Klappe. Grelles Licht fiel auf rissige Holzbretter. Dann schälte sich das lächelnde Gesicht Crests aus der Helligkeit.

»Lebt er noch?«, fragte Atlan. Er musste vorn in der Fahrerkabine sitzen.

»Er sieht zumindest so aus«, antwortete Crest. »Kommen Sie!«, wandte er sich an Rhodan. »Hier haben Sie eine bessere Sicht.«

Der Arkonide half ihm, durch die Klappenöffnung zu steigen. Rhodan hatte sich nicht geirrt. Sie befanden sich tatsächlich im Innern eines Automobils. Durch die teilweise von Sand bedeckten Scheiben war die ihm wohlbekannte Straße zu erkennen. Offenbar war der Lastwagen Teil einer größeren Kolonne, denn Rhodan sah mindestens drei weitere Fahrzeuge, die in kurzen Abständen zueinander vor ihnen fuhren. Die ungewöhnlich breiten Vehikel waren allesamt mit fleckigen Planen verhüllt.

Crest und Atlan saßen nebeneinander auf dem Beifahrersitz. Mit wachsender Besorgnis sah sich Rhodan nach Chabalh um, konnte den Purrer jedoch nirgendwo entdecken. Das Führerhaus war so geräumig, dass sich auch für Rhodan noch ein Platz fand. Zum ersten Mal registrierte er nun den Fahrer, einen älteren und recht füllig wirkenden Mann mit Halbglatze und einem von dicken Hamsterbacken beherrschten Gesicht.

Der Sironer drehte sich kurz zu dem Neuankömmling um und nickte freundlich. »Willkommen an Bord!«, sagte er. »Ich bin Mestor Taragoran. Geht es Ihnen besser?«

»Viel besser«, antwortete Rhodan wahrheitsgemäß. »Wir sind Ihnen zu großem Dank verpflichtet. Ich bin sicher, meine Freunde haben Ihnen schon alles erzählt.«

»Es war ziemlich unvorsichtig von Ihnen, ohne Führer einen Ausflug in die Dorrunwüste zu unternehmen. Sie können von Glück reden, dass Sie nicht von einem Sandsturm überrascht wurden.«

»Ja«, stimmte Crest zu. »Wir haben uns wohl ein bisschen überschätzt.«

Mestor Taragoran drückte einen blauen Knopf auf dem übersichtlichen Armaturenbrett vor ihm, und das Brummen des Motors wurde eine Oktave tiefer. Trotz der entspannten Situation war Rhodan unruhig. Sie waren hier fremd und wussten kaum etwas über die sironische Kultur. Was würde geschehen, wenn ihr Fahrer misstrauisch wurde? Wie sie aus dem abgehörten Funkverkehr erfahren hatten, gab es auf dieser Welt zahlreiche Interessengruppen. Zudem stand man kurz vor einem möglichen Krieg. Wenn sie einen Fehler machten und aus Unkenntnis oder mangelnder Vorsicht etwas Falsches sagten, würde man sie womöglich als Spione verhaften und aburteilen.

Überhaupt hatte sich die Lage seit ihrer Ankunft kontinuierlich verschlechtert. Immerhin war es im Nachhinein richtig gewesen, nicht mit fliegenden Fahnen und der geballten Präsenz der HISKEM-IR nach Keless vorzustoßen. Vermutlich hätte eine solche Aktion zur sofortigen Selbstzerstörung der AR'KELESS und damit zu Tausenden von Toten geführt. Eventuell wäre dabei sogar das Depot beschädigt worden.

»Seid ihr Kelessa?«

Die Frage Mestor Taragorans beendete Rhodans Grübeleien. *Kelessa*? Bevor er die richtige Verbindung herstellte, antwortete Atlan bereits.

»Nein, wir leben nicht in der Stadt. Wir sind ... Nun, man könnte uns wohl so etwas wie *Abenteurer* nennen. Wir haben ein bisschen Geld und sehen uns in unserer schönen Heimat um.«

Rhodan nickte anerkennend. Das war eine ausgesprochen kluge Tarngeschichte, die ihnen viele Freiheiten ließ. Kein Wunder – der Arkonide hatte während seiner Ausflüge in die irdische Historie der vergangenen zehntausend Jahre ausreichend Gelegenheit gehabt zu üben.

»Beneidenswert«, sagte der Sironer. »Ich habe drei Jahre lang sparen müssen, um mich diesem Pilgerzug anschließen zu können. Ich komme aus Geramain in Torland. Wart ihr dort auch schon?«

»Nein«, antwortete Atlan. »Lohnt es sich?«

»Eigentlich nicht.« Mestor blies seine Hamsterbacken auf und stieß ein meckerndes Lachen aus. »Da solltet ihr nur hinfahren, wenn ihr alles andere schon gesehen habt.«

Rhodan, Crest und Atlan fielen in das Lachen des Sironers ein. Rhodan räusperte sich.

»Wo ist eigentlich ... Chabalh?«, fragte er vorsichtig.

»Ihre *Katze?«* Mestor stieß einen Pfiff aus. »Komischer Name, aber ein prächtiges Exemplar. Ihre Freunde haben mir erzählt, dass es aus dem Grüngürtel von Tashka stammt. Ich wusste bislang gar nicht, dass es dort so große Tiere gibt.«

»Chabalh hat einen Platz im Materialwagen bekommen«, sagte

Crest eine Spur zu hastig. »Tiere sind auf Pilgerzügen normalerweise nicht erlaubt.«

»Ich hoffe, wir bringen Sie damit nicht in Schwierigkeiten«, erkundigte sich Rhodan.

»Nein, keine Sorge. Schließlich war das ein Notfall.«

Für einige Atemzüge war nur das Brummen des Motors zu hören. Draußen zog die eintönige, lediglich ab und an durch ein paar Felsen oder einen vertrockneten Busch unterbrochene Wüstenlandschaft vorbei. Kaum zu glauben, dass auf Siron zwei Milliarden Individuen lebten. Andererseits gab es sicher auch Landstriche, die bessere äußere Bedingungen boten.

Rhodan musste unwillkürlich an eine Urlaubsreise vor einigen Jahren denken. Damals war er für vier Wochen nach Australien geflogen und hatte einen Kontinent kennengelernt, der gleichsam zu großen Teilen unbewohnbar gewesen war. Das Leben entlang der fruchtbaren Küstengebiete hatte sich dafür umso vielfältiger und bunter präsentiert.

»Wir haben noch nie einen Pilgerzug mitgemacht«, sagte Atlan in die Stille hinein. »Können Sie uns nicht ein wenig darüber erzählen?«

»Aber gern.« Der Sironer war geradezu erfreut über die Frage. »Die Pilgerzüge kommen aus allen Teilen der Welt. Oft sind die Pilger Wochen, sogar Monate unterwegs. Die meisten schließen sich einem der organisierten Züge an, aber die sind mir zu unpersönlich. Deshalb haben ich und ein paar Freunde auch diesen privaten Konvoi zusammengestellt. Wir sollten Keless noch heute Abend erreichen – und dann wird erst einmal gefeiert. Sie sind natürlich alle herzlich eingeladen!«

»Das ist ausgesprochen großzügig von Ihnen. Es gibt sicher sehr viele Pilger in Keless ...«

»Nur im Außenring«, sagte Mestor. »Die Stadt selbst dürfen Pilger nur betreten, wenn sie sich registriert und die Gebühr entrichtet haben.«

Natürlich, dachte Rhodan amüsiert. *Zeig mir den Planeten, auf dem der wahre Glaube nichts kostet.*

»Wenn Sie das Heiligtum besuchen wollen, ist das kein Problem«, fuhr ihr Fahrer fort. »In den Hotels des Außenrings gibt es jede Menge Registrierstellen – und auch sonst alles, was man als Pilger so braucht.«

»Das Heiligtum ...« Atlan seufzte und setzte einen entrückten Gesichtsausdruck auf.

»Ja, nicht wahr?«, reagierte Mestor prompt.

Rhodan kam nicht umhin, dem Arkoniden seine Bewunderung zu zollen. Er steuerte das Gespräch so geschickt, dass er so gut wie nichts, sein Gegenüber hingegen fast alles verriet.

»Ich träume davon, das Wrack der Ahnen zu sehen, seit ich ein kleiner Junge bin.« Mestor lächelte. »Es muss überwältigend sein. Stellt euch nur vor: Es ragt fast sechshundert Meter in den Himmel hinauf. Kein Gebäude auf ganz Siron ist auch nur annähernd so hoch. Ihr kennt sicher die Bilder und Filme, aber jeder sagt, dass man das Schiff selbst gesehen haben muss, um zu verstehen, wie gewaltig es wirklich ist. In ein paar Stunden könnt ihr euch persönlich davon überzeugen.«

Sie unterhielten sich noch eine ganze Weile und erfuhren dabei unter anderem, dass Keless fast zwanzig Millionen Sironer beherbergte – und noch einmal mindestens fünf Millionen Pilger zu jeder Zeit des Jahres. Die Stadt bestand aus drei Ringen, Stadtmauern gleich, die jedoch frei begehbar waren, sofern man die entsprechende Erlaubnis besaß. Über den Inneren Ring wachte die Geweihte Garde, eine Art Polizeitruppe mit weitreichenden Befugnissen, sofern es den Bezirk des Heiligtums betraf. Keless galt im Konflikt der globalen Machtblöcke als neutral und hielt sich, soweit möglich, aus sämtlichen Meinungsverschiedenheiten heraus.

Mestor bezeichnete sich selbst als Traditionalisten. Natürlich wusste er, dass das Heiligtum das Wrack eines Raumschiffs war. Dennoch glaubte er fest daran, dass es heilende Kräfte besaß. In einer Veröffentlichung, die sich für Rhodan verdächtig nach einem Esoterik-Blog anhörte, hatte der Sironer gelesen, dass es angeblich noch funktionsfähige Energieerzeuger an Bord des havarierten Raumers gab, und deren Emissionen – davon war Mestor überzeugt – sollten für einige Wunderheilungen verantwortlich sein.

»Ich habe seit Langem ein Leiden im ... am ... äh, also da, wo es wirklich sehr unangenehm sein kann«, hatte sie Mestor informiert. »Bislang konnte mir kein Arzt helfen. Was habe ich schon zu verlieren?«

Als die Dämmerung hereinbrach und die Temperaturen schnell fielen, hielt der gesamte Tross kurz an, und die Pilger öffneten die Planen der Lastwagen. Das, so erklärte Mestor, sparte vor allem den Strom für die Kühlaggregate und damit Treibstoff.

Eine weitere halbe Stunde später tauchte am Horizont eine

schwache Aureole aus weißem Licht auf, die mit jedem zurückgelegten Kilometer heller wurde. Die Straße wurde nicht nur belebter, sondern vor allem steiler, und der Konvoi quälte sich eine lange Steigung hinauf. Als man deren Kuppe erreichte, lag Keless endlich vor ihnen.

Kapitel 13

»Schluss! Aus! Das war's!«

Die Flamme des Schneidbrenners erlosch. Ghard ließ das Mischrohr sinken. Seine blonden Haare hingen ihm wirr in die Stirn, und der Pilgermantel wies unter den Armen große dunkle Flecken auf.

»Die Batterie ist leer«, sagte er resigniert und sah Angech an. »Wir kommen hier nicht mehr raus.«

Seit fast zwei Tagen irrten sie nun durch die Eingeweide des Wracks. Angech war bislang immer stolz auf seinen Orientierungssinn gewesen, doch ihre Odyssee durch das Heiligtum hatte ihn gelehrt, dass er sich auf gar nichts mehr verlassen konnte. Nachdem absehbar gewesen war, dass die Wasservorräte zur Neige gehen würden, hatte er sich schweren Herzens entschlossen, das Unternehmen abzubrechen, doch der Weg zurück war plötzlich versperrt gewesen. Dort, wo Ghard noch wenige Stunden zuvor mit seinem Schneidbrenner eine Öffnung in der Korridorwand geschaffen hatte, schimmerte auf einmal wieder unversehrtes Metall.

Sie hatten vier weitere Wände durchbrochen und waren nur auf neue, verlassene Gänge und verschlossene Schotte gestoßen. Nun hockten sie schweigend in einer Art Lager, einem etwa fünfzig Quadratmeter großen Raum mit einer Reihe leerer, teilweise umgekippter Regale und teilten sich das letzte Trockenobst. Keiner sprach es offen aus, doch jeder wusste, dass dies vermutlich die letzte Mahlzeit in ihrem Leben sein würde. Hatte das Schiff Iessa noch unmittelbar und möglicherweise als Warnung für den Rest der Gruppe getötet, beschränkte es sich nun schlicht darauf, ihnen den Rückweg zu verbauen. Das Ergebnis würde dasselbe sein.

Die Durchsage jener kalten, emotionslosen Maschinenstimme, in der Angech den Computer des Schiffes vermutete, hatte sie schwer getroffen. Die nachfolgende Suche nach einem Weg ins Zentrum des Wracks und die damit verbundene Hoffnung, die Selbstzerstörung eventuell noch aufzuhalten, war ein schwacher Trost gewesen, aber immerhin etwas, an das man sich klammern konnte. Nun war sogar diese letzte Chance vertan.

Das mitgebrachte Funkgerät funktionierte zwar, aber auf ihre Hilferufe erhielten sie keine Antwort. Angech vermutete irgendeine Art von Störfeld. Letztlich spielte es keine Rolle.

»Es war den Versuch wert; findet ihr nicht?« Yoel spielte gedankenverloren mit der Kordel, die den Pilgermantel zusammenhielt. »Ich meine: Hättet ihr ernsthaft gedacht, dass wir so weit kommen? Vielleicht stehen unsere Namen eines Tages auf einer Ehrentafel im Ornomeon. Unsere Nachfahren werden sicher von unseren Taten berichten. Schade, dass wir keine Abschiedsbotschaft hinterlassen können.«

»Tolle Idee«, erwiderte Eineo. »Und was würdest du sagen? Hallo zusammen, wir sind die Idioten, die rein-, aber nicht mehr rausgefunden haben. Tut uns leid, dass sich das Heiligtum deshalb in die Luft gejagt und dabei die halbe Stadt in Schutt und Asche gelegt hat, aber es wäre trotzdem nett, wenn ihr uns in die Linie der großen sironischen Persönlichkeiten aufnehmen und eine Parade nach uns benennen könntet.«

»Warum habt ihr mitgemacht?«, fragte Angech leise. »Na los, ich will ehrliche Antworten. Lügen haben in dieser Runde keinen Platz mehr. Wir haben das Ende unseres Weges erreicht. Da sagt man sich nur noch die Wahrheit.«

»Neugier«, stieß Yoel hervor. »Du kannst mich für verrückt halten, aber ich wollte schon immer wissen, was hier drin vor sich geht. Ich meine, ihr kennt doch alle die bizarren Geschichten, die man sich erzählt. Im Vergleich dazu ist die Realität ...«, er machte eine unbestimmte Geste, die die ganze Umgebung einschließen sollte, »... ziemlich bescheiden, oder?«

Eineo kicherte albern. »Allerdings«, stimmte er dann zu. »Bei mir war es ganz ähnlich. Ihr wisst ja, was ich den ganzen Tag mache. Die Arbeit in der Registratur ist nicht schlecht ... vor allem nicht schlecht bezahlt, aber irgendwann habe ich mich gefragt, ob das denn wirklich schon alles gewesen ist. Wahrscheinlich fragt sich das jeder mal, wenn er ein bestimmtes Alter erreicht hat, aber bei mir hat's richtig wehgetan, versteht ihr? Hier ...«, er berührte seine Stirn, »... und hier ...« Er klopfte sich auf die Brust. »Das macht einen auf Dauer wahnsinnig.«

»Was ist mit dir, Ghard?«, fragte Angech.

Der Angesprochene hatte den Kopf in den Nacken gelegt und die Augen geschlossen. Jetzt öffnete er sie wieder, und die Tränen rannen ihm die Wangen hinab.

»Ihr könnt mich gerne auslachen«, sagte er heiser, »aber ich bin wegen Iessa mitgekommen. Sie ist ... sie *war* ...« Seine Stimme versagte.

»... eine tolle Frau«, beendete Angech den Satz. »Ihr hättet einander verdient gehabt.«

»Wenn die Kleriker recht haben, werde ich sie bald wiedersehen.« Ghard wischte sich trotzig übers Gesicht und zog die Nase hoch. »Die verzapfen zwar jede Menge Blödsinn, aber vielleicht haben sie sich ja wenigstens in *der* Sache nicht geirrt.«

Eine Weile sagte niemand etwas.

»Du bist dran, Ang«, sagte Eineo schließlich. »Erzähl uns *deine* Geschichte.«

»Na schön«, gab Angech zurück. »Lasst es mich so formulieren: Der Rat von Keless ist nicht ganz so neutral, wie ihr vielleicht glaubt.«

»Was?« Eineo sah ihn mit großen Augen an. »Willst du etwa behaupten, dass ...? Nein, das ist nicht möglich!«

»Denkt ihr wirklich, man hätte uns einfach mitten ins Heiligtum hineinspazieren lassen, wenn die entsprechenden Stellen nicht Anweisung bekommen hätten, im richtigen Moment wegzuschauen? Es gibt einige Räte, die brennend daran interessiert sind zu erfahren, ob im Innern des Wracks Technologien verborgen sind, die die Dinge auf Siron in Bewegung bringen könnten.«

»Und das glaubst du ihnen?«, fragte Ghard. »Wie kannst du sicher sein, dass es diesen Räten nicht nur um die eigene Macht geht?«

»Das kann ich nicht«, antwortete Angech. »Und das war ich auch nie. Allerdings hätte es keinen Unterschied gemacht.«

»Keinen Unter...« Yoel stockte; dann zeichnete sich Verstehen in seiner Miene ab. »Du ... du verdammter Sandteufel hast niemals vorgehabt, die Hochtechnologie unserer Vorfahren an den Rat auszuliefern.«

»Ich hätte es natürlich von dem abhängig gemacht, was wir finden«, gab Angech zu. »Nehmen wir an, wir hätten eine furchterregende Waffe entdeckt, eine Waffe, die allen anderen Waffen auf diesem Planeten grenzenlos überlegen gewesen wäre. Ein solches Machtpotenzial in der Hand des Rates? In der Hand einiger weniger Sironer? Nein. Das wäre das Sandkorn gewesen, das den Garten zur Wüste gemacht hätte.«

»Aber was wolltest du dann tun?«

»Wie ich schon sagte: Das hätte ich entschieden, wenn wir wirklich etwas gefunden hätten. Ihr wisst selbst, wie nah Siron am Abgrund steht. Irgendwann wird jemand bereit sein, den nächsten Schritt zu machen und alle anderen mit in die Tiefe reißen.«

»Und dir ist nie in den Sinn gekommen, dass du dir da ein bisschen zu viel vorgenommen hast?«, wollte Ghard wissen.

»Ich will euch nicht mit philosophischen Theorien langweilen«, sagte Angech, »aber laut Hetarim Lomatagama, dem großen Denker des Achten Millenniums, ist Macht das einzige Mittel, um Gutes zu bewirken. Gleichzeitig bedarf es jedoch stets des Schlechten, um Macht zu erringen.«

»Ich kann dir nicht ganz folgen«, gab Eineo zu.

»Du willst sagen, dass der Zweck die Mittel heiligt, wenn man dadurch Gutes tut?«, fragte Eineo.

»Ganz und gar nicht.« Angech schüttelte energisch den Kopf. »Aber Macht darf nie um ihrer selbst willen ausgeübt werden. Sie darf die allgemeine Freiheit nicht beschränken. Macht allein ist immer zerstörerisch. Erst gepaart mit der Vernunft gewinnt sie ihre Legitimität.«

»Und du glaubst, diese Vernunft zu besitzen?«

»Jeder von uns besitzt sie«, sagte Angech. »Sie ist es, die uns von den Tieren unterscheidet. Ich weiß nicht, ob ich die Sironer hätte retten können, aber zumindest hätte ich den Niedergang nicht beschleunigt.«

»Ich hätte dir ... *uns* den Erfolg gewünscht.« Eineo grinste. »Dann hätte Yoel auch seine Ehrentafel gekriegt.«

Angech reichte die letzte Wasserflasche weiter. Sie war beinahe leer. Dann begann das Warten auf den Tod.

Kapitel 14

Tat er das Richtige?

Es gab keine Antwort auf diese Frage – zumindest keine, die Stiqs Bahroffs nagende Zweifel beseitigen konnte. Selbst wenn es ihm mit Santeks Hilfe gelang, das Orbitalgeflecht zu verlassen, wurde er dadurch endgültig zu einem Geächteten. Sergh da Teffron würde es nicht einfach so hinnehmen, dass er ihn hintergangen hatte. Er würde Himmel und Hölle in Bewegung setzen, um ihn, den Verräter, in seine Finger zu bekommen – und das Imperium war nahezu allmächtig. Bahroff würde sich nicht ewig verstecken können. Genau das aber würde er tun müssen, wenn er den Zellaktivator auch weiterhin trug.

Was erwartete ihn auf Aralon? Es gab keine Gelegenheit mehr, Santek auf die Einzelheiten seines Fluchtplans anzusprechen, und wenn er sich erst auf dem Weg ins Kesnarsystem befand, war es für eine Umkehr zu spät.

Durfte er Santek vertrauen? Die Antwort auf *diese* Frage kannte er immerhin. Nein, natürlich durfte er das nicht. Allein die Tatsache, dass er so gut wie nichts über den Mediziner wusste, war Grund genug, äußerste Vorsicht walten zu lassen. Vielleicht war das alles auch nur ein von Sergh da Teffron initiierter Test. Vielleicht wollte die Hand des Regenten lediglich herausfinden, ob sein Assistent die Chance ergriff, sich dem Einfluss seines Herrn zu entziehen. Womöglich war sich Santek längst sicher, dass der Zellaktivator genau das tat, was er tun sollte, und hatte da Teffron seine Erkenntnis mitgeteilt. Es hätte dem Charakter des Arkoniden entsprochen, die Situation zu nutzen, um Bahroffs Loyalität einer Prüfung zu unterziehen.

Stiqs Bahroff war sich nicht einmal mehr sicher, ob er die Unsterblichkeit überhaupt wollte. Die Zeit anhalten! Ewig leben! Die Jahrhunderte überdauern! Was zu Beginn ebenso unglaublich wie verheißungsvoll geklungen hatte, besaß inzwischen einen bitteren Beigeschmack. Wenn der Aktivator wirklich funktionierte – und mit jedem verstreichenden Tag war sich Bahroff dessen gewisser –, dann hatte er bereits für dessen Wirkung bezahlt. Die

Worte Santeks gingen ihm nicht mehr aus dem Kopf. Er hatte sich *körperlich verändert.*

Und das in einem Ausmaß und in einem Tempo, welche nicht durch natürliche Ursachen erklärt werden können.

Was machte der Zellaktivator mit ihm – *aus* ihm? Was richtete er in ihm an? Man musste kein Mediziner sein, um zu wissen, dass es ein Arzneimittel ohne Nebenwirkungen nicht gab, und was war dieses verfluchte Ei, das er seit drei Monaten mit sich herumschleppte und das mit jedem Tag schwerer zu wiegen schien, anderes als ein Medikament? Biologische Organismen waren nun einmal nicht unsterblich, und vermutlich hatte sich die Natur etwas dabei gedacht, als sie das vor vielen Milliarden Jahren so eingerichtet hatte.

Würde er sich weiterhin *verändern?* Konnte er ausschließen, dass ihn der Zellaktivator über die Zeit in etwas verwandelte, was nichts mehr mit einem Arkoniden oder einem Targeloner gemein hatte? Konnte er sicher sein, nicht zu einem Freak, zu einem Monster zu werden, dem man bestenfalls Mitleid entgegenbrachte?

Nein, und genau das war der Punkt. Er konnte *nichts* ausschließen. Er konnte *nicht* sicher sein, und diese Erkenntnis machte ihm zum ersten Mal in voller Tragweite bewusst, was Sergh da Teffron ihm – aus Gedankenlosigkeit oder purer Berechnung – tatsächlich angetan hatte.

Was immer ich auch entscheide – ich kann nur verlieren, dachte der Halbarkonide. Irgendwo in den tiefsten Tiefen seines Verstands regte sich leiser Widerspruch, doch er bekam den Gedanken nicht zu fassen. Warum sollte Santek ihm helfen? Natürlich musste es ihn als Mediziner geradezu elektrisieren, Zugriff auf eine Technik zu erlangen, die das Leben eines Individuums praktisch unbegrenzt verlängerte. Wenn er es schaffte, das Geheimnis des Zellaktivators zu entschlüsseln, war ihm ein Platz im galaktischen Geschichtsbuch sicher. Er würde die Welt verändern! Was also sollte ihn daran hindern, den Aktivator einfach an sich zu nehmen und Stiqs Bahroff zu beseitigen? Hier, an Bord des Geflechts, wäre das Risiko zu groß. Sobald er allerdings mit dem Halbarkoniden allein war ...

Nein, er wird mich nicht umbringen, dachte Stiqs Bahroff. *Dazu bin ich als Studienobjekt zu wertvoll. Er wird mich in einen Käfig sperren und beobachten. Er wird ...*

»Die TARAC'NOR und die GHEM'TAR melden eine Handelskarawane der Mehandor in knapp zweihundert Lichtjahren Entfernung, Herr.«

Die Stimme eines jungen Arkoniden, der die weißblonden Haare ungewöhnlich kurz trug, beendete Bahroffs Grübeleien vorerst. In der Zentrale herrschte das übliche geordnete Chaos. Der Panoramaschirm zeigte den von farbigen Symbolen durchsetzten Weltraum, und für einen Moment wünschte sich Stiqs Bahroff, dass er damals auf Targelon geblieben wäre. Dann schalt er sich einen Narren. Die Heimat seines Vaters war nie die seine gewesen. Auf Targelon gab es nichts von dem, was er sich wünschte, und eine Rückkehr kam nicht infrage.

»Haben Sie den Kursvektor und die Kennungen überprüft?«, wollte er wissen und lehnte sich in seinem Sessel nach vorn. Er hatte sich das Möbelstück eigens auf der leicht erhöhten Galerie installieren lassen, die parallel zum Panoramaschirm auf der Rückseite des Raumes verlief. Von hier aus konnte er praktisch jeden Winkel der Zentrale einsehen.

»Ja, Herr«, antwortete der junge Offizier. Der Namenszug auf der Uniform wies ihn als Termon da Xevitas aus. »Die Karawane ist registriert und bewegt sich entlang der etablierten Handelsrouten. Ihr Ziel ist das Gespinst KE-SELTIM.«

»Dann scheint alles in Ordnung zu sein.« Stiqs Bahroff musterte sein Gegenüber unwillig. »Warum belästigen Sie mich mit solchen Belanglosigkeiten?«

»Ich bitte um Vergebung, Herr. Ich habe mir erlaubt, das Emissionsmuster der Frachtschiffe genauer zu analysieren. Dabei bin ich auf das hier gestoßen.« Mit den letzten Worten reichte er Bahroff einen Folienausdruck.

Der Halbarkonide nahm ihn entgegen und studierte das Gewirr aus Linien und Kurven. Jedes Raumschiff produzierte normalerweise eine spezifische Ortungssignatur, die sich aus einer Vielzahl an Komponenten zusammensetzte und das jeweilige Fahrzeug eindeutig identifizierte. Anhand dieser Signatur ließen sich die Leistungswerte des jeweiligen Raumers grob hochrechnen, sofern die Grunddaten nicht – wie bei Kampfschiffen üblich – mittels technischer Tricks verschleiert wurden. Für Frachter gab es keinen Grund, solche Tricks anzuwenden, und genau das machte die Entdeckung von Termon da Xevitas so interessant.

»Die Übergänge der Hyperspektren verlaufen zeitlich asynchron«, murmelte Bahroff. »Fast so, als würde etwas – oder jemand – die Ausschläge absichtlich dämpfen.«

»So ist es, Herr«, stimmte der junge Arkonide eifrig zu. »Ich tippe auf ein Reduktionsfeld, allerdings ein schlecht eingestelltes. Die Interferenzen der Fünf-D-Wellenstrukturen heben sich nicht gegenseitig auf, sondern erzeugen winzige zeitliche Abweichungen. Die Frage ist also: Was haben die Mehandor zu verbergen?«

»Das ist ausgezeichnete Arbeit«, lobte Bahroff. Termon da Xevitas verzog keine Miene, doch das Aufblitzen in seinen rötlich schimmernden Augen blieb dem Halbarkoniden nicht verborgen.

»Soll ich eine Naatpatrouille zusammenstellen, die die Karawane aufhält und das verdächtige Schiff durchsucht?«, erkundigte sich der junge Offizier.

»Nein«, lehnte Stiqs Bahroff ab. »Was wir haben, begründet allenfalls einen Verdacht. Nach den Vorfällen im Beta-Albireosystem ist das politische Klima zwischen dem Imperium und den Mehandor alles andere als eitel Sonnenschein. Behalten Sie die Sache im Auge, und verfolgen Sie den weiteren Kurs der Schiffe. Verfassen Sie einen Sonderbericht, und schicken Sie ihn an Sergh da Teffron persönlich. Erwähnen Sie, dass diese Anweisung von mir stammt. Ich werde dafür sorgen, dass in Ihrer Personalakte eine Belobigung vermerkt wird.«

»Danke, Herr!« Termon da Xevitas war sichtlich zufrieden. Nach einer kurzen Verneigung kehrte er auf seinen Posten zurück.

Stiqs Bahroff verschränkte die Arme vor der Brust. Vor seinen Augen flimmerte die Luft. Der Zellaktivator auf seiner Haut schien sich zu erwärmen, doch das konnte auch Einbildung sein.

Nicht jetzt!, schoss es ihm durch den Kopf.

In den vergangenen Wochen war es immer wieder zu solchen *Anfällen* gekommen, eine Form von Wachträumen, in denen die Grenzen zwischen Realität und Phantasie verschwammen und sein Unterbewusstsein Szenen von erschreckender Eindringlichkeit produzierte. Von Anfang an hatte sich Bahroff gefragt, ob es sich dabei womöglich um Bilder aus der Zukunft handelte. Santek hatte selbst gesagt, dass sich im Körper des Halbarkoniden massive Veränderungen manifestiert hatten. Wer mochte auch nur ahnen, was diese alles hervorriefen?

Die Zentrale löste sich in nichts auf. Stattdessen stand Bahroff plötzlich auf einem Feld. Ein leichter Wind wiegte hüfthohes Gras. Als würden die Wellen eines grünen Ozeans gemächlich an ihm vorüberziehen.

Bahroff erkannte in der Ferne einen flachen Gebirgszug. Hinter einem kleinen Wäldchen aus konisch geformten Bäumen graste eine Herde von Tieren, die den Halbarkoniden an jarolanische Muffocks erinnerten, jedoch wesentlich größer waren.

Ein leises Grollen veranlasste Bahroff dazu, den Kopf in den Nacken zu legen. Am hellblauen Himmel erschien ein silbern glänzender Punkt. Er bewegte sich in schrägem Winkel auf die Planetenoberfläche zu und zog dabei einen dünnen Streifen aus weißem Rauch hinter sich her. Ein zweiter Punkt tauchte auf, dann ein dritter, ein vierter.

Raketen, begriff Stiqs Bahroff. *Vom Weltraum aus abgefeuerte Raketen.*

Immer mehr der im Sonnenlicht funkelnden Geschosse füllten nun das Blickfeld des Mannes aus. Die langen Spuren der Triebwerksgase, die an ihren Enden mehr und mehr ausfaserten, bildeten einen seltsamen Kontrast zur umgebenden Natur. Dann erreichte die erste Rakete ihr Ziel.

Bahroff spürte, wie der Boden unter seinen Füßen bebte. Eine Fontäne aus Steinen, Pflanzenteilen und Erdreich stieg Hunderte von Metern in die Luft. Schwarzer Qualm verteilte sich rasend schnell nach allen Seiten. Ein Donnern lag in der Luft. Dumpf und schwer kündete es davon, dass das Schlimmste noch bevorstand.

Die äsenden Tiere hoben die Köpfe, stießen ein lang gezogenes Heulen aus und galoppierten in panischer Angst davon. Im gleichen Augenblick schlugen weitere Geschosse ein. Innerhalb weniger Atemzüge verwandelte sich die Welt um Bahroff herum in ein Inferno. Der Halbarkonide hatte Mühe, sich auf den Beinen zu halten, als die nachfolgenden Explosionen die Planetenkruste aufrissen und den Wind zum Sturm anschwellen ließen. Die Luft erhitzte sich rasend schnell; das Gras und die Bäume fingen Feuer. Unmittelbar vor Stiqs Bahroff brach der Boden auf. Seine Haut brannte, das Atmen fiel ihm schwerer und schwerer ...

Warum endet dieser verdammte Spuk nicht?, fragte der Halbarkonide in Gedanken. *Warum bin ich immer noch hier?*

Bislang waren seine ungewollten Ausflüge ins Reich der Träume stets schnell wieder vorbei gewesen. Diesmal schien das anders zu sein. Bahroff biss sich so fest auf die Unterlippe, dass er Blut schmeckte. Der Schmerz half; das Chaos verblasste, und er saß wieder auf seinem Sessel in der Zentrale. Direkt vor sich erkannte er Darek da Okawar, der ihn misstrauisch beobachtete.

»Geht es Ihnen gut?«, fragte er. »Sie sehen ... krank aus.«

»Es geht mir ausgezeichnet«, antwortete Bahroff schärfer als beabsichtigt. »Gibt es einen Grund dafür, dass Sie mir beinahe auf dem Schoß sitzen?«

Der alte Arkonide trat zwei Schritte zurück. »Wir haben den gesuchten Quetain Oktor abgefangen«, sagte er dann mit hörbarer Zufriedenheit. »Meine Leute sind sicher, dass er das Trebolasystem mit einer Mehandorwalze namens HETH-KAPERK verlassen hat. Seine Versuche, die Spuren zu verwischen, waren raffiniert, aber meine Spezialisten haben ihn trotzdem ...«

»Ersparen Sie mir die Einzelheiten!«, unterbrach ihn Stiqs Bahroff, der noch immer an den Nachwirkungen seines Wachtraums litt. »Haben Sie den Mann in Gewahrsam?«

»Der Zugriff steht unmittelbar bevor«, antwortete der alte Arkonide steif. »Drei Einheiten der 192. vorgeschobenen Grenzpatrouille haben die Verfolgung der HETH-KAPERK aufgenommen und werden sie in Kürze stellen.«

In Bahroffs schmerzendem Schädel jagten sich die Gedanken. Der Plan, der in den vergangenen Stunden in seinem Unterbewusstsein Gestalt angenommen hatte, war voll von Unwägbarkeiten, doch alle Alternativen erschienen ihm weitaus riskanter zu sein. Die entscheidende Frage war, ob Quetain Oktor ebenfalls einen Zellaktivator besaß. Hatte Bahroffs Artgenosse das Zepter Vidaarms mit einem Ei aus Gips vertauscht und versuchte nun, sich und den echten Aktivator in Sicherheit zu bringen? Wenn dem so war, durfte Sergh da Teffron diesen zweiten Aktivator auf gar keinen Fall in die Finger bekommen!

»Brechen Sie die Verfolgung sofort ab!«, sagte Bahroff entschlossen. Der Anblick von Darek da Okawars Gesicht hätte ihm sicher ein Lächeln entlockt, wenn die Situation nicht so verfahren gewesen wäre.

»Ich soll ... Sie wollen ... was?«, brachte der Mann heraus.

»Sie haben mich verstanden. Wie ich soeben bereits Ihrem jungen Offizier erklärt habe, kann sich das Imperium zum gegenwärtigen Zeitpunkt keine diplomatischen Verwicklungen mit den Mehandor leisten. Falls sich Oktor *nicht* an Bord der HETH-KAPERK befindet, könnte man eine Durchsuchung durchaus als einen kriegerischen Akt interpretieren.«

»Aber das ist ... das ist doch absurd!«, protestierte Darek da Okawar.

»Nein, das ist ein Befehl. Die drei Schiffe sollen ins Trebolasystem zurückkehren. Ich selbst werde mich jetzt in meine Kabine begeben und möchte in den kommenden Stunden nicht gestört werden.«

Ohne den alten Arkoniden weiter zu beachten, drehte sich Stiqs Bahroff um und verließ die Zentrale.

Kapitel 15

»Unglaublich.«

Perry Rhodan hatte seine Stimme unwillkürlich zu einem Flüstern gesenkt. Das Bild, das sich seinen Augen bot, war atemberaubend. Vor ihm verlief die Straße geradeaus auf eine gewaltige Mauer zu. Rhodan schätzte sie auf mindestens zweihundert Meter Höhe. Dahinter erhob sich ein Konglomerat aus Türmen, Trichterbauten, Wolkenkratzern und anderen Gebäuden, die wie gigantische stählerne Pflanzen aus einem monströsen Blumentopf wucherten.

Der sichtbare Abschnitt der Mauer war zum Teil mit exotischen Mustern bemalt und wurde von vielen Lampen erhellt. In ihrem Schein waren Dutzende von Durchbrüchen und Hochstraßen zu erkennen, die ins Innere der Stadt führten. In unregelmäßigen Abständen gab es balkonähnliche Anbauten, an deren Geländern bunte Wimpel flatterten. Vermutlich handelte es sich dabei um Aussichtspunkte, von denen die Pilger – fraglos gegen eine Gebühr – einen großartigen Blick über das Umland genießen konnten.

Besagte Pilger bevölkerten das Areal vor der Mauer in unübersehbarer Zahl. Dort wechselten sich flache Zweckbauten mit breiten Geschäftsstraßen, großen Freiplätzen und bunkerartigen Häusern ab. An diesem frühen Abend waren mehrere Tausend Sironer unterwegs – die meisten davon in jene schmucklosen Mäntel aus grobem Stoff gekleidet, von denen nun auch Mestor Taragoran ein Exemplar aus einer Kiste hervorholte und es überstreifte.

War all das schon ein berauschender Anblick, so verblasste er sofort vor der Wucht des in einigen Kilometern Entfernung gut erkennbaren Heiligtums. Rhodan machte die typischen Merkmale einer arkonidischen Schlachtschiffzelle aus. Die grundlegende Architektur dieser technischen Wunderwerke hatte sich in den vergangenen zehn Jahrtausenden nur unwesentlich verändert. Eine Kugel stellte eine sogenannte Idealform dar, umschloss sie doch von allen geometrischen Körpern bei gegebener Oberfläche das größte Volumen. Für die arkonidischen Ingenieure hatte es nie einen Grund gegeben, daran etwas zu ändern.

Die AR'KELESS bildete im ungefähren Zentrum der Stadt eine Kuppel, einen stählernen Berg, der alles andere überragte und unter der Lichtflut Hunderter Scheinwerfer erstrahlte. Die Zerstörungen, die der Raumer bei der Notlandung erlitten hatte, waren nicht zu übersehen. Rhodan suchte nach Anzeichen einer laufenden Evakuierung, konnte jedoch nichts entdecken.

»Der Pilgerweg führt an den wichtigsten historischen Stätten unserer Kultur vorbei«, sagte Mestor unaufgefordert. »An der Setrang-Oase, an Morias Hort, der Stätte des Aufbaus, und natürlich an der Nimmon-Höhle, in der unsere Vorfahren einst Schutz vor den ersten Sandstürmen suchten.« Wie Rhodan und die anderen hatten auch er und die übrigen Mitglieder des Konvois ihre Fahrzeuge verlassen und nahmen das sich vor ihnen abspielende Durcheinander in sich auf.

Eine knappe Stunde später erreichte der Konvoi eine Art Motel, das aus einem riesigen Parkplatz, zwei mehrstöckigen Gebäuden in Quaderform und einem bungalowähnlichen Restaurant bestand. Mestor erneuerte seine Einladung, und Rhodan bedankte sich erneut für ihre Rettung und versprach, dass sie es sich überlegen würden. Zunächst, so erklärte er dem Sironer, wolle man sich allerdings orientieren und einige Besorgungen erledigen.

Chabalh, der die Fahrt in einer Art Container auf einem ausschließlich für Materialtransporte vorgesehenen Lastwagen mitgemacht hatte, gesellte sich wieder zu ihnen. Sein raubtierhaftes Gesicht ließ auf einen keineswegs ausgeglichenen Gemütszustand schließen. Zu Rhodans Erleichterung verlieh er seinem Unmut keinen Ausdruck, sondern hielt sich zurück. Rhodan nahm sich vor, sich bei nächster Gelegenheit bei ihm zu entschuldigen.

Sie verabschiedeten sich noch auf dem Parkplatz von Mestor, schulterten ihre Rückentornister und folgten zu Fuß der viel befahrenen Hauptstraße in Richtung Innerer Ring. Nach den Worten ihres Fahrers führte sie mehrere Kilometer an der Stadtmauer entlang, bevor sie sich teilte und in ein Netz aus Zubringern überging, über die man die nördlichen Vororte von Keless erreichen konnte.

»Wir werden so schnell wie möglich Kontakt mit Ishy, Belinkhar und Iwan aufnehmen«, sagte Rhodan, während sie an einer Reihe weiterer Unterkünfte vorbeigingen. »Wir müssen nach Möglichkeit den Zugang zum Depot lokalisieren und einen Weg finden, die Selbstzerstörung der AR'KELESS zu verhindern.«

»Und Sie glauben, das mit den Mitteln des Depots zu schaffen«, fügte Atlan hinzu. Er hatte den Satz nicht als Frage formuliert; dennoch fühlte sich Rhodan bemüßigt zu antworten.

»Das ist meine große Hoffnung. Wenn die Einrichtungen des Depots unversehrt sind, finden wir dort moderne technische Ausrüstung ...«

»Zehntausend Jahre alte technische Ausrüstung«, warf Crest ein.

»Die TOSOMA war genauso alt«, gab Rhodan ein wenig ungehalten zurück.

»Ja, und Sie wissen selbst, wie weit wir mit ihr gekommen sind.«

Für einige Augenblicke sagte niemand etwas. Dann seufzte Crest.

»Vergeben Sie einem notorischen Pessimisten, Perry«, sagte er. »Natürlich haben Sie recht. Wenn wir das Depot finden können, steigen unsere Chancen erheblich. Allerdings bleiben uns nicht einmal mehr eineinhalb Tage.«

»Da vorn ist ein Markt.« Atlan war einige Schritte vorausgegangen und deutete nun auf einen von Häusern umsäumten Platz, auf dem eine Reihe von Händlern ihre Verkaufsstände errichtet hatten und diverse Waren feilboten. Die meisten der Buden bestanden aus einer Art Anhänger mit vorgelagertem Sonnendach, aber es gab auch eine Anzahl von Zelten sowie mobile Händler, die mit um den Körper geschnallten Bauchläden unterwegs waren. Wieder andere hatten einfach einen oder mehrere Tische aufgestellt und ihr Angebot auf ihnen ausgebreitet. Auf der etwa fünfhundert Quadratmeter großen Fläche herrschte dichtes Gedränge.

Atlan hatte sich inzwischen noch weiter von ihnen entfernt und beinahe die ersten Stände erreicht.

Crest blieb stehen und schüttelte den Kopf. »Bei allen Göttern Arkons«, murmelte er halblaut. »Warum rennt dieser Verrückte plötzlich so?«

»Darf ich Sie etwas fragen, Crest?«

»Sie dürfen mich alles fragen, mein Freund«, sagte der Wissenschaftler.

»Warum kommen Sie und Atlan nicht miteinander aus? Ich meine ... Sie haben so viele Gemeinsamkeiten – allen voran den Zellaktivator. Weshalb also diese ... Abneigung?«

»Ich hatte befürchtet, dass Sie mich das eines Tages fragen würden, Perry. Es ist ... es ist nicht einfach zu erklären, aber ich habe das Gefühl, dass ... dass der Mann nicht der ist, der er zu sein vorgibt. Ich weiß, das klingt paranoid, aber sein Zellaktivator, den Sie als Gemeinsamkeit erachten, ist in Wirklichkeit unser größter Unterschied. Sie wissen genauso gut wie ich, dass er ihn nicht von

ES erhalten hat. Er sieht zudem anders aus als mein eigenes Gerät. Macht Sie das nicht ebenfalls misstrauisch?«

»Ich vertraue ihm sicher nicht so rückhaltlos wie Ihnen«, entgegnete Rhodan. Er verschwieg dabei, dass er inzwischen auch an Crests lauteren Motiven zweifelte. »Aber ich würde ihn auch nicht unbedingt als potenzielles Sicherheitsrisiko einstufen.«

»Wir sollten dennoch vorsichtig sein«, warnte Crest. »Zu viel hängt von unserer Mission ab.«

»In diesem Punkt bin ich hundertprozentig bei Ihnen.« Rhodan seufzte. »Kommen Sie. Es sieht so aus, als hätte unser spezieller Freund etwas entdeckt.«

Sie legten die restliche Strecke zum Markt zurück und schlossen zu Atlan auf. Chabalh hielt sich wie gewohnt unmittelbar an Rhodans Seite. Der auffällige Purrer zog dabei immer wieder die Blicke der Passanten auf sich, wurde aber offenbar als exotisches Haustier akzeptiert. Dennoch war Rhodan die Aufmerksamkeit, die sie dadurch erregten, alles andere als willkommen.

»Hat Mestor nicht gesagt, dass das Betreten des Wracks streng verboten ist und nur wenige ausgewählte Wissenschaftler bislang das Privileg hatten, die AR'KELESS näher zu untersuchen?«, fragte Atlan.

»Mestor hat vieles gesagt«, stichelte Crest. »Unter anderem auch das.«

»Dann sehen Sie mal unauffällig zu dem kleinen Verkaufsstand links von Ihnen. Der Sironer mit dem schwarzen Halstuch und der blauen Jacke.«

Der Mann, den Atlan meinte, hockte hinter einem schmalen Klapptisch auf einem Schemel. Er machte einen hochgradig nervösen Eindruck und sah sich immer wieder um, als befürchte er, jemand würde ihn suchen. Auf dem Tisch vor ihm hatte er rund zwei Dutzend Folienpäckchen ausgebreitet. Die etwa zehn mal zwanzig Zentimeter großen Objekte sahen in ihrer mattsilbernen Umhüllung harmlos aus, doch dann fielen Rhodan die arkonidischen Schriftzeichen auf. Er konnte nicht alles lesen, aber ein Wort stach ihm sofort in die Augen: *AR'KELESS!* »Das sind ...«

»Notrationen«, sagte Atlan. »Notrationen der arkonidischen Flotte. Und sie stammen eindeutig aus den Beständen des Wracks. Da stellt sich die Frage: Woher hat der Kerl die Dinger?«

»Fragen wir ihn«, erwiderte Rhodan entschlossen.

Der Sironer bemühte sich um ein verbindliches Lächeln, als sich Crest, Atlan und Rhodan vor seinem behelfsmäßigen Stand aufbauten. Rhodan nahm eine der Notrationen in die Hand und betrachtete sie interessiert. Der Inhalt unter der Folie fühlte sich steinhart an. Wenn es sich um keine Fälschungen handelte, waren die Konzentrate natürlich längst nicht mehr genießbar.

»Was ist das?«, wollte Rhodan wissen.

»Das sind Artefakte aus dem Heiligtum«, antwortete der Sironer im Verschwörerton. »Ich garantiere ihre Authentizität – und ich überlasse sie Ihnen für lächerliche hundert Sir pro Stück. Das ist praktisch geschenkt.«

»Aus dem Heiligtum? Tatsächlich? Und das soll ich Ihnen einfach so glauben?«

»Es ist mir egal, ob Sie mir glauben oder nicht.« Plötzlich klang Rhodans Gegenüber geradezu feindselig. »Wenn Sie nichts kaufen wollen, stehlen Sie mir nicht meine Zeit. Verschwinden Sie, und stehen Sie den anderen Kunden nicht im Weg herum!«

Hinter Rhodan stieß Atlan ein amüsiertes Lachen aus. Er trat nach vorn und nahm Rhodan das Päckchen aus der Hand.

»Sie erlauben?«, sagte er und musterte die Notration eingehend. »Liste der Inhaltsstoffe, Fertigungsnummer, Verfallsdatum«, murmelte er. Schließlich hob er den Kopf und beugte sich weit über den Tisch. Der Sironer wich unwillkürlich zurück.

»Was mich über die Maßen erstaunt, mein junger Freund«, sprach Atlan im Plauderton weiter, »ist, dass diese Päckchen *tatsächlich* aus dem Heiligtum stammen. Nehmen wir einmal an, ich wäre kein normaler Kunde, sondern ein ... nun, sagen wir, ein Vertreter der örtlichen Behörden. Nehmen wir weiter an – rein hypothetisch, versteht sich –, ich wäre auf der Spur eines Mannes, der sich auf höchst illegale Weise in den Besitz dieser Päckchen gebracht hat. Was würde diesen Mann wohl als Höchststrafe erwarten?«

Der Sironer hielt dem Blick des Arkoniden nur wenige Sekunden stand. Er wollte sich von seinem Schemel erheben, doch Atlan ließ die Notration fallen und packte stattdessen das Handgelenk des hageren Mannes.

»Sie sollten nicht einmal daran denken, fliehen zu wollen«, sagte er lächelnd. »Oder möchten Sie wirklich, dass ich Ihnen Chabalh auf den Hals hetze – und das meine ich im wahrsten Sinne des Wortes.«

Er nickte in Richtung des Purrers. Dieser fletschte wie auf Kommando die Zähne und stieß ein kehliges Knurren aus.

»Was ... was wollen Sie von mir?«, fragte der Sironer verstört.

»Nichts weiter als ein paar Informationen«, antwortete Atlan. »Was halten Sie davon, wenn wir uns an einen Ort zurückziehen, an dem wir in Ruhe reden können? Wohnen Sie in der Nähe?«

»Ja ... ich ... äh, im Mittelring, aber ...«

»Allein?«

»Ja, aber Sie können nicht einfach ...«

»Ich helfe Ihnen, Ihre Sachen zusammenzupacken. Wenn Sie kooperieren, garantiere ich Ihnen, dass Sie ohne Schaden aus dieser Sache herauskommen. Wenn Sie Schwierigkeiten machen, werden Sie sich schon bald wünschen, man hätte Sie nackt und ohne Wasser in der Wüste ausgesetzt. Das wäre nämlich wesentlich angenehmer als das, was ich und mein Freund Chabalh mit Ihnen machen. Haben wir uns bis hierhin verstanden?«

Der Sironer sackte in sich zusammen.

Auf dem Weg in die Stadt erfuhren sie, dass ihr neuer Bekannter auf den Namen Stynn Jariharatan hörte. Es bereitete keinerlei Probleme, Keless zu betreten. Die Kontrollen an den Übergängen der Ringe waren bestenfalls oberflächlich. Es genügte, dass Stynn den gelangweilten Posten seinen Ausweis zeigte, ihnen ein paar Sir zusteckte und seine Begleiter als Freunde vorstellte. Die Vorschrift, nach der sich Pilger und nicht in Keless ansässige Personen nur außerhalb der Kernstadt aufhalten durften, wurde augenscheinlich sehr frei interpretiert und war mit ein paar Banknoten leicht zu umgehen. Den Worten Stynns zufolge wollte kein Kelessa auf die potenziellen Einnahmen aus dem florierenden Heiligtumtourismus verzichten.

Die Stadt an sich – zumindest dieser Abschnitt der riesigen Metropole – wies erstaunliche Parallelen zu ähnlichen Ansiedlungen auf der Erde auf. Zwar wirkte die Architektur fremdartig, doch vieles andere erinnerte an irdische Weltstädte aus der Mitte des vergangenen Jahrhunderts.

Stynn Jariharatan führte sie zur Haltestelle einer Art Straßenbahn, die aus zweistöckigen Schienenwagen bestand. Die Stromversorgung erfolgte mittels einer Oberleitung. Ein Automobil besaß Stynn nicht. In Keless, so erklärte er auf die entsprechende Frage Atlans, sei der Unterhalt von Privatfahrzeugen für viele Einwohner schlicht zu teuer.

Der Sironer, der von Minute zu Minute nervöser wurde, wohnte in einem Viertel, das sich Lerom-Jolt nannte und auf Rhodan einen ziemlich heruntergekommenen Eindruck machte. Zum allgegenwärtigen Gestank der durch den dichten Verkehr verursachten Abgase gesellte sich ein unangenehm stechender Geruch nach verfaulenden Essensresten und anderem Unrat. Auch das kleine, nur spärlich möblierte Appartement des Sironers ließ keinen Zweifel daran, dass sein Besitzer nicht zur gesellschaftlichen Oberschicht zählte.

Während Crest versuchte, die Funkverbindung zu Ishy Matsu, Belinkhar und Iwan Goratschin herzustellen, setzten Rhodan und Atlan das Gespräch mit Stynn Jariharatan fort. Dabei kamen sehr schnell einige erstaunliche Dinge ans Licht. Der Sironer gehörte zu einer in den letzten Jahren stetig gewachsenen Gruppe, die sich als Freidenker bezeichnete und dafür einstand, alle Tabus bezüglich der AR'KELESS zu ignorieren und das Wrack aggressiv zu erforschen. Die Freidenker waren davon überzeugt, dass sich in den Tiefen des Schiffes technische Wunder finden ließen, die die Entwicklung der Sironer maßgeblich voranbringen würden.

Nachdem Stynn seinen Bericht erst einmal begonnen hatte, war er nicht mehr zu stoppen. Als wäre er dankbar dafür, sich etwas, das ihn seit Langem belastete, endlich von der Seele reden zu können. Demnach war er mit einer kleinen Schar Sironer und unter der Führung eines gewissen Angech Anatarawan in die AR'KELESS eingedrungen. Das Ziel der Gruppe war die Suche nach der Zentrale des Raumschiffs und nach fortschrittlicher Technologie gewesen. Die meisten Freidenker waren von der durchaus berechtigten Sorge getrieben, dass Siron über kurz oder lang einen Krieg globalen Ausmaßes erleben würde. Das wollten sie unter allen Umständen verhindern.

Dann jedoch war alles schiefgelaufen und das einzige weibliche Mitglied der Gruppe ums Leben gekommen. Kurz darauf hatte das Heiligtum verkündet, sich selbst sprengen zu wollen, und Stynn hatte das Angebot Angechs angenommen und war aus dem Wrack geflohen. Auf dem Rückweg durch das Schiff war er schließlich auf einen Lagerraum gestoßen und hatte dort die Konzentrate entdeckt. Ihr Verkauf, so seine stille Hoffnung, würde ihm genug Geld einbringen, um aus Keless fliehen zu können.

»Noch ist es nicht zu spät«, schloss er seinen Vortrag. »Sie haben doch sicher ein Transportmittel, oder? Wir könnten uns zusammentun.«

»Was ist mit Ihren Freunden?«, fragte Rhodan scharf. »Und mit den Zehntausenden, die sterben werden, sollte das Heiligtum tatsächlich explodieren? Warum haben Sie sich nicht an die Behörden gewandt? Man könnte den gefährdeten Bereich noch immer evakuieren.«

Der Sironer stieß ein hysterisches Lachen aus. Dann bedachte er Rhodan mit einem Blick, der keinen Zweifel daran ließ, dass er ihn für nicht ganz zurechnungsfähig hielt.

»Bei allen Sandgeistern: Von welchem Planeten stammen *Sie* denn?«

Für eine Sekunde glaubte Rhodan, sein Gegenüber hätte ihn durchschaut; dann begriff er, dass Stynn Jariharatan seine Frage ironisch gemeint hatte.

»Man hätte mich auf der Stelle eingesperrt oder zumindest tagelang verhört«, fuhr der Sironer fort. »Haben Sie denn die Nachrichten nicht gesehen? Man hat den Funkspruch des Wracks natürlich aufgefangen. Seitdem sind sämtliche Sicherheitskräfte der Stadt auf der Jagd nach den angeblichen Ketzern, die die Würde des Heiligtums beschmutzt und sich diesen zutiefst verachtenswerten Scherz erlaubt haben.«

Rhodan schwieg betroffen. Damit hatte er nicht gerechnet, aber bei genauerer Betrachtung wohnte all dem eine absurde Logik inne. Das Wrack existierte seit Anbeginn der sironischen Zivilisation. Es war ein elementarer Bestandteil des Lebens und Denkens jedes einzelnen Planetenbewohners. Allein der Gedanke, dass es plötzlich aus jahrtausendelangem Schlaf erwachen und sich selbst vernichten könnte, erschien völlig utopisch.

»Ich bin ein erbärmlicher Schwächling«, sagte Stynn Jariharatan. »Ein Angsthase und ein egoistischer Verräter, der seine Freunde im Stich gelassen hat und nur um seine eigene Sicherheit besorgt ist. Denken Sie, ich weiß das nicht? Wenn Sie mich also verhaften wollen, nur zu. Aber das werden Sie nicht tun, nicht wahr? Sie kommen von keiner Behörde. Sie sind keine Polizisten oder Geheimdienstler. Sie wissen, dass der Funkspruch kein missglückter Jungenstreich ist. Und dann dieses ... dieses *Ding* ...« Er deutete auf Chabalh, der in einer Ecke der winzigen Wohnung hockte und wie üblich beobachtete. »So etwas habe ich noch nie gesehen. Sie sind ... ich weiß nicht, wer oder was Sie sind ...«

»Ich habe sie gefunden«, rief Crest in diesem Moment. »Ishy, Belinkhar und Iwan sind bereits in der Stadt. Sie werden in ein bis zwei Stunden hier sein.«

Rhodan und Atlan sahen sich an. Der Arkonide nickte bedächtig. Er dachte vermutlich dasselbe wie Rhodan. Sie konnten nicht länger warten.

»Ich werde Ihnen jetzt eine Geschichte erzählen, Stynn«, wandte sich Rhodan wieder an den Sironer. »Sie wird Ihnen wie ein Märchen vorkommen, aber ich schwöre Ihnen, dass jedes Wort wahr ist.«

Und dann legte er das Weltbild von Stynn Jariharatan in Schutt und Asche.

Knapp zwei Stunden später trafen Ishy Matsu, Belinkhar und Iwan Goratschin ein. Sie hatten sich in Gowaltskat, so der Name der kleinen Stadt, die sie nach kurzem Fußmarsch erreicht hatten, einem weiteren Pilgerzug angeschlossen und waren sogar früher als Rhodans Gruppe in Keless eingetroffen. Nach einem kurzen Erfahrungsaustausch nahm Rhodan Matsu beiseite und erklärte ihr, was er von ihr erwartete.

Stynn Jariharatan verfolgte das Geschehen mit einer anrührenden Mischung aus Ratlosigkeit und Erschütterung. Rhodan erinnerte sich nur zu gut an seine eigenen Gefühle, die ihn nach der Entdeckung des notgelandeten Arkonidenkreuzers auf dem irdischen Mond überwältigt hatten. Es war eine Sache, von Außerirdischen zu lesen oder sich gut gemachte Kinofilme mit ihnen anzusehen. Ihnen tatsächlich zu begegnen war dagegen eine gänzlich andere, eine lebensverändernde Erfahrung.

Nach Rhodans Einschätzung verkraftete Stynn die Wahrheit erstaunlich gut. Allerdings mochte er sich irren, war er doch kein Kenner der sironischen Psyche. Er bat Atlan, ihren nicht ganz freiwilligen Gastgeber im Auge zu behalten, was dieser mit einem stummen Nicken zusicherte.

Matsu hatte inzwischen vor dem klobigen Bildschirm eines antik wirkenden Computers Platz genommen. Der schmale Tisch, auf dem das Gerät stand, sah aus, als würde er jeden Moment unter seiner Last zusammenbrechen.

Mit Crests Hilfe hatte sie eine Verbindung zu einem an das frühere irdische Internet erinnernden Informationssystem hergestellt und sah sich Luftaufnahmen der Stadt und der näheren Umgebung des Wracks an. Um ihre erstaunlichen Paragaben zu aktivieren, benötigte sie zumindest eine ungefähre Vorstellung des Ortes, nach dem sie Ausschau halten sollte. Nach einer Weile lehnte sie sich zurück, schloss die Augen und faltete die Hände wie eine Schale in ihren Schoß. Iwan Goratschin trat hinter sie und legte seine Pranken auf die Schultern der zierlichen Frau.

Über den Handflächen der Mutantin flimmerte die Luft. Was zunächst wie eine optische Täuschung anmutete, gewann schnell an Kontur. Rhodan erkannte einen langen dunklen Schacht, dann eine Art Keller. Schließlich entstand das verschwommene Bild eines kuppelartigen Gebäudes. Es blieb noch einige Sekunden bestehen, dann sank Matsu mit einem herzzerreißenden Seufzer in sich zusammen. Sie drohte vom Stuhl zu rutschen, doch Goratschin fing sie auf, nahm sie in die Arme und bettete ihren Kopf an seine Brust.

»Das ... das Depot«, flüsterte die Asiatin erschöpft. »Es ist ... getarnt. Aber ich ... ich habe es gesehen. Es ... existiert tatsächlich.«

»Wo, Ishy?«, fragte Rhodan eindringlich. »Kannst du uns einen Hinweis geben, wo wir mit unserer Suche beginnen sollen?«

»Das Gebäude ...« Die Stimme Stynn Jariharatans, der wie ein Häufchen Elend in einem abgewetzten Sessel hockte, klang unsicher, aber gefasst. Rhodan sah den Sironer an, und der wich seinem Blick nicht aus. Wenn er bislang noch Zweifel an der Identität seiner Besucher gehabt hatte, so hatte Matsus kleine Vorführung diese offenbar vollständig zerstreut.

»Ich kenne das Gebäude, das ... das die Frau ... das sie mit ihren Händen ...«, stammelte er.

Rhodan ging in die Knie und lächelte. »Schon gut, Stynn«, sagte er sanft. »Ishy ist eine Mutantin. Sie hat die Gabe, Bilder von entfernten Orten zu empfangen und für andere sichtbar zu machen. Sie kennen das Kuppelgebäude, das sie uns gezeigt hat?«

»Jeder in Keless kennt es«, antwortete Stynn Jariharatan. »Es ist das Ornomeon, die Halle, in der der Rat seine Sitzungen abhält.«

Kapitel 16

Die Kuppel des Ornomeons leuchtete in hellem Blau. Perry Rhodan machte keine Scheinwerfer aus, mittels derer dieser Effekt erreicht wurde, bis ihm Stynn Jariharatan erklärte, dass die Kuppeloberfläche mit einem speziellen, elektrisch leitfähigen Material überzogen war. Je nach Stromzufuhr gab das Gebäude demnach Licht in unterschiedlicher Färbung ab. Ein helles Blau, so der Sironer weiter, signalisierte den Stadtbewohnern, dass der Rat gerade tagte oder kurz davor stand, eine Sitzung abzuhalten. Dunkelblau bedeutete hingegen keine laufende Zusammenkunft.

Trotz der späten Stunde war das Ornomeon nicht nur für Besucher geöffnet, sondern sogar stark frequentiert. Auch hier konnte ihr Führer Aufklärung leisten. Die Kuppelkonstruktion war streng genommen immer und für jedermann zugänglich. Sie wurde lediglich gesperrt, wenn Wartungsarbeiten nötig wurden oder sich die Ratsmitglieder zu einer der seltenen internen Versammlungen zusammenfanden. Der Umstand, dass für den späten Abend eine Sitzung anberaumt worden war, erklärte die hohe Besucherzahl.

»Der Rat von Keless steht für Offenheit und die Freiheit des Wortes«, sagte Stynn, als sie das Ornomeon gemeinsam mit Dutzenden anderer Sironer durch eine breite Flügeltür betraten. »Alle Sitzungen sind öffentlich und werden per Bildfunk übertragen. Lediglich für die Abstimmungen werden der Große Saal geschlossen und die Sichtfenster abgedunkelt. Die Ergebnisse der Wahlgänge können allerdings sofort nach Stimmabgabe an den Informationstafeln im Ehrenkreis eingesehen werden.«

Besagter Ehrenkreis war ein breiter Rundgang, der sich einmal um den kompletten Kuppelbau zog und den ihre Gruppe nun erreichte. Ishy Matsu und Iwan Goratschin zeigten sich sichtlich beindruckt und nickten anerkennend, während sie die Blicke schweifen ließen. Belinkhar hatte sich bei Rhodan eingehakt. Als sie kurz stehen blieben, um sich zu orientieren, lehnte sie ihren Kopf an seine Schulter. Ihr zufriedenes Lächeln deutete darauf hin, dass sie die Situation trotz des ernsten Hintergrunds genoss

– und es wäre eine Lüge gewesen, wenn Rhodan von sich selbst das Gegenteil behauptet hätte. Je mehr Zeit er mit dieser Frau verbrachte, desto mehr schätzte er ihre Gesellschaft.

Crest und Atlan blieben zumindest äußerlich gelassen. Rhodan hatte den Eindruck, dass ihre Haut heller geworden war. Entweder ließen die eingenommenen Medikamente in ihrer Wirkung bereits nach, oder das Licht im Ornomeon erzeugte einen besonderen Widerschein.

Der Einzige, den die Umgebung nicht im Geringsten zu interessieren schien, war Chabalh. Der Purrer hockte auf seinen Hinterbeinen und beobachtete die an ihrer Gruppe vorbeiflanierenden Sironer. Diejenigen, die Rhodan seiner Meinung nach zu nahe kamen, bedachte er mit einem warnenden Knurren. Dass er dabei wieder einmal zahlreiche Blicke auf sich zog, störte ihn offenbar nicht.

An den sich sanft nach innen neigenden Wänden der Kuppel waren unzählige silberne Täfelchen angebracht. Viele davon waren mit sironischen Schriftzeichen beschrieben, die stark an das Arkonidische erinnerten. An in regelmäßigen Abständen im Boden verankerten Säulen konnte man als Besucher auf einem großen Mosaik jede einzelne Tafel per Fingerdruck aktivieren und weitere Informationen zu ihrer Bedeutung abrufen.

»Die Ehrentafeln sind herausragenden Persönlichkeiten der sironischen Geschichte gewidmet«, erläuterte Stynn Jariharatan. »Wer einen Platz im Ehrenkreis erhält, hat Überdurchschnittliches geleistet und sich um das gesamte sironische Volk verdient gemacht.«

Ishy Matsu war währenddessen an eine Glasvitrine getreten und musterte angestrengt ein maßstabsgetreues Modell des Ornomeons. Es zeigte das Gebäude im Aufschnitt. Der im Zentrum der Konstruktion liegende Sitzungssaal und die umgebenden Konferenz- und Tagungsräume waren gut sichtbar. In einem zweistöckigen Kellergeschoss waren die Versorgungsanlagen, Energieerzeuger und Materiallager untergebracht.

Ein weiteres Kellerstockwerk war zur Tiefgarage für die Fahrzeuge der Räte, ihrer Entourage und der im Haus angestellten Bediensteten ausgebaut.

Auf Matsus Stirn erschienen winzige Schweißperlen. Sofort war Goratschin an ihrer Seite. Rhodan gesellte sich zu ihnen.

»Kannst du etwas erkennen?«, fragte er und biss sich im selben Moment auf die Lippen. Seine Bemerkung war ebenso dumm wie unnötig gewesen und würde die Mutantin schlimmstenfalls aus ihrer Konzentration reißen. Wenn Matsu etwas sah, würde sie es ihm ohne Nachfrage mitteilen.

Nach einer Weile entspannte sich die zierliche Asiatin. Ihre Stimme klang kraftlos.

»Wir müssen nach unten«, hauchte sie. »Wenn uns unser Freund in die Tiefgarage bringen kann, finde ich den Eingang zum Depot. Dort unten gibt es einen versteckten Antigravschacht.«

Rhodan winkte Stynn zu sich und erklärte ihm, was sie von ihm brauchten.

Der Sironer schüttelte beide Hände vor der Brust, als wolle er die Gelenke lockern – offenbar eine auf Siron übliche Geste der Verneinung oder des starken Zweifels. »Das dürfte schwierig bis unmöglich sein. Die Zugänge über die Büros der Räte sind verschlossen und werden zudem von Kameras überwacht. Wahrscheinlich existiert auch eine Alarmanlage. Im Ornomeon gibt es eine eigene Polizeieinheit, die hervorragend ausgebildet ist und in dem Ruf steht, nicht zimperlich zu sein, wenn es um den Schutz der Ratsmitglieder geht.«

»Was ist mit der Einfahrt in die Tiefgarage?«, wollte Rhodan wissen.

»Die meisten Räte kommen in ihren Dienstlimousinen über die Rampe auf der Rückseite des Gebäudes, aber auch die ist bewacht.«

Rhodan nickte nachdenklich. Er hatte zwar nicht erwartet, dass es einfach werden würde, aber mit so vielen Schwierigkeiten hatte er nicht gerechnet. In seinem Hinterkopf begann sich dennoch ein vager Plan zu formen, riskant und ohne Erfolgsgarantie, aber was hatten sie in ihrer Lage noch zu verlieren?

Als er seinen Begleitern die Idee leise vortrug, sah er allenthalben skeptische Mienen. Lediglich Atlan lächelte beifällig. »Das hört sich nach jeder Menge Nervenkitzel an. Gerade richtig für einen Mann, der zehntausend Jahre im Tiefschlaf verbracht hat. Sie können auf mich zählen.«

Sein Seitenblick in Richtung Crest machte nur allzu deutlich, dass der Enthusiasmus des Arkoniden zum Großteil dazu gedacht war, seinen Artgenossen zu reizen, doch diesmal ließ sich der Wissenschaftler nicht provozieren.

»Sie sind verrückt«, flüsterte Stynn Jariharatan. »Das kann unmöglich funktionieren. Man wird Sie verhaften und dann ...«

»In vierundzwanzig Stunden wird es das Ornomeon und eine

beachtliche Anzahl weiterer Gebäude dieser schönen Stadt nicht mehr geben, Stynn«, unterbrach ihn Rhodan. »Ich weiß, dass Sie Angst haben, aber ohne Sie schaffen wir es nicht. Auch auf meiner Welt gibt es große Frauen und Männer, derer wir gedenken und deren Namen wir auf Mahnmale schreiben, ganz ähnlich wie die Silbertafeln im Ehrenkreis. Eine dieser Persönlichkeiten hat einmal gesagt, dass Helden nicht mutiger sind als andere – sie sind es nur fünf Minuten länger. Was meinen Sie, mein Freund: Haben Sie diese fünf Minuten in sich?«

»Ich ... ich weiß es nicht«, gab Stynn zurück.

Rhodan legte ihm eine Hand auf die Schulter. »Dann lassen Sie es uns gemeinsam herausfinden«, sagte er. »Sie haben mir vorhin erzählt, dass Sie es bereuen, Ihre Freunde im Stich gelassen zu haben. Das ist Ihre Chance, diesen Fehler zu korrigieren. Kommen Sie mit uns!«

Stynn Jariharatan zögerte, doch Rhodan hatte das Leuchten in seinen Augen längst erkannt. Es war dasselbe Feuer, das er einst in den Augen von Männern wie Reginald Bull oder Eric Manoli gesehen hatte, dasselbe Feuer, das auch in seinen Augen brannte und das so etwas Profanes wie die Angst vor Schmerzen oder gar dem Tod nicht zu löschen vermochte.

Wenige Minuten später brachen sie auf.

»Da«, wisperte Stynn Jariharatan. »Das ist einer.«

Der schwarze Wagen mit den abgedunkelten Scheiben bog langsam um eine Kurve und hielt auf ihr Versteck zu. Auch ohne den Hinweis des Sironers hätte Rhodan sofort erkannt, dass sich ihnen das Auto eines hochrangigen Politikers näherte. Die Parallelen in der Entwicklungsgeschichte humanoider Kulturen, egal wie weit sie räumlich voneinander getrennt sein mochten, faszinierten ihn nicht zum ersten Mal, und er fragte sich, ob es diesbezüglich wohl so etwas wie ein kosmisches Naturgesetz geben mochte, eine Art Fahrplan, an den sich jede Zivilisation zu halten hatte, wenn sie eines Tages den Weltraum erobern und damit die letzte natürliche Grenze überschreiten wollte.

Die Sironer und die Menschen wiesen so viele Gemeinsamkeiten auf, dass man sie mit dem Zufall kaum noch erklären konnte. Siron hatte eine Chance verdient – und Rhodan würde alles in seiner Macht Stehende tun, damit dieses Volk nicht die gleichen Fehler beging, die die Menschheit begangen hatte.

Das Auto war eine breite Konstruktion mit ausladenden Kotflügeln und felgenlosen Reifen. Auf der nach oben gewölbten Kühlerhaube flatterte ein buntes Fähnchen, vermutlich die Kennung eines Stadtbezirks oder einer politischen Partei. Große Doppelscheinwerfer ließen ihr Licht auf die ansonsten leere Straße fallen.

»Los, Ishy«, zischte Iwan Goratschin. »Dein Auftritt!«

Die Mutantin huschte aus der Deckung des Brückenpfeilers, hinter dem sie sich verborgen hatten. Mit schnellen Schritten erreichte sie die Mitte der Straße und legte sich dort flach auf den Bauch.

»Der älteste Trick der Welt«, murmelte Crest aus dem Hintergrund.

»Nicht *dieser* Welt«, gab Rhodan zurück. Ihm war klar, dass sein Plan eher an den Inhalt eines schlechten Agentenromans, denn an einen sorgsam durchdachten und akribisch vorbereiteten Spezialeinsatz erinnerte. »Allerdings hat mein alter Physikprofessor in Berkeley immer behauptet, dass jemand, der stets planmäßig vorgeht, lediglich Angst davor hat, sich vom Zufall helfen zu lassen.«

»Er hält tatsächlich an.« Iwan Goratschin klang ehrlich verblüfft.

»Chabalh«, sagte Rhodan. »Du weißt, was du zu tun hast.«

Die Fahrertür des Autos öffnete sich, ein hagerer Sironer stieg aus. Er trug einen langen Mantel mit blauen Schulterklappen, den er nun ob der herrschenden Kälte vor dem Körper zusammenraffte.

»Hallo!«, rief er und stieß dabei weiße Atemwölkchen aus, die sich in der bewegten Nachtluft rasch auflösten. »Sind Sie verletzt? Soll ich ...?«

Der Mann kam nicht mehr dazu, seinen letzten Satz zu vollenden, denn in diesem Moment löste sich der Purrer aus dem Schatten des Pfeilers und erreichte das Fahrzeug mit wenigen kraftvollen Sprüngen. Bevor der Sironer überhaupt wusste, wie ihm geschah, lag er bereits bewusstlos am Boden.

Nun lief auch der Rest der Gruppe los. Crest und Rhodan packten den reglosen Chauffeur und wuchteten ihn auf den Beifahrersitz. Atlan riss die hintere Tür auf und schwang sich in den Fond des Wagens; Goratschin und Belinkhar taten das Gleiche auf der anderen Seite. Stynn nahm hinter dem Steuer Platz.

Bevor Rhodan in das Fahrzeug stieg, sah er sich um. Die ganze Aktion hatte höchstens zwanzig Sekunden gedauert. Niemand hatte sie beobachtet. Niemand schien etwas bemerkt zu haben.

Als sich schließlich auch Matsu und vor allem der athletische Chabalh in den Wagen quetschten, wurde es eng. Der ältere Sironer mit dem schütteren Haarkranz und dem entgleisten Gesichtsausdruck öffnete und schloss den Mund wie ein Fisch auf dem Trockenen, brachte jedoch keinen Ton heraus.

Rhodan nahm ihm die Arbeit ab. »Hören Sie mir gut zu. Niemand wird Ihnen etwas tun. Wenn Sie das machen, was ich sage, sind Sie in zehn Minuten ein freier Mann und können die Sicherheitskräfte rufen. Zuvor müssen Sie uns allerdings in die Tiefgarage des Ornomeons bringen. Ich versichere Ihnen, dass wir weder einen Anschlag planen noch irgendjemandem Leid angetan wird. Haben Sie das so weit verstanden?«

Der Angesprochene verschränkte ruckartig die Finger beider Hände ineinander, auf Siron die Geste nachdrücklicher Zustimmung, wie Rhodan inzwischen wusste.

»Wie heißen Sie?«, fragte er ihn.

»Kwelt«, stieß der Politiker hervor. »Erster Rat Kwelt Moratinaman.«

»Na schön, Kwelt«, sagte Rhodan und atmete tief durch. »Wie läuft das normalerweise ab? Ich meine, was geschieht, wenn wir die Rampe passieren und in die Tiefgarage einfahren wollen?«

»Der ... der Wagen hat einen Sender«, antwortete das Ratsmitglied bereitwillig und warf dabei immer wieder ängstliche Blicke auf den Purrer, der unmittelbar neben ihm hockte. »Das ist der rote Knopf auf dem Armaturenbrett direkt neben dem Tachometer. Der Impuls öffnet das erste Tor. Am Ende der Rampe zeigt Lemil ... ich meine meinen Fahrer ..., also der Mann, den Sie ...«

»Es geht ihm gut«, beruhigte ihn Rhodan. »Er wird außer ein paar Kopfschmerzen keine Schäden zurückbehalten.«

»Das ... das freut mich. Also Lemil zeigt normalerweise unsere Ausweise. Er fährt die Scheiben herunter, und die Wache schaut in den Wagen.«

»Lässt sich das verhindern?«

»Nein. Eine optische Kontrolle ist Pflicht.«

»Na schön.« Rhodan seufzte. »Dann also Plan B. Ishy, kannst du schon etwas sehen?«

»Wir müssen ganz ans Ende der Parkfläche«, erwiderte die Mutantin leise. Sie wirkte blass, und die dunklen Haare, die sie üblicherweise zu einem Zopf geflochten trug, hingen ihr jetzt feucht in die Stirn. Es kostete sie anscheinend erhebliche Anstrengungen, das Depot exakt zu lokalisieren.

»Du schaffst das, Kleines«, flüsterte Goratschin und strich ihr über die Wange.

Stynn Jariharatan hatte den Wagen derweil über eine von Sträuchern gesäumte Zufahrt bis dicht vor eine stählerne Barriere gelenkt. Als er den von Kwelt Moratinaman bezeichneten Knopf drückte, schob sich das Hindernis in den Boden. Sie fuhren die gewundene Rampe nach unten und kamen vor einer zweiten Sperre zum Stehen. Stynn kurbelte die Scheibe der Fahrertür herunter, und ein schwarz uniformierter Mann wurde sichtbar.

»Guten Abend«, sagte er freundlich, aber bestimmt. »Darf ich um Ihre Ausweise bitten?«

Stynn händigte die entsprechenden Dokumente aus. »Erster Rat Kwelt Moratinaman.« Zufrieden registrierte Rhodan, dass der Sironer seine Nerven im Griff hatte. »Wir sind leider ein wenig spät dran.«

»Danke! Würden Sie bitte das hintere Fenster öffnen ...«

»Jetzt, Iwan!«, flüsterte Rhodan. Fast gleichzeitig ertönte aus dem vorderen Teil der Tiefgarage der Knall einer heftigen Explosion. Das Auto wurde von der begleitenden Druckwelle erfasst und heftig durchgeschüttelt. Rhodan wusste, dass der Zündermutant nach wie vor Probleme mit der richtigen Dosierung seiner unheimlichen Kräfte hatte. Diesmal hatte er Gott sei Dank das richtige Maß gefunden.

»Öffnen Sie die Absperrung!«, schrie Stynn die Wache an. »Sofort! Ich muss den Ersten Rat in Sicherheit bringen! Und dann sorgen Sie dafür, dass das Ornomeon geräumt wird.«

Der Mann gehorchte. Stynn Jariharatan gab Gas, und der Wagen fuhr mit quietschenden Reifen an.

»Okay!«, rief Rhodan. »Wir haben wenig Zeit. Ich gehe davon aus, dass die Tiefgarage in Kürze vor Polizei nur so wimmelt. Ishy, wohin?«

Die Mutantin hob matt den Arm und deutete in Fahrtrichtung. »Da vorn«, brachte sie kaum verständlich hervor. »Der Schacht muss hinter der Wand liegen.«

Kurz darauf brachte Stynn Jariharatan das Fahrzeug so abrupt zum Stehen, dass Rhodans Kopf schmerzhafte Bekanntschaft mit der Windschutzscheibe schloss.

»Bleiben Sie, wo Sie sind!«, befahl er dem Ersten Rat, der sich zitternd in die Polster gekauert hatte. »Dann passiert Ihnen nichts.«

Goratschin übernahm die Führung. Er hatte sich Ishy Matsu über die Arme gelegt. Crest und Atlan folgten dichtauf. Rhodan zog Belinkhar mit sich, während Chabalh der Gruppe den Rücken deckte.

»Wo ist Stynn?«

Rhodan konnte den Sironer nirgendwo sehen. Dichter Qualm füllte die Tiefgarage und erschwerte das Atmen.

»Stehen bleiben! Stehen bleiben – oder ich schieße!«

Der laute Befehl kam von links. Rhodan reagierte rein instinktiv, und ließ sich mit seinem ganzen Gewicht auf Belinkhar fallen. Gemeinsam gingen sie zu Boden. Mehrere Schüsse peitschten; die Kugeln pfiffen über sie hinweg und schlugen in die gegenüberliegende Mauer.

Die Mehandor schrie. Aus den Augenwinkeln sah Rhodan einen Schatten. Dann ertönte ein weiterer Schrei – diesmal ausgestoßen von einer männlichen Stimme.

Rhodan sprang auf die Füße. Chabalh kniete auf der Brust einer Wache und riss den rechten Arm nach oben. Die langen Krallen waren deutlich zu erkennen.

»Nein, Chabalh!«, brüllte Rhodan. »Lass ihn in Frieden! Er weiß es nicht besser!«

Für einen rauchgeschwängerten Atemzug sah es so aus, als würde der Purrer Rhodans Befehl ignorieren. Dann stieß er ein hohes Fauchen aus und ließ von seinem Opfer ab.

Irgendwo vor ihnen gab es eine weitere Explosion. Mannsgroße Steinbrocken polterten von der Decke. Metall riss kreischend. Glas splitterte.

»Hierher!« Das war Goratschin. Rhodan sah die unverkennbare Silhouette des Riesen im hinteren Teil der Tiefgarage winken. Als er auf den Zündermutanten zulief, wäre er fast über den reglosen Körper Stynn Jariharatans gestolpert. Der Sironer lag unter einem umgestürzten Stützpfeiler. An seiner Schläfe blutete eine tiefe Schnittwunde. Das linke Bein war zerquetscht.

»Halten Sie durch!«, sagte Rhodan. »Wir holen Sie da raus.«

Stynn stieß ein Lachen aus, das schnell in ein röchelndes Husten überging. Blut lief ihm aus dem Mund, und Rhodan spürte hilflosen Zorn, der wie Säure in seiner Kehle brannte.

»Verdammt, warum sind Sie nicht bei den anderen geblieben?«, stieß er hervor. »Sie hätten ...«

Der Sironer fasste Rhodan am Arm und zog ihn zu sich hinunter. »Das ... das war es dann wohl mit meiner ... Silbertafel im

Ehrenkreis.« Seine Stimme brach, und er holte mühsam gurgelnd Luft. Rhodan kannte die Symptome aus den Simulationen, die er während der Astronautenausbildung gesehen hatte. Stynn Jariharatans Lungen füllten sich mit Flüssigkeit – er erstickte an seinem eigenen Blut.

Rhodan drückte die Hand des Sterbenden. »Ich danke Ihnen, Stynn«, sagte er. »Ohne Sie wären wir niemals so weit gekommen ...«

Kapitel 17

Auf dem Weg in die unteren Ebenen begegnete Stiqs Bahroff niemandem. Auch wenn das öffentliche Leben auf dem Orbitalgeflecht praktisch nie zum Stillstand kam, gab es doch Phasen, in denen die allgemeine Hektik abflaute und eine gewisse Ruhe einkehrte. Santek hatte den Zeitpunkt für ihre Flucht fraglos klug gewählt.

Mit dem Befehl, die Jagd auf Quetain Oktor abzubrechen, war der Halbarkonide ein hohes Wagnis eingegangen. Seine Rechtfertigung folgte zwar einer gewissen Logik, konnte aber durchaus kritisch hinterfragt werden. Wenigstens hatte er zunächst einmal Zeit gewonnen, um den nächsten Schritt seines Plans auszuführen. Letztendlich musste er ohnehin nur Sergh da Teffron überzeugen, eine Aufgabe, die schwer genug werden würde.

Santek wartete bereits vor dem Hangarverteiler in Sektor 22. Stiqs Bahroff versuchte, in seinem Gesicht zu lesen, doch entweder hegte der Ara tatsächlich keine Hintergedanken, oder in seinen Adern floss Eiswasser.

»Es ist alles vorbereitet«, sagte der Mediziner.

Bahroff nickte nur. Gepäck hatte er – wie von Santek gewünscht – keines mitgebracht. Einziger Unterschied zu seiner sonstigen Erscheinung war der knielange Mantel über der Kombination, den er für gewöhnlich nur zu offiziellen Empfängen trug.

Der Ara musterte sein Gegenüber und zog die Brauen in die Höhe. »Ist Ihnen kalt?«, erkundigte er sich.

»Ich habe gehört, dass es auf Aralon recht frisch werden kann«, konterte Bahroff.

»Glauben Sie nicht alles, was Sie hören! Es wird Ihnen auf meiner Heimatwelt gefallen. Und nun lassen Sie uns gehen! Man hat der ALKHARA bereits ein Startfenster zugewiesen.«

»Wir fliegen mit einem Araraumschiff?«

»Selbstverständlich«, bestätigte Santek. »Ich muss Ihnen doch nicht erzählen, was man in einem Krieg neben Waffen und Soldaten am dringendsten benötigt, oder?«

»Medikamente«, sagte Bahroff knapp.

»Genau. Die ALKHARA hatte unter anderem hundertdreißigtausend Tonnen Aracyclin an Bord. Der Frachter fliegt direkt nach Aralon zurück, um dort weitere Ladung aufzunehmen. Von uns wissen nur der Kapitän und sein Erster Offizier.«

Aracyclin war das am meisten verwendete Breitband-Antibiotikum im Großen Imperium. Es hemmte die bakterielle Proteinsynthese und wirkte gegen so gut wie alle bekannten Erreger. Jedes Jahr stellte der Medizinische Rat auf Aralon eine neue Variante des Wirkstoffs vor – offiziell, um mögliche Resistenzen zu verhindern, also Mutationen im Erbgut von Bakterien, die diese gegen das Medikament unempfindlich machten. Letztlich war es wohl eher so, dass man die zahlreichen *Kunden* zum Austausch der vorhandenen Bestände animieren wollte. Auf dem Gebiet der Umsatzmaximierung waren die Aras schon immer mindestens ebenso talentiert gewesen wie in der medizinischen Forschung.

Bahroff hielt sich dicht hinter Santek, der ihn durch einen kurzen Korridor in den Bereich der Verwaltungsbüros führte. Hier wurden Frachtpapiere bearbeitet, Palettenstellplätze zugewiesen, Ladelisten kontrolliert und die angelieferten Güter nach einer strengen Begutachtung an ihre endgültigen Bestimmungsorte weitergeleitet. Im Gegensatz zu den kaum frequentierten Außenbereichen der Hangarebenen herrschte im Verwaltungstrakt Hochbetrieb. Die Frachtschiffe trafen nach wie vor im Minutentakt ein und mussten so schnell wie möglich abgefertigt werden, um Platz für die nachrückenden Raumer zu schaffen. Auf Bahroff und Santek achtete niemand.

»Hier hinein«, sagte der Ara und winkte den Halbarkoniden durch eine schmale Tür. Dahinter verlief ein nicht wesentlich breiterer Gang, der rund fünfzig Meter geradeaus führte und dann im rechten Winkel abbog. Wenn Bahroffs Orientierungssinn nicht trog, befanden sie sich nun ungefähr auf Höhe der Landeschleusen.

»Was ist mit den Kameras?«, fragte er den vorauseilenden Ara.

Der lachte kurz auf und warf einen Blick auf sein Armbandchronometer. »Werden in vier Minuten abgeschaltet. Für exakt sechzig Sekunden. Niemand wird sehen, wie wir an Bord der ALKHARA gehen.«

»Ich nehme an, dass auch die Logdateien manipuliert werden.«

»Allerdings. Der Ausfall wird nirgendwo dokumentiert. Sie können ganz beruhigt sein. Sergh da Teffron wird Sie nicht finden. Es wird sein, als hätte Sie der Erdboden verschluckt.«

»Nicht ganz. Meine Individualsignatur ist bekannt und in den Speichern hinterlegt«, wandte Bahroff ein. »Sie kann nicht verändert werden. Da Teffron wird mich also sehr wohl aufspüren.«

»Individualsignaturen *gelten* als unveränderlich. Aber glauben Sie mir: Sie sind es nicht.«

»Sie müssen ausgezeichnete Verbindungen haben«, sagte Stiqs Bahroff.

»Die Macht meiner Geshur ist nicht zu unterschätzen«, argumentierte der Mediziner.

Sie erreichten das Ende des Ganges, und Santek bedeutete Bahroff zu warten. Ein Doppelschott versperrte den weiteren Weg. Es war mit einem einfachen Kodeschloss gesichert.

»Noch zwei Minuten«, informierte Santek.

Bahroff lehnte sich mit dem Rücken gegen die Gangwand. Das Gefühl des harten, kalten Metalls beruhigte ihn ein wenig. Für Zweifel war es ohnehin zu spät. Er hatte den ersten Schritt gemacht; alle weiteren ergaben sich von selbst. Unauffällig schob er die Rechte unter den Mantel, bis er den Griff des kleinen Thermostrahlers unter den Fingern spürte.

»Sie wirken nervös.« Die Stimme des Aras ließ ihn zusammenzucken.

Bei allen Göttern Arkons, ermahnte er sich selbst. *Was ist denn nur los mit dir? Reiß dich zusammen!*

»Wären Sie das nicht, wenn Sie alles, was Sie kennen und wofür Sie ein halbes Leben lang gearbeitet haben, plötzlich hinter sich lassen müssten?«

»Ihre Sorgen sind völlig unbegründet«, sagte Santek. »Auf Aralon wird man sich um Sie kümmern. Wenn Sie hierbleiben, werden Sie sterben.«

Woher willst du das wissen?, dachte Bahroff. *Woher, zum Teufel, willst du das wissen?*

Die Zeit schien stillzustehen. Ihm war auf einmal trotz des Mantels kalt. Vielleicht sollte er es gleich hier und jetzt tun. Warum war er nur so unentschlossen? Warum fiel es ihm so schwer, einen klaren Gedanken zu fassen? War das eine weitere Auswirkung der Impulse des Zellaktivators?

Er spürte den prüfenden Blick Santeks. Der Ara beobachtete ihn. Er ahnte etwas! Als der Mediziner die rechte Hand in die Tasche seiner Jacke schob, reagierte Bahroff nicht. Er *wollte* etwas tun, die Waffe ziehen, sich wehren, doch stattdessen stand er einfach nur da. Wie gelähmt musste er zusehen, wie der Arzt die

Hand langsam wieder aus der Jackentasche zog. Warum wartete Santek nicht, bis sie auf Aralon waren? Hatte ihn die Gier nach der Unsterblichkeit übermannt? Wollte er das Gerät hier und jetzt an sich bringen und dann mit der ALKHARA fliehen?

Fassungslos starrte Bahroff auf die Hand des Mediziners. Sie hielt keine Waffe, sondern eine dünne Plastikkarte. Der Ara schob die Karte in einen Schlitz des Kodeschlosses, und das Schott öffnete sich lautlos.

»Nun kommen Sie schon«, zischte Santek. »Wir haben nur noch eine knappe Minute.«

Stiqs Bahroff sah das Flimmern vor seinen Augen. Das durfte nicht wahr sein. Eine weitere Vision. Ausgerechnet jetzt.

Er zog den Strahler aus seinem Gürtel. Santek und er standen am Rand eines ausgedehnten Landefelds inmitten eines der großen Außenhangars des Geflechts. Vor ihnen ragten die Aufbauten eines Arafrachters in die Höhe. Die kupferfarbene Hülle des Schiffes war von unzähligen Kratzern und Schrammen übersät. Offenbar war die ALKHARA nicht mehr die Jüngste.

»Was ... was machen Sie da?« Santek hatte sich umgedreht. Mit weit aufgerissenen Augen starrte er in die Mündung des Strahlers. »Sind Sie wahnsinnig?«

»Ich ...«, setzte Bahroff an, brachte den Satz jedoch nicht zu Ende.

Tu es!, schrie es in ihm. *Tu es jetzt, oder alles ist verloren!*

Er sah den Ara auf sich zukommen, beide Arme nach vorn gestreckt. Der Hangar wich vor ihm zurück, und die Gebäude einer großen Stadt erschienen – zunächst nur als verschwommene Schemen, doch mit jeder verstreichenden Sekunde deutlicher werdend.

Bahroff schoss. Er hörte ein leises Zischen, dann ein Geräusch, als würde etwas Schweres und Weiches zu Boden fallen.

Der Halbarkonide sank auf die Knie. Die Zeit. Er hatte keine Zeit mehr. Mit letzter Kraft griff er sich in den Nacken, packte ein Büschel seines Federkleids, das er dort anstelle von Haaren trug, und riss es sich mit einem Ruck aus der Kopfhaut.

Der Schmerz trieb ihm die Tränen in die Augen, doch die Trugbilder verschwanden. Sein Blick klärte sich. Vor sich sah er den auf dem Hangarboden liegenden Santek. Der Waffenstrahl war auf Höhe des Herzens in die Brust des Mediziners eingedrungen. Er musste augenblicklich tot gewesen sein.

Bahroff packte den leblosen Santek unter den Achseln und zerrte ihn zu dem Schott zurück, das sie gerade erst passiert hatten. War die Minute bereits verstrichen? Nein, er hörte keine Sirenen. Wenn die Kameras wieder aktiv gewesen wären, hätte die Geflechtspositronik sofort Alarm ausgelöst. Er hatte also noch eine Chance.

Kalter Schweiß lief ihm über das Gesicht und in die Augen, als er den Ara durch das nach wie vor geöffnete Schott schleppte. Für einen dürren alten Mann war der Kerl erstaunlich schwer. Allerdings war Stiqs Bahroff auch alles andere als im Vollbesitz seiner Kräfte. Sein Nacken brannte wie das Feuer der Hölle. Der Zellaktivator auf seiner Brust schien zu pulsieren und sandte seine Impulse als hämmerndes Stakkato durch seinen Körper. Dennoch hatte Bahroff das Gefühl, jeden Moment das Bewusstsein zu verlieren.

Irgendwann hatte er es geschafft. Ein Druck auf das Kontaktfeld unter dem Kodeschloss, und das Schott fuhr zu. Minutenlang saß Stiqs Bahroff einfach nur da. Dann fiel sein Blick auf Santek. Der Kopf des Aras war zur Seite gerutscht, die gebrochenen Augen starrten ihn an.

Entschlossen beugte sich Bahroff nach vorn, schloss die Lider des Toten mit der flachen Hand und verständigte das Sicherheitspersonal.

»Das sind ausgesprochen bedauerliche Entwicklungen«, sagte Sergh da Teffron. Er wirkte äußerlich ruhig, doch Stiqs Bahroff kannte ihn lange und gut genug, um zu wissen, dass ihn sein Bericht aufgewühlt hatte. Seine Ahnung hatte ihn also nicht getrogen. Zwischen der Hand des Regenten und dem Aramediziner Santek musste es eine Verbindung geben, denn der Tod des Arztes hatte da Teffron getroffen.

»Ich wünschte, ich hätte eine Wahl gehabt, Herr«, entgegnete der Halbarkonide. Er saß vor dem Arbeitstisch in seiner Privatkabine. Sergh da Teffrons haarloser Schädel schwebte als Holoprojektion über der Tischplatte. Die Hand des Regenten befand sich bereits im Anflug auf das Artekhsystem und würde in wenigen Stunden an Bord des Orbitalgeflechts eintreffen.

»Santek wollte den Zellaktivator an sich bringen und damit nach Aralon fliehen«, fuhr Bahroff fort. »Ich bin zum Schein auf sein Spiel eingegangen, bis ich sicher sein konnte, dass ich mich nicht irrte. Die Beweise, die wir bei der Durchsuchung seines Labors gefunden haben, sind erdrückend. Er wusste schon sehr früh, dass mein angeblicher Talisman kein solcher war. Und er hat versucht herauszufinden, wie das Gerät arbeitet. Als er begriff, dass ihm das mit den beschränkten Mitteln, die ihm hier zur Verfügung standen, nicht gelingen würde, fasste er den Entschluss, den Zellaktivator zu stehlen.«

»Ich verstehe«, sagte Sergh da Teffron nachdenklich. »Wie ich höre, ist auch Quetain Oktor entkommen. Darek da Okawar hat mir berichtet, dass der Flüchtige an Bord eines Mehandorraumers fliehen konnte, dessen Verfolgung du ihm untersagt hast.«

»Verzeiht meine offenen Worte, Herr, aber Darek da Okawar ist ein Schwätzer; fraglos ein verdienter Veteran des Imperiums, aber ein Mann, dessen Zeit abgelaufen ist und der das nicht wahrhaben will. Es gab bestenfalls vage Hinweise, dass sich Oktor tatsächlich auf der HETH-KAPERK befand. Wenn wir auf dieser Grundlage ein ziviles Schiff der Mehandor geentert und den Gesuchten nicht gefunden hätten ...«

»Aber vielleicht *hätten* wir ihn ja gefunden ...«, unterbrach die Hand des Regenten. Ein kaum merkliches Lächeln umspielte die Lippen des Arkoniden.

»Darf ich Sie daran erinnern, welche immensen diplomatischen Komplikationen der Vorfall auf KE-MATLON verursacht hat, Herr?«, wandte Bahroff ein. »Ein weiterer Übergriff des Imperiums, auch wenn er von den Mehandor nur als solcher empfunden wird, könnte der Funke sein, der das Pulverfass zur Explosion bringt.«

»Ich muss mich über dich wundern, Stiqs«, sagte Sergh da Teffron. Sein Lächeln wurde breiter. »Wenn du so weitermachst, wird aus dir noch ein richtiger Politiker.«

»Ich versuche lediglich meinen bescheidenen Beitrag zum Wohle des Großen Imperiums zu leisten«, rechtfertigte sich der Halbarkonide.

»Und ein gewiefter Rhetoriker obendrein«, ergänzte die Hand des Regenten. »Wie dem auch sei: Wir setzen diese Unterhaltung fort, wenn ich angekommen bin. Sorg dafür, dass die Berichte der Abschnittskommandanten vorliegen.«

»Selbstverständlich, Herr«, versicherte Bahroff. Das Holo erlosch; Sergh da Teffron hatte die Verbindung beendet.

Stiqs Bahroff horchte in sich hinein. Hatte er Angst? Nein. Ihm war von Anfang an klar gewesen, dass die kommenden Tage nicht einfach werden würden. Sergh da Teffron war kein Idiot. Wahrscheinlich hatte er ihm seine zur Schau gestellte Ergebenheit ohnehin nie wirklich abgenommen. Insofern hatten sich die Voraussetzungen nicht wesentlich verändert.

Was sich dagegen verändert hatte, war er, Stiqs Bahroff selbst, und dabei war es am Ende des Tages egal, ob diese Veränderungen durch den Zellaktivator ausgelöst worden waren oder ob sie einem Entwicklungsprozess entsprangen, den die Ereignisse der vergangenen Stunden befeuert hatten. Die Fakten waren nicht zu leugnen.

Stiqs Bahroff erhob sich und verließ seine Kabine. In der Zentrale wartete Arbeit auf ihn. Auf dem Weg durch die Gänge und Hallen des Geflechts kam ihm die Welt ein kleines bisschen heller vor als sonst, und das zusätzliche Licht schien direkt aus ihm herauszustrahlen.

Kapitel 18

Der Schacht!

Perry Rhodan massierte sich die schmerzenden Schläfen und starrte auf die kreisrunde Öffnung vor ihm. Sie hatten es tatsächlich geschafft. Vor ihnen lag der Zugang zum Depot.

»Sie müssen sich ausruhen«, sagte Crest, und für einen Moment war Rhodan verwirrt. Dann begriff er, dass der Wissenschaftler nicht ihn, sondern Iwan Goratschin angesprochen hatte. Der Zündermutant sah aus wie eine lebende Leiche. Seine Augen lagen tief in ihren Höhlen, und der leicht geöffnete Mund wirkte inmitten des schneeweißen Gesichts wie ein schwarzes Loch. Der ehemalige Marine atmete schwer und hatte die Hände auf die Knie gelegt, um zu verbergen, dass sie zitterten.

»Wie kommen wir jetzt da runter?«, stellte Belinkhar die naheliegende Frage.

Atlan beugte sich über den gut drei Meter breiten Schacht, als hoffte er, in der Dunkelheit etwas zu erkennen, was ihnen weiterhalf. Doch da waren nur spiegelglatte Wände ohne die geringsten Erhebungen. »Wir warten«, sagte er.

»Warten?«, begehrte Crest auf. »Worauf denn? Haben Sie vergessen, dass in nicht einmal mehr achtzehn Stunden ein arkonidisches Schlachtschiff über unseren Köpfen explodiert? Dann dürfte es hier unten ziemlich ungemütlich werden.«

»Sie haben wirklich ein bestrickendes Talent, die Dinge zu dramatisieren.« Atlan lächelte, sehr wohl wissend, dass das Crest noch mehr aufstachelte.

»Hören Sie auf«, stieß Rhodan ermattet hervor. »Beide. Ihre bizarren Streitereien sind auf die Dauer ziemlich anstrengend.«

»Dann wissen Sie, wovon dieser Mann spricht?«, wollte Crest wissen.

»Sie wissen es auch«, erwiderte Rhodan. »Sie waren doch dabei, als er uns von diesem Depot erzählt hat, oder?«

»Ich könnte um des Effektes willen in den Schacht springen«, sagte Atlan. »Vielleicht würde er es dann begreifen.«

»Sie ...«, setzte Crest an, hielt dann jedoch inne. Wäre Rhodan nicht so unendlich müde gewesen, hätte er wahrscheinlich gegrinst. In der Miene des alten Wissenschaftlers war das plötzliche Begreifen deutlich abzulesen.

»Dass die Positronik der AR'KELESS die Legitimation Atlans nicht anerkannt hat, ist mit hoher Wahrscheinlichkeit ihrem Alter oder den bei der Havarie erlittenen Beschädigungen zuzuschreiben«, sagte Rhodan. »Die Positronik des Depots ist dagegen intakt. Jetzt, da wir den Eingang der geheimen Anlage entdeckt haben, gibt es für sie keinen Grund mehr, uns den Zutritt zu verweigern. Außerdem ...«, er machte eine bedeutungsvolle Pause und warf Atlan einen langen Blick zu, »... bin ich mir sehr sicher, dass unser arkonidischer Freund diese mysteriöse Crysalgira da Quertamagin persönlich gekannt hat. Sie ist – sozusagen im Wortsinn – eine *sehr alte* Freundin, habe ich nicht recht?«

»Ihr messerscharfer Verstand verblüfft mich immer wieder«, meinte Atlan spöttisch.

Im gleichen Moment erstrahlte das Innere des Schachts in einem warmen gelben Licht. Rhodan streckte den Arm aus und spürte einen sanften Zug nach unten.

»Nach Ihnen«, sagte er und nickte Atlan zu.

Nach Rhodans Schätzung reichte der Antigravschacht mindestens fünfhundert Meter in die Tiefe. Er endete vor einem Schott, das über eine Schleuse auf einen Rundgang führte. Von diesem Korridor zweigten in regelmäßigen Abständen Türen ab, hinter denen sich bis zur Decke mit Ausrüstungsgegenständen aller Art gefüllte Lagerräume verbargen.

Atlan übernahm wie selbstverständlich die Führung. Während sie der sanften Biegung des Ganges folgten, versuchte Rhodan, seine Enttäuschung zu verbergen. Das Depot machte einen mehr als schlichten Eindruck; allerdings konnte der erste Blick täuschen. Er wusste nicht, wie weit sich die unterirdische Anlage erstreckte.

Schließlich kamen sie vor einem rund fünf Meter breiten Doppelschott zum Stehen. Rechts neben dem Durchgang war eine schlichte quadratische Metallplatte an der Wand angebracht. Atlan trat an sie heran und presste die rechte Hand dagegen.

Augenblicklich materialisierte ein Holo im Zentrum des Doppelschotts. Es zeigte eine schlanke, hochgewachsene Frau mit langen weißen Haaren. Das Gesicht wirkte seltsam unscharf. Sobald sich Rhodan darauf konzentrierte, verschwammen die Züge; wenn er den Blick wieder abwandte, schienen sich die Konturen zu schärfen.

Die Unbekannte trug eine Art Uniform, eine ungewöhnliche Mischung aus Kleid und Hosenanzug mit einer breiten Schärpe über der Brust und kniehohen, glänzenden Stiefeln. Auf dem Kopf saß etwas, das man mit ein wenig Phantasie als Diadem bezeichnen konnte. Das Stirnband bestand aus einer Reihe von silbernen Schnüren, in die farbige Steine eingewirkt waren.

Rhodan betrachtete die Fremde fasziniert. Irgendwie erinnerte ihn ihr Aufzug an die irdischen Piraten des achtzehnten Jahrhunderts. Die Frau hatte etwas ... *Verwegenes* an sich. Ein besseres Wort fiel ihm dafür nicht ein.

»Du hast dir Zeit gelassen, Liebster«, sagte das Hologramm.

Atlan lächelte gezwungen und nahm die Hand von der Metallplatte. Das Holo erlosch, das Schott fuhr mit einem kaum hörbaren Zischen auf – und gab den Blick in einen gewaltigen Hangar frei.

Rhodan machte ein paar Schritte in die riesige Halle hinein. »Na bitte«, sagte er leise. »Da haben wir ja unser Raumschiff.«

Der Aufschrift auf dem knallrot lackierten Schiffskörper zufolge hieß der Raumer TIA'IR. Laut Atlan betrug die größte Länge der Konstruktion neunzig Meter. Die Breite variierte zwischen fünfzehn Metern im Mittelteil und fünfunddreißig Metern am ausladenden Heck. Das keilförmige Fahrzeug mit seiner spitz zulaufenden Schnauze und einer Glassitkuppel im hinteren Rumpfabschnitt erinnerte Rhodan an ein irdisches Rennboot.

»Ein ungewöhnliches Schiff«, bemerkte Belinkhar.

»Es gehörte einer ungewöhnlichen Frau«, sagte Atlan. »Wir sollten allerdings zunächst die Zentrale aufsuchen. Um die TIA'IR können wir uns später noch kümmern.«

Der Arkonide lotste seine Begleiter wieder auf den Rundgang hinaus. Über eine breite Rampe ging es in einen anderen Bereich des Depots. Hier fanden sich diverse Unterkünfte, Hygieneeinrichtungen und Installationen zur Zu- und Aufbereitung von Nahrung.

Die Zentrale präsentierte sich als überraschend schmales Oval. Außer einer Reihe von Bildschirmen und einem im Boden versenkbaren Kontrollpult enthielt sie lediglich zwei zusätzliche Sessel und einen in die Stirnwand integrierten Tisch. Als Rhodan und die beiden Arkoniden eintraten, war der Raum beinahe schon überfüllt.

»Identifikation«, sagte Atlan.

»Identifikation eingeleitet«, ertönte eine kalte Computerstimme, die von überall her gleichzeitig zu kommen schien. »Passwort erforderlich.«

»Keratoma!«

»Passwort akzeptiert. Zellstruktur-Scan erfolgreich. Ich erwarte deine Anweisungen, Edler.«

»Ist es dir möglich, Verbindung mit der AR'KELESS aufzunehmen?«

»Selbstverständlich.«

»Du hast gegenüber der Positronik des Schlachtschiffs Weisungsbefugnis?«

»In meiner Funktion als militärische Relaisstation im Wartestand liegt die letztgültige Befehlsgewalt bei mir. Die entsprechenden Überrangkodes sind verfügbar und gültig. Allerdings ist die Positronik der AR'KELESS nur noch eingeschränkt funktionsfähig.«

»Das ist mir bekannt. Ich will, dass du eine Notabschaltung des Bordrechners initiierst. Dabei darf die aktive Selbstzerstörung auf keinen Fall ausgelöst werden.«

»Verstanden.«

Atlan wandte sich um und nickte Crest und Rhodan zu. »Jetzt müssen wir wieder warten.«

»Wie lange diesmal?«, wollte Rhodan wissen.

»Eine Notabschaltung ist normalerweise eine Sache von ein paar Minuten«, erklärte Crest. »Wenn die entsprechende Positronik jedoch die Selbstzerstörung eingeleitet hat, verkompliziert sich die Sache, weil viele der Standardroutinen blockiert sind. Dadurch soll verhindert werden, dass ein potenzieller Gegner die Software manipuliert und die geplante Explosion verhindert. Mit den Überrangkodes müsste es klappen, aber durch die bei der Notlandung entstandenen Schäden ist der Zustand der Positronik der AR'KELESS ungeklärt. Wenn sie die Kodes nicht akzeptiert ...«

Atlan hatte sich bereits wieder abgewandt und hantierte an den holografischen Steuerelementen des Kontrollpults herum. Einige Holos erhellten sich und zeigten Aufnahmen aus diversen Bereichen des Depots. Andere lieferten zu Rhodans Überraschung detailreiche Darstellungen aus Keless. Offenbar hatte die Depotpositronik eine Reihe von externen Beobachtungssonden im Einsatz.

»Diese Datensammlung ist immens«, murmelte Atlan. »Das Depot überwacht die Sironer und ihre Entwicklung praktisch seit dem Absturz der AR'KELESS. Die zehntausendjährige Geschichte dieses Volkes ist lückenlos aufgezeichnet und dokumentiert.«

»Warum hat sie den Schiffbrüchigen damals nicht geholfen?«, erkundigte sich Rhodan.

»Sie selbst haben mich doch vor ein paar Tagen so trefflich darauf festgenagelt, dass dieses Depot geheim ist«, antwortete der Arkonide bissig. »Das Konzept der Geheimhaltung ist Ihnen sicher in seinen Grundzügen bekannt, oder?«

»Es ging um das Leben einer kompletten Raumschiffbesatzung.«

»Aus der immerhin zwei Milliarden Sironer geworden sind. Die Leute wussten sich offenkundig zu helfen. Warum hätte die Positronik also eingreifen sollen? Solange die Tarnung des Depots gewährleistet war, bestand für den Rechner keine Veranlassung zum Handeln.«

»Übernahme abgeschlossen«, meldete in diesem Moment die Depotpositronik. »Die AR'KELESS steht unter meinem Kommando.«

Rhodan fühlte die Hand Crests auf seiner Schulter.

»Meinen Glückwunsch, Perry«, sagte der Wissenschaftler. »Sie haben es tatsächlich geschafft.«

»Danke!« Rhodan erlaubte sich ein zaghaftes Lächeln.

»Ich habe sie gefunden!«, rief Atlan in diesem Moment.

»Wen?«, fragte Rhodan.

»Diesen Angech Anatarawan und seine Mitstreiter. Die AR'KELESS hat die Gruppe in einem verlassenen Bereich der ehemaligen Mannschaftsquartiere isoliert. Aus eigener Kraft wären sie dort nicht mehr herausgekommen.«

Rhodan trat vor die Kontrollkonsole und studierte nachdenklich die Bilder, die die noch intakten Kameras des Wracks lieferten. Die vier Sironer hockten in einem Lagerraum und schienen sich aufgegeben zu haben.

»Können Sie die Leute ins Depot bringen lassen?«, fragte er schließlich laut.

»Natürlich«, antwortete Atlan. »Allerdings verstehe ich nicht, dass ...«

»Wenn ich die Pläne hier richtig interpretiere«, unterbrach ihn Rhodan und deutete auf einen Monitor, der die Architektur des Depots als dreidimensionale Blaupause zeigte, »liegt die Öffnung des Flugschachts, den wir mit der TIA'IR benutzen müssen, ziemlich genau unter dem Wrack.«

»Das ist richtig.«

»Und die AR'KELESS wird sich aus eigener Kraft garantiert nie mehr in die Luft erheben?«

»Nein. Die Beschädigungen sind irreparabel. Vom Ringwulst ist praktisch nichts mehr übrig, und die meisten Energieerzeuger sind durchgebrannt.«

»Sie haben etwas vor, nicht wahr?«, fragte Crest.

Rhodan drehte sich um. Seine Zweifel waren auf einmal wie weggewischt. »Allerdings«, sagte er. »Holen Sie die Sironer zu uns. Ich werde inzwischen mit Iwan reden.«

Kapitel 19

Angech Anatarawan und seine Begleiter nahmen die Ereignisse mit erstaunlicher Gelassenheit hin, was wohl unter anderem daran lag, dass sie sich – wie so viele Sironer – innerlich längst mit der Existenz Außerirdischer arrangiert hatten. Das Heiligtum war der allgegenwärtige Beweis, dass Reisen zu anderen Welten möglich waren. Früher oder später musste man beinahe zwangsläufig auf deren Bewohner treffen.

Rhodan hatte Atlan gebeten, ihn bei den Gesprächen mit den Freidenkern zu unterstützen. Crest kümmerte sich derweil um die Vorbereitungen für den Start der TIA'IR.

»Das ist alles ziemlich überwältigend«, meinte Angech Anatarawan, nachdem Rhodan ihm die Lage geschildert hatte. Ghard Sunderanagar, Yoel Taraharatan und Eineo Battarainagar überließen ihm das Reden, hörten jedoch aufmerksam zu.

»Letztlich aber nur das, was Sie ohnehin erwartet haben«, sagte Rhodan.

»Eher *erhofft*.« Die Miene des Sironers wirkte angespannt. »Erwartungen werden oft zerstört. Hoffnungen lassen sich leichter erneuern.«

»Was sind Ihre Hoffnungen?«

»Ist das ein Test?«

»Ich möchte lediglich wissen, mit wem ich es zu tun habe.«

»Sie haben meine Welt kennengelernt«, sagte Angech. »Ich und meine Freunde sind nicht anders als die meisten anderen Sironer. Warum sagen *Sie* mir nicht, mit wem Sie es zu tun haben.«

»Ich sehe einen Mann vor mir, der mit Worten umzugehen weiß«, hielt Rhodan dagegen. »Allerdings dienen schöne Worte nur allzu oft dazu, hässliche Gedanken zu verbergen.«

»Dann sind Sie also ein Philosoph. Philosophen interpretieren nur; sie verändern jedoch nichts.«

»Und Sie glauben, dass Siron Veränderungen braucht?«

»Warum sagen Sie nicht, was Sie wirklich denken?« Angech sah ihm direkt in die Augen. »Mein Volk steht kurz davor, sich selbst auszulöschen. Es besteht längst kein Zweifel mehr daran, dass der Krieg kommt. Die Frage ist nur noch, wann. Ich bin kein Politiker. Ich halte nicht an fragwürdigen Grundsätzen fest, nur weil sie eine knappe Mehrheit finden. Bomben machen keinen Unterschied zwischen Freidenkern, Traditionalisten oder religiösen Fanatikern, und das ist es, worauf am Ende alles hinausläuft. Wenn sich der Rauch verzogen hat, müssen die Toten verbrannt und die Städte wieder aufgebaut werden. Mit schlauen Parolen und Phrasendrescherei ist das nicht zu leisten.«

Rhodan warf Atlan einen kurzen Blick zu.

»Sie hatten recht, Angech«, sagte der Arkonide ernst. »Das hier *ist* ein Test. Wir möchten wissen, ob wir Ihnen und Ihren Freunden die Verfügungsgewalt über die Mittel überlassen können, die dieses Depot bereithält.«

»Und das wollen Sie durch ein Gespräch herausfinden? Dann sind Sie offenbar doch nicht so klug, wie ich dachte.«

»Was würden Sie an meiner Stelle tun?«

»Ich bin nicht an Ihrer Stelle.«

»Aber wenn Sie es wären.«

»Na schön.« Angech Anatarawan legte die Fäuste gegeneinander. »Sie haben es offenbar eilig und können nicht hierbleiben, um uns persönlich zu unterstützen.«

»So ist es.«

»Deshalb wollen Sie lieber einer Gruppe von Kindern eine geladene Waffe in die Hand drücken, damit sie die Welt damit retten. Erwarten Sie ernsthaft, dass ich Ihnen dafür dankbar bin?«

»Die Alternative ist, dass wir Sie rausschmeißen, das Depot wieder versiegeln und auf Nimmerwiedersehen verschwinden«, sagte Atlan hart. »Wäre das eher in Ihrem Sinn?«

»Sie möchten Ihr Gewissen beruhigen«, erwiderte Angech. »Wenn wir versagen, können Sie immerhin behaupten, Sie hätten Ihr Möglichstes getan. Die Schuld trügen wir.«

»Ich wiederhole meine Frage.« Atlan blieb kühl. »Wäre es Ihnen lieber, wenn wir gar nichts unternehmen und die Sironer sich selbst überließen?«

Angech sagte lange Sekunden nichts. Dann stieß er einen tiefen Seufzer aus.

»Ich würde auf der Stelle sterben, um meine Welt zu retten«, sagte er leise. »Wenn Sie mir helfen können, einen Krieg zu verhindern, dann bitte ich Sie aus der Tiefe meines Herzens: Tun Sie es!«

»Die TIA'IR ist startbereit.«

Atlan hatte die Kontrollen des Raumers übernommen. Neben ihm hielten sich Perry Rhodan, Crest, Iwan Goratschin und Ishy Matsu in der relativ engen Zentrale auf. Überhaupt schien ein Großteil des verfügbaren Volumens des Schiffes für die überdimensionierten Impuls- sowie die Transitionstriebwerke benötigt worden zu sein. Gegen die TIA'IR war selbst die einstige STARDUST geräumig gewesen.

»Gut.« Rhodan beugte sich über den in seinem Sessel ruhenden Iwan Goratschin und legte ihm eine Hand auf die Brust. Der Atem des Zündermutanten ging ruhig und gleichmäßig, doch ein Blick in seine ausgemergelten Züge genügte, um zu erkennen, wie es wirklich um ihn stand.

»Ich wünschte, du würdest es dir noch anders überlegen«, flüsterte Rhodan dem Freund zu. »Bitte, Iwan. Wir können ein paar Tage warten. Ich bin sicher, dass ...«

Goratschin nahm Rhodans Hand in die seine und drückte so fest zu, dass dieser aufstöhnte. »Ich komme aus Russland«, sagte er und grinste gequält. »Dort badet man schon als Kind in Eiswasser und fällt Bäume mit der Handkante.«

Atlan hatte die von der Depotpositronik gelieferten aktuellen Aufnahmen der AR'KELESS auf den zentralen Monitor geschaltet. Rhodan starrte abwechselnd auf die zwar zweidimensionalen, dafür aber gestochen scharfen Bilder und das schweißbedeckte Antlitz des Zündermutanten.

Angech Anatarawan und die übrigen Sironer waren im Depot zurückgeblieben. Crest hatte das Quartett mehrere Stunden lang in die grundlegende Bedienung der Depottechnik eingewiesen. Rhodan hatte den Sironern vom Schicksal Stynn Jariharatans erzählt. Den Rest würde die Positronik übernehmen.

Rhodan fühlte sich nach wie vor nicht besonders wohl in seiner Haut. Zum einen, weil er den vier Freidenkern eine schier unerträgliche Verantwortung aufgebürdet hatte, zum anderen, weil er trotz allem nicht ehrlich zu ihnen gewesen war. Atlan hatte in der Depotpositronik eine Reihe von Sicherheitssperren verankert, die Angech und seine Freunde im Fall der Fälle daran hindern würden, ihre neue Macht zu missbrauchen. Die Einschränkungen waren durchaus freizügig formuliert; dennoch setzten sie klare Grenzen, auf die die Sironer irgendwann stoßen würden. Ihre Reaktion auf eine solche Bevormundung war schwer vorherzusehen.

Rhodans einziger Trost war die Gewissheit, dass Ignoranz das weitaus schlechtere Verhalten gewesen wäre. Ohne eine Intervention war dieser Planet dem Untergang geweiht. Zumindest würden Millionen von Sironern sterben und zahlreiche Landstriche und Städte auf Jahrhunderte hinaus unbewohnbar werden. Für die vorliegende Situation hatte es nie eine perfekte Lösung gegeben; insofern musste er mit der zweitbesten Möglichkeit vorliebnehmen.

»Da!«, rief Crest und zeigte auf den Bildschirm. »Es geht los!«

Über Keless war soeben die Sonne aufgegangen und tauchte das Wrack in orangerotes Feuer. Auf der Außenhülle der AR'KELESS erschien plötzlich ein weißer Fleck, der sich schnell vergrößerte. Sekunden später hatte er bereits eine Ausdehnung von mehreren Metern erreicht und wuchs ständig weiter.

»Wie geht es ihm?«, fragte Rhodan leise in Richtung Ishy Matsu.

Die Japanerin überwachte Iwan Goratschins Vitalfunktionen über einen mobilen Bioscanner aus den Beständen des Depots. Sie schüttelte nur den Kopf.

Inzwischen waren die ersten Sironer darauf aufmerksam geworden, dass etwas mit ihrem Heiligtum geschah. Auf den Straßen und Plätzen kam der Verkehr nach und nach zum Erliegen. Alle Blicke richteten sich auf das Wrack, in dem wie aus dem Nichts immer mehr und immer größere Löcher entstanden. Weil die Beobachtungssonden keinen Ton übertrugen, wirkte das Geschehen seltsam unwirklich.

Über dem Wrack formte sich eine dichte Staubwolke, in die nun der Wüstenwind fuhr, um sie in langen Fahnen auseinanderzutreiben. Das Heiligtum der Sironer löste sich in Atome und Moleküle auf. Mit seinen unbegreiflichen Geisteskräften griff Iwan Goratschin direkt in die elementaren Strukturen der Materie ein und sprengte deren chemische und physikalische Bindungen.

»Perry.« Ishy Matsu war kaum zu verstehen, doch ihr flehender Ruf stach Rhodan wie ein Messer mitten ins Herz.

»Er stirbt ...«

Der muskulöse Körper des Zündermutanten wand sich in Krämpfen. Iwan Goratschin hatte die rot geränderten Augen geschlossen, doch seine Lider flatterten. Kalter Schweiß stand ihm auf der Stirn, und seine Zähne schlugen stakkatoartig aufeinander.

»Er kollabiert! Machen Sie Platz!«

Crests herrische Stimme ließ Rhodan zusammenzucken. Der Arkonide stieß Ishy Matsu rücksichtslos zur Seite und setzte eine

Injektionspistole an den Arm des Zündermutanten. Ein leises Zischen ertönte. Fast sofort stabilisierte sich Goratschins Zustand wieder.

»Das wird nicht lange helfen«, sagte der Wissenschaftler. »Wenn er nicht sofort damit aufhört, wird er diese Tortur nicht überleben.«

»Iwan!«, schrie Matsu, packte den Mutanten mit beiden Händen an den Schultern und schüttelte ihn. »Das ist genug! Komm zurück!«

Sie holte mit der Rechten aus und versetzte dem Mann eine schallende Ohrfeige. Iwan Goratschin stieß keuchend den Atem aus und öffnete die Augen.

Auf dem Bildschirm war kaum noch etwas zu erkennen. Die riesige Staubwolke hatte sich nach unten gesenkt und weiter vergrößert. Sie versperrte die Sicht auf das Geschehen fast vollständig. Hatte Goratschin Erfolg gehabt? Hatte er die AR'KELESS hinreichend stark zerstört, um der TIA'IR das Verlassen des Depots zu ermöglichen?

»Die Schleuse öffnet sich!«

Atlan nahm weitere Schaltungen vor. Dem Arkoniden zufolge konnte das Schiff, das einst Crysalgira da Quertamagin gehört hatte, von einem einzigen Piloten geflogen werden. Rhodan vergewisserte sich, dass es Iwan Goratschin den Umständen entsprechend gut ging, und schob sich dann an Crest vorbei in Richtung Kontrollkonsole.

»Und Sie sind sicher, dass uns die Sironer nicht bemerken werden?«, fragte er.

»Ganz sicher«, bestätigte Atlan. »Die TIA'IR besitzt nicht nur einen ausgezeichneten Anti-Ortungsschutz. Auch ihre Lackierung ist keineswegs bloß schöner Schein, sondern reflektiert aktive Tastimpulse zum größten Teil so, dass das Empfangsgerät daraus keine verwertbaren Daten gewinnen kann. Für sironische Technik ist unser Schiff in jeder Hinsicht unsichtbar.«

Die TIA'IR schwebte durch einen steil nach oben führenden Schacht von exakt hundert Metern Breite. Wenige Augenblicke später erreichte sie die Überreste des Heiligtums und schwang sich in den wolkenlosen Himmel über Keless. Hinter ihr schloss sich die Schleuse wieder. Angech Anatarawan und die Depotpositronik würden dafür Sorge tragen, dass der Eingang eine ausreichende neue Tarnung erhielt.

Perry Rhodan beobachtete schweigend, wie die Stadt auf den

Bildschirmen schrumpfte. Für die Sironer hatte ein neues Zeitalter begonnen – und der Mann von der Erde hatte es mit seinen Entscheidungen eingeläutet. Er hatte massiv in die Entwicklung eines ganzen Volkes eingegriffen.

»Alles, was wir getan haben, geschah in bester Absicht, mein Freund.« Crest hatte sich an Rhodans rechte Seite gestellt. »Was nun geschieht, liegt allein in den Händen der Sironer.«

»Auf der Erde sagt man, dass der Weg zur Hölle mit guten Absichten gepflastert ist«, argumentierte Rhodan. »Wir brauchten ein Raumschiff, und wir haben es uns genommen. Die Sironer standen im Weg, also haben wir sie beiseitegeschoben und reden uns jetzt ein, dass das alles zu ihrem Besten war.«

»Das ist *eine* Sichtweise der Dinge«, mischte sich Atlan ein und postierte sich an Rhodans anderer Seite. »Aber beileibe nicht die einzige.«

Gemeinsam standen die drei Männer da und sahen zu, wie Siron kleiner wurde. Durch die Glassitkuppel fiel das Licht der Sterne. Es spiegelte sich in ihren Augen.

Kapitel 20

Der Abschied fand an Bord der HIS-KEM-IR statt. Das Netzschiff und die TIA'IR waren durch einen Energietunnel miteinander verbunden. Rhodan übernahm die angenehme Pflicht, sich bei Ril-Omh-Er, Je-Ron-Tia und den übrigen Trebolanern zu bedanken.

»Die Menschen der Erde sind Ihnen und Ihrem Volk sehr dankbar«, sagte er, als sie sich in einem Hangar des Zentralmoduls gegenüberstanden. »Ich wünsche mir, dass wir uns eines Tages wiedersehen, und hoffe, dass ich Ihnen dann die Schönheiten *meiner* Heimat zeigen kann. Nach Möglichkeit unter weniger dramatischen Umständen.«

»Dieser Tag wird kommen, Perry Rhodan«, sagte Ril-Omh-Er. »Und es wird ein Tag der Freude und des Friedens sein.«

Der Trebolaner griff hinter seinen Spinnenkörper. Als der Arm wieder zum Vorschein kam, hielt er dem Menschen eine Tasche aus Spinnenseide entgegen. »Hier, Perry Rhodan, dies wird Ihnen helfen, Ihr Ziel zu erreichen.«

»Ich danke Ihnen«, sagte Rhodan und nahm die Tasche. »Darf ich?«

»Natürlich.«

Rhodan öffnete den Verschluss. In der Tasche befanden sich mehrere Rollen hauchdünnen Stoffs.

»Tarnseide«, sagte Ril-Omh-Er. »Das Material, nach dem sich das Imperium verzehrt ... vergeblich.«

Dann wandte sich Crest an Je-Ron-Tia. Der Arkonide hatte das zylinderförmige Artefakt der Goldenen bei sich, das die Aufzeichnung des mysteriösen Notrufs seiner Ziehtochter Thora enthielt. Seit der leihweisen Überlassung des Objekts durch den Trebolaner hatte der Wissenschaftler jede freie Minute genutzt, um es eingehend zu untersuchen. Herausgekommen war dabei allerdings wenig.

»Auch ich möchte mich bedanken«, sagte er. »Leider ist es mir nicht gelungen, das Geheimnis des Zylinders zu ergründen. Vielleicht haben Sie mehr Glück ...« Er trat einen Schritt nach vorn und hielt Je-Ron-Tia das Artefakt entgegen

Doch der wich in einer geschmeidigen Bewegung zurück. »Nein«, wehrte er ab. »Ril-Omh-Er und ich möchten, dass Sie es behalten.«

»Aber ...« Crest war sichtlich überwältigt. »Aber ... es handelt sich hier um ein unersetzliches Stück der Kulturgeschichte Ihres Volkes«, wandte er ein. »Sosehr ich Ihre Geste zu schätzen weiß, sowenig kann ich es als Wissenschaftler erlauben, dass Sie einem Fremden einen solchen Schatz aushändigen.«

»Einem Fremden, der zum Freund geworden ist«, sagte der Trebolaner. »Wenn Ihnen das Artefakt dabei hilft, Ihre Artgenossin zu finden, erfüllt es einen weitaus edleren Zweck, als es das in der Vitrine eines trebolanischen Museums jemals tun könnte. Wenn Sie es nicht mehr benötigen, können Sie es zurückgeben.«

»Das ... das werde ich.« Rhodan hatte Crest noch nie so gerührt gesehen. »Sie haben mein Wort.«

Fünfzehn Minuten später schaltete Atlan den Energietunnel ab. Außer ihm hielten sich nur Crest und Rhodan in der Zentrale der TIA'IR auf. Iwan Goratschin und Ishy Matsu hatten sich in eine der Kabinen zurückgezogen. Dem Zündermutanten ging es noch immer schlecht, aber alles deutete darauf hin, dass er sich vollständig von den Strapazen erholen würde.

Auch Belinkhar hatte sich entschuldigt und angekündigt, mindestens drei Tage durchzuschlafen, während Chabalh, der sich an Bord ihres neuen Transportmittels sichtlich unwohl fühlte, vor dem Zentralschott Wache hielt. Auf die Frage, vor wem oder was er Rhodan mit dieser Maßnahme beschützen wollte, verweigerte er jegliche Antwort.

»Wenn ich Sie richtig verstanden habe, ist die TIA'IR ziemlich schnell.« Rhodan hatte sich in einen der Sessel gesetzt. Zum ersten Mal seit vielen Tagen fühlte er sich nicht zu Tode erschöpft, sondern lediglich wohlig müde. Über ihm spannte sich die halbrunde Glassitkuppel und erlaubte einen freien Ausblick auf den Weltraum. Bei Bedarf konnte sie jederzeit abgedunkelt und als Fläche für weitere Holoprojektionen genutzt werden.

»Allerdings«, sagte Atlan. »Das Schiff wurde vom Reißbrett an auf Wendigkeit und Geschwindigkeit ausgerichtet. Dafür hat man sogar auf eine Bewaffnung verzichtet.«

»Wie untypisch«, bemerkte Rhodan spöttisch. »Ich meine für eine arkonidische Konstruktion. Gilt im Imperium im Allgemeinen nicht der Angriff als die beste Verteidigung?«

»Werden Sie jetzt zum Systemkritiker?«, gab Atlan zurück, aber auch seinem Ton war anzumerken, dass er seine Frage nicht ernst meinte.

»Lieber nicht. Politische Debatten mit zehntausend Jahre alten Außerirdischen überfordern meinen Intellekt. Wollen Sie uns stattdessen nicht ein bisschen mehr über diese Crysalgira da Quertamagin erzählen? Ich will Ihnen nicht zu nahe treten, aber Sie beide kannten sich anscheinend ziemlich gut.«

»Und das wissen Sie woher?«

»Die Dame hat Sie immerhin mit *Liebster* angesprochen.« Rhodan lächelte spitzbübisch.

»Oh, das ...« Atlan seufzte. »Ja, aber das ist lange her. Vielleicht ein andermal.«

Rhodan spürte, dass er einen Punkt erreicht hatte, an dem er nicht weiter nachbohren durfte. Vielleicht gefiel sich Atlan in der Rolle des geheimnisvollen Mannes aus der Vergangenheit. Vielleicht hatte er aber auch tatsächlich etwas zu verbergen. Hier und jetzt würde Rhodan der Wahrheit nicht auf die Spur kommen.

»Wenn die Herren nichts dagegen haben, werde ich mich ein paar Stunden aufs Ohr legen«, sagte er und erhob sich. »Sie kriegen das doch für eine Weile allein hin, oder?«

»Es wird nicht einfach«, gab Crest zurück und lächelte. »Aber ein Arkonide wächst mit seinen Aufgaben.«

Wenig später sank Perry Rhodan auf eine für seinen Geschmack viel zu schmale und viel zu hart gepolsterte Liege. Sie kam ihm dennoch wie ein Himmelbett vor.

ENDE

Die Reise in die Unendlichkeit geht weiter:

PERRY RHODAN Neo 12

»Die Mutanten-Krise«

Rüdiger Schäfer

Der Held von Siron

Prolog

Die Stille vor dem Tod

Angech Anatarawan weinte nicht. Er hatte erwartet, dass er es tun würde, doch nun, da der Moment gekommen war, fühlte er ... nichts. Nein, das war nicht ganz richtig. Er fühlte eine seltsame Leere, eine Art betäubende Gleichgültigkeit, die die Wut und die Enttäuschung über die mangelnde Einsicht seiner sironischen Landsleute ersetzt hatte. Am Ende hatten sie ihn gezwungen, eine Entscheidung zu treffen, deren Konsequenzen er nicht mehr erleben würde.

Die drei schmucklosen Plastikbehälter, die einer der beiden aktiven Roboter in dem großen Raum vor der Depotzentrale aufgebaut hatte, wirkten seltsam deplatziert. Laut Positronik hatten sich hier früher Prinzessin Crysalgira da Quertamagin und ihre Begleiter zusammengefunden, gemeinsame Mahlzeiten eingenommen und über den großen Krieg gegen die Methans gesprochen.

Nun diente er als Leichenhalle.

Angech schüttelte den Kopf, was ihm augenblicklich einen Schwindelanfall bescherte. Er machte instinktiv einen Schritt nach vorn und hielt sich an einem der Behälter fest. Dabei fiel sein Blick zwangsläufig auf dessen Inhalt. Ghard Sunderanagars Gesicht wirkte eingefallen. Der schmächtige Mann sah aus, als schliefe er. Lediglich die graue Farbe seiner Haut und seine absolute Bewegungslosigkeit machten deutlich, dass er nie mehr aufwachen würde.

In den angrenzenden Behältern lagen Yoel Taraharatan und Eineo Battarainagar. Sie waren von der Krankheit weit stärker gezeichnet als Ghard, und ihr Tod war ein langer und qualvoller Prozess gewesen. Dennoch hatten sie sich bis zuletzt geweigert, die Medikamente zu nehmen, die ihnen die Depotpositronik angeboten hatte. Sie wollten das Ende, dem Kodex der Freidenker entsprechend, bei vollem Bewusstsein erleben.

Angech lauschte in die Stille hinein. Nach der Aufregung der letzten Wochen kam sie ihm beinahe unheimlich vor. Möglicherweise war das der Grund, warum er der arkonidischen Technik nach wie vor mit solcher Skepsis gegenüberstand. Sie vermochte wahre Wunder zu vollbringen, blieb aber bis auf wenige Ausnahmen völlig geräuschlos. Als würden in ihrem Inneren nicht Bauteile aus Metall und Kunststoff, keine energetischen Leiterbahnen und gerichtete Magnetfelder arbeiten, sondern Sandgeister aus den sich rund um Keless erstreckenden Wüstengebieten.

Es ist besser so, dachte er müde. *Vielleicht sind die Sironer tatsächlich noch nicht reif für die Geheimnisse, die das Depot bereithält. Vielleicht werden sie es niemals sein. Aber wenigstens müssen sie jetzt selber darüber entscheiden!*

Wie so häufig in den vergangenen Tagen erinnerte er sich an die Gespräche mit den beiden Fremden Perry Rhodan und Atlan kurz vor deren Abflug. Letzterer war ein Vertreter jenes Volkes gewesen, dessen Angehörige das Depot vor mehr als 10.000 Jahren auf Siron errichtet hatten. Dieses Volk hatte bereits vor Jahrtausenden ein riesiges Sternenimperium beherrscht, von ihm stammten auch die Sironer ab. Perry Rhodan hatte sich dagegen als *Mensch* bezeichnet und davon berichtet, dass die Erde, seine Heimatwelt, ein knappes Jahrhundert zuvor gleichfalls vor dem Ausbruch eines mit Atomwaffen geführten Konflikts von globalen Ausmaßen gestanden hatte. Erst viele Jahrzehnte später war diese Bedrohung gebannt worden.

Angech hatte sich seither an die Hoffnung geklammert, dass die Sironer – wie die Menschen – diese Phase ihrer Entwicklung überwinden würden, ohne sich vorher gegenseitig auszulöschen. Was hatte er noch zu Perry Rhodan gesagt ...?

Ich würde auf der Stelle sterben, um meine Welt zu retten.

Nun, zumindest das mit dem Sterben hatte er hinbekommen.

»Du kannst die Behälter verschließen«, sagte er laut. Seine Stimme klang wie das Krächzen eines Korrak.

Der Roboter gehorchte.

Langsam ging Angech zu der schmalen Rampe hinüber, die in die Steuerzentrale des Depots führte, erklomm sie mühsam und ließ sich in dem sich anschließenden schmalen Raum auf den mittleren der drei Sessel fallen. Augenblicklich leuchtete eine Reihe von Hologrammen auf. Die meisten zeigten Szenen, die die Drohnen in den vergangenen Stunden überall auf Siron aufgezeichnet hatten.

Der heelonische Titram hatte den Nordländern in einer öffentlichen Ansprache erstmals militärische Konsequenzen angedroht, wenn sich diese nicht innerhalb der nächsten 28 Stunden von der Großen Kraterplatte zurückziehen würden. Dort hielten die Bergnomaden des Manaugan-Massivs derzeit demonstrativ eine Übung ab, bei der sie unter anderem eine Reihe von Jikutt-Raketen in Bergflanken geschossen hatten, die auf heelonischem Territorium lagen. Die von den Explosionen verursachten Wolken aus Rauch und Staub waren auf den dreidimensionalen Bildern noch immer gut zu erkennen.

Der Sironische Rat hatte mehrere Warnungen ausgesprochen, die jedoch wie so oft von den Konfliktparteien ignoriert wurden – und das, obwohl sich eine Reihe von Regierungsvertretern der Allianz den deutlichen Worten des Ratspräsidenten angeschlossen hatten. Auch wenn die Verhandlungen im Ornomeon endgültig gescheitert waren, hielten sich nach wie vor viele Konferenzteilnehmer in Keless auf.

Angech schloss die Augen. Die Schmerzen waren wieder stärker geworden, und er hatte das Gefühl, dass Tausende von Tiglitts durch seine Eingeweide wimmelten und ihn von innen heraus auffraßen.

Vier Wochen! Vier Wochen hatten ausgereicht, um alle seine Träume und Erwartungen zu zerstören. Dabei hatte alles so hoffnungsvoll begonnen ...

Kapitel 1

Eine Botschaft für die Welt

»Mein Name ist Angech Anatarawan. Ich wende mich heute an alle Bewohner des Planeten Siron, egal welcher Nation sie angehören, welchen Glaubens sie sind, welchem Meinigen sie sich verbunden fühlen und wessen Lehren sie folgen. Meine Botschaft wird auf sämtlichen empfangbaren Kanälen und Frequenzen übertragen und nach ihrem Ende 28 Stunden lang wiederholt.«

Er legte eine Pause ein und sah kurz zu Ghard, Yoel und Eineo hinüber, die neben einer der Steuerkonsolen standen und seinen Auftritt beobachteten. Ghard lächelte und nickte ihm aufmunternd zu; die beiden anderen Männer wirkten eher angespannt.

»Was ich zu sagen habe, wird für die meisten von Ihnen unglaublich klingen. Sie werden mich für einen Spinner halten, mich als Betrüger, vielleicht sogar als Kriminellen bezeichnen, doch ich versichere im Namen aller Meinigen und bei meiner Ehre, dass jedes meiner Worte der Wahrheit entspricht. Erster Beweis dafür mag sein, dass es keiner der offiziellen Stellen gelingen wird, diese Übertragung zu unterbrechen oder vorzeitig zu beenden.«

Angech bemühte sich, seine Nervosität zurückzudrängen. Obwohl er seine Ansprache viele Dutzend Male geübt hatte, obwohl ihr immer wieder überarbeiteter Text als Hologramm vor ihm schwebte und er ihn nur ablesen musste, ließ sich seine innere Unruhe nicht gänzlich unterdrücken.

»Ich befinde mich in dem geheimen Depot einer außersironischen Zivilisation. Es liegt viele Hundert Meter unter dem Standort des ehemaligen Heiligtums verborgen und wurde von Vertretern jenes Volkes angelegt, von dem wir alle abstammen. Die Arkoniden, wie sich unsere Vorfahren selbst nennen, beherrschen ein gewaltiges Sternenimperium, dem zahlreiche bewohnte Welten angehören. Sie waren es, die vor mehr als zehntausend Jahren auf Siron notlanden mussten – mit jenem Raumschiff, das wir als ›Heiligtum‹ kannten und das es nun nicht mehr gibt!«

Er versuchte sich vorzustellen, was die vielen Hundert Millionen Sironer, die in diesen Minuten vor ihren Bildschirmen saßen oder seine Rede über die diversen Funk- und Radiofrequenzen verfolgten, wohl denken mochten. Vermutlich würden sie alles für einen dummen Scherz halten, für einen Werbegag oder die Tat eines geistig Verwirrten, der sich in das öffentliche Sendenetz gehackt hatte. Auch aus diesem Grund hatte er darauf geachtet, dass seine Rede nicht zu lang wurde. Die Gefahr war groß, dass die Sironer zu früh abschalteten, weil sie ihn nicht ernst nahmen.

»Das Depot verfügt über Mittel, die es mir erlauben, Dinge zu tun, die alles, was sironische Technik derzeit zu leisten imstande ist, bei Weitem übertreffen«, fuhr Angech fort. »Um das zu belegen und allen, die an meinen Worten zweifeln, zu beweisen, dass ich die Wahrheit sage, werde ich in exakt zwei Tagen eine Demonstration besagter Mittel liefern. Sie wird auf dem Bleichen Meer stattfinden und spektakulär sein.«

Damit sollte ich ihr Interesse geweckt haben, dachte Angech. *Auch wenn man mich für einen Verrückten hält, kann man eine solche Ankündigung nicht einfach ignorieren. Ich könnte schließlich einen terroristischen Anschlag planen.*

In den langen Tagen, nachdem Perry Rhodan und seine Begleiter abgereist waren, hatte er sich gemeinsam mit seinen drei Freunden immer wieder über das weitere Vorgehen beraten. Sie hatten der Positronik des Depots zahllose Fragen gestellt und so nach und nach alles erfahren, was die Speicher über die Arkoniden und das Große Imperium hergaben. Und sie waren aus dem Staunen nicht herausgekommen.

Auch wenn auf Siron noch immer Gruppen existierten, die das Offensichtliche leugneten, so war den meisten Sironern seit mindestens hundert Jahren klar, dass ihr sogenanntes Heiligtum ein havariertes Raumschiff darstellte, eine achthundert Meter durchmessende Kugel aus Stahl, die nie und nimmer auf Siron erbaut worden sein konnte. Man *wusste* also, dass es andere intelligente Lebewesen gab, die in der Lage waren, von Planet zu Planet zu fliegen. Das war einer der Gründe dafür gewesen, dass Perry Rhodan und Atlan ihm und seinen Freunden die Verfügungsgewalt über das Depot überlassen hatten.

Inzwischen hatte Angech verstanden, dass sich die Fremden abgesichert hatten. Die Positronik, also der Computer, der das Depot beherrschte, hatte keinen Zweifel daran gelassen, dass er nicht ausnahmslos *jeden* Befehl seiner neuen Herren befolgen würde. So war es Angech zum Beispiel nicht möglich, die Waffen, die in den subplanetaren Lagerräumen und Magazinen zur Verfügung standen, gegen die eigenen Leute einzusetzen.

»Ich möchte die Vertreter der großen Nachrichtensender auffordern, sich vor Ort zu begeben und über das, was dort geschieht, zu berichten«, sprach er weiter. »Ich werde etwas tun, das unsere Heimat verändert. Ich möchte damit allen Sironern zeigen, was möglich ist, wenn wir den Hass und das Misstrauen vergessen und zusammenarbeiten. Ich weiß, dass das nicht einfach werden wird, aber ich trage die unverrückbare Hoffnung im Herzen, dass wir uns im Glauben an eine bessere Zukunft besinnen und über alle Feindschaften und Spannungen hinweg die Hände reichen können.«

Seine Kehle war mittlerweile so trocken, dass er erneut innehalten und zu dem neben ihm auf einem Tisch stehenden Becher greifen musste. Das Wasser schmeckte kühl und frisch, ganz anders als das, was in Keless und den meisten anderen Städten des Planeten aus den Leitungen der Verteiler kam – und das obwohl er wusste, dass die Maschinen des Depots die kostbare Flüssigkeit teilweise aus den Ausscheidungen ihrer Bewohner destillierten.

»Ich versichere Ihnen, dass ich keinerlei unredliche Absichten verfolge«, fuhr Angech fort. »Mir ist klar, dass ich viel verlange, wenn ich Sie um einen Vertrauensvorschuss bitte. Alles, was ich Ihnen dafür im Gegenzug anbieten kann, ist mein Wort, dass ich nicht als Freidenker oder Einweltler handle, nicht als Angehöriger eines einzelnen Meinigen, nicht als Bewohner einer Stadt oder Bürger einer Nation. Das, was ich tue, tue ich als Sironer – und im Bewusstsein der Tatsache, dass wir alle die gleichen Wurzeln haben, dass unsere Vorfahren einst als Angehörige eines vereinten Volkes auf diesen Planeten kamen.«

Ein letztes Mal hielt er inne, zwang sich dazu, ruhig und gleichmäßig zu atmen. Er musste sicher und selbstbewusst wirken; ab jetzt konnte er nicht mehr zurück. Er hatte den Stein ins Rollen gebracht. Wohin dieser sich auf seiner Bahn wandte und wen er dabei mit sich riss, konnte selbst die Depotpositronik mit ihrer unvorstellbaren Rechenkapazität nicht kalkulieren.

»Nach meiner Demonstration werde ich mich wieder melden«, schloss er seine Ansprache. »Ich bitte Sie: Haben Sie keine Angst. Im Gegenteil. Richten Sie Ihren Blick mit Hoffnung und Optimismus in die Zukunft. Denn dass Siron eine Zukunft hat, daran glaube ich fest. Ich danke Ihnen.«

Als das Licht über der Aufnahmeoptik erlosch und damit das

Ende der Aufzeichnung signalisierte, fiel Angech geradezu in sich zusammen. Seine Hände zitterten, und der Schweiß lief ihm in breiten Bächen über das Gesicht. Ghard, Yoel und Eineo waren sofort an seiner Seite, doch er wehrte ihre besorgten Fragen mit einer fahrigen Geste ab.

»Es geht mir gut«, sagte er. »Ich bin nur ... nicht für solche öffentlichen Auftritte geschaffen ...«

»Wenn unser Plan Erfolg hat, war das erst der Anfang. Dann wirst du bald in jedem verdammten Programm auftreten müssen, das zwischen Keless und Bratigar gesendet wird.« Ghard grinste. Er war schon immer derjenige in ihrer Gemeinschaft gewesen, der sich die wenigsten Sorgen machte; etwas, worum ihn Angech in diesen Minuten beneidete.

»Ja«, sagte er leise. »Das war erst der Anfang ...«

Kapitel 2

Hysterie und Wahnsinn

Sie hatten damit gerechnet, dass Angechs Offenbarung die Bewohner des Planeten aufrütteln, ja womöglich sogar erschüttern würde, doch auf das, was dann tatsächlich geschah, war keiner von ihnen vorbereitet. Siron stand kopf; vor allem auch deshalb, weil Angech recht behielt und seine Botschaft volle 28 Stunden, einen ganzen Tag lang, in permanenter Wiederholung empfangen werden konnte.

Den ersten Versuch, von außen in das Depot einzudringen, meldete die Positronik schon nach knapp sechs Stunden. Wenn man wusste, wo man zu suchen hatte, war der Schacht, der die Anlage mit der Planetenoberfläche verband, nicht besonders schwer aufzuspüren. Zudem hatte Angech sämtliche Tarnvorrichtungen abgeschaltet. Lediglich das Schott, das ins Depotinnere führte, wurde durch einen Energieschirm gesichert.

Der Tunnel, durch den Perry Rhodan und dessen Mitstreiter mit der TIA'IR in den Weltraum gestartet waren, war bei der Zerstörung des Heiligtums eingestürzt und nur mit schwerem Räumgerät passierbar. Eine solche Aktion würde allerdings mindestens drei bis vier Tage in Anspruch nehmen und ebenso sinnlos sein wie der Versuch, ungebeten durch das zentrale Schott ins Depot zu gelangen.

Angech und seine Freunde verfolgten die Bemühungen der Frauen und Männer in den schwarzen Uniformen der Spezialkommandos über die Holos. Man führte so ziemlich alles ins Feld, was die aktuelle sironische Waffentechnologie zu bieten hatte. Nachdem mehrere Sprengungen erfolglos geblieben waren und lediglich das Felsgestein zerpulvert hatten, von dem das Depot umgeben war, schaffte man sogar einen der Laser heran, mit denen man derzeit in der Physikalischen Fakultät von Keless experimentierte. Angech hatte davon in einem Magazin gelesen – vor langen Monaten ... in einem anderen Leben.

»Es wundert mich, dass der Rat das alles widerspruchslos zulässt«, meinte Eineo beim Betrachten der Bilder. »Die Stadt ist exterritoriales Gebiet, und die Einsatzkräfte gehören definitiv nicht zu den hiesigen Ordnungshütern. Das sind perfekt ausgebildete Profis.«

»Der Rat steht unter immensem Druck«, sagte Angech. »Die Zerstörung des Wracks hat viele Sironer mitten ins Herz getroffen – und die Ratsmitglieder tragen gewissermaßen die Verantwortung für das Heiligtum. Sie werden sich den Forderungen jener, die uns für eine globale Gefahr halten, nicht verschließen können. Einige machen uns sogar für die Vernichtung des arkonidischen Schiffes verantwortlich.«

In gewisser Weise waren sie das vielleicht. Angech hatte nie verstanden, was mit der AR'KELESS – so lautete der eigentliche Name der Heiligtums – wirklich geschehen war. Perry Rhodan hatte einen seiner Begleiter, einen hünenhaften Riesen mit dunklen, kurzen Haaren und grobschlächtigem Äußeren, als *Zündermutanten* bezeichnet. Seinen Namen hatte Angech vergessen. Angeblich war der Riese jedoch in der Lage, jegliche Materie allein kraft seiner Gedanken kernchemisch miteinander reagieren zu lassen und sie dadurch in Brand zu setzen. Angech hatte das damals nicht geglaubt, und er glaubte es heute immer noch nicht. Andererseits: Warum hätte ihn der Mensch anlügen sollen?

»Manchmal frage ich mich, ob sich dieser Rhodan und seine Kumpane im Klaren darüber waren, in was für einem Schlamassel sie uns hier zurücklassen.« Yoel Taraharatan kratzte sich missmutig den kantigen Schädel.

»Glaubst du ernsthaft, dass die das gekümmert hat?«, fragte Ghard. »Die wollten nur so schnell wie möglich weg. Was mit uns passiert, geht denen doch komplett am ...«

»Hört auf«, rief Angech scharf. »Ohne Rhodan wären wir alle bereits tot; habt ihr das schon vergessen?«

Die anderen sahen betreten zu Boden.

»Ohne Rhodan«, fuhr Angech fort, »hätten wir die Chance, die sich uns nun bietet, gar nicht. Ob wir sie nutzen, liegt allein an uns. Die Fronten sind verhärtet. Fast kein Tag vergeht, an dem sich die Mächtigen der Welt nicht auf die eine oder andere Art provozieren. Der Krieg ist unausweichlich, das muss ich hoffentlich keinem von euch erzählen. Er wird kommen; eher früher als später.«

»Du hältst nicht allzu viel von den Sironern, was Ang?«, fragte Eineo.

»Im Gegenteil, mein Freund«, antwortete Angech leise. »Ich halte sehr viel von ihnen, denn sonst würde ich das alles nicht tun.«

Die Meinung der viel zitierten Öffentlichkeit war geteilt. Es gab Sironer, die Angech Anatarawan offen als Verbrecher und Terroristen beschimpften. Andere glaubten an das, was er sagte – oder *wollten* zumindest daran glauben – und erhöhten ihn zum Heiligen. Irgendwo zwischen diesen beiden Extremen ordneten sich die mindestens hundert anderen Auffassungen ein, die über die Medien verbreitet wurden. Die meisten Nachrichtensender berichteten praktisch ohne Unterbrechung über die Sache. Die Bilder der Drohnen hatten gezeigt, dass das Stadtzentrum von Keless – der einstige Standort des Heiligtums – von Militär und Polizei sowie unzähligen Reportern und Kamerateams lückenlos umstellt war.

An vielen Orten gab es Massenaufläufe. Je nach persönlicher Stimmungslage forderten die Sironer ihre Regierungen auf, Angech zu unterstützen oder ihn aufzuhalten.

Angech Anatarawan wurde innerhalb weniger Stunden zum bekanntesten Sironer des Planeten. Immer wieder wurden Porträts und Dokumentationen über ihn und sein bislang eher unbedeutendes Leben gesendet. Dutzende von Kommentatoren versuchten aus jedem Detail, das ihre Recherchen zutage förderten, eine Sensation zu machen. Dabei war das meiste, was man über ihn verbreitete, entweder zu unverhältnismäßiger Größe aufgeblasen oder gleich ganz gelogen.

Im Nachhinein beglückwünschte sich Angech dazu, dass er seine Freunde erfolgreich überredet hatte, vorerst im Hintergrund zu bleiben. Ihre Namen fielen nur selten und wurden nicht mit dem Depot oder der Ankündigung seiner Demonstration im Bleichen Meer in Verbindung gebracht. Wenn sein Plan scheiterte, konnten Ghard, Yoel und Eineo das Depot verlassen und in ihr normales Leben zurückkehren.

In so gut wie allen Hauptstädten tagten die Regierungsvertreter. Manche bagatellisierten die Situation oder beschuldigten den politischen Gegner, für alles verantwortlich zu sein. Andere wiederum beschworen Endzeitszenarien herauf und behaupteten, dass Angech Anatarawan die furchtbaren Vernichtungswaffen des Depots dazu einsetzen werde, um sich selbst zum Herrscher über den Planeten zu machen.

Die allgemeine Stimmung schwankte permanent irgendwo

zwischen Hysterie und Wahnsinn. Doch eines war fast allen Beteiligten gemein: Man fieberte dem Augenblick entgegen, an dem Angech seine Ankündigung wahr machen würde.

Je näher der in Angechs kurzer Rede genannte Zeitpunkt kam, desto öfter zeigten die Medien Bilder des Bleichen Meeres. Die einzige größere Wasserfläche Sirons bedeckte ein Gebiet von rund 90.000 Quadratkilometern. Seine maximale Tiefe betrug 350 Meter. Rund um das Binnengewässer, das seinen Namen der gelblich weißen Oberfläche verdankte, die durch den eingewehten Sand entstand, gab es neben diversen Ansiedlungen hauptsächlich weitläufige Entsalzungsanlagen. Diese versorgten mehr als fünfhundert Millionen Sironer – also über ein Viertel der Weltbevölkerung – mit Trinkwasser.

Wasser war auf dem von Wüsten und kargen Felslandschaften beherrschten Planeten schon von jeher der wertvollste Rohstoff gewesen – und er wurde mit jedem Jahr knapper. Insbesondere das Bleiche Meer präsentierte sich in einem bedauernswerten Zustand. Neben der Verschmutzung durch Industrie und Fischfang, die kontinuierlich wuchs, war vor allem der Kunststoffmüll zu einem gewaltigen Problem geworden. Seevögel starben qualvoll an verschluckten Plastikteilen in ihren Mägen, Wasserkröten verwechselten Kunststoffverpackungen mit Quallen, und Fische hielten winzige Plastikteilchen für Plankton.

Kunststoff zersetzte sich nicht, sondern zerfiel nur in immer kleinere Partikel, das sogenannte Mikroplastik, die irgendwann über die Nahrungskette wieder bei – und *in* – den Sironern landeten. Ihre giftigen Inhaltsstoffe lagerten sich im Gewebe ein und verursachten Krankheiten und Beschwerden bis hin zu tödlichen Geschwüren und Unfruchtbarkeit. Da ein Großteil der Sironer aus verständlichen Gründen am oder in der Nähe des Wassers lebte, verschärfte sich die Lage immer weiter.

Inzwischen nannten viele Anwohner das Gewässer nur noch »Flüsterndes Meer«, weil der aus vielen Millionen Tonnen Abfall bestehende Kunststoffteppich entsprechende Geräusche erzeugte, wenn ihn der Bug eines Schiffes durchpflügte.

Angech wusste, dass auch Keless über viele Hundert Kilometer lange Rohrsysteme mit Wasser aus dem Bleichen Meer versorgt wurde. Der dafür getriebene Aufwand war gigantisch, und mit jedem Meter, den die lebensnotwendige Flüssigkeit transportiert werden musste, verlor sie an Qualität. Die Leitungen mussten permanent überwacht und entkeimt werden. Was am Ende in der Stadt ankam, wurde in den Verteilerwerken gefiltert und chemisch aufbereitet, um es überhaupt einigermaßen trinkbar zu machen. Das kostete Unsummen und machte Wasser zum Luxusgut.

Das Grundwasser lag in fast allen Teilen des Planeten tief, oft mehrere Hundert Meter unter der Oberfläche. Und die Bohrtürme, die wie Wüstenblumen aus dem kargen Boden schossen, sorgten dafür, dass der Spiegel stetig weiter sank. In den letzten Jahren kam es zudem immer häufiger vor, dass die aus dem Meer mitgerissenen Plastikteile die Rohre blockierten und damit oft ganze Stadtviertel für mehrere Tage von der Wasserversorgung abgeschnitten waren.

Angech hatte seine Idee zunächst mit seinen Freunden und dann mit der Depotpositronik besprochen. Ghard, Yoel und Eineo waren begeistert gewesen, die Positronik hatte bestätigt, dass die ganze Sache technisch kein Problem sein würde. Eine Flotte von entsprechend programmierten Drohnen, dazu die richtigen Chemikalien – ein paar Stunden, und alles wäre erledigt.

Irgendwann rauschten die Bilder der Holos nur noch wie bunte Schemen an Angech vorüber. Ihm fielen die Augen zu, und als er wieder erwachte, lag er auf einem Bett in einer der kleinen Kabinen, die sich um die Depotzentrale gruppierten. Wahrscheinlich hatte ihn Eineo kurzerhand hierher verfrachtet.

Er schlug die dünne Decke zurück, die sein Freund über ihm ausgebreitet hatte. Das Depot hielt alles bereit, was man zum Leben brauchte – und einiges darüber hinaus. Nachdem sie allein gewesen waren, hatten sie viele Tage damit verbracht, die Lagerräume und Vorratskammern zu durchsuchen. Oft waren sie dabei auf Dinge gestoßen, deren Sinn und Zweck ihnen die Positronik erst erklären musste. Technische Kleingeräte beispielsweise, von denen jedes das Zeug dazu gehabt hätte, sie auf Siron zu wohlhabenden Männern zu machen.

Doch nach Reichtum und Wohlstand war keinem von ihnen zumute. Angech hatte den Fehler begangen und seinen drei Freunden angeboten, das Depot zu verlassen – ausgestattet mit genügend Mitteln, um fortan ein sorgloses Leben führen zu können. Danach hatten Ghard, Yoel und Eineo zwei volle Tage kein Wort mehr mit ihm gesprochen. Erst nachdem er sich in aller Form bei ihnen entschuldigt hatte, waren sie sich in die Arme gefallen, und die Sache war vergessen.

Damals hatte Angech begriffen, dass es ihnen nicht anders erging als ihm selbst. Er war nie besonders politisch gewesen, hatte die Posten, die man ihm im Rat der Meinigen mehrfach angeboten hatte, immer abgelehnt. Er wollte einfach nur sein Leben führen. Seiner Arbeit nachgehen. Irgendwann die passende Frau kennenlernen und eine Familie gründen.

Er gab sich nicht der Illusion hin, zu Großem geboren zu sein, träumte nicht von Macht und Einfluss. So etwas brauchte er nicht, um glücklich zu sein. Er war ein einfacher Sironer, und daran war nichts Verwerfliches!

Doch mit den Jahren war ihm klar geworden, dass seine Welt einem tiefen Abgrund entgegentaumelte. Der Ton zwischen den verfeindeten Staaten wurde schärfer. Die in den Raketensilos eingelagerten Waffen hätten vor zehn Jahren schon ausgereicht, alle Spuren, die von der Existenz einer Zivilisation auf Siron zeugten, mehrfach zu tilgen. Und dennoch wurde weiter aufgerüstet.

Sein Entschluss, in die AR'KELESS einzudringen, war aus der Verzweiflung geboren worden. Er war nie ein Held gewesen und hatte auch nie einer sein wollen. Was ihn jedoch tagsüber umtrieb und nachts nicht schlafen ließ, war diese verdammte Hilflosigkeit. Das Gefühl, all den schrecklichen Entwicklungen wehrlos gegenüberzustehen und nichts tun zu können. Deshalb hatte er sich schließlich überwunden, als sich die Chance bot. Und deshalb überwand er sich auch diesmal wieder, wenngleich ihn die Angst und die Zweifel wie die unbarmherzigen Kiefer einer Sandkralle umklammerten.

Angech sah auf seine Uhr und stellte erschrocken fest, dass er beinahe zehn Stunden geschlafen hatte. Die Drohnen mussten bereits unterwegs sein. Hastig fuhr er durch seine nach allen Seiten abstehenden Haare und verließ die Kabine. Kurzzeitig musste er gegen einen Schwindel ankämpfen; sein Magen revoltierte, und brennende Säure schoss seine Speiseröhre hinauf. Wahrscheinlich die Aufregung.

Yoel und Eineo hockten immer noch – oder schon wieder – vor den Holos. Ghard war nirgendwo zu sehen.

»Wo ist unser Kleiner?«, fragte Angech.

»Weiß nicht.« Eineo wandte kurz den Kopf und widmete sich dann wieder den Übertragungen. Die Livebilder des Bleichen Meeres überwogen. Ihre Hoffnungen hatten sich bestätigt. Es gab praktisch keinen Sender auf Siron, der in diesen Minuten nicht von den dortigen Ereignissen berichtete – und Angech zweifelte nicht daran, dass ein Großteil der Sironer diese Berichte verfolgen würden.

»Vielleicht holt er sich noch Keklokknüsse bevor die Show losgeht. Ich …«

Eineo verstummte, denn in diesem Moment kehrte Ghard zurück. Sein Gesicht war weiß wie die morgendliche Wüstensonne. Als er merkte, dass ihn alle anstarrten, blieb er stehen und wischte sich über den Mund.

»Was glotzt ihr so?«, rief er unwillig. »Mir ist schlecht. Wahrscheinlich bekommt mir das arkonidische Futter nicht …«

Zehn Minuten später ging es los.

Kapitel 3

Das Rauschen des Meeres

Die Drohnen des Depots lieferten weit bessere Bilder, als es jede sironische Kamera vermocht hätte. Einen Moment lang war Angech alarmiert, weil sich eine Menge Schiffe auf dem Bleichen Meer befanden, doch eine Nachfrage bei der Depotpositronik beschwichtigte ihn. Die Verwirklichung seines Plans wurde durch die Schiffe nicht beeinträchtigt. Dennoch ärgerte er sich; er hätte an so etwas vorher denken müssen.

Gebannt starrte er auf die gestochen scharfen Luftaufnahmen der Drohnen. Noch vor wenigen Wochen hätte er derart lebensechte Bilder nicht für möglich gehalten. Er hatte das Gefühl, durch das Fenster eines Flugzeugs zu schauen, das direkt über das Wasser flog.

Wobei: Wasser war eigentlich der falsche Ausdruck, denn das gab es nirgendwo zu sehen. So weit das Auge reichte, erstreckte sich dort, wo die Meeresoberfläche hätte sein sollen, ein Flickenteppich aus Plastikmüll. Verpackungsreste, Folien, Bruchstücke von Gebrauchsgegenständen aller Art sowie unzählige andere Kleinteile bildeten eine geschlossene Decke. Die auf den Wellen wogende Masse war durch Sonnenlicht und Meerwasser ausgebleicht. Zudem hatte die Einwirkung von Licht und Salz die bei der Herstellung des Kunststoffs verwendeten Chemikalien teilweise ausgewaschen, von denen viele hochgiftig waren.

Angech musste unwillkürlich daran denken, dass an dem für die Plastikproduktion nötigen Öl auf Siron paradoxerweise kein Mangel herrschte. Wenn man in den Wüsten zu graben begann, stieß man nahezu zwangsläufig auf das Zeug.

Führende Paläontologen und Geologen waren deshalb fest davon überzeugt, dass es auf Siron früher große Ozeane gegeben hatte. Dort war sozusagen das Fundament für die Entstehung jenes Stoffgemischs gelegt worden, das man nun seit knapp hundert Jahren in zunehmendem Maße als Energieträger nutzte – und vor allem für die Erzeugung von Kunststoffen.

»Da!«, rief Eineo.

Seine Hand schoss nach vorne und zeigte auf eines der Holos. Inmitten des Plastikteppichs war ein Loch entstanden, das sich schnell vergrößerte. Der Abfall löste sich wie durch Zauberei einfach in Luft auf. Für einen Atemzug waren im Sonnenlicht flimmernde Wolken aus feinem Staub zu sehen, schon im nächsten Moment wurden diese vom kräftigen Seewind davongeblasen. Auch die anderen Holos zeigten mittlerweile ähnliche Bilder. An immer mehr Stellen des Müllteppichs klafften Lücken, die sich rasend schnell erweiterten.

»Bei allen Sandgeistern«, flüsterte Yoel. »Seht euch das an ...«

Die zahlreichen Berichterstatter waren anscheinend ähnlich beeindruckt. Angech bemerkte, dass viele der Kommentatoren einfach nur mit offenen Mündern, die Mikrofone vergessend, dastanden und das Geschehen stumm beobachteten. Erst nach und nach überwanden sie ihre Verblüffung und erinnerten sich daran, was ihre Aufgabe war. Gebannt verfolgte Angech die ersten Reaktionen.

Eine junge Frau, die mit wehenden Haaren auf dem Oberdeck eines Segelbootes stand, schüttelte immer wieder den Kopf. Sie lachte und weinte gleichzeitig. An anderer Stelle sprang die komplette Besatzung eines Fischkutters in ihrem Übermut ins Wasser und plantschte ausgelassen in den so überraschend wieder sichtbaren Fluten herum. An den Stränden der großen Städte, wo sich die Sironer in großer Zahl versammelt hatten, kam es zu spontanen Jubelstürmen. Befriedigt registrierte Angech, dass selbst die seriösesten Sender geradezu euphorisch über das alles berichteten.

Eine halbe Stunde später hatten die Drohnen mithilfe ihrer Desintegratoren große Teile des Meeres von seinem Müllpanzer befreit. Über dem Wasser lag ein weißer Nebel, der sich allerdings schnell verflüchtigte. Wie Angech wusste, waren das die unschädlichen Überreste des chemischen Cocktails, den die Drohnen nach der Beseitigung der Plastikschicht abgesprüht hatten. Die aus den Vorräten des Depots hergestellten Substanzen konnten zwar nicht alle Schadstoffe im Wasser beseitigen, sorgten jedoch dafür, dass sich dessen Qualität erheblich verbesserte.

Inzwischen sendeten viele Kanäle die ersten Statements von Politikern, Offiziellen, Wissenschaftlern und Prominenten. So gut wie jeder hatte etwas zu dem »Wunder« zu sagen, dessen Zeuge man soeben geworden war und das noch immer andauerte. Erst drei Stunden später stellte die letzte Drohne ihre Arbeit ein und kehrte zum Depot zurück. Zu diesem Zeitpunkt existierte über 98 Prozent des Plastikmülls, der das Bleiche Meer verschmutzt hatte, nicht mehr.

Die genommenen und untersuchten Wasserproben bestätigten kurz darauf auch der breiten Masse das, was Angech und seine Freunde bereits wussten: Der einzige Ozean auf Siron war wieder sauber – oder doch zumindest sauberer, als er es in den letzten fünfzig Jahren jemals gewesen war!

»Ich glaube, der Ratspräsident hat Tränen in den Augen!« Eineo lachte überschwänglich und deutete auf eine der vielen Übertragungen.

»Ja.« Yoel schlug ihm fröhlich auf die Schultern. »Wahrscheinlich freut er sich darüber, dass er mit seiner Privatjacht endlich wieder auf richtigen Wellen kreuzen kann.«

»Und schau dir den dicken Kolstett an. Der Schatzmeister zählt sicher schon das Geld, das er einspart, wenn er nicht jede Woche die Filter der Verteilerwerke auswechseln lassen muss.«

»Ich bin ...«, setzte Yoel an, wurde jedoch von Ghard unterbrochen.

»Seid doch mal still«, rief der schmächtige Mann. »Hört ihr das?«

Die anderen verstummten und lauschten.

»Was ... was meinst du?«, fragte Eineo verständnislos.

»Ja.« Angech lächelte. »Ghard hat recht. Hört ihr das nicht?«

»Was, verdammt noch mal?«, rief Eineo verärgert.

»Das Rauschen«, sagte Angech. »Das Rauschen des Meeres.«

Kapitel 4

Die Kälte, die Stille ... und die Sterne

»Mein Name ist Angech Anatarawan. Ich wende mich heute zum zweiten Mal an alle Bewohner des Planeten Siron, egal welcher Nation sie angehören, welchen Glaubens sie sind, welchem Meinigen sie sich verbunden fühlen und wessen Lehren sie folgen.«

Seit den Ereignissen auf dem Bleichen Meer waren vierzehn Stunden vergangen. In Keless brannte die Sonne von einem wolkenlosen Morgenhimmel. Noch immer wurden die Nachrichten nur von einem Thema beherrscht. Insofern war es an der Zeit, den nächsten und womöglich kritischsten Schritt zu tun.

»Sie alle haben gestern mit eigenen Augen gesehen, zu welchen unglaublichen Dingen arkonidische Technologie fähig ist«, sagte Angech. »Und ich kann Ihnen versichern: Das war nur der Anfang. Die technischen Geräte, die in den Tiefen dieses Depots schlummern, und das Wissen, das in seinen Datenbanken gespeichert ist, würden es uns gestatten, noch weit größere Wunder zu wirken als jenes, das Sie auf dem Bleichen Meer verfolgen konnten. Sauberes Wasser in fast beliebiger Menge, Energie aus Sonnenlicht, Medikamente und Impfstoffe für viele als unheilbar geltende Krankheiten, Werkstoffe mit magisch anmutenden Eigenschaften, allein aus Wüstensand hergestellt. Ich könnte den Rest des Tages damit verbringen, Ihnen die Dinge aufzuzählen, die mit den Mitteln des Depots möglich wären, und die meisten von Ihnen würden mir vermutlich nach wie vor nicht glauben.«

Eineo lenkte ihn kurz ab, indem er aufgeregt auf eines der Holos zeigte, die von der Depotpositronik projiziert wurden. Es zeigte die Grafik eines Nachrichtensenders, nach der von den zwei Milliarden Sironern derzeit deutlich über eineinhalb Milliarden in der einen oder anderen Form seine Botschaft verfolgten. Bezog man jene mit ein, die in den weniger entwickelten Gebieten des Planeten lebten und oft keinen oder nur stark eingeschränkten Zugang zu modernen Medien hatten, sah und hörte ihm praktisch die ganze Welt zu – was seine Nervosität sicher nicht milderte.

Hinzu kam, dass er sich offenbar – ebenso wie Ghard – den Magen verdorben hatte, auch wenn die Positronik versicherte, dass mit der Verpflegung innerhalb des Depots alles in Ordnung war.

»Ich werde diese Mittel zur Verfügung stellen«, fuhr Angech fort. »Ich werde die Archive des Depots öffnen und seine technischen und wissenschaftlichen Geheimnisse preisgeben. Allerdings ist daran eine Bedingung geknüpft.«

Spätestens in diesem Augenblick würden überall dort, wo Regierungsvertreter und Militärs zusammensaßen, die Alarmglocken schrillen. Man würde sich gegenseitig zunicken und sagen: »Seht ihr, wir haben es ja immer gewusst! Jetzt stellt er seine Forderungen!«

»Meine Bedingung lautet: Die Schätze des Depots müssen *allen* Sironern zugutekommen!«, sprach Angech weiter. »Um das zu gewährleisten, soll ein Gremium gebildet werden, dem Vertreter von mindestens drei Viertel der auf Siron existierenden Staaten und Staatengruppen angehören. Diesem Gremium werde ich – über einen längeren Zeitraum verteilt – die entsprechenden Daten übermitteln. Dabei werde ich jeweils öffentlich bekannt geben, um *welche* Erkenntnisse es sich genau handelt. Das Gremium soll dann – ebenfalls unter Wahrung größtmöglicher Transparenz – über die weitere Verwendung der Depotdaten entscheiden.«

Angech hörte das Grummeln in seinem Magen und hoffte, dass die Akustikfelder es nicht mitübertrugen. Seine Haut fühlte sich an, als stünde sie unter unerträglicher Spannung. Mit Nervosität allein war das nicht mehr zu erklären. Was, bei allen Sandgeistern, war nur mit ihm los?

»Ich werde mich in die Arbeit des Gremiums nur dann einmischen, wenn die von mir genannten Vorgaben nicht eingehalten werden. Außerdem werde ich aus hoffentlich nachvollziehbaren Gründen keinerlei Daten herausgeben, die sich zur Entwicklung von Waffen gleich welcher Art verwenden lassen.«

Das Grummeln verwandelte sich in einen ziehenden Schmerz. Angech hoffte, dass sich sein Unwohlsein nicht verschlimmern und womöglich zu Krämpfen führen würde. Er war mit seiner Ansprache fast fertig, und ein sich am Boden krümmender Depotverwalter machte auf die Welt vermutlich keinen besonders guten Eindruck.

»Sollten meine Bedingungen nicht erfüllt werden und es besagtes Gremium in genau vier Wochen noch immer nicht geben, werde ich das Depot zerstören – unwiderruflich und mit allem, was es enthält. Gleiches gilt ebenso für den Fall, dass man weiterhin versucht, mit Gewalt zu mir vorzudringen. Ich bitte Sie eindringlich, nicht an meiner diesbezüglichen Entschlossenheit zu zweifeln. Mein eigenes Leben ist ohne Bedeutung. Dazu steht zu viel auf dem Spiel.«

Angech atmete mehrmals und bewusst durch die Nase ein und den Mund wieder aus. Viel half das nicht, aber er spürte, wie der Schmerz zumindest ein wenig erträglicher wurde.

»Das war es auch schon, was ich zu sagen hatte«, beendete er seine zweite Ansprache an seine Landsleute. Er versuchte ein Lächeln und hoffte, dass es auf den Bildschirmen so ehrlich wirkte, wie er es meinte.

»Vielleicht eines noch:«, fügte er hinzu. »Als kleiner Junge bin ich mit meinem Vater manchmal in die Wüste gegangen. Er war Karawanenführer und hat mich ab und zu auf seinen Reisen mitgenommen. Viele von Ihnen haben wahrscheinlich schon einmal eine Nacht in der Wüste erlebt. Die Kälte. Die Stille ... und die Sterne. Damals habe ich mich gefragt, was wohl dort oben auf uns alle wartet. Ich habe mir vorgestellt, dass irgendwo auf einem anderen Planeten, der um einen jener winzigen leuchtenden Punkte über mir kreist, ein anderes Lebewesen sitzt und gleichfalls in den Nachthimmel blickt. Sich die gleichen Fragen wie ich stellt und hofft, dass es eines Tages Antworten darauf bekommt.

Wir haben diese große und einmalige Chance! Wir können uns diese Antworten holen. Gemeinsam! Nicht als Freidenker, nicht als Einweltler, nicht als Nordbündler oder Bürger der Allianz. Sondern als Sironer. Ich glaube fest daran, dass ich mit dem, was ich tue, die richtige Entscheidung getroffen habe. Ich glaube fest daran, dass auch Sie die richtige Entscheidung treffen werden. Für die Zukunft. Gegen Hass, Intoleranz und Engstirnigkeit. Und wenn ich mich irre ... dann habe ich es wenigstens versucht!«

»Was ist mit dir?«, fragte Yoel.

Nur Sekunden nachdem die Übertragung seiner Ansprache beendet gewesen war, hatte sich Angech auf die Knie fallen lassen und sich direkt auf den Boden übergeben. Sofort huschte ein kastenförmiger Reinigungsroboter aus einer Wandnische und begann damit, das Malheur zu beseitigen.

»Nur eine Magenverstimmung«, wehrte Angech ab. »Wahrscheinlich habe ich dasselbe gegessen wie Ghard.«

»Dann wären wir schon drei«, meldete sich Eineo. »Mir geht es nämlich ebenfalls nicht besonders.«

Angech wischte sich den Schweiß von der Stirn und trank einen Schluck Wasser, um den unangenehmen Geschmack in seinem Mund loszuwerden.

»Positronik!«, wandte er sich an den Supercomputer der subplanetaren Anlage. »Besteht die Möglichkeit, uns ärztlich untersuchen zu lassen?«

»Das Depot ist mit zwei vollwertigen medizinischen Analyse- und Diagnoseeinheiten ausgerüstet«, lautete die wie immer lakonische Antwort der Maschine. »Dafür müssen Sie sich lediglich in die entsprechenden Räumlichkeiten begeben.«

»Gut«, zeigte sich Angech zufrieden. »Ghard? Gehst du als Erster?«

»Muss das sein? Ich fühle mich schon wieder besser.«

»Du siehst aber nicht so aus. Tu mir bitte den Gefallen.«

Der Angesprochene seufzte theatralisch, setzte sich aber in Bewegung.

»Und jetzt«, sagte Yoel, »beginnt wieder das Warten.«

Angech schwieg – und sein Bauch fühlte sich an, als würden darin zwei Sandteufel um den besten Dünenplatz kämpfen ...

Kapitel 5

Der schleichende Tod

Die ersten Delegationen und hochrangigen Politiker trafen bereits einen Tag später in Keless ein. Fast zwangsläufig hatte man das Ornomeon zu jenem Ort bestimmt, an dem die Großen der Welt über das Ultimatum von Angech Anatarawan beraten wollten – man war anscheinend bestrebt, keine Zeit zu verlieren. Weitere Versuche, das Depot mit Gewalt zu knacken, hatte es seitdem nicht mehr gegeben, auch wenn Angech sicher war, dass man bereits an entsprechenden Plänen arbeitete.

Als die Positronik Angech um eine vertrauliche Unterredung bat, dachte er sich zunächst nicht viel dabei. Das änderte sich allerdings schon nach den ersten Worten des Rechners.

»Die Ergebnisse der Diagnoseeinheiten liegen vor«, sagte die Positronik. »Ich hielt es in Anbetracht der Umstände für sinnvoll, zunächst nur Sie persönlich zu informieren.«

»Ich höre«, entgegnete Angech und verzichtete darauf, genauer nach diesen *Umständen* zu fragen. Er hatte in den letzten Wochen des Öfteren feststellen müssen, dass die Depotpositronik die Leistungsfähigkeit aller sironischen Computer um ein Vielfaches übertraf. Wenn man sich mit ihr unterhielt, konnte man fast meinen, mit einem lebenden und atmenden Sironer zu sprechen.

»Ihr Körper, und die Körper Ihrer Freunde wurden einer hohen Dosis ionisierender Strahlung ausgesetzt«, eröffnete die Maschine. »Ich vermute, dass das während Ihres Aufenthalts in der AR'KELESS geschehen ist. Das Wrack war stark beschädigt und wies vermutlich entsprechende Strahlungsquellen im Bereich der Energieerzeuger auf.«

»Ich ...« Angech schluckte. Seine Kehle war trockener als die Nevretwüste nach zwei Jahren Dürre. »Ich bin mit solchen Dingen nicht besonders vertraut«, brachte er dann heraus. »Ist das so etwas wie ... die radioaktive Strahlung einer Atombombe?«

»Korrekt«, bestätigte die Positronik nüchtern. »Es handelt sich dabei um eine elektromagnetische Strahlungsart, die in der Lage ist, gewaltsam Elektronen aus Atomen oder Molekülen herauszubrechen. In geringer Dosierung ist sie für biologisches Gewebe weitgehend unschädlich. In höherer Dosierung schädigt sie Funktions- und Stammzellen und beeinflusst deren Fähigkeit zur Teilung. Das betroffene Gewebe stirbt dann kurz- bis mittelfristig unweigerlich ab.«

»Strahlenkrankheit«, entfuhr es Angech. »Wir haben die Strahlenkrankheit ...«

Er hatte vor Kurzem erst einen Bericht über die Atomwaffentests der Heelon-Allianz gesehen. Diese hatte im vergangenen Winter die erfolgreiche Zündung von zwei atomaren 50-Kilotonnen-Bomben auf einer der Inseln des Maskavitt-Atolls vermeldet und medial entsprechend gefeiert. Damals war auch zur Sprache gekommen, welche Folgen ein Einsatz solcher Waffen haben würde und dass die Toten in einem solchen Fall möglicherweise besser dran waren, als jene, die die Bombe überlebten.

»Aber die Arkoniden haben ...« Angech musste sich unterbrechen und schlucken, weil sich seine Stimme wie das Krächzen eines Gelbvogels anhörte. »Ich meine«, versuchte er es nach wenigen Sekunden noch einmal, »es gibt doch sicher Medikamente dagegen, oder?«

»Die Strahlenkrankheit ist durchaus therapierbar«, eröffnete ihm die Depotpositronik. »Allerdings stehen mir nicht die entsprechenden Geräte zur Verfügung. Hinzu kommt, dass die Organschäden bei Ihnen und Ihren Freunden bereits weit fortgeschritten sind. Ich kann Ihnen Medikamente zur Verfügung stellen, die die Folgen des Leidens erträglicher machen.«

»Schmerzmittel«, sagte Angech matt.

»Unter anderem.«

Angech fühlte sich plötzlich, als würde er bis zum Hals in Treibsand stecken und eine unwiderstehliche Kraft zöge ihn in die Tiefe. Hatten sich am Ende die alten Götter gegen ihn verschworen? Hatte das Schicksal etwa beschlossen, dass sein Leben noch nicht kompliziert genug war? Andererseits war ihm die grausame Ironie der Situation durchaus bewusst: Sie würden exakt jenen Tod sterben, den sie mit ihren Taten zwei Milliarden Sironern ersparen wollten.

»Ich muss es den anderen sagen ...« Angech rieb sich die auf einmal wie verrückt juckende Nasenspitze. »Aber wann ...?«

»Die Symptome werden sich in den kommenden Tagen sehr schnell manifestieren und in ihren Ausprägungen ...«, setzte die Positronik an.

»Ich habe nicht mit dir, sondern mit mir selbst gesprochen«, unterbrach er die Maschine wütend. Er verspürte plötzlich das dringende Bedürfnis, um sich zu schlagen und etwas kaputt zu machen.

Im Nachhinein hätte er weder zu sagen gewusst, wie lange er einfach nur dagestanden hatte noch was ihm dabei durch den Kopf gegangen war. Als er wieder bewusst denken konnte, fühlte er sich wie betäubt. Die sterilen Wände aus grauem Stahlplast schienen sich zusammenzuziehen und wieder auszudehnen, fast so, als würde der Raum ... *atmen.*

»Wie lange?«, fragte er kaum hörbar. »Wie viel Zeit bleibt uns noch?«

»Zwischen drei und fünf Siron-Wochen«, antwortete die Positronik. Geschäftsmäßig. Seelenlos.

»Drei bis fünf Siron-Wochen«, wiederholte Angech.

Dann ging er los, um seine Freunde zu informieren. Dieser Moment war so gut wie jeder andere.

Die Krankheit verlief schubweise. Den Phasen der Verzweiflung und der Agonie folgten immer wieder Abschnitte, in denen es ihnen relativ gut ging und sich vorübergehend sogar eine Besserung einstellte. Yoel und Eineo lehnten jegliche Behandlung der Symptome kategorisch ab, was ihren Verfall sichtbar beschleunigte. Doch so sehr Angech ihnen auch zuredete: Sie ließen sich nicht umstimmen.

Ghard versank häufig in lange Perioden des Grübelns. Dann hockte er viele Stunden lang einfach nur vor der Wolke aus Holos, die Nachrichten und Bilder der wichtigsten Sendestationen auf Siron zeigten, nahm diese jedoch nicht wirklich wahr. Angech hatte ihn in diesem Zustand zweimal angesprochen, aber Ghard hatte gar nicht reagiert.

Und er selbst? Angech redete sich ein, dass er sich mit seinem Los abgefunden hatte, doch er wusste sehr gut, dass das eine Lüge war. Er liebte das Leben. Er liebte *sein* Leben! Die Gewissheit, in wenigen Wochen sterben zu müssen, war grausamer als alles, was er sich bisher auch nur hatte vorstellen können. So etwas konnte niemand nachvollziehen, der es nicht persönlich erlebt hatte.

Du hast eine Aufgabe!, sagte er sich immer wieder. *Du darfst dich nicht auf die Krankheit konzentrieren, denn alles, dem du Aufmerksamkeit schenkst, wächst!*

Doch das war so leicht gesagt und so unsagbar schwer getan. Erst in diesen Tagen begriff er, dass er zwar bereit gewesen war, sein Leben für die Zukunft Sirons zu opfern, dass er jedoch auf eine heroische und bewundernswerte Art und Weise hatte sterben wollen. Ein Zeichen der persönlichen Eitelkeit, ohne Frage. Und ein Vorbote der Erkenntnis, denn am Ende zählte nicht das, was man sich ersehnte, sondern nur das, was man getan hatte.

Die Konferenz im Ornomeon verlief zäh. Viel zäher als erwartet, was die allgemeine Stimmung nicht gerade hob. Selbstverständlich hatte er mit Ghard, Yoel und Eineo bereits im Vorfeld ausgiebig über die Lage auf Siron diskutiert; oft sogar ganze Nächte hindurch. Sie waren einhellig der Meinung gewesen, dass die Verantwortlichen ihr Angebot gar nicht ablehnen *konnten.*

Die mannigfaltigen Segnungen der Arkontechnik wogen so unendlich viel schwerer als all die Feindschaften, die teilweise auf Anlässe zurückgingen, die Jahrzehnte oder noch länger in der Vergangenheit lagen. Welcher Konflikt konnte schon gegen die Aussicht bestehen, eines Tages mit überlichtschnellen Raumschiffen zu den Sternen zu fliegen, fremde Welten zu besuchen und Kontakte zu anderen Völkern zu knüpfen?

Doch die sironische Natur ließ sich nicht durch scheinbare Gewissheiten und schon gar nicht durch schlichte Logik zähmen. Die Angst vor Veränderungen war von jeher eine Hürde, die nur wenige zu nehmen wussten – und nur allzu oft sorgte sie dafür, dass sich der Einzelne der großen Masse anschloss und den Weg ging, den alle anderen vor ihm gegangen waren.

Nach zwei Wochen lag eine Einigung der Beteiligten in weiter Ferne. Zwei Delegationen waren sogar unter Protest abgereist und hatten angekündigt, jede von einer anderen Nation erworbene Depottechnologie als Kriegserklärung aufzufassen. Die verbliebenen Parteien redeten sich die Köpfe heiß, kamen jedoch zu keinen Ergebnissen. Die wenigen Beteiligten, die eine gewisse Besonnenheit an den Tag legten, konnten sich gegen den großen Rest nicht durchsetzen.

»Ich verstehe das nicht!«, rief Ghard aufgebracht. Er hatte in den vergangenen Tagen einen Großteil seiner Haare verloren. Die Haut im Gesicht wies braune Flecken auf. Ansonsten sah er – im Vergleich zu Yoel und Eineo – noch ziemlich gut aus. »Warum wollen diese ... verdammten Schwachköpfe nicht begreifen, welche einzigartige Gelegenheit sich ihnen hier bietet?«

»Sie fürchten sich davor, ihre Macht zu verlieren«, sagte Eineo.

»Selbst wenn wir die Geheimnisse des Depots nur in kleinen Portionen enthüllen, würde sich Siron innerhalb kurzer Zeit stark verändern. Davor haben sie Angst. Dass sie plötzlich nicht mehr gebraucht werden.«

»Das mag ja alles sein. Aber trotzdem verstehe ich es nicht ...« Ghard suchte nach den richtigen Worten, um seiner Ernüchterung Ausdruck zu verleihen, gab dann aber auf. In einer verzweifelten Geste warf er beide Arme in die Luft und ließ sich in einen der umstehenden Sessel fallen.

»Vielleicht haben wir es falsch angefangen«, sagte Angech nach einer langen Pause.

»Wie meinst du das?«, wollte Eineo wissen.

»Vielleicht kann man Verständnis und gegenseitiges Vertrauen nicht erzwingen, egal wie groß die Belohnung auch ausfallen mag. Vielleicht ist die Einheit Sirons ein langer und schwieriger Prozess, der auf Erfahrung und Weisheit aufbauen muss und sich nicht künstlich beschleunigen lässt.«

»Aber wir schenken der Welt eine goldene Zukunft!«, begehrte Ghard auf. »Wir öffnen Türen, die womöglich noch hundert Jahre verschlossen geblieben wären. Und alles, was wir dafür verlangen, ist ein winziges bisschen Vernunft.«

»Bist du dir da so sicher?« Angech atmete pfeifend. Seit gestern Abend hatte er ständig das Gefühl, nicht genug Luft zu bekommen. »Was schenken wir Siron tatsächlich? Hoffnung? Oder Unsicherheit? Versetz dich in die Lage der Sironer da draußen. Sie kennen uns nicht, aber sie haben gesehen, was wir tun können. Und sie ahnen wahrscheinlich, zu was wir in der Lage wären, wenn wir es wirklich wollten. Woher sollen sie wissen, ob wir es ehrlich meinen? Wem sollen sie glauben?«

»Aber ...« Ghard schüttelte den fast kahlen Kopf. »Willst du damit etwa sagen, dass es besser ist, das Depot zu zerstören?«

»Ich weiß es nicht«, gab Angech zurück. »Ich zermartere mir den Kopf über diese Frage, seit die Fremden uns mit dieser unglaublichen Verantwortung zurückgelassen haben. Vielleicht haben wir übereilt gehandelt, und es wäre wirklich am besten gewesen, das Depot zu vernichten und gar nicht erst an die Öffentlichkeit zu gehen. Jetzt haben wir womöglich nicht wiedergutzumachenden Schaden angerichtet.«

»Ich kann und will das nicht glauben.« Eineo standen Tränen in den Augen. »Wir sterben ... für nichts!«

»Sag so etwas nicht, mein Freund.« Angech schleppte sich zu

ihm hinüber und legte ihm die Hände auf die Schultern. »Ich habe es bereits in meiner zweiten Botschaft gesagt: Wir haben es wenigstens versucht. Das ist mehr, als die meisten anderen von sich behaupten können. Ein schwacher Trost, ich weiß, aber wir haben von Anfang an gewusst, dass wir auch scheitern können.«

Eineo sah ihn an. Schließlich senkte er den Kopf.

»Noch ist es nicht so weit«, sagte Angech. »Solange sie miteinander reden, besteht die Aussicht, dass es zu einer Einigung kommt.«

Keiner fühlte sich bemüßigt, diese Aussage zu kommentieren.

Kapitel 6

Die Sonne über der Wüste

Yoel starb als Erster. Als er eines Morgens nicht wie üblich zum Frühstück erschien, fand ihn Angech in seiner Kabine. Er lag mit geschlossenen Augen auf dem Bett und atmete nicht mehr. Als sei das ein Signal gewesen, folgte Eineo nur einen Tag später.

Die Roboter bahrten die beiden Leichen in dem großen Raum vor der Depotzentrale auf. Ghard hockte wie so häufig vor den Holos der Nachrichtensender. Doch statt den Berichten zu folgen, starrte er auf ein Foto in seiner Hand. Es zeigte Iessa Sunderasani, die damals gemeinsam mit Angechs Gruppe in das Heiligtum eingedrungen und von einer Abwehranlage des Schiffes getötet worden war.

Ghard war in die junge Frau verliebt gewesen; entsprechend schwer hatte sie ihr Tod getroffen. Stynn Jariharatan, das letzte Mitglied ihrer ehemaligen Sechsergruppe, war später in der Tiefgarage des Ornomeons ums Leben gekommen, als er Perry Rhodan und seinen Begleitern geholfen hatte, zum Depot vorzustoßen.

»Jetzt sind nur noch wir beide übrig«, sagte Angech müde.

Die Berichterstattung der Medien hatte sich in den letzten Tagen wieder verstärkt. Am nächsten Tag lief die Frist ab, die er Siron gesetzt hatte, und die Beteiligten waren von einer Übereinkunft weiter entfernt als jemals zuvor. Stattdessen waren sie sogar noch mehr zerstritten als zu Beginn der Konferenz. Die wochenlangen Debatten und Krisensitzungen hatten zu neuen Konflikten und Feindschaften geführt. Meinungsverschiedenheiten waren eskaliert, und mehrere Parteien hatten die Verhandlungen bereits offiziell für gescheitert erklärt.

Angech warf dem reglos dasitzenden Ghard einen Blick zu. Sein Körper war kaum mehr als ein von grauer Haut überzogenes Skelett. Ohne die beiden am rechten Oberarm und am linken Handgelenk klebenden Sonden, über die der abgemagerte Körper mit Nährstoffen und Medikamenten versorgt wurde, wäre er längst nicht mehr am Leben gewesen. Ghard sah aus, als hätte ihn jemand aus Papier gefaltet.

Angech ging es nicht wesentlich besser. Er fand es höchst erstaunlich, dass er sich in seinem Zustand überhaupt noch aus eigener Kraft bewegen konnte. Schmerzen hatte er keine, dafür sorgten die von der Depotpositronik zur Verfügung gestellten Präparate, doch gegen die Trauer in seinem Herzen und den Kloß in seinem Hals waren sie machtlos.

Auf einem der Nachrichtenkanäle lief wieder einmal ein Bericht über ihn. Er war mit der Laufzeile »Der Held von Siron« untertitelt und zeichnete ein eher positives Bild von Angech. Es gab genügend andere Sender, deren Porträts weit weniger schmeichelhaft ausfielen.

Die Bilder zeigten gerade die Häuser einer kleinen Stadt im Süden der Großen Kraterplatte, die Angech sofort als Torasao identifizierte. Er hatte dort vier Jahre lang Ingenieurwesen studiert, bevor er nach Keless gegangen war, um dort seine erste Anstellung bei einem städtischen Planungsbüro anzutreten.

Die Kamera schwenkte auf ein großes, gläsernes Portal zu, den Eingang des Technotoriums, wie der Laborflügel des Gebäudes auch genannt wurde, passierte eine der breiten Türen und durchquerte die halbrunde Vorhalle, von der mehrere Korridore in die einzelnen Fachbereiche führten. Als sie sich der Wand aus poliertem Sandstein näherte, die dem Portal direkt gegenüber lag, wurde eine silberne Platte erkennbar, die in das Material eingelassen war. Sie sah den Tafeln, die man im Ehrenkreis des Ornomeon für herausragende sironische Persönlichkeiten anbrachte, täuschend ähnlich.

Als die Kamera nahe genug heran war, konnte Angech die Aufschrift lesen:

Viele Sironer versuchen, die Zukunft vorauszusagen.
Einige wenige machen sie überhaupt erst möglich!
Zu Ehren unseres Studenten Angech Anatarawan

Für einen kurzen Moment verschwammen die Holos vor seinen Augen. Er wischte sich mit dem Handrücken über das Gesicht, bis sich sein Blick wieder klärte. Die Depotpositronik präsentierte nach wie vor eine breite Auswahl an Nachrichtenprogrammen. Die Bilder waren ebenso unterschiedlich wie vielfältig.

Angech sah Familien, die sich an den Stränden des Bleichen Meeres vergnügten, weil man in seinem Wasser wieder baden konnte. Er sah die voranschreitenden Aufräumarbeiten am ehemaligen Standort des Heiligtums. Dort sollten in den kommenden Jahren neue Gebäude und ein großes Museum entstehen. Er sah eine Gruppe von Kindern, die ausgelassen zwischen den breiten Reifen eines Lastwagens umhertollten. Das Fahrzeug gehörte zu einem Pilgerzug auf dem Weg nach Keless. Obwohl es das Heiligtum nicht mehr gab, machten sich noch immer viele Sironer auf die Reise in die große Stadt.

Er sah Sironer, die sich durch vom Verkehr verstopfte Straßen kämpften, auf einen verspäteten Schienenbus warteten oder in einer der vielen Oasen einen Shiraqk tranken. Er sah Karawanenführer beim Rauchen der traditionellen Sandpfeife, Viehtreiber in schillernden Kostümen, die in den Randgebieten der Städte ihre Trierks in die Pferche drängten, und bunt gekleidete Astarak-Fans, die zu einem Spiel ihrer Lieblingsmannschaft ins Stadion strebten. Er sah das Leben auf Siron in all seinen Facetten, mit all seinen Höhen und Tiefen, seinen Triumphen und Enttäuschungen, seinen großen Freuden und kleinen Ärgernissen.

Und er sah die Sonne über der Wüste.

Schon als Kind hatte ihn ihr Spiel fasziniert, wie ihr Licht jedes einzelne Sandkorn in einen funkelnden Edelstein zu verwandeln schien, wie sie die Kämme der Dünen in Brand setzte und ihr weißer Schimmer als flimmernde Geistererscheinung über der hügeligen Ebene tanzte. Wie sich ihr Glanz am Abend langsam in rote Glut verwandelte und die ganze Welt in ein magisches Feuer tauchte.

»Ghard?«, flüsterte Angech. »Ghard? Hörst du mich? Ich weiß jetzt, was ich tun muss ...«

Er drehte sich zur Seite und berührte den Freund an der Schulter, doch der rührte sich nicht. Als er Ghards Hand in die seine nahm, fühlte sie sich schlaff und kalt an. Behutsam drückte er den federleichten Körper nach hinten, schloss ihm die Augen und löste die beiden Sonden von der pergamentartigen Haut.

»Schlaf, mein Freund«, sagte er. »Ich komme bald nach ...«

Epilog

Bis ans Ende der Zeit

Angech Anatarawan schloss die Magnetsäume des Schutzanzugs. Obwohl er sich erst eine halbe Stunde zuvor eine Injektion gegeben hatte, dröhnte sein Kopf. Selbst die Zaubermittel des Depots konnten die Schmerzen nicht mehr völlig unterdrücken.

Er hatte der Positronik klare Anweisungen erteilt. Sobald er die Anlage verlassen hatte und zu seinem letzten Flug gestartet war, würde sie den Countdown zur Selbstvernichtung starten. Danach blieb rund eine Stunde Zeit, bevor an verschiedenen Punkten innerhalb der subplanetaren Gänge und Hallen spezielle Sprengsätze zünden würden. Fusionsbomben würden alles, was das Depot enthielt, bis zur Unkenntlichkeit verbrennen. An der Oberfläche würde man davon nichts merken. Und selbstverständlich wurde keinerlei schädliche Strahlung freigesetzt.

Mit einem letzten Blick auf die nun geschlossenen Behälter mit den Leichen seiner drei Freunde schloss Angech den Helm und aktivierte das Antigravaggregat. Sein Magen schlug einen Purzelbaum; dann war der Moment vorüber, und er genoss das seltsame Gefühl der Schwerelosigkeit.

Der schmale Schacht, der in leicht schrägem Winkel zunächst fast vierzig Kilometer geradeaus und dann einige Hundert Meter in die Höhe führte, wurde normalerweise von den Drohnen zum Aus- und Einflug genutzt. Es gab mehrere davon, und alle endeten gut getarnt außerhalb der Stadt in der Wüste.

Die Positronik des Anzugs meldete, dass ihr großer Bruder im Depot den Countdown gestartet hatte. Gleichzeitig schickten die Sendeantennen der Anlage die finale Botschaft von Angech Anatarawan in die Welt hinaus.

»Mein Name ist Angech Anatarawan. Ich wende mich heute zum letzten Mal an alle Bewohner des Planeten Siron, egal welcher Nation sie angehören, welchen Glaubens sie sind, welchem Meinigen sie sich verbunden fühlen und wessen Lehren sie folgen.

In wenigen Sekunden wird die arkonidische Depotpositronik unter dem ehemaligen Standort des Heiligtums ausgewählte wissenschaftliche Datenbestände, die sich nicht für die Entwicklung von Waffen nutzen lassen, über alle gängigen Funkfrequenzen verbreiten. Die Sendung wird exakt eine Stunde andauern und in dieser Zeit ununterbrochen wiederholt. Danach wird sich das Depot selbst vernichten. Die Bewohner von Keless sind dabei nicht in Gefahr. Die Daten enthalten im Übrigen auch einen detaillierten Bericht über die Ereignisse, die zur Entdeckung des Depots führten – und die Namen jener fünf Sironer, die mich auf diesem Weg begleitet haben und deren Freundschaft ich als größtes Glück und höchste Auszeichnung empfinde.

Was Sie mit dem Wissen machen, das wir Ihnen hinterlassen, liegt nicht mehr in unserer Hand. Ich wünsche Ihnen von Herzen die Weitsicht und den Verstand, das Richtige zu tun. Ich wünsche Ihnen, dass es Ihnen gelingt, unsere Welt in eine Zukunft zu führen, die unsere Kinder einst stolz auf uns sein lässt. Entscheiden Sie klug.«

Unter Angech erstreckte sich das Häusermeer von Keless, das von den drei ringförmigen Mauern umrahmt wurde. Im Zentrum war das riesige Loch zu erkennen, das die Zerstörung des Heiligtums hinterlassen hatte. Höher und höher trug ihn der Anzug hinauf. Die Stadt wurde kleiner, schrumpfte immer weiter zusammen, bis sie nur noch ein verwaschener Fleck inmitten des gelben Ozeans aus Sand war. In der Ferne tauchten weitere Städte auf; am Horizont spiegelte sich das Sonnenlicht im Bleichen Meer.

An Ende weinte Angech doch noch. Nicht aus Angst oder Trauer. Nicht weil er das Gefühl hatte, versagt zu haben, oder weil er sterben musste. Er weinte vor Glück.

Sein Leben lang hatte er davon geträumt, Siron zu verlassen und in den Weltraum hinaus zu fliegen. Nun ging sein Wunsch in Erfüllung – und der Anblick übertraf alles, was er sich jemals vorgestellt hatte.

Er durchstieß die Wolken, flog weiter, immer weiter, während sich seine Heimat unter ihm als mächtige braun-gelbe Kugel drehte. Wenn doch nur alle Sironer sehen könnten, wie wunderschön ihre Welt war. Niemand würde mehr danach streben, sie zu zerstören ...

Irgendwann umhüllte ihn die Schwärze des Weltraums. Und vor ihm lagen die Sterne in einer Pracht, wie sie noch kein Sironer vor ihm erblickt hatte. Er fühlte sich angenehm schläfrig. Wie lange war er wohl schon unterwegs?

Angech lächelte. Das spielte alles keine Rolle mehr. Er würde hinaus in die Unendlichkeit fliegen, bis die Energie seines Anzugs erschöpft war. Und dann würde er einfach weitertreiben. Bis ans Ende der Zeit.

ENDE

Nachwort

Es sind zwei beeindruckende Planeten, die Perry Rhodan und seine Gefährten in dieser Ausgabe der Platin-Edition besuchen. Der eine ist eine Welt, auf der vergänglich erscheinende Spinnenseide die Rolle von Stein und Metall übernommen hat. Die Bewohner des anderen scharen sich voll Ehrfurcht um das Raumschiffwrack, mit dem ihre Urahnen vor zehntausend Jahren gestrandet sind.

Zehntausend Jahre sind eine gewaltige Zeitspanne. Nur sechstausend Jahre ist es her, dass sich in Oberägypten die Anfänge einer Kultur formierten, aus der rund tausend Jahre später das Pharaonentum hervorging, das sich nach rund fünfhundert weiteren Jahren mit den Pyramiden von Gizeh ein unvergessliches Denkmal setzen sollte. Vor etwas mehr als fünftausend Jahren kam bei einer Alpenwanderung ein Mann ums Leben und wurde zur Mumie vom Similaun, zu Ötzi. Zu dieser Zeit lag das arkonidische Wrack schon Jahrtausende auf Siron.

Als das Schlachtschiff abstürzte, war man auf der Erde im Vorderen Orient und im Osten Asiens gerade dazu übergangen, Getreide anzubauen und Tiere zu domestizieren – Schweine, Schafe, Rinder und Ziegen. Nur Hunde begleiten den Menschen schon länger. Bis die Sumerer in Mesopotamien endlich die Keilschrift erfanden, mussten noch rund sechseinhalb Jahrtausende vergehen.

Zehntausend Jahre sind genug Zeit, um zu vergessen, woher man stammt. So erging es auch den Sironern, für die aus der gewaltigen Kugel des gescheiterten Schlachtschiffs ein Heiligtum wurde. Und es verstrichen viele Tausend Jahre, bis sie sich von ihrem zivilisatorischen Rückschlag erholten und ihre eigene technische Entwicklung sie schließlich lehrte, womit sie es in Wirklichkeit zu tun hatten.

Verlorene Kulturen, deren Mitglieder ihren Ursprung vergessen haben, sind ein dankbares Thema für Science-Fiction-Autoren. 1967 veröffentlichte der aus Königsberg stammende litauisch-amerikanische Schriftsteller Algis Budrys seinen Roman »The Iron Thorn«, der fünf Jahre später in Deutschland unter dem unglücklichen, weil allzu verräterischen Titel »Das verlorene Raumschiff« erschien. Auch in Budrys' Roman müssen die Menschen, die sich in einer lebensfeindlichen Wüste mit den drachenartigen Amsiren auseinanderzusetzen haben, erst begreifen, dass der eigenartige Turm in ihrer Siedlung, der eiserne Dorn, nichts anderes ist als die Überreste eines Raumschiffs, mit dem ihre Ahnen einst ihre jetzige Heimat erreichten, den Mars.

Mit einem ganzen Romanzyklus um eine vergessene Kolonie begründete Marion Zimmer Bradley, die später mit ihrer Avalon-Saga Weltruhm erlangte, ihre literarische Karriere. Im Zentrum der 21 Romane steht Darkover, der Planet der blutigen Sonne, eine Welt, deren Geschichte die Autorin über mehr als tausend Jahre hinweg erzählt. Dann erst werden die Darkoveraner, die in der Isolation eine landwirtschaftlich geprägte Feudalgesellschaft aufgebaut haben, von Terra wiederentdeckt, ein Zusammenprall der Kulturen, der wie zu erwarten nicht unproblematisch verläuft.

Das Motiv der verlorenen Zivilisation ist allerdings keineswegs auf das Genre der Space Opera beschränkt. Der Amerikaner Daniel F. Galouye, dessen berühmter Roman »Simulacron 3« für Rainer Werner Fassbinders Film »Welt am Draht« gleichermaßen Vorbild war wie für Josef Rusnaks »The 13th Floor«, begann seine Karriere als Romanautor 1962 mit »Dark Universe«. Das dunkle Universum ist das völlig lichtlose Höhlen- und Bunkersystem, in dem die Nachfahren von Menschen leben, die einen atomaren Krieg überstanden haben. Nur noch legendenhaft sprechen sie von einer Welt des Lichts. Ein verwandtes Szenario entwarf Karl-Herbert Scheer, der Mitbegründer der klassischen PERRY RHODAN-Serie, im Jahr 1961, dem Jahr, in dem auch die PR-Serie aus der Taufe gehoben wurde. Bei Scheer haben die in den Bunkern Lebenden zwar das Wissen um eine Welt an der Oberfläche nicht vollends verloren, aber sie sind der Überzeugung, dass diese Welt für immer unbewohnbar und unerreichbar sei – bis einer von ihnen beginnt, Fragen zu stellen.

Eine andere Spielart des Motivs der verlorenen Zivilisation sind Geschichten um Generationenraumschiffe, deren Insassen überhaupt nicht wissen, dass sie sich auf einer Reise durchs All befinden. Stellvertretend sei hier Harry Harrisons »Captive Universe«, deutsch als »Welt im Fels«, aus dem Jahr 1969 genannt. Hier entdeckt der junge »Azteke« Chimal, dass das Tal mit den zwei Dörfern, in dem er lebt, sich in Wirklichkeit im Innern eines Asteroiden befindet, der vor langer Zeit in ein interstellares

Raumschiff verwandelt wurde. Vergleichbar ist auch »Non Stop« angelegt, der Romanerstling des berühmten Brian W. Aldiss aus dem Jahr 1958, der im Deutschen unter dem Titel »Die unendliche Reise« erschien.

In der klassischen PERRY RHODAN-Serie wurde das Motiv der verlorenen Zivilisation geradezu zu einem erzählerischen Topos. Bereits in Heft 34 »Im Land der Götter«, erschienen 1962, begegnete es den Lesern in Gestalt der Gorrer auf Goszuls Planet, die von vergessenen arkonidischen Siedlern abstammen. Mithilfe robotischer Priester erhalten die Galaktischen Händler als heimliche Herrscher von Goszuls Planet in diesem Roman unter den Gorrern eine Religion aufrecht, die sie selbst als Götter darstellt. Die Basis der Galaktischen Händler ist für die Gorrer daher das »Land der Götter«, auf das auch der Titel des Romans anspielte.

Leser der Platin-Edition von PERRY RHODAN NEO werden bei dem Namen Gorrer aufgemerkt haben. In der Tat sind sie der NEO-Variante dieses Volkes bereits in Band acht unserer Buchreihe begegnet. Auch der Gorrer Ralv, der die Topsider Hisab-Benkh, Emkhar-Tuur und Tisla-Lehergh zum »schlafenden Gott« führte, war wie die Sironer des vorliegenden Bandes der Platin-Edition Nachkomme vergessener, in die Primitivität zurückgefallener Arkoniden.

Das Gleiche gilt für »Verdammten von Isan« aus dem gleichnamigen 53. Heft der klassischen PERRY RHODAN-Serie. Entsprechend den Bedrohungsszenarien und Ängsten der Entstehungszeit dieses Romans – er erschien 1962 – wurde die dramatische Lebenssituation der Isaner zusätzlich durch einen verheerenden Atomkrieg verschärft.

Bereits im folgenden Jahr wurden die PERRY RHODAN-Leser in Heft 81 mit dem »Raumschiff der Ahnen« konfrontiert, einem jener bereits erwähnten Generationenschiffe, deren Insassen sich längst nicht mehr der Tatsache bewusst sind, dass sie in einem Raumschiff leben. Auch hier sind es Arkoniden, die unter dem Diktat von Robotern ein streng reguliertes Leben führen müssen. Nach Schule, Lehrzeit oder Studium folgt für die Männer ein einziges Jahr, in dem sie mit einer Frau zusammenleben dürfen. Sobald sie ein Kind gezeugt haben, werden sie den jeweiligen Arbeitssektoren zugewiesen, in denen sie tätig sind, bis der scheinbar allmächtige Kommandant ihre Eliminierung im Konverter anordnet, damit sie ihrem Volk auch nach ihrem Tod noch als Energiequelle nützlich sein können. Auch in diesem Roman wird der Teufelskreis durchbrochen, weil einzelne Mitglieder dieser unmenschlichen Gesellschaft beginnen, Fragen zu stellen. Die Arkoniden in dem riesigen Schiff haben Glück, denn sie begegnen einem terranischen Kreuzer, dessen Besatzung der Roboterdiktatur ein Ende setzt. Allerdings stellt sich heraus, dass der Tod im Konverter nur vorgetäuscht war und dass die vermeintlich Toten im Tiefkühlschlaf weiterleben.

Schon zuvor hatten die Leser in Band 74 »Das Grauen« mit den Bewohnern des Planeten Eppan erneut vergessene Arkonabkömmlinge kennengelernt. Die Eppaner stehen auf einer Kulturstufe, die der irdischen Antike ähnelt. Dass in der Frühzeit der PERRY RHODAN-Serie ausgerechnet vergessene Arkon-Kolonien gewissermaßen wie Pilze aus dem Boden schossen, darf nicht wundern. Die Siedlungswelle der irdischen Menschheit war erst im Anrollen und das riesige und vor allem uralte Sternenreich der Arkoniden bot genügend Möglichkeiten und Rechtfertigungen.

Unter der Ägide von K.H. Scheer wurde die Expansion des Solaren Imperiums jedoch mit Riesenschritten vorangetrieben, sodass es bald auch zahllose terranische Kolonien in der Milchstraße gab. Auch zu ihnen konnte der Kontakt leicht einmal abreißen. Entsprechend widmete PR-Autor Hans Kneifel 1965 ein ganzes PERRY RHODAN-Taschenbuch der Gruppe »Violetter Mond«, die es sich zur Aufgabe gemacht hat, solche verlorenen Welten wieder in den Schoß des Imperiums zurückzuführen.

Für die Art von Geschichten, die Kneifel in vielen seiner Werke erzählt hat, sind verlorene Siedlungswelten und auf ein archaisches Zivilisationsniveau zurückgefallene Kulturen der ideale Nährboden. Sie beziehen ihren Reiz nicht zuletzt aus Anachronismen, aus der Begegnung des einfachen, mit Pfeil und Bogen bewaffneten Jägers mit der für ihn völlig unverständlichen Hochtechnologie seiner Vorfahren. Es sind Geschichten von geistiger Befreiung, verbunden mit Tabubrüchen, mit dem Überschreiten von Grenzen, mit der Überwindung von Denkverboten und mit dem Aufeinanderprallen unterschiedler Wertemodelle. Genauso sehr aber auch mit einer Portion augenzwinkerndem Indiana-Jones-Charme, wenn Heldin oder Held durch verfallene Labyrinthe kriechen müssen, um am Ende die Relikte der vergessenen Ahnen zu entdecken.

Den Autoren der klassischen PERRY RHODAN-Serie blieb der Spaß am Spiel mit dem Anachronismus erhalten, mit der Paarung von Dampfschiff und Deflektorschirm, von Antigravschacht und

Steinschleuder, von Götzenkult und Hyperfunk. So beschriebt beispielsweise auch der im Juni 2015 erschienene Band 2810 mit dem Planeten Laudhgast eine Welt, deren Bewohnern die Erinnerung an ihre Herkunft verloren gegangen ist. In den Schüssen eines Raumschiffs, das von ihren Ahnen darauf programmiert wurde, die immer wieder auf den Planeten herabstürzenden Trümmer eines zerstörten Mondes zu eliminieren, sehen sie das hilfreiche Wirken der Huldgeister, an die sie ihre Gebete richten, während die tödlichen Brocken aus dem Himmel das Werk der boshaften Notgeister zu sein scheint.

Aber schon Jahrzehnte zuvor hatte die klassische PERRY RHODAN-Serie das Konzept der verlorenen Zivilisation zur Perfektion geführt. Die Begegnung mit ihrer lemurischen Geschichte hatte der gesamten irdischen Menschheit den Status einer solchen in die Primitivität zurückgesunkenen Kultur zugewiesen. Mit Perry Rhodans Zeitreise in die Vergangenheit, die im legendären Zyklus um die Meister der Insel geschildert wurde, hatten die Terraner und mit ihnen auch die Leser erfahren, dass fünfzigtausend Jahre vor ihrer Zeit auf der Erde schon einmal eine technische Hochkultur existiert hatte. Damals hatten die Lemurer, wie die Vorfahren der Menschen genannt wurden, die gesamte Milchstraße besiedelt, doch dann waren sie von den Schwarzen Bestien, den Halutern, in einem schrecklichen Krieg hinweggefegt worden. Auf der Erde hatten nur wenige Menschen überlebt, mit primitivsten Mitteln, sodass sie, auf das Niveau von Steinzeitmenschen zurückversetzt, ganz neu anfangen mussten.

Von Lemurern ist bislang in PERRY RHODAN NEO keine Rede, und das wird wohl auch so bleiben. Aber schon zum zweiten Mal sind wir nun einer vergessenen Kolonie begegnet und haben gesehen, dass es die Autoren von PERRY RHODAN NEO verstehen, Erfolgsmodelle aus der klassischen Serie aufzugreifen und in aktuellem Gewand in ihre Geschichten einzubauen.

Michael Thiesen